【英】夏洛蒂·勃朗特　著

简·爱

贾文渊　译

中国出版集团
现代出版社

图书在版编目(CIP)数据

简·爱/(英)夏洛蒂·勃朗特著；贾文渊译. —北京：现代出版社，2017.4

ISBN 978-7-5143-5798-1

Ⅰ. ①简… Ⅱ. ①夏… ②贾… Ⅲ. ①长篇小说－英国－近代 Ⅳ. ①I561.44

中国版本图书馆CIP数据核字（2017）第030632号

简·爱

作　　者 【英】夏洛蒂·勃朗特
译　　者 贾文渊
特约策划 刘引梅
策划编辑 庞俭克
责任编辑 申　晶
出版发行 现代出版社
地　　址 北京市安定门外安华里504号
邮政编码 100011
电　　话 010-64267325 010-64245264（兼传真）
网　　址 www.1980xd.com
电子邮箱 xiandai@cnpitc.com.cn
印　　刷 三河市宏盛印务有限公司
开　　本 710mm×1000mm 1/16
印　　张 27.75
版　　次 2017年4月第1版 2017年4月第1次印刷
书　　号 ISBN 978-7-5143-5798-1
定　　价 32.00元

序

《简·爱》第一版不需要作序，因此我没有作，这次出第二版，就该讲几句致谢的话，并且发表一些其他评论。

我应该向三方面表示谢意：

感谢读者用宽容的耳朵倾听了一个朴实无华的故事。

感谢报界以真诚的赞赏为一个默默无闻的奋斗者敞开一个公正的领域。

感谢我的出版商以自己的胆识、坦率的慷慨和求实的态度，不遗余力地帮助了一个未经推荐的不知名作者。

对我来说，报界和读者大众并不是具体的某个人，所以，我也只能对他们泛泛表示感谢；可是我的出版商却是具体的，那些宽宏大量的批评家也是具体的，是他们给予我鼓励。只有心怀博大，境界高尚的人才懂得怎样鼓励一个苦苦奋斗的无名人物。对于我的出版商和出类拔萃的评论家们，我要诚挚地说：先生们，我衷心地感谢你们。

向帮助过我、对我表示过赞成的人们致谢后，我要转向另一类人。就我所知，这些人为数很少，但是，不能因此便忽略不顾。我指的是那些谨小慎微，或者吹毛求疵的少数人，他们怀疑诸如《简·爱》这类书的倾向。在他们的眼睛里，只要非同寻常，便是谬误。偏执本是罪恶之渊薮，虔敬则是上帝在人间的化身。然而，这些人却将抗议偏执的呼声看作对虔敬的凌辱。我要向这些持怀疑态度的人指出一些浅显的道理；我要提醒他们注意一些简单的真理。

习俗并非道德，伪善也非宗教。抨击习俗并不等于攻击道德；揭去法利赛人[1]的假面具也不能看作向荆冠[2]举起不敬的手。

这些概念和行为完全相反。它们就像邪恶和美德之间的区别一样明显。人们却常常把它们混淆起来，然而它们却不该混淆在一起。表面现象不该误认为真相。世人狭隘的教条，目的只是让少数人受到推崇，受到鼓舞，决不该取代基督拯救世界的教义。我要再说一遍，它们是不同的。把它们清楚醒目地划分开来是一件好事，而不是坏事。

世人也许不喜欢看到这些概念被区分开，因为他们已经习惯于将它们混同起来，觉得把表面的虚饰当成实在的价值更方便，让刷白的墙壁证明神龛的纯洁更简单。世人或许会憎恨那些敢于探究、敢于揭露、敢于刮去镀金现出金属本色、敢于身入坟墓揭示其中尸骸的人。但是，人们尽管憎恨他们，却会受到他们的恩惠。

亚哈不喜欢米该雅，因为米该雅为他所做的预言从来只说凶不说吉。也许他更喜欢基拿拿的儿子，因为他专好谄媚。然而，假如亚哈不听奉承，听听逆耳忠言，或可逃避那场血腥的死亡[3]。

在我们这个时代有一个人，他的话不是为了打动那些娇柔的耳朵而讲的。照我看来，他站在社会的大人物面前，向他们陈词力谏，就像音拉的儿子站在犹大和以色列诸王的面前一样，他说出的真理与音拉的儿子讲的一样深刻，他的力量也像先知一样强大，他的气度也一样大胆无畏。写了《名利场》的那位讽刺家受到社会上层的褒扬吗？我无从判断，但是我认为，如果受到他讽刺烈火焚烧、受到他谴责光芒照耀的人们能及时接受他的警告，他们或者他们的后代也许能够逃避灭顶之灾。

我为什么要提到这样一个人呢？读者，我之所以提到他，因为我从他身上看到的智慧，比他同时代的人愿意承认的更加深刻、更为独特；因为我把他看作当代首屈一指的社会改革家，看作为匡正时弊而奋斗者中的巨匠；因为我认为对他的作品横加评论的人，尚未找到适合他的比喻，尚未找到能恰当描绘他那非凡才能的词语。他们说他像菲尔丁[4]。他们谈论他的才智、幽默、诙谐才能。他与菲尔丁相似，犹如一只鹰隼与秃鹫。菲尔

① 古代犹太教派。《圣经》中借喻表面虔诚的伪善者。
② 《圣经》记载：耶稣基督钉上十字架处死前，被戴上荆棘编的冠冕。
③ 《圣经·旧约》《列王传》第22章典故：亚哈听了奉承和引诱出兵败北。
④ 英国十八世纪讽刺喜剧家、小说家。

丁会扑向腐肉，萨克雷却从来不会。他的才智是杰出的，他的幽默是迷人的，但是这两种才能与他严肃的天才相比，就像夏日一团浓云边缘闪烁的片片电光与云团中央孕育着的致命电能一样。最后，我提到萨克雷先生，是因为我将《简·爱》的第二版献给他，希望他能接受我这个素不相识者的奉献。

柯勒·贝尔[①]

一八四七年十二月二十一日

① 夏洛蒂·勃朗特发表《简·爱》用的笔名。

目录
CONTENTS

第一部

第二部

第三部

第一部

第一章

那天不可能再去散步了。我们早上已经上那片树叶已经落尽的灌木丛中去闲逛过。没有客人时，里德太太的午饭开得很早，饭后，冬天凛冽的寒风刮来黑沉沉的乌云和冰凉刺骨的冷雨，要想再出户外活动已经完全不可能了。

这倒让我觉得挺高兴。我向来就不喜欢长时间散步，尤其不喜欢在冷飕飕的下午散步。想到在阴冷的黄昏时分回家，手指和脚趾都给冻僵，我就觉得可怕。而且还得挨保姆贝西的一通责骂，让我觉得很伤心。另外，我觉得体质不及里德家的伊莱扎、约翰和乔治亚娜这三个孩子，又让我心里感到低人一等。

这时候，伊莱扎、约翰和乔治亚娜正在起居室里，围在他们母亲身边。她斜靠在壁炉边的一只沙发上，心爱的儿女都聚在膝下，此时，他们既不争吵，又不哭闹，她看上去十分幸福。她不让我跟他们聚在一起，她说，她不得不要我跟他们保持一段距离。说是她不能把这种特权给我，因为它本来属于那些知足而快乐的孩子们，除非贝西告诉她，并且她自己也亲眼看到我经过认真的努力，的确变得天真、随和、活泼可爱才行——也许那是一种比较轻松、比较坦率、更加自然的东西吧。

“贝西说我什么啦？”我问道。

“简，我可不喜欢吹毛求疵或者刨根问底的人。另外，照这样打断大人的话可是绝对不能允许的。走开，找个地方坐那儿待着，闭上你的嘴，等你学会说让人开心的话再开口。”

起居室隔壁是一间挺小的早餐室。我悄悄躲了进去。屋里有个书柜。我很快找到一本插图很多的书，拿着它坐进窗户前的座位里，把脚提上去，像个土耳其人那样盘起腿，然后把厚厚的红窗帘几乎完全拉上。这一来，我可就像躲进个神龛里一样，双重隐蔽起来了。

一折一折的红色窗帘挡住了我右边的视线，左边却是透明的玻璃窗，既能保护我免受十一月的严寒，又能让我领略到室外的景象。在我阅读中翻动书页的时候，就举目扫视一下那个冬天午后的景色。远处的景物笼罩在一片淡淡的白色雾霭之中，眼前是湿漉漉的草坪和遭受过暴风雨袭击的灌木，连绵不断的雨丝被一阵阵哀号着的狂风刮得飘摇不定。

我又把视线收回手中的书上来，我看的是一本比伊克的《英国鸟类史》，总的说来，上面的文字我不太喜欢，然而，尽管我那时还是个孩子，有几页说明我也并没有当作空白页翻过去。有几页描写的是海鸟的栖息地，说“只有那些孤寂的岩石和海岬”是它们经常光顾的地方，说那些地方在挪威崎岖的海岸上，从最南端的林蒂斯内斯——或称纳斯——到点缀在北角的许多海岛：

北冰洋卷起巨大的旋涡，
小荒岛承受凄楚的拍击，
大西洋激起滔天的巨浪，
暴风雨摧残着赫布里底。

我也注意到了书上提到的许多荒凉海岸：拉普兰、西伯利亚、斯匹次卑尔根群岛、新地岛、冰岛和格陵兰，那里是“广袤的极地、没有人烟的荒凉地带、冰雪库，无数个世纪的隆冬使之变成一片坚实的冰原，一座座白雪皑皑的冰峰，高似阿尔卑斯山峰，环绕着北极，积聚起威力极大的严寒。”我的脑海中对那种死寂的白色世界产生了一种朦朦胧胧的概念，就像孩子们心中许多似懂非懂的概念一样，然而又生动得出奇。这几页说明文字与紧接着的插图相关联，插图特别强调出傲然屹立在海边，承受着浪花飞溅和惊涛骇浪的岩石；凸出了搁浅在荒滩上的破船，还有像鬼魂般的月亮从云缝间窥视着一条正在下沉的孤船。

我不能清楚表达我对那种景象的感觉，可我觉得那就像一个孤寂的墓地，林立着刻满铭文的墓碑，有一扇大门、两棵树、围着断垣，似乎我是在从很低的地方观看，初升的月亮带来了昏暗的夜色。

那两条船显现在凝滞的海面上，我感到那就是海中的幽灵。

魔鬼从背后按住了窃贼的包袱——那真是个可怕的景象，我连忙翻过那一页。

那个头上长角、黑黢黢高坐在岩石上的东西，正望着远处一群围着一个绞刑架的人，也真是一副可怕景象。

每一幅插图都在讲一个故事。对我这么一个理解力还不强，感情还不够细腻的孩子来说，那都是些神秘而饶有趣味的故事。贝西在冬天的夜晚有时候突然来了兴致，就把熨衣服的桌子搬到婴儿室的壁炉前，让我们围坐在她身边，一边熨烫里德太太的带花边和褶皱的睡衣睡帽，一边满足我们这些孩子听故事的欲望，讲些爱情和冒险故事，这些故事有的选自古老的童话和歌谣，后来我才知道，有的是选自《帕美拉》和《莫兰伯爵亨利》。

我低头读着膝头上这本比伊克的书，心里觉得很愉快，至少有我感到的愉快的地方。我什么都不怕，就怕有人打扰，可惜打扰来得太快。早餐室的门让人打开了。

"嗨！阴险丫头！"约翰·里德的声音喊道。他停顿了一下，显然认为屋子是空的。

"她躲在什么鬼地方啦？"他接着说道。"利兹[①]！乔琪[②]！（他这是在叫他的姐妹们）琼[③]不在这儿。告诉妈妈说，她跑到外面去淋雨了——该死的畜生！"

"幸亏我拉上了窗帘，"我想道。我真心希望他别发现我躲藏的地方。约翰·里德自己倒也不会发现。他的眼光和头脑都不够敏锐。但是伊莱扎把头探进门里来一看，立刻开口说：

"杰克，她肯定在窗户前的座位上。"

我立刻就走了出来。因为我一想到会被那个叫作杰克的拖出来，就吓得浑身直发抖。

"你想要什么？"我怯生生地问道。我的态度有些尴尬。

"要说：'你想要什么，里德少爷？'"他这么回答我的问话。"我要你上这儿来，"他坐在一把扶手椅上，做了个手势，表示要我走到他身边，站在那儿。

约翰·里德是个十四岁的小学生。他比我大四岁，我那时才十岁。他长得过于肥壮，与他的年龄不相称；皮肤色素沉着，显得很不健康；宽阔的脸盘上长满横肉，四肢粗壮，手脚肥大。他吃饭时向来狼吞虎咽，结果养

① 伊莱扎的昵称。

② 乔治亚娜的昵称。

③ 简的别称。

成了一副坏脾气，长成一对睡眼蒙眬的眼睛，积攒了一脸松弛下垂的横肉。他这时候本来该待在学校的，可是他妈妈说他“身体虚弱”，把他接回来过上一两个月。学校的老师迈尔斯先生口气肯定地说，只要家里给他送去几块甜点心和糖果，他准会平安无事的。但是这位母亲却听不进这么刺耳的说法，宁愿相信自己的柔肠，认为约翰脸色不好是因为学习用功过度，也许是因为过分想家。

约翰对自己的母亲和姐妹没有多少感情，对我可是满怀憎恶。他欺负我，虐待我，一星期不止两三次，一天也不止一两回，他不断地找碴儿欺负我。我的每一根神经都害怕他，一见他走近，我骨头上的每一块肌肉都会吓得收缩起来。有时候，我被吓得不知所措，因为我不论受了他的恐吓还是受到折磨，都没有地方申诉。仆人们不愿站在我这一边，以免得罪他们的少爷；每逢遇到这种事情，里德太太就装聋作哑，虽然他时常当着她的面对我又打又骂，可是她既看不见她儿子打人，也听不见他咒骂。不过，他背着她打我的次数更多。

我已经习惯于服从约翰，便走到他的椅子跟前。他冲着我把舌头长长伸出来，要是伸得再长一点儿就要把舌根拉伤了，他就这样把舌头一直伸了三分钟之久。我知道他马上就要动手打我了，虽然害怕，可心里还是在嘲笑他扮出的那副让人作呕的丑陋嘴脸。我不知道他是不是看出了我的这种想法，因为他二话没说，突然就朝我狠狠打来。我踉跄着倒退了几步，这才站稳，站得离开他的椅子一两步远。

“打你是因为你刚才回答妈妈的问话态度无理，”他说，“因为你鬼鬼祟祟躲到窗帘后面，还因为足足有两分钟你眼睛里露出那种该死的神气，你这只老鼠！”

我听惯了约翰·里德的谩骂，从来没想过要回嘴。我担心的是怎么承受侮辱过后肯定会跟着来临的殴打。

“你在窗帘后面干什么？”他问道。

“我在读书。”

“把书拿来。”

我回到窗前，把书取回来。

“你无权动我们的书。妈妈说啦，你是个依靠别人养活的人。你没有钱。你爸爸没给你留下一个子儿。你本来该去讨饭才对，不该在这儿跟我们这种上等人家的孩子一起生活，不该跟我们吃一样的饭，穿我妈的钱买来的衣服。我得教训教训你，看你敢不敢再乱翻我的书架，那些书可都是我的。整个房子都是我的。反正用不了几年就归我了。去，站到门口，别靠近镜子和玻璃。”

我不明白他的用意，照他的话做了。可是，一见他举起那本书做投掷状，我本能地尖声喊叫着往旁边闪身，可是已经来不及了，那本书正打在我身上，我倒了下去，脑袋撞在门上，碰破了，伤口鲜血直流，疼得像刀割一样。我的惊恐已经越过了顶点。接着而来的是其他各种情感。

“恶毒残忍的小子！”我说。“你就像个凶手——你就像个鞭笞奴隶的坏蛋——你就像那些罗马的皇帝！”

我读过戈德史密斯的《罗马史》，脑子里形成了自己对尼禄、卡里古拉等皇帝的看法。我在心里默默地把他们跟他作过比较，可从来没想到会大声讲出来。

“你说什么！你说什么！”他喊道。“你胆敢对我说这种话？伊莱扎，乔治亚娜，你们可都听见了吧？我不告诉妈妈才怪呢。可是首先我要……”

他径直朝我冲过来。我感觉到他抓住我的头发和肩膀。他也发现自己在跟一个不顾死活的东西搏斗。我真的把他当成个暴君、凶手了。我感到一两滴血从脑袋上顺着脖子流下去，还感觉到有点刀割般的疼痛。这些强烈的感觉当时压过了恐惧，我便疯狂地跟他正面交锋起来。我不记得当时怎么用手打的，可他嘴里不断地大声骂我“老鼠！老鼠！”立刻就有人为他求援，伊莱扎和乔治亚娜跑去找里德太太，她到楼上去了，这时连忙赶到出事地点，身后跟着贝西和她的使女阿博特。我们被拉开了。我听到有人说：

“天哪！天哪！简直发了疯，居然扑上去打起约翰少爷来啦！”

“这种疯劲可真少见呀！”

里德太太这时候接上了话茬：

“把她拉到红屋子里，锁起来。”四只手立刻就抓在我身上，不由分说，把我拖上楼去。

第二章

一路上我不断地反抗着。这在我来说可是头一次，这种场合使我不由得想放纵一下。贝西和阿博特对我的恶劣印象因此大大加深了。事实上，我干得有点过火，或者像法国人常说的那样，有点超出自己的常态。我意识到，片刻的反抗过后，难免遭到异乎寻常的惩罚，我就像那些起而反抗的奴隶一样，绝望中打定了主意，要反抗到底。

“抓住她的胳膊，阿博特，她简直像只疯猫。”

“真不要脸！真不要脸！”这位使女说。“多吓人呀，爱小姐，居然动手打起一位绅士，打起你恩人的儿子！打起你的小主人来啦！”

“主人！他怎么是我的主人？难道我是个仆人？”

“你不是仆人，可你连个仆人也不如，你靠人家养活，什么活儿也不做。去，坐在那儿好好反省一下你的恶劣行为吧。”

这时候，她们已经把我拖进里德太太指定的那间屋子，把我按在一个凳子上。我挣扎着要跳起来，可她们那两双手立刻把我抓住了。

“要是你不规规矩矩坐在这儿，就得把你绑起来，”贝西说。“阿博特小姐，把你的吊袜带借我用用，我的这根她一挣扎就断了。”

阿博特小姐便动手从肥胖的腿上解那根要用的带子。她们做的这些捆绑准备活动，以及其中又增加的一层羞辱，反倒让我的激动稍稍平静了一些。

“别解了，”我喊道。“我不动就是了。”

我为了向她们做出保证，就用双手紧紧抓住凳子。

“记住不能动，”贝西说道。等她确认我真的屈服了，这才松开手，不再抓我。然后，她和阿博特小姐交叉着胳膊站在那里恶狠狠地望着我的面孔，目光中满是狐疑，好像不相信我是个正常人。

“她以前从来没这么干过，”贝西最后转向那个使女说。

“可她心里早想这么干，”使女这么回答道。“我常常对太太谈起我对这个孩子的看法，太太也同意我的意见。她是个小滑头。我还从来没见过像她这样年纪的小女孩有这么狡猾的。”

贝西没有接她的茬儿，但是没过多久便冲着我说道：

“小姐，你该放明白点，你受的是里德太太的恩惠，是她收养了你。假如她要撵你出门，你可只好进贫民院了。”

听了这话，我什么也没说。对我来说，这些话并不新鲜。自从我开始记事起，听到的话里就有这种暗示。这种指责我靠人养活的话，已经成了随时留在我耳朵里的一种嗡嗡作响的陈词滥调，听上去让人感到痛苦难忍，但是我听着却似懂非懂。阿博特也附和着说：

“你别以为太太好心让你跟里德家的小姐和少爷在一起生活成长，你就跟他们是平等的。他们将来会有很多钱，可你连一个子儿也不会有。处在这个地位，你就得低声下气，凡事顺着人家才行。”

“我们跟你说这些全都是为了你好，”贝西补充说，声音并不粗暴，“你该学得乖巧有用一些，那样的话，或许你能永远住在这儿。但是，你要是再这么由着性子撒野，我敢肯定，太太准会把你打发走。”

“再说啦，”阿博特小姐说，“上帝会惩罚她的。在她大发牢骚的时候，上帝会突然要她的命。到那时，看她能上哪儿去？得啦，贝西，咱们让她呆在这儿吧，我可不想得到她的好感。等到你独自待着的时候，就做祷告吧，爱小姐。要是你不忏悔，准会有个东西从烟囱里爬进来把你抓走。”

她们走了，随手关上门，还上了锁。

这间红屋子是个备用的屋子，极少有人来这里过夜，其实照我看，从来就没人在这屋里睡过觉，除非偶尔有大批客人涌到盖茨海德府上来，才有必要用屋里的全部住宿设施。然而，这却是整个宅子里最宽敞、最堂皇的一间屋子。里面摆着一张大床，床的四角有粗大的红木床柱和床幛架，上面挂着深红色的床幛，活像立在地板上的一顶大帐篷。屋子的两个大窗户上，百叶窗扇总是关着，窗户上半掩着的窗帘跟床幛用的料子一样，也是一样的图案花样。地毯也是红色的，床脚的小桌上铺着一张深红色的台布，墙壁的颜色是一种柔和的黄褐色，上面稍稍带着一抹粉红色。大衣柜、梳妆台、椅子等，都是抛磨得油亮油亮的老红木做的。在周围这些深色的环境中，床上高高堆起的褥垫、枕头都蒙在马赛出产的雪白床罩下，白得耀眼。丝毫不比床罩逊色的是摆在床头的一把座椅，上面也铺着雪白的坐垫，前面摆着一个脚凳。我望着它，心想，真像个白色的王室宝座。

这个屋子十分寒冷，一片死寂，气氛肃穆。这是因为屋里没有生火，离婴儿室和厨房又远，而且，我们已经知道，很少有人进来。只有使女每个星期六上这儿来，把一个星期积攒的尘土从镜子上和家具上擦掉。里德太太隔上好长时间才会来一次，察看大衣柜中某个秘密抽屉内的东西，她在里面藏着各种写在羊皮纸上的契约、她的首饰盒，还有她那亡夫的一幅小画像。这间红屋子的秘密正在于她的亡夫，它就像个不祥的咒语，把这间堂皇的屋子变得阴森凄凉。

里德先生去世已经有九年了。他就是在这间屋子咽气的，在这里入殓，殡仪馆的人就是从这里把他的棺材抬出去的。自从那天起，这间屋子就笼罩在一种凄惨阴郁的气氛之中，因此很难得有人贸然踏进来。

贝西和那个狠心的阿博特离开我的时候，我一动不动坐在一个座位上，那是摆在大理石壁炉附近的一个软垫小凳。床就耸立在我面前。我的右手边是一个高大黝黑的大衣柜，暗淡的光线和斑斑驳驳的反射光，使柜子表面的光泽看着有些奇怪。我的左手边就是那两扇遮挡起来的窗户。两扇窗户之间有一面大镜子，里面反映着这张大床和这间屋子，使一切显得更加肃穆空虚。我不能肯定她们是不是真的把门子上了锁，等我敢于走动的时候，就站起来，走过去试试。天哪！真的锁上了，锁得比监牢还严实。返回凳子那儿的途中，我只能从那面大镜子前经过，我好奇的眼光不由自主地探索着镜子深处的景象。里面的空幻影像比现实更加阴暗冷酷。里面那个古怪的小家伙眼睛直勾勾盯着我看，幽暗中，她苍白的面孔和胳膊很显眼，一片死寂中，只有她那一双惊恐的眼睛在闪烁，在转动，她看上去就像个真正的幽灵。贝西在晚上讲故事的时候，一再讲到从泥沼地的荒草丛中会爬出半仙半妖的小妖精，挡住赶夜路的行人。镜子里的这个影子准是一个这种小妖精。我走回我坐的凳子上。

这时候，我变得迷信了。但是这迷信还没有彻底把我吓垮。我的血还是热的。奴隶造反般的心情仍然激荡在我胸中，让我觉得痛苦，我得先跟波涛汹涌的回忆较量一下，才能最后屈服于这个可怕的现实。

约翰·里德的种种强暴肆虐、他姐妹们的种种骄傲冷漠、他母亲的种种憎恶、仆人们的种种偏心，全都在我混乱的脑子里翻腾起来，就像搅浑一口老井的沉渣一样。我为什么总是受苦，总是挨打，总是挨骂，为什么永远都遭人谴责呢？我为什么永远也得不到人们的欢心呢？我要想讨好别人怎么总是白费心机呢？伊莱扎又任性，又自私，却受人尊敬。乔治亚娜让人惯得不成样子，脾气凶狠毒辣、吹毛求疵、蛮横无理，可大家却都纵容她。大概因为她长得美，红扑扑的脸颊和金黄色的鬈发让人看了心里高兴，因此便原谅了她的每一个缺点。约翰横行霸道，谁也不敢对他说半个不字，更不用说惩罚他了。他扭断鸽子的脖颈，害死小孔雀，放狗去咬羊，偷摘温室种植的葡萄，弄烂花房里最珍贵花草上的蓓蕾。有时候，他还管他母亲叫“老姑娘”，辱骂她母亲的皮肤色素沉着，其实他的肤色跟她一个样。他对母亲的吩咐公然不予理睬，还时常撕破或者毁坏她的丝绸衣服，可他仍然是她的“心肝宝贝”。任何事我都不敢做错。我努力完成每一项该做的事情。可是从早上到中午，从中午到晚上，总是有人说我淘气、讨厌，骂我老是阴着个脸，行为鬼鬼祟祟。

我挨了约翰的打，跌倒在地上，到现在脑袋还在疼，还在流血。可是谁也不因为他粗暴地动手打我而责备他。我为了防止他以后再对我无理殴打，跟他扭打了一下，大家就都一股脑儿朝我扑过来。

“不公平！不公平！”我的理智这样说道。在痛苦的刺激下，我的理智一时变得成熟起来，开始发挥自己的思考能力。我决心采取某种奇特的方法，摆脱这种难以忍受的压迫——比如说逃走，要是逃不掉，就再也不吃不喝，让自己饥渴而死。

在那个凄惨的下午，我的灵魂是多么惊恐恍惚啊！我的脑海整个是一片混乱，我的心充满了反抗的意志。然而，这场精神上的搏斗又是在那样的黑暗和愚昧中进行的。我无法回答内心不断地提出的一个问题：我到底为什么要这样受苦？而今，时隔……我不准备说出隔了多少年，我这才看得清清楚楚。

在盖茨海德府，我是个不协和的音符。我跟那里的任何人都没有共同点。我跟里德太太和她的孩子们毫无相同之处，跟她宠爱的仆人合不来。他们都不爱我，其实，我也一样不爱他们。他们不可能爱一个与他们没有同感的人。我跟他们不属一类，在脾气、能力、爱好方面都跟他们正相反；我对他们毫无用处，不会迎合他们的趣味，不能增加他们的乐趣；我是他们的眼中钉，对他们的不公平对待心怀愤慨，对他们的见解日渐鄙视。我知道，假如我生得漂亮迷人，肤色红润，又生性聪明活泼，无忧无虑，喜欢顽皮嬉戏，任性乖张，尽管仍然是寄人篱下，里德太太见了我或许会稍稍比现在高兴一些；她的孩子们对我也许会像对待伙伴那样，对我真诚一些；仆人们也就不至于总是要我在婴儿室替人受苦了。

光线开始从红屋子里消逝了。时间已经过了四点钟，阴沉沉的下午慢慢变成凄凉的黄昏。我听见雨滴不住地抽打在楼梯口的窗户上，风还在宅子后面的树丛间呼号，我的体温在一度一度往下降，最后冷得就像一块顽石一样，我的勇气也在沉沦。我那种习以为常的屈辱感，不自信，以及无可奈何的沮丧，就像冰块一样，浇在了行将熄灭的怒火堆上。既然大家都说我坏，大概我真的不好。我刚才转的是什么念头啊，要把自己饿死？那肯定是个罪过。我配不配去死呢？盖茨海德教堂圣坛下的墓穴是不是个迷人的去处呢？人们对我说过，里德先生就葬在那样的墓穴里。这个念头又让我回想起他来，我越想越害怕。我记不起他的模样，但是我知道，他是我的亲舅舅，是我妈妈的兄弟，我知道，是他把我这个失去父母的孤儿领养在自己家里，我还知道，在他临终的时刻，他要里德太太许诺，把我当作自己的亲女儿一样养大成人。里德太太也许以为她遵守了这个诺言，我敢说，她准是这么想的，至少她在自己的本性范围之内自以为遵守了诺言。毕竟，她怎么会喜欢一个丈夫死去后便与她毫无关系的外人呢？勉强许下一个诺言，结果不得不在它的束缚下，硬着头皮为一个打心底讨厌的孩子做母亲，还得忍受一个无法接受的陌生人永远插足在自己家，这份罪肯定特别难受。

我的脑子里突然产生了一个奇怪的想法。我丝毫也不怀疑，而且从来也没怀疑过，假如里德先生活着的话，他一定会好好对待我的。这时，我坐着瞧瞧白色的大床，看看布满阴影的墙壁，偶尔还朝反射出幽幽光亮的镜子好奇地瞟上一眼。我开始想起以前听到的关于死人的传说，他们对自己最后的愿望没有得到遵守，在坟墓里不得安宁，便重新返回人间，惩罚不遵守诺言的人，为受虐待的人报仇。我想，里德先生的灵魂，要是为外甥女受到的虐待感到不安，或许会离开他的栖身之处——不论是在教堂的墓穴里，还是在死去的人居住的另一个世界——来到这个屋子，出现在我的面前，我抹去眼泪，忍住呜咽，心里生害怕猛烈的悲声会引得一个超自然的声音开口给我安慰，或者在黑暗中引得一个罩着光环的面孔闪现在面前，用那种怪诞的方式俯下身来表示怜悯。这个想法说起来似乎能给人些安慰，可是我觉得，假如真的变成现实，就太可怕了。我竭力不去想这个念头，好让它消逝掉，让自己镇定下来。我甩了甩头，把垂在眼睛前面的头发甩到一边，然后大胆地朝这间黑暗的屋子周围看一看。就在此刻，墙上闪过一线亮光。我自忖道，这是不是月亮透过窗帘的那道缝隙射进来的光线？不是。月光是稳定的，而这个亮光却摇曳不定。我盯着它仔细看，只见它滑向天花板，在我头顶上闪烁着。现在我当然马上就能判断出，那准是有人拿着一盏提灯穿过草地时发出的亮光。不过在当时，我的心里一直想着会发生恐怖的事情，神经紧张得浑身发抖，我以为那道迅速划过的亮光是来自另一个世界的鬼魂发出的先兆。我的心在嗵嗵狂跳，我的脑袋变得滚烫，耳朵里一阵阵鸣响，我以为那是什么东西扑打翅膀发出的声音，好像有个什么东西就在我的身旁，我感到压抑，觉得窒息，再也无法忍受了，不由自主地狂喊了一声，便冲到门前，死命摇动门子。一阵脚步声沿着走廊跑过来，钥匙转动过后，贝西和阿博特走了进来。

“爱小姐，你犯病啦？”贝西问道。

“多可怕声音呀！把我的心都刺穿了！”阿博特惊呼道。

“放我出去！让我回婴儿室吧！”我喊道。

“这都是怎么啦？你伤着了吗？是不是看见什么啦？”贝西再次问道。

“哎呀！我看见一片亮光，我想，有个鬼要出现了，”我这时抓住了贝西的手，她也不把手抽回去。

“她这是故意惊呼呐喊，”阿博特带着些厌恶的口气断言说。“听她叫的那声音！她要是身上疼得要死不活，那倒还情有可原，可她只不过是想把咱们哄到这儿来。我算看穿她这套鬼把戏了。”

“这是怎么回事？”另一个严厉的声音传过来。接着，里德太太顺着走廊过来了。她的帽子松散地飘动着，衣服发出响亮的沙沙声。“阿博特，贝西，我想我吩咐过你们，把简·爱关进红屋子里，等我自己去处理。”

“太太，简·爱小姐叫的声音太大了，”贝西辩解说。

“放开，”这是她唯一的回答。“放开贝西的手，孩子。要这种把戏你休想出来。我痛恨作假，尤其痛恨孩子作假。我有责任让你明白，要花招根本没用。你得在里面再待一个钟头，到了那时，只有你完全顺从，绝对安静，我才会放你出来。”

“噢，舅妈！行行好！原谅我吧！我实在受不了啦，让我受别的惩罚吧！我会死的，要是……”

“住嘴！这么放肆真是太烦人了。”毫无疑问，她的确觉得心烦。在她眼里，我准是个早早学会做戏的演员，她真的把我看成个兼备恶毒秉性、卑鄙心灵、口是心非的危险分子。

贝西和阿博特退了下去。里德太太见我那副猛烈地抽泣，痛苦得发狂的模样，心里很是不耐烦，不再跟我说什么，一把将我使劲推回屋里，给门子上了锁。我听见她的脚步声迅速远去后，我想我准是昏厥过去了，眼前一黑一切都化为乌有。

第三章

我能记得起的下一件事情就是苏醒过来，当时的感觉仿佛是刚刚做过一场特别恐怖的噩梦，眼前看到的是一片可怕的红色光芒，其中交叉着一根根黑色的条纹。我还听到有人在说话，声音那么空洞模糊，仿佛被风声和水声淹没了似的。我感到的躁动、不安，以及压倒一切的恐惧感，使我变得不知所措。没隔多久，我感到有人在动我的身子，把我扶起来，搂着我坐好。以前从来没有人这么温柔地抱过我，扶过我。我把脑袋倚在枕头上，要不就是一个人的胳膊上，觉得很舒服。

又过了五分钟，那团迷惑的云雾散开了。我这才弄明白，我是在自己的床上，刚才那片红色的光芒是婴儿室的炉火。时间是在夜里，桌子上点着一支蜡烛。贝西手里端着一个盆子，坐在床脚边的凳子上，一个先生坐在我枕头跟前的一把椅子上，正俯身望着我。

当我明白屋子里有一位既不是盖茨海德府的人，又跟里德太太没有任何关系的陌生人，心里感到一种说不出来的安慰。在我看来，贝西远不如阿博特那种人讨厌。可我还是把目光从贝西身上移开，仔细打量那位先生的面孔。我认识他，他就是药剂师劳埃德先生，家里的仆人生了病，里德太太有时候就把他请来。她自己或者她的孩子生了病，她就请一位大夫来。

“看看我是谁啊？”他问道。

我说出他的名字，还把手向他伸过去，他握住我的手，微笑着说：“咱们用不了多久就好了。”说完，他扶我躺下，对贝西说，要她特别操心，晚上不能让我受到打扰。他又叮嘱了贝西几句，还安慰我说，明天他还会来的，然后就走了。我觉得挺难过，因为有他坐在我的枕头前面，我有一种安全感，感到自己有了朋友。他走出屋子关上门以后，屋子好像突然变得黑暗了，一种无法描述的悲伤压着我的心，它又一次沉了下去。

“小姐，你想睡吗？”贝西口气颇为温和地问道。

我几乎不敢回答她的问题，生怕她的下一句话就突然变得粗野起来。我说：“我可以试试。”

“你想喝点水或者吃点东西吗？”

“不想，谢谢你，贝西。”

“那好吧，我想去睡了，现在已经过了十二点啦。不过，晚上你想要什么可以叫我。”

简直礼貌得让人吃惊！我壮着胆子提了个问题。

“贝西，我怎么啦？是不是生病了？”

“我想你是生病了，是在红屋子里哭的。你很快就会好的，没事。”

贝西走进离这儿不远的女仆的房间，我听见她在说：

“萨拉，走，跟我上婴儿室去睡。今晚我可不敢跟那个可怜的孩子单独在一起待着，她说不定会死的。真奇怪，她居然会昏死过去。不知道她是不是看到了什么东西。太太也有点太狠心。”

萨拉跟着她一起回来。两人都上了床，压低声音唠叨了半个小时才睡着。我听见她们谈话的一些片段，不过已经足够清清楚楚推断出她们说的主要是什么了。

“有个东西从她身旁经过，穿的浑身都是白刷刷的，接着就不见了”……“她身后跟着一条大黑狗”……“屋子门口传来三声巨响”……“在教堂墓地中他的坟墓上闪过一道亮光”……等等，等等。

最后两个人都睡着了，炉火和蜡烛也都熄灭了。可是我却在可怕的清醒中熬了一个漫长的不眠之夜，恐惧使我的耳朵、眼睛和脑子变得异常紧张敏感，这种恐惧只有孩子才能感觉到。

红屋子里发生的这件事，并没有给我的身体留下严重的或长期的疾患，只是让我的神经受到一次打击，时至今日，我仍然心有余悸。是啊，里德太太，是你让我体会到精神遭受摧残的可怕痛苦。但是我应该原谅你，因为你并不知道自己做了些什么。你在扯断我的心弦时，还自以为是在拔除我的坏习性呢。

到了第二天中午，我就起了床，穿上衣服，裹着披巾，坐在婴儿室的壁炉旁边。我觉得身体很虚弱，支持不住。但是我最严重的病症，在于心中有一种说不出的悲伤，它让我的眼睛不断地汩汩涌出眼泪，我刚刚把脸颊上一滴咸咸的泪水揩掉，另一滴就跟着落了下来。不过、我觉得应该高兴才对，因为这里没有一个里德家的人。他们家的孩子都跟着妈妈坐马车出去了。阿博特在另一间屋里做针线活儿。贝西在屋里走来走去，把玩具收拾起来，整理抽屉，不时还对我说上句体贴的话，这可是以前罕有的事。现在这种状态在我看来就像天堂乐园中一样祥和宁静，因为我已经习惯了无休无止的挨骂，干苦活儿却得不到任何感谢。然而，我的神经已经受到了极大的摧残，什么样的宁静也不能使我得到安慰，什么样的喜悦也不能让我真正兴奋起来。

贝西下楼到厨房去，回来的时候端来一个馅饼，盛在一个色彩鲜艳的瓷盘子里。盘子上画着凤鸟，栖息在攀援花和玫瑰花蕾编成的花环中。我特别欣赏这个图案，见了它心中常常激动不已，我曾经要求过好几次，希望把盘子捧在手里仔细端详一下，然而总是受到拒绝，因为我不配得到这个权利。现在，这个珍贵的盘子就搁在我的膝盖上，还有人热情地请我吃盘子里盛的那个形状精美，气味喷香的馅饼。徒然的恩惠！就像大多数早已盼望的其他恩惠一样，来得太迟了！我不能吃这个馅饼，盘子上那鸟儿的羽毛和鲜艳的花儿，都好像褪色了。贝西问我想不想要一本书看。一听“书”这个字眼，我好像服下了一剂临时性的兴奋药，我请她从图书室把《格利佛游记》拿来。这本书我津津有味地看过一遍又一遍，我觉得里面讲得全都是真实故事，我还在其中发现一种比童话故事更丰富的趣味。说到那些小精灵，我曾经在毛地黄叶和金铃花之间、在蘑菇下面、在连钱草覆盖的残垣之下寻找过它们，结果一无所获，于是我伤心地认为，它们准是离开英国，到某个林木茂密、人烟稀少的野蛮国度去了。我还相信，大人国和小人国都是地球上实实在在的一部分，我毫不怀疑，有一天，我会长途跋涉去亲眼看看那里小片的田地、小房子、小树、小人、小牛、小羊和小小的鸟儿；也要去看看高大得像森林一样的麦田和稻田、其大无比的猛犬、巨兽般的大猫、像塔一样高的男人和女人。然而，当这本我心爱的书放到我手中，我翻动着它的书页，想从那些妙不可言的图画中寻找那永不消逝的魅力时，却发现一切都显得荒诞而无聊了。大人都是些瘦骨嶙峋的魔鬼，小人都是些恶毒可怕的小妖精。格利佛是个流浪汉，孤零零到最凶险的国度去漫游。我把书合上，不敢仔细看下去，把它放到那个还没尝过的馅饼旁边。

贝西这时候已经结束打扫、整理屋子的活儿了。她洗过手以后，拉开一个小抽屉，里面满是华丽的绸缎碎片，然后动手给乔治亚娜的布娃娃做一顶新遮阳帽。一边做，还一边唱一首歌：

“很久很久以前，
我们外出野餐。”

我以前常常听到这首歌，听了心情总是十分轻松欢快，因为贝西的嗓音很甜美，至少我是这么想的。但是此刻，她的声音尽管还是那么甜美，我却从那曲调里听出一种无法描绘的悲哀。有时候，她做手头的活儿出了神，歌里的叠句就唱得声音很低，很缓慢。“很久很久以前”这几个字唱得就像挽歌里最催人泪下的调子一样。接着她唱起了另一支歌谣，这次唱的真是一支悲哀的歌：

“道路漫长野山荒，
四肢疲惫双脚胀，
孤儿可怜前程惨，
黄昏将逝月无光。

“青石遍野沼泽连绵，
何为孤儿逐出家园，
人心狠毒天使慈善，
孤儿虽苦暖在心间。

“晚风轻吹送抚慰，
乌云散尽露星光，
上帝爱心显慈悲，
孤儿得福有希望。

“断桥失足何惧险，
误入迷津傲泥潭，
自有上帝常祝福，
跋涉古道心温暖。

“举目无亲难栖身，
信念坚定心安静，
天堂是家终归去，

孤儿朋友是天神。”

“好啦，简小姐，别哭啦，”贝西唱完后说道。她还不如对火说：“别烧啦！”不过，她又怎么能揣度到我的心灵受到的痛苦呢？上午的时候，劳埃德先生又来了。

“怎么，已经起来了！”他一走进婴儿室就说道。“保姆，她怎么样？”

贝西回答说，我恢复得不错。

“那她就该显得高兴些才对。上这儿来，简小姐。你的名字是叫简，对不对？”

“是的，先生，我叫简·爱。”

“呀，你在哭，简·爱小姐，你能告诉我这是为什么吗？身上哪儿疼吗？”

“不疼，先生。”

“哦！我敢说，她是因为不能跟小姐们一起坐马车出去才哭的，”贝西插嘴说。

“绝对不是！她这么大了，还会为这么小的琐事伤心吗？”

我心里也是这么想的。而且这种无聊的猜测伤了我的自尊心，我连忙说：“我一辈子从来没为这种事情哭过。我讨厌坐着马车出去。我哭是因为我的不幸。”

“别胡扯，小姐！”贝西说。

那个好药剂师看起来给搞糊涂了。我当时就站在他面前，他的眼睛紧紧盯着我看。他的眼睛很小，是灰色的，并不很明亮，但是，现在我敢说，那双眼睛十分敏锐。他的面孔看上去难看，不过也还温和。他从容不迫地打量了我一会儿，考虑了一下，说：

“你昨天是怎么病的？”

“她跌了一跤，”贝西又插嘴说。

“跌跤！这又把她说成了个婴儿了！她这么大了难道还不会自己走路？她准有八九岁了吧。”

“我是给人打倒的，”我的自尊心再次受到了伤害，逼得我脱口而出，直率地做出解释。“可我不是因为这个生病的，”我补充说。劳埃德先生边听边吸了一撮鼻烟。

就在他把鼻烟盒装回到背心口袋里去的时候，突然传来一阵响亮的铃声，那是仆人们的开饭铃，这个他知道。“那是叫你的，保姆，”他说，“你可以下去了。在你回来之前，我要跟简小姐谈谈，开导开导她。”

贝西倒是挺想待着不走，可她又不能不去，因为在盖茨海德府，准时用餐是一条严格的规定。

“这么说，你生病不是因为跌了一跤？那是因为什么呢？”贝西走后，劳埃德继续问道。

“他们把我关在一间闹鬼的屋子里，一直关到天黑以后。”

我看见劳埃德先生先是微笑，接着皱起了眉头。他说：“鬼！原来你毕竟还是个小娃娃。你怕鬼吗？”

“我怕里德先生的鬼魂。他就死在那间屋子里，还是在那儿入殓的。不管是贝西还是其他人，晚上能不去就尽量不进那间屋子。把我孤零零关在里面，连一支蜡烛也不点，真是残忍——太残忍了，我想，我一辈子也忘不了这事。”

“胡说八道！就因为这事你才觉得不幸？现在是白天，你还害怕吗？”

“不怕。但是用不了多久，天就会黑的。另外，我不快活，非常不快活，是因为其他事情。”

“什么其他事情啊？你能讲些给我听一听吗？”

我多么希望能详详细细回答他的这个问题啊！可是，要回答这种问题又是多么困难！孩子们有自己的感觉，可是他们却不能分析那些感觉。假如他们在脑子里能够进行一些分析，也不知道该怎么把分析的结果用语言表达出来。然而，我害怕失去这第一一个，也是唯一的诉苦机会。停顿片刻，不知所措地苦苦思索之后，我尽力做出一个回答，虽然贫乏无力，讲的却完全是真情。“首先，我没有父母亲，也没有兄弟姐妹。”

“可你有一位仁慈的舅妈，还有表兄表姐呀。”

我又没话说了，停顿下来。接着我笨拙地说：

“就是约翰·里德把我打倒在地上，我舅妈把我锁在红屋子里的。”

劳埃德先生再次掏出鼻烟盒。

“你不觉得盖茨海德府是一座非常漂亮的房子吗？”他问道。“你住在这么好的地方还不满足吗？”

“先生，这不是我的房子。阿博特说，一个仆人也比我更有权住在这儿。”

“得啦！你不会犯傻想离开这么好的房子吧？”

“要是我能去任何别的地方，一定会很高兴离开这里。但是我在成年以前绝对没办法离开盖茨海德府。”

“也许有办法的……谁能说得准呢？除了里德太太，你还有什么别的亲戚吗？”

“我想没有了，先生。”

“你父亲的亲戚也没有吗？”

“我不知道。有一次我问过里德太太，她说大概我有几位姓爱的穷亲戚。可她压根儿就不了解他们。”

“要是真有这种亲戚，你愿意上他们那儿去住吗？”

我考虑了一下。贫穷在成年人看来是可怕的，孩子们就更怕了。他们不能理解由于辛勤劳作而值得尊敬的贫穷，而只会把贫穷这个字眼跟衣衫褴褛、食不果腹、家徒四壁、态度粗暴、习性卑劣联系在一起。我当时把贫穷看成堕落的同义词。

“不。我不愿意做个穷人，”我这么回答道。

“就是他们对你仁慈，你也不愿意？”

我摇了摇头。我不明白穷人什么也没有，怎么会对人仁慈、再说，还得学着他们的样子讲话，养成他们那种不懂礼貌的习惯，变得没有教养，长大以后变成个穷苦女人，就像我在盖茨海德村见过的那些女人一样，她们坐在茅屋门口喂孩子吃奶或者洗衣裳。不。我还没有那种宁愿降低身份来换取自由的英雄气概。

“但是，你的亲戚真有那么贫穷吗？他们是干苦活儿的吗？”

“我不知道。里德舅妈说，就算我有亲戚，他们也都穷得跟叫花子一样。我可不想去讨饭。”

“你想进学校去上学吗？”

我再次考虑起来。我不大明白学校是什么。贝西有时候把学校说成个可怕的地方，说是年轻小姐们在那里坐的时候要脚戴足枷，腰缚背板，行为举止要特别文雅规矩。约翰·里德讨厌上学，咒骂他的老师。当然，约翰·里德的看法不能作为我的判断标准。贝西说起的学校规矩怪吓人的，那是她到盖茨海德府以前，在另一个人家那里干活时听来的。不过，她详细叙述起那家几位小姐的成就时，我倒觉得十分迷人。她夸奖她们绘制的花卉山水画漂亮；夸奖她们唱的歌动听，演奏的音乐优美；夸奖她们编织的钱包精致；夸奖她们会翻译法语书。我听得都心醉神迷了。另外，上学是一个彻底的改变；它意味着要走得远远的，与盖茨海德府一刀两断，开始一种新的生活。

“我真的喜欢上学，”默默沉思半晌后，我说出心里的结论。

“哦，哦，谁知道会怎么样呢，”劳埃德站起身来说。“这个孩子真该换换环境了，”他自言自语地补充说，“精神状态不大好。”

这时，贝西回来了。同时，下面传来马车轮碾在卵石路上的声音。

“是你的女主人吗，保姆？”劳埃德问道。“我想跟她谈谈再走。”

贝西在前面带路，把他让到早餐室去。我从后来发生的事情里，猜出了他跟里德太太之间的谈话内容。那位药剂师准是大胆提出了送我上学的建议，而且这个建议显然马上就被接受了，因为有一天晚上贝西跟阿博特在婴儿室做针线活儿的时候，我已经上床躺下了，她们准是以为我睡着了，阿博特就说，她能断定，太太一定很高兴能把这么个讨人厌的病孩子打发走，她好像总是在监视房子里的每一个人，而且好像在暗中设计着什么阴谋。我看，阿博特准是把我看成个尚未成年的盖伊·福克斯①了。

就是在这天晚上，我第一次从阿博特跟贝西的交谈中了解到，我父亲是个穷牧师，我母亲不顾亲友们的反对，执意跟他结了婚，人们都觉得她是下嫁了个穷人。我外祖父里德老先生因为她拒不服从自己的意志，一气之下断绝了跟她的关系，一个子儿也没给她。我父亲在一个大工业城镇当副牧师，父母结婚一年后，父亲在自己的教区看望穷人的时候传染上了流行性斑疹伤寒。我母亲也跟他传染上这种病，两个人相差不到一个月先后去世了。

贝西听了这番叙述，叹了口气说：“阿博特，简小姐也真够可怜的。”

“是啊，”阿博特说，“她要是个漂亮可爱的孩子，人们还真该因为她这么孤苦伶仃而同情她。可她却是这么个惹人讨厌的东西。谁会喜欢她呢。”

“的确不很讨人喜欢，”贝西表示同意。“要是换了乔治亚娜那么好看的姑娘，在同样的处境下，准会让人更加同情。”

“可不是嘛，我特别偏爱乔治亚娜小姐！”阿博特提高声音热烈地喊道，“真是个小宝贝儿！长长的鬈发，蓝蓝的眼睛，多好看的肤色，就跟画儿里的美人儿似的！……贝西，我猜，晚饭要吃威尔士兔子了。”

“我看也是……还是跟洋葱一块儿烤的。走，咱们下楼去吧。”她们走了。

---

① 阴谋炸毁英国议会大厦未遂分子。

第四章

我跟劳埃德先生交谈后，再加上听了贝西和阿博特之间的谈话后，我心里对情况好转充满了希望，看来不久就会有变化，我心中默默盼望着，等待着。然而这个变化却迟迟不来。一天一天过去了，一个星期又一个星期也过去了，什么也没有发生。我已经恢复了健康，但是我心中一直挂念的那件事却再也没有人暗示过。里德太太有时候冷酷地打量我一眼，但是却很少对我说点什么。自从我生病以后，她在我和她自己的孩子之间划定的界线就更明显了。她指定我独自睡在一个小屋里，强迫我独自吃饭，而且我必须在婴儿室里待着打发时间，而我的表兄表姐们却总是在起居室里。她根本就没有露出一点儿要送我上学的暗示，然而我却本能地感觉到，她不会长期忍受我跟她待在同一所房子里之苦，因为现在她的目光转向我的时候，比先前更加表现出一种无法克制的、根深蒂固的嫌恶。

伊莱扎和乔治亚娜看来是在按照命令行事，尽量少跟我说话；约翰一见我就扮鬼脸侮辱我，有一次还企图动手欺负我，但是我立刻像那次一样勃然而起没命地反抗，他于是觉得最好住手，连忙逃走了，一边逃还一边骂，硬说我打破了他的鼻子。我倒的确用拳头上的指关节照准他脸上那个凸出的部分狠狠砸了一下子。也不知道是我那下子打得够重，还是我的表情把他吓坏了，反正我真恨不得乘胜追击，再给他两下子，可惜他已经到了他妈妈身边。我听见他在对妈妈哭诉说，“那个可恶的简·爱”怎么像只疯猫一样扑到他身上。可是她却粗暴地喝住他说：

“约翰！别对我提起她。我告诉过你，不许靠近她。她不配人们去注意。我不愿意让你和你的妹妹们跟她来往。”

听到这里，我想也没想，突然俯身在栏杆上喊起来：

“他们才不配跟我来往呢。”

里德太太是一个高大粗壮的女人，可是，听了这番奇怪而大胆的宣言，立刻脚步灵敏地奔上楼梯，像一阵旋风似的把我拖进婴儿室，按在小床上，厉声威胁我，要我整天不得离开这张小床，不许再说一个字。

“要是里德舅舅还活着，看他会跟你怎么说？”我这话并不是故意说出来的，因为我根本就没打算这么说，可是却不由自主脱口而出。

“什么？”里德太太压低了声音问道。她那双一向冷酷镇定的灰眼睛似乎蒙上了一种类似恐惧的神情。她放开我的胳膊盯住我，仿佛弄不明白我究竟是个孩子，还是个魔鬼。我当时豁出来了，干脆一不做二不休。

“我的里德舅舅在天上能清清楚楚看见你的一举一动和脑子里的念头，我父母亲也看得一清二楚。他们知道你整天把我关起来，知道你想要我死。”

里德太太很快就恢复了原来的神气，抓住我拼命地摇动着，左右开弓打我耳光，然后一句话也不说便撇下我走了。贝西对我说教了一个钟头，把这个空隙填补了起来，她说任何人家养过的孩子中，从来没有像我这么邪恶、这么任性乖张的孽种，她的理由充分得让人无法置疑，连我也半疑半信了，因为这时在我胸中只有满腔的恶意。

十一月过去了，十二月过去了，连一月份也过去了一半，盖茨海德府像往年那样，在节日的欢乐中庆祝了圣诞节和新年，礼物交换已毕，聚餐和晚会也已结束。当然啦，各种欢乐场面都要把我排除在外的。我唯一能分享到的欢乐便是旁观伊莱扎和乔治亚娜天天穿起盛装，看着她们身穿薄纱礼服，腰系宽宽的红带子，披着一头优雅的鬈发，傲然走向楼下的起居室去；然后便能听到下面传来钢琴和竖琴弹奏的乐曲，听到管家和男仆来回走动的脚步声，听到人们喝茶时杯盘碰撞的叮当声，听到起居室门子开关时断断续续传出的交谈声。我觉得厌倦了，就从楼梯口回到孤寂的婴儿室，在那儿我虽然觉得悲哀，却并不痛苦。说实话，我一点儿也不想陪客人，因为即使到了客人们面前，也很少有人注意到我。假如我有贝西好好陪着静静地度过黄昏，而不必在里德太太那可怕的目光监视下，跟满屋子的女士先生们在一起，我就觉得是一种享受了。可是，贝西把她那两位年轻的小姐们打扮好以后，通常就要到厨房或者管家的屋子里去凑热闹，还总要把蜡烛也拿走。我就把木偶玩具娃娃摆在膝盖上，一直坐到火苗渐渐缩小，还不时朝周围扫视一眼，看是不是有比我更坏的东西在这间阴暗的屋子里作祟。等到炉火的余烬变成暗红色，我便连忙把衣服上的带子和结子使劲撕扯一通，脱衣上床，去躲避黑暗和寒冷。我总是抱着玩具娃娃上床睡觉，人总是要爱个什么东西才行，既然缺乏更有价值的东西寄托爱心，我只好疼爱这个没有生命的小偶像，它的颜色早已褪尽，破旧得像个小稻草人。现在想起来，真不明白当时怎么会把满腔柔情都倾注在这么个小玩具上，甚至还以为它是个有生命、有知觉的东西，不把它裹在睡衣里就睡不着觉，只有把它安安稳稳地安顿在温暖的地方，相信它觉得快活了，我才会觉得快活。

等待那些客人离去，再等到贝西的脚步声响起在台阶上，似乎要过很长时间。贝西偶尔会在半中间上楼来取个顶针或一把剪刀，要不就给我送来一个小面包或一块干酪饼充当晚饭。我吃的时候，她就坐在床前望着我。我吃完，她就替我把被子掖好，亲吻我两遍，说上声："晚安，简小姐。"每逢贝西对我这么和气的时候，我就觉得她是世界上最善良、最漂亮，最慈祥的人了。我真心真意希望她能永远对我这么和蔼可亲，再也不要把我推来搡去，也不要咒骂我，或者叫我做干不完的活儿。可她过去总是这么干的。现在想起来，贝西·李一定是个很有天赋的女子，因为她做什么都挺利索，而且讲故事的本领也很了不起，至少从我听了她讲的童话故事后留下的印象来判断，她的确了不起。要是我对她相貌和体型记得不错，我记得她长得挺好看，那时她是个身材苗条的女人，长着一头乌黑的头发，黑色的眼睛，非常漂亮的面容，好看而纯净的肤色。可就是脾气暴躁，反复无常，没有原则性，也没有正义感。不过尽管如此，跟盖茨海德府里的其他人比较起来，我还是比较喜欢她。

一月十五号那天上午大约九点钟左右，贝西下楼去吃早饭，我的那几位表兄表姐还没有给召到他们母亲身边去，伊莱扎正在戴帽子，穿上到外面去的暖和外衣，要出去喂她的鸡，那是她喜欢的一项活动，她也同样喜欢把鸡蛋卖给管家，把卖得的钱积攒起来。她有做生意的才能，也有攒钱的嗜好。这种才能不但表现在卖鸡蛋和小鸡上，也表现在跟花匠斤斤计较，为花的块根、花种、花枝的价钱争执不休。那位花匠得到过里德太太的明确指示——小姐花坛上的所有出产，只要她卖，他就得买下。只要能赚大钱，伊莱扎连自己脑袋上的头发都情愿出卖。至于她得到的钱，她首先把它们用破布和旧卷发纸包起来，藏在屋子的背静角落里。但是，其中有几包被仆人们发现了。伊莱扎害怕有一天丢失她这些珍贵的财宝。这才同意由她母亲代为保管，她收取的是高利贷一样的利率——百分之五十或百分之六十，利息每季度收一次，然后就急切地把数字准确记载到一个小本子上。

乔治亚娜当时坐在一个高凳子上照着镜子梳理头发，她还在自己的卷发上插上些假花和褪色了的羽毛，那是她在阁楼上的一个抽屉中找到的。我正在整理床铺，贝西给我下了道严格的命令，要在她回来前把被子叠好。现在贝西常把我当成个保姆的帮手来支使，干整理屋子、揩擦椅子之类的活计。我把被子铺平整，把睡衣叠好，然后就到窗前去，整理一些散乱的连环画册和玩具娃娃的小家具。突然，乔治亚娜对我下命令说，不许我碰她的玩具，因为那些小椅子、小镜子、小巧精致的杯盘都是她的财产。我住了手，不再收拾。因为没事可做，我就对着窗玻璃上凝结的霜花哈气，弄出一片清澈的部分，从那里能看到外面地上的景物。在严寒的影响下，周围一片凝重肃穆。

从这扇窗户望出去，能看见看门人的小屋和马车道，正当我哈着气把覆盖在玻璃上枝叶般的银白色图案清理开一片，能够看到外面景物的时候，就看见大门打开，一辆马车驶了进来。我漠然望着它沿着车道驶向盖茨海德府。经常有马车光顾盖茨海德府，但是却没有哪一辆车带来过让我感兴趣的客人。这辆车停在房门前，门铃大声响了起来。有人开门把来人让进屋里。这一切对我都算不得什么，我茫然地把注意力转向一只比下面的事情更加生动的景物，那是一只饥饿的小知更鸟，它飞过来，落到紧靠在房子墙壁上的一根光秃秃的樱桃树枝上。啾啾叫个不停。我早饭吃剩的面包和牛奶还搁在桌子上。我把一口面包撕碎，正要抬起窗户，把面包屑撒在外面的窗台上，这时贝西奔上楼，闯进婴儿室来。

“简小姐，把围裙脱掉。你在那儿干吗呢？今天早上洗过脸和手没有？”我回答之前又用劲把窗户往上面抬了抬，因为我想要那鸟儿吃到面包。窗户开了，我把面包屑撒在外面，有的撒在石头窗台上，有些撒在樱桃枝杈上。然后我才回答说：

“还没有，贝西，我刚刚干完打扫的活儿。”

“真是个讨厌、粗心的孩子！那你现在干吗呢？脸蛋红红的，好像干了什么坏事，你打开窗户干吗？”

我用不着费心回答这些问题，因为贝西看上去着急得要命，根本没时间听我解释。她把我拉到洗脸盆架跟前，用一盆水、一块肥皂和一块粗毛巾让我的手和脸受了一顿无情的搓擦之苦，幸而时间很短。然后，她用一把鬃刷把我的头发梳理整齐，解掉我的围裙，就把我领到楼梯口，催我赶紧下楼，说是有个人在早餐室等着见我。

我想问问是谁要见我，我还想问问里德太太是不是也在那儿，可是贝西已经走开了，还把婴儿室的门子哐当一声关上。我缓慢地朝楼下走去。

我已经有几乎三个月没有给叫到里德太太面前去过，在婴儿室禁闭了这么久，早餐室、餐厅和起居室在我看来都变成可怕的地方了，我害怕踏进去。

我站在空荡荡的门厅里，前面就是早餐室，我停住了脚步，胆怯得浑身直打颤。在那些日子里，不公平的惩罚给我心灵带来的恐惧把我变成个多么可悲的胆小鬼啊！我不敢转身回到婴儿室，也害怕一直朝前，走进客厅。我在不安的躁动与踌躇中整整站了十分钟。早餐室里响起一阵狂暴的铃声让我打定了主意。我别无选择，必须进去。

“谁会来找我呢？”我心里觉得纳闷。我用两只手使劲转动门钮，可是它太紧，用了一两秒钟都没扭开。“除了里德太太，我还会看到什么人？是个男人还是女人？”门钮转动起来，门子打开了。我深深行了个屈膝礼后，抬头望去，只见面前是一根黑黑的柱子！至少，我当时猛然一看，得到的就是这么个印象。那个直挺挺立在地毯上的东西狭长而乌黑，顶端的那张残酷面孔活像个雕塑出来的面具，仿佛是作为柱顶装饰安上去的。

里德太太坐在壁炉边自己常坐的座位上。她朝我做个手势，要我走近些。我服从了。她便向那个石雕般的陌生人介绍道：“我就是为这个小姑娘向你提出申请的。”

原来那是个男人。他把脑袋缓缓转向我站立的地方，两道浓眉下一双善于探究的灰眼睛闪亮着，仔细打量了我一番，然后用一种严肃的低音问道：“她的个头很小。多大了？”

“十岁。”

“有这么大？”他感到怀疑。说完，又连续打量了我几分钟。接着，他问我：“你叫什么名字，小姑娘？”

“简·爱，先生。”

说出这几个字以后，我抬起头望望。在我看来，他是个身材高大的先生。不过，当时我也实在太矮小了。他的五官长得很大，五官和身体的轮廓都显得很生硬、很刻板。

“喔，简·爱，你是个好孩子吗？”

这个问题我不可能肯定回答。因为生活在这个小圈子里的人们都持不同看法。我沉默着。里德太太用富有表情的模样摇了摇头，然后很快补充道：“这个问题也许说得越少越好，布罗克赫斯特先生。”

“很遗憾听到这样的话！我必须跟她谈谈。”他把直挺挺的身子弯下来，在里德太太对面的一把扶手椅上坐下，说道：“上这儿来。”

我从地毯上走过去。他要我规规矩矩在他面前站直。他长着怎样的一张面孔啊！现在，这张面孔跟我的脸差不多在同一个高度上了！多大的鼻子！多可怕的嘴巴！多大的两排龅牙！

“什么也不如看到个调皮捣蛋的孩子更让人难受了，”他开口说，“尤其还是一个淘气的小女孩。你知道那些坏人死后要上哪儿去吗？”

“下地狱，”我脱口而出，讲出的是正统的回答。

“你能告诉我，地狱是什么吗？”

“是一个火坑。”

“你难道愿意掉进那个火坑，永远受到火的煎熬吗？”

“不愿意，先生。”

“你必须怎样做才能避免呢？”

我仔细想了一会儿。结果，说出个没有道理的回答：“我必须保持健康，避免死去。”

“你怎么能保持健康呢？天天都有比你小的孩子死去。我一两天以前刚埋掉个五岁的孩子——那可是个很好的小娃娃，如今，他的灵魂已经上了天堂。要是你受到召唤，我恐怕很难用同样的话评价你。”

照我现在的处境，根本无法消除他的怀疑，我只得垂下眼睛，望着他踩在地毯上的两只大脚，叹了口气，恨不得离得他远远的。

“我希望这声叹息是发自内心的，我也希望你后悔不该给你好心的恩人带来过那么多烦恼。”

“恩人！恩人！”我在内心中说道。“他们都把里德太太说成我的恩人。要真是这样的话，恩人就是个讨厌的字眼。”

“你每天早晚祷告吗？”盘问继续进行着。

“是的，先生。”

“你读《圣经》吗？”

“有时候读的。”

“高兴读吗？喜欢它吗？”

“我喜欢《启示录》《但以理书》《创世纪》《撒母耳记》《出埃及记》中的一小部分、《列王记》和《历代志》里的一些片段，还有《约伯记》和《约拿书》。”

“那么《诗篇》呢？我想你一定喜欢吧？”

“不喜欢，先生。”

“不喜欢？噢，真让人吃惊！我有个小男孩，比你略小一些，他已经能熟背六首赞美诗啦。要是你问他，是愿意要一块姜饼，还是要学一首赞美诗，他就会说：‘当然是《诗篇》里的一首赞美诗！天使们都唱赞美诗的，我要在人间做个小天使。’由于他小小年纪就这么虔诚，结果得到两只核桃作为奖赏。”

“《诗篇》没意思，”我说。

“这正好证明你有一颗邪恶的心。你必须祈求上帝为你换一颗，给你一颗崭新纯洁的心，把你的顽石心拿走，换上一颗肉心。”

我正打算提个问题，请教一下做换心手术的方法，突然里德太太插嘴了，要我坐下。接着，她自己跟客人交谈起来。

“布罗克赫斯特先生，我相信我在三个星期前在写给你的信中已经把这个小姑娘的情况向你作过通报，她的性格和脾气不是我所希望看到的，如果你能接受她上劳渥德学校，并请督学和教师严厉看管她，尤其是防止她犯那种欺骗的恶劣毛病，我将十分高兴。简，我当着你的面提到这一点，省得你再变着法子去欺骗布罗克赫斯特先生。”

我实在应该害怕里德太太，也实在应该憎恨她，因为残酷折磨我已经成了她的本性，我在她面前从来不会感到快活，不管我多么小心谨慎地服从她，不论我怎么费尽心机竭力讨好她，我的种种努力仍然受到她的排斥，她还是用上面那段话来报答我。现在，当着一个陌生人这样指责我，简直像用刀一直刺到我心里一样。我朦胧地体会到，在她指定我过的那种新生活里，她已经把我的希望全都粉碎了。虽然我没法把自己的感觉表达出来，可我觉得，她正在朝我未来的生活道路上播撒嫌恶和无情的种子。我感到自己在布罗克赫斯特先生的眼睛里已经变成个狡诈恶毒的孩子了，我能做些什么来修补这种伤害呢?

“说实在的，什么办法也没有，”我一边这么思忖，一边竭力忍住一阵就要爆发出来的抽泣，赶忙把眼泪擦掉。眼泪是我内心痛苦的证明，然而这种证明毫无用处。

“对一个孩子来说，欺骗的确是一种可悲的缺点，”布罗克赫斯特先生说道，“欺骗跟撒谎类似，撒谎的人全部要进燃烧着火和硫黄的湖里去受煎熬，不过，里德太太，我们会好生看管她。我会把这事告诉坦普尔小姐和其他教师的。”

“我希望能按照她可望得到的前途来教养她，”我的这位恩人继续说道，“使她成为一个永远谦卑而有用的人。至于假期嘛，如果您准许的话，让她一直待在劳渥德好了。”

“夫人，你的决定实在太英明了，”布罗克赫斯特先生说。“谦恭是基督徒的一种美德，对劳渥德学校的学生们，它尤其适宜。因而，我发出过指示，要求特别注意在学生中间培养这种美德。我已经做过仔细的研究，知道怎样才能把学生们的世俗骄傲情绪最有效地压制下去。就在前不久的一天，我的成功得到了令人愉快的证明。我的二女儿奥古斯塔陪着她母亲去参观学校，回来以后感叹道：‘哎呀，亲爱的爸爸，劳渥德学校的所有姑娘们看上去多么文静、多么朴实啊！她们都把头发梳到耳朵背后去，身上系着长长的围裙，衣裳外面还钉着荷兰麻布料子做的小口袋——她们简直就像穷人家的孩子一样！’她这么说道。‘还有呢，她们盯着我和妈妈的裙子不住地看，仿佛从来没见过丝绸长裙似的。’”

“这种情况正是我非常赞成的，”里德太太评论道。“看来，我就是跑遍整个英格兰，也找不到比你们学校的制度更适合像简·爱这种孩子了。要艰苦朴素，我亲爱的布罗克赫斯特先生，我主张在任何事情上都要艰苦朴素。”

“夫人，艰苦朴素是基督徒的第一职责。凡是与劳渥德这个学校有关的一切安排都是按照这个原则办的：简单的伙食、朴素的衣着、不讲究的住宿、艰苦和勤劳的习惯，这就是现在那个学校以及生活在那里的人们的秩序。”

“非常正确，先生。我也许可以指望让这个孩子登记入学，在劳渥德学校受到适合她地位和前途的教育吧？”

“是的，夫人。她会被栽种在那个苗圃里，那里的作物都是经过精心选择的。她被选中是一种幸运，我相信，她会为得到这种特权而表示感激。”

“那么，我会尽快把她送去的，布罗克赫斯特先生。不瞒你说，我实在急于摆脱这种越来越让人厌烦的责任啦。”

“没问题，没问题，夫人。现在我要向你告辞了。一两个礼拜后，我才能回布罗克赫斯特府，我那位好朋友阿奇迪肯先生不会答应我提前离开他。我会给坦普尔小姐寄个条子，通知她说，有个新来的小姑娘要入校，所以，接受她是不成问题的。再见。”

“再见，布罗克赫斯特先生。请代我问候布罗克赫斯特太太和布罗克赫斯特小姐、奥古斯塔和西奥多，还有布劳顿·布罗克赫斯特少爷。”

“遵命，夫人。小姑娘，这是一本名叫《童心指南》的书，要跟祷告词一起念，尤其要念那一部分，里面说到‘一个名叫玛莎·葛……的小姑娘，因为惯于撒谎和欺诈，最后突然暴死。’”

说着，他把一本线装封面的小册子塞进我手里，然后打铃叫自己的马车，离去了。

屋子里只剩下了里德太太和我。沉默中，几分钟过去了。她做针线活，我就望着她。里德太太那时大概有三十六七岁，是个膀宽腰圆四肢粗壮的女人，个头不高，结实却不肥胖。她的脸盘挺大，双下巴过分堆积，非常臃肿。她的额头比较低，大下巴向前凸出，嘴和鼻子倒相当端正。在两道淡淡的眉毛下，闪烁着她那一双无情的眼睛。她的肤色很深没有光泽，头发跟亚麻的颜色几乎一模一样。她的身体结实得像头牛，疾病从来不近她的身。她是个严格而精明的经营者，她的一家大小和所有佃户全都归她统领，只有她的孩子们偶尔敢于跟她的权威分庭抗礼，嘲弄她一下。她衣着讲究，体态和风度更使漂亮衣着增光。

我坐在一张离她的扶手椅几码远的小凳上，仔细打量着她的身材，端详着她的长相。我手里拿着那本小册子，上面说的是那个撒谎者暴死的故事，这是作为给我的适当警告指定要我注意阅读的。刚刚发生的事情、里德太太跟布罗克赫斯特先生说的那些有关我的话，以及他们的整个谈话内容，都活生生地印在我的脑子里，那么冷酷，那么伤人的心。每一个字都清清楚楚地响彻在我的耳畔。强烈的愤慨激荡在我的胸中。

里德太太把目光从手头的活计上移开，抬起头来盯住我，她灵巧的手指也停了下来。

“走开，回婴儿室去，”她这么命令道。一定是我的眼神或者我的什么其他东西冒犯了她，因为她说话时尽管竭力克制自己的声调，可还是流露了极端的愤怒。我站起身，朝门口走去。可是我又转回来，走向窗户那里，穿过屋子走到靠她很近的地方。

我必须说话。我一直受到残酷的践踏，现在必须反击。但是怎么反击？我有什么力量来对付我的敌人呢？我鼓足勇气，把我的反击都集中在下面这些直率的话里：

“我不骗人。要是我骗人的话，我就会说，我爱你。但是我要说清楚，我不爱你。在这个世界上我最恨的人除了约翰·里德，就是你。这本书说的是撒谎的人，你可以拿给你女儿乔治亚娜去读，因为撒谎的是她，不是我。”

里德太太的手仍旧一动不动地搁在她手头的针线活儿上，她那双冰冷的眼睛冷冷地盯着我。

“你还有什么话要说？”她问道。那腔调根本不像个成人在跟孩子讲话，倒像是在跟一个成年的死对头较量。

她的眼神和声调激起我全部的憎恶。我激动得浑身上下都不由自主地颤抖着，继续说道：

“我很高兴你不是我的亲戚。我这一辈子再也不会叫你舅妈了。我长大了永远也不会来看你。要是有人问我是不是喜欢你，问起你是怎么对待我的，我就告诉他说，我只要想起你，就觉得恶心，你对我残酷到了极点。”

“简·爱，你怎么敢大胆说这种话？”

“我怎么敢，里德太太？我怎么敢？因为这是事实。你以为我没有感情，你以为我一丁点慈爱或仁慈也不需要，可我不能这样过日子，而你却连一丁点怜悯心也没有。我至死也不会忘记，你是怎样推我——尽管我当时心灵惨遭折磨，痛苦得要死，向你大声呼救说：‘噢，里德舅妈！行行好！’你却又粗暴又凶狠，把我推回红屋子里，还把我锁在那儿。这么折磨我，不过是因为你那个坏儿子无缘无故打我，还把我打倒在地上。我要把这段千真万确的情节告诉所有的人。人们还以为你是个好女人呢，可你是个铁石心肠的坏女人。你才会骗人呢！”

我的这段话还没讲完，就体会到一种从来没有过的自由和胜利感在心里膨胀、升腾。仿佛挣断了一道无形的束缚，奋力逃逸到了做梦都没有指望得到的自由状态之中。这种感觉也并不是毫无外在原因的，因为里德太太看上去吓坏了，她手头的针线活计从膝头滑落到了地上，两只手举起在空中，身体前后晃来晃去，面孔扭曲得像是马上就要哭出来。

“简，你想错了。你这是怎么啦？怎么抖得这么厉害？你想喝点水吗？”

“不，里德太太。”

“你想要什么别的东西吗，简？我向你保证，我是想做你的朋友的。”

“你没这么想。你告诉布罗克赫斯特先生说，我的性格恶劣，生性狡诈。可我要让劳渥德的所有人知道你是什么样的人，你干过些什么。”

“简，这种事情你还不懂。孩子必须改正自己的错误。”

“我没犯欺诈的错误！”我提高声音狂暴地喊道。

“可是你任性，简，这一点你总得承认吧。现在回婴儿室去，好乖乖，去躺一躺吧。”

“我不是你的乖乖。我不能躺下来。马上送我去学校，里德太太，因为我憎恨住在这里。”

“我很快就会送你去上学的，”里德太太喃喃地自言自语说。说完就收拾起针线活儿，突然从屋子里逃了出去。

我独自待在那里，俨然是个战场上的得胜者。这是我平生打过的最艰苦的战斗，也是我赢得的第一次胜利。我在地毯上布罗克赫斯特先生站过的地方待了一会儿，独自享受着胜利后的幽静。起初，我暗自窃喜，感到兴高采烈。但是，这阵剧烈的喜悦随着我急速跳动的脉搏消退了。一个孩子像我这样跟长辈吵嘴，像我那样毫不控制自己的怒火，事后总不免感到一阵阵悔恨，回忆起来往往觉得十分扫兴。我咒骂、威胁里德太太时的狂暴心情，正好似一座着了野火的山丘，火焰腾空、光芒耀眼、无情肆虐，吞噬着一切。而我事后的心境又好像这座山丘上野火熄灭后遗留下的黑色焦土。我默默反思了半个钟头，心里觉得自己刚才的行为的确疯狂。自己既恨别人，又为别人所恨，这种处境着实令人悲哀。

我第一次尝到了复仇的某种滋味，它就像喝到芬芳的美酒时一样，温和而香醇。但是，尽兴后的滋味却又刺激又腐败，让我觉得好像中了毒一样。现在我倒真想去请求里德太太原谅，但是，一半从我的经验，一半来自我的本能，我知道，这样做只会让她带着加倍地蔑视憎恶我，她的憎恶又会再次把我天性中的每一丝狂暴的冲动激发出来。

我想采用比激烈讲话高明些的方式，消除盛怒，培养一种温和的心境。于是我拿了本阿拉伯短篇故事书，坐下来打算读一读。我的思路总是在我自己和这些以前十分着迷的故事之间心不在焉地飘忽着，根本看不进去。我打开早餐室的玻璃门，外面没有一线阳光，也没有一丝风，灌木丛里静悄悄，遍地严霜也显得黑黢黢的。我把外套的下摆翻上来蒙住脑袋和胳膊，走出去，在相当僻静的林子一隅散步。我走在寂静的树木间，地上散落着枞树的坚果、秋天的落叶被风席卷到偏僻的角落里，变成一堆堆霜打冰冻的硬块。我在这里没有找到任何乐趣。我倚在一扇门上，向远处空旷的田野眺望，那儿没有羊群吃草，短短的草叶在严寒中夭折，被染成一片白茫茫。这是个非常阴郁凄凉的日子，仿佛大雪将至，天空密布的阴云沉沉压在大地的一切景物上。片片雪花不时飘下来，落在硬邦邦的路面上，或者白茫茫的草地上，已经融化不掉了。我站在那里，显得十分渺小可怜，嘴里一遍又一遍喃喃自问："我该怎么办？我该怎么办？"

突然，我听到一个清脆的声音叫道："简小姐！你在哪儿？来吃午饭！"

那是贝西的声音，我能清楚地分辨出来，但是我没有移动。她轻快的脚步声从小道上由远而近。

"你这个小调皮鬼！"她说道。"听见叫你干吗不来？"

贝西虽然还是有点暴躁，但是与我刚才心中思考的那些东西比较起来，她带来的好像是一丝欢乐。我在跟里德太太的冲突中取胜以后，对保姆的一点恼火当然不会在意，我倒是真想分享一下她轻松愉快的心情。我用两条胳膊把她搂住说：“好啦，贝西！别骂我。”

这个动作比我平时习惯的那样可要坦率大胆得多了。这让她觉得挺高兴。

“你真是个怪孩子，简小姐，”她低下头看着我说，“我猜，你这个孤独的流浪儿要去上学了吧？”

我点了点头。

“你要离开可怜的贝西，不觉得难过吗？”

“贝西还会在乎吗？她总是骂我。”

“那是因为你是这么一个又古怪、又胆怯、又害羞的小东西。你应该大胆些才对。”

“干吗？为了多挨几次打吗？”

“胡扯！不过你受了些虐待，这倒是真的。我母亲上个礼拜来看我的时候说，她可不愿意让自己的孩子处在你这样的地位上。——好啦，进来吧，我有些好消息要讲给你听。”

“我不相信，贝西。”

“小鬼！你这是什么意思？你盯着我看的眼神多忧伤啊！好吧，告诉你！太太、小姐们和约翰少爷下午要到外面去吃茶点，你可以跟我在一起吃。我要让厨娘给你烤个小蛋糕，你帮我收拾你的抽屉，因为我很快就要给你收拾行李装箱了。太太想要你一两天就离开盖茨海德府，你可以选择自己喜欢的玩具。”

“贝西，你必须答应我，在我走以前不再骂我。”

“好吧，我不骂就是。可你也得记住，要做个很乖的孩子，不要再害怕我啦。我说话口气凶一点的时候，也别一惊一乍的，那实在太恼人了。”

“我想，我可不害怕你，因为我已经习惯了你的脾气，很快，我就得害怕另外一帮人了。”

“假如你害怕他们，他们就不会喜欢你。”

“你就是这样吗，贝西？”

“我可不是不喜欢你，小姐。我相信，要是跟这家里其他人比起来，我更喜欢你。”

“可你并没有表示出来。”

“你这个刻薄的小东西！你简直换了一种说话的方式。怎么变得这么鲁莽直率的？”

“这还用说吗，我很快就要离开你了，另外……”我差点告诉她我跟里德太太之间发生的事情，可是转念一想，觉得这事还是不说出来的好。

“这么说，你要离开我觉得很高兴喽？”

“根本不是的，贝西，说真的，刚才我还真有点儿难受呢。”

“‘刚才’！而且还是‘有点儿’！我的小女士这些话说得多冷淡呀！我敢说，要是现在我要你吻我一下，你准会说，你‘有点儿’不愿意。”

“我要吻你，而且还是很愿意。把你的脑袋低下来。”贝西弯下腰，我们互相拥抱，我得到了很大的安慰，跟着她走进屋里。那个下午是在宁静与和谐中度过的。晚上，贝西给我讲了一些她知道的最迷人的故事，还给我唱了她会唱的几首最好听的歌曲。就连我这样的人，人生中也有灿烂阳光的时刻。

第五章

一月十九日凌晨，钟刚敲五点，贝西就拿着一支蜡烛来到我的小屋，可她看见我已经起床，衣服都快要穿好了。我在她进来前半个小时已经起了床，洗了脸，一牙西沉的残月透过我小床旁边的窄窗将月光泻进小屋，我借着月光穿好衣服。那天我要乘公共马车离开盖茨海德府，车定于早上六点从门房那里经过。全家只有贝西一个人起了床。她在婴儿室生上火，在火上为我做早饭。想到要去旅行，孩子们激动得很少有胃口吃早饭，我也吃不下。贝西竭力劝我喝点她为我准备的热牛奶，吃点面包，可是没用，就只好用纸包了几块饼干，放进我的袋子里。然后她帮我穿上大衣，戴上帽子，她自己也裹了条大围巾。她和我一起离开了婴儿室。我们经过里德太太的卧室时，她问我："你要进去跟太太道别吗？"

"不，贝西。昨天晚上你下楼吃饭的时候，她去过我的床前，说是早上走的时候不必打扰她，也不必打扰我的表兄表姐们。她要我记住，她永远是我最好的朋友，要我见了谁都这么说，还要我感激她。"

"你说什么了，小姐？"

"什么也没说。我用被子把脸捂上，转身用背对着她。"

"那就不对了，简小姐。"

"对极了，贝西。你的太太不是我的朋友。她一直是我的敌人。"

"哎呀，简小姐！可别这么说呀！"

"再见吧，盖茨海德！"我穿过门厅，走出正门的时候喊道。

月亮已经落下去了，天色很黑，贝西手里提着一盏灯，灯光在湿漉漉的台阶和卵石路面上反射出闪烁的光亮。冬天的早晨又冷又潮，我加快脚步沿着车道走云的时候，冷得牙齿直打战。看门人的小屋里点着灯。走近那里的时候，发现看门人的妻子正在生火。我的箱子前一天晚上已经送来，用绳子捆好，放在门口。离六点钟只差几分钟了。钟刚敲六点，远处就传来公共马车的辚辚车轮声。我走到门口，看着马车的灯在黑暗中迅速接近这里。

“她独自走吗？”看门人的妻子问道。

“是的。”

“要走多远？”

“五十英里。”

“要走那么远啊！我真不明白，里德太太怎么能放心让她独自走那么远的路。”

公共马车驶近了，很快就停在大门前。那是一辆四匹马拉的车，上面坐满了乘客。押车人和马车夫大声催促着，有人把我的箱子装上车，我搂着贝西的脖子跟她吻别，也给人拉开了。

“路上千万要好好照顾她，”押车人把我抱进车里的时候，她喊道。

“好，好！”他这么回答道。车门砰的一声关上了，一个声音喊道：“好了。”于是，车子开动了，把我从贝西身边带走，带着我离开了盖茨海德府，在我当时看来，马车在驶向一个陌生、遥远而神秘的地方。

那趟旅途我只能回忆起很少一部分。我只知道那个白天长得不可思议，我们好像行驶了好几百里路。我们穿过好几个城镇。马车在一个大城镇停下来，马匹都从车辕上卸下去，乘客也都下车吃饭。押车人把我带到一家客栈里，要我在那儿吃点东西，可我不想吃。他就让我待在一间巨大的房间里。那个房间里两头各有一个壁炉，天花板上悬挂着一个枝形吊灯。墙上高高挂着一个红色的小陈列柜，里面摆满各种乐器。我在屋里踱来踱去，觉得很不自在，以为有个人会跑进来把我绑架走，心里害怕得要命。因为我相信有绑匪，贝西在壁炉前给我们讲的故事里，常常有他们的行踪。押车人终于来了。我又上了马车，我的保护人爬上他的座位，吹起号角，我们就在L城的石板路面上辚辚驶过。

下午潮湿有雾。傍晚天黑的时候，我开始觉得，我们离盖茨海德真的非常远了。我们不再穿越城镇，野外的景色也变了。一座座灰蒙蒙的大山丘隆起在天边。暮色渐浓，我们来到一个有黑森林的山谷。夜色笼罩周围景色很久以后，我听到风刮树梢发出的猛烈呼啸声。

这种声音像催眠曲，我终于昏昏然睡着了。没睡多久，车子猛地停下，把我惊醒了。车门开了，一个仆人模样的人站在门外，在车灯的亮光下，我看见她的面孔和衣服。

“这里是不是有个名叫简·爱的小姑娘？”她问。我回答道：“是的。”有人把我抱下车。我的箱子也卸下车来。公共马车立刻就驶走了。

坐了那么久的车，我的四肢都僵了，马车的颠簸和车轮的单调声音弄得我昏沉沉的。我努力镇静下来以后，朝周围望了望，四下一片漆黑，空气中满是风和雨。不过，我隐隐约约辨别出前面有一堵墙，还有一扇开着的门。我跟在我这位新向导身后走进那扇门。她把那扇门关住，上了锁。这时，映入眼帘的是一所房子，或者说是几所房子，因为建筑物一直延伸到很远的地方，上面有很多窗户，有些窗户里亮着灯火。我们顺着一条宽阔的卵石道往前走，路面湿得能溅起水来。那个仆人带着我走进一个楼门，穿过一条走廊，进了一个生着火的房间，然后把我独自留在那里。

我站在壁炉前，在火焰上烤一烤冻得发麻的手指，然后我朝四周望了望。屋里没点蜡烛，但是，壁炉里投出来的摇曳火光，飘忽不定地照亮了贴着壁纸的墙壁、地毯、窗帘和锃亮的红木家具。这是一间起居室，没有盖茨海德府的起居室那么豪华宽敞，但是相当舒适。我正疑惑不解地望着墙上一幅画，猜测着它的内容，突然房门打开了，一个手持蜡烛的人走了进来，这人身后紧跟着另一个人。

进来的第一个人是一位个子很高的女士。她长着黑头发、黑眼睛，白白的额头相当宽阔，一条大披巾裹着上半身。她的容貌严肃，举止端庄。

“人们不该打发这么小的孩子独自旅行，”她把蜡烛放在桌子上说道。她仔细打量了我一两分钟，然后补充说道：

“最好快点打发她上床。她看上去累了。你累吗？”她把一只手搭在我肩膀上，问道。

“有点儿累，小姐。”

“一定饿了。米勒小姐，让她吃点晚饭再上床睡觉。这是你第一次离开父母来上学吗，我的小姑娘？”

我向她解释说，我没有父母。她问我他们去世多久了，问我多大了，叫什么名字，会不会读书写字，会不会做一点针线活儿。然后，她伸出食指轻轻摸摸我的脸说，希望我做个好孩子，接着就让我跟米勒小姐走了。

我离开的那位女士可能有二十九岁。带着我走的这位看上去要年轻几岁。第一位女士的声音、表情和风度都给我留下了很深的印象。米勒小姐比起来就显得平凡些，尽管她看上去由于劳累而显得疲惫，但肤色却很红润。她的步伐匆忙，仿佛手头总是有许多事情等着处理似的。她看上去真像个助理教师，后来我知道，她果真就是一位助理教师。我在她的带领下，在这所大而不规则的建筑物里，穿过一间又一间屋子、一条又一条走廊，最后，穿过房子那头阴森森的寂静，走进一片嗡嗡的人声里。我们走到一间宽阔的屋子里，只见屋里每头都有两张挺大的木桌，每张桌子上点着两支蜡烛，年龄从九岁、十岁到二十岁不等的姑娘们围坐在桌子周围的长凳上。在幽暗的烛光下，她们似乎多得数不清，不过实际人数超不过八十个。她们全都身穿样式奇怪的棕色布制服，上面套着荷兰亚麻布围裙。这是自习时间，大家都在熟读功课，为明天作准备。我听到的嗡嗡声就是大家都低声朗诵混杂在一起的声音。

米勒小姐指点我坐在靠近门的一张凳子上，随后，她走到这间长屋子的上首，大声说道：

“各班班长，把课本收起来放好！”

四位高个子姑娘分别从不同的桌子旁边站起来，在各自的桌子周围走了一圈，把课本收起来放好。米勒小姐再次发出命令：

“各班班长，去把晚饭端出来！”

高个子姑娘们走出屋子，马上又回来了，每个人手中端着一个大托盘，上面放着几份东西，我不知道上面放的是些什么，不过，每只托盘中间都放着一把茶壶和杯子。切成一份一份的东西轮着让大家取用。杯子是公用的，谁想喝就拿起来喝一口。轮到我跟前的时，我喝了些水，因为我渴了，可我没碰吃的东西。激动和疲惫弄得我什么也不想吃。不过，我看清楚了，那是些切成一份一份的薄燕麦饼。

这顿晚饭吃过后，米勒小姐念了祈祷词，各班的姑娘们两个一列，排着队上楼去。这时候，我已经瞌睡得顾不上仔细看看卧室是什么样子的了，只看到是些跟教室一样长长的屋子。这一夜，我跟米勒小姐合睡在一张床上，她帮我脱掉衣服，躺下以后，我朝那排成一长列的床铺望去，每张床上很快都睡了两个人。十分钟以后，唯一的一盏灯给吹灭了。在寂静和完全的黑暗中，我睡着了。

那个夜晚过得飞快。我疲倦得厉害，甚至连梦都没做。我只醒过一次，听见窗外呼呼怒号的疾风和哗哗倾注的暴雨，感觉到米勒小姐已经睡在我身旁。我再次睁开眼睛时，响起一阵刺耳的铃声，姑娘们都起床穿衣服。还不到黎明时分，屋里点上一两支灯芯草蜡烛。我也不情愿地起了床。冷得厉害，我浑身发抖，勉强把衣服穿戴好。洗脸盆架排在屋子中央，等到有空洗脸盆的时候，我就洗了把脸。洗脸盆并不容易空下，因为是六个姑娘合用一个。铃声再次响起来，大家两个一排站好队下楼，走进烛光昏暗、冷冰冰的教室。米勒小姐念了祈祷词，然后大声喊道：

“分班！”

接着是好几分钟的喧嚣和混乱，米勒小姐一再喊着“保持安静！”“注意秩序！”喧嚣声平息下去后，我见大家每人手中都拿着书本在四张桌子旁边围成四个半圆形，空下每张桌子前面的椅子，每张桌子上都有一本像是《圣经》一样厚的大书，摆在那把空着的椅子面前。安静了几秒钟后，响起了无数低沉模糊的嗡嗡声。米勒小姐从一个班走向另一个班，制止这种不清楚的噪音。

远处传来一阵铃声，三个女士立刻准时走进屋子，每人走向一张桌子，坐在自己的座位上。米勒小姐在第四张空椅子上坐下，她的椅子紧靠屋门，那张桌子周围坐的是一帮顶小的孩子。我被叫到这个低年级班，安置在最末端的一个位置上。

一天的功课开始了。背诵白天的短祷文以后，念了几段经文，然后又一连几个小时慢慢念了《圣经》中的几个章节。这些练习结束的时候，天已经大亮了。那个不知疲倦的铃声第四遍响起来。各班列队走进另一个屋子去吃早饭。看到有东西可吃，心里多高兴啊！前一天只吃了那么一丁点东西，我都快饿坏了。

饭厅是个天花板低矮、光线暗淡的大屋子。两张长桌子上放着几盆热气腾腾的东西，但是冒出的气味根本不诱人，让我感到难受。我注意到，来这里准备吞咽这种东西的人，闻到这股气味，都面露厌恶之色。第一班队列前面的几位个子高高的姑娘们提高声音议论起来：

“真讨厌！粥又给烧煳了！”

“安静！”一个声音喊道。那不是米勒小姐的声音，而是一位高级教师在喊，她的个头矮小、肤色黝黑、穿着讲究，但是脸色有点儿阴沉。她在桌子上首就座，在另一张桌子上首就座的是一位体态丰满的女士。我到处寻找前一天晚上见到的那位女士，可是找不到，她不在这里。米勒小姐坐在我所在的那张桌子下首；一个面貌奇怪，像个外国人一样的老女士坐在另一张桌子的下首。后来我才知道，她是法语教师。念了感谢上帝的祷告词，还唱了一首长长的赞美诗。然后仆人为教师们端上茶点，就开饭了。

我饿极了，饿得脑袋都有点发昏了，没有考虑那粥是什么味道，就把我的那份大口喝了几勺，但是，极端的饥饿稍有缓和之后，才发觉这是一份令人作呕的东西。烧煳的粥味道就像腐败的土豆一样恶心，饿得再凶也不想吃这种东西。所有的勺子都动得很慢，我看到每个姑娘都尝尝那食物，努力想咽下去，可是大多数姑娘很快就放弃了这种尝试。早饭时间结束了，但是，谁也没有真正吃到早饭，大家又为这顿并没有吃到的早饭感谢上帝，还唱了一首赞美诗。大家离开饭厅，进教室。我走在最后面，经过那些桌子的时候，我看见一位教师端起一盆粥尝了尝，然后朝其他教师望了一眼，只见她们的脸上都露出不愉快的神情，其中有一位就是那个体态丰满的女士，她压低声音说：

“真糟糕！多叫人恶心呀！”

一刻钟后，接着上课。可是教室里一片喧嚣，好不热闹。因为在这段时间里。似乎允许大家随意高声交谈的，大家就利用了这个特权。话题都集中在那顿早饭上，每个人都破口大骂。可怜的人们！这便是他们唯一的安慰了。这时待在教室里的教师只有米勒小姐一个，一群大姑娘围着她，说话的声调严肃，还做着愤怒的手势。我从中听出布罗克赫斯特先生的名字，米勒小姐听到后，摇了摇头，表示不赞成。但是，她没有做多大努力来阻止这场普遍的愤怒。她自己无疑也感到恼火。

教室里的一只钟敲了九响，米勒小姐离开那圈人，走到屋子中央，喊道：

“安静！坐回自己的座位上去！”

纪律占了上风。五分钟之后，这个乱哄哄的人群中恢复了秩序，七嘴八舌的喧嚣逐渐平静下来。几位高级教师准时回到自己的座位上。不过，大家好像还在等待着什么。八十位姑娘挺直腰杆，一动不动地坐在整齐排列在屋子两侧的凳子上。她们看上去真是一群怪人。她们的头发一律又平又直地梳向脑后，一个发卷也看不到。大家都穿着棕色衣服，领子高及喉咙，脖子上还围着一圈窄窄的领口。上衣前面吊着一个荷兰麻布口袋，样子就像苏格兰人的钱袋，这是用来放针线用的。大家还都穿着羊毛长筒袜，和带有铜扣的乡下鞋子。有二十多位这种穿着的姑娘已经完全成年了，或者说她们已经是些年轻妇人了，她们穿着这种衣服显得挺难看，即使是最漂亮的姑娘，穿上这种衣服也会显得怪模怪样。

我望着她们，也偶尔仔细端详一下那些教师——她们没有一个让我觉得喜欢，体态丰满的那个有点儿粗俗，肤色黝黑的那个有点儿凶狠，像外国人的那个声音嘶哑、模样怪诞，还有这位可怜的米勒小姐！她看上去眼圈发紫，满脸倦容。我的目光正从一张面孔滑向另一张面孔，突然，整个学校的人仿佛由一根弹簧操纵着似的，同时起立。

这是怎么回事？我并没有听见有人发口令，觉得迷惑不解，没等我明白过来，各班同学就一齐坐下了。因为大家的目光都投向一点，我也朝着那个共同的方向望去，结果看到了昨天晚上接待过我的那个人。她站在这间长屋子尽头的那个壤炉前，因为这间屋子两头各有一个壁炉。她的神情严肃，默默朝两列姑娘们扫视了一眼。米勒小姐走上前去，仿佛向她提了个问题。得到了答复，然后回到自己的位置上，大声说：

“一班的班长，去把地球仪取来！”

一班的班长去执行这个命令的当儿，米勒小姐刚才请示过的这位女士慢慢朝屋子这头走来。我猜想，我的身上肯定有一个主管崇敬的器官，因为我的目光追随着她的脚步由远而近时，心里油然产生的崇敬感一直保持至今。这次是在大天白日之下，她看上去个子修长，体态匀称，容貌美丽；棕色的眼睛里，眸子透出慈祥的光芒，在长长的眼睫毛衬托下，她宽阔的额头显得又白又净；在她的两个鬓角上，深棕色的头发按照时尚烫成圆圆的发卷，因为当时已经不流行长长的发辫和长卷发；她的衣服也是当时流行的式样，是用紫色布料制作的，边缘有一圈西班牙式黑色丝绒镶边；腰带上挂着一只金表，当时随身带表还不像现在这么流行。读者自己可以为她加上秀美的容貌、略带苍白但是却很清澈的肤色、端庄的风度和仪态，来完成她的画像，这样就可以得到一幅坦普尔小姐的肖像，就像语言所能描写的一样清楚了。后来，我在她让我带到教堂去的一本祈祷书上看到她写在上面的全名：玛丽亚·坦普尔。

这位女士是劳渥德学校的监督。她在放好两只地球仪的一张桌子跟前坐下来，把一班的同学招呼到自己身边，开始给她们上地理课。各个低班级的同学由老师们召集起来，复习历史、语法等课程。这样进行了一个钟头后，接着上算术，有的大些的姑娘由坦普尔小姐教音乐课。每节课都是由钟点来计算的，最后，钟敲十二点，监督站起身来。

“我有句话要对同学们讲，”她说。

下课时的嘈杂已经爆发出来，但是一听到她的声音，大家立刻安静下来。她接着说道：

“今天早上为你们准备的早饭无法下咽。你们一定饿了。我已经吩咐过，今天上午给全体准备了一顿点心，吃面包和奶酪。”

教师们吃惊地望着她。

“这事由我负责，”她补充说，口气像是在对她们做出解释，说完立刻走出了教室。

面包和奶酪马上就端了进来，分给大家，整个学校都乐得欢天喜地。听见“到花园去！”的命令后，每个人都戴上一顶镶着彩色印花布带子的粗草帽，穿上一件灰色粗绒外衣。我也如是装备起来，跟着她们，像潮水一样涌出去，来到室外。

花园是个宽阔的地方，四周的围墙高得谁也休想朝外面的景色瞥上一眼。一道有屋顶的长廊通向花园一端，几条宽阔的步道围着中间划分成几十块的一个个小花圃，这些花圃是分配给学生们种花的园地，每个小花圃都有各自的主人。等开满鲜花的时候，一定十分漂亮，但是，现在是一月下旬，四周一派冬天的枯朽凋零景象。我站在那儿，望着四周的一切，冻得浑身直打哆嗦。这天实在太冷了，不适宜做户外活动。天倒的确没有下雨，但是一片黄色的蒙蒙细雾把天色遮得非常阴暗。昨天的雨水过后，地面还是湿漉漉的。身体结实些的姑娘们跑来跑去，开始做些运动量大的游戏。但是，那些面色苍白、体格消瘦的孩子们就在长廊里挤作一团，寻找遮蔽和温暖。浓重的雾气透进她们的单薄的身体，冷得她们浑身直打哆嗦。我听见她们中间有人在不断地干咳。

我还没有跟哪个孩子说过话，而且看起来也没有哪个孩子注意我，我独自站在一旁，觉得十分寂寞。但是我已经习惯于这种孤独了，并不感到太压抑。我斜倚在长廊的一根柱子上，把我那件灰色的外套裹得紧一些，想把体外这侵袭着我的寒气，和体内尚未缓解的饥饿都抛到脑后，让自己专心观察和思索。我思索的东西太捉摸不定，太支离破碎了，不值得记载下来。我几乎不知道自己是在哪里。盖茨海德和我过去的生活仿佛已经漂到了无法测量距离的远方，我的现在又是这么模糊而陌生，对未来，我无法推测。环顾这座修女院似的花园，抬起头望望那座巨大的建筑物，只见它的一半看上去灰溜溜陈旧不堪，另一半却很新。新的那部分里面是教室和宿舍，窗户上的格子是竖道子的，看上去像教堂一样。门的上方有一块石匾，上面刻着这样的文字：

劳渥德义塾

这一部分重建于公元 ×× 年，由本地布罗克赫斯特府的内奥米·布罗克赫斯特建造。

“让你们的光芒在人前明亮地闪耀，人们会看到你们的善行，它会光耀你们的在天之父。”——《马太福音》第五章第十六节。

我把这些字看了一遍又一遍，觉得应该有一种解释，自己却无法彻底理解它。我正在思索“义塾”的意思，想看出第一段跟第二段那句经文之间的联系是什么，突然紧靠我身后有一阵咳嗽声，我不由得回过头去，看见一个姑娘坐在一张石凳上埋头看书，似乎看得很着迷。从我站的地方，我可以看见那书的名字:《拉塞拉斯》。这个名字让我觉得奇怪，因此也就动人。她翻过一页的时候碰巧抬起了头，我就直接问她：

“你的书有趣吗？”我心里已经打算要她以后把这书借给我看看。

“我喜欢它，”她停顿了一两秒钟，打量了我一下，回答道。

“上面说的是什么？”我继续问道。我自己也几乎弄不明白怎么敢这么大胆跟陌生人开始交谈。这种步骤与我的习惯和天性相违背。不过我想，准是她读书时的那种专注的神情引起了我心弦的共鸣，因为我也喜欢读书，当然，我看的不过是些浅薄幼稚的书，那种正经的或者内容丰富的书我没法理解消化。

“你看看吧，”那个女孩一边说一边把书递给我。

我就翻看了一下，匆匆一览，就明白书的内容并不像书名那么动人。以我当时的浅薄口味判断，《拉塞拉斯》是本乏味的书，里面没有关于仙女和妖怪的事，书上除了密密麻麻的字，没什么有趣的东西。我把书还给她，她平静地接过去，什么也没说，正准备像刚才一样继续专心阅读，我又一次壮着胆子打扰了她，问道：

“你能告诉我门子上方那块石头上的字是什么意思吗？‘劳渥德义塾’是什么？”

“就是你来住的这所房子。”

“那他们怎么管它叫义塾呢？它跟别的学校有什么不同的地方吗？”

“这所学校有些慈善性质，你、我以及所有其他孩子都是慈善学校中的孩子。我猜想，你是个孤儿。是不是你的父亲或者母亲去世啦？”

“在我记事以前他们都去世了。”

“噢，这儿的姑娘不是失去父亲或者母亲，就是父母双亡。这所学校就是为教育孤儿开设的，所以叫成义塾。”

“我们难道不付钱吗？他们免费养活我们吗？”

“要付的，不是自己付，就是朋友替我们付，每人每年十五镑。”

“那他们怎么还能把我们叫成慈善学校的孩子？”

“因为十五镑不够伙食费和学费，不足的部分由捐款弥补。”

“捐款是谁给的？”

“就是附近和伦敦的许多好心的女士和先生们。”

“谁是内奥米·布罗克赫斯特？”

“就是那块匾上写的那位女士，她盖了这座房子新的这一半，这儿的一切都由她儿子监督管理。”

“为什么？”

“因为他是这个机构的司库和经理。”

“这么说，这座房子不属于那位戴着金表，下令让我们吃面包奶酪的高个子女士？”

“你说坦普尔小姐？噢，不！我倒真希望属于她。可她所做的一切都要对布罗克赫斯特先生负责。我们所有的食物和衣服都是布罗克赫斯特先生买的。”

“他住在这儿吗？”

“不。他住在两里以外一座大宅子里。”

“他是个好人吗？”

“他是个牧师，据说做过许多善事。”

“你说那位高个子女士名叫坦普尔小姐吗？”

“对。”

“其他教师都叫什么名字？”

“脸颊发红的那位是史密斯小姐，她管手工劳动和裁剪——因为我们是自己动手做衣服的，我们的外套、大衣全是自己动手做。那位黑头发的矮个子是斯卡彻德小姐，她教历史和语法，二班要向她背诵课文。肩上围着披巾，腰上用一条黄带子别着一块手帕的那位是皮埃罗夫人，她是法国利斯尔人，在这儿教法文。”

“你喜欢这些教师吗？”

“相当喜欢。”

“你喜欢那个小个子黑头发的那位，还有那位什么夫人来着？我不会像你那样发音。”

“斯卡彻德小姐脾气有点急躁，你必须留心别冒犯了她，皮埃罗夫人不是个坏人。”

“坦普尔小姐是最好的，对不对？”

“坦普尔小姐人非常好，非常聪明。她比别的教师高出一筹，因为她比她们懂得多。”

“你在这儿很久了吗？”

“两年了。”

“你是个孤儿？”

“我母亲去世了。”

“在这儿愉快吗？”

“你问的问题太多了。我已经回答了你许多问题啦。现在。我想读书了。”

但是，就在此刻，开饭的铃声敲响了。大家回到房子里。屋里弥漫着的气味并不比早饭时闻到的那种更加诱人。饭菜盛在两只巨大的白铁盆子里，里面热气腾腾的蒸汽中带着强烈的油腻腐肉味。我发现那堆杂烩里有烂土豆和臭肉片。在量的方面，每个学生都分到挺丰富的一份。我把能吃的东西都尽量吃掉了，心里暗自纳闷，难道每天的饭都是这个样子？

饭后，我们立刻返回教室，接着上课，直到五点才结束。

下午唯一值得一提的是：我看见在长廊里跟我交谈过的那个女孩，在上历史课的时候受到斯卡彻德小姐的惩罚，在大教室中间当众罚站。在我看来，这种惩罚是十分丢脸的，尤其她是那么大的一位姑娘啦——她看上去有十三岁，可能还更大些。我以为她会显得十分羞愧或者痛苦，可是让我觉得吃惊的是，她既没有哭，也没有脸红。在众目睽睽之下站在那里，虽然绷着脸，却显得十分镇定。“她怎么能这么平静，这么坚定地忍受这种事呢？”我自忖道。“要是我处在她的地位上，准会希望地上裂开一道缝，让我钻进去。可她那模样仿佛没有考虑受到的惩罚，没有考虑自己现在的情景，没有考虑周围的和面前的事情，而是在超然地思考别的事情。我听说过白日做梦的事情，她现在是不是在白日做梦？她的眼睛盯着地板，但是我敢肯定，她视而不见，她的视野似乎已经转向了自己的内心。我相信，她在望着自己记忆中的事物，而不是看着真正展现在眼前的东西。我不知道她是个怎样的姑娘，是个好姑娘，还是个坏姑娘？”

下午五点过后，我们又吃了一顿饭，是一小杯咖啡和半片黑面包。我狼吞虎咽地吃掉那份面包，津津有味地喝光了那杯咖啡，要是再有这么多，我会感到十分高兴，因为我仍然饿着呢。接着是半个小时的娱乐活动，然后又学习。再往后是一杯水、一块燕麦饼、晚祷和上床。我在劳渥德的第一天就是这么度过的。

第六章

第二天的开端与前一天一样，也是在灯草芯蜡烛的亮光下起床、穿衣。但是这天早上我们不得不免去洗脸这个仪式，因为罐子里的水冻成冰了。从前一天晚上起，天气发生了变化，一股可怕的东北风整夜呼啸着，透过窗户上的缝隙直往卧室里灌，把我们冻得缩在床上直发抖，把水罐里的水都冻得结了冰。

那一个半小时的祈祷和朗读《圣经》还没有结束，我已经觉得要冻死了。早餐的时间终于到了，这天早上，粥还算没有煮煳，要说质还算能吃，但是量却少得可怜。我那份看上去真够少的，要是能增加一倍就好了。

白天，我被编入四班，给我指定了正式的功课和作业。在这之前，我在劳渥德一直算是个旁观者，可是从现在起要成为那儿的一名演员了。起初，我还不太习惯于背诵，课文对我来说既长又难。再说，经常更换不同的功课，让我觉得不知所措。下午三点钟，史密斯小姐把两码长的布条和针线之类东西塞进我手里，让我坐在教室的一个安静角落里，教我怎么给那布条锁边，这倒让我觉得挺高兴。在那个时间里，其他姑娘大多数也是在缝纫。但是仍然有一个班的学生围在斯卡彻德小姐的椅子旁边朗读，由于大家都静下来了，所以她们上课的内容大家都能听到，而且还能听到每个姑娘表现如何，以及斯卡彻德小姐听了以后对她们的表扬和责备。她们上的是英国历史。我从朗读的人中间认出了我在长廊中相识的那位。开课时，她在班里名列前茅，但是由于发音上出了错，没有注意停顿，结果成绩突然降到末尾了。即使在这么不引人注目的位置上，斯卡彻德小姐继续使她成为大家经常注意的目标。她不断地这样责备她：

“布恩斯（这似乎是她的姓。这里的姑娘都是用姓来称呼，就跟别的地方这么叫小伙子一样）。布恩斯，你怎么站的？把鞋帮子都踩到脚底下去了，快把脚趾反过来。”“布恩斯，你的下巴伸出来难看死了，快收回去。”“布恩斯，我要你把脑袋抬起来。不许你用这样的态度站在我面前，”等等。

一个章节从头到尾读了两遍，书合起来后，教师考问起姑娘们来。这一课是关于查理一世时期的，问题多种多样，有的是问船舶吨位数和吨位税，有的是问造船税，大多数姑娘好像都答不上来，然而，各种难题一问布恩斯，立刻就得到解答。她的脑子似乎把整课书的内容都熟记住了，对每一个问题都能脱口回答上来。我心里一直以为斯卡彻德小姐会表扬她注意听讲呢，可是，她非但不表扬；还突然喊道：

“你这个肮脏讨厌的姑娘！你今天早上没有把指甲洗干净！”

布恩斯没有回答，我对她的沉默感到奇怪。

我想道：“她为什么不解释说，她不但不能洗指甲，而且脸也洗不成，因为水冻住了。”

这时候，我的注意力被史密斯小姐打断了，她要我为她架住一绞线，她缠线的时候不断地跟我谈话，问我以前上过学没有，问我会不会画图样、缝纫、编织等等。她离开我之前，我没法再观察斯卡彻德小姐的活动。我回到自己座位上时，那位女士正在发号施令，我没有听清楚那个命令是什么意思，但是，布恩斯立刻走出教室，走进放书的一个小里间，半分钟后返回来时，手里拿着一捆小枝条，她把这件不祥的刑具交给斯卡彻德小姐，还恭恭敬敬地行了个屈膝礼，然后，没等人家下命令，就默默地解开上衣。教师立刻用那束枝条在她脖子上狠狠抽打了十几下。布恩斯的眼睛里没涌出一滴泪水，我的手不能再干缝纫的活儿，因为我看着那种场面，心头升腾起一股无可奈何的怒火，手指抖得厉害。可是，在她那张沉思般的面孔上，还是平时那种表情，没有一点儿改变。

“死不悔改的姑娘！”斯卡彻德小姐喊道，“什么也改变不了你那种邋遢习惯。把鞭子拿走。”

布恩斯服从了。她从小屋里出来的时候，我盯着仔细看她。她刚刚把手帕放回衣袋里，一道泪痕在她瘦削的脸上闪亮着。

我觉得傍晚的游戏时间是劳渥德一天最愉快的时候。吃下那一口面包，喝下那一点儿咖啡虽然并不能压饥，但是也能恢复点活力。白天漫长的约束可以松弛一下。教室里也比早上暖和一些，因为允许火在这个时候生得旺些，为的是可以稍稍推迟点燃蜡烛的时间。红彤彤的黄昏、得到允许喧闹、嘈杂的各种声音使人感到一种自由自在的愉快。

在斯卡彻德小姐鞭打她的学生布恩斯那天傍晚，我像平时那样，在长凳、桌子，还有笑闹的人群中走来走去，没有一个伙伴，可心里倒也不觉得孤独。我从窗户跟前走过时，偶尔随手掀起百叶窗扇朝外面望望。雪下大了，窗玻璃下面的棂子上已经堆起了雪。即使是在喧闹声中，我也能听出外面的寒风在哀号。

假如我刚刚离开的是一个温暖的家和慈爱的双亲，这一时刻很可能会让我心里增加离愁，这场风也会让我更加悲伤，屋里的吵闹景象也会让我觉得心绪不宁。然而，当时我从这二者中得到的是一种奇怪的激动情绪，既不安，又兴奋，我真希望外面的风号叫得再狂暴一些，昏暗的光线彻底变成一片漆黑，吵闹的声音再大些，变成喧嚣。

我跳过一个长凳，钻过一张桌子，来到一个壁炉前面。我在那儿发现，布恩斯正跪在高高的炉栅旁边，借着火的微弱余光读书。她默不作声，读得那么全神贯注，全然忘记了周围的一切。

“还是那本《拉塞拉斯》吗？”我走到她身后，问道。

“对，”她回答道，“我刚看完。”

五分钟后，她把书合上。这让我觉得挺高兴。

我想道：“现在也许我可以跟她谈话了。”我紧挨着她，在地板上坐下来。

“你姓布恩斯，名字叫什么？”

“海伦。”

“你是从离这儿很远的地方来的吗？”

“我来自北方挺远的地方，差不多到了跟苏格兰交界的地方了。”

“你还要回去吗？”

“我希望能回去，但是谁也说不准未来会怎么样。”

“你一定希望能离开劳渥德吧？”

“不。我干吗想离开？我是到劳渥德来接受教育的。不达到这个目的想离开也没用。”

“可是那个叫斯卡彻德小姐的教师对你真够残忍的。”

“残忍？一点儿也不！她那是严厉。她不喜欢我的缺点。”

“我要是你的话，准会恨她，反抗她。要是她敢用那根鞭子抽我，我就从她手里夺下来，当着她的面把鞭子折断。”

“也许你不会干出这种事来。假如你这么做，布罗克赫斯特先生肯定会把你从学校开除出去。你的亲戚会为此感到特别伤心。与其贸然胡闹让大家都跟着伤心难过，还不如自己忍耐一时的痛苦，免得大家分忧。《圣经》就是这样要求我们以德报怨的。”

“但是，挨了鞭打，还要当着那么多人在屋子当中罚站，这多丢人啊！你这么大了，我比你小都受不了这个。”

“要是没法避免，就得忍受它。你命中注定必须忍受的东西，你说忍受不了，那是懦弱和愚蠢。”

我听着她的话，心里觉得很奇怪，我没法理解这套关于忍耐的说教。她对欺侮她的人表示宽容，这让我更觉得无法理解，也无法产生同感。然而，我还是觉得海伦·布恩斯是借助我看不到的光线来观察世界的。我疑心，也许真的她是对的我是错的呢。但是我不想深入考虑这个问题。我像费利克斯那样，把它留待以后合适的时机再考虑。

“海伦，你说你有缺点。可那是什么缺点？我觉得你很好。”

“那你就跟着我学吧，不要只从外表判断。斯卡彻德小姐说的不错，我的确很邋遢。我很少把东西收拾得整整齐齐，而且从来就不会保持整洁。我粗心大意，我记不住规矩，我上课看闲书，我做事没条理。有时候我跟你一样，也受不了井井有条的秩序。可是这一切都让斯卡彻德小姐感到恼火，因为她天生喜好整洁、准时、精确。”

“还喜好发脾气和残酷。”我补充说。但是海伦·布恩斯不同意我的话。她保持沉默。

“坦普尔小姐也像斯卡彻德小姐对你一样凶狠吗？”

一听到坦普尔小姐的名字，她严肃的面孔上掠过一丝温和的微笑。

“坦普尔小姐是个满心善良的人。对别人表现出凶狠会让她觉得难过，哪怕是对学校里最坏的人，她也不愿意表现出凶狠。她看到我做错了事，就温和地指给我。要是我做了任何值得赞扬的事，她就对我竭力表扬。有一件事能证明我天性可悲的缺陷：即使是她那循循善诱的中肯劝告，也没有让我把自己的缺点改掉。尽管我特别珍视她的表扬，可是它并没有鼓励我保持认真仔细，考虑周到。”

“那就怪了，”我说道。“要想认真仔细太容易了。”

“我毫不怀疑，对你来说是非常容易的。今天早上，我留意观察了你在上课时的表现。米勒小姐讲课和提问你的时候，你一点儿也不走神。可我呢，我的思想老是跑到别的地方去。在我本来该听斯卡彻德小姐讲课，把她讲的一切用心记住的时候，我却常常会连她的声音都听不见，我的脑子里仿佛在做梦。有时候，我以为自己是在诺森伯兰[①]，听到周围的声音，

① 英格兰北部的一个郡。

我以为是我家附近那条冲下深谷的小河发出的哗啦声。所以，轮到我回答问题的时候，就得有人把我弄醒才成，因为耳朵里听到的是幻想中的小河流水声，而不是老师的问题，我就一时回答不上来。”

“可是你今天下午回答得多好啊！”

“那纯粹是碰巧，我们念的东西让我很感兴趣。今天下午，我没有梦见家乡的那条深谷，我在琢磨，为什么一个人本来想做好事，却像查理一世有时候那样，做得那么不公平、不明智。我心里觉得奇怪，他是那么正直，那么光明正大，可是眼光却看不到比王权更远的地方。要是他能把目光放得远些，看看人们所谓的时代精神的趋势，那该多好啊！不过，我喜欢查理王，我尊重他，同情他。可怜的国王，他被人谋杀了！不错，他的敌人是最坏不过的。他们无权让国王流血，可是他们却杀了他。他们怎么胆敢杀他啊！”

海伦这时是在自言自语。她不明白，我其实听不懂她在说些什么，我对她讨论的题目完全无知，或者说基本上是无知的。我提醒她注意我的水平。

“坦普尔小姐教你的时候，你的思想也到处漫游吗？”

“当然不，并不常常漫游。因为坦普尔小姐一般总是有些比我的知识更新的东西要讲。她用的语言让我特别喜欢，她传授的知识常常恰好是我所希望得到的。”

“这么说，你在坦普尔小姐的课上是个好学生啦？”

“是啊，不过是被动的，我什么努力也没做，只是随着自己的心愿行事而已。这种好可没什么了不起。”

“很了不起。别人对你好，你也对别人好，这正是我一心希望的。假如人们对那些残酷和不公正的人们一味和气顺从，他们就会更加为所欲为了。他们永远也不会感到害怕，不但永远不会改变，反而会变得越来越坏。我们无缘无故挨了打的时候，就该狠狠地回击。我肯定应该回击——狠狠回击，这样才能教训教训那个打我们的人，让他永远不敢再打人。”

“我希望，等你长得大一些，会改变这种想法。现在，你还是个没有受过什么教育的姑娘。”

“但是，我的看法是这样的，海伦：对于有些人，不管我怎么想法子讨他们喜欢，可他们还是讨厌我，那我就必须讨厌他们。对于有些人，他们给我不公正的惩罚，那我就必须反抗他们。同样，那些疼爱我的人，我自然用爱来回报。当然，如果惩罚得有理，我也心甘情愿。”

“异教徒和野蛮民族才信这个理呢，基督教徒和文明的民族可不认这个。”

"为什么？我不懂。"

"克服仇恨的最佳方式不是暴力，医治心灵创伤的最好途径也不是复仇。"

"那是什么呢？"

"去念念《新约》，看看基督是怎么说的，怎么做的——把他的话作为你的箴规，将他的行动当作你的榜样吧。"

"他是怎么说的？"

"要爱你们的仇敌；为诅咒你们的人祝福；善待那些仇恨你们、凌辱你们的人。"

"那我就该热爱里德太太了，这我可办不到。而且我还该祝福她的儿子，那是不可能的。"

这次轮到海伦·布恩斯要求我解释了。我就用自己的方式滔滔不绝地讲述了我受到的虐待和心中的怨恨。讲到心情激动的时候，心里怎么想就怎么说，既不保留，也不想法说得委婉一些。

海伦耐心地听我讲完。我以为她会发表几句评论呢，可她什么也没说。

我不耐烦了，问她："你说，难道里德太太不是个铁石心肠的坏女人？"

"她对你不好，这是没有疑问的。你知道，这是因为她不喜欢你的性格，就像斯卡彻德小姐不喜欢我的性格一样。可是，你把她说的话和做的事情记得多么仔细啊！她不公平对待你，看来在你心中留下了深刻的烙印。虐待从来不会在我心中留下这么深的印记。要是你把她对你的严厉，和你心里激起的热烈情绪都忘掉，难道不是更快活些吗？在我看来，生命太短暂了，不该用来为别人对你做的错事蓄积仇恨。在人世间，我们人人都必然身负沉重的罪过。但是我相信，我们不久就会摆脱这副腐朽的躯壳，那时就会卸下这副沉重的罪过负担，堕落和罪孽会随着我们这副累赘的血肉躯体离开我们，只剩下精神的火花仍然会闪光，生命和思想的哲理仍然纯洁得像造物主刚刚用来激励那创造出来的生命时一样。它从哪儿来，还会回到哪儿去的。也许它会进入一种比人类更高级的生物体内，也许会按照荣耀的等级上升，从平凡的人类灵魂升华为大天使！难道它肯定不会朝相反的方向发展，由人类堕落成魔鬼吗？不会，我相信不会的。我有另一个信条，这不是任何人教我的，我也很少提到它，可我喜欢它，也笃信不疑。因为它把希望赋予每一个人，它使永生成为安息——那是一个博大的家，而不是个恐惧的去处和可怕的深渊。另外，有了这个信条，我可以清清楚楚地区别开犯罪者，和他所犯的罪行，我可以在憎恨所犯的罪行时，真诚地原谅犯这个罪的人。有了这个信条，我的心永远不会让复仇所困扰，堕落永远不会让我感到深深的厌恶，不公正的对待永远不会让我过分沮丧。我会平静地生活，期待着末日的到来。”

海伦的脑袋一直垂着，说完这句话，就垂得更低了。从她的神情上，我看出她不再希望跟我谈话，而是希望跟自己的思想去交谈。可惜她没得到很多思索的时间，因为一位班长走到她面前来了，那是个粗鲁的大姑娘，操着浓重的坎伯兰[①]口音嚷着说：

“海伦·布恩斯，要是你现在不立刻去整理自己的抽屉，把你的针线活计叠起来，我就去叫斯卡彻德小姐看看！”

海伦叹息了一声，因为她的幻想被驱散了。她站起身，服从了班长，没有回答，也没有耽搁。

① 英格兰北部的一个郡。

第七章

我在劳渥德住的第一个季度长得仿佛像一个时代，然而，这并不是个黄金时代。我与种种困难做过艰苦的斗争，以便适应这里的各种生活规则，并且习惯做许多陌生的工作。我命中注定身体要经受苦难，虽然这也不是容易忍受的小事，但是让我觉得更加难以忍受的苦恼的是害怕在这里出差错。

在一月、二月和三月的前半个月里，厚厚的积雪和融雪后的泥泞使道路几乎无法通行，我们除了去教堂外，不能到花园围墙外面去活动。可是在花园的围墙里面，我们每天还是得在露天待上一个钟头。我们的衣服太单薄了，根本抵御不住严寒。我们没有长筒靴。积雪钻进我们的鞋子，在里面融化。我们没有手套，手都给冻麻了，像脚上一样长满了冻疮。我现在还清清楚楚记得，每天晚上脚都觉得发烫，疼得钻心。到了早上，把肿胀的双脚套进鞋子里，更是一种折磨。让人苦恼的还有食物供应不足。正在发育中的孩子食欲非常旺盛，然而，我们得到的食物少得还不足以养活一个气息奄奄的病人呢。营养不良导致了虐待狂，结果倒霉的是年纪小的学生们。饿慌了的大女孩子们，只要有机会就连哄骗带威胁，攫取小女孩的口粮。我有好几次在吃茶点的时候，把那一片珍贵的黑面包分给两个索取者，还把咖啡分一半给第三个索取者，我自己却饿得偷偷流下了眼泪，掺着眼泪把剩下的一半咖啡喝下肚子。

在那个严寒的季节，星期日是个阴郁的日子。我们得走上两英里的路程，到布罗克桥教堂去，我们的保护人就在那儿做礼拜。我们出发的时候天气就很冷，到达的时候更冷。在做早祷的时候，差不多就要冻僵了。路程太远，不能赶回来吃午饭，于是就在两次礼拜之间分发给我们冷肉和冷面包充饥，分量少得跟平时一样。

下午的礼拜结束以后，我们从一条毫无遮蔽的山路返回，刺骨的寒风从北面一片积雪的山峰上俯冲下来，几乎能把我们脸上的皮肤剥下去。

我还记得坦普尔小姐步履轻盈地走在我们这队士气低落的行列旁边，寒风撩动着她身上的格子花布斗篷，她把那斗篷紧紧裹在身上，嘴里讲着格言鼓励我们，自己以身作则奋力往前走，正如她说的："像勇敢的士兵那样。"另外几个可怜的教师们，自己都累得无精打采，哪儿还顾得上鼓励别人呢。

我们回到学校的时候，多么渴望熊熊炉火带来的光和热啊！可是，至少对幼小的孩子来说，这是得不到的。教室里的每一个壁炉都立刻让大姑娘们层层围住，小一些的孩子们只得蹲下来挤作一团，把冻僵的胳膊裹在围裙里保温。

吃茶点时，我们能得到一点小小的安慰，面包是双份的——不是半片，而是整整一片——上面还涂着薄薄的一层可口的黄油。这是我们一个星期中最盼望的一次享受。我一般总是想方设法把其中一半留下来自己享用，但是另外一半就不得不分给别人了。

星期日晚上的时间要用来背诵教堂的教义问答，《马太福音》第五章、第六章和第七章，还要听米勒小姐朗读冗长的说教。她念的时候也忍不住一连串的哈欠，看来她也疲倦了。在这些活动中常常出现一个个插曲，内容是大约五六个小姑娘再现犹推古[①]的角色，她们都瞌睡得要命，虽然不是从三楼上掉下去摔死，却是从第四排凳子上掉到地上，扶起来的时候也摔得半死了。抢救的办法是把她们推到教室中央，逼她们一直站着听完说教。有些时候，她们的腿站不住，瘫倒在地上，就得用班长的高凳子把她们撑住。

我还没有提到布罗克赫斯特先生到学校来看望的事情。实际上，我进了这所学校后的第一个月中，这位先生大部分时间都不在家。也许，他在副主教家做客时多待了一阵吧。他不在，我觉得相当欣慰。不必说，我害怕他的到来自有一番道理。可他最后还是来了。

我来到劳渥德三个星期后的一天下午，正坐在那里手托石板计算一道长长的除法题，我的眼睛不经意地抬起来朝窗户望去，正好看见一个从窗

① 《新约》《使徒行传》第二十章第九节："一个名叫犹推古的年轻人坐在窗台上，沉沉入睡。保罗长时间讲道，年轻人熟睡中从三层楼上落下，人们把他扶起来时，已经死了。"

前经过的人影。我几乎是本能地认出了那个瘦长的体形。两分钟后，包括教师在内，全校上下一齐起立时，我就是不抬头看，也知道她们是在欢迎谁。一阵大跨步的声音穿过教室，停在坦普尔小姐身旁，坦普尔小姐也站起身来，这正是在盖茨海德府皱起眉头对我怒目相视的那根黑柱子。这时，我斜眼偷看了一下这座建筑物。不错，我猜对了，是布罗克赫斯特先生，他的大衣扣子都扣紧了，看上去比以前更细，更长，更严厉。

我自有理由害怕这个幽灵。我清清楚楚记得里德太太的暗示，她对我的个性等方面大肆诬蔑。我也记得布罗克赫斯特先生答应过，要把我的邪恶本性告诉坦普尔小姐和其他教师们。我一直提心吊胆，害怕他实施这个诺言，我天天都在警惕这个“要来的男人”，他提供的消息和关于我过去生活的说法，将会永远把我打入坏孩子之列。现在，他终于来了。他站在坦普尔小姐身边，压低声音跟她交谈。我毫不怀疑，他这准是在把我的恶劣行径告诉她。我痛苦而焦急地望着她的眼睛，随时准备承受她向我投来厌恶和蔑视的目光。同时，我也在静静地仔细听，当时我正好坐在离这间屋子上首挺近的地方，他说的话我大部分都听到了，谈话内容顿时解除了我当时的恐惧。

“坦普尔小姐，估计我在洛顿买到的线还可以用吧。当时我脑子动了一下，觉得这种线用来缝布衬衫正合适，我还选了一些跟它相配的针。你可以告诉史密斯小姐，我当时没有记住要买织补用的针，不过下个星期可以给她送来几包。但是，她每次只能发给每个学生一根针，要是她们多拿了，就可能不那么留意，还会把针弄丢的。另外，小姐！我希望毛袜子要多加注意！上次我到菜园子去检查了一下晾在那里绳子上的衣服，发现许多袜子没有补好。从袜子的破洞上看，我可以肯定，袜子没有经常补好。”

他停顿了一下。

“我们会遵照您的指示办，先生，”坦普尔小姐说。

“小姐，”他接着说，“洗衣妇告诉我说，有的姑娘一个星期中换了两次干净的褶皱领饰。这可太过分了，按规定，她们一星期只能换一次的。”

“我想，我能解释一下这个情况，先生。阿格尼斯和凯瑟琳·约翰斯顿上个星期四应邀到洛顿去吃茶点，我同意她们去，并且让她们在走的时候换上了干净领饰。”

布罗克赫斯特先生点了点头。

“好吧，一次还可以通融。不过请不要允许这样的事情经常发生。还有一件事让我觉得很吃惊。跟管家算账的时候，发现在过去两个星期中，有两次向姑娘们提供了面包和奶酪点心。这是怎么回事？我查了一下规章，发现上面可没有提到要向孩子们提供点心。这是谁搞的改革？又是谁批准的？”

“这件事必须由我来负责，先生，”坦普尔小姐回答道。“那天的早饭做糊了，孩子们不能吃。我不敢让她们一直饿到吃中午饭的时候。”

“小姐，请允许我占用你一点儿时间！你一定明白我培养这些姑娘的计划吧，我不打算任她们养成奢侈和放纵的习惯，而是要教育她们吃苦、忍耐、克己。万一发生一些不如人意的小事，诸如一顿饭做坏啦，一道菜烧得不够火候或者过了头啦，可不能因此就另外用精美的食物来弥补失去的一点点滋味。这样纵容身体的满足，就忽视了本机构的宗旨。本来可以利用这次暂时的艰苦，鼓励她们忍受困难，提高学生们的精神境界。在这种场合下，作一次简短的训话，不是不合时宜的。一位贤明的导师会利用这样的机会，提到原始基督徒经历的苦难；提到殉道者们身受的痛苦；提到天主要门徒拿起十字架跟随他的告诫；提到他对世人的警告：人不能只靠面包生存，还要靠上帝嘴里说出的每一句话；提到他神圣的安慰词：‘假如你们为我忍饥受渴，那是你们的幸福。’啊，小姐，当你用面包和奶酪替换了那些煮煳的粥，喂进那些孩子的嘴巴时，你也许真的喂饱了她们卑鄙的身体，可你却没有想到，这样却让她们不朽的灵魂挨了饿！”

布罗克赫斯特先生再次停顿下来——也许是由于他的情绪太激动的缘故。坦普尔小姐从他一开始对她讲话时，就把目光垂向地面。但是，现在她的两眼凝视着正前方，她的脸色本来就像大理石一样洁白，这会儿就更增加了大理石般的冷漠和坚定，尤其是她的嘴，闭得那么紧，仿佛只有雕刻师使用凿子才能撬开她的嘴唇。她眉宇间逐渐凝成一副冷冰冰的严厉表情。

与此同时，布罗克赫斯特先生把手背在身后，站在壁炉前面，威风凛凛地扫视着全校学生。突然，他的眼睛眨巴了一下，仿佛有什么东西让他目眩，或者刺激了他的瞳仁。他连忙转过身去，用这以前还没有过的急促声调说：

“坦普尔小姐，坦普尔小姐，那个……那个留着鬈发的姑娘是谁？小姐，就是那个红头发的，满头……满头红发的那个，”他说着把拐杖举起来，指向那个可怕的目标，激动得手都抖起来了。

“那是朱莉娅·塞弗恩，”坦普尔小姐平静地回答道。

“朱莉娅·塞弗恩，小姐！不管是她，还是什么其他姑娘，为什么她要留鬈发？在一个响彻福音的慈善机构中，她怎么胆敢违反这座房子里的种种清规戒律，如此流于世俗，居然留起那么一头乱蓬蓬的鬈发来？”

“朱莉娅的卷发是自然卷的，”坦普尔小姐更加平静地回答道。

“自然！不错。但是我们就是不能顺从自然随波逐流。我希望这些孩子都成为皈依上帝的孩子，为什么还要留那么多头发？我一再叮嘱过，要把头发梳得紧贴头皮，样式端庄朴素。坦普尔小姐，那个姑娘的头发必须全部剪掉。明天我要叫来一位理发师，我看还有许多其他姑娘的头发也太累赘——那个高个子姑娘，告诉她转过身去。告诉第一排全体起立，面对着墙。”

坦普尔小姐用手帕捂了一下嘴巴，好像是想把不由自主浮上面部的微笑压制住。不过，她还是下了命令，一班的同学听明白要她们做的事情以后，都服从了。我坐在凳子上稍稍向后倾一下身子，就能看到她们挤眉弄眼做着鬼脸，表示她们对这种操练的不满。真可惜，布罗克赫斯特先生看不到她们的表情，要不然的话，他会明白，他尽可以破坏杯盘的表面，但是里面的内容却是他的愿望所远远不能涉及的。

他把这一面面活奖牌的背面仔细察看了足有五分钟，然后宣布了判决令。这句话听上去就像丧钟一样：

“头顶上那些发髻必须齐根剪断。”

坦普尔小姐看上去打算抗议。

“小姐，”他固执地说道，“我为之服务的主人，他的国度不在这个世界上，我的使命是压制这些姑娘肉体上的欲望。教导她们穿戴朴素大方不惹眼，不能编起发辫，不能有华丽的装饰。但是，我们面前这些年轻的人们个个头上都编着辫子。这些都是虚荣心在作祟，我重复一遍，必须把它们统统剪掉。想一想我们浪费掉多少时间吧。想一想……”

正在这时，三位客人走进了教室，把布罗克赫斯特先生的话打断了，那是三位女客。她们要是早一点进门多好啊，那样她们就能听到他那番关于服饰的说教了，因为她们都身着华丽的服装，浑身上下都穿着丝绒、绸缎和毛皮。三个人中那两位年轻的是十六七岁的漂亮姑娘，她们头上戴着当时流行的灰色水獭皮帽，上面还插着鸵鸟羽毛，从两顶华丽雅致的帽子边缘下面，泻出浓密的长发，全都卷成优雅的鬈发。上了年纪的那位太太身上裹着一条贵重的丝绒披巾，披巾边缘镶着貂皮，前额上还戴着一顶法国式的鬈曲假发。

坦普尔小姐必躬必敬地接待她们，请她们坐在教室上首的主座上，因为她们是布罗克赫斯特太太和两位布罗克赫斯特小姐。她们看来是随着她们那位担任圣职的一家之主乘马车来的，在他跟总管算账、盘问洗衣妇、对监督说教的时候，她们就在楼上仔细视察楼上的房间。现在，她们开始对负责照管被服并检查宿舍的史密斯小姐提出一些看法，讲一些责备的话。但是，我却无心听她们说些什么，另外的事情分了我的心。

在这之前，我倾听着布罗克赫斯特先生和坦普尔小姐的话，同时没有忘记设法保证自己的安全。我想，只要不让他注意到我，我就是安全的。为了这一点，我尽量往凳子后面坐，还把石板举起来挡住面孔，看起来像是忙着做算术的样子。本来我完全可以不受他的注意，可是我那块该死的石板却不知什么缘故偏偏滑落到地板上，随着一个清脆的碎裂声，大家的注意力全都集中到我这里来了。我心里明白，这下完了。我弯腰去捡那碎成两半的石板，心里鼓起全部的力量，准备迎接最坏的事情。这事终于来了。

“粗心的姑娘！”布罗克赫斯特先生说。接着他立刻继续说：“我看，这就是那个新生吧。”我还没来得及喘上口气，他就说道：“我可不能忘记，关于她，我还有一句话要说呢，”然后，他提高声音说：“让那个打破石板的孩子过来！”在我听起来，那声音有多大啊！

我自己都吓瘫了，动弹不了啦。坐在我两边的两个大姑娘扶我站起来，把我推向那个可怕的判官，坦普尔小姐温和地扶着我走向他脚边，我听见她低声劝着我：

“简，别害怕，我知道你是无意。你不会受罚的。”

可是，这番仁慈的话却像一把匕首一样直刺向我的心。

我想道：“再过一分钟，她就会把我看作一个骗子，鄙视我了。”有了这个看法后，我心中燃起对里德、布罗克赫斯特和他那帮同伙的怒火，这种愤怒随着脉搏的跳动越来越强烈。我可不是海伦·布恩斯。

“把那张凳子拿来，”布罗克赫斯特指着一张特别高的凳子说，一个班长从那张凳子上站起身来，凳子给端过来了。

“让这孩子站上去。”

有人把我抱上去，我也不清楚是谁把我弄上去的。我当时顾不上为那些琐碎的事情操心，我只知道他们把我放得跟布罗克赫斯特先生的鼻子一般高，知道他离我只有一码远，也知道眼前是一袭橘黄色和紫色丝绸的外套，下面还有一大片银白色的羽毛像一大片云雾般飘飞着。

布罗克赫斯特先生清了清嗓子。

“女士们，”他对自己家人说，然后转过身来，“坦普尔小姐，教师们，孩子们，你们都看见这个姑娘了吗？”

她们当然都看得见。我觉得她们的眼睛像聚焦的火镜，投在我焦灼的皮肤上。

“你们看到她还年幼，你们看到她有孩子般的普通外表，上帝恩赐给她与我们相同的外表，没有哪一点缺陷能让我们看出她特殊的性格。谁能想到魔鬼找到她做了替身呢？我感到很痛心，因为这正是个事实。”

他停顿了一下。在这个空隙里，我开始稳定住自己麻痹的神经，心里觉得自己已经破釜沉舟，这场审判既然已经无法回避，就必须坚强地忍受。

“我亲爱的孩子们，”这座黑色大理石般的教士带着悲伤的口吻说，“这是个悲伤而忧郁的场合，因为我有责任警告你们，这个姑娘原本能够成为上帝的羔羊，然而，她却并非属于这真正的羊群；她是个被抛弃的孩子，显然是个企图抢夺他人利益的闯入者。你们对她必须小心提防，避免跟她学坏。没有必要就别跟她做伴，不要让她参加你们的游戏，不要跟她交谈。教师们，你们必须监视她，注意她的一举一动，听了她的话要仔细掂掂它的分量，细心检查她的行为，要惩罚她的肉体来拯救她的灵魂——假如她的灵魂的确还能得到拯救的话。我说这话的时候，舌头都在颤抖，因为，这个姑娘，这个孩子，这个生长在基督教国家的人，比那些诸如跪拜在讫哩什那[①]像前向梵天[②]祈祷的异教徒还要坏——这个姑娘是个撒谎者！”

接下来是十分钟的沉默，这时候我的神志已经完全清醒过来。我注意到布罗克赫斯特家的三位女士都掏出手帕，揩了揩眼睛，上了年纪的那个还前后摇晃着身体，两个年轻的压低声音说：“多吓人啊！”

布罗克赫斯特又接着往下讲。

“这是我从她的恩人那里听来的，从那位虔诚慈善的太太那里听说的。她可怜她父母双亡，收养了她，把她当作自己的亲生女儿养大，然而，这个姑娘不但不知恩图报，反而恩将仇报，用恶劣可怕的手段回报她的慈善和慷慨，最后，那位极其善良的恩人不得不把她跟自己的孩子分隔开，以免他们纯洁的心灵受到她恶劣榜样的玷污。她把这孩子送到这儿来治病，就像古代犹太人把生病的人们送往搅动着的毕士大池[③]去沐浴一样。教师们，监督小姐，我要你们别让她周围的水停住不动。”

布罗克赫斯特先生发表了这个卓越的结束语后，把大衣最上面的一颗

---

① 印度教中一神。

② 印度教中的众生之父。

③ 《圣经·新约》《约翰福音》第五章第二节、第四节，耶路撒冷羊市附近有一池，希伯来语称之为毕士大。一位天使定时下到池中搅水，先下池沐浴者无论有什么疾病，都能痊愈。

纽扣整了整，对家人低声说了几句，她们就站起来，向坦普尔小姐鞠了一躬，然后这帮神气活现的伟人们就走出屋子去。判官走到门口又回过头来说：

“让她在那只凳子上再站半点钟，在今天余下的时间里，任何人不许跟她交谈。”

于是我就高高站在那里。我这个曾经扬言说无法忍受当众在教室中央罚站的人，此时就在众目睽睽之下，站在教室中央一座耻辱的高台上。我当时的感觉不是语言能够描述的。就在我百感交集，屏住呼吸，憋紧喉咙的时候，一个姑娘走过来，从我身旁经过。她抬起眼睛朝我望了一眼。那眼睛里闪烁的是多么奇怪的光芒啊！那束光芒在我身上产生的又是多么奇特的感觉啊！支持着我的是怎样一种新鲜的感情啊！仿佛是一个殉道者、一个英雄经过一个奴隶或者牺牲者的身边，经过的时候将力量赐给了他。我控制住心中升起的歇斯底里，昂起头，在凳子上站得更稳当一些。那是海伦·布恩斯。她走过去向史密斯小姐提了个关于针线活的小问题，因为问题太琐碎简单，挨了骂，再次从我身边经过的时候，她朝我微笑了一下。那是多么美好的微笑啊！直到今天我都能记得起那个微笑。我知道那个微笑流露出的是真正的智慧和勇气，它就像天使脸庞上的反光一样，在她独特的轮廓上、在她瘦削的脸颊上、在她凹陷的灰眼睛中熠熠生辉。然而，海伦·布恩斯这时胳膊上正戴着“不整洁牌”，不足一小时前，我还听到斯卡彻德小姐说，罚她明天中午只准吃面包喝白水，因为她在抄习题的时候，把练习簿弄上了污点。人总不能十全十美！最纯洁明亮的星球上也能看到类似的污点。然而，斯卡彻德小姐这种人的眼睛却只能看到那些微小的缺点，对于那个天体的浑然光明却视而不见。

第八章

不到半小时后，钟敲五点，放学了，大伙儿都跑进饭厅去吃茶点，我这才敢从凳子上爬下来。这时候，暮色已浓，我躲到屋子一角，在地板上坐下来。一直支持着我的那种力量现在开始消散，反作用取而代之，不久之后，我再也忍受不住心头的悲伤，脸朝下爬在地上，哭起来。海伦·布恩斯不在这里。什么也不再支持我。我已经给人孤零零地抛弃了。我再也克制不住。我的泪水在地板上流淌。我原本想做个好孩子，想在劳渥德做许多事情的。我想交许多朋友，想得到大家的尊敬，想赢得大家的爱。而且我已经取得了一些进步。就在这天早上，我的成绩已经升到了全班第一。米勒小姐还热情地夸奖过我。坦普尔小姐微笑着表示赞扬。她还答应要教我画图画。还说，如果我继续照这样进步，再过两个月，她就让我学法语。另外，我的同学们都待我很好。跟我年龄相仿的同学都平等待我，没有任何人欺负我。现在呢，我再次给打倒在地上，再次受到践踏。我还能再爬起来吗?

“永远不能了,”我想道，我真心希望自己就此死掉。就在我结结巴巴说出这个愿望的时候，有个人走近了。我赶忙跳起身来。走到我身边来的又是海伦·布恩斯。即将熄灭的炉火刚好照出了她穿过这长长的空旷教室时的身影。她为我送来了咖啡和面包。

“来吃点东西吧,”她说道。但是我把两样东西都从身边推开，仿佛觉得在这种环境下，一滴咖啡或者一片面包屑，都会把我噎住似的。海伦仔细注意着我，也许带着一丝惊讶。我尽管竭力克制自己的情绪，可是仍然没有止住大声的号啕。她在我身旁的地板上坐下来，用胳膊抱住膝头，把脑袋耷拉在膝盖上，像个印度人一样，一声不吭。最后是我先开了口：

“海伦，你干吗跟一个人人都看成撒谎者的姑娘待在一起？”

“你说什么，简，人人？只有八十个人听到你给人家这么叫，可这个世界上有几亿人呢。”

“我跟几亿人有什么关系？我认识的八十个人都鄙视我啊。”

“简，这你就错了。学校里也许根本没有一个人鄙视你，或者讨厌你。我敢肯定，很多人都像我一样同情你。”

“布罗克赫斯特先生已经说了那番话，她们怎么还会同情我呢？”

“布罗克赫斯特先生又不是上帝，而且他也不是个受人尊敬的、了不起的人。这儿的人不喜欢他，他也从来没想让人喜欢。假如他把你当成个特殊的宠儿来对待，你准会发现自己周围有一些公开的或隐蔽的敌人。照现在的情况，要不是因为畏惧的缘故，大多数人准会向你表示同情。老师和同学们在一两天之内可能用冷淡的眼光看你，可是她们心里隐藏着友好的感情，要是你能坚持不懈，好好努力，这种暂时压抑的感情不久便会明显表现出来。另外，简，”她停顿下来。

“什么，海伦？”我把手伸向她。她轻轻摩擦着我的手，接着说：

“即使全世界都憎恨你，认为你是邪恶的，只要你自己的良心证明你并不邪恶，只要你问心无愧没有干过坏事，你就不会缺少朋友的。”

“是啊，我知道我不该鄙薄自己，但是这并不够，要是别人不爱我，那我宁愿死掉。海伦，我忍受不了人们的憎恨，受不了孤独。听我说，为了得到你真正的爱，或者坦普尔小姐或者其他我真心爱戴的人真正的爱，我可以心甘情愿让人把我的胳膊折断，或者让一头公牛把我挑起来，或者站在一匹狂暴的野马身后，任它用蹄子踢我的胸膛……”

“嘘，简，你把人类的爱看得太重，你也太感情冲动，太热情了。上帝的手不但创造了你的躯体，赋予你生命，而且除了你孱弱的自我或者在像你这样孱弱的生命之外还提供许多其他东西。除了这个尘世，除了人类之外，还有一个不可见的世界，那就是灵魂的王国。那个世界就在我们周围，因为它是无所不在的。那些灵魂守望着我们，因为它们肩负保护我们的使命，假如我们痛苦得要死，或者受到致命的耻辱，假如轻蔑从四面八方向我们袭来，憎恨要把我们压垮，天使们能看到我们受的折磨，假如我们确实是无辜的，它们会承认我们的无辜。我知道，布罗克赫斯特一再夸大其词重复的那种指控仅仅是从里德太太那里听来的，其实你是无辜的。我从你真诚的天性、热情的眼睛和清澈的面孔上就能看得出来。上帝只等着我们的灵与肉分离开来，便要给我们以充分的报偿。既然生命很快就会过去，死亡肯定会把我们带到荣耀的福地，我们为什么要沉浸在痛苦中呢？”

我沉默了。是海伦让我沉默了下来。但是在她向我传播的这种宁静之中却掺杂着一种无法表达的悲伤。我从她讲的话中听出一种悲哀，可又说不出它来自何方。她讲完之后，有点气喘吁吁，还短促地咳嗽了一阵。我暂时忘记了自己的烦恼，开始为她感到担心。

我把脑袋靠在她肩膀上，搂住她的腰，她把我拉近些，让我依偎着她。我们在寂静中休息着。我们这样坐了没多久，另一个人走进屋子来。越来越大的风刮走了浓密的云彩，月亮完全露了出来。月光泻进屋子里，照在我们俩的身上，也照亮了那个走近我们的人，我们立刻就认出，那是坦普尔小姐。

“我是专门来找你的，简，”她说，“我要你到我屋里来。海伦·布恩斯跟你在一起，她也可以一块儿来。”

我们跟在这位监督身后，走过一些迷宫般的走廊，上了一段楼梯，最后才进了她的房间。房间里生着熊熊炉火，显得很有生气。坦普尔小姐要海伦·布恩斯坐在壁炉一侧的一把低矮的扶手椅上，她自己坐在另一把椅子里，把我叫到她身旁。

“一切都过去了吗？”她望着我的面孔问道。“你的悲哀都在哭声中倒出去了吗？”

“我恐怕永远也倒不完。”

“为什么啊？”

“因为我是冤枉的。现在，小姐，你和别人，大家都要把我看成个坏孩子了。”

“我的孩子，你自己证明你是个什么样的孩子，我们就会怎么看你。继续拿出行动来，做个好孩子，你会让我感到满意的。”

“我会吗，坦普尔小姐？”

“你会的，”她伸出胳膊搂住我，说道。“现在告诉我，被布罗克赫斯特先生叫成你的恩人的那位太太是什么人？”

“是里德太太，我舅舅的妻子。我舅舅去世了，把我留给她抚养。”

“这么说，你不是她自愿收养的？”

“不是的，小姐。她是被迫收养我的，并且为此觉得遗憾。我经常听仆人们说起，我舅舅临终的时候逼着她保证，要永远抚养我。”

“好吧，简，你知道，要是不知道，我就告诉你，一个犯人受到指控的时候，他总是受到允许，可以为自己辩护的。人家说你撒谎，现在，你在我面前尽量为自己辩护吧。把你能记得起的真实情况都讲出来。可是不要夸张，也不要无中生有。”

我在自己心底里下定决心，一定要说得恰如其分，正确无误。为了把要说的事情讲得有条有理，我思考了几分钟。然后我把自己童年的悲惨故事全都讲给她听。我这天由于激动得厉害，已经精疲力竭，我的语言也比平时叙述这个故事时更加温和，而且在讲述中还记起了海伦要求我别过分憎恨的警告，因此在讲述的时候掺加的怨恨和恼火成分比平时少得多。经过这样的压缩和简化，听上去更加可信。我感到坦普尔小姐完全相信了我的话。

在讲述的时候，我提到了劳埃德先生，说他在我昏厥以后来看过我。因为我永远也忘不了在红屋子里的那一幕恐怖的插曲，讲述这一部分的时候，我的情绪肯定在某种程度上超出了界限。里德太太不顾我苦苦哀求，第二次把我锁在那间闹鬼的黑屋子里时，我心灵受到的剧烈痛苦是什么也不能让它得到缓和的。

我讲完了。坦普尔小姐默默审视了我几分钟，然后说道：

“我跟劳埃德先生有一面之交，我要给他写封信询问一下。如果他在回信中说的跟你讲的一致，那就给你当众洗清这个罪名。简，在我看来，你现在已经是清白的了。”

她吻了吻我，继续让我留在她身旁。我很高兴能站在那儿，因为，看着她漂亮的面孔、好看的衣服、她身上那几件装饰品、她白皙的额头、她的一簇簇闪亮的鬈发，还有她明亮的眼睛，我心中感到一种孩子般的喜悦。她开始跟海伦·布恩斯说话：

“你今天晚上怎么样？今天咳嗽得厉害吗？”

“我想不太厉害的，小姐。”

“胸口疼怎么样啦？”

“好一点儿了。”

坦普尔小姐站起身来，拿起她的手，给她诊脉。然后，她回到自己的座位上，坐下来。我听见她轻轻叹了口气。她沉思了几分钟，然后振作起来，欢快地说道：

“你们俩今晚是我的客人，我必须好好招待你们才对，”说着，她摇了摇铃。

“巴巴拉，”她对应铃而来的女仆说，“我还没吃茶点呢，把茶盘端来，为这两位年轻小姐也摆上两个杯子。”

茶盘很快就端上来，摆在壁炉近旁的圆桌上。在我看来，那些瓷茶杯和亮晶晶的茶壶实在是太漂亮了！茶的芬芳和烤面包的气味多香啊！我这时觉得饿了，可是让我感到失望的是，面包只有很小的一份。坦普尔小姐也发现了。

“巴巴拉，”她说道，“你不能再给我们拿点儿面包和黄油来吗？这点东西不够三个人吃的。”

巴巴拉走出去，然后很快就回来了，说道：

“小姐，哈登太太说，她是按平时的分量送的。”

得说明一下，哈登太太就是总管。她太合布罗克赫斯特先生的心意了，也是一只铁做的公鸡。

“啊，那好吧，巴巴拉！”坦普尔回答道，“看来我们只好凑合啦。”那女仆离开后，她微笑着补充说：“幸亏我这次还有能力弥补这个不足。”

她请我和海伦到桌子跟前，在我们每人面前放上一杯茶，摆了一片可口的面包，只是非常薄。然后，她站起身，用钥匙开了一个抽屉，从里面取出一个纸包，打开一看，里面包着一个挺大的芝麻饼。

“我本打算给你们每人带一点回去的，”她说，“可是面包那么少，只好让你们现在就吃掉了。”她十分慷慨地动手把饼子切开。

那天晚上，我们饱餐了一顿，心里觉得仿佛是在享受美酒佳肴。我们的女主人望着我们用她慷慨提供的丰富食物解除饥饿之苦，脸上露出满意的微笑，笑容中饱含着款待客人的满足和愉快。茶点吃完，茶盘撤走后，她再次招呼我们到火炉边来，我们俩一边一个坐在她身旁。她和海伦交谈起来。可以旁听她们的谈话，真是一种特权。

坦普尔小姐的神情中总是带着安详，仪态中从来含着庄严，谈吐恰如其分彬彬有礼，因而她从来不会显得热烈、激动或急迫，旁观她行为或倾听她讲话的人因而也在一种约束和崇敬的感觉中享受到了纯洁的愉快。我当时的感觉便是如此。而海伦·布恩斯的谈吐却让我们惊讶得呆住了。

吃了一顿令人精神饱满的茶点，坐在这里明亮温暖的炉火边，在她敬爱的慈祥导师面前，还有更重要的一点，那就是她自己独特的脑子里的某种东西，这一切在她身上激发起了力量。它们苏醒过来，迸出火花。起初，她的两颊泛起红晕，在这之前，我看到的这张面孔从来是苍白惨淡的；接着，她水汪汪的眼睛变得熠熠生辉，这双眼睛突然间获得一种比坦普尔小姐眼睛都更加奇特的美。那并不是颜色的美，不是长睫毛或画过的眉毛那种美，而是内在的美、动感的美、光彩的美。接着，她的灵魂好像就在唇边，话语如滔滔之水，涌流出来。我也说不上它是从哪个源头流出来的。

我真奇怪，一个十四岁的孩子怎么会有这么广博的胸怀，这么强壮的活力，怎么能有如泉水般涌出的观点，这样清晰的思路，这样完整的思辨，这样热情洋溢的激情，这样滔滔不绝的口才？在那个对我来说值得怀念的夜晚，海伦的谈话中就有这些特征。她的心灵似乎要在短暂的时刻内充分体会到别人在漫长人生中才能体会到的一切。

她们谈论着我从来没听到过的许多事物：谈论不同的民族和古代的事件；谈论遥远的国度；谈论大自然中已经发现的和仍然在探索之中的奥秘；她们谈论起了书籍，她们读过的书真多啊！她们的知识又是多么渊博啊！她们似乎非常熟悉许多法国人名和法国作者。接着，我的惊讶达到了顶点，因为坦普尔小姐问海伦，她平时是不是挤出一点时间温习她父亲教给她的拉丁文，说着从书架上抽出一本书，叫她朗读一页维吉尔的作品，还要她翻译出来。我每听完一行，心中的崇敬就增加一分。她刚结束，上床铃就响起来。这是不能耽搁的。坦普尔小姐跟我们拥抱，把我们搂在贴近她胸口的地方，说：

"上帝保佑你们，我的孩子们！"

她搂着海伦的时间比搂着我的时间长。放开她的时候更加不情愿，她目送到门口的是海伦，她再次叹息是为了海伦，她从脸颊上擦去的泪水也是为海伦而流淌的。

走到宿舍门前时，我们听见了斯卡彻德小姐的声音。她正在检查抽屉，正好拉开了海伦的抽屉。我们一进去，海伦就受到劈头盖脸的一顿臭骂。斯卡彻德小姐还要她明天把六七件叠得乱七八糟的东西别在肩膀上作为惩罚。

"我的东西的确乱得让人难堪，"海伦低声对我说，"我本打算收拾的，可是给忘记了。"

第二天早上，斯卡彻德小姐用显眼的字体在一块硬纸板上写下"邋遢"的字样，把它像个避邪符一样绑在海伦那宽阔、温和、聪明、敦厚的额头上。她一直忍耐着，把它戴到傍晚，毫无怨恨，把这看作自己应得的惩罚。斯卡彻德小姐刚刚离开教室，我就朝海伦跑过去，从她头上把那东西扯下来，扔进炉火中。她的心中并没有升起那种怒火，可这种怒火却在我心中焚烧了整整一天，大滴的热泪不断流下我的脸颊，看到她悲哀忍受的模样，我心里感到无法忍受的痛苦。

在上面讲述的故事发生一个星期以后，坦普尔小姐从劳埃德先生那里收到了回信。她曾经写信询问关于我的事情。看起来，他在信中说的跟我的叙述相吻合。坦普尔小姐于是把全校集合起来，宣布说，她对指责简·爱一事进行了调查，她极为高兴地宣布说，简·爱是完全清白无辜的。教师们都走上来跟我握手，亲吻我，我那些站成一排排的同学们也乐得发出一片嗡嗡声。

我就这样卸掉了一个悲伤的包袱。从这一刻起，我振作起来重新努力，决心克服一切困难，闯出自己的路子来。我辛勤工作着，努力带来了成功。我的记忆力天生并不很强，在实践中有了提高，做练习使我的脑筋变得敏锐了，几个星期后，我升了一班，不到两个月后，我便得到允许，开始学习法语和绘画了。我学了动词 Etre 的前两种时态，同一天我还画出了第一座茅草房。顺便提一句，那房子的墙斜得超过了比萨斜塔。那天晚上我上床的时候，全然忘记了在想象中的盛宴上准备热的烤土豆了，也没有准备白面包和新鲜牛奶。往常我总是以这种想象的晚餐来满足自己内心的渴望。这天晚上，我在黑暗中看到的是一幅幅理想的画卷，全都出自我自己的手。自如画出的房子和树木、生动的岩石和废墟、带有克伊普[①]风格的牛群、含苞欲放的玫瑰花上彩蝶翻飞、鸟儿啄食熟透的樱桃、鹪鹩巢中藏着珍珠般的鸟蛋，周围还攀绕着常青藤的嫩绿茎叶。我还在脑子里琢磨着，是不是有可能把皮埃罗夫人让我看过的一本法文故事书翻译出来。这个问题还没有得到解答，我就已经进入了甜蜜的梦乡。

所罗门说得好："吃素菜，彼此相爱，胜似吃肥牛，彼此憎恨。"

现在，我可不愿以贫困的劳渥德与每日奢侈的盖茨海德府作交换了。

---

① 荷兰画家，善于画牲畜和风景。

第九章

但是，劳渥德的贫苦或艰苦减轻了。春天渐渐来临，实际上这时已经是春天。冬天的严寒不复存在了，雪已融化，风也缓和下来。我可怜的双脚在一月份刀割一样的寒风中冻得皮开肉肿，走路都一拐一瘸，在四月的和风下也开始消肿痊愈。黑夜和清晨不再冷得像在加拿大似的，把我们的血管都冻僵。现在我们已经可以忍受在花园里一个小时的玩耍了。偶尔遇上阳光明媚的日子，甚至让人觉得非常舒适愉快呢。褐色的花坛上长出的新绿，一天比一天更鲜嫩，让人想象到希望女神夜里曾经从这里走过，在每天早上都留下她越来越鲜亮的足迹。花朵从枝叶间探出了脑袋，有雪花莲、红色报春花、紫色报春花、金眼圈三色堇。星期四下午放半天假，我们就出去散步，一路上还能发现更多花儿。

我还发现，在我们装有尖铁栅栏的高围墙外面，有着极大的乐趣，那是个广袤的空间，只有天边才是它的尽头。在这个令人愉快的地方，有一处景色是个众山环抱的大山谷，里面植物郁郁葱葱，浓荫蔽日；另一处景色是一条流水清澈的小山溪，水中满是深色的石块和波光闪烁的旋涡。同一处景色，我在冬天灰暗的天空下看起来曾经是多么不同啊！它在严霜中冻僵，裹上尸布般的冰雪！像死亡一样冰冷的浓雾在东风下弥漫在紫色的山峰之间，滚落到低洼草地和河滩上，最后与山溪上蒸腾的冷雾混合在一起。那时的山溪简直像洪水一样可怕，浑浊而狂暴，它冲刷撕扯着树木，嘶鸣般的怒号回荡在空中，暴雨或随风打旋的雨夹雪常常让这声音变得更加沉闷。溪水两岸的森林阴森可怖，活像一排排骷髅。

四月过后，五月来临。那是个明媚恬静的五月。整整一个月，都能看到湛蓝的天空、和煦的阳光，感到西边或南边刮来的拂面和风。此时，各种植物在生机勃勃地成长，劳渥德像个抖开秀发的姑娘。到处变得一片碧绿，到处开着鲜花，园子里骷髅般的大榆树、白腊树和橡树都复活了，恢复了庄严和威武。林中植物在隐蔽处长得十分茂盛；低洼地爬满了不胜枚举的各种苔藓，满地野樱草在阴暗处反射着奇怪的金色光芒，我看到后觉得那是一片撒在地面的迷人光辉。我常常尽情地欣赏着这一切，自由自在，不受人限制，而且常常是只有我一个人。这种不平常的自由和乐趣事出有因，现在我就来谈谈这个原因。

我描写的这个依山傍水树木葱茏的地方，难道不是个极好的住处吗？的确十分令人愉快，但它是不是有益健康就是另外一回事了。

劳渥德所在的这个为森林所覆盖的山谷，是个雾和瘟疫的摇篮。瘟疫随着春天匆匆的脚步，加快速度来到了这个孤儿院，将斑疹伤寒撒进拥挤的教室和宿舍，不到五月，就把学校变成了医院。

学生们所处的半饥饿状态以及感冒后得不到及时治疗，注定了她们中的大多数会受到传染。结果，八十个姑娘中一下就病倒了四十五个。课上不成了，纪律松懈了。少数仍然健康的孩子得到允许，几乎可以随意活动，因为医疗人员坚持说，经常活动对于她们保持健康是必要的。再说，人们也都忙得没空管她们或者约束她们。坦普尔小姐的全部精力都放在生病的孩子们身上了，她住在病房里，寸步不离，只有深夜才去打个盹。老师们都忙着为那些有亲戚可投奔的幸运孩子们收拾行李，或者为她们动身做其他准备工作。许多人已经传染上了瘟疫，回家去也只能等死；有些死在了学校，马上就被悄悄埋掉，这种传染病的性质不允许耽搁。

疾病就这样在劳渥德长住下来，死亡成了它的常客。劳渥德的围墙内充满了阴郁和恐惧，各个房间和每条走廊都散发着医院的气味，那些药物和香锭剂无能为力地与死亡和臭味搏斗着，然而户外却是五月那没有云彩遮盖的阳光，照耀在陡峭的山峰和美丽的林地上。劳渥德的花园里花团锦簇，蜀葵高如树，百合花已开，郁金香和玫瑰花开得正旺盛，花坛边点缀的粉红石竹和紫红雏菊看上去令人十分愉快，蜜石南早晚都散发出香料和苹果的香味。然而，这些芬芳的花朵对于劳渥德的大多数居民来说，毫无用处，只是偶尔可以从中采摘一束花叶放在棺材里。

但是，我和其他一些保持着健康的孩子们却能尽情享受这个季节和这番美景。我们得到允许，便从早到晚在林子里游荡，活像一群吉普赛人。我们想做什么就做什么，想上哪儿就上哪儿，而且我们的日常生活也好多了。现在，布罗克赫斯特一家再也不到劳渥德附近来，没有人来过问总务事宜，那个脾气恶劣的总管因为害怕染上瘟疫，走了。她的继任人原来是洛顿药房的总管，还不熟悉她这个新环境，供应食品的时候手比较松。另外，吃饭的人也少了。生病的孩子们只能吃很少一点儿。吃早饭的时候，装在我们盛饭盆子里的食物比较多了。常常遇到没有时间准备正常午饭的情况，每逢这种时候，她就给我们每人发一大块冷馅饼，或者厚厚一块面包和奶酪，我们就带着这些东西跑进树林里，自己找一块喜欢的地方，大嚼一通。

我最喜欢的地方，是山溪中间一块又白又干、光滑平坦的大石头，只有涉水才能过去。我是光着脚才走到那里的。这块石头刚好够我和另外一位姑娘舒舒服服地坐在上面。那时候，我跟一位名叫玛丽·安·威尔森的姑娘很要好，她是个精明而善于观察的姑娘，我很喜欢与她做伴，一部分原因是她聪明，有独创性，一部分原因是她的举止让我跟她在一起觉得挺随便。她比我大几岁，对世事比我懂得多些，能告诉我许多我喜欢听的事情，跟她在一块儿我能满足自己的好奇心。对我的缺点，她也大度能容，对我说的一切她都不加干涉或约束。她善于讲述，我长于分析，我喜好提问，她乐于回答。我们俩在一起真是如鱼得水，就算没有获得什么长进，至少也一起享受过许多乐趣。

那么，海伦·布恩斯在哪儿呢？我怎么没有跟她一道分享这自由自在的美好时光？难道我把她忘记了？还是我变得这么薄情，不愿跟她做伴了？玛丽·安·威尔森当然不及我的第一个伙伴。她只能讲些滑稽故事，说些俏皮话跟我闲聊。而海伦呢，说实在的，她能让有幸听她讲话的人享受到高品位的乐趣。

读者，这是真话。我的脑子知道这一点，我的心也感觉到这一点。尽管我有许多缺陷，没有多少长处，然而，我对海伦·布恩斯从不感到厌倦。我在心底对她的眷恋之情强烈、温柔、充满崇敬，没有任何其他感情能与之相比。我怎么能不对她产生眷恋之情呢？海伦在任何时候、任何情况下都对我表示出一种平静而忠实的友谊，即使心情不好，也从来没有让这种友谊受到任何损害，即便发脾气，也没有让友谊受到干扰。但是海伦这时生病了，好几个星期来，她给移到楼上不知哪个房间去了。有人告诉我说，她没有跟害斑疹伤寒的病人在一起，因为她害的是肺病。那时我还无知，以为肺病不过是个轻微的小病，有人看护，过几天就会好的。

有两个下午阳光特别温暖，坦普尔小姐陪她下楼到花园里去。于是我更加确信自己关于肺病的看法是正确的。但是在这种时候，她们不让我陪她，也不让我跟她讲话。我只能透过教室的窗户望着她，而且看得很不清楚，因为她浑身裹得很厚，远远坐在长廊下。

六月初的一天傍晚，我跟玛丽·安在树林里待到很晚。我们像往常那样没跟其他人在一块儿，而且漫游到挺远的地方，远得都迷了路，最后不得不到一座孤零零的茅屋那儿去打听。那儿只住着一个男人和一个女人，他们放养着一群靠林中野果维生的猪。我们到家的时候，月亮已经升上来了。园子门口拴着一匹小马，我们认出那是医生的马。玛丽·安说，她认为一定是有什么人的病恶化了，所以这么晚了还要请贝茨先生来。她走进屋子，我待在花园里，把几个从森林里挖出来的块根种在我的花坛里，因为我担心，第二天早上根也许会枯萎的。做完这事，我在外面又多待了一会儿。降露水的时候，花儿的气味是那样的芬芳；这是个宁静、温暖的夜晚，令人心旷神怡；西面还残留着一点夕阳的余晖，预示着明天还是个好天气；一轮明月已经升起在黑黢黢的东方。我注视着这一切，以一个孩子的能力尽情欣赏着，脑子里突然产生一个以前从来没有过的念头：

“现在要是倒在病床上，还有病死的危险该多么可悲啊！这个世界多么可爱啊，要是离开这个世界，上别的什么地方去，那又该多么凄惨啊！”

我的脑子里早已让人灌输进天堂和地狱的知识，可是，现在我的心才第一次认真考虑着要理解它们，第一次感到了畏惧和无可奈何，第一次朝前后左右张望着，发现自己周围是深不可测的深渊。我的心只能看到一点——眼前，其余的一切都是无形的云雾和空虚的深渊。想到在这种云雾中脚下一个趔趄，掉进空虚之中，我的心就吓得直发抖。我正在仔细思索着这个新产生的念头时，只听到正门打开了，贝茨先生走了出来，身旁还陪着个护士。她送他上马离去后，正准备关门，我赶忙朝她奔去。

“海伦·布恩斯怎么样了？”

“很糟糕，”她回答道。

“贝茨先生是来看她的吗？”

“是的。”

“他说她怎么样？”

“他说，她在这儿过不了多久了。”

要是我昨天听到这样的话，准会认为她要给送回诺森伯兰自己的家里去，肯定不会疑心她要死了。可是现在我一听立刻就明白，海伦·布恩斯在这个世界上的日子屈指可数，要是真有个灵魂的国度，她就要被带到那里去了。我被一阵恐惧震悚了，接着便感到强烈的悲哀，然后产生一个愿望——不，那是一个需要——去看她。我就问，她在哪个屋里。

"她在坦普尔小姐的房间里，"护士说。

"我可以上去跟她说说话吗？"

"哎呀，不行，孩子！这是不可能的。现在，你该进来了，外面已经降露水了，你待在外面会发烧的。"

护士关上前门，我从通往教室的侧门走进去。我回来得正是时候，正巧九点钟，米勒小姐正在招呼学生们上床睡觉。

过了大约两小时，也许是将近十一点的时候。我怎么也睡不着，从宿舍里的一片寂静来判断，大家都已经酣然入睡，于是我轻轻起身，在睡衣外面披上外套，鞋也没穿就悄悄溜出屋子，朝坦普尔小姐的房间摸索过去。那个房间在这座房子的另一头，不过我认识路。晴朗夜空中的明月透过走廊上的一个个窗户，一道道泻进来，照亮了我的路，我用不着费什么事就能找到那个房间。走近伤寒病房的时候，一阵樟脑和熏醋的气味向我发出了警告。我匆匆走过那个房门，生害怕值夜班的护士听见我的脚步声。我害怕让人看见后给送回去，我必须见到海伦，我必须在她死前拥抱她，我必须给她最后一个吻，跟她说完最后一句话。

我下了一个楼梯，穿过房子下层，没有发出声响打开、关闭了两扇门，到了另一个楼梯旁边。上了这个楼梯后，对面就是坦普尔小姐的房间了。光线透过钥匙孔和门子下面的缝隙射了出来，周围的一切都笼罩在死寂中。走到门子旁边，发现它开着一道缝，也许为的是让这间紧闭的病房进点新鲜空气。我心里充满迫不及待的冲动，不愿意犹豫。我的感官和心灵都在悲痛的压迫下颤抖着。我忍住颤抖，朝门里望去。我的眼睛寻找着海伦，心里害怕看到死亡。

在坦普尔小姐的床跟前有一张小床，那床半掩在大床的白色帐子下面。在被子下面，我看见一个人体的轮廓，但是面孔被帐子遮住了。在花园里跟我交谈过的那位护士坐在一把舒适的椅子上睡着了。一支没有剪过烛花的蜡烛在桌子上点燃着，光线很昏暗。没有看到坦普尔小姐。后来我才知道，她让人叫到伤寒病房去了，那儿一个孩子昏厥了过去。我走上前去。在小床前停住脚步，我的手抓在帘子上，但是，我想先说上句话，再把它拉开。因为害怕看到的是一具尸体，我畏缩了。

"海伦！"我低声叫道，"你醒着吗？"

她动了一下。是她自己动手把帐子拉开的。我看到了她的面容，那么苍白消瘦，但是却十分平静。她看上去没什么变化，于是我的恐惧消失了。

"这真是你吗，简？"她低声问道，声音还是原来那么温和。

“啊！”我想道，“她不会死的。他们搞错了。假如她要死，就不会讲话啦，也不可能这么平静。”

我爬上她的床，亲吻她。她的额头挺凉；两颊又凉又瘦，手和手腕也是一样。但是她微笑起来还是原先那个样子。

“你怎么上这儿来了，简？都十一点多了。几分钟前我听见钟打过点。”

“我是专门来看你的，海伦。听说你病得很重，我不跟你说话就睡不着。”

“这么说，你是来为我送别的。也许你来得正是时候。”

“你要上什么地方去吗，海伦？是要回家去？”

“是的，要回我永久的家，最后的家。”

“不，不，海伦，”我悲痛极了，讲不下去。我拼命把泪水咽下去，这时海伦猛烈地咳嗽起来。可是那位护士并没有给吵醒。咳嗽过去后，她精疲力竭地静躺了几分钟。然后，她低声说：

“简，你的一双小脚光着，来，躺下，用我的被子盖上吧。”

我照她说的做了。她用胳膊搂着我，我便紧紧依偎着她。长时间的沉默过后，她又开始低声说话了：

“我觉得很幸福，简。你听到我的死讯，可千万别悲伤，没有什么值得悲伤的。我们每个人总有一天要死的，而且夺走我生命的这种疾病并不痛苦，它温和而缓慢。我的心灵得到了安息。我死后没有什么人会感到特别惋惜。我只有父亲，他最近又娶了，所以不会想念我。我这么小就死去可以避免许多大的痛苦。我没有什么品质或者才能，不能在世界上干出一番大事业。我活下去只能一再做错事。”

“可是，你要去哪儿啊，海伦？你能看见那地方吗？你熟悉那个地方吗？”

“我相信。我有信心。我要到上帝那儿去。”

“上帝在哪儿？上帝是什么啊？”

“他是你我的创造者，他决不会毁掉他所创造的一切。我绝对信赖他的力量，完全信任他的仁慈。我迫不及待地等待着那一时刻的到来，他将把我送回他的怀抱，把他显现在我的面前。”

“海伦，这么说，你肯定有天堂这么个地方，我们死后，灵魂都能上那儿去吗？”

“我确信有一个未来的国度。我相信上帝是善良的。我可以毫无疑虑地把自己不朽的部分托付给他。上帝是我的父亲，上帝是我的朋友。我爱他。我相信他也爱我。”

“海伦，我死了以后能再见到你吗？”

“亲爱的简，毫无疑问，你会来到同一片福地，受到同一个万能的上帝接待。”

我再次提出疑问，不过这一次是在脑子里。“那个地方到底在哪儿啊？它真的存在吗？”我用胳膊搂紧海伦，觉得她比以前更可爱了。我仿佛觉得，我离不开她。我把脸靠在她的脖子旁边。过了一会儿，她用特别甜蜜的声音说：

“我多舒服啊！刚才那阵咳嗽让我觉得有点疲惫。我觉得想睡了。但是别离开我，简。我喜欢你睡在我身旁。”

“我要待在你身旁，亲爱的海伦。谁也不能把我拉走。”

“你暖和吗，亲爱的？”

“暖和。”

“晚安，简。”

“晚安，海伦。”

她亲吻了我，我也亲吻她。我们两人很快就进入梦乡了。

我醒来的时候天已经亮了。一个不平常的动作把我弄醒了。我抬头望望，发现自己在别人的怀抱里，是护士抱着我，正抱着我从走廊走向宿舍。我离开自己的床没有受到责备。人们正忙着考虑其他事情呢。我问了许多问题也没人顾得上解答。过了一两天，我才知道，那天黎明时分，坦普尔小姐回到自己屋里时，发现我搂着海伦·布恩斯躺在那张小床上。我的脸贴在她的肩膀上。我睡着了，可是海伦却死了。

她葬在布罗克桥教堂的墓地中。在她死后的十五年中，覆盖在她坟丘上的只有野草。但是现在上面盖着一块灰色的大理石板，刻着她的名字和一个拉丁词：“复活。”

第十章

到现在为止，我用了差不多十章的篇幅，详细记载了我生活中前十年的一些微不足道的细节。但是，这本书不能写成个正规的自传，我只应该将那些能够引起人们一定兴趣的东西回忆起来。因此，现在我要一转眼跨过八年时间，只准备写下不多几行，使上下文保持连贯。

斑疹伤寒在劳渥德完成了破坏使命后，便逐渐从那里销声匿迹了。不过，那是在它带来的灾难和受害人数使这所学校受到公众注意之后的事。对这场天灾进行的调查过程中，各种事实激起了公众的极度愤慨。这所学校的选址卫生条件恶劣、向孩子们提供的食物数量少质量差、做饭用的水带有咸臭味、学生们的衣着粗劣住宿设备糟糕，这一切都被发现了。这些发现的结果是布罗克赫斯特的耻辱，但是对于这个学校是有利的。

本郡几位富有的慈善家大笔捐赠，在一个好得多的地点建起了舒适得多的新校舍，订出了新的规章制度，改善了伙食和服装。学校的基金托付给一个委员会来管理。布罗克赫斯特先生家的财富和家族联系不能忽视，因而仍然保持了司库的职位，但是在履行职责的时候由几位心胸比较宽广、比较富有同情心的先生协助。他的督学职务也是在其他人的协助下履行的，那些人懂得如何将通融情理与严格要求结合起来，如何在舒适与经济之间找到折中，如何保持同情又不失正直。学校经过这样的改革，后来变成一个真正有益而高尚的学校。改革后，我一直待在学校里，六年做学生，两年当教员。在这两种不同的地位上，我都能证明这所学校的价值和重要性。

在这八年中，我的生活始终如一，但是不能说不幸福，因为它并非死气沉沉。我能获得极好的教育：我特别喜欢几种课程：我心怀一种愿望，要在各种方面都出人头地；在得到我的老师们赞赏时，我的心中产生极大的喜悦，在得到我热爱的教师赞赏时尤其如此，这一切都促使我前进。我充分利用提供给我的有利条件。最后我升到一班第一名的位置。后来，学校授予我教师的职位，我便满怀热情地教了两年书，但是，到了两年头上，我改变了。

虽然经历过各种变化，但是坦普尔小姐仍然是这所学校的监督。我的绝大部分知识都得益于她的指导。我与她的友谊和交往一直是我心中的慰藉。她在我的生活中占有着母亲和保护人的地位，后来又是我的伴侣。就在这一时期，她结婚了。她丈夫的职业是牧师，人好极了，跟这样一位妻子相当般配。结婚后，他们迁往一个遥远的郡去生活，最后跟我失去了联系。

她一离开，我也彻底变了样儿。各种稳定的情绪，在一定程度上让我把劳渥德当成自己家的种种联系，都随她而去了。我吸收了她的许多品行和习惯。比较和谐的思想和克制的感情，已经成为我心灵中的一部分。我忠于职守，循规蹈矩，心情平静，自信满足。在别人看来我是个受过训练的人，性格驯服，惯于顺从。有时我自己也这样看待自己。

但是命运却在我和坦普尔小姐之间插进一个名叫内史密斯的牧师。在他们举行婚礼后不久，我目送她身穿旅行装上了驿站马车，望着马车驶上山坡，消失在山后。我回到自己屋里，在那里孤寂地度过了为庆祝婚礼而放的半天假。

我在屋里踱着步子走了很长时间。我以为自己是在为心中遭受的损失感到难过，想要弥补一下，但是，当我抬起头发现下午已经消逝，夜幕正在降临，脑子里突然有了个新的发现。我发现，在这一段时间里，我经历了一个变化过程。我已经将那些从坦普尔小姐那里借来的东西全部抛到脑后了，或者也可以说，她已经把那种让我置身其中的宁静气氛带走了。如今我又恢复了自己天性的本来面目，开始感到从前那种情绪在骚动。这种情景并不像生活中的一根支柱给人抽走一样，而像是一个奋斗的动机消失了；并不是我没有保持平静的能力，而是保持平静的理由不复存在了。多年来，我的生活圈子就局限在劳渥德学校里，我的经验仅仅局限在学校的规章制度和运作系统上。这时，我才考虑到，真正的世界是广阔而多样的，其中充满了希望和恐惧、悲伤和兴奋。它在等待那些有勇气的人去深入探索，冒着危险寻求人生之真谛。

我走到窗前，推开窗扇，朝外面望去。外面是这座楼房的两个侧翼，下面是花园，远一些的地方是劳渥德学校的围墙，再远些是山峦起伏的地平线。我的目光掠过所有这一切，落在最远处蓝色的山峰上，那是我久已渴望攀登的地方；在那些陡峭的山岩和野地分隔之下，其余地方似乎都是囚笼和流放地。我的目光顺着一条白色的道路，蜿蜒于一座山脚下，消失在两山之间的一个峡谷中。我多想顺着它往前多看一段啊！我想起以前乘车从那条路上驶过的经历，我还记得在黄昏中驶下那个山丘时的情景。自从我第一次来到劳渥德起，似乎过去了整整一个时代，而我却一直没有离开过它。我的假期都是在学校过的。里德太太从没有派人接我回盖茨海德府去过，她和她家人也从未看望过我。我与外面的世界没有通信联系。关于生活，我知道的只有学校的规章制度、作息习惯、观念、嗓音、面孔、习语、服装、好恶等。现在我觉得这一切都不够。在这个下午，我突然对这里八年的常规生活感到厌倦了。我渴望自由，我热烈地盼望获得自由，我为自由而祈祷。但是那阵祈祷似乎飘散开来，消失殆尽。我放弃了祈祷，降低成为卑微的祈求，就是得到点刺激也好。但是这也毫无结果。“那么，”我喊起来了，情绪中希望和绝望参半。“至少赐给我一种新的职业吧！”

正在这时，响起了晚饭铃，我走下楼去。

一直到就寝之前，我都没有时间接着考虑刚才被打断的问题，到了上床时间以后，跟我同寝室的那位教师还是喋喋不休地与我闲聊，让我不能回到渴望重新思考的问题上。我真希望睡眠能让她闭上嘴巴！我好像觉得，刚才站在窗前考虑的那个问题，只要再多想一想，就能找到答案。

格莱斯小姐终于打起了鼾。她是个粗笨的威尔士女人。这天之前，她的鼻子发出的那种习惯性旋律从来都让我觉得讨厌，但是今天晚上，听到那第一个深沉的音符，我满意得简直要欢呼起来。摆脱开干扰后，我那个已经部分遗忘的想法立刻又恢复过来。

“一个新工作！这个念头的确合乎逻辑，”我自言自语说——当然，我并没有说出声来，只是在心里想道。“我知道它是合乎逻辑的，因为听上去并不太迷人，不像诸如‘自由’‘激动’‘享乐’这类字眼那么动听。这些字眼听上去的确很叫人愉快，可是在我看来，毕竟不过是些声音而已，既空洞又短促，听那种声音完全是浪费时间。但是听听‘工作’这个字眼吧！这才是实实在在的。任何人都得工作，我在这儿工作了八年啦，现在，我想到别的地方去工作。我难道不能按照自己的愿望行事吗？这件事难道不是可行的吗？是可行的，是可行的，目的并不难达到。只要我的脑子灵活些，能想出达到这个目标的方法就行了。”

我在床上坐起来，好让脑子清醒清醒。这是个寒冷的夜晚，我用披巾把肩膀裹起来，然后竭尽全力继续考虑下去。

“我想要的是什么？在一所新的房子里，新的面孔之间，新的环境中，谋求一个新的职位。我只能这么想，因为要想得到更好的东西也没用。那么人们怎么得到个新的工作呢？我猜想，他们要托朋友吧，可我并没有朋友。除我之外还有许多没有朋友的人们，他们也得自己想方设法寻找。他们用的是什么办法？”

我说不上来，没有什么能向我提供答案。然后我命令自己的脑子找出一个答案来，而且要快。我的脑子想啊，想啊，越想越快，我都感觉到太阳穴上的青筋绷得弹跳起来。但是有将近一个钟头，我的脑子一片混乱，什么也没个头绪。苦苦思索而没有结果，我觉得心烦意乱，就起床换换脑筋。我拉开窗帘，看到夜空里的一两颗星星，直到浑身冷得颤抖起来，这才重新上了床。

准是有一个好心的仙女趁我不在床上的时候，把我要的建议放在我的枕头上了，因为我一躺在上面，那个建议平静而自然地闪进我的脑子里：“求职的人可以登个广告。你必须在某个郡的《先驱报》上登个广告。”

“怎么登呢？我对做广告可是一窍不通啊。”

这时，得到的回答既顺利又迅速：

“你必须将广告内容及广告费一起装在信封里，寄给某个《先驱报》的编辑。你必须尽快找个机会把信投进洛顿的信箱，信上注明：回信寄给洛顿邮局J·E收。寄出信后一个星期左右，你可以去问问是否有回信，要是有回信，再酌情处理。”

我把这个计划反复考虑了两三遍，最后它在我的脑子里扎下根来。我已经得到个切实可行的形式，心里觉得挺满足，这才开始入睡。

天一放亮，我就起床了。打起床铃之前，我已经把我的广告写好，装进信封，写上了地址。广告词是这样写的：

> “兹有一位教学经验丰富之年轻女士，欲谋求一家庭女教师之职。学童年龄应在十四岁以下。该女士具有恰当的资格，教授优良英国教育中各项普通课程，以及法语、绘画、音乐。回信请寄：某某郡，洛顿邮局，J·E收。”

我已经做了两年教师，权充作“经验丰富”吧。因为我刚满十八岁，指导年龄跟我相近的学生是不行的。读者，我列举的这寥寥几项技能，在当时人们看来，已经相当丰富了。

这封信在我的抽屉里放了一整天。下午吃过茶点，我向新来的监督请假，说是要到洛顿去为自己办点小事，也替同事办一两件事。我的请求立刻得到了准许。我就启程了。上那儿要走两里路，傍晚下起了雨。但是白昼还长。我去了一两家商店，然后把信投进邮局的信箱，然后冒着大雨回家，外套上的雨水哗哗往下直流，但是我心中很轻松。

接下来的一个星期显得很长。然而，就像世上任何事情一样，后来终于熬到头了。秋天一个令人愉快的傍晚，我又步行走在去洛顿的路上，那是条风景如画的小路，蜿蜒在那条山溪旁边，随着最迷人的溪谷弯曲着伸向前方。那一天，我可无心欣赏草地和溪水的美景，我心里主要考虑的是回信。它也许已经在那个小镇子上等着我，但是，也可能没有。

我这回打的幌子是去量尺寸定做一双鞋，所以我先去办这件事，办完后，就走过清洁平静的小街，到邮局去。邮局由一位老太太管理，她鼻子上架着一副牛角框眼镜，手上戴着一副黑色连指手套。

"有寄给J·E的信吗？"我问道。

她从眼镜上面瞅了我一眼，然后打开抽屉，把里面的信件翻动了很长一段时间，时间长得开始让我觉得没希望了。最后，她把一封信摆在下面看了将近五分钟，然后隔着柜台递给我，同时还朝我投来质询的、不信任的眼光——信的确是写给J·E的。

"只有一封？"我问道。

"没有第二封，"她回答道。我便把信装进口袋里，转身回家。我当时不能拆开看，按规定我得在八点钟回到家，当时已经是七点半了。

我一回到学校，就有几件任务等着我去完成。在学生学习时间内，我不得不坐在那里陪着姑娘们。接下来，轮到我朗读祈祷文、打发她们上床，然后，跟其他教师一起吃晚饭。最后回到宿舍，还无法避免格莱斯小姐跟我在一起。我们的蜡台上只剩下短短一截蜡烛头了，我真害怕她不停地说到蜡烛燃尽。幸而，她饱餐的晚饭起了催眠作用，我还没有脱完衣服，她已经打起了呼噜。这时我才取出那封信，封蜡上盖的是名字的第一个字母F。我拆开信。信的内容很简短：

"如果上个星期四在某某郡《先驱报》上刊登广告的J·E，具有所述资历，并能提供有关个人品行和能力的满意证明，本府可聘请她教授一个不足十岁的小女孩，年薪三十镑。请J·E将证明书、姓名、地址，以及全部详细情况寄往：

“某某郡，米尔考特附近，桑菲尔德，费尔法克斯太太收。”

我久久地细读着那封信，书法是老式的，笔迹不很稳定，就像个老太太写的那样。这种情况让我觉得比较满意，我心里一直暗暗感到恐惧，害怕我自己贸然采取了这个步骤，最后会落入某个人的罗网。最重要的是，我希望我努力的结果是令人尊敬的、高尚的、体面的。我这时觉得，有一位老太太将来跟我打交道倒也不坏。费尔法克斯太太！我仿佛都能看到她的模样了：身穿黑袍，头戴寡妇的黑帽，态度冷淡，但是并不无理，属于值得尊敬的、典型的英国老人。桑菲尔德！那准是她那房子的名字，虽然我想象不出房子的正确平面图，可我能肯定，那一定是个整洁而有秩序的地方。某某郡的米尔考特，我回顾了一下英国地图，不错，我看到它了。既看到了那个郡，也看见那个镇子。那个郡比我现在所居住的这个偏僻小郡距离伦敦要近七十里，在我看来，那就是一个可去之处，因为我渴望到沸腾的生活中去。米尔考特是A河畔上一个工业重镇，无疑是个热闹的地方，这样更好，至少是个彻底的改变。我倒并不为高高的烟囱和里面冒出的烟云感到着迷，“桑菲尔德反正离镇子远着呢，”我心里这么辩解道。

这时，蜡头烧成个小窝，从蜡台上掉下去，灯芯灭了。

第二天需要采取新的步骤。我的计划不能继续隐藏在自己胸中了。我必须把它公开出来，这才能取得成功。在中午的休息时间，我找到机会跟监督谈了一会儿，我告诉她说，我有希望得到一个新职位，薪水比现在要高出一倍（在劳渥德，我的薪水是每年十五镑）。我要求她将这件事通报给布罗克赫斯特先生或者委员会的其他人，问明白，我是不是可以请他们，做我个人资格的证明人。第二天，她便向布罗克赫斯特先生提出这件事。他说，因为里德太太是我的合法保护人，所以需要写信询问那位夫人的意见。于是就给那位太太写了张便条，得到的回答是：我可以按照自己的意愿行事，她早已放弃对我的一切干预了。这张便条在委员会传阅完毕，经过了令人厌倦的耽搁后，委员会终于决定，正式同意我按照自己的意愿改善自己的处境，并且保证说，由于我在劳渥德从做学生到担任教师，一贯表现良好，所以将向我出具一张关于我品行和能力的证明书，并由学校督学签字。

大约过了一个星期，我收到了这张证明书，并且寄了一份给费尔法克斯太太，不久便收到了她的回信。信中说她感到满意，约定两个星期后，我开始在她家担任家庭女教师的职务。

现在，我开始忙着做各种准备工作。两个星期很快便过去了。我并没有很多衣服，但是足够我日常穿用，我只需要在最后一天把箱子收拾起来就行了。箱子还是我八年前从盖茨海德府带来的那只。

箱子已经捆好，上面钉上了卡片，半个小时后，一位脚夫就要到这儿来，把它运到洛顿去。明天一早，我也要到那里去赶一趟马车。我已经刷好了我那身黑色旅行装；准备好了我的帽子、手套和皮手筒；检查过我的每一只抽屉，看遗忘了什么东西没有；现在，一切都已准备停当，我就想休息一下。但是我却无法休息。虽然我整天都站着，这时却不能安眠片刻，我太激动了。今晚，我生活中的一个阶段就要结束，一个新的阶段明天就要开始。在这个转折过程中我是不可能睡觉的。我必须密切注视整个变化过程。

我正心神不定地在门厅踱来踱去的时候，一个仆人走到我面前说道："小姐，下面有人要见你。"

"准是那个脚夫，"我想道，于是问也没问就跑下楼去。我想到厨房去，可是经过门子半开的客厅或者叫作教员休息室的时候，里面突然有个人跑了出来。

"是她，我敢肯定！到了哪儿我都认得她！"那个人拦住我，还拉住我的手。

我定睛一看，见那人像个衣着讲究的仆人，是个妇人模样，但是还不老。长得很好看，有一头黑发，黑眼睛，肤色红润。

"看看，我是谁啊？"她的声音和微笑我并不陌生，"简小姐，我看你还没有把我忘得干干净净吧？"

我立刻拼命把她抱住，亲吻她，心中充满狂喜。"贝西！贝西！贝西！"我什么别的话也说不出来了。她乐得又是笑，又是哭，我们一起走进客厅。壁炉旁站着个大约三岁的孩子，身上穿着花格子布外衣和长裤。

"那是我的小儿子，"贝西直截了当地说。

"这么说，你结婚了，贝西？"

"是啊，到现在都快五年了，丈夫是马车夫罗伯特·利文。除了这个叫伯比的孩子，我还有个小姑娘呢，我给她取的名字是简。"

"这么说，你不在盖茨海德府住了？"

"我们住在看门的小屋里，原来那个看门老头已经走了。"

"他们过得都怎么样？快跟我讲讲他们的事情，贝西。不过，你得先坐下来，伯比，过来，坐在我腿上，好吗？"可是伯比却情愿钻到他妈妈身边。

“你没长多高，简小姐，身体也不很结实，”这位利文太太接着说。“我敢说，学校没有好好照顾你。里德小姐比你高出一头多，乔治亚娜小姐要比你粗上一倍呢。”

“我想，乔治亚娜还是那么漂亮吧，贝西？”

“非常漂亮。去年冬天，她陪她妈妈上伦敦去，那儿的人个个都崇拜她，一位年轻的贵族爱上她了，但是他的亲戚都反对他们的婚事，你猜怎么着？他跟乔治亚娜小姐被逼急了，两人一块儿私奔出去。可是后来被人发现拦住了。发现他们的是里德小姐。我看她准是因为嫉妒。现在，她们两人过日子就像猫跟狗似的，成天吵个没完。”

“约翰·里德怎么样？”

“啊，他可没给他妈争气。他上了大学，可他总是不及格，我想，他们是这么说的。他舅舅们都想让他做个律师，学法律。可他完全是个浪荡鬼，我看他们别指望他干出什么来。”

“他长的什么样子？”

“个头很高，有些人觉得他长得挺俊，可是他的嘴唇却那么厚。”

“里德太太怎么样？”

“太太看上去挺壮实，挺好的，但是我看她心里不见得快活，约翰先生的行为让她觉得不愉快——他花钱太凶。”

“是她派你来这儿的吗，贝西？”

“不是，真的。我早想来看你。一听说你来了封信，知道你要动身到别的地方去了，我就想着要赶在你走以前来看看你，要不以后就看不着你了。”

“我想，你见到我一定觉得很失望吧，贝西，”我笑着说。我从贝西的眼神中看出，她虽然流露出对我的关心，却丝毫也没有赞赏。

“不，简小姐，并不完全是这样的。你真够文雅的，看上去就是个淑女。我原来知道你准会是这个样子。你小时候就不是个美人。”

听了贝西坦诚的回答，我微笑了。我觉得她说得对，但是我也承认，对这话的含义，我也不是丝毫不挂在心上的。到了十八岁，大多数人都希望能讨人喜欢。想到自己的外表并不能满足自己心中的这个愿望，当然不会感到高兴。

“不过，我敢说，你一定很聪明，”贝西说接着说，想用这话来安慰我。“你会什么？会弹钢琴吗？”

“会一点儿。”

屋里就有一架钢琴，贝西走过去打开盖子，要我过去为她弹一曲。我弹了一两支华尔兹，她听得都入了迷。

“两位里德小姐可弹不了这么好！”她欣喜地说。“我总是说，你在学习上会超过她们的。你会画画儿吗？”

“壁炉上面那幅就是我画的。”那是用水彩画的一幅风景画，我把它作为礼物送给监督，感谢她替我在委员会面前斡旋。她把画儿镶进了玻璃画框。

“啊，画得可真漂亮，简小姐！这幅画比里德小姐那位绘画老师的哪一幅画都不差，就不用说那两位年轻的小姐了。她们可差得远着呢。你学过法语没有？”

“学了，贝西，我既会看法文书，又会说法国话。”

“还会做针线活儿？”

“会做。”

“啊，你真的成了个淑女啦，简小姐！我知道你会的。你的亲戚们关心不关心你，都没什么两样。有件事我想问问你：听到过你父亲爱家的消息没有？”

“从来没听到过。”

“你知道的，太太总是说他们穷，瞧不起他们。他们可能很穷，但是，我相信他们像里德家一样，也是些上等人。大约是在七年以前的一天，一位爱先生来到盖茨海德府，想要见你。太太说你在五十里外的一所学校上学。他看上去特别失望，因为他正要上路到外国去，轮船一两天后就要启航，他没时间，不能多待。他看上去很有绅士派头，我相信那是你父亲的兄弟。”

“他要去的是哪个国家，贝西？”

“是个几千里以外的岛国，盛产葡萄酒——管家是这么告诉我的。”

“马德拉群岛？”我提示说。

“对啦，是那个地方，说的就是这么个名字。”

“那么他去了？”

“是的。他在屋里没待多长时间。太太对他很傲慢，事后把他叫成‘鬼头鬼脑的小商贩，’我的罗伯特认为他是个酒商。”

“很可能，”我回答道。“要不就是个酒商的职员或代理人。”

贝西和我又谈了一个来小时的往事，后来，她不能不走了。第二天早上，我在洛顿等马车的时候又一次看见她，最后，我们在布罗克赫斯特家的盾形纹章那儿分了手，各自东西。她去劳渥德山丘那儿等车回盖茨海德府；我上了一辆去米尔考特的车，这车要把我带到一个陌生的环境，去担任新的职业，开始新的生活。

第十一章

小说中新的一章就像戏剧中新的一幕。读者，当我这次把幕布拉起来的时候，你应该想象自己看到的是米尔考特乔治客栈的一个房间，挂在天花板的一盏油灯和熊熊的炉火照耀下，你能看到四周到处是旅馆房间常见的那种装潢：墙上贴着大花纹的壁纸，地上铺着一色地毯，壁炉架上摆着俗气的陈设，墙上挂着印制的画儿，其中有一张是乔治三世的肖像，另一张上是威尔士亲王，还有一张画的是沃尔夫之死。连续十六个小时暴露在十月份一个寒冷的天气中，我冻得浑身麻木。我把暖手筒和雨伞搁在桌子上，外套和帽子也没脱，坐在壁炉前烤火，想把自己暖和过来。我是在下午四点离开洛顿的，现在米尔考特镇上的大钟正在敲八点钟。

读者，虽然我住在这儿很舒适，可我心里却并不宁静。我本来以为车停在这儿以后，会有一个人来接我的，下车的时候，我的脚踏在旅馆勤杂工为了方便乘客上下放在车旁的木台阶上，眼睛焦急地四下张望，希望听到有人叫我的名字，看到有辆马车等着接我到桑菲尔德去。可是，周围并没有这种迹象。我向一位侍者打听，是不是有人来接一位爱小姐，得到的回答是否定的。我没有别的办法，只好请他们领我到一间僻静的房间去。我就在这儿等着，各种怀疑和恐惧弄得我心烦意乱。

对于一个没有经验的年轻人来说，发现自己在世界上是孤独的可是一种奇特的感觉。切断了一切与过去的联系，孤零零流落在外，心里不能确定能否到达自己的目的地，要想返回原来离开的地方，又由于各种障碍而不可能。冒险的刺激使这种感觉令人着迷；自尊心的火花驱散了它的冷酷；然而恐惧的震悚却在骚扰它。半个小时过去了，我还在孤零零等待着。恐惧攫住了我的心。我想起可以打铃叫人的。

“这附近有个叫桑菲尔德的地方吗？”我向应铃而来的侍者提问道。

“桑菲尔德？我不知道，小姐。我去酒吧台那儿问问，”他走后不久就回来了。

“你姓爱吗，小姐？”

“是的。”

“有人在那儿等你。”

我一下子跳起身，拿上我的暖手筒和雨伞，匆匆走到客栈走廊上。一个男人站在敞开的门子旁边，在街灯的亮光下，我隐隐约约看见一辆一匹马拉的马车。

“我看，这是你的行李吧？”那人看见我以后，指着走廊上放着的箱子，有点唐突地问道。

“是的。”听我这么一说，他把箱子提起来，放到马车上。这辆马车是一种普通的四轮马车。接着，我上了车。趁他还没把车门关上，我问他去桑菲尔德有多远。

“大概有六里地吧。”

“咱们得用多长时间？”

“一个半小时。”

他把车门碰上，爬到自己在车外的座位上，我们就出发了。我们的车子缓慢悠闲地向前驶去，我有充足的时间思考。想到我的旅行终点就要到了，我觉得挺惬意。靠在这辆虽不高雅，却挺舒服的车子里，我从容不迫地思索着。

“从这辆朴素的马车和仆人看来，”我自忖道，“我猜费尔法克斯太太不是个很讲究排场的人，这样才好，我一辈子仅仅在那种讲究的人中间生活过一次，跟他们在一起实在受罪。我不知道她是不是除了这个小女孩没有别的人做伴。假如是那样，要是她稍微有点和蔼可亲，我就肯定能跟她好好相处。我要尽自己最大的努力。令人遗憾的是，尽自己最大的努力并不一定准能生效。在劳渥德的时候，我就下过这样的决心，坚持的结果是使人们都喜欢我。但是，我记得在里德太太那里，我尽的最大努力却总是遭到蔑视和唾弃。我默默祈祷着，但愿费尔法克斯太太不是第二个里德太太。但是，假如她真的是，我也没有必要非待在那里不可。糟糕就糟糕吧，我可以再次登广告。不知道我们已经走了多少路？”

我把车窗拉下来，朝外面望了望。米尔考特已经让我们甩到后面了，从镇子上的灯光数目看来，那是个相当大的地方，比洛顿大得多。在我看来，我们现在是在一种公有的土地上行驶。但是这个地带到处散布着一些房子。我觉得这是一个跟劳渥德不同的地区，这里人烟密集，风景较差，繁华热闹，缺乏浪漫。

夜雾弥漫，道路难行，我的车夫让他的马儿一路慢走着。我确信，他所说的一个半小时已经拉长到两个小时了。他在自己的车座上回过头来说：

“现在离桑菲尔德不远了。”

我又朝外面望望。我们正在从一所教堂前经过，我看见在天空的背景下，教堂上那低矮宽阔的钟楼，上面的钟正在敲响一刻钟。我还看到山坡上一片灯火，窄得就像一条小小的天河，准是一个小村镇或者小村庄。大约十分钟后，车夫跳下车，开了两扇门子，我们的车驶了进去。门子在我们身后砰的一声闭上了。我们沿着一条车道缓慢地驶过去，来到一座挺长的房子正面。一扇遮上窗帘的凸窗里泻出了灯光，其余的窗户都是黑暗的。车子在正门前停下来，一个女用人把门打开。我下了车，走进门去。

“小姐，请这边走，”那姑娘说。我跟着她穿过一间四周都有高门的方形大厅，她带着我走进一间屋子，那里生着火，还点着蜡烛，两个小时以来，我的眼睛已经适应了外面的黑暗，屋里的光亮叫我刚开始觉得有些目眩。当我开始能看清东西的时候，发现眼前是一幅十分舒适悦目的图画。

这是一间舒适的小屋，欢快跳跃的炉火旁摆着一张圆桌；一只高靠背的老式扶手椅上坐着一位老太太，她浑身上下干净整洁得无法挑剔，头上戴一顶寡妇帽，身上穿一袭黑丝袍，胸前围着雪白的细棉布围裙。跟我想象中的费尔法克斯太太几乎完全一样，只是不那么严峻，看上去要温和得多。她手头拿着毛线和针，正在编织，一只硕大的猫儿堂哉皇哉蹲在她脚边。总之，凡是舒适家庭中有的，这里一样也不缺。对一个新上任的家庭女教师来说，没有什么比这样的情景更让人放心了。这里没有那种让人不知所措的富丽堂皇，也没有那种令人尴尬窘迫的庄严肃穆，另外，我一进门，老太太就站起身，慈祥地走上前来迎接我。

“你好吗，我亲爱的？恐怕你经历了一个乏味的漫长旅程吧。约翰赶车走得那么慢。你一定冷得厉害，快上壁炉这边来。”

“我想，您是费尔法克斯太太吧？”我问道。

“是的，你说对了。快坐下吧。”

她把我带到她坐过的那张椅子跟前，然后开始给我摘下披巾，解开我的帽子。我请求她不要这么麻烦。

“噢，这一点儿也不麻烦。我看你的手都冻僵了。利厄，去暖上些热尼格斯酒来，再切上两片三明治。这是储藏室的钥匙。”

她从口袋里掏出一大串最典型的管家婆的那种钥匙，把它交给仆人。

“再往火这边靠一靠，”她接着对我说。“你带行李来了没有，亲爱的？”

“带来了，太太。”

“我去照料他们把行李送进你的房间去，”她说着就匆忙走了出去。

“她待我像客人一样，”我想道。“我可没料到会受到这样的接待。我原来以为只会遇到冷淡和傲慢呢。这可不像我听说过的家庭教师能受到的待遇。但是我也不该高兴得过早。”

她回来了。亲手把编织用的东西和一两本书从桌子上清理开，给利厄端来的托盘腾开地方，然后她自己为我递上食物。我受到这样的款待还是第一次，再说，这还是来自我的雇主和上司的关怀，我觉得有些手足无措了。但是，既然她自己并不觉得有什么过分，我想最好还是默默接受她的礼遇。

“今晚，我能荣幸地见到费尔法克斯小姐吗？”我吃了一点她递上来的东西后问道。

“你说什么，亲爱的？我的耳朵有点儿背，”这位好太太说着把耳朵往我嘴边凑了凑。

我把刚才那个问题更加清楚地重复了一遍。

“费尔法克斯小姐？啊，你是说瓦朗小姐吧！你未来的学生名字叫瓦朗。”

“是吗？这么说，她不是你的女儿啦？”

“不是，我没有亲人。”

我本来想继续问问瓦朗小姐跟她是什么关系，可是又一想，一下子提出这么多问题是不礼貌的。另外，我肯定到时候准能了解到的。

“我真高兴，”她把猫儿抱上自己的膝头，在我对面坐下来。“我真高兴你能来。有人做伴住在这里会是很愉快的。当然，住在这里从来就是愉快的，因为桑菲尔德是个很好的老房子，也许近几年来没怎么收拾，但是它还是个受人景仰的地方。然而，你也知道的，到了冬天，就是住在最好的房子里，人们也会因为孤独而感到乏味的。我觉得孤独，虽然利厄是个好姑娘，约翰夫妇俩也都是很正派的人，但是他们不过是些仆人，咱们不能跟他们用平等的身份谈话，得要保持一定的距离，要不就恐怕会失去权威。去年冬天天气可真严峻，不知道你是不是还记得，不是下雪，就是刮风下雨。从十一月到二月，除了卖肉的贩子和邮差，什么人也没来过。我孤独地坐着挨过一个又一个夜晚，心里可真忧郁。有时候，我让利厄进来为我读点书，但是我看那个可怜的姑娘不怎么喜欢这种活儿，她觉得这事对她是个限制。到了春天和夏天，就好多了，阳光明媚，白天又长，情况可大不相同了。后来，秋天到了，小阿德拉·瓦朗和她的保姆来了。一个孩子立刻就让一个房子活跃起来了。现在，你来了，我会觉得非常快活的。”

听了这位可敬的老太太一番话，我心里感到温暖。我把椅子拉得离她近一些，也对她表示了我心中的愿望，希望我与她做伴能让她如愿、愉快。

“不过，今晚我就不能让你熬夜了，”她说道。“现在钟都敲了十二响，你旅行了一整天，一定累了。要是你的脚已经暖和过来了，我就领你到你的卧室去。我已经让人把我隔壁那间卧室为你收拾好了。那是个不大的房间，但是我想，你也许会喜欢这间，而不喜欢正面一间大屋子。大屋子里的家具精致得多，但是住在里面显得太寂寞，太吓人。我自己就从来不在里面住。”

我为她考虑得这么周到向她表示感谢，漫长的旅途的确让我觉得疲惫，我就说准备休息了。她拿起蜡烛，我跟在她身后离开这间屋子。她先去检查了一下门厅的锁，把钥匙拔下来，然后带着我上楼。楼梯和扶手都是橡木做的。楼梯窗很高，窗扇上有花格子。窗户和通向卧室长长的走廊看上去仿佛是教堂的风格，而不像住宅的安排。一种地下墓穴般的阴森森气氛笼罩着楼梯和走廊，给人一种空旷孤寂的不愉快感觉。最后，我被带到我的卧室里，发现那是个面积不大的屋子，室内陈设着现代样式的普通家具。

费尔法克斯太太向我温和地道了晚安后，我把门子关上，从容不迫地朝屋子里扫视了一下。这是一间虽然小但是却很有生气的屋子，在这间屋子里，我在很大程度上抹去了外面那大而无当的门厅、黑暗宽广的楼梯、冷飕飕的长走廊在我心中留下的阴森森的印象。我想到在一天的身体劳累和精神焦虑之后，现在终于到达了安全的避难所。感激的冲动心情激荡在我心中，我在床前跪下来，向上帝祷告谢恩。站起身来之前，我没有忘记祈求上帝庇佑我的未来。在我还不配得到仁慈的赐予时，已经得到了它，给我力量，让我做出贡献配得上这种赐予吧。那一夜，我的床上没有荆棘，我那孤寂的屋子里也没有恐惧。我觉得又疲惫又满足，很快就沉沉入睡，一觉醒来，天已大亮了。

阳光从色彩鲜艳的蓝色窗帘缝隙间照射进来，照亮了墙上的壁纸和铺着地毯的地板，与劳渥德那种污渍斑斑的灰泥墙壁和光秃秃的地板是那样的不同，让我一眼望去就觉得心情舒畅，这间小屋真是个明亮可爱的小天地。外表对于青年人有着极大的影响。我认为，我生活中一个较为美好的阶段就要开始，其中虽然有荆棘和辛勤，但是也会有鲜花和喜悦。环境的改变以及对新领域的希望，使我的身体机能受到了激励，似乎全身都活跃起来了。我不能确切地说明等待的是什么，不过那肯定是一种愉快的事物，也许等待的不是具体的哪一天或者哪一个月，而是未来一个不确定的时间。

我起了床，仔细穿好衣服。我只能穿得十分朴素，因为我没有一件衣服不是极为简朴的。我不但天性喜欢整洁，不习惯给人留下邋遢随便的印象，而且总是希望让自己显得好看一些，在自己缺乏美貌的条件下尽可能让别人看着高兴。有时候，我为自己没有长得好看一些觉得很惋惜，真希望自己长着红扑扑的脸颊、挺直的鼻梁、樱桃般红红的小嘴；希望能有个高挑的身材、庄重丰满的体态。我感到十分不幸，因为我的个头这么矮小，脸色这么苍白，五官不但不端正而且特征又这么明显，我心里为什么会有这样的渴望和惋惜呢？这很难说清楚。我当时就没有办法对自己解释清楚，不过，我也有自己的理由，那是个合乎逻辑的、自然的理由。不管怎样，我细心梳光头发，穿上黑色上衣，看上去活像个教友派遵规守戒的女教徒，但是至少衣服非常合身。我把白色的领饰整理好后，心想，这下总算够体面的，可以去见费尔法克斯太太了，我的新学生见了我至少不会感到厌恶。我把屋子里的窗户打开，把梳妆台上的东西都收拾整齐，就鼓起勇气走下去。

我穿过铺着席子的长走廊，下了滑溜溜的橡木楼梯，来到门厅。我在那儿驻足观望了一会儿。我看见墙上挂着几幅画像，记得其中一幅上面画着一个胸佩铠甲、面容严酷的男人；还有一幅上面画的是个敷着发粉，戴着珍珠项链的妇人。我还观望了一番悬挂在天花板上的一盏青铜吊灯，欣赏了一番挂在墙上的一只大钟，钟的外壳是用橡木制作的，橡木上雕刻着稀奇古怪的图案，经过多年的擦拭变得像乌木一样乌黑油亮。在我看来，一切都是那么庄重、雄伟。可是我当时对堂哉皇哉的东西一点儿也不习惯，门厅那扇嵌着一半玻璃的门子是开着的，我跨出门槛走到外面。那是个晴朗的秋日早晨，初升的太阳祥和而宁静，照耀着开始发黄的树丛和仍然葱绿的田野。我走到草地上，抬起头观看着这座楼宇的正面。楼房有三层，规模虽然不小，但还算不上宏伟，它是个绅士的住宅而不是个贵族的府第。楼顶的一圈雉堞给它增添了诗情画意。在一片白嘴鸦巢的衬托下，房子那灰色的正面显得非常醒目。白嘴鸦群正发出吵闹的声音在空中飞翔，飞过草坪和庭院，落到一片大草甸上。一道东倒西歪的篱笆将庭院跟那片草甸隔开来。那边有一排高大多节的多年生荆棘，高大粗壮得如同橡树一样，我立刻明白这就是这个宅子名称的由来[①]。更远的地方是起伏的山丘，不像劳渥德周围的那么高大，那么嶙峋险峻，也不像那里的山那样，是一道隔绝尘世的屏障。不过，这些山丘也够平静寂寞的，看上去仿佛在用自己的拥抱将桑菲尔德孤立起来。我没有料到，在距离热闹的米尔考特地区这么近的地方，居然有如此的孤寂。一个小村落散布在一个山坡上，屋顶在树的枝叶间若隐若现。这个地区的教堂距离桑菲尔德挺近，老式钟楼与这座宅子和大门之间的一个土墩遥遥相对。

我正在继续享受这宁静的景色和令人愉快的新鲜空气，正在继续满心喜悦地倾听着白嘴鸦的哇哇叫声，正在继续观看这座宅子宽大的灰色正面，心里想着，这么大的一座房子里仅仅住着一位像费尔法克斯太太这样的老妇人该有多么寂寞，这时，那位太太出现在了门口。

“怎么！已经起床了？”她问道。“我看你是个喜欢早起床的人。”我向她迎上去，她和蔼地吻了我一下，跟我握了握手。

“你喜欢桑菲尔德吗？”她问道。我告诉她说，我非常喜欢。

“是啊，”她说，“它是个好看的地方。但是我恐怕，要是罗契斯特先生不来这里长住，或者不常来这里，它就要变成个荒芜的地方了。大房子和好土地都需要有业主在才能保持完好。”

“罗契斯特先生！”我惊叫道。“他是什么人？”

“是桑菲尔德的主人，”她平静地回答道。“你还不知道他叫罗契斯特？”

我当然不知道。在这之前我从来就没听说过这么个人。可是这位老妇人说起他，好像他是个众所周知的人物，似乎每一个人只要凭着直觉就能知道。

“我还以为，”我接着说，“桑菲尔德属于你呢。”

“属于我？天哪，我的孩子！多奇怪的想法啊！属于我？我不过是这里的管家——是个管理人而已。说实在的，我是罗契斯特家母系的远亲，其实，我丈夫是他家的远亲，我丈夫在世的时候是个牧师，是那边山坡上一个叫干草村里的乡村牧师，他的教堂就在大门外面。现在的罗契斯特先生的母亲姓费尔法克斯，她父亲跟我丈夫的父亲是堂兄弟。可我从来没有考虑过这种关系。事实上，这种关系对我什么也算不上。我只是把自己看作个普通的管家而已。我的主人对我总是十分客气，我也就不指望别的什么了。”

“那么，那个小姑娘——我的那个学生呢？”

---

① 桑菲尔德的英文意思是“荆棘地”。

罗契斯特先生是她的监护人。他委托我给她找一个家庭教师。我相信，他打算在本郡把她抚养成人。于是，她就来了，跟她一起来的还有她的女仆，她就是这么称呼她的保姆的。这个谜就这样解开了。这位身材矮小、和蔼可亲的寡妇原来并不是什么了不起的贵妇人，而是个像我一样的受雇者。我并没有因此就不如先前那么喜欢她，正相反，我比以前更加高兴了。她和我之间真正是平等的关系，而不是她哪方面屈尊俯就。这样真是太好了。我的地位因而更加自由了。

这个新的发现正让我陷入沉思中时，一个小姑娘由她的保姆跟随着，沿着草坪奔跑过来。我看着我的学生，可她起初并没有注意到我。她还完全是个小孩子，年龄大约有七八岁，身材纤细，脸色苍白，五官小巧，留得过长的一头鬈发一直垂到腰际。

“早上好，阿德拉小姐，”费尔法克斯太太说道。“来跟这位小姐问好，她是来教你书的，要让你将来成为一个聪明的女人。”她朝我走来。

“这是我的家庭教师？”她指着我用法语对她的保姆说。

保姆也用法语回答说：“当然是的。”

“她们是外国人？”我问道。听到她们说的都是法语，我感到很吃惊。

“保姆是个外国人，阿德拉生在大陆上，长在大陆上，六个月前离开那里上这儿来。她刚来的时候，一句英语也不会说，现在，她已经能凑合说上几句了。可是我听不懂她的话，因为她把英语跟法语混合起来说。我看，你完全能听懂她的话。”

幸亏我在这方面颇有优势，因为我是跟一个法国女士学到的法语，而且一直注意尽可能多跟皮埃罗夫人交谈，另外，在过去七年中，每天都背诵一点儿法语，特别在发音上下苦功夫，尽量模仿我的老师，所以，我在一定程度上能够脱口说出法语，并且保证说得正确无误，在阿德拉小姐面前，是不可能不知所措的。她听说我是她的家庭教师，就走过来跟我握手。我带她去吃早饭的时候，用她的母语跟她交谈了几句，起初，她对我的回答十分简短，后来，我们在餐桌旁坐下以后，她用那双大大的棕色眼睛盯着我仔细审视了十分钟后，突然开始跟我流利地闲聊起来。

“啊！”她用法语惊呼道，“你用我的语言讲话就像罗契斯特先生说的一样好。我可以像跟他说话那样跟你交谈了，索菲也可以跟你谈。她一定高兴，这儿谁也听不懂她的话。费尔法克斯太太只会讲英语。索菲是我的保姆；她陪着我坐大轮船到这儿来，轮船上高高的烟囱冒着烟——冒出那么多的烟！——我晕船了，索菲也晕了，就连罗契斯特先生也晕了。罗契斯特先生住的是头等舱，他就躺在里面的沙发上，我和索菲在另一个地方有两张小床。我睡的时候险些从床上摔下去。那床窄得就像块搁板。哦——小姐，你叫什么名字？”

“我姓爱——名字叫简·爱。”

“哎啊？嗨！我说不来。后来，我们的船在早上停下来，天当时还没大亮呢，是停在一个大城市——是个非常大的城市，那儿的房子都是黑黢黢的，到处都冒着烟，根本不像我们原来那个城市漂亮干净。罗契斯特先生抱着我走过跳板，上了岸，索菲走在我们身后，我们都上了一辆马车。马车把我们送到一个又大又漂亮的地方，比这个房子大，也比这个房子好，那地方叫旅馆。我们在那儿住了差不多一个礼拜，我和索菲每天上一个到处是绿树的挺大的地方去散步，那地方叫作公园，里面除了我还有许多孩子，还有一个池塘，里面有很多漂亮的鸟儿，我就喂它们吃面包屑。”

“她说得这么快，你听得懂吗？”费尔法克斯太太问道。

我完全能听懂，因为我已经听惯了皮埃罗夫人流利的法语了。

“我希望，”这位好太太继续说，“你能问她一两个关于她父母的问题。我不知道她是不是还记得他们？”

“阿黛勒[①]，”我问道，“你在那个刚才说起的干净漂亮的城市里，是跟谁在一起生活的？”

“很久以前，我跟妈妈在一起生活，但是她到圣母玛丽亚那儿去了。妈妈以前教我跳舞、唱歌、朗诵诗。许多先生太太们来看妈妈，我常常跳舞给他们看，要不就坐在他们腿上，给他们唱歌。我喜欢那样。我现在为你唱一首歌好吗？”

她已经吃完饭了，所以我就允许她表演一下。她从椅子上爬下来，走过来爬到我的腿上，把小手端庄地合在胸前，把鬈发甩到身后，两眼抬起来望着天花板，开始唱一出歌剧里的歌。那是一个被抛弃的妇人唱的歌，那妇人在歌中哀怨情人的不忠，决定以自己的骄傲报复对方，要仆人用她最漂亮的珠宝和最华丽的服装把她打扮起来，在那天晚上的舞会上跟那个虚伪的男人见面，用自己的欢乐向他证明，他遗弃她对她的影响是多么微不足道。

这样的歌从一个儿童的嘴里唱出来，显得十分不协调。但是，我想，那些人想听一个孩子唱出爱情和嫉妒的唱词，其趣味可以说够低级的，至

① 阿德拉的法语读音。

少我是这么看的。

阿黛勒把这支歌唱得优美动听，唱的时候还带着她这个年纪的天真无邪。唱完后，她从我膝头上爬下去，说："小姐，现在，我给你朗诵几首诗。"

她摆好架子，才开始说："拉封丹的寓言《老鼠同盟》。"接着，她就背诵这篇小韵文，背诵的时候还刻意抑扬顿挫，声调婉转，手势与内容协调。在她这么小的年纪，这可真不容易，说明她受过精心的训练。

"是你妈妈教你的吗？"我问道。

"是的，她以前就是这么朗诵的：'什么事？其中一只老鼠这么说道，快讲！'她要我把一只手举起来，为的是提醒我在朗诵到这个问题的时候，要提高声音。我为你跳个舞好吗？"

"不，这就够了。你说过，你妈妈到圣母玛丽亚那儿去了。那么，后来你跟谁在一起生活呢？"

"跟弗雷德里克夫人和她的丈夫在一起。她照料我，可她跟我没有亲戚关系。我认为她挺穷，因为她的房子没有妈妈的好。我在那儿没有住多久，罗契斯特先生就问我想不想跟他到英格兰一起住。我说愿意，因为我在认识弗雷德里克夫人以前就认识罗契斯特先生了。他对我总是非常慈祥，还送给我漂亮的衣服和玩具。可是他没有遵守诺言，他把我接到英国来，自己却回去了，我再也没见过他。"

早饭后，阿黛勒和我走进图书室，看来罗契斯特先生已经吩咐过，要把图书室当作教室用。大部分图书都锁在玻璃柜门里面，但是，有一个书柜却没有上锁，里面放着各种初等教育可能用得着的书籍，还有几卷轻松的文学作品、诗歌、自传、游记和几本传奇故事等等。我猜想，他认为这些就是一个家庭女教师需要阅读的全部内容了。的确，我目前对这些东西已经十分满意了。跟我在劳渥德偶尔能搜索到的几本可怜的书籍相比，这些书看上去仿佛让我获得了娱乐和知识两方面的大丰收。在这个房间里，还摆着一架立式钢琴，成色相当新，音质非常好。还有一个画架和两只地球仪。

我发现我的学生足够驯服的，只是没有学习积极性，对任何种类的定时活动都不习惯。我觉得一开始就对她限制过死是不明智的，所以，我讲了许多，她学了一点儿以后，时间已经到了半前晌，我就允许她去找她的保姆。我准备着要画出几幅小小的速写供她上课时使用。

我正要上楼去拿画夹和画笔，费尔法克斯太太叫我过去："我想，你上午的课已经结束了吧。"她在一间开着折门的屋子里。我在她的招呼下走进去。那是一间富丽堂皇的大屋子，只见椅子上铺着紫色的垫子，窗户上挂着紫色的窗帘，地上铺着土耳其地毯，墙壁周围镶着胡桃木护壁板，一扇巨大的窗户上镶着色彩丰富的拼花玻璃，高高的天花板上满是高贵的浮雕图案。餐具柜上摆放着几只精致的紫晶石花瓶，费尔法克斯太太正在掸去花瓶上的灰尘。

“多美的房间啊！”我朝周围望着，惊叹道。我以前从来没见过哪怕只有它一半豪华的房间。

“是啊，这是餐厅。我刚刚把窗户打开，让它透透新鲜空气，照照阳光。很少有人进去的房间里，什么都会变得潮湿不堪。那边的客厅里潮湿得简直就像个地窖。”

她指着一个与窗户式样相同的宽大拱门，上面也像窗户一样挂着紫色的帘子，这时帘子向两边吊起来。我登上两级台阶，走到拱门跟前，朝里面观望。我想，我瞥见了仙境。在我没有见过世面的眼睛看来，里面的景致豪华辉煌，光彩夺目。然而，那不过是一间客厅，里面还套着一间小客厅，两间屋子都铺着白色地毯，地毯上的图案仿佛上面真的放着一个个色泽鲜艳的花环。两间屋子的天花板上都有葡萄枝叶图案的白色浮雕，与之形成色彩上强烈对比的是下面摆着的紫红色卧榻和矮凳。在巴黎式样的白色壁炉上，摆设的是像红宝石一样晶莹闪亮的波希米亚玻璃器皿。窗户和窗户之间有一面面大镜子，重复着屋子里雪火相映的景象。

“你把这些房间保持得多么整洁啊，费尔法克斯太太！”我感叹道，“没有灰尘，不用防尘布罩。要不是因为有点冷飕飕的，人们会认为里面每天都有人来活动呢。”

“简·爱小姐，罗契斯特先生虽然不常来这里，可是他来的时候总是十分突然，出乎人的意料。我注意到，要是把什么也覆盖起来，等他来了见人们忙着收拾，他就很不高兴。所以我想，最好是让屋子随时都处于能使用状态。”

“罗契斯特先生是喜欢严格，好挑剔的那种人？”

“并不完全是这样，但是他有着绅士般的口味和习惯，而且他要人们把一切都安排得符合这种口味和习惯。”

“你喜欢他吗？大家一般都喜欢他吗？”

“啊，喜欢的。这个家庭在本地从来就受到尊敬。这一带你能看得见的田地自古以来就属于罗契斯特家。”

“喔，但是，撇开田地不说，你喜欢他这个人吗？大家喜欢他吗？”

“我没有理由不喜欢他。我相信，人们认为他是个公正慷慨的地主，不过他从来不跟大家在一起生活。”

“他有没有什么怪癖？总的来说，他的个性怎么样？”

“噢！我想，他的个性没什么好挑剔的。也许他有点古怪，但是我想那是因为他去过许多地方，见过大世面。我敢说，他很聪明，但是我从来就没跟他多谈过话。”

“他在哪些方面有点古怪？”

“我也说不上来——这不容易说清楚———不是很显著，但是等他跟你说话的时候，你就能感觉到了。你从来就弄不明白，他是在跟你开玩笑呢，还是当真，也不清楚他是高兴，还是不高兴。你无法彻底理解他，总之，反正我就没有彻底理解他。不过，这并没什么关系，他是个很好的主人。”

关于我的主人，我从费尔法克斯太太那里得到的全部描述就是这些。有些人看起来根本就不会概括一个人的性格，也不会观察和描述人或事物的特点，这位好太太显然就属于这种类型。我的问题让她感到迷惑，但是她并没有把知道的都说出来。在她的眼睛里，罗契斯特先生就是罗契斯特先生，他是一个绅士，是一个地主，如此而已。她不进一步追究，也不进一步研究。她显然对我的问题感到吃惊，因为我居然想对他的情况有进一步的了解。

我们离开餐厅后，她提议带我上房子里其他屋子去看看，我便跟着她上楼下楼，边走边欣赏，一切都安排得很好，很漂亮。我认为房子正面的几间大屋子尤其豪华，三楼上有几个房间虽然屋顶低矮，光线暗淡，但是因为它们颇有些古色古香，所以很有情趣。一度摆在楼下的家具因为式样不再流行，搬到这里来存放。在窄窄的窗户里透进来的暗淡光线下，能看到有百年历史的床架；橡木或胡桃木衣箱，上面雕刻着奇怪的棕榈和天使图样，仿佛希伯来人保存诫碑的圣柜；一排排古老的高靠背窄椅子；更加古老的矮凳，上面的绣花依稀可辨，绣那些花的人化作棺材里的尘土已经有两代之久了。所有这些遗物让桑菲尔德的三层楼变得像个故园旧地。在白天，我喜欢这里的宁静、这里的暗淡光线、这里的隐秘，但是我可不想在夜里到这儿来，在这里粗重的大床上睡觉。有的床上还有橡木门子，睡在上面就像给关在里面一样。另外一些床上挂着古老的英格兰绣花床帐，上面密密麻麻绣满了花，绣的花儿样子挺古怪，鸟儿就更古怪了，最古怪的要算绣在上面的人——这一切在惨淡的月光下，看起来的确十分古怪。

“仆人们在这些屋子里睡觉吗？”我问道。

“不。他们住在后面一排小些的屋子里。没人在这儿睡觉。人们看了这屋子几乎会说：要是桑菲尔德有鬼的话，准会在这些屋子里闹鬼。”

“我也是这么想的。这么说，你们这儿没有鬼啦？”

“我可没听说过，”费尔法克斯太太微笑着回答道。

“也没有关于鬼的传说吗？没有传说故事或者鬼故事吗？”

“我相信没有。不过据说罗契斯特家当年相当强横，不是个平静的家族。也许正因为这个原因，他们在坟墓里待得都挺安稳。”

“是啊，‘活着泄尽狂热，死后睡得安稳。[1]’”我喃喃自语道。“费尔法克斯太太，你现在要上哪儿去啊？”她这时打算走开了。

“到铅板房顶上去。你不想从那儿眺望一下周围的风景吗？”我跟在她身后走上一道非常狭窄的楼梯，登上阁楼，再从那儿爬上一架梯子，钻出一个盖板，到了门厅的屋顶上。现在我跟一群鸦雀处在同一个高度上，可以看到鸦巢了。我俯身探出屋顶周围的雉堞，眺望着下面的景色，底下的景色就像一幅地图一样展现在我眼前。丝绒般的草坪鲜艳明亮，紧紧围住这座灰色的房子。田野宽广得像个大公园，上面点缀着古老的大树；树林中的枝叶已经干枯，变成了灰褐色；一条能看得出长满杂草的小道横穿树林，上面的苔藓比树叶更绿。还能看到大门外面的教堂、道路、寂静的山丘，这一切都沉浸在了秋日祥和的阳光下。蔚蓝的天空在靠近地平线的地方渐渐变成了珍珠般的白色。这一派景色并没有什么特别，但是一切又都那么让人喜悦。返回去的路上，钻进盖板的时候，我几乎看不见下梯子的路了。我刚才在外面一直满心喜悦地观看着蓝蓝的苍穹、阳光照耀下的树丛和草地、包围着这座房子的绿色远山，突然进来，觉得这阁楼黑得简直就像个地窖。

费尔法克斯太太在后面待了一会儿，把盖板闩上。我摸索着找到阁楼门，顺着那道狭窄的楼梯下楼，到了三层楼上分隔前后两排屋子的那条长走廊上，我徘徊了一会儿，那条走廊狭窄、低矮、光线暗淡。只有远远的一端开着一扇小窗户，走廊里的两排门子全都紧紧关闭着，看上去活像蓝胡子的城堡里一条什么走廊一样。

就在我轻轻向前漫步的时候，突然听到一个笑声，在这么寂静的地方，我绝对没有料到会听到这样的声音。那是一阵奇怪的笑声，清晰、呆板、郁闷。我停下脚步。那个声音停了片刻，接着再次响起来，而且声音变得

---

① 引自莎士比亚悲剧《麦克白》第三幕第二场。

更大了。起初那个笑声虽然清晰，但是很低，现在，它变得越来越高似乎要在整个房子里回荡起来。不过，这声音只是从一间屋子发出来的，而且我还能指出是哪个房间。

“费尔法克斯太太！”我喊起来。这时我已经听见她走下阁楼的楼梯了。“你听见这阵高声大笑了吗？这是谁啊？”

“很可能是个仆人，”她回答道。“也许是格雷斯·普尔。”

“你能听见吗？”我再次问道。

“是的，很清楚。我常常听见她笑。她在这儿的一个屋子里做针线活儿。有时候，利厄陪她一块儿干，她们到了一块儿常常很吵闹。”

那个笑声再次响起来，声音低沉，节奏清晰，最后发出一阵奇怪的咕哝声结束了。

“格雷斯！”费尔法克斯太太喊道。

我并没有以为会有个什么格雷斯出来答话，因为那阵笑声比我听到过的任何笑声都更悲惨、更不可思议。这时候已经接近中午，并没有鬼魂出没时那种阴森森的气氛，而且这个时节和周围的景物也都不会让人产生恐惧，要不然的话，我准会迷信，心里害怕起来。不过，即使我仅仅表示惊讶，接着发生的事情也让我显得活像个傻瓜。

我身边的一扇门开了，一个仆人走出来——是个三四十岁的女人，身体结实，肌肉发达，一头红发，长相平凡，面孔死板。没有什么比她更不像鬼的了。

“太吵闹了，格雷斯，”费尔法克斯太太说。“记住吩咐！”格雷斯行了个屈膝礼，走了进去。

“她是我们雇来做针线活的，还帮着利厄做些杂活，”这位寡妇接着说。“有些地方并不是无可挑剔的，可是她活儿做得挺好。顺便问一句，今天早上你跟你的新学生相处得好吗？”

话题就这样转到了阿黛勒身上，一直继续到我们下楼走到光线明亮、气氛欢快的地方。阿黛勒跑着朝我迎上来，边跑还边喊：

“女士们，午饭已经摆好了。”

我们发现在费尔法克斯太太房间里，午餐已经摆在桌子上，专等我们用餐了。

第十二章

我初来桑菲尔德时遇到的平静气氛，似乎预示着我在这里的工作将是顺利的。对这个地方和住在这里的人更加熟悉之后，我发现这个预示没有落空。费尔法克斯太太正如她给人的印象一样，是个脾气温和、心地善良的女人，具有常人一般的智力，受过足够的教育。我的学生是个活泼的孩子，从小就娇生惯养，有时候任性乖张；但是既然完全托付给我照管，而且我对她的教育计划也没有受到来自任何方面的干涉，所以，她很快就放弃了那些小小恶作剧，变得听话、可教了。她没有杰出的才智，在性格方面没有什么显著的特点，在感情方面或者趣味方面也没有什么高于同龄儿童的特别长处，但是她也没有什么低于同龄儿童的缺陷或恶习。她取得了合理的进步，对我的爱虽然不很深，但是还热烈。她那种单纯而欢快的喃喃碎嘴，以及为了讨人喜爱而付出的努力激起我的一种依恋心情，使我们俩相处得挺满意。

顺便提一下。有些人赞成一种严肃的教条，认为儿童有着天使般的性情，从事儿童教育的人应该具有令人景仰的献身精神。我上面那些话准会被他们当成冷淡的语言。但是我写作并不是为了迎合父母亲的自私心理，也不是为了当个应声虫，说些骗人的空话，我说的完全是老实话。对于阿黛勒的幸福和进步我感到一种发自良心的关切，我对她这个小人儿也渐渐产生了默默的喜爱，那种感情正如我对费尔法克斯太太的善意产生了发自内心的感激一样。她跟我相处时，平静地表现出对我的尊敬，她的脾气又那么善良，性格那么温和，我自然也喜欢与她做伴。

我下面要说的这些话，谁想责怪就责怪吧。我不时独自在庭院里散步；时常走到大门前朝门外的大路上望望；或者趁阿黛勒跟她保姆玩耍，趁费尔法克斯太太在储藏室做果冻的时候，我便登上三道楼梯，推开盖板，爬到铅板屋顶上眺望远处宁静的田野和山丘，望着远处朦胧的天际。每逢这种时候，我便渴望获得一种能超越这个极限的视力，让我看到繁华的世界，看到那些我仅仅听说过，却从来没有看到过的城镇和地区中那番熙熙攘攘和勃勃生机；我也渴望得到比现在更多的实践经验，希望与我的同类来往，希望结识更多性格各异的人们，而不是仅仅跟这里的人交往。我珍视费尔法克斯太太的各种好处，也珍视阿黛勒的各种优点，但是我相信，别的地方一定还有其他类型的优点，也许更加生机勃勃，我真想亲眼看到我所希望的东西。

谁会责怪我？无疑很多人会责怪的。我会被人叫成不知足的人，然而我没法改变这一点。我天性不能静止，有时，我内心中的骚动强烈得能让我感到痛苦。在这种时候，我唯一的安慰便是在三楼的走廊上来回踱步。在如此幽静孤寂的地方，我感到安全，就任凭自己的思绪翱翔在种种光明的幻想之间——幻想当然是又多又光明的，它让我的心随着欢乐的波动而起伏，在烦恼中膨胀，在活跃中扩展，幻想中最美妙的一点，是我可以在内心中倾听一个永远不会结束的故事——那是由我的想象创造出来，并且不断地讲下去的故事，那些我渴望得到而其实并不存在的插曲、生活、激情和情感，使这个故事的节奏变快，变得生动有趣。

要想让人们对平静感到满足，完全是徒然。人们必须要活动。要是找不到活动，他们就会创造活动。千百万人注定了要待在比我的处境更加死气沉沉的困境中，千百万人在默默反抗着自己的命运。谁也不知道，除了政治上的反叛之外，在整个世界上的芸芸众生之中，还酝酿着多少其他种类的反叛。人们一般认为女人非常安静，但是女人跟男人有着同样的感觉，她们像男人一样，需要施展自己的才能，需要有一个奋斗的领域。她们受到严酷的束缚和禁锢，会感到痛苦，这一点也跟男人完全一样。然而，她们那些享有更多特权的同类却说，她们应该做的事情仅仅限于做布丁、织袜子、弹钢琴和绣荷包，这种观点未免过于狭隘。要是她们寻求学习或者从事更多的事情，超过了习俗允许这种性别所做的范围，他们就嘲讽她们、谴责她们，这种行为未免过于轻率。

我这样独自沉思的时候，并不是偶然才能听到格雷斯·普尔的笑声：同样的一阵爆发性笑声，同样低沉缓慢的哈——哈笑声，最初听到的时候，真把我吓得毛骨悚然。我还听到她发出怪里怪气的咕哝声，比笑声更加奇怪。有几天，她十分安静，过几天，她发出的声音我实在弄不明白。有时候，我能看到她。只见她从屋子里走出来，手里端着一只盆子或者一个托盘，下楼进厨房，不久便返回屋子里，常常提着一壶黑啤酒（啊，喜欢想象的读者，请原谅我讲了个明明白白的实话）。她的外貌严峻沉着，没有什么可以引起人们兴趣的地方，这种外貌的作用，就是要扫人的兴，把她发出的怪声怪调引起的好奇压制住。我曾经想吸引住她的注意，跟她攀谈，可她似乎是个沉默寡言的人。常常用一个音节的回答堵住人的嘴。

这个人家的其他成员有约翰和他的妻子、女仆利厄，还有那个法国保姆索菲。他们全都是些正派人，但是没有任何突出的特点值得受到人们的尊敬。我跟索菲用法语交谈过，谈起她的祖国，但是她并不是个善于描绘叙述的人，做出的回答往往又枯燥，又混乱，仿佛是想阻止人提问，而不是想鼓励人。

十月、十一月、十二月都过去了。一月的一天下午，费尔法克斯太太为阿黛勒请假，因为她着了点凉。阿黛勒也热烈地表示支持，这让我想起我自己幼年的时候，偶尔请一天假，心里觉得多么珍贵。于是，我同意了，并且认为在这一点上通融做得对。那是个晴朗平静的日子，只是非常冷。整个上午都坐在图书室里让我觉得厌倦，费尔法克斯太太正好写完一封信，等着要发出去，我便戴上帽子，披上斗篷，自告奋勇把信送到干草村去。到那儿去的路程是两英里，正是冬天下午愉快散步的合适距离。我看到阿黛勒在费尔法克斯太太房中的壁炉前坐在她的小椅子里挺舒服。我把她最好的蜡制娃娃拿给她玩（平时我总是让它们保留着银色包装纸，放在抽屉里），还给她一本故事书，好让她需要的时候换个花样消遣。她用法语对我说："早点回来，简妮特[①]，我的好朋友。"我亲吻过她后，出发了。

路面挺硬，空气中一丝风也没有，我一路上颇感孤寂，没有遇上人。我先是快步往前走，等到浑身暖和的时侯，就放慢脚步，细细品味着这个时间和周围的景色让我体会到的欢乐。时间是三点钟，我从教堂钟楼下经过的时候，正好钟敲响了。这个时刻迷人的魅力就在于太阳渐渐西沉，光线越来越暗淡。在于这时临近天色昏暗。我这时距离桑菲尔德有一里远，在一条小径上走着。这条小径夏天为野玫瑰夹道，秋天以坚果和黑草莓诱人，时至今日，仍然有些珍贵而罕有的遗留果实，像蔷薇果啦，山楂啦什么的。但是，冬天这里最令人喜悦的是树叶落尽后彻底的宁静。就是刮起一阵风来，这里也不会有一点儿声音的，因为附近没有一棵冬青树，没有一棵常青树，不会发出飒飒的声音。光秃秃的山楂树和榛子树丛静得就像

① 简的昵称。

铺在小径中间的白色卵石一样。路两旁，远远近近全是一望无际的农田，在这个时候，没有牛儿在那里吃草。一种棕色的小鸟偶尔在树篱上扑动一下，看上去仿佛是几片尚未落下的树叶。

这是一条上坡路，一直通向干草村。走到一半的地方，我在一个通向农田的台阶上坐下来休息，把斗篷裹得紧些，把双手插在暖手筒里。我并不觉得太冷，可是天气冷得厉害，一条小岔道上已经结了冰，那是一条上了冻的小河在前些天突然天气变暖时水涌到这里来形成的。从我坐的地方，我可以俯视桑菲尔德，在下面的山谷中，这座有灰色雉堞的房子是主要的景物。在西面明亮的天空背景下，它周围的树林和黑黢黢的鸦巢映衬得很明显。我在那里一直待到太阳西沉，被树林遮住，最后又在树林后面升起明亮的紫红色霞光。然后，我转身面向东方。

一轮月亮已经升起来，挂在我前面的山坡上方，看上去仿佛像云彩一样暗淡苍白，但是每时每刻都在变得更加明亮。月亮照耀着那个干草村，村子掩隐在树木之间，寥寥无几的烟囱里升起一缕缕青烟。到那儿还有一里路，可是在这寂静中我已经能清楚地听到那里生活的细微嗡嗡声了。我的耳朵也听到流水的声音，可是我辨别不出那是从什么地方传来的，也说不出来自多深的地方。但是干草村那边还有很多山丘，无疑很多山溪会从山丘间的隘口流出的。在这黄昏的寂静中，能听到最近的小溪发出的哗啦声，也能听到远处溪水的潺潺声。

一种粗鲁的声音打破了这纤细悦耳低语般的流水声。那个声音来自远处，却十分清晰，肯定是一种脚步声，一种金属碰撞出的嗒嗒声，把轻柔的水涛声盖住了。仿佛在一幅图画中，前景一块色彩浓重的山岩，或粗硕的橡树树干，把人的注意力吸引住，让人看不见远景中的青山、明亮的天际和色彩柔和多变的云彩。

那阵响声是从小岔道上传来的。一匹马正在朝这边跑来，虽然弯曲的道路还遮挡住我的视线，看不见它，但是，我知道，它在接近。当时我想起身，可是路子很窄，我便先坐着等它过去。那时我还年轻，脑子里有着各种美好和丑恶的幻想，记忆中既有儿童故事，也有其他乱七八糟的东西。在它们重新出现在一个成熟的年轻人脑子里时，更增添了童年时想象所不可能有的活力和真实感。我望着这匹马越跑越近，从暮色中出现时，不由想起了贝西讲过的一个故事，说的是英国北部有一个妖精，名字叫盖特拉希，它能变成马、骡子，或者大狗，出没在荒郊野外的路上，有时候要袭击旅行者，正如来的这匹马就要袭击我一样。

声音已经挺近了，可还是看不见马的踪影。除了有节奏的马蹄声，这时还能听到树篱下另外一阵呼呼的奔跑声，只见一条大狗紧挨着榛树的树干窜了过来，这条黑白花狗在树木间显得特别醒目。它的样子完全是贝西故事中那个盖特拉希的变形：鬃毛长、脑袋大，一头狮子一样的野兽。然而 它从我身旁经过的时候，却相当平静；并没有像我原先预料的那样，会抬起奇怪而聪明的眼睛盯着看我。接着，马奔跑过来了，那是匹高大的骏马，背上骑着一个人。马背上的确是个人，这下子，恐怖气氛一下子就消除了。盖特拉希背上可不会有人骑，总是单独来往的。在我的想法中，妖怪虽然可以在不会讲话的野兽尸体上借尸还魂，却不大可能藏在普通人体中。这不是个盖特拉希，而是个想抄近路上米尔考特去的旅行者。他过去后，我继续往前走，走了几步又立刻回过头来。因为身后发出个滑跤的声音，吸引了我的注意，那人喊道："真见鬼！"接着是重重摔倒的噼啪声。人和马都倒下了。他们是在小路上那片冰面上滑倒的。狗儿连蹦带跳跑回来，一看马儿倒在地上痛苦地呻吟，主人身处困境，便狂吠起来，声音在山丘之间回荡着。狗的个头儿很大，叫出的声音也很低沉。它匍匐到地面上在人和马身边闻了闻，然后就跑到我面前来，它能做的也只有这些，周围没有别人可以求援。我跟着它走向那个旅行者，这时，他正在挣扎着想离开马背。他的力气那么大，我想他伤得不厉害，不过我还是问他：

"你伤着了吗，先生？"

我想他可能是在咒骂，可我不敢肯定。不过，他嘴里咕哝着一套什么话，一时不能回答我的问题。

"我能帮什么忙吗？"我再次问道。

"你躲开，站到一边，"他一边爬起身，一边说，先是跪起身，然后站起来。我就照他说的做了。马一边喘息，一边跺着蹄子开始爬起身，狗也又是喊又是叫，把我赶到几码远以外的地方。不过我可不能在这件事结束之前，就这么离开。这事还算幸运，马儿又站起来，狗也在一声"住嘴，派洛特！"的吆喝后安静了。那位旅行者这时弯下腰，摸摸脚和腿，仿佛在检查它们是不是健全。显然什么地方有疼痛，因为他一瘸一拐走到我刚才离开的台阶那儿，坐下来。

我一心想帮点忙，或者至少表示一下自己的好意。我又朝他走过去。

"先生，要是你受了伤，需要帮忙的话，我可以上桑菲尔德或者干草村去叫人来。"

"谢谢你，我没事。我的骨头没断，只是有点扭伤，"他说着又站起身来试了试自己的脚，结果疼得不由自主喊了声“哎呀！”

这时仍然残留着一丝白昼的光亮，月亮也变得越来越明亮了，我能清清楚楚看见他的面孔。他身上披着骑马斗篷，上面有毛皮领子和钢搭扣。其他情况看不仔细，但是我能大致看出他有着中等身材，胸脯相当宽阔。他面孔黝黑，五官严厉，额头很宽。他的眼睛和拧在一起的眉毛显出刚受到挫折，感到愤愤然的样子。他已经不再年轻，但是还不到中年，大概有三十五岁左右。我并不害怕他，只是有点儿羞怯。假如他是个漂亮英俊的年轻绅士，我可不敢违背他的意志站在这里，向他提问，还一厢情愿地提出要帮助他。我很少看到漂亮的年轻人，一辈子从来没有跟一个英俊少年交谈过。我对美、雅、殷勤和魅力之类概念只抱有理论上的崇敬感。但是，如果这些概念在男人身上具体化了，我就会本能地认为它们与我格格不入，也不可能有共同点。我便会躲避它们，就像人们躲避开火、闪电或者其他明亮而吓人的东西一样。

假如这个男人对我微笑一下，或者跟我说话的时候客气一些；假如他欢乐地谢绝我的帮助，我也不会再提什么问题，接着走自己的路。可是这个旅行者的一脸怒容和粗鲁态度却使我丝毫不感到拘束了。他挥手要我走开，可我站在那里没动，开口问道：

“先生，天这么晚了，不看到你好好骑上马背，我不能就这么把你留在这个荒凉的小路上。”

我说完这话，他朝我看了一眼。这以前，他还没看过我呢。

“要是你家就在附近，”他说，“我看你自己也该待在家里才对。你打哪儿来啊？”

“就从下面来。只要有月光，我一点儿也不害怕在外面待到很晚。要是你需要，我很愿意为你到干草村跑一趟。因为我要上那儿去寄一封信。”

“你是说，你就住在下面？那个有雉堞的房子里？”他用手指着桑菲尔德问道。这时，银色的月光投在房子上，与西边天空相比，树林变成一片阴影，这所房子在其中显得明亮醒目。

“是的，先生。”

“住在谁家房子里？”

“罗契斯特先生的房子。”

“你认识罗契斯特先生吗？”

“不认识，我从来没见过他。”

“这么说，他不住这儿了？”

"是的。"

"你知道他在哪儿吗？"

"不知道。"

"我看，你不是那儿的女仆吧？你是……"他停下来，扫视了一下我的裙子。我的衣着像平时一样朴素：一袭黑色美利奴羊毛斗篷、黑色水獭皮帽。这两样东西还不如女仆的一半那么漂亮。他似乎对判断我的身份感到迷惑。我便帮了他个忙。

"我是那儿的家庭女教师。"

"啊，家庭女教师！"他重复道，"真见鬼，我给忘了！家庭女教师！"他再次审视着我的衣着。两分钟后，他从台阶上站起来，想动一动，脸上立刻显出痛苦的表情。

"我不能派你去找人帮忙，"他说，"不过，要是你愿意的话，你可以自己帮我点小忙。"

"好的，先生。"

"你没有一把能让我当拐杖拄一下的雨伞？"

"没有。"

"试着抓住我的马缰绳，把它牵过来。你不害怕吧。"

要是没有别人，我真的不敢去碰一匹马，可是既然他这么吩咐我，我便乐于服从。我把暖手筒搁在台阶上，向那匹高大的骏马走去。我试着抓住它的缰绳，可那是一匹烈马，就是不让我走近它的脑袋。我试了一遍又一遍，全都是白费力气。它那一双在地上不停地践踏着的铁蹄，让我怕得要死。那个旅行者等待着，观望了一会儿后笑起来。

"我看，"他说道，"山不会给搬到穆罕默德身边去[①]，所以，你只能帮穆罕默德走到山脚下去了。我只得请求你上这儿来了。"

我朝他走过去。

"对不起，"他接着说道，"不得不请你帮忙了。"他把沉重的手掌搭在我肩膀上，身体靠过来一瘸一拐朝他的马走过去。他一抓住缰绳，立刻就把马制服住，跳上鞍子。跳的时候，眉头皱得挺可怕，因为他扭伤的地方又疼起来了。

---

① 传说穆罕默德传教时，人们要他显示神迹。他便作法，命令萨法山飞到他面前来。山不动，他便说这是真主仁慈，不让山飞过来把大家都压死，并且要大家都到山那边去感谢真主。这个传说常用来比喻不能按自己心愿办事的人只好在不可避免的事实面前低头。

“现在，”他松开刚才使劲咬住的下嘴唇，“只要把我的鞭子递给我就行了，在那片树篱底下。”

我找到后，递给他。

“谢谢你。现在赶快去干草村寄信吧，尽快回家去。”

他用带马刺的靴子后跟踢了马一下，马一惊，前蹄腾空，紧接着便奔腾而去。狗急忙跟在他们后面，三个都消失了。

> “像荒野上的石楠枝
> 被狂风席卷而去。”[①]

我拾起暖手筒继续往前走。这件小事已经过去，对我来说它已经结束了。从某种意义上说，这是一件无足轻重、并不浪漫、毫无趣味的小事，然而，它也在我单调的生活中掺进了一个小时的变化。有人需要，并且要求我的帮助，我也提供了帮助。虽然不过是件转瞬即逝的小事，可我很高兴能主动做点什么事情，我对完全被动的生活实在感到厌倦了。另外，这张新面孔也如同挂进记忆画廊的一幅新肖像，而且它跟已经挂在里面的其他画像完全不同。首先，因为他是个男性，另外，因为他皮肤黝黑、面容严峻、体格健壮。到达干草村，把信投进邮局的信筒时，那幅肖像还留在我的脑子里。我快速走下山坡一路回到家的时候，它仍然在我的脑子里。我来到台阶前面，驻足片刻，向四下望了望，倾听了一下，觉得小路上也许会再次响起马蹄声，一个身披斗篷的骑士和一条像盖特拉希一样的纽芬兰狗也许会再次出现。可是我面前看到的只有树篱和剪齐了树梢的柳树，挺立在皎洁的月光下；耳朵听到的只有一里之外的桑菲尔德周围的树丛，在微风中发出飒飒的声音。我朝下面那个发出声音的地方俯视过去，看到有一扇窗户里射出了灯光。它提醒我时间不早了，于是我急急忙忙继续赶路。

我不喜欢回到桑菲尔德。跨过它的门槛，就是重返凝滞状态：穿过寂静的门厅，登上黑黢黢的楼梯，找到我自己孤寂的房间。然后去会见态度安详的费尔法克斯太太，单独跟她在一起度过这漫长的冬夜。这意味着要把我在散步时心中激起的些许兴奋完全打消掉，意味着要给我的才能强加上盲目的枷锁，让我过那种千篇一律、死气沉沉的生活，让我享受平静安逸的特权，那种特权我根本就无法消受。假如在这之前，我在暴风雨中颠

---

① 爱尔兰诗人托马斯·穆尔（1779—1852）在《沉沦的王冠》中的诗句。

簸，在不稳定的斗争生活中遭受残酷和痛苦的磨难，然后再学会渴望得到如今置身其中的平静，那该多好啊！不错，这就像一个人坐在太舒适的椅子上感到厌倦，希望起身去散散步一样。在我现在的情况下想要活动，就像那个人想要散步一样自然。

我在大门外徘徊了一会儿，在草坪上流连了一阵，在小道上来回踱了一会儿步子。玻璃门上的百叶窗合上了，我看不到里面。我的目光和心灵都离开了这所阴暗的房子，离开那些灰暗色的洞穴，我认为那是些射不进阳光的牢房，飞向广袤无垠的碧蓝色天空，那是一片没有一丝云彩的蓝色海洋。这时，月亮正庄重地升上来，在它离开下面很远的地方，经过山丘那儿时，它的眼睛似乎仰望着那深邃遥远的漆黑天顶。那些闪烁的繁星，让我一见心就随之颤抖，热血就为之沸腾。一些小事就足以把我们召回到尘世上，门厅里的钟在打点，这就够了。我把目光从月亮和星星那儿收回来，打开边门，走进去。

门厅里那盏唯一的吊灯并没有点上，可是并不黑。一片温暖的火光把屋子和橡木楼梯下面几级都照亮了。这片红彤彤的火光是从餐厅射出来的，餐厅的对开门扇敞开着，让人看到那儿壁炉里熊熊的炉火。火光照亮了大理石壁炉、铜制炉具，在极为令人愉快的光辉中，展示出紫色的帷幕和擦得一尘不染的家具。这光亮还让我看到壁炉前围着一群人。我刚刚瞅见这群人，刚刚听到一阵喜悦而混杂的声音，其中我还听出阿黛勒的声音，门子就给关上了。

我匆匆赶到费尔法克斯太太的房间里，屋里也生着火，但是没有蜡烛，费尔法克斯太太也不在屋里。屋里只有一条黑白相间的狗，看样子很像我在路上遇到的那条盖特拉希般的狗。它蹲坐在壁炉前，神情严肃地望着炉火。它与那条狗太相像了，我走过去叫了声：

“派洛特，”这狗便跳起来，走到我跟前，嗅嗅我。我抚摸它，它便摇动大尾巴。可是，单独跟它在一起，它看上去挺吓人的。而且我也说不上它是从哪儿来的。我想要支蜡烛，也想弄清楚有关这个来访者的情况，就打了铃。利厄走进来。

“这是谁的狗？”

“它是跟主人来的。”

“跟谁？”

“跟主人——罗契斯特先生——他刚到。”

“是吗？费尔法克斯太太是跟他在一起吗？”

“是的，还有阿黛勒小姐。他们都在餐厅。约翰去找到大夫了，因为主人出了个事故，他的马摔了一跤，他扭伤了踝骨。”

“马是在去干草村的小道上摔的吗？”

“对，是在下坡的时候。马踩在冰上滑了一下。”

“啊！为我拿一支蜡烛来好吗，利厄？”

利厄把蜡烛取来了，她来的时候身后跟着费尔法克斯太太。费尔法克斯太太把这个消息又重复了一遍，还补充说，医生卡特先生来了，正在为罗契斯特先生看病。说完后，她匆忙走出去吩咐备茶的事情。我上楼去脱掉外出的衣服。

第十三章

那天晚上，罗契斯特先生似乎按照医生的嘱咐，早早上床睡觉了。第二天早上起得也不早。他下楼来只是为了办理事务，他的一些代理人和佃户已经到了，等着跟他谈话。

我和阿黛勒只好离开图书室，因为这间屋子每天都要用作接待室，接待来访者。楼上一间屋子里生了火，我把我们的书本搬上去，布置好了做我们未来的教室。在上午的活动中，我已经看出，桑菲尔德已经发生了变化，不再像教堂那样寂静。每隔一两个小时，就会响起叩门声或者拉铃的声音，还有脚步声穿过门厅，许多新的嗓音用不同的声调讲话。这些都从楼下传来，仿佛外面世界的一条小河流过这里。桑菲尔德有了自己的主人。我打心眼里更喜欢这所房子了。

阿黛勒那天变得难教了。她安不下心来，不时跑到门口，把脑袋探到楼梯上面，想瞅上罗契斯特先生一眼。要不就编造出一些借口下楼去，正如我敏锐地猜到的，她是要到图书室去，可我知道，她去那儿并不受欢迎。后来我有点儿生气了，命令她规规矩矩坐好，她就喋喋不休地谈论"亲爱的爱德华·费尔法克斯·罗契斯特先生，"她对他的称呼中提到的教名，我以前还从来没听说过。她还不断地猜测，他给她带来了什么礼物。前一天晚上他似乎提到过，等他的行李从米尔考特取回来，她就会发现，其中有送给她的一个小盒子，里面的东西她准会感兴趣。

"这就是说，"她用法语说道，"里面有一件给我的礼物，也许还有给你的礼物，小姐。先生谈起过你，问我家庭女教师叫什么名字，是不是身材又矮又瘦，面色苍白。我就回答说是这样的。我说的是真话，对不对，小姐？"

我和我的学生像往常一样，在费尔法克斯太太的房间里吃饭。这天下午天气恶劣，下起了雪，我们就躲在教室里。到了天黑时分，我允许阿黛勒把书本和作业收起来，下楼去玩耍。因为楼下现在已经比较安静，不再有人拉门铃，我觉得罗契斯特先生现在有空了。剩下我独自在屋子里，我走到窗前，可是外面什么也看不见，暮色和雪片遮挡视线，就连草坪上的灌木丛也看不见了。我把窗帘放下来，走回壁炉前。

望着明亮的火炭，我的眼前仿佛出现了一幅画卷，它与我以前看到的一幅莱茵河畔海德尔堡城堡的风景画不无相似之处。这时，费尔法克斯太太进来打断了我的思路，打乱了我用火炭在脑子里拼成的图画，也驱散了我在孤独中，心头越来越强烈的不受欢迎的感觉。

“罗契斯特先生请你和你的学生今晚在起居室跟他一起用茶点，”她说。“他整天都抽不出时间来，没能早些见你。”

“他什么时间用茶点？”我问道。

“哦，六点钟，他回到乡下就早起早睡。你最好现在就换衣服，我可以陪你去，帮你扣好衣服，把蜡烛拿着。”

“有必要换衣服吗？”

“有必要，你最好换换。罗契斯特先生在这儿的时候，我总是穿得整整齐齐的。”

这个附加的仪式显得有点儿过分庄重，不过，我还是回到我的房间里，在费尔法克斯太太的帮助下，换上我的黑色绸裙，除了一件浅灰色的长裙，这就是我最好的衣服了。按照我在劳渥德时的想法，除非应付头等重要的场合，否则穿那件浅灰色衣服就显得过分讲究。

“你得戴上一个胸针，”费尔法克斯太太说。我只有个上面有一粒珍珠的装饰物，那是坦普尔小姐送给我的离别礼物。我把它戴上。然后，我们就下楼去。我不习惯跟生人见面，加上穿戴得这么一本正经去见罗契斯特先生，在我看来，简直像是去受审判。我任凭费尔法克斯太太带领我走进餐厅。穿过那间屋子的时候，我就躲在她的影子里。那道拱门上的帘子已经放下来了，进了这道门，走进里面优雅的套间。

桌子上点着两支蜡烛，壁炉上也点着两支。派洛特趴在壁炉旁，借着熊熊炉火的光和热取暖。阿黛勒跪在它旁边。罗契斯特先生半躺在卧榻上，一只脚用靠垫垫起来，此时正望着阿黛勒和那条狗。炉火照亮了他的脸。他的两道眉毛又粗又黑，方方的额头，由于一头黑发梳向一侧，显得额头更宽，我一眼就看出他是我见到过的那位旅行者。我认出了他坚毅的鼻子，它之所以动人并不是因为美，而是因为有特色；我认出他那挺大的鼻孔，我认为这样的鼻孔只能说明他易怒；我还认出了他那严厉的嘴、下巴和下颚。不错，这三样东西都显出了严厉。没有穿着斗篷，他的体形看起来跟容貌很相称，结实健壮，棱角分明。我想，这大概就是从体育角度看的好身材吧——胸脯宽阔，腰肢较细。不过个子不高，模样也不优雅。

罗契斯特先生一定注意到费尔法克斯太太和我进来了，可他没有情绪理睬我们，因为我们走近的时候，他连头也不抬一下。

“先生，爱小姐来了，”费尔法克斯太太用她平静的方式说。他躬了一下身子，但是仍然没有把眼睛从狗和孩子身上移开。

“让爱小姐坐下吧，”他说。他勉强躬身时，在他不耐烦和一本正经的腔调中，似乎还隐藏着什么，好像在说：“真见鬼，爱小姐来不来跟我有什么关系？现在我可不想跟她打招呼。”

我一点儿也不觉得尴尬，坐下来。要是换了一种周到礼貌的方式接待我，我也许反而会觉得不知所措。我自己可不会用温文儒雅的周到方式回礼。然而粗鲁和随便的招待就让我免去了种种义务。在遇到举止不雅时，保持得体的平静，反而让我处在有利的地位了。另外，这种怪癖倒让人觉得挺富有刺激，我倒想看看他下一步要怎么做。

他继续保持着一尊雕塑般的模样，既不说话，也不移动。费尔法克斯太太似乎觉得这气氛该缓和一下才好，于是就开始讲话，说得像往常那样和气，也像平时那样庸俗。她对他一整天都忙于事务表示关怀，对脚上的伤带给他的疼痛表示慰问。接着她又赞扬他在这两样事情上表现出的耐心和毅力。

“太太，我想喝点茶，”她的一席话只得到这么个回答。她连忙打铃，茶盘端来的时候，她便非常利索地动手摆弄茶杯、茶勺之类。我和阿黛勒走向桌子，可是这位主人却不离开他的躺椅。

“你把罗契斯特先生的茶杯送给他好吗？”费尔法克斯太太对我说，“阿黛勒也许会把茶泼出去的。”

我照她的吩咐送茶。他从我手中接过杯子。阿黛勒认为这是个为我请求的好机会，便大声用法语说：

“先生，你的小皮箱里不是有一件要送给爱小姐的礼物吗？”

“是谁在说什么礼物？”他的声音相当粗暴。“你想得到什么礼物吗，爱小姐？你喜欢礼物吗？”他扫视着我的面孔，我看到他的目光阴沉、愠怒、尖锐。

“我不大知道，先生。我没有什么接受礼物的经验。人们一般认为礼物是令人愉快的东西。”

“一般认为！可是你本人怎么想？”

“先生，我得花点时间想一想，才能给你个值得你接受的回答。一件礼物有许多方面的，不是吗？人们总得把各个方面都考虑到，然后才能就它的性质发表一个正确的回答。”

“爱小姐，你不像阿黛勒那么坦率。她一见我就大声嚷着要‘礼物’。而你却转弯抹角。”

“因为我不像阿黛勒那样配得到礼物。因为跟你熟悉，她可以向你索取礼物；因为习惯接受礼物，她也有权索取礼物，她说你习惯于经常送给她礼物。可是，假如硬要我说自己的情况，那可有点为难了，因为我初来乍到，并没有做过什么值得酬谢的事情。”

“啊，别退到过分谦虚的地步！我检查过阿黛勒的功课，发现你在她身上下了很大功夫。她并不是个聪明孩子，没有天才。然而，她在很短时间里有了很大的长进。”

“先生，现在你已经送给我一件珍贵的礼物了。我感谢你。称赞学生的进步，是教师最渴望的。”

“哼！”罗契斯特先生哼了一声，便开始默默喝茶。

“上壁炉前面来，”这位主人说道。这时，茶盘已经撤走，费尔法克斯太太坐在一个角落里，开始编织毛衣。阿黛勒拉着我的手，领我观看屋子里沿着四壁摆放的桌子上和柜子中的漂亮书籍和装饰。我们服从他的命令，仿佛有义务这样做似的。阿黛勒想坐在我腿上，但是他要她去跟狗玩。

“你在我家已经住了三个月了？”

“是的先生。”

“你来自……？”

“某郡的劳渥德学校。”

“啊！那是个慈善机构。在那儿待了多久？”

“八年。”

“八年！你的生命力一定很顽强。我以为任何人只要在那种地方待上这么长时间的一半，身体就准会垮掉！怪不得你的模样像是从另一个世界来的。我起初就对你的容貌觉得奇怪。昨天晚上在干草村的小路上，我不由自主地想到了童话故事，我真不明白，是不是你让我的马着了魔。你的父母是什么人？”

“我没有父母。”

“我猜，从来就没有吧。你还记得他们吗？”

“不记得了。”

“我知道你就不记得。那么，你当时坐在台阶上，是在等你的人吧？”

“等什么人，先生？”

“等那些妖精呗。那天的月夜对他们正合适。是不是因为我把你们跳舞的圈子冲散了，所以你们才往那条小道上泼上该死的冰？”

我摇了摇头。“妖精一百年前就离开英格兰了，”我尽量用他那种一本正经的腔调说。“就连干草小路和周围的田野里，也找不到他们的踪影。我看，不管是夏天的月亮，秋天的月亮，还是冬天的月亮，都不会为他们的狂欢照明了。”

费尔法克斯太太把自己手头的编织物放下，扬起眉毛，表情仿佛在奇怪：这算是一种什么谈话。

“那好吧，”罗契斯特先生接着刚才的话题继续提问，“你没有父母，总该有什么亲戚吧，有叔叔姨姨吗？”

“没有。一个也没见过。”

“你的家呢？”

“我没有家。”

“你的兄弟姐妹在哪儿住？”

“我没有兄弟姐妹。”

“谁介绍你来这儿的？”

“我登了广告，费尔法克斯太太回答了我。”

“是的，”这位好太太现在可听明白我们在说什么了，便插了进来，“我每天都在感谢上帝让我做出这个选择。爱小姐是我非常可贵的伴侣，更是阿黛勒和蔼可亲、精心施教的老师。”

“你不必费神给她做品格鉴定，”罗契斯特先生说，“好听的话不会改变我的看法。我要自己做出判断。她一开始就让我从马上摔下来了。”

“先生？”费尔法克斯太太问道。

“我扭伤了脚，得感谢她呢。”

这位寡妇显得莫名其妙。

“爱小姐，你在城市中居住过吗？”

“没有，先生。”

“参加过许多社交活动吗？”

“从来没有。只是在劳渥德跟学生和教师接触，现在跟住在桑菲尔德的人来往。”

"读过很多书吗？"

"遇到什么书就读什么，数目不多，上面的学问也不高深。"

"你过的是修女一般的生活，无疑，你在宗教形式方面受过严格的训练。我知道，那个叫布罗克赫斯特的主持劳渥德学校，他是个牧师，对不对？"

"对，先生。"

"你们这些姑娘们大概都像修女崇拜院长一样崇拜他吧。"

"啊，不。"

"你真冷酷！不！什么！一个见习修女不崇拜她的牧师！听起来简直是亵渎神圣。"

"我不喜欢布罗克赫斯特先生，而且我并不是唯一一个有这种感情的人。他是个严酷的人，既傲慢，又多管杂事。他剪掉我们的头发。他为了省钱，给我们买来破针烂线，几乎不能用来缝纫。"

"那可没有节省到点子上，"费尔法克斯太太评论道。她又一次听懂了我们的谈话内容。

"这就是他惹人生气的主要原因？"罗契斯特先生问道。

"他让我们挨饿。那时只有一个人管理总务，后来才任命了一个委员会。他每星期给我们作长篇演讲，还要我们在晚上读他自己编的书，弄得我们厌烦透了。书里写的尽是些暴死啊、审判啊什么的，吓得我们不敢上床睡觉。"

"你进劳渥德上学的时候多大年纪？"

"十岁左右。"

"你在那儿住了八年，那么，你现在十八岁啦？"

我表示肯定。

"你看，算术还是有用的，不借助算术，我就没法猜出你的年纪。像你这样容貌跟表情大相径庭的人，的确是很难判断的。现在说说你在劳渥德学到些什么吧。会弹琴吗？"

"会一点儿。"

"当然。大家都是这么说的。到图书室去——我的意思是说，要是你愿意的话，请你到图书室去——请原谅我这种命令口气，我已经习惯于说：'做这个'，人们就把一件事做好了。我不能为了一个新来的人就改变我的老习惯。所以，到图书室去吧，带上支蜡烛。别把门关上，在钢琴前坐下来，弹上支曲子。"

我服从他的命令，离开这个房间。

“够了！”几分钟后，他喊道。“我知道了。你的确只会弹一点儿。就像任何一个英国女学生一样。也许比有些学生强一点儿，但是弹得并不好。”

我盖上钢琴，走回来。罗契斯特先生继续说下去。

“今天上午，阿黛勒让我看了几幅写生画，她说那是你画的。我不知道那是不是完全出自你的手，也许是有个老师帮你画的吧？”

“没有，真的没有！”我打断他说。

“啊！刺伤自尊心啦。好吧，要是你能保证里面都是自己的手笔，就把你的画夹拿来给我看看。但是，假如不敢保证就别发誓，我能认得出拼凑起来的东西。”

“那我就什么也用不着说，你自己判断好了，先生。”

我从图书室把画夹取来。

“把桌子挪过来，”他说。我就把桌子推到他的卧榻那里。阿黛勒和费尔法克斯凑上来看那些画儿。

“别挤过来，”罗契斯特先生说，“我看完你们再拿去看。别把你们的脸凑到我脸跟前来。”

他把每一幅画都仔细审视一遍。其中三幅给搁到一边，其余的画看完就推开了。

“把它们拿到另外一张桌子上去，费尔法克斯太太，”他说，“上那儿跟阿黛勒一起看。你——”他扫视了我一眼，“坐下，回答我的问题。我看出这些画出自一人之手，是出自你的手？”

“是的。”

“你怎么会有时间画这些画儿呢？这要花很多时间，还要思考的。”

“我是在劳渥德过的最后两个假期中画的。那时候我没有别的事情。”

“你从哪儿弄到的临摹本？”

“从我自己的脑子里。”

“就是你肩膀上那个？”

“是的，先生。”

“里面还有其他类似的东西吗？”

“我想有的，我该希望还有更好的。”

他把画儿铺在自己面前，一张张再看一遍。

读者，趁他看画儿的时候，让我告诉你上面画的是什么吧。首先，我得声明，那上面并不是什么了不起的东西。题材的确是十分生动地浮现在我脑子里的。我最初用心灵的眼睛看到它们时，这些东西的确非常动人，但是我的手却实在拙劣，不受想象的支配。每次丰富的想象得到的却是黯然失色的图画。

这些图画是用水彩画的。第一幅画的是乌云翻滚，低低压在波涛汹涌的大海上。远景一片黑暗朦胧，近景也很暗淡，也就是说，前面的巨浪也很暗淡，图画中没有陆地景色，只有一线光亮照耀在即将完全沉没的船桅上。桅杆上栖息着一只鸬鹚，它的身体又大又黑，翅膀上溅着很多泡沫；它的嘴上叼着一个镶有宝石的金镯。那只金镯是我用调色板上尽可能鲜艳的色彩画的。飘忽的碧波下，一具淹死的尸体隐约可见，只有一条漂亮的胳膊看得最清楚。那只手镯是被海水从胳膊上面冲下来的，或者是被鸬鹚从上面啄下来的。

第二幅画的前景只有一座朦胧的山峰，草和几种叶子朝一个方向倾斜着，仿佛在被一阵轻风所摇动。后面和上方都是广袤无垠的天空，又蓝又暗淡，像黄昏时分一样。一个女人的上半身朝空中升起，我画的时候尽可能调和了幽暗而柔和的色泽。颜色黯淡的额头上戴着一颗星星，额头下面的面容十分朦胧，似乎是透过迷散的雾气看到的，黑色的眼睛闪烁出野性的光亮，黑乎乎的头发泻下来，仿佛被暴风雨撕裂的乌云，脖子上似乎有一丝反射出的月光。同样的光晕镶在每一片薄云的边缘，金星的影子在这些云彩之间若隐若现。

第三幅的背景上画着一座冰山的尖顶，直插北极冬天寒冷的天空。一片北极光闪亮在地平线上，像一支支长矛直指长空。前景画着一颗巨大的人头，俯向那座冰山，靠在冰山上面。两只纤细的手交叉在一起，托住额头下部，拉着一道黑色的面纱，遮住面部。那个额头白得没有血色，像森森白骨，只看得见一只凹陷无神的眼睛，露出绝望呆滞的表情。在太阳穴上方，缠着遍布褶皱的黑布头巾，一圈云雾般闪耀的白色火焰在闪光，其中点缀着更加光亮的火花。这个半月形的亮带是“王冠的象征”，戴着王冠的那个是“无形的形体”。

“你画这些画儿的时候，心里快活吗？”不久，罗契斯特先生问道。

“我当时全神贯注，先生。是的，我很快活。总而言之，画这些画的时候我体会到的是有生以来最大的愉快。”

“这话讲得倒不太过分，照你所说，你的乐趣的确太少了。照我看，你在混合与安排这些奇怪的色彩时，也许处在一种艺术家的梦境中吧。你当时每天作画的时间长吗？”

“我没有别的事情好做。因为那时正在放假，我就从早上到中午，从中午到晚上都坐在画夹前面。仲夏日白昼很长，对我作画很有利。”

“你对自己热情劳动的结果感到很满意吧？”

“远远不能满意。我感到很苦恼，因为我脑子里的想象与手工画出来的东西之间距离太大。我每次想象出来的东西都没有能力用手画出来。”

“并不完全是这样，你已经把思想的影子画出来了。不过也许只达到这么个目标而已。你没有掌握足够的艺术学问和手法，不能把它们完全表达出来。然而，对于一个女学生来说，这些画算是够独特的了。至于说到其中的思想，实在有点妖气。长在金星上面的眼睛准是你在梦中看到过。你怎么能把它们画得那么清楚，然而却一点儿也不明亮？是因为额头上那颗星星让它们变得黯然失色了吧。它们显得那么庄严和深邃是什么意思？还有，是谁教会你画风的？在这个天空中和山顶上，正刮着风。你是在哪儿看到拉特莫斯山的？那就是拉特莫斯山。好啦，把画儿拿走！”

我刚把画夹的带子系好，他就看了一下表，突然说道：

“九点了。爱小姐，你让阿黛勒坐这么久到底要干吗？带她上床。”

阿黛勒离开屋子前，走上去亲吻他。他忍受了这种亲昵，但是看上去可能还不如派洛特对它更感兴趣，也不如派洛特更能欣赏这种亲昵。

“祝你们晚安，”他说着用手朝门子那边挥了一下，表示对我们的陪伴感到厌倦，想要我们走。费尔法克斯太太把自己编织的毛衣收拾起来，我拿着我的画夹，我们都他行了屈膝礼，得到的回报只是个冷冷的点头。我们退出来。

“你以前说过，罗契斯特先生并不怎么特别，费尔法克斯太太，”我打发阿黛勒上床后，来到费尔法克斯太太屋里，跟她说道。

“哦，他有什么特别吗？”

“我认为挺特别的。他情绪不稳定，态度生硬。”

“这倒是事实。一个陌生人无疑会这么看他的。但是我对他的态度已经习以为常了，从来就不想这些。再说，就算他的脾气有点古怪，也情有可原。”

“为什么？”

“部分原因是他的天性，我们谁都没法改变自己的天性。另外的原因是因为他受到痛苦的心事折磨，这让他的情绪不稳定。”

“是什么心事？”

“首先是家庭里的麻烦事。”

“可他没有家庭啊。”

“现在没有。可他以前有过——至少有过亲戚。几年前，他失去了长兄。”

“他的长兄？”

“是啊。现在这位罗契斯特先生掌管这个产业，时间还不算久，大约只有九年光景。”

“九年可不能算短了。他那么喜爱自己的兄长，直到现在还在为失去哥哥而伤心吗？”

“这个嘛，不——也许不是的。我相信他们之间还有些误解。罗兰·罗契斯特先生对爱德华先生不很公平，也许他还让他父亲对爱德华抱有成见。那个老绅士爱财如命，渴望自己的家族产业保持完整。他不希望看到因为分家让财产变少。可是他又想让爱德华先生也富有，好维持家族的威望。爱德华成年后不久，他采取了不很公平的步骤，惹出许多麻烦。老罗契斯特先生和罗兰先生联合起来。他们为了让爱德华先生发财，结果却使爱德华先生处于一种自己觉得痛苦的境地。这种痛苦究竟属于什么性质，我根本没有搞清楚，但是他的精神忍受不了这种处境下的痛苦。他不是个善于原谅人的人，于是跟家庭断绝了关系，多年来一直过着漂泊不定的生活。自从他哥哥连个遗嘱也没留下就死去后，他成了这个产业的主人，可是照我看，他在桑菲尔德居住的时间从来没有超过两个礼拜。另外，也难怪他要从这座老房子逃避出去。”

“他为什么要逃避？”

“也许他觉得这里太阴暗吧。”

这个回答是个托词，我想得到更为清楚的回答，可是，关于罗契斯特先生的痛苦根源问题，费尔法克斯太太不是回答不上来，就是不想回答。她一口咬定说，这些事情对她自己也是个谜，她所知道的事情主要是推断出来的。很显然，她希望我不再谈论这个话题，我便没有接着问下去。

第十四章

在接下来的几天中，我很少见到罗契斯特先生。每天上午，他看上去都忙于办理事务，到了下午，从米尔考特来的绅士们和邻居们就会来拜访，有时候还留下来跟他共进晚餐。等他的脚扭伤已经基本痊愈后，他便骑着马，跑到挺远的地方去，一般要到夜里很晚才回来，也许是去回访那些客人吧。

在此期间，就连阿黛勒也很少给叫到他那儿去。我跟他的见面仅限于在门厅里、楼梯上，或者在走廊上偶尔相逢。在这种时候，他有时候态度高傲、冷淡，只是远远点一下头，或者冷冰冰地瞟上我一眼表示知道我在场；有时候用绅士般的风度向我鞠躬微笑。他的态度改变并没有惹我生气，因为我看得出，这些变化与我无关。让他的情绪潮起潮落的原因并不是我。

一天，他请人吃饭，派人把我的画夹拿去，显然是想展览一下其中的画。那些绅士们早早就动身离去，上米尔考特去参加一个公众集会。这是费尔法克斯太太告诉我的。但是那天晚上天下着雨，相当冷，罗契斯特先生没有跟他们一起去。他们走后不久，他打了铃。仆人送来口信，要我和阿黛勒下楼去。我为阿黛勒梳好头发，把她打扮整洁，检查一下自己那身贵格会教徒般的装束，发现没什么再值得修饰的了。一切都很妥帖朴素，头发也编了起来，没什么凌乱的地方。我们便下楼去。阿黛勒心里想的是自己的小盒子也许终于到了。由于运输中的差错，直到现在还没有送到。我们走进餐厅时，她满意了。一个小小的硬纸盒就放在桌子上。她似乎凭着本能就认出了它。

“我的盒子！我的盒子！”她一边嚷，一边朝盒子跑过去。

“不错，你的盒子终于来了。去，拿着它上角落里去，你这个巴黎姑娘。解剖开来自己取乐吧，”罗契斯特先生坐在壁炉旁一个巨大的安乐椅中，用带有讽刺腔调的低音对她说。“记住，”他接着说，“别拿解剖过程中的任何细节打扰我。也不要用里面的东西烦扰我。施行手术的时候要保持安静。要保持安静，孩子，听明白了吗？”

阿黛勒似乎不太需要这样的警告，她已经带着自己的宝贝，躲进一个沙发里，开始忙着解开系住盒盖的绳子。除去这道障碍，掀去盖在上面的一层银色包装纸，她禁不住嚷起来：

“啊，天哪！多漂亮啊！”她乐得心花怒放，全神贯注地盯着看里面的东西。

“爱小姐来了吗？”主人从座位中欠起身子，朝门口望了望，问道。我就站在门口。

“啊！好吧，过来。到这儿来坐，”他将一把椅子拉到自己的椅子旁边。“我不喜欢孩子的唠叨，”他接着说道，“因为像我这样的老单身汉，对孩子们口齿不清的谈话没什么兴趣。我受不了整个晚上跟一个小家伙面对面待在一起。不要挪走那把椅子，爱小姐。就坐在我放的那个地方——假如你愿意坐在那儿的话——这该死的客套！我总是把它忘个一干二净。我也不喜欢老太太。不过，顺便提一下，我必须保留我那位，怠慢了她可不行。她是费尔法克斯家的人，至少嫁给一个姓这个的人。据说，血比水要浓。”

他打铃派人去叫费尔法克斯太太来。费尔法克斯太太很快就手提编织篮来了。

“晚上好，太太。我请你来做件好事。我已经告诉阿黛勒，禁止她跟我谈论她的礼物，她肚子里的话多得都要爆炸了，行行好，去听她说话，跟她说话。这可就是你为我做的最大好事了。”

阿黛勒一见费尔法克斯太太，立刻就招手把她叫到沙发跟前，然后立刻就往她膝盖上、腿上摆满了她那个盒子里掏出来的瓷烧的、象牙雕的、蜡铸的小玩意儿，一边还用她学会的那一点儿不连贯的英语滔滔不绝地解释着，表达着心中的喜悦。

“现在，我已经表演了一个好主人的角色，”罗契斯特先生说道，“让我的客人们都得到各自的乐趣。现在我该自己自由自在地取取乐了。爱小姐，把你的椅子再往前挪一点儿，你坐得太靠后了。我要看看你，还得在这张椅子上改变一下姿势才行。我可懒得这么做。”

我按照他的要求挪了挪座位，可我还是喜欢坐在阴影里。罗契斯特先生喜欢用一种命令的方式要人为他做事情，似乎立即服从是理所当然的。

我刚才已经说过了，我们是在餐厅里。为了晚餐而点燃的枝形吊灯，把整个屋子照得像节日喜庆般辉煌，巨大的炉火又红又明亮，高大的窗户上和拱门上挂着紫色的帘子，显得富丽堂皇。一切都那么平静，只有阿黛勒不敢提高声音而发出的喃喃低语，在她说话的间歇里，只能听到冬天的雨滴打在窗玻璃上的声音。

罗契斯特先生坐在他那张锦缎面椅子上，显得跟平时我看到的样子不同，不像平时那么严厉，也没有那么忧郁。他嘴唇上有一丝微笑，眼睛闪闪发亮，我不能肯定，这是不是因为他喝过酒的缘故，但是我认为很可能是这个原因。总之，他的情绪就像吃过晚宴后常见的那样，热情、和蔼、不很刻板、不像早晨那么冷漠生硬。然而，他看上去仍然相当严肃，他那颗硕大的脑袋靠在椅背胀鼓鼓的靠垫上，火光照耀在他那张像用花岗石雕刻的面孔上，让那双又大又黑又好看的眼睛闪烁出光芒，这双眼睛的深处有时并不是毫无变化的，假如其中现出的不是温柔，至少能让人想起那种感情。

他盯着炉火一直看了两分钟，在这两分钟里，我一直盯着观察他的面孔。他突然转过头来，发现我在注视他的面孔。

“你在端详我，爱小姐，”他说，“你认为我漂亮吗？”

假如我考虑一下的话，我可能会用一种周全而礼貌的方式委婉地回答这个问题，可是我却不由自主地脱口而出，回答道：

“不漂亮，先生。”

“啊！真想不出！你这个人有点怪，”他说，“你看上去有点小修女的风度，双手交叉，两眼低垂，盯着地毯。只是刚才却死死盯着看了我一阵。你显得脾气古怪，态度安详，又庄严又单纯。有人向你提出个问题，要求你做个评论，你却吐出这么个直率的回答，这话就算不是生硬，也是唐突。你这是什么意思？”

“先生，我回答得太坦率了。请你原谅。我应该说，要对外貌做个即兴评论不是很容易的，各人的审美观点不同，再说美不美并不重要，或者我该说点诸如此类的话才对。”

“你不该这么回答。美的确并不重要！你这是在伪装，想缓和刚才对我的侮辱，想抚慰我，让我平静下来。其实你是在玩弄狡猾的把戏，你将一把刀插进了我的耳朵！你倒是说说，在我身上你发现了什么毛病？我想我的四肢和五官跟别人没什么不同吧？”

“罗契斯特先生，请允许我收回第一个回答。我并不是反应敏捷，而是一时鲁莽说错了话。”

“不对，我认为不是这样。你必须为刚才的话负责。批评我吧，我的额头让你觉得不愉快吗？”

他把横搭在额头上的黑色鬈发撩上去，完整地露出脑袋上显示智慧的那部分，然而，可惜的是在应当显示出些许仁慈的地方，却并没有这种迹象。

“你说，小姐，我是个傻瓜吗？”

“绝对不是，先生。假如我问你是不是个慈善家，你大概又会认为我粗鲁吧？”

“又来了！又刺来一刀，就因为我说过，我不喜欢跟小娃娃和老太太在一起消磨时间（这话要讲得轻点）。不，小姐，我不是个一般意义上的慈善家，但是我有良心，”他说着指了指大家认为表示良心的那个部位，幸亏他的那个部位相当显著，确实使他脑袋上部显得十分宽阔。“另外，我的心从前的确有过一种粗鲁的温柔。我在你这么大年纪的时候，很富有同情心，对那些尚未成年、无家可归、遭到不幸的人颇为同情。但是在那以后，我却遭到命运不断的打击。它像揉面一样，用手上的骨节把我揉搓了一遍，现在我可以自豪地说，我已经坚韧得像一只印度实心皮球一样，不过还可以通过一两道裂缝透透气，在这团东西的中心，还有一丁点感情。对啦，因为这一点，我还有点希望吗？”

“什么希望，先生？”

“我是不是还有希望从印度实心橡皮球变成肉体？”

“他准是酒喝多了，”我想道。我不知道该怎么回答他这个古怪问题，我怎么知道他会不会转变？

“你看起来完全不知所措了，爱小姐。虽然你长得并不比我漂亮，可是这种迷惑神气对你挺合适。再说，这样也挺舒服，免得你那双喜欢搜索的眼睛盯着看我的容貌，任它们在地毯上搜索绒花吧。继续迷惑下去吧。小姐，今天晚上我倒有点喜欢热闹，有点健谈啦。”

他这么宣称过后，便起身离开椅子，走到壁炉旁边，把胳膊搭在大理石壁炉架上。他采取这样的姿势后，他的体形和面容一样，也能看得清清楚楚了。他的胸脯异常宽阔，宽得与他的四肢不成比例。我敢说，大多数人都会把他说成个丑陋的人，然而他自己却不自觉地流露出骄傲，态度十分从容，似乎对自己的外貌毫不在乎，还表现出一种自负，仿佛自己内在和外在的特征所蕴含的力量，足以弥补外表的魅力缺憾。人们看着他，仿佛就不可避免地感染了这种不在乎的心情，甚至从一种盲目片面的意义上讲，信服了这种自信。

“今天晚上我有点喜欢热闹，有点想说话，”他重复道，“所以，我才把你叫来。只有炉火和烛光对我是不够的。派洛特也不行。它们都不会说话。阿黛勒比它们强一些，但是远远不能及格。费尔法克斯太太也一样。我认为，假如你愿意的话，你符合我的要求。我第一天晚上请你下楼来的时候，你让我迷惑不解。从那以后，我几乎把你给忘啦，其他事情把你从我脑子里赶跑了。可是我今天晚上决定松弛一下，把讨厌的东西抛开，让那些愉快的东西回到脑子里来。现在，引你说话，多了解一些你的事情，能让我高兴。所以，说吧。”

我没说话，只是微微笑了笑，而且那微笑中并没有得意或者谦恭。

“说吧，”他鼓励说。

“说什么，先生？”

“想说什么随便说。选什么话题以及怎么说，全都由你自己决定。”

可是我坐着什么也没说。“他要是以为我会为说话而说话，或者为了炫耀而说话，那他可找错了人，”我这么想道。

“你哑了，爱小姐。”

我还是一句话也不说。他把脑袋朝我低下来，匆匆一瞟，探索我的眼睛。

“顽固？”他问道，“还生了气。啊，这两样其实并不矛盾。我的请求讲得有点荒谬，甚至有些无理。爱小姐，我请你原谅。我的意思是，我永远不会把你当成低于我的人来对待。也就是说，除了我比你大二十岁，我的经验比你多一个世纪，我并不认为比你有什么优越。这些是合理的，就像阿黛勒所说：我坚持这一点。由于这种优越，而且只是出于这种优越，我才希望你能行行好跟我谈上一会儿，让我散散心。我的心总是集中在一点上，就像一颗生锈的钉子一样，要蚀坏了。”

他屈尊做出个解释，那几乎是个道歉。对于他的殷勤姿态，我并没有感到无动于衷，也不想显得无动于衷。

“如果我能让你高兴，我将十分乐意，先生。可我不知道该说些什么好。因为，我不知道你对什么感兴趣。向我提问吧。我将尽力回答。”

“那么，首先，你是不是同意我有权摆一点儿主人的架子，唐突一些呢？我是不是有时候稍稍可以苛求一些？鉴于我上面说到的原因，也就是说，我年纪大得能做你的父亲，在不同的场合，我跟许多国家的许多人交过锋，并且游历过大半个地球；而你仅仅生活在一所房子里，和一群人在一起过着平静的日子。”

“你爱怎么办就怎么办吧，先生。”

“这可不是个回答，其实，这是个很惹人生气的回答，因为这是个逃避性的回答。明确答复。”

“先生，我认为不能因为你比我年纪大，还比我见的世面多，你就有权力对我发号施令。你是不是能够自称优越，要看你是怎么利用自己的时间和经历的。”

“嗬！脱口而出。可是我不同意这一点，因为我觉得这根本不适用于我的情况，因为这两样东西我就算不是利用得很糟，至少也利用得很不用心。撇开优越不谈，你还是得同意常常接受我的命令，而不因为命令的口气而感到生气或者伤心，好吗？”

我微笑了。心想：“罗契斯特先生可真怪，他似乎忘记了，他为了要我接受他的命令，每年要付我三十镑呢。”

“这个微笑非常好，”他抓住了那个一闪即逝的表情，“可是也得说话。”

“我刚才想，很少有几个主人会费心询问自己花钱雇来的下人，是不是因为他们的命令而感到生气和伤心。”

“雇来的人！怎么，你是我雇来的下人吗？啊，对了，我都把薪水忘了！那么，凭着这种雇用关系，你是不是能同意我粗暴一点？”

“不，先生。不能凭这个。要是凭你把它忘掉这一点，还凭你关心下人在他们的环境中是不是过得舒服这一点，我就从心底里表示同意。”

“另外，你是不是同意免去许多谈话时的客套和辞令并非出于无礼？”

“我绝对同意，先生。我决不会把轻松随便的方式与无理混为一谈。我很喜欢前者，后者却是任何一个自由民不愿忍受的。哪怕拿了薪水也不愿忍受。”

“胡扯！大多数生来自由的人为了薪水什么都忍受得了。所以，最好只说你自己，不要冒险说什么你自己根本无知的普遍性。不过，尽管你回答的不确切，我还是愿意为了你的回答，与你在精神上握握手，这不仅仅是因为回答的内容，也是为了回答的方式。这种方式直率而诚恳，实在不多见。正相反，对于别人的坦率，人们往往抱以虚伪和冷淡的态度，或者以愚蠢和漫不经心的误解来报答。在三千个刚毕业而且毫无经验的家庭女教师中，不会找到三个像你这样回答我的问题。不过，我不是要奉承你。就算你是在一个与众不同的模子里铸出来的，那也不是你自己的功劳，那是大自然的功劳。我这个结论毕竟下得太早了些，从我已经了解到的看来，你并不比其他人略胜一筹。也许你有些令人无法容忍的缺点，会抵消掉不多的几个优点呢。”

“也许你也有这种缺点，”我想道。我的眼睛跟他的眼睛相遇时，我突然产生这么个想法。他似乎从我的眼神里看出了我的这个想法，便做出了回答，仿佛我这个想法不仅仅是脑子里有的，而且直接讲了出来。

“不错，不错，你是对的，”他说，“我自己也有许多缺点。这一点我自己清楚，也不想掩饰，我可以向你保证。上帝明察，我不该对别人过于严厉。我过去的生活、我的一系列行为和各种浪漫经历都值得好好深思，我的邻居满可以用我过去那种讥讽和非难来对付我自己。我在二十一岁那年，开始走上或者说是让人推上了一条错误的道路（你看，我向其他有过错的人一样，喜欢把部分责任归咎于厄运和不利因素），而且从此再没有回到正确道路上来。我本来可能成为完全不同的一个人。我本来可能变得像你一样好，一样聪明，差不多一样纯洁无瑕。我羡慕你平和的心境，你纯洁的良心，你没有受到玷污的记忆。小姑娘，一个没有污点和污渍的记忆一定是座绝妙的宝藏，是个取之不尽用之不竭的清泉，不是吗？”

“你十八岁的时候，有着怎样的记忆，先生？”

“那时候很好，心灵清澈、健康，没有涌进污水把它变成恶臭的泥潭。我十八岁时的记忆跟你的相当，十分相似。爱小姐，总的来说，大自然想把我造就成个好人，造就成好人中的一个，可你看，我并不是个好人。你也许会说，你看不出这一点来，至少我从你的眼睛里看出了这一点。顺便说一下，你得留心你那个器官里表达出来的内容，我解释其中的语言可是十分在行的。不过，相信我的话，我不是个坏蛋。你可不该这样假设，也不能把这种类型的恶名横加在我身上。可是，我深信，由于环境的关系，而不是由于我的天性，我已经成了个普通的罪人。有钱的人和有闲的人用来打发光阴的种种放荡和荒唐，我全经历过。我向你坦白承认这些，你觉得奇怪吗？你要知道，在你未来的生活中，你将会发现有人选择你来倾诉他们心中的秘密，不论你是否愿意听。人们会像我一样发现，你的长处不是夸夸其谈说你自己，而是做一个忠实的听众。他们还会发现，你在倾听的时候，对于他们行为的不检点，不是怀着恶意的轻蔑，而是带着本能的同情。尽管这种同情不是十分明显地表现出来的，然而，它并不缺乏安慰和鼓励作用。”

“你怎么知道这些的？先生，你怎么猜出所有这一切？”

“我知道得清清楚楚。所以我才能把我想的东西讲出来，就像我将思想用笔写在日记中一样自如。你会说，我本不该屈服于环境。我的确不应该屈服，我的确不该，可是你看，我屈服了。在命运的肆虐中，我缺乏保持冷静所需要的智慧，我变得不顾一切。后来，我便堕落了。现在，当我听到随便哪个恶毒的傻瓜说出下流话，我心中顿时便会激起厌恶，可是我并不能自以为比他好一些。我心里不得不承认，我跟他同属一类。我真希望以前站稳了脚跟——上帝作证我真的这样希望！爱小姐，人们受到做错事的引诱时，害怕悔恨，悔恨是生活的毒药。”

“据说忏悔可以治疗悔恨，先生。”

“那可不是它的药方。改过自新也许能治疗。我是能改过自新的。我本来有力量，能够改过自新，假如……唉，想这些又有什么用处？我已经受到重重的阻碍、肩负沉重的包袱、遭到多方的诅咒。再说。既然我的幸福已经不可挽回地被剥夺走了，我便有权利从生活中获得乐趣，我要得到它，不论要花多大的代价。”

“那你就会更加堕落，先生。”

“也许会。可是，假如我能得到甜蜜而新鲜的乐趣，为什么不呢？而且我的确能够得到它——又新鲜又甜蜜，就像蜜蜂在沼泽地里采集的野蜜一样。”

“蜜蜂会蜇人，野蜜的味道是苦的，先生。”

“你怎么知道？你从来就没试过。你的表情多么严肃，多么庄严啊，无知得活像这个浮雕头像！”他从壁炉架上抓起一个雕像，“你无权对我说教，你初入教会，尚未跨过生活的门槛，对其中的谜还一窍不通呢。”

“我只是提醒你注意自己说的话，先生。你说犯错误会后悔；你还说过，悔恨是生活的毒药。”

“现在是谁在谈论错误？我可不会把脑子里一闪即逝的念头看成错误。我相信，那不是诱惑，而是灵感。它使人感到舒适，感到安慰——这个我知道。它又来了！它不是魔鬼，我可以向你保证。假如它真是魔鬼，那也是披了光明天使的外套。我想，这么美丽的客人要求走进我的心房，我不能拒绝。”

“不要相信它，先生。它不是真正的天使！”

“我得再次问你：你怎么知道？你凭着什么本能，假装能区分得出哪个是堕落在深渊中的天使，哪个是从永恒的宝座派来的使者？又怎么能辨别出谁是引导者，谁是诱惑者？”

“我是从你的脸色上判断的，先生。你说起那种感觉又来了的时候，你的脸色显得很苦恼。我肯定，要是你听从了它，你准会感到更加苦恼。”

“根本不会——它带来的是世界上最优美的佳音。至于其他东西呢，你又不是负责我良心的人。所以，你不必费事操心。啊，来吧，我美丽的漫游者。”

他这话好像是在对一种幻象说的，仿佛除了他自己，别人都看不见那个幻象。他把胳膊伸出去，仿佛在搂抱一个无形的人。

“现在，”他接着对我说，“我已经接受了这个香客，这是个披着伪装的神，我相信真的是这样。它已经给我带来了好处，我的心原先就像一个坟窖，现在却要变成个神龛了。”

“说实在的，先生，我根本不懂你的意思。我不能继续谈下去，因为它超出了我的程度范围。只有一件事我知道：你说你不如自己所希望的那么好，你为自己不够完美感到遗憾；还有一件事我听懂了：你暗示说，有一个受到玷污的记忆就是永久的毁灭。照我看来，假如你努力尝试，将来可能成为自己所希望的人；另外，只要你从今天开始决心纠正自己的思想和行为，几年之后，便积累起新的，没有污点的回忆，回想起来便感到愉快了。”

“想得不错，说得对，爱小姐。现在，我正在铺设通向地狱的道路。[①]”

“什么意思，先生？”

“我正往路上铺下善意，相信这些善意像燧石一样天长地久。当然，我交往的人和追求的事物，也要跟以前不同。”

“比以前的好？”

“比以前的好，就像纯净的矿石比矿渣好得多一样。你看上去像是在怀疑我。我可不怀疑我自己。对自己的目标和动机，我知道得清清楚楚。就在此时此刻，我批准了一项法律，一项不可更改的法律，它认为我的目的和动机都是正当的。”

“先生，假如需要用新的法令才能使它们合法化，那它们就不可能是正当的。”

“它们是正当的，爱小姐，尽管它们绝对需要一条新法令。不为人所知的复杂环境需要有前所未有的法规。”

“这听上去像个危险的格言，先生。因为人们一眼就看得出，它很容易受到滥用。”

“说教的圣人！它的确是这样的，但是凭着我的家神发誓，我不滥用它。”

“你不过是个人，难免出错的。”

“我是人，你也是——那又怎么样？”

---

① 谐谑语。取自一则谚语：“通往地狱的道路皆由善意铺成。”

“难免出错的人不该吹嘘说，自己具有完美的神才值得信赖的那种能力。”

“什么能力？”

“就是对奇怪而未经认可的行为做出判断，说：‘这是正当的。’”

“‘这是正当的’——正是这几个字，你已经把它们说出来了。”

“那我就说，但愿它们是正当的，”我说着站起身来，认为继续进行这种让我莫名其妙的谈话是毫无意义的。另外，我感到根本无法了解面前这个人的性格，至少目前无法了解。我产生了一种不确定的感觉，以及确信自己无知，和伴随而来的不安全感。

“你要去哪儿？”

“送阿黛勒去睡觉。已经过了上床时间。”

“你害怕我，因为我说起话来像斯芬克斯[①]。”

“你的语言的确像谜，先生。尽管我给搞糊涂了，但我绝对不害怕。”

“你肯定害怕——你洁身自爱就是因为害怕犯错误。”

“从那种意义上说，我的确害怕——我并不想说违心的话。”

“你就是违心说瞎话，我也会把它当成真心话，因为你说得那么严肃、平静。爱小姐，你从来不笑吗？你不必费神回答这个问题，我看得出你很少笑。不过，你准能开心地发笑。相信我的话，你并不是生来就严肃，我也不是天生就邪恶。劳渥德的严格至今还在某种程度上束缚着你，控制着你的面容，压抑着你的声音，限制着你的四肢活动。你害怕面对一个男人、一个兄弟，害怕你的父亲或主人；畏惧你自己的活动，害怕笑得过于快活，害怕讲话过分自由，或者说得速度太快。不过，我认为过一段时间，你跟我在一起会感到十分自然的。因为我觉得我无法跟你讲究繁文缛节。到时候，你的表情和行为就会比现在更加丰富多变，更加活泼愉快。我时常透过紧闭的鸟笼，观察鸟儿的一种奇怪眼神。那里关着的是一个活跃、不安、坚定的俘虏。一旦获得自由，便会冲上云端高高飞翔。你还是想走吗？”

“钟已经敲九点了，先生。”

“没关系，等一等。阿黛勒还不想上床呢。爱小姐，我站的这个位置，背朝炉火，面向房间，很有利于观察。我跟你谈话的时候，也不时地注意着阿黛勒。我有理由认为她是个奇怪的研究对象，改天，我可以把这些理由——不，我要把这些理由告诉你。大约十分钟前，她从盒子里拖出一件粉红色的绸子小外衣，她把衣服展开后，脸上露出喜悦；卖俏般的风情涌

---

① 希腊神话中长着翅膀的狮身人面怪，向从旁经过的人出谜语，无法解谜者均为之杀害。

动在她的血液中，融进大脑，流入骨髓。‘我要穿上试试，’她喊着说，‘现在就试。’说完，她便奔出了房间。她现在正跟索菲在一起，试穿衣服。过几分钟，她就会回到这里来。我已经知道会看到什么了。那是塞莉纳·瓦朗的缩影，就像她以前出现在舞台上，当幕布升起——不过，别去管那些了。我最柔弱的感情将经受一次打击。我有这样的预感。待在这里别走，看看它会不会成为现实。”

没过多久，阿黛勒的小脚啪嗒啪嗒响起在门厅里。她走进屋来，正如她的保护人预言的那样，变了个样子。一件玫红色的缎子衣服取代了刚才穿的棕色外衣，衣服短而肥，边缘大得束不起来。额头上戴着个玫瑰花蕾编成的花环。脚上穿着长丝袜和白色的缎面拖鞋。

“我的衣裳合身吗？”她一边蹦蹦跳跳跑过来，一边嚷道，“我的鞋怎么样？我的袜子怎么样？啊，我要跳舞了！”

她把衣服下摆展开，迈着滑步穿过房间，来到罗契斯特先生面前，踮起脚尖在他面前轻灵地旋转了一圈，然后单腿跪在他脚边，喊道：

“先生，太谢谢你了，”说完站起身来补充说：“真像妈妈的样子，对不对，先生？”

“的——确——像！”他回答道，“‘真像’，她把英国金币从我的英国裤兜里骗走了。我也年轻过，爱小姐——唉，年轻得很。现在让你显得朝气蓬勃的青春色彩，并不比我年轻时的色彩更浓。不过，我的春天已经过去，可是却把这朵法国小花儿留在我的手上。按照我有时候的心情，我真想把它抛弃掉。现在，我已经不再珍视生出她来的那个根，而是发现，她只有在金子的土壤中才能发育生长，我对这朵花儿便失去了大半兴趣。尤其是她看上去那么不自然，就像刚才那样。我收留她、抚养她，只是本着天主教的原则，做一件好事来赎许多大大小小的罪孽罢了。我改天再向你解释这一切吧。晚安。”

第十五章

后来有一天，罗契斯特先生真的解释给我听了。

那是一天下午，他偶然在院子里遇到我和阿黛勒。她跟派洛特玩羽毛球的时候，他邀我跟他在一条能看得见她的长长的山毛榉林荫道上散步。

他告诉我说，她母亲是一位法国歌剧舞蹈家，名叫塞莉纳·瓦朗。他曾经对她怀着他所谓的“炽热的爱”。塞莉纳·瓦朗说，要用更加强烈的爱来回报他这种炽热的爱。尽管他容貌丑陋，可他以为她把自己当成了崇拜的偶像。照他所说，他相信，她喜欢他运动员般的身材，而不喜欢阿波罗的优雅。

“爱小姐，这位苗条的高卢美女对我这个不列颠侏儒情有独钟，让我觉得受宠若惊。于是我在城里为她买了一套房子，向她提供了齐备的车马、仆人、开士米呢子服装、钻石首饰、带花边的衣服等等。总之，我就像其他痴情的傻瓜一样，开始用大家普遍接受的方式毁掉我自己。看来，我在走向耻辱和毁灭的路子上丝毫没有独创性，只是怀着满心的愚蠢，一步不差地追循着别人走过的老路，一英寸也没有偏离开那条路的中心。我的命运跟其他痴情人一样，也命该如此。一天晚上，我去拜访，塞莉纳并不知道我要去。我发现她不在家，可那是个温暖的夜晚，我在巴黎散步走累了，便在她的闺房坐下来。呼吸着她不久前散发出的神圣气息，我觉得很惬意。不——我夸张了，我从来没以为她身上有什么神圣的美德，那不过是她身上散发出的一种香水气味。那不是什么神圣的香气，而是一种麝香和琥珀的气味。屋子里的鲜花和喷洒的香水气味开始让我觉得透不过气来，我便想推开阳台门，到阳台上去。外面月光皎洁，还点着煤气灯。阳台上摆着一两张椅子，我在上面坐下来，掏出一支雪茄——假如你能原谅我，现在我想抽一支。”

说到这里，他停顿了一下，掏出一支雪茄，放到嘴唇间，点上，朝阴郁寒冷的空气中喷出一缕哈瓦那烟。

“那时候，我还爱吃糖果呢，爱小姐。我大声地嚼着（原谅我的粗野），一会儿嚼着巧克力，一会儿抽上口烟，一边还望着马车沿着豪华的街道，朝歌剧院跑去。这时，我突然看到一辆由两匹马拉的精致马车。在明亮的城市夜景中，我立刻就认出那是我送给塞莉纳的那辆车。她正朝这里返回来。我的心当然砰砰地撞击着俯身倚靠的铁栏杆。正如我预料的，马车在这栋楼房前面停了下来。我那烈火般的情人（这个称呼正适合一位演歌剧的情妇）披着斗篷走下马车。顺便提一句，在六月份那么暖和的夜晚，穿斗篷实在没有必要。她下车的时候，我一看见她的衣裙下露出的小脚，立刻就认出是她。我俯身到阳台外边，正打算用那种只有情人才听得见的低声叫出“我的天使”，突然，另外一个人从车里跟在她身后跳下来，那人也披着斗篷，可是那双脚走在人行道上，却发出带有马刺的后跟发出的撞击声，而且，这时经过楼房大门的脑袋上还戴着一顶礼帽。

“你从来没有嫉妒过，对吧，爱小姐？当然没有。我根本就不必问你。因为你从来没有恋爱过。你还没有体会过这两种感情呢。你的心灵还在沉睡，那个能把它唤醒的震动还没有到来。你以为生活中的一切都会像你童年时那样，在流水般的静谧中消逝。你闭上眼睛，捂住耳朵，漂浮其上，既看不到不远的洪流中耸立着一块块巨石，又听不见巨石旁的澎湃浪涛声。但是我告诉你，你记住我的话，有一天，你会漂到一个隘口，整个生命的河流将会撞成漩涡、变得混乱喧闹不堪。你不是被撞成粉齑，就是被一个巨浪卷走，带到比较平静的水面上——就像我现在这样。

“我喜欢这个日子。我喜欢这铅灰色的天空。我喜欢这严霜覆盖下的严酷和沉寂。我喜欢桑菲尔德，喜欢它的古老，它的隐蔽，它周围栖息着鸦雀的老树和荆棘，它的灰蒙蒙的楼房正面，还有它那一排排反射出金属色天空的乌黑窗户。可是长时间以来，我一想到它就心中作呕，像躲避瘟疫一样离它而去。我现在还是那么厌恶……”

他把牙齿咬得咯咯作响，然后沉默了下来。他停住脚步，用靴子使劲蹬了蹬坚硬的地面。仿佛某种让他觉得可恶的想法把他紧紧攫住了，紧得让他无法向前走了。

他停下脚步的时候，我们正在朝房子走去，门厅就在我们前面。他朝房子上面的雉堞狠狠瞪了一眼，这种眼神我以前从来没有看到过，以后再也没有看到。两道浓眉下，一双扩大的瞳孔里顿时闪现出矛盾冲突着的痛苦、愤怒、烦躁、嫌恶、憎恨等感情。各种感情仿佛在狂暴地争斗着，都想占上风，但是另外一种感情出现了，胜利了。那是一种冷酷的、玩世不恭的感情，任性而坚决的态度。它使他的怒气平息下来，让他的面部表情不再变化。他接着说：

“爱小姐，我刚才沉默的时候，心里在跟命运争论着一点。她刚才就站在那儿，在那棵山毛榉树干的旁边，她是个巫婆，活像在福累斯荒原上向麦克白现形的三个女巫中的一个。‘你喜欢桑菲尔德吗？’她举起手指问道。接着，她在空中写了一行字，就在上面那排窗户和下面这排窗户之间。‘假如你能，就喜欢它吧！’‘假如你敢，就喜欢它吧！’

“‘我要喜欢它，’我说，‘我敢喜欢它。’”他郁郁不乐地补充说道：“而且，我要遵守自己的诺言，我要打破通向幸福的障碍，打破通向善良的障碍，不错，善良。我希望做个比过去、比现在好一些的人——就像约伯那头邪恶的海怪折断长矛、标枪，毁掉锁子甲一样，别人认为是铁和铜的障碍，而我只把它们当成干草和朽木。”

这时，阿黛勒拿着羽毛球跑到他面前来。“走开！”他粗暴地喊道，“离这儿远点，孩子，要不就进屋去找索菲！”说罢又继续默默散步。我壮着胆子提醒他，回到刚才突然改变话题前的那个故事上：

“瓦朗小姐进屋的时候，你离开那个阳台了吗，先生？”

提出这个问题后，我几乎预料到他会拒绝回答了，因为这个问题很难说是合乎时宜的。但是，正相反，他从愁眉苦脸中清醒过来，把目光转向我，眉宇间的阴云似乎消失了。

“噢，我把塞莉纳忘记了！好吧，接着讲。一看见我心爱的人儿由一个献殷勤的男人陪着进来，我的耳朵里好像嘶的一声，嫉妒就像一条碧绿的蛇，在月光照耀的阳台上盘旋腾空，直钻进我的背心里，边蜿蜒边啃噬，两分钟后钻进我的心窝里。奇怪！”他突然又离开那个故事，“真奇怪，我怎么会选择了你来听我倾吐心中的这一切，年轻的小姐。更奇怪的是，你居然默默无言地倾听着，仿佛像我这样一个男人，对你讲述他演歌剧的情妇，是世界上最平常不过的事情似的，而且还是对你这样根本没有经验的姑娘！可是后面这件怪事却解释了前面那一件，正如我以前说过的，你端庄、体贴、谨慎，正是听取别人秘密的合适类型。另外，我也知道我选择了什么样的心灵与我的心灵进行交流。那是一种不容易受到传染的心灵，那是一种奇怪的心灵，是一种独特的心灵。幸好我无意伤害它。不过就算我有这样的念头，它也不会从我这里受到感染。你跟我交谈得越多越好，因为我不会伤害你，你却会使我重新振作。”说完这些离题的话以后，他接着说：

“我继续留在阳台上。‘毫无疑问，他们会一起到她的闺房里来。’我想道。‘我得打个埋伏。’于是，我把手伸进打开的门子，把窗帘拉上。只留下一道缝，可以窥视里面。然后我把门子关上，只留下一道窄窄的缝隙，好让情人低声发的誓言从里面传出来。然后，我偷偷回到自己的椅子上，刚坐下，这一对就走进来了。我的眼睛迅速凑近那个缝隙。塞莉纳的女仆走进屋子，点着一盏灯，把灯放在桌子上，就出去了。这一对便清清楚楚暴露在我的眼前。两人都把斗篷脱掉，瓦朗身穿缎子衣服，戴着首饰——当然都是我送她的礼物；她的伴侣身穿军官制服，我知道，他是个子爵的年轻的浪子，是个没头脑的恶少，我在社交场合见过他几次。我从来就瞧不起他，所以根本没想到会恨他。一旦认出他来，嫉妒之蛇的毒牙立刻就折断了，因为我对塞莉纳的爱火就像遭到水浇一样，顷刻便熄灭了。一个为这样的情敌就出卖我的女人，是不值得争夺的，她只配受人蔑视。不过，我比她还不如，我更该受人轻视。

“他们开始谈话。他们的话让我完全平静下来。那些话无聊、轻佻、充满利欲、无精打彩、毫无意义，让人听了只会觉得厌倦，而不会受到激怒。桌子上放着我的一张名片，他们一见，立刻把我当成议论的话题。他俩都缺乏能力和智力，不能把我狠狠骂上一通，但是，两人却用一种恶毒的口吻，十分粗鄙地侮辱我，尤其是塞莉纳，她甚至夸张我长相的缺点，把我的缺点叫成残疾。可她跟我在一起的时候，却热情地夸奖这些东西，说成是什么‘男性美’。在这一点上，她跟你截然相反。你第二次跟我见面的时候，就直截了当地告诉我说，你认为我不漂亮。我当时立刻就体会到这种鲜明的对比了，而且……”

阿黛勒又跑过来了。

“先生，约翰刚才说，你的经纪人来了，要见你。”

“啊！既然这样，我必须长话短说了。我打开门径直朝他们走过去。宣布解除对塞莉纳的保护责任，通知她从屋子里搬出去，给了她一袋钱，供她应急之用。她歇斯底里尖声嚷叫，哭得死去活来，又是恳求，又是抗议，我全不理会。我跟这位子爵约定时间到布洛涅树林里会面。第二天早上，我有幸跟他决斗，在他一条瘦弱得像鸡翅膀一样的胳膊里打进一颗子弹，这样，我便认为跟这帮家伙断绝了关系。不幸的是，六个月以前，那个瓦朗小姐把这个小阿黛勒塞给我，硬说是我的女儿。也许她是我女儿，可我从她面容上看不出任何地方像她严厉的父亲。我的狗儿派洛特都比她更像我。我和那位母亲决裂几年后，她遗弃了自己的孩子，跟着一个乐师要不就是个歌手私奔，到意大利去了。但是我没有承认我有抚养阿黛勒的义务，现在我也不承认，因为我并不是她的父亲。但是，听说这个可怜的小家伙孤苦伶仃，我便把她从巴黎那种烂泥潭里挖出来，移植到这里，让她在英格兰花园清洁的沃土上成长。费尔法克斯太太找到你来培养她，但是现在，你已经知道她是个法国歌剧演员的私生女儿，你也许对自己的职位和你的学生有不同的看法，也许某一天，你会找我辞职，说是自己找到了一个新的位置，要求我另雇一位家庭女教师。会不会啊？”

“不会的。阿黛勒没有义务为她母亲或你的过错负责。我本来对她就很关心，现在，知道她为母亲所遗弃，你又不承认她，在某种意义上她是个孤儿，我会比以前更加疼爱她的。我怎么会喜欢一个富贵人家讨厌家庭教师的恶少，而不喜爱一个孤苦伶仃，视家庭教师为亲密朋友的孤儿呢？”

“啊，你这样看待这个问题！好吧，现在我必须进屋去，你也该进去了，天黑啦。”

但是我跟阿黛勒和派洛特在外面多待了一会儿，跟她进行了一次赛跑，还打了一局板羽球。我们进屋后，我把她的帽子和外套脱掉，把她抱起来放在我的膝盖上，让她坐了一个钟头，随她唠叨个不停，对她的小过失并不责备。在人们对她特别注意的时候，她常常表现出轻浮和放肆，这也许是从她母亲那儿得到的，在英国人看来是非常不合适的举止。然而，她也有自己的优点，我喜欢竭力赞扬她所有好的方面。我在她脸上寻找与罗契斯特先生相似之处，可是找不到。没有任何长相上的特征和表情上的联系与他相像。真可惜，假如能证明她跟他相像，他便会更多地关心她的。

晚上我回到自己屋里去睡觉时，才把罗契斯特先生讲的那个故事仔细回顾了一遍。正如他自己所说，这个故事本身也许并没有什么异乎寻常的地方，无非一个富有的英国男人与一个法国女舞蹈演员的浪漫故事，她背叛了他，在社交场上，这无疑是件挺平常的事。但是，他刚才在谈起这座旧房子和周围的环境，表示对这一切感到满意，突然迸发出兴奋和激动，却实在令人感到惊异。我满怀诧异，把这件事的原因反复思量了一番。可是，最终还是把它抛开了，因为，我发现目前还无法找到合理的答案。我又转而考虑起我的主人对我的态度来。他信任我，把心里话讲给我听，看来是对我谨慎态度的赞扬。我是这样理解，也是这样接受的。几个星期来，他对我的态度比最初要稳定得多了。我似乎再也没有妨碍他，他也不再突然摆出冷淡的傲慢态度来，我们偶然相遇的时候，他似乎显得挺高兴，他总是要对我说上一两句话，对我微笑一下。当他发出正式邀请，把我召到他那儿去的时候，我便十分荣幸地受到热情的接待，于是我认为自己有一种能力，可以让他快活起来。傍晚的这种谈话不但让他感到愉快，也让我获益，因而挺受欢迎。

我在其中谈得比较少，可我听他讲的时候蛮有兴致。他天性健谈，喜欢向不谙世故的心灵透露一点尘世的场面和风气。我指的不是那种腐败的场面和邪恶的风气，而是指活动范围广泛，具有新颖的特征，因而让人感兴趣的那些东西。我在接受他的新观点的时候，在想象他描绘的新图景的时候，在随着他的思路进入他揭示的新领域的时候，感到的是满心喜悦，因为其中没有任何有害的暗示让我惊恐或者烦恼。

他的态度随便自然，我便不再因为束缚而感到难过。他友好坦诚的态度让我觉得想接近他。有时候，我觉得仿佛他是我的亲戚，而不是我的主人。可他有时仍然十分专横，我并不在乎，我知道他就是这么个人。我的生活中增添了这样的乐趣，让我觉得如此幸福，如此满意，我甚至不再渴望得到什么家庭的亲情关系了。我那残月般的命运似乎在扩大，生活的空白填满了，我身体的健康状况在改善，长得胖了一些，力气也变得大了。

罗契斯特先生在我的眼睛里还是那么丑陋吗？不，读者，感激的心情和许多亲密而愉快的联想，使他的面孔成了我最喜欢看的。有他在房间里，比最明亮的火焰都更让我感到高兴。然而，我并没有忘记他的缺点，的确，我无法忘记，因为他常常在我面前表现出那些缺点。只要别人在某一方面比他低下，他便面露骄傲，出语带刺，态度粗暴。我在心底里知道他对我的友善，跟对别人的过分严厉在他来说是一种平衡。他有时候会变得郁郁寡欢，原因不得而知。我常被召去为他读书，不止一次发现他独自坐在图书室里，把脑袋耷拉在交叉着的胳膊上。当他抬起头朝我望来的时候，面色是那样的阴沉，悒郁的愁容下仿佛带着恶意。但是我相信，他的悒郁、他的粗暴，以及他以前在道德方面的粗暴（我之所以说“以前”，是因为他现在似乎已经改正了），都源于命运的暴虐。我相信，与那些环境所造就、教育所培养、命运所鼓舞的人比较起来，他在本质上有着较好的倾向、较高的原则、较纯洁的趣味。我认为，他身上有一些杰出的素质，只是现在给糟蹋了，扭曲了。我不能否认，我为他的悲哀感到悲哀，不论那是什么性质的悲哀，为了减轻他的悲哀，我愿意付出许多代价。

我虽然已经熄了蜡烛，躺在床上，却无法入睡。我一直想着他停下脚步，告诉我他的命运之神怎么出现在他面前，说他在桑菲尔德不会幸福的时候，他脸上的那副表情。

“为什么不会幸福呢？”我心想。“什么东西使他远离这所房子呢？他不久以后会再次离开它吗？费尔法克斯太太说过，他很少在这儿一连住上两个星期，可他这次已经住了八个星期了。如果他真的要走，那样的变化可真要让人悲哀了。假如他春天、夏天和秋天都不在这儿，明媚的阳光和宜人的好天气又会显得多么凄凉啊！”

我不知道这样思索过后，是不是睡着了。反正我听到一阵怪诞而悲凉的咕哝声，立刻把我惊得完全清醒过来。我觉得那个声音就在我的身子上方。我真希望刚才没有熄掉蜡烛，夜色黑得吓人，我的神情十分紧张，起身坐在床上，仔细听着。那个声音静了下去。

我再次试着入睡，可我的心在焦虑的煎熬下怦怦直跳，内心的平静彻底给打乱了。远在楼下的门厅里，钟敲两响。正在这个时候，我的房门好像让什么人触动了，仿佛有个人摸索着沿着外面的过道往前走。我问道：“是谁？”没有回答。我顿时吓得浑身冰凉。

突然间，我想起那可能是派洛特。厨房门没有关上的时候，它时常会探索着走到罗契斯特先生的屋子门口去。我自己就亲眼看到它早上躺在那儿。这个念头让我多少平静了一些。我在床上躺下来。寂静使我的神经镇定下来。整个房子又沉浸在一片沉沉的寂静之中，我再次感到困倦了。可是，命中注定我那一夜无法入睡。睡梦刚刚走近我的耳朵，就立刻被一阵让人周身寒澈的声音吓跑了。

这是一阵魔鬼的笑声，又低沉，又压抑，从一个很低的位置发出来，仿佛就发自我房门的钥匙孔。我的床头离门子不远，我还以为那个发出怪笑声的鬼怪就站在我床前，或者就蹲在我的枕头旁边，可我站起来朝四面望了一眼，结果什么也没看见。我继续瞪着眼睛观望的时候，那个声音再次响起来。我听出它是从门子那一面传来的。我的第一个冲动是起身去闩门，第二个冲动便是再喊着问一声：“是谁？”

那个东西发出咯咯的笑声和呻吟声。没过多久，一阵脚步声朝三楼的楼梯那儿走过去。最近新做了一扇门，把三楼那道楼梯封闭起来。我听到那扇门打开又关上，过后，一切便平静下来。

“这难道是格雷斯·普尔吗？难道魔鬼附在她身上啦？”我想道。现在不可能独自待在屋里了，我必须去找费尔法克斯太太。我匆匆穿上外衣，披上披巾，拉开门闩，用颤抖的手打开门子。就在我门外的地席上，摆着一支点燃的蜡烛。这个情景让我觉得惊讶，但是更让我吃惊的是，我发现空气浑浊，仿佛充满了烟雾。我左顾右看，想弄明白这一圈圈的青烟是从哪儿来的，结果又发现燃烧发出的强烈气味。

有个东西发出个嘎吱的声音，那是一扇开着的门，是罗契斯特先生的门，烟就是从那儿涌出来的。我顾不得再想费尔法克斯太太，也顾不得想格雷斯·普尔和她的笑声。片刻之后，我已经冲进了那间屋子。熊熊火舌正在舔着床的四周，床帐已经着火了。在火焰和烟雾的包围之中，罗契斯特先生摊开手脚，正在酣睡。

“醒醒！醒醒！”我喊道，我推他，但是他咕哝了一声，翻了个身。浓烟已经把他熏晕了。现在片刻不能耽搁——床单也起火了。我冲到他的洗脸盆和水罐那里，脸盆很大，水罐很深，幸亏里面都盛满了水。我把它们端起来，把水泼到床上，泼到睡在床上的那个人身上。接着，我奔回自己的房间，把自己的水罐也抱来，让床受到第二次洗礼。上帝保佑，终于把吞噬着床铺的火焰扑灭了。

当时，浇灭火焰发出的嘶嘶声，我匆忙间倒空水罐便把它扔在地上，罐子摔碎发出的碎裂声，另外，还有我慷慨倒水发出的泼溅声在屋里响成一片。罗契斯特先生终于被惊醒了。这时，屋里又变得一片漆黑，可我知道他醒了，因为他发现自己躺在一摊水淖里，便用奇怪的声调大声诅咒起来。

“发洪水啦？”他喊道。

“没有，先生，”我回答道。“不过，刚才这儿着过火。快起来吧，你都湿透了。我去为你取一支蜡烛。”

“看在基督世界所有精灵的份上，那是简·爱吗？”他问道。“你这个女巫，你这个巫婆，你对我干了什么啦？除了你，屋里还有谁？你们密谋要把我淹死吗？”

“我去为你取支蜡烛来，先生。看在老天分上，快起来吧。有人的确在密谋。可你不可能马上就弄清楚那是谁，也搞不清楚密谋了什么。”

“好啦，我起来了。可你还得冒险去拿蜡烛。等两分钟，等我穿上我的干衣服再说，是不是有干衣服啊？有了，我的晨衣在这儿。现在快跑吧！”

我真的跑起来，我把那支还留在走廊里的蜡烛取来。他从我手里把蜡烛接过去，举起来察看着床，一切都烧焦了，变成黑乎乎一片。床上的被褥浸得湿淋淋的，周围的地毯也满是水。

“这是怎么回事？是谁干的？”他问道。

我向他扼要叙述了走廊里发生过的事情，告诉他我听到的那阵怪笑声，那阵消失在三楼上的脚步声，门外的烟雾，以及把我引到这里来的燃烧气味，还告诉他我怎么把能弄到的水全泼在他身上的事。

他非常严肃地听着，随着我继续讲下去，他的表情从惊讶变成了忧虑。我说完后，他没有立刻开口。

“我去叫费尔法克斯太太好吗？”我问道。

“费尔法克斯太太？不。有什么该死的事，非得找她不可？她能干什么？让她做个好梦吧。”

“那么，我去把利厄找来，再把约翰和他妻子叫醒。”

“根本用不着。你只要安静下来就行了。你披着披巾，要是还觉得不够暖和，把我那件斗篷披上。把身子包裹起来，坐在那边的扶手椅上。来，我为你披上。把脚搭到凳子上，别打湿。我要离开你几分钟。我要把蜡烛拿走。在我回来前，待在这儿别动。要像老鼠一样保持安静。我必须到三楼上去看一眼。记住，别动，也别叫任何人。”

他走了。我望着那烛光渐渐远去，听到他蹑手蹑脚沿着过道走去，尽量轻地打开那道楼梯门，进门后又把它关上。光线消失了。我处在完全的黑暗中。我竖起耳朵想听到一点细微的声音，可是什么也听不见。过了很长一段时间，我感到疲惫了。虽然身上裹着这件斗篷，可我还是觉得很冷。而且，既然用不着我去把整个房子里的人都叫醒，我看不出待在这儿有什么用处。我焦急得几乎要冒着惹罗契斯特先生不高兴的危险离开这里时，这才看到走廊远处再次出现了幽暗的烛光，还听到他光着脚走过地席的脚步声。“我希望是他，”我想道，“可别来什么更可怕的东西。”

他走进屋里来的时候，脸色苍白，神色非常阴郁。“我完全查清楚了。”他把蜡烛放在洗脸架上说道。“正如我预料的一样。”

“怎样，先生？”

他没有回答，只是把胳膊交叉起来，两眼望着地板。过了几分钟，他用一种奇怪的声调问道：

“我不记得你是不是说过，打开你的房门后，你看到过什么东西。”

“什么也没有。只有地板上的蜡烛。”

“可你听到一阵古怪的笑声？我想，你以前一定也听到过类似这样的古怪笑声吧？”

“是的，先生。有一个在这儿缝纫的女人，她名叫格雷斯·普尔，是她这么笑的。她是个古怪的人。”

“正是这样。格雷斯·普尔。你猜到了。你说得不错，她的确古怪，很古怪。好吧，我要考虑一下这件事。同时，我很高兴，今晚这事只有你我两人知道得这么详细。你不是个喜欢扯闲话的人，这事就不要对任何人说。这桩事由我来解释，”他指了指那床。“现在回到你自己的屋子里去吧。我到图书室的沙发上去，能睡个好觉的。将近四点钟了，两小时后，用人们就要起身。”

“那么，晚安，先生，”我说完就要离去。

他似乎大吃一惊。这可非常矛盾，因为他刚刚要我离开。

“什么！”他喊起来，“这就要走吗，就这样走了？”

“先生，你说过我可以走了。”

“但是不能不说上点表示感谢和祝愿的话就走呀。反正不能就这么匆匆离去，不能用这么干巴巴的方式。难道不是吗？你救了我的命！把我从可怕的惨死边缘抢了回来！可你现在像个陌生人一样，要从我身旁走开了。至少也该握握手才对。”

他伸出手来。我也伸出我的手。他先用一只手握住，接着用两只手把我的手紧紧握起来。

“你救了我的命。我很高兴欠了你这么大一笔情债。我说不出别的话来。要是别人对我施了这样的恩情，我准会觉得无法忍受。但是你却不同。我觉得欠你的恩惠并不是个负担，简。”

他停顿了一下，凝视着我的眼睛。他的嘴唇颤抖着，几乎能看出上面跳动着话语，可他没有发出声音来。

“先生，我再道一遍晚安。这种事情上没什么人情债，没什么恩情，也不是什么负担和恩惠。”

“我早就料到，”他继续说道，“你会在某个时间，用某种方式帮我。我第一次看到你就从你的眼睛里看出来了。它们的微笑和表情并不是……”他再次停顿下来，“并不是……”他匆忙接着说，“无缘无故让我打心底里感到欢乐的。人们常常谈论天生的同情心，我听说过善良神怪的故事——在最荒诞的寓言中也不乏一丝真理。我亲爱的救命恩人，晚安！”

他的声音里洋溢着一种奇怪的激情，眼神里冒出一种奇异的火光。

“我很高兴刚才碰巧醒着，”我说完就打算走开。

“怎么，你要走？”

“我觉得冷，先生。”

“冷？噢——你在一摊水里站着呢！那就走吧，简。走吧！”可他还是抓着我的手不放，我抽不出来。我突然想了个计策，说道：

“先生，我好像听见费尔法克斯太太朝这边走来了。”

“好，离开我吧，”他放开手，我离开他。

我回到自己床上，可是再也没有睡意了。我仿佛在一片欢快而不平静的海面上不停地颠簸着，一直到天放亮。欢乐的浪涛压过了烦恼的涡旋。有时候，我觉得透过汹涌澎湃的浪涛，望见了像比尤拉山[1]一样甜蜜的彼岸，心中的希望不时激起一阵阵狂风，把我的心灵带向那个胜利的彼岸。但是我却无法到达那里，即使是在幻想中也无法到达。从陆地刮来一股股逆风，不断地把我驱赶回去。理智抵抗着痴想，判断向热情发出警告。我兴奋得无法入睡，天一亮就起床了。

① 比尤拉意为“婚姻之国度”。《圣经·旧约》《以赛亚书》第 62 章第 4 节记载。

第二部

第一章

那个不眠之夜后的一天中，我既盼望见到罗契斯特先生，又害怕见到他。我想再次听到他的声音，可又害怕跟他的目光相遇。早上，我每时每刻都盼望他的到来。虽然他并不常常光顾这间教室，不过，有时候他也走进来待上几分钟。我有一种感觉，他这天肯定会来的。

但是，上午像平时一样过去了。阿黛勒的学习十分平静，没有受到任何事情的打扰。只是在早餐后，我听到罗契斯特先生的屋子附近，有一阵杂沓的声音；还听到人们的喧闹声，其中有费尔法克斯太太舶声音、利厄的声音、厨娘——也就是约翰的妻子，甚至还有约翰自己那又粗又低沉的声音。人们还大声感叹着说："主人没有烧死在床上，真是谢天谢地！""夜里不熄掉蜡烛反正是够危险的。""上帝保佑，幸亏他想到了水罐子！""真奇怪，他谁也没惊醒！""但愿他睡在图书室的沙发上没着凉。"等等。

这阵乱哄哄的喧闹声后，紧接着是擦地板和搬动家具的声音。我下楼去吃饭从那个屋子经过的时候，透过敞开的门看到里面一切都恢复了正常，收拾得整整齐齐，只是床幔摘掉了。利厄正站在窗静的座位上、擦拭被烟熏脏的窗户玻璃。我想跟她打个招呼，问问这件事是怎么解释的。可是，我刚往前走了几步，便发现屋子里还有个人，她坐在床旁边的椅子上，正在往一条新窗帘上缀环子。这个人不是别人，正是格雷斯·普尔。

她坐在那儿，像往常一样，呈现出一副沉默寡言的平静模样。她穿着棕色外套，格子花布围裙，别着白手帕，还戴着一顶软帽，全神贯注地干着手头的针线活儿。在她严厉的额头上，在她平淡的五官中间，根本看不到意料之中的苍白和绝望的表情，然而她不但是那个企图谋杀的凶手，而且她企图谋杀的受害者昨天晚上还一直追进她的巢穴，我相信，还谴责过她未遂的罪行。我感到吃惊，感到惶惑。我正盯着她看的时候，她抬起头来望了我一眼，目光中没有惊慌，面色既没有涨红，也没有惨淡，没有泄露出犯罪后的愧疚，也没有害怕别人发现的畏惧。她说道：“早安，小姐。”她这句问候仍然是用平常那种冷淡而简短的方式说出来的，说完，拈起另外一个环子继续缝。

“我要试试她，”我想道。“这么神秘莫测，可真是太难以理解了。”

“早上好，格雷斯，”我说道。“这儿发生什么事了吗？我刚才好像听到所有用人们都在这儿谈论着什么。”

“没什么，不过是主人昨晚躺在床上看书，睡着了没熄掉蜡烛，床幛点着了。幸亏他醒得早，被褥和床架没着火。他用水罐里的水灭了火。”

“真是怪事！”我低声说道。然后，我盯着她的面孔看着，问道：“罗契斯特先生没叫醒什么人？谁也没听见他的声音？”

她再次抬起眼睛看着我，这一次，她的目光中露出有意识的神色，似乎在谨慎地观察我。然后她说道：

“你知道，小姐，用人们睡在那么远的地方，不可能听见的。费尔法克斯太太和你的房间离他的房间最近。但是费尔法克斯太太说，她什么也没听见。人上了岁数，一般都睡得挺死。”她停顿了一下，接着，装出漫不经心的腔调问道：“可你挺年轻，小姐。我想你一定睡得挺轻。大概听到什么声音了吧？”

“我听到了”我压低声音，以便不让正在那边擦玻璃的利厄听见。“起初我以为是派洛特。但是派洛特不可能发笑。我肯定听到一阵笑声，而且笑得挺奇怪。”

她从线轴上扯下一截线，把线头含在嘴里打湿，稳稳当当穿过针眼，然后镇定自若地说：

“小姐，我想主人在这样危险的情况下是不大可能笑的。你当时准是在做梦吧。”

“我不是在做梦，”我有点生气地说道，她这种厚颜无耻的冷静把我激怒了。她再次朝我仔细看了看，还是那样下意识地察言观色。

“你把听到过笑声的事告诉主人了吗？”她问道。

“今天早上我还没找到机会跟他说话呢。”

“你就没想到，该打开门子，朝走廊里看一眼？”她继续问道。

她这简直像是在审问我，试图引我无意中说出一些情况。我突然想到，假如她了解到我知道她的罪行，或者认为我猜疑她犯过罪，她说不定会用同样的恶毒方法捉弄我。我想，最好还是警惕一些。

“我不但没打开门子，”我说道，“而且那天我把门子闩上了。”

“这么说，你没有上床前闩上门子的习惯？”

“魔鬼！她想了解我的习惯，好针对我策划阴谋！”我心头的愤怒又一次战胜了理智。我尖刻地说道：“在这以前，我常常忘记闩上门，我觉得没有必要那么做。我认为在桑菲尔德不会有任何危险或烦恼。但是，从今以后，”我特别强调了最后这几个字，“我冒险上床睡觉之前，一定要确保安全，把一切都察看仔细。”

“这么做的确很明智，”她这么回答道。“这附近像我所知道的任何地方一样平静。这所房子自从盖好以来就从来没听说过强盗抢劫，不过，大家都知道，仅仅是橱柜里的餐具，就值好几百镑呢。你看，这么大的一座房子，用人却很少，因为主人不在这儿常住。就算他来了，一个单身汉也不需要多少人伺候。但是我一向认为，在注意安全方面，再谨慎也不过分。闩门不过是举手之劳，门一闩上，就能把自己跟外面可能发生的坏事分隔开。小姐，许多人把一切都托付给上帝，可是照我看，上帝也不能不采取措施，当人们小心谨慎采取措施时，他常常会降福给他们。”到此，她结束了她的长篇大论。这篇议论对她来说实在够长的，而且她说的时候脸上还带着那种贵格会女教友的假正经。

我站在那里一动不动，完全被她那不可思议的冷静和深不可测的伪善惊呆了。这时候，厨娘走进屋来。

“普尔太太，”她对格雷斯说，“用人们的午餐马上就准备好了。你下来吗？”

“不去。只要在我的托盘上放一品脱黑啤酒，再来点儿布丁就行了，我端到楼上去。”

“你要不要肉？”

“少来一点，再给我点干酪。就这些。”

“要不要西米？”

“现在不要。茶点前我下去自己做吧。”

厨娘这时转身对我说，费尔法克斯太太正等着我呢。于是我便离开她们。

吃饭的时候，我几乎没听见费尔法克斯太太谈论床幔着火的事情。我绞尽脑汁，想解开格雷斯·普尔性格之谜，而且更加仔细地考虑着她在桑菲尔德的特殊地位。我心里感到纳闷，那天早上，为什么不把她关押起来，至少也该把她从这里辞退掉才对。他昨天晚上几乎明确宣布说她犯了罪。

是什么神秘的原因使他没有去控告她呢？他为什么要我跟他共同保守这个秘密呢？这事可真奇怪，那样一个鲁莽傲慢、专好报复的绅士，不知为了什么缘故却会受到一个卑微的下人随意摆布，甚至在她动手要谋杀他的时候，他也不敢公开指控她谋杀未遂，更不要说敢于惩罚她了。

假如格雷斯年轻漂亮，我就会猜测出，也许是他对她的柔情胜过了谨慎的考虑或恐惧的情绪。可是她那副可憎的面孔和老太婆模样，使这种假设不能成立。“不过，”我想到，“她以前也年轻过。她年轻的时候，她的主人也正年轻。费尔法克斯太太曾经告诉过我，她在这儿已经住了多年。我倒不会认为她年轻的时候会有多漂亮，但是，她独特的性格或个性的力量也许可能弥补外貌上的不足。罗契斯特先生喜欢意志坚定、脾气古怪的人。格雷斯至少能算作个脾气古怪的人。他的性格那么唐突任性、刚愎自用，很可能做出过什么越格的事情，让她拿住了把柄，于是她现在对他施加着一种秘密的影响。这是他自己不谨慎的结果，他既无法摆脱，又不敢置之不理。假如真是这样，又会怎么样呢？”想到这里，我心里浮现出普尔太太结实扁平的体形，干枯粗糙的面孔，那副模样在我的眼睛里看得太清楚了，我心里说：“不。这是不可能的！我的假设不对。然而，”那个在我心中说着悄悄话的秘密声音说道，“你自己也不漂亮啊，可是罗契斯特先生也许对你颇为赞赏呢。至少你自己觉得他对你有好感。就说昨天夜里吧，想想他说的那些话，想想他的神情，想想他那种声音！”

我全都想起来了，他的言语，他的眼神，他的声调似乎一下子活灵活现地再现在我的面前。这时我正在教室里，阿黛勒在画图画。我朝她俯下身去，把着她的铅笔指导她画。她吃惊地抬起头来。

“你怎么啦，小姐？”她问道。“你的手指怎么抖得这么厉害，像树叶一样。你的脸色怎么红得跟樱桃似的？”

“我这是热的，阿黛勒，弯着腰就会感到热。”她接着画下去，我继续考虑下去。

我尽快把脑子里对格雷斯·普尔的想法赶出去，那个想法让我觉得厌恶。我将自己与她做了个对比，认为我们俩不一样。贝西·利文说我已经成了个淑女，她说的是真心话。我的确是个淑女。而且我现在比贝西看到我的那时候看起来好多了。我的脸颊更加丰腴红润，我的精神更加富有勃勃朝气，更加充满活力，这是因为我心中增加了对未来光明的希望，生活中乐趣也强烈得多了。

“夜幕就要降临了，”我朝窗户那边望了望，自忖道。“我今天根本没有听到罗契斯特先生的声音，也没听到他在房子里走动的声音。但是，天黑之前我肯定该见到他的。早上的时候，我害怕见到他，可现在我渴望见他，因为心中的期待受到这么长时间的折磨，都要变成不耐烦了。”

夜幕真的降临时，阿黛勒离开我，去婴儿室跟索菲玩，我这时十分渴望见到他。我侧耳细听，注意着下面的打铃声音；我仔细注意着，看利厄是不是走过来传达口信。我有时候甚至以为听到了罗契斯特先生的脚步声，便转过身去望着门口，真心希望门会打开，他会走进门来。可是门仍然是关着的。除了窗外的一片黑暗，什么也没进来。不过，时间还不算晚，他常常在七点钟到八点钟的时候派人来叫我，可这时还不到六点呢。我今晚肯定不会失望的，我有那么多事情要讲给他听！我还要再次提起格雷斯·普尔这个话题，听听他会怎么回答。我要直截了当向他提问，看他是不是认为，她就是昨晚那场可怕企图的肇事者。假如他的回答是肯定的，为什么要把她的邪恶行径掩盖起来。至于我的好奇心是不是可能激怒他，我倒觉得没什么关系。我时而惹他生气，时而安慰他，从中能够获得一种乐趣。这是我最感到喜悦的事情，而且我的本能总能防止我做得太过分，我从来不冒险激怒他。我喜欢在极限上试试我的本领。我在每一个细小的方面都能保持体面，保持我的身份所需要的每一种礼节，同时我在与他进行辩论时并不会担心，也不会因为有所顾忌而感到不安。这对他和我都很适意。

最后，一阵咯吱咯吱的脚步声终于在楼梯上响起来，利厄出现了。不过，她来是通知我说，茶点已经预备好了，是在费尔法克斯太太的屋子里。我于是动身下楼，心里觉得高兴，终于有机会下楼去了，我认为这会让我离罗契斯特先生近一些的。

“你一定想吃茶点了吧，”那位好太太见我走来，这么说道。“我想，你午饭吃得太少了，”她接着说，“你今天看上去不大舒服吧，脸色绯红，像是在发烧。”

“没事，我很好！从来没觉得这么好过呢。”

“那你就得拿出好胃口来证明才行。你斟斟茶好吗？我把这一针的活儿织完。”她干完那点活儿后，起身拉下百叶窗。她一直开着百叶窗，我想是为了充分利用日光。不过，这时候外面已经完全笼罩在暮色中，四野一片苍茫了。

“今天晚上天气挺好，”她望着窗户外面说道。“虽然没有星光，不过，总的来说，罗契斯特先生今天上路，还算挑了个好天气。”

“上路！——罗契斯特先生上哪儿去了吗？我还不知道他出去了呢。”

“噢，他一吃完早饭就动身了。他上里斯去了，那是埃什顿先生家，离这儿大约十里路，在米尔考特另一头。照我看，他们准是要在那儿举行个大型聚会，有英格拉姆勋爵、乔治·林恩、登特上校，还有其他许多人。”

“你估计他今晚能回来吗？”

“不行，明天也回不来。我想他很可能要在那儿住上一个多星期呢。这些高雅时髦的人物聚在一起的时候，便充满了优雅欢乐的气氛，寻欢作乐的东西样样俱全，才不急着要分手呢。这种场合尤其需要绅士们捧场，罗契斯特先生天赋那么高，在社交场上那么活跃，我相信他一定受到大家的欢迎。虽然他的长相不会受到女士们的特别青睐，可女士们全都喜欢他。我想，他的学识和才干、也许再加上他的财富和好门第，能弥补他长相上的不足。”

“里斯那儿有女士们吗？”

“有埃什顿太太的三个女儿，她们全都是非常文雅的年轻姑娘。另外还有十分体面的布兰奇和玛丽·英格拉姆，我认为，她们俩可是最漂亮的美人了。我见过布兰奇，那是六七年前的事情了。那时，她才十八岁，到这儿来参加罗契斯特先生举行的一次圣诞节聚会和舞会。你要是看到那天的场面就好了——装饰得那么豪华，明亮的烛光把屋子照耀得灯火辉煌！我想，当时准有五十位女士和先生到场——全都是郡里一流的大户人家。大家公认，英格拉姆小姐是那天晚上头号美女。”

“费尔法克斯太太，你说你看见过她。她长的什么样子？”

“不错，我看见过她。当时餐厅的门子都敞开了，因为是圣诞节，用人们都可以聚集在大厅里，听女士们歌唱和演奏。罗契斯特先生要我进去，我就坐在一个安静的角落里观望他们。我从来没见过比那更富丽堂皇的场面。女士们全都穿得非常华丽，大多数都十分漂亮，至少那些年轻的姑娘们都十分漂亮。但是英格拉姆小姐当然是舞会的王后。”

“她长的什么样子？”

“个子挺高，胸部丰满，肩膀溜削、细长的脖子线条优雅，健康的橄榄色皮肤没有杂斑。她的面部容貌十分高贵，眼睛跟罗契斯特先生的有点像，又大又黑，而且像她佩戴的珠宝一样明亮；另外，她还长着那么乌黑发亮的头发，梳得那么妥帖，恰到好处，一根粗粗的发辫盘在脑后，又长又光滑的鬈发垂在额前，我从来没见过那么好看的头发。她身穿纯白色的服装，一条琥珀色的围巾从肩头披到胸脯上，披巾两头结在一起，甩在身子一侧。披巾边上长长的流苏垂过了她的膝盖。她梳头发上还插着一朵琥珀色的花儿，浅色的花儿与她美玉般的鬈发正好形成迷人的对比。”

“她一定受到大家极度的崇拜吧？”

“对呀，这不仅因为她长得美，还因为她多才多艺。她是唱歌的几位女士之一。一位绅士弹钢琴为她伴奏，她跟罗契斯特先生一起唱了首二重唱。”

“罗契斯特先生！我不知道他还会唱歌呢。”

“啊！他的男低音嗓子十分动听，他对音乐的欣赏口味极高。”

“那么，英格拉姆小姐的嗓子怎么样？”

“非常圆润有力，十分欢快。她唱的歌让人听了是一种享受。她唱完后，又弹奏钢琴。我不懂音乐，可罗契斯特先生懂。我听他说，她的钢琴弹得十分出色。”

“这位容貌漂亮，多才多艺的女士还没结婚吧？”

“看起来没有。我猜想，她和她妹妹都没有多少财产。老英格拉姆勋爵的绝大部分产业都已确定了继承人，他的长子继承了差不多全部财产。”

“我觉得奇怪，难道就没有富有的贵族或者绅士看中她？罗契斯特先生不就是一个吗？他就挺富有的，难道不是？”

“哦，不错。但是，你明白，他们年纪相差太大。罗契斯特先生都快要四十岁啦，可她才二十五。”

“那有什么关系？年龄上比这相差更大的婚姻每天都有啊。”

“这话倒不错。不过，我看罗契斯特先生不见得会有这种念头吧。你什么也没吃啊。你只喝了点茶，什么吃的东西都没动一动呢。”

“是啊。我渴得厉害，什么都吃不下。我再喝一杯好吗？”

我正打算重新谈论罗契斯特先生和美貌的布兰奇小姐结合的可能性，阿黛勒跑了进来，谈话便转到另外一个话题上。

我再次独处一室的时候，便把刚才得到的情况回顾了一番。探索着自己的心灵，检查自己的思想和感情，把其中迷失在漫无边际的幻想里的成分，用严厉的手拉回到常识的安全护栏里来。

在想象中，我站在被告席上受审，“记忆”上前作证，陈述了我从昨天夜里以来，心怀的希望、愿望、感情，公开了我将近两个星期以来，以放纵为主流的思想状况。“理智”走上前来，以其平静的方式，毫不夸张地陈述了一系列事实，证实我如何把活生生的现实抛到脑后，疯狂地沉湎于空想之中。于是我宣判如下：

简·爱是个大傻瓜，她根本没有真正呼吸过生命的气息；她是个满脑子空想的白痴，宁可吞下甜蜜的谎言，无异于将毒药当甘露灌下。

我对自己说："你是罗契斯特先生喜欢的人吗？你有让他动心的天赋和能力吗？你在哪一方面对他来说是重要的？去你的吧！你的愚蠢让我恶心。你不过是从人家一时的喜爱表示中尝到点乐趣而已，而且，那还是个暧昧的表示。那不过是一个名门绅士，一个精通世故的人，向一个初出茅庐的下人做出的表示而已。你哪儿来的胆子？你这个可怜愚蠢的傻瓜，你受到愚弄了。难道就连对自己利益的顾忌，也不能让你变得聪明一些吗？你还一再回忆起昨天夜里的那一幕情景？快捂上你的面孔，体会一下羞耻吧！他说过些赞扬你那双眼睛的话，对吧？逞能的小狗，你简直瞎啦！睁开你那双蒙眬的眼睛，看看你那副该死的蠢样吧！一个女人受到上司的谄媚根本不会有任何好处，他不可能产生娶她为妻的意思，而女人心中偷偷燃烧着爱情之火就更是发疯，因为这种爱情假如得不到回报，甚至不为人所知，必将吞噬掉培养爱情的生命，如果被发现，或者得到反应，则必将像鬼火一样，引人走向荒野的泥淖之中，不能自拔。

"简·爱，好好听着对你的判决：明天在自己面前摆上一面镜子，用硬笔忠实地画下自己的模样，不要粉饰一个缺陷，不许少画一条刺眼的线条，也不能掩饰任何一处难看的地方。还要在下面写下这样一行字：'一个无依无靠、穷苦平凡的家庭女教师的肖像。'

"然后，从画盒里取一片光滑的象牙，在调色板上把最鲜艳、最高级、最纯粹的颜料调和起来，选几支最精致的骆驼毛画笔，仔细塑造一张你想象中最漂亮迷人的脸庞。要根据费尔法克斯太太对布兰奇·英格拉姆的描述，用最柔和的影调和最悦目的色彩把它画出来。要记住画上乌黑发亮的鬈发和东方人一般的美丽眼睛。怎么！你这是拿罗契斯特先生当模特儿。注意秩序！不许哭鼻子！不要伤感！也不准懊丧！我只能允许留下理智和决心。要考虑那庄重而匀称的轮廓、希腊式的脖子和胸脯，要表现出那圆圆胖胖让人目眩的迷人臂膀、纤巧的玉手，戴在上面的钻石戒指和金手镯千万不能省去。要如实画出服装，要画出薄如蝉翼的花边、闪闪发光的缎子、雅致的围巾和金色的玫瑰。这幅画的名称要定为：'名门才女布兰奇。'

"将来不论什么时候，只要你幻想罗契斯特先生对你有什么好感的话，就把这两幅画像取出来对比一下，还要说：'只要罗契斯特先生愿意，或许就能赢得那位高贵女士的爱。他难道可能在一个一无所有，无足轻重的贫民身上浪费心思，认真考虑吗？'

"我的确要这样做，"我心里打定了主意，就变得平静下来，渐渐睡着了。

我信守了自己诺言。用蜡笔画下自己的素描只花了一两个钟头。然而我却花费了将近两个星期，才完成了想象中的布兰奇·英格拉姆那幅象牙小像，那可真是张漂亮的面孔。当我将它与根据真人画出的蜡笔画进行对比时，鲜明的差别达到了我的自我克制愿意容忍的极限。做这件事给了我极大的好处，它使我的头脑和手都忙碌起来。我希望牢牢记在心上的那个印象，在这个活动中变得强烈而稳定。

没过多久，我有理由向自己道贺，因为我强迫自己的感情经受了有益的训练。幸亏有了这样的训练，我才能够在面对后来发生的一系列事情上，保持体面的镇静态度。要是缺乏这样的准备，就是想保持外表的镇静，恐怕也不可能。

第二章

一个星期过去了，罗契斯特先生杳无音信。十天也过去了，他仍然没有回来。费尔法克斯太太说，要是他离开里斯经过伦敦到欧洲大陆去，一年不到桑菲尔德露一回面，她也一点不觉得奇怪。他照这样出人意料地突然离开，不是什么稀罕事。听了这话，我不由打了个寒噤，心好像在往下沉，这种反应想来我自己也觉得奇怪。我竟然允许自己产生这种令人作呕的失落感。但是我的理智一恢复正常，一想到我的原则，我就迫使自己的感觉恢复了正常秩序。真了不起，我居然立刻就克服了脑子里的一时糊涂，我怎么能对罗契斯特先生的活动产生那么大的兴趣呢？我并不是以主仆观念贬低自己，正相反，我只是说：

"你跟桑菲尔德的主人没有任何关系。你的任务是教他的保护人，你的权利是得到他付给的工资。假如你尽了职，受到预料之中的尊敬和善待，你便应当表示自己的感谢。要知道，只有你跟他的这种联系是他真正承认的。所以，别把他当成你柔情的寄托，你欣喜和痛苦等等的原因。他跟你并非同属一个阶层，你要规规矩矩留在自己的阶层中，要保持自己的自尊心，别让整个心灵和全部精力产生的爱浪费在并不受到欢迎，甚至受到鄙视的地方。"

我每天继续以平静的方式做我的工作。但是脑子里不时闪过朦胧的念头，问自己为什么应当辞去桑菲尔德的职位，而且心里不由自主默默设想着寻找新工作的广告词，还对新的职位做出种种猜想。我觉得没有必要制止自己朝这方面考虑，说不定这些想法会产生有益的结果呢。

罗契斯特先生走后两个多星期的一天，邮差给费尔法克斯太太送来一封信。

"是主人写来的，"她望着上面的落款说道。"我看哪，信里准会告诉我们，是不是该为他回来做准备。”

我们当时正在吃早饭。她拆开信封读信的时候，我喝着咖啡。咖啡很烫，于是我便认为一股火辣辣的热浪突然涌上自己脸颊，是因为咖啡的缘故。我并不想仔细考虑为什么我的手抖得那么厉害，也不想弄明白半杯咖啡洒在茶托里的原因。

“不错，我有时候也觉得我们过得实在太清静了。现在我们有了个忙碌的机会。至少也得着实忙碌上一阵子的，”费尔法克斯太太说道。她仍然把那封信举在眼睛底下读着。

我真想立刻就要求她做出解释，不过我还是捺住性子，先把阿黛勒松开的围嘴系好，又给她取了一个小面包，还给她的杯子里再次斟满牛奶，然后才若无其事地问道：

“我猜想，罗契斯特先生不大可能很快就返回来吧？”

“不。他很快就要回来了。他说三天以后就回来。也就是这个星期四。而且他并不是独自回来。我也不知道里斯那边会有多少位上等人要跟他一起来，他吩咐说，要把所有最好的房间都准备好。图书室和起居室都要打扫干净。他还要我从米尔考特的乔治客栈，或者从我知道的其他地方，找些帮厨的来。太太小姐们都带着自己的女仆，先生们也都带着自己的男仆。咱们这座房子里马上就要住满人啦。”费尔法克斯太太三口两口咽下早饭，便匆匆离去，开始执行她的使命。

正如她所预言的，这三天的确着实忙碌了一阵子。我一直认为桑菲尔德的所有房间都打扫得非常清洁，安排得十分精心，可是看来我这想法不对了。他们找了三个女人来帮忙，又是擦，又是刷，又是清洗油漆过的地方，又是拍打地毯上的灰尘，墙上的画儿统统取下来清理，然后再挂上去，镜子和枝形吊灯全都擦得锃亮，卧室里全都生上火，床垫和被褥都围在炉火前晾烤。这一切我可从来没有见到过，以后也再没经历过。在此过程中，阿黛勒变野了。为客人的到来做准备，等待客人的来临，这一切似乎让她乐得忘乎所以了。她要索菲把她的全部衣裳都查看一遍，把旧衣服翻新，把新衣服都晾一晾，准备好。可她自己却什么也不干，只是在房子正面的一排屋子里欢欣雀跃，在床凳上跳上跳下，在呼呼作响的炉火前躺在床垫子上。上课中断了，因为费尔法克斯太太逼着我为她帮忙。我整天待在储藏室里，与其说是帮忙，不如说是在妨碍她和厨娘，我学着做牛奶蛋糕、干酪蛋糕和法式糕点，也学着将野味捆好上烤架，将甜食在碟子里摆花样。

客人们预计星期四下午四点到达，正好能赶上六点钟吃晚饭。在此期间，我没有时间胡思乱想，而且我相信，虽然我不像阿黛勒那么兴奋，但是像大家一样，也是又活跃，又快乐。然而，我的欢乐不时像泼了冷水一样受到压抑，我不由自主地落入怀疑、警觉、阴暗的猜测之中。这种感觉来自三楼那道近来常常锁着的楼梯门，我偶尔看到它缓慢地打开，从里面闪出格雷斯·普尔的身影。我望着她，只见她头戴整洁的帽子，围着白色围裙，还别着一方手帕，脚上穿着布条编织的拖鞋，静悄悄穿过走廊，朝一间间忙乱的卧室里望一望，有时只说上一句话，也许是在指点那些打杂的帮工，该怎么擦亮壁炉栅栏，怎么擦干净大理石壁炉架，或者怎么把壁纸上的污渍清理掉。她就这样每天下楼到厨房去一次，在那儿吃饭，坐在壁炉前抽上一烟斗烟，然后提着一罐黑啤酒回去，那是她在上面黑黢黢的魔窟里的一种安慰。一天二十四小时中，她只有一小时是跟用人同伴们在一起度过的。在其余时间里，她便独自藏进三楼上那间天花板低矮的橡木屋，坐在那里缝纫，也许偶尔还阴郁地独自大笑几声——孤独得活像个关在地牢里的囚徒。

这件事最让人感到奇怪的一点是，整个房子里除了我之外，没有一个人注意到她的习惯，也没有人对她的行为感到奇怪；没有人议论过她的地位或者职务，也没有人对她的孤独处境表示过同情。有一次，我倒是从旁听到利厄跟一个打杂的女工的对话，说的正是格雷斯·普尔。利厄前面说了什么，我没有听见，只听到那个打杂的女工议论道：

“我猜，她拿的工钱一定不少吧？”

“可不是吗，”利厄说道，“要是我也能拿那么多工钱就好了。这倒不是我抱怨我的工钱不多，桑菲尔德可不吝啬。不过，我拿的工钱还不到普尔太太的五分之一呢。她正在攒钱，每个季度都要上米尔考特银行去一趟。要是有人说，她已经攒足了钱，想过独立生活，我一点儿也不觉得奇怪。不过，我看她在这个地方已经过惯了，而且她还不到四十岁呢，身强力壮，什么都能干。现在就撒手不干还太早。”

“我看她干得很好吧，”打杂女工说。

“她明白自己该干些什么，谁也没她干得好，”利厄意味深长地回答道。“再说，不是谁来了都能干得了那种活儿。花上她那么大的工钱也找不着合适的人。”

“这倒是！”那人回答道，“我不知道主人……”

打杂的女工正打算继续往下说，可是利厄这时回过头来看见我了，立刻用胳膊肘碰了碰她的伙伴。

“她不知道吗？”我听见那个女人压低声音小声问道。

利厄摇了摇头。这段对话当然就中止了。我从中得到的印象是：桑菲尔德有个神秘的事情，而且人们故意不让我知道其中的秘密。

星期四到了，一切准备工作到前一天晚上均告完成。地毯已经铺好，床幔都加上了装饰穗，床上铺开雪白的床单，梳妆台布置得井井有条，家具擦得锃亮，花瓶里插满了鲜花。卧室和客厅都尽可能收拾得又新鲜又明亮。门厅也擦洗过。那座巨大的雕花时钟也像楼梯和扶手一样，擦得如同玻璃一样明亮。餐厅的橱柜中，光洁如玉的盘子闪烁出耀眼的光芒。起居室和小客厅里，许多瓶珍奇花卉在四周开放。

下午时分，费尔法克斯太太穿起自己最好的黑色缎子服装，戴上手套，佩戴上金表，把自己打扮起来。因为她要接待客人，并担当诸如将女宾引进卧室之类的角色。阿黛勒也要穿戴起来，不过我认为，至少在这天，她没有机会让人介绍给客人们。然而，为了让她觉得高兴，我任索菲由着她的性子，为她穿上一件裙幅很大的薄纱外衣。至于我自己，就没有必要换什么衣服，不会有人叫我离开那间教室，这间教室现在成了我的私室——“在遇到烦恼时，一个愉快的庇护所。[①]”

那是春天一个温和宁静的日子。时值三月末四月初，日照时间越来越长，预示着夏日将临。此时白昼即将过去，可是傍晚仍然相当暖和。我敞开窗户坐在教室里工作。

“时间不早了，”费尔法克斯太太走进来。她的缎子衣服沙沙作响。“我很高兴我吩咐的开饭时间比罗契斯特先生说的晚一个钟头，现在已经六点了。我打发约翰到大门外去观望，看看路上是不是有他们的影子，从路上能看到米尔考特那边挺远的地方。”她走到窗户旁边。“啊，他在这儿！”她探出身子问道：“喂，约翰。有信了吗？”

“他们来了，太太，”他回答道。“十分钟后就能到家。”

阿黛勒飞奔到窗口，我也跟了过去，谨慎地站在一旁，躲进窗帘的影子，以便能看到外面，却不会让外面的人看到。

约翰说的那十分钟似乎长得要命，不过最后总算听到辚辚车轮声了。首先看到的是四个骑马人沿着大路跑来，接着是两辆敞篷马车，车里飘飞着一张张面纱，抖动着一支支羽毛。骑在马背上的有两位年轻时髦的绅士。第三位是骑着黑马美斯洛的罗契斯特先生，派洛特又蹦又跳跑在他前面。

---

① 引自《圣经·诗篇》第46章第1节。

他旁边是一位骑在马背上的小姐。只见他们俩走在这队人马的最前面，她身上披的紫色骑马衣长得几乎要扫到地面上，她罩在脸上的面纱在微风中远远飘向脑后。透过她那透明的面纱褶皱，能看得见她闪闪发亮的一头乌黑的鬈发。

“英格拉姆小姐！”费尔法克斯太太喊起来，急忙奔下楼去担当自己的角色。

那队车马顺着车道很快转过屋子一角，我便看不到他们了。阿黛勒这时恳求允许她下楼去，可是，我把她抱起来，让她坐在我腿上，告诉她说，不论现在还是以后，没有人来叫她下楼，千万不能冒险让那些女士们看见，否则，罗契斯特先生将会非常生气。听了我的话，“她自然流淌出许多眼泪，[①]”但是见我脸色变得十分严肃，她终于同意将泪水擦掉。

这时，门厅里传来欢乐的骚动声了。绅士们低沉的声音和女士们银铃般的清脆声调和谐地混合在一起，其中，最容易辨认出来的，是桑菲尔德的主人那个虽然并不很响却也很洪亮的声音。他对漂亮的女客和英俊的男客光临本府表示欢迎。接着，轻盈的脚步声登上了楼梯，穿过走廊，随之而来的是一阵阵温和欢乐的笑声，以及屋门开闭的声响。后来便是一阵寂静。

“她们在换衣服，”阿黛勒说道。她仔细倾听着，不放过每一个动静，后来她叹了口气。

“在妈妈家的时候，”她说，“客人一来，我就跟着团团转，上客厅里，到房间里，看着女用人给贵妇人们梳头、穿衣裳，真有趣。”

“你不觉得饿吗，阿黛勒？”

“饿啦，小姐。咱们有五六个钟头没吃东西了。”

“好吧。趁这些女士们在她们自己的屋子里，我冒个险下楼给你弄点吃的东西来。”

我从自己的藏身处小心翼翼走出来，摸索着从通向厨房的后楼梯下楼。厨房里一片火光，人们忙乱着。汤和鱼的烹调已接近尾声，厨娘弯腰俯身在锅上忙碌着，紧张的模样仿佛她的身心都能突然自动着起火来。在用人休息室里，两个马车夫和三位绅士的侍从正围在炉火边，我猜想，那些女佣人们都在楼上伺候各自的女主人呢。从米尔考特新雇来的几个用人正在到处忙碌着。我从这些忙乱的人群中挤过去后，最后终于到了放肉食的地

① 引自米尔顿的《失乐园》第十二章645行。

方。我从那儿取了一只冷鸡、一个面包圈、几块馅饼、两只盘子、一把刀子和一把叉子，得到这些战利品后，我便匆忙撤退。我回到走廊里，刚刚随手关上后门，就听到一阵越来越响亮的嗡嗡人声，我警觉起来，知道那些夫人小姐们就要从房间里出来了。我要到教室去，不可能不经过她们门前，我手里搬运的货物也不可能不让她们撞个正着。于是，我在走廊的这一头一动不动地站住，这一头没有窗户，黑黢黢的，这时太阳已经落山，暮色越来越重，这里就更黑了。

不久，一个个房间里走出美丽的房客来，每一位都是那么欢快、飘逸，身上的服装在昏暗中闪烁着亮光。她们在走廊的另一端聚集起来，站着交谈了片刻，声音是那么圆润动听而有分寸。接着，她们一起下楼去，像一片明亮的云雾飘下山丘，步履轻盈得几乎听不到脚步声。她们在一起的样子给了我一个出身高贵优越的印象，这是我以前从来没见过的。

我发现阿黛勒把教室拉开一道门缝，正从那儿朝外面偷看。“多漂亮的女士们啊！”她用英语喊道。“我真想跟她们一起去！你认为吃过晚饭以后，罗契斯特先生会派人来叫我们去吗？”

“不会。我看不会的，真的。罗契斯特先生还有其他事情要考虑，今天晚上就别去考虑那些女士们了。也许明天你能见到她们。来吃你的晚饭吧。”

她真饿了，所以，鸡和馅饼暂时转移了她的注意力。我们还把食物送了一份给索菲。幸亏我取来这些吃的东西，要不然的话，她、我，还有索菲根本就吃不到晚饭了。楼下的人们忙得不亦乐乎，根本没法顾及我们。直到九点多，才把甜食端上去，十点钟的时候，用人们还在举着托盘和咖啡杯来回奔跑。我允许阿黛勒待到很晚才上床睡觉，比平时晚得多了。因为她声称，听到楼下的门子不停地开闭，人们到处走动，她就是躺在床上也睡不着的。另外，她还补充说，要是脱了衣服，也许罗契斯特先生会带个口信来，“那多可惜啊！”

我给她讲故事，一直讲到她不想听为止。然后，我换了个花样，带她到走廊上去。门厅的吊灯亮着，她凭栏俯视下面的用人们走来走去，觉得挺有趣。夜深了，起居室传出了音乐之声，钢琴已经给挪到那里去了。阿黛勒和我在楼梯最高一级上坐下来，倾听着那音乐。不久，和着饱满的琴声有人在歌唱。那是个女士的声音，歌声十分甜美悦耳。一曲独唱过后，紧接着是一首二重唱，然后是一首无伴奏男声合唱。两支曲子之间，充满了人们愉快的嘈杂声。我久久地听着。突然，我发现我自己是在分析那些混杂的声音，想从中辨别出罗契斯特先生的嗓音，我很快便分辨出来了。接着，我又开始从事另一项任务：逾越距离，从混乱的声音中分辨出话语。

钟敲十一点。我看了阿黛勒一眼，她的脑袋已经倚在我的肩膀上，眼皮也越来越沉重了。我便把她抱起来，送上床去。到了将近一点钟的时候，这些绅士们和女士们才回到他们房间去。

第二天像前一天一样晴朗，这群人便利用这一天到附近一个风景好的地方去游览。他们上午挺早就出发了，有几位骑着马，其余的坐着马车。我望着他们离去，又看着他们回来。像先前一样，英格拉姆小姐是骑在马背上的唯一女子。而且，罗契斯特先生也像先前一样，与她并驾齐驱。他们两人骑着马跟其他人分开一些。我把这种情况指给费尔法克斯太太看，说道：

"你说他们不可能想到结婚，可是在女士们中间，罗契斯特先生显然更加喜欢她。"

"是的，我敢说的确是这样，他无疑崇拜她。"

"而且她也崇拜他，"我补充说，"瞧，她把脑袋朝他侧过去，好像是在说悄悄话似的！我真想看看她的面孔，我还一直没看到过她的面孔呢。"

"你今天晚上能看到她，"费尔法克斯太太说，"我跟罗契斯特先生提起过阿黛勒特别想跟那些女士们见面，他说：'啊！晚餐后带她到起居室来，请爱小姐带她来好了。'"

"我看，他是出于礼貌才那么说的，我想我不必去的，"我回答道。

"这个嘛，我对他说，因为你不善于交际，我想也许你不喜欢在这么一群欢乐的人跟前露面。可他用那种急躁的腔调说：'胡扯！要是她不同意，就说这是我特别希望的，要是她拒绝服从，就对她说，我要亲自去叫她。'"

"我可不愿给他添这样的麻烦，"我回答道。"要是没有更好的办法，我去好了。可我并不喜欢去。你会在场吗，费尔法克斯太太？"

"不，我请求不去，他同意了我的请求。我可以告诉你怎么避免正式露面时的那种不愉快的尴尬。你一定要在女士们还没有离开餐桌的时候，趁起居室还空着的时候走进去，在你喜欢的角落找个座位坐下来，等到那些先生们进来后，你要是不想在里面多待，就可以离开。只要让罗契斯特先生看到你去过，然后就可以溜走，没人会注意到你的。"

"你认为这些人会在这儿住很长时间吗？"

"也许两三个星期吧，肯定不会太长的。乔治·林恩爵士给推选为米尔考特的郡议员，过完复活节的休假，就要上任了。我想，罗契斯特先生也许会陪他去。我真感到吃惊，他这次在桑菲尔德住了这么久。”

我心怀一丝畏惧，等待着这个时刻的到来，届时，我就得带上我照管的这个孩子上起居室去。阿黛勒听说晚上要去见那些女士们，一整天都乐得欢天喜地。直到索菲要给她梳妆打扮的时候，她才安静下来。她理解到梳妆打扮的重要意义后，很快就镇定下来。等到把她的满头鬈发梳得光溜溜的，一绺一绺垂下来；给她穿上粉红色的缎子外衣，还系上长长的腰带，戴上有花边的无指手套时，她的模样严肃得简直像个法官了。根本用不着叮咛她别把衣服弄乱，她打扮好后，就端庄地坐在自己的小椅子上，坐下以前还先把缎子裙裾撩起来，以免压皱。她还向我保证说，在我打扮好之前，她一动也不会动。我打扮得挺快，我为了参加坦普尔小姐的婚礼，专门买了件银灰色的裙子，那就是我最好的衣服，我很快就把它穿起来。我的头发很快便梳光了。我唯一的首饰就是那个珍珠别针，我迅速把它别在身上。然后我们便下楼去。

幸亏还有一个门子通往起居室，要不然就得从他们正在吃饭的餐厅穿过去了。我们到了起居室，发现里面没有人。大理石壁炉里炉火静悄悄烧得正旺，装点在桌子上的鲜花中间，几支蜡烛放射出孤寂的光芒。拱形门上挂着紫红色的帏幔。虽然与隔壁正在用餐的那群人仅仅用这么一层帏幔隔开，但是他们谈话的声音低得除了一片嗡嗡声之外，什么也听不见。

阿黛勒似乎仍然受到那种庄严气氛的控制，一声不响地坐在我指定给她的一张脚凳上。我离开她，到窗口一个座位上坐下来。从旁边一张桌子上拿起一本书，打算阅读。阿黛勒把她的凳子搬到我的脚边坐下，隔了一会儿，她碰了碰我的膝盖。

“什么事，阿黛勒？”

“我可以从那些漂亮的花儿里摘一朵吗，小姐？我想把自己打扮得更漂亮些。”

“你把打扮看得太重了，阿黛勒。不过，你可以戴上一朵，”我从花瓶里拿了一朵玫瑰，插在她的腰带上。她发出一声叹息，仿佛心里说不出有多么满意，仿佛她心中已经充满了幸福。我的脸上不禁浮现出微笑，连忙转过脸去。这个小小的巴黎佬这么热衷于服饰，真让人觉得既可笑，又可悲。

这时能听到一阵人们起身离座的轻微声响。拱门上的帏幔拉开了，透过洞开的拱门，能看到里面的餐厅。明亮的枝形吊灯照耀下，长长的餐桌上摆满了吃甜食用过的玻璃器皿和银餐具，显得华丽而堂皇。一群女士朝拱门走来，走进来以后，帏幔在她们身后拉上了。

虽然她们总共有八个人，可是大家一起走进来的时候，让人产生人数比实际要多的印象。她们有的个子很高，好几位身穿白色服装。每个人的衣服都有拖在地面上的长长裙裾，衬托之下，她们的身材都显得比较高大，就像在薄薄的云雾衬托下，月亮也会显得比平时大一样。我站起来向她们行屈膝礼，她们中有一两个向我颔首回礼，其余的人只是朝我瞪着眼睛看了看。

她们在屋子里散开，动作那么轻盈活泼，让我联想到的是一群羽毛雪白的鸟儿。有几位半靠在沙发和卧榻上；有几位弯着腰在仔细观赏桌子上的鲜花和书籍；其余的围在炉火前。大家都用很低的声音交谈着，可是语音都很清晰，这看来是她们交谈的习惯了。后来，我知道了她们的名字，我想我现在就不妨提到她们的名字。

首先说说埃什顿太太和她的两个女儿。她显然曾经是个漂亮的妇人，直到现在仍然保养得很好。她的两个女儿中，大女儿埃米身材矮小，性格天真，表情和举止都带着孩子气，一副淘气模样，她身上穿的白纱裙和蓝色腰带显得很合适。二女儿路易莎身材比她高些，体型也比她优雅些，她的脸挺俊俏，就像法国人说的那样，“清秀可爱而略带忧郁的脸庞”。两姊妹的肤色都像百合花一样白嫩。

林恩爵士夫人是个四十来岁的妇人，身材高大粗壮，身子骨笔挺，看上去很傲慢，身着华丽的缎子衣裙，反射的光芒异彩纷呈，她那一头乌黑的头发闪闪发亮，上面箍着一条嵌满宝石的发带，还插着一根天蓝色的羽毛头饰。

登特上校的太太显得不太惹眼，但是，我认为更像个贵妇人。她的身段苗条，头发金黄，面色白皙温和。她身着黑色缎子裙袍，肩披华丽的披巾，上面缀着外国花边和她的珍珠首饰。比起那位打扮得像彩虹一样华丽的爵士夫人，我更喜欢登特太太的服饰。

但是她们中间最引人注目的是富有的寡妇英格拉姆夫人和她的两个女儿：布兰奇和玛丽。原因之一也许是因为她们三人在这群人中身材最高。她们三个的身材实在是女人中间少有的。这位寡妇年纪大约在四十五岁到五十岁之间，体态仍然很好，在烛光下看来，她的头发仍然是黑色的，她的牙齿显然也都完美无缺。大多数人都会认为，她是这种年纪的女人中的美人儿，毫无疑问，从身体上说，她的确是这样的。可是她的举止和容貌中却有一种叫人无法忍受的傲慢神情。她的五官就像古罗马人，双下巴渐渐与脖子融合在一起，变得像根柱子一样。在我看来，这些特征不仅显得夸张、阴暗，而且由于傲慢而形成满脸的横肉，她的下巴也是由于同样的缘故，形成一种超乎自然的挺立形状。同样，她的眼睛闪烁出凶狠严厉的光芒，一看就让我想起里德太太的眼睛。她说起话来装腔作势，声音低沉，音调非常夸张，傲慢无理。总之，让人无法忍受。她身穿一袭紫红色的丝绒裙袍，肩披一条金线编织的围巾，照我看，她自以为具有真正皇家的尊严。

布兰奇和玛丽身材相当，都像白杨树一样高挑笔挺。以玛丽的身高而论，她显得有些过分苗条了。可是布兰奇的体型却漂亮得像月亮女神一样。我注视着她的时候，心里当然怀着特殊的兴趣。首先，我要看看她跟费尔法克斯太太描述的是不是相符；其次，我要看看我通过想象为她画的像，到底跟她本人像不像；另外，我要看看她会不会合罗契斯特先生的口味——这一点会让我看出来的。

从外貌来看，她跟费尔法克斯太太的描述和我的画像在每一点上都相符。她那高贵的胸脯、溜削的肩膀、优美的脖子、乌黑的眼睛和漆黑发亮的鬈发，全都相符。然而，她的面孔怎么样呢？她的面孔长得像她母亲，只不过这是一张年轻的面孔，上面没有褶皱。然而，却有着同样低低的额头，一样高傲的五官，同样傲慢的神色。不过，她的傲慢没有那么阴沉。她不停地发出笑声，可她的笑声中渗透着讥刺，她向下弯曲的嘴角和高傲嘴唇的习惯表情中，也带着讥刺。

据说天才是自己意识到的。我不敢说英格拉姆小姐能不能算得上个天才，但是她肯定意识到自己是个天才。她跟性情温和的登特太太谈起了植物学。看起来登特太太并没有学过这门科学，只是照她自己说的，喜欢花儿，“尤其喜欢野花。”英格拉姆小姐学过植物学，于是便洋洋得意地炫耀起自己植物学方面的词汇来。我马上就发现，她是在捉弄登特太太，也就是拿她的无知开心。她的捉弄或许是聪明的；但绝对不怀善意。她弹了钢琴，演奏得十分出色；她唱歌，她的歌喉很美；她单独跟母亲说话的时候就用法语，讲得很好，语调流利，发音准确。

玛丽的长相比布兰奇的温和、坦率，五官特征也不那么突出。布兰奇的肤色深得像西班牙人一样，可是玛丽的要白一些。不过，玛丽缺乏朝气。她脸上表情不足，眼睛里缺少神采，跟人交往时没什么可说，而且一坐下就会像神龛里的雕像一样一动不动。这两姊妹都穿着洁白无瑕的服装。

那么，现在我是不是能认为，英格拉姆小姐便是罗契斯特先生要挑选的意中人呢？我说不准——我并不知道他对异性美的口味如何。如果他喜欢庄严的类型，她正属于庄严的类型。而且她既多才多艺，又活泼可爱。我认为，大多数绅士都会崇拜她。我似乎已经能够证明，他的确崇拜她。要想扫除最后一丝疑云，只要看看他们在一起的情况就行了。

读者，你可不要认为阿黛勒在此期间一直规规矩矩坐在我脚边的凳子上。根本不是这样。那些女士们进屋的时候，她就站起身，朝她们迎了上去，庄重地行了个礼，一本正经地用法语说道：

"你们好，女士们。"

英格拉姆小姐便堆起嘲弄的神色，低头俯视着她，叫道："啊，多好玩的小木偶呀！"

林恩夫人就说："我猜想，这就是受罗契斯特先生保护的那个孩子吧。就是他说起的那个法国小女孩。"

登特太太慈祥地拉起她的小手，吻了她一下。埃米和路易莎·埃什顿同时惊叫起来：

"多可爱的孩子啊！"

然后，她们把她叫到沙发那儿。于是她现在就坐在那里跟她们闲聊，一会儿用法语，一会儿用结结巴巴的英语，不仅吸引住年轻的小姐们，而且也把埃什顿太太和林恩夫人也吸引了过去。她受到人们的宠爱，感到心满意足。

最后，送来了咖啡，绅士们也被请了进来。我坐在阴影里——也就是说，在这间灯火辉煌的屋子里相对比较暗的角落里。窗帘半掩着我。拱门的帏幔又撩了起来，绅士们走进来。总的来说，绅士们的外表与女士们一样，也都非常庄重。他们都身穿黑色礼服，大多数人的身材很高，有几个比较年轻。亨利和弗雷德里克·林恩实在是两个相当时髦的花花公子；登特上校是个有军人气概的美男子；地方官埃什顿先生一副绅士模样，头发已经全白了，可眉毛和胡子还是黑的，这让他看起来颇有"典型的长老"风范；英格拉姆爵士像他的姐妹一样，身材也十分高大，而且也像她们一样长相很漂亮，然而他有玛丽那种冷漠无神的表情，看起来他四肢长而精力短缺，脑子不灵活。

罗契斯特先生在哪儿啊？

他最后才进来。我没有朝拱门那边望，可我还是能看到他走进来。我努力将注意力集中在编织针和手头正在编织的女用钱袋上。我希望自己只想着手头的活儿，只看着放在腿上的银色珠子和丝线，然而，我却清清楚楚看到了他的身影，不可避免地回想起上次见到他时的情景。当时，我刚刚向他提供了他所谓的帮助，他握住我的手，低头望着我的面孔，眼神里流露出的是一颗热情洋溢的心，我当时也有过同样的感情。在那个时刻，我跟他是多么接近啊！到底发生了什么事情，使我跟他的相对地位发生了变化呢？然而，我们现在又是多么疏远啊！疏远得让我不敢指望他会上前来跟我说上一句话了。我并不感到奇怪，他连看都没有朝我看一眼，便在屋子那头的一个座位上坐了下来，开始跟一些女士交谈。

我一看到他的注意力集中在她们身上，我眼睛就不由自主盯在他的脸上，而且不必担心会被发觉。我无法控制自己的眼睛，眼皮硬要抬起来，眼珠一定要盯着他看。我望着他，心里感到一阵强烈的欢乐，那是一种珍贵而辛辣的欢乐；像纯金一样珍贵，上面又布满了让人痛苦的尖刺；像一个即将渴死的人，明知爬进去的那口井里撒了毒药，却要弯下身子去痛饮，我感到的就是这样一种乐趣。

“美貌出自情人眼”，这话说得实在太对了。我主人的脸色苍白中带有橄榄色，额头方阔宽大，眉毛粗浓，眼睛深沉，五官粗犷，嘴角严厉——处处充满活力、果断和意志。照一般看法，这张面孔不能算美，可是在我看来，它不只是美，还充满了魅力和影响，把我完全征服了，将我的感情从我自己的控制范围中夺走，置于他的掌握之中了。我并没有打算爱他。读者知道，我一直做出努力，只要发现心中萌生出爱情的嫩芽，就把它彻底铲除掉。可是现在，仅仅再次看了他一眼，爱情的萌芽立刻就复苏了，长得青翠而茁壮！他连一眼也没看我，就让我爱上了他。

我将他与他的客人们作了对比。跟他那与生俱来的精力和真正饱满的力量所造就的外表比较起来，林恩兄弟那柔情般的温文儒雅，英格拉姆爵士那种死气沉沉的附庸风雅，甚至连登特上校那军人的名声又算得了什么呢？我对他们的外表和神情都没有好感。不过，我可以想象，大多数人见了他们，都会说他们漂亮、迷人、威严；见了罗契斯特先生，准会说他容貌粗鲁，神情忧郁。我看到他们微笑，或者放声大笑，其实无足轻重。就连烛光中迸发出的热情都比他们微笑中的热情多；铃铛敲出的声音都比他们的笑声更有意义。我看到罗契斯特先生在微笑，他的严峻容貌变得和蔼了。他的眼睛变得又明亮又温和，射出的目光锐利而可爱。他这时正在与路易莎和埃米·埃什顿交谈。看到她们的目光与他的目光会合时，她们脸上的表情镇定自若，我觉得奇怪，在我看来，他的目光锐利得能看透人的心。我以为在他的注视下，她们会垂下眼睛，她们的脸颊会泛起红晕，可我却发现她们完全无动于衷，这让我觉得挺高兴。“他对她们并不像他对我这么重要，”我想道，“他跟她们本不属于一种类型。我看他跟我同属一类——我肯定是这样的——我觉得跟他很相似——我懂得他面部表情的含义，我能看懂他的一举一动。虽然社会地位和财富将我们远远地分隔开，可是在我的脑子里和心目中，在我的血液里和神经里，有一种能与他在心灵上沟通的东西。几天之前，我不是说过吗，除了从他那里得到薪水，我跟他没有任何联系？难道我不是警告过自己，只能把他当作我的雇主，而不能有其他任何非分之想吗？真是亵渎天性！我的各种美好、真实、强烈的感情都喷涌而出，紧紧围绕在他的周围。我知道我必须掩盖自己的感情。我必须遏制自己的希望。我必须在心里牢记，他不可能十分喜欢我。我说我跟他同属一种类型，并不是指我有他那种影响别人的力量和吸引人的魅力。我的意思是，我的某些趣味和感觉与他的相同。因而，我必须一再重复说，我们永远不可能在一起，然而，只要我还能呼吸，还能思考，我就必然会爱他。”

咖啡端给每一位客人了。自从先生们进来以后，女士们就变得像百灵鸟一样活跃，谈话气氛越来越轻松欢快。登特上校和埃什顿先生两人在辩论政治问题；他们的妻子们在一旁倾听。那两位富有傲慢的寡妇林恩夫人和英格拉姆太太凑在一旁闲聊。我刚才忘了描写乔治爵士了——他是一位身材高大的乡绅，看上去精力很充沛。这时，他站在她们的沙发前，手里托着咖啡杯，偶尔插上一句嘴。弗雷德里克·林恩先生在玛丽·英格拉姆旁边坐下来，正拿着一本精美的茶几读物，向她解说其中的版画。她望着那本书，不时微微一笑，但是显然说得很少。那位身材高大反应却很迟钝的英格拉姆爵士，交叉着胳膊靠在娇小活泼的埃米·埃什顿旁边，她仰起脑袋瞅了他一眼，像一只鹪鹩一样跟他闲聊着。在罗契斯特先生和他之间，她看来更喜欢他。亨利·林恩在路易莎脚边的脚凳上坐下，跟阿黛勒挤在一起。他试着用法语跟她交谈，路易莎便嘲笑他的种种错误。布兰奇·英格拉姆会跟谁在一起呢？她这时正孤零零站在桌子旁边，姿态优雅地俯身观看一本画册。她似乎在等着人来找她，可她不愿久等，便自己主动去选个伴。

罗契斯特先生刚刚离开埃什顿家两位小姐。她孤零零站在桌旁时，他正孤零零站在壁炉旁。她走到壁炉架的另一头，跟他面对面站好。

“罗契斯特先生，我以为你并不喜欢小孩子呢。”

“我的确不喜欢。”

“那你怎么领养了这么个小玩偶？”她朝阿黛勒指了指，“你是从哪儿把她捡来的？”

“我没去捡，是她自己跑进我手里的。”

“你该送她进学校。”

“我可负担不起，学校费用太高了。”

“哎呀，我看你为她请了个家庭教师，我刚才看见有个人跟她在一起。她走了吗？啊，没走。她还待在窗帘后面呢。你当然得付给她钱。我想这同样费钱，而且更费钱，因为你得养活她们两个人呢。”

我心里也不知道是害怕还是希望。她一提到我，我就认为罗契斯特先生会朝我这里扫上一眼。于是我不由自主朝阴影里缩了缩。可是他的眼睛根本连一下也没有转动。

“我从来没考虑过这个问题，”他两眼望着正前方，不屑一顾地说。

“是啊，你们男人从来就不考虑经济问题和常识。你应该听听妈妈谈起她的家庭教师话题。我想，我和玛丽小的时候至少有过十二三个家庭教师，其中一半让人讨厌，其余的全都十分可笑。简直像是做噩梦——对不对，妈妈？”

“你说话了吗，我的宝贝？”

这位被称作宝贝的年轻女士重复了她的问题，还添加了解释。

“噢，我最亲爱的，千万别提起那些家庭教师。一提她们我就来气。那些又无能又任性的家伙们可把我折磨惨了。谢天谢地，我再也用不着跟她们打交道了！”

这时候，登特太太弯下身子，凑在这位虔诚的太太耳边，悄悄说了两句。从回答上判断，我看她说的内容是提醒她说，她诅咒的那一类人，屋子里就有一个。

“得了吧！”这位贵妇人用法语说。“我希望这对她有点好处！”接着，她压低声音说下去，可我还是能听得见：“我注意到她了。我善于相面。从她的面部，可以看到她这种阶级的种种缺点。”

“是些什么缺点呢，夫人？”罗契斯特先生大声问道。

“我以后可以单独讲给你听，”她回答道。说完还装出意味深长的样子，把头巾摇了三摇。

“到时候，我的好奇心就失去欲望了，它现在就渴望得到满足呢。”

“那就问布兰奇。她站得比我离你近些。”

“啊，别要他问我，妈妈！我对这种人只有一句话要说：她们惹人讨厌。这倒不是我受过她们什么折磨。我总是小心翼翼地以攻为守，我和西奥多耍过那么多花招，捉弄威尔森小姐、格雷斯太太和朱伯特太太！玛丽总是瞌睡兮兮的，打不起精神来参加策划。跟朱伯特太太开的那场玩笑最有趣。那个威尔森小姐病快快惨兮兮的，不值得给她找什么麻烦。格雷斯太太粗笨麻木，对什么教训都不在乎。但是，那个可怜的朱伯特太太啊！我现在还能记得起她那副大发雷霆的模样，是我们把她逼成那个样子的——我们把茶泼在桌子上，把面包和奶油捣烂，把书扔得满天飞，还用尺子敲打桌面，使火钩火铲敲打壁炉架，弄出一片噪音。西奥多，你还记得那些愉快的日子吗？”

“是啊，我当然还记得，”英格拉姆爵士慢吞吞地说，“我还记得那截可怜的朽木头常常喊着说：‘天哪，你们这些坏孩子！’然后，我们就给她一顿教训，说像她这么愚昧无知的东西，还配上门来教我们这样的上等人。”

“我们的确教训过她，特多[1]，你记得，我帮你控诉过（也可以说是迫害过）你的那个家庭男教师，就是那个面色苍白的瓦伊宁先生。咱们常常把他叫作病秧子。他跟威尔森小姐竟然瞅机会恋爱起来，至少特多和我是这么想的。我们好几次发现他们互送秋波，还常常叹息，我们认为这是他们亲密爱情的表现，我看，大家立刻从我的发现中得到了益处，我们把这事当作一根杠杆，把这两个笨重的家伙撬出门外。好妈妈一对这事有所耳闻，立刻就认为它有不道德的倾向。是不是啊，我的母亲大人？”

“当然啦，我最亲爱的。我是完全正确的。我有一千条道理能证明，任何时候，决不能容忍男女家庭教师之间的私通。第一……”

“噢，天哪，妈妈！饶了我们吧，别给我们一一列举啦！反正我们早就全都知道：给天真儿童树立坏榜样的危险啦；会导致分心，造成失职啦；恋爱双方互相吸引，互相依赖，因而恃强无礼啦；最后不免发生反叛，来一场总爆发啦什么的。我说得对吗，英格拉姆庄园的英格拉姆男爵夫人？”

“我的百合花，你说得对，从来就没错过。”

“那就别再谈这个了。换个话题吧。”

埃米·埃什顿不是没听见这个裁决，就是不准备理睬它。她操着柔和的娃娃腔继续说下去：“路易莎和我也常常捉弄我们的家庭女教师。不过，她可是个好人，什么都能忍受，什么也不会惹她生气。她对我们从来不发火。我说的对不对，路易莎？”

“对，从来没发过火。咱们想做什么就做什么。咱们翻腾她的书桌和她

---

① 西奥多的昵称。

的针线盒，把她的抽屉整个拉出来。她脾气那么好，咱们要什么，她就给什么。”

“照这样下去，”英格拉姆小姐把嘴角向下一撇，讽刺道：“咱们就要有一本已知家庭教师回忆录的摘要了。为了避免看到这样的东西，我再次提议换个新话题。罗契斯特先生，你愿意附议我的动议吗？”

“小姐，我支持你的任何提议，也支持你的这个动议。”

“那么，我就要提出新的建议了。罗契斯特先生，你今晚嗓子好吗？”

“英格拉姆小姐，假若你对我的嗓子下命令，我的嗓子一定好。”

“那么，先生，我降旨，命令你清理好自己的肺部和其他发音器官，因为需要它们为朕效劳。”

“谁不愿做这位神圣玛丽的里丘呢①？”

“拿里丘作比喻！”她晃动满头鬈发，一边向钢琴走去，一边喊道。“照我看，那个名叫大卫的提琴师准是个苍白无力的家伙。我喜欢皮肤黝黑的博斯韦尔②。在我看来，一个男人没有点魔鬼的色彩，就算不得什么人物。不论历史对詹姆士·赫伯恩怎么评价，我反正有自己的看法，他正是我所钟情的那种野蛮凶残的绿林好汉。”

“先生们，你们听见了吧！大家说，你们中谁最像博斯韦尔？”罗契斯特先生大声问道。

“照我看，这个优先权应当是你的，”登特上校回答道。

“我十分荣幸，非常感谢你。”

英格拉姆小姐这时态度骄傲举止文雅地坐到琴凳上，把女王般豪华的雪白裙袍向四面散开，开始弹奏一支华彩的序曲，嘴里还继续谈着。她今晚看上去趾高气扬的，她说的话和她表现出的风度似乎不仅为的是激起人们的羡慕，而且还想让大家感到惊异。显然，她一心想让大家认为她非常漂亮，而且非常大胆。

“啊，我真讨厌当今的年轻人！”她一边快速弹着琴，一边大声感叹道。“都是些可怜懦弱的东西，根本就不配自己独立走出爸爸的花园门，只有得到妈妈的允许，在妈妈的保护下，才敢走出去！那些人对自己漂亮的脸蛋、白皙的手指和脚丫那么看重，好像男人跟漂亮有什么关系似的！好像美丽可爱不只是女人的特权，不只是女人天生的属性和遗产！我认为，

---

① 十六世纪苏格兰女王玛丽·斯图亚特的宠臣，音乐家大卫·里丘。

② 玛丽·斯图亚特女王的第二位丈夫詹姆士·赫伯恩·博斯韦尔。

一个丑陋的女人，是造物在美丽脸蛋上留下的一个污点；至于绅士们，他们应当具有的是力量和英勇；他们座右铭应当是：围猎、射击、格斗。其余的全都一文不值。我要是个男人，就会这么做。”

“我不论什么时候结婚，”她停顿一下继续说道，停顿的时候，并没有人开口讲话，“我决定，我的丈夫不能是我的对手，而要作我的陪衬。我不能容忍我的王座前有个敌手，我需要的是忠贞不贰。他对我的效忠不能在我和他在镜子里看到的那个人之间分享。罗契斯特先生，现在唱吧，我为你伴奏。”

她得到的回答是：“我完全服从。”

“这是一首海盗的歌。要知道，我最喜欢海盗，所以你要精神饱满地唱。”

“英格拉姆小姐的命令，能让一杯掺了水的牛奶都精神饱满。”

“那你就得小心啦。要是你不能让我高兴，我就让你看怎么做这种事，让你丢人。”

“那简直是无能反受嘉奖，我可要努力失败了。”

“你可要小心！要是你故意唱错，我就要想出个相应的惩罚。”

“英格拉姆小姐应该发发善心才对，因为她有能力让人受到普通人无法忍受的惩罚。”

“哈！解释！”她命令道。

“原谅我，小姐。没有必要解释，你自己的敏感一定会告诉你，你只要皱一皱眉头，就是在对人施死刑。”

“唱！”她说，然后再次弹奏钢琴，精神饱满地伴奏起来。

“现在是我溜走的时候了，”我自忖道。但是歌声响起来，高亢激昂，把我深深吸引住了。费尔法克斯太太说过，罗契斯特先生有一副好嗓子。他的嗓子的确很好，是圆润浑厚的男低音，其中加进自己的感情和力量，能穿透人的耳朵，刺进人的心，神奇地唤醒人们的激情。我一直听到最后一个深沉而强烈的颤音消失，人们谈话的浪潮再次涌现出来。然后我便离开藏身之处，从侧门退出去，好在门子就在近旁。那儿有一条狭窄的走廊通往门厅，穿过这道走廊的时候，我发现鞋带松了，就跪在楼梯下的地席上系紧它。这时，我听见餐厅门开了，一位绅士走出来。我连忙起身，结果跟他面对面站在一起。是罗契斯特先生。

“你好吗？”他问道。

“我很好，先生。”

“你在屋子里的时候，怎么不上来跟我说话？”

我想这话该由我用来反问他才对，可我不愿这么放肆。我回答道：

“我不想打扰你，因为你看上去挺忙。”

“我走以后，你在做些什么？”

“没什么特别的。像往常一样教阿黛勒。”

“我一眼就看出，你的脸色比以前显得苍白多了。怎么回事？”

“什么事也没有，先生。”

“你差点儿把我淹死的那天晚上着凉了吗？”

“一点儿也没有。”

“回到起居室来吧，你离开得太早了。”

“我累了，先生。”

他看了我一会儿。

“还有点压抑，”他说，“为了什么缘故？告诉我。”

“什么事也没有，什么事也没有，先生。我并不压抑。”

“但是我肯定你很压抑，再说几句话你就要流出眼泪来了。可不是嘛，眼泪已经涌出来了，在眼眶里闪烁着，有一颗已经从睫毛上滚出来，掉在石板地上了。要是我有时间，要不是我害怕路过的用人会说闲话，我非得问明白这到底是什么缘故。今晚我就放你走。但是，只要我的客人们在这儿，我要你每天晚上到起居室来。这是我的希望，别不当回事。现在去吧，打发索菲来接阿黛勒。晚安，我的……”他打住话头，咬紧嘴唇，突然离去了。

第三章

在桑菲尔德，这是一段欢乐的日子，也是忙碌的日子。跟我最初三个月在这里经历的平静、单调和寂寞比起来，这段日子是多么不同啊！悲伤的感情似乎已经从这座房子里扫除出去，一切跟忧郁有关的事情均被遗忘得一干二净。一天到晚都有人到处活动，房子里到处充满了生机。走廊一向寂静无声，房子正面的屋子从来没人居住，可是，现在从那儿经过时，总会遇到一两位漂亮的女仆或者衣着华丽的男用人。

厨房、配餐室、用人休息室、门厅也同样是气氛活跃的地方。只有天空湛蓝，阳光和煦的温暖春日把人们都吸引到外面去，客厅才会变得空空荡荡，平静下来。不过，即使天气恶劣，阴雨一连几天不断，他们的兴致也丝毫不会降低，这时，室外的欢乐虽然中止了，室内活动却变得更加活跃，更加多样化了。

有人提议改变个娱乐花样的时候，我弄不清楚他们到底要做什么。他们说是要“打哑谜，”但是，我对这个字眼的意思实在不懂。他们把仆人们叫了进来。餐厅里的桌子都移走，灯光重新布置了一番，椅子面朝拱门围成个半圆。罗契斯特先生和其他绅士们指挥仆人做这种安排的时候，女士们又是在楼梯上跑上跑下，又是打铃招呼自己的女仆，费尔法克斯太太也让叫来提供消息，看看房子里到底有多少围巾、衣裳、帏幔之类可供使用。三楼的几只衣柜让搜索过，里面的东西让女用人们抱到楼下，里面有带箍的锦缎衬裙、缎子宽身女长袍、透明的黑纱裙、女帽边的垂网等等。挑选出来的东西送进了起居室里面的小客厅。

与此同时，罗契斯特先生再次把女士们召集到他身边，从中选出他自己一方的人。“英格拉姆小姐当然是我的，”他说道。然后，他选了两位埃什顿小姐和登特太太。他朝我看了一眼。当时我碰巧就在他身旁，为登特太太扣紧松开的手镯。

“你玩吗？”他问道。我摇了摇头。我真害怕他坚持要我玩，可他并没有坚持。他允许我回到我平常坐的那个座位上去。

他和他的人现在退到幕后去了。另外一方由登特上校率领，在排成半圆的椅子上坐下来。男宾中，埃希敦先生看着我，好像提议要我参加他们这一方，可是英格拉姆夫人立刻表示否定。

“不，”我听见她说道。“她那个笨模样，玩不了这种游戏。”

没多久，铃声丁零响起来。帏幔拉了上去，只见拱门里站的是乔治·林恩爵士那笨重的身躯。他也是罗契斯特先生挑选的。在他面前的桌子上，展开放着一本挺大的书。站在他身旁的是埃米·埃什顿，身上披着罗契斯特先生的斗篷，手里还拿着一本书。在一个看不见的角落，有人欢快地摇动铃铛。阿黛勒坚持要在他的保护人一方担任个角色，这时她蹦蹦跳跳跑出来，把手中花篮里的花朵撒向四面八方。然后，英格拉姆那优美动人的身影出现了。她头上蒙着一块长长的白面纱，额头上戴着一个玫瑰花环，走在她身旁的是罗契斯特先生，两人走近那张桌子，跪下来。同样穿着白色服装的登特太太和路易莎·埃什顿站定在他们身后。接着，一声不响地举行了一种仪式，很容易看出，这是一幕婚礼的哑剧。结束的时候，登特上校和他那一方的人低声商量了两分钟，然后登特上校大声喊道：

“新娘！”

罗契斯特先生鞠了一躬，幕落下来。

过了好长时间，幕布才再次拉起。第二幕的布景准备得比前一幕精致。我以前曾经说过，起居室比餐厅高出两个台阶，在上面那个台阶上这时出现了一个大理石水缸，我认出，那是温室里的一个装饰物。通常，它安在温室里，里面养着金鱼，周围摆满珍稀花草。水缸既大又重，他们准是花了挺大的气力，才把它搬到这儿来。

坐在水缸旁边地毯上的是罗契斯特先生，他身体裹在披肩里，头上包着缠头巾。他乌黑的眼睛、黝黑的皮肤、穆斯林般的长相，跟那套装束十分般配。他的模样活像个东方的酋长，仿佛是个拉绞索的刽子手，也像个上绞架的受刑者。不久，英格拉姆小姐出场了。她也是一副东方人打扮：一条深红色围巾当成腰带系在腰上；一条绣花手帕扎在头上，在太阳穴那儿打了个结；线条优美的胳膊裸露出来，一只手举起来，扶着顶在头上的一个水罐。她的体态、面部表情、肤色和神态，让人联想到氏族时期的以色列公主。无疑，这正是她想达到的效果。

她走近水缸，做出弯腰汲水的动作，然后再把罐子顶在头上。水缸旁边的那个人做了个动作，仿佛在向她提出请求。她连忙把水罐放下，抱在手中，让他饮水。他从长袍的大襟里摸出一个首饰盒，打开盒子，现出里面华丽的手镯和耳环。她装出吃惊和羡慕的样子。他跪下身子，把这些珍宝奉献在她脚下。她的神色和表情中露出又惊又喜的样子，陌生人把手镯戴在她胳膊上，把耳环戴在她耳朵上。这是《圣经》上以利以谢和利百加的故事，只是缺了骆驼而已。

猜谜的这一方再次将脑袋凑在一起。他们显然对这幕戏所表现的词或者拟音词不能取得一致意见。他们的发言人登特上校要求“表演完整的场面”。这时，幕布落下了。

第三幕幕启的时候，起居室只有一部分展现出来，其余的都用屏风遮挡起来，屏风上搭着一种粗糙的黑色布帘。大理石水缸已经移走了，在水缸的位置上放了一张木桌和一把厨房椅子。所有的蜡烛都已经熄灭，屋里只有一盏昏暗的角灯照亮。

在这种惨淡的景物中，坐着一个人，只见他握紧双手搁在膝盖上，低垂着脑袋，眼睛盯着地面。那个人脸弄得肮脏不堪；衣裳非常零乱，上衣只穿在一条胳膊上，仿佛在厮打的时候让人扯成这个样子；他的面部表情绝望中含着愠怒；他的头发蓬乱倒竖，真能让人看不出他是谁来；但是我一眼就看出，这是罗契斯特先生。他一走动，腿上的镣铐就当当作响，手腕上还戴着手铐。

“监狱！”登特上校喊起来，谜解开了。

过了挺长时间，演出者们才换上平时的服装，走进餐厅来。罗契斯特先生引着英格拉姆小姐走来，她嘴里正在夸奖他的表演。

“你知道吗，”她说道，“在三个角色中，我顶喜欢的是你最后演的那一个。要是你早出生几年，你会成为多么勇猛豪侠的江洋大盗啊！”

“我脸上的煤烟都洗干净了吗？”他将脸转向她问道。

“真可惜！洗干净了，这不是挺可惜吗？没有什么比暴徒的红色更适合你的肤色了。”

“这么说，你喜欢劫道的好汉啰？”

“英国的劫道好汉仅次于意大利强盗，只有利凡特的海盗才比意大利强盗更威风。”

“不管我是个什么人，你要记住，你是我的妻子。我们在一个小时以前，当着所有这些证人的面结了婚。”她咯咯笑起来，脸颊泛起了红晕。

“喂，登特，”罗契斯特先生继续说道，“轮到你们了。”另外一方退场后，他和他的人在空位置上坐下来。英格拉姆小姐在她的领袖右边就座。其余参加猜谜的人们坐在他们俩左右。这时，我没有继续观望表演，也不再兴致勃勃地等着幕布开启，现在，抓住我注意力的是观众。我的眼睛在这之前一直盯在拱门上，现在却无法抗拒地盯在那半圈椅子上了。我不记得登特上校那一方演的是什么哑谜，也不记得他们选的是什么字眼，以及他们是怎么下场的。可是我却记得每场演出结束时，他们商量的场面，我看见罗契斯特先生转向英格拉姆小姐，她也向他转过去。我看见她的脑袋向他靠过去，一直靠得让满头的黑色卷发几乎搭到他肩膀上，差不多要拂到他脸上了。我听得见他们之间的低语。我能回忆起他们交换的眼色。这种情景引起的感情痛楚，直到现在有时还重新回到我的记忆中来。

读者，我告诉过你，我已经爱上了罗契斯特先生。我不能仅仅因为发现他现在并不注意我，就不爱他。此时，我在他面前待上几个小时，他也不会朝我这边望上一眼，他的注意力完全被一位高贵的小姐吸引住了。这位小姐高贵得从我身旁经过时，都不屑于用裙裾接触我一下；她那乌黑高傲的眼睛偶然落在我身上时，便会马上移开，仿佛看到的是一堆卑鄙得不值一看的东西。我还是不能不爱他，虽然我能肯定，他不久会跟这么个女士结婚；虽然我每天都能看得出，她为自己能左右他的感情而骄傲；虽然我每个小时都能从他身上看出一种求爱的表示，这种表示是那样漫不经心，显得希望被人追求，而不是主动追求别人，然而，正是这漫不经心才使它变得迷人，正是这骄傲才使之成为不可抗拒。

在这种情况下，虽然许多事情能让人产生绝望情绪，但是爱情之火却既不会冷却，更不会被扑灭。读者，你也许会猜测，假如处在我这样地位的女人敢于嫉妒英格拉姆小姐那样的高贵女士，我准会产生嫉妒心理。但是，我并不嫉妒，或者很少感到嫉妒。我所受到的痛苦不能用那个字眼来解释。英格拉姆小姐还没有达到值得嫉妒的标准，她十分低级，还不能激起我的这种感情。请原谅我这种看起来矛盾的话，可我正是这么想的。她善于表现，但她并不真诚，她人长得挺美，也具有很多出色的本领，但是她的见解却很浅薄，她的心灵天生冷漠。在这样的土壤上是不会自然绽开花朵的，没有经过人工干预的新鲜果实也不会喜欢这种环境。她并不善良，没有独到见解，嘴里不时背诵几句书上的夸张辞藻，可是她自己却根本没有自己的见解，也没有表达过这样的见解。她口头上鼓吹高尚情操，行动上却根本没有同情和怜悯，也缺乏温柔和真诚。她常常暴露出性格上的这些缺点，她对小阿黛勒就心怀憎恶，往往不合时宜地发泄出来，要是阿黛勒碰巧朝她走去，她就会恶毒地咒骂孩子，把她推开，甚至把她从屋子里轰出去，她总是用冷淡和狠毒来对待她。除了我之外，还有一双眼睛在注视着她这样暴露自己的性格，而且观察得十分密切、敏锐、精明。那是未来的新郎罗契斯特先生的眼睛，他在不停地观察着自己的未婚新娘。也正是由于他的明智、他的谨慎、他意识到这个美人的种种缺点，并且对她明显地缺少爱情，我才更感到心中涌起不断煎熬着我的痛苦。

我看出，他要跟她结婚是因为门第上或政治上的原因，因为她的社会地位和社会关系与他门当户对。我感到他并没有将自己的爱奉献给她，而且她也不配从他那里赢得这样珍贵的东西。这就是问题的症结，这就是我心烦意乱的根源，也是我心情激动不已的缘故：她并不能迷住他。

要是她立刻便获得了胜利，让他屈服，并且使他将自己的心真诚地奉献在她的阶下，我就会捂上自己的面孔，对他死了心，不再观望他们。假如英格拉姆小姐是个善良而高贵的女人，生来具有人格的力量，富有热情，充满仁慈，天性敏感，我就不得不与两只野兽决一死战了：那就是嫉妒和绝望。在那种情况下，我的心会被撕裂，被吞噬，我还会崇拜她，承认她的卓越品质，一生保持沉默，不再对此提出异议。她的品质比我越是占绝对优势，我对她的崇拜就越深，我的心灵也就越能真正保持平静。但是，按照现在的情景，望着英格拉姆小姐想方设法迷住罗契斯特先生，看到她一再惨败，可她自己对这些失败还全然没有意识，而且还徒然幻想着抛出的每一根矛都扎在靶心上，还自我陶醉于自己取得的胜利，然而，她的骄傲和自负却把自己一心想要引诱的目标驱逐得越来越远，看到这些，我立刻感到了无限的激动，在抑制这种激动时又产生了深深的痛苦。

在她失败的时候，我却从中看出了取胜的方法。看到爱情的箭不断射向罗契斯特先生，却落在他的脚下，对他纤毫无损，我知道，假如是由一位比较有把握的射手来发射，肯定会锐利地射中他那颗骄傲的心，让他严厉的眼睛里闪烁出爱火，让温柔抚平他讥讽的皱纹。或许，更好的办法是不用任何武器，就能将他默默征服。

"既然她有接近他的特权，为什么就不能影响他呢？"我自忖道。"显然她并非真正喜欢他。或者不是真心爱他！假如她真的爱他，就用不着这么满脸堆笑，用不着那样频频递送秋波，也就用不着那样煞费苦心故作娇态，装出那么多优雅的模样。照我看来，她只需要静静坐在他身旁，少说话，少做作，或许会在心灵上更加接近他。我本人就在这张面孔上看到过截然不同的表情。现在，她如此活跃地引诱他，却只能让他沉下脸来。我以前在这张面孔上看到的表情是自发的，不是用这种俗不可耐的技巧和精心策划的花招激发出来的。其实，只要在回答他的提问时不要矫柔造作，需要跟他讲话时，不要故作媚态，他的这种表情就会变得更加慈祥，更加真诚，像普照万物的阳光那样使人感到温暖。她们结婚后，她怎么取悦他呢？我可看不出她会有什么办法。然而另外一方却可能办到这事。我确实相信，他的妻子会是阳光照耀下最幸福的女人。”

我还没有因为罗契斯特先生为了利益和社会关系的缘故而结婚，对他说过什么谴责的话呢。我最初发现这正是他的意图，感到十分吃惊。我原来以为，他在选择妻子方面不是这么容易受到普通动机影响的人呢。但是，我越考虑他们双方所处的地位、所受的教育等等，就越觉得不该批判责备他或英格拉姆小姐，因为他们无疑是按照从小就灌输在自己脑子里的观念和原则行事的。他们那个阶级的人都是这样对待那些原则的。我猜想，他们持有这些原则自有其道理，虽然我并不理解这种道理。在我想来，假如我是个像他那样的绅士，我只会拥抱我真心所爱的妻子。显然，这种想法对丈夫自己的幸福是有利的，然而大家并不普遍采纳这种做法。我于是相信，一定有一种我所不知道的原因，否则，全世界都会照我所希望的那样去做了。

在其他各方面，我也像在这一点上一样，对我的主人更加宽容了。我忘记了他的一切缺点，而这些缺点我以前曾经十分敏感地注意着。在这之前，我一直努力研究他性格的各个方面，将他的优点和缺点摆在一起，对两方面进行衡量，得到一个公正的判断。而现在，我却看不到什么缺点了。过去那些让我厌恶的讥讽，那种令人吃惊的粗鲁，现在都仿佛变成了一道佳肴中味道强烈的调味品，有了它们会让人开胃，缺了它们就免不了让人感到比较乏味。至于那种细心的观察者常常在他眼睛里看到的朦胧的东西，那究竟是一种阴险的表情，还是一种悲哀，是一种失望的表露，还是一种做作？然而，在人们没来得及探测出这个半隐半现的奇怪深渊之前，它便隐没了。它常常让我感到恐惧，让我畏缩，仿佛我在火山群中徘徊，突然感到大地在颤动，并且看到地面在开裂。那是我带着一颗跳动的心，而不是麻木的神经，偶尔还能观察到的东西。我并不想逃避它，只希望能面对它，探测它。我认为英格拉姆小姐是幸福的，因为她将来有一天能够从容不迫地观察这个深渊，探索其中的秘密，分析它的性质。

在此期间，我一心只想着我的主人以及他未来的新娘，只看到他们，只听到他们的交谈，只考虑他们一举一动的重要性，其他人则为了满足各自的兴趣忙着取乐。林恩太太和英格拉姆夫人仍然在一起继续着一本正经的谈话。谈话的时候，随着闲聊的内容，她们时而将戴着头巾的脑袋上下晃动，时而把四只手都举起来做出吃惊、神秘或者恐惧的手势，活像一对放大了的木偶。脾气温和的登特太太跟性情和善的埃什顿太太聚在一起交谈，这两位太太有时候跟我说上一两句客气话，或者对我微微笑一笑。乔治，林恩爵士、登特上校，和埃什顿先生聚在一起讨论政治问题，或者郡里的事务，或者司法方面的事情。英格拉姆爵士跟埃米·埃什顿调情；路易莎弹着琴唱歌给一位林恩先生听，有时跟他一起唱；玛丽·英格拉姆打不起精神，懒洋洋地听着另一位林恩先生对她说些献殷勤的漂亮话。有时候，大家仿佛一致同意似的，都停下自己的附属表演，观看并倾听两位主要演员，因为罗契斯特先生毕竟与英格拉姆小姐关系密切，他们才是这帮人的灵魂和生命。要是他有一个钟头离开这屋子，一种能够觉察得到的沉闷气氛就会悄悄笼罩住这些客人；他再次进屋当然马上就使他们的谈话重新变得活跃起来。

一天，他因为一些事务让人叫到米尔考特去，看样子很晚才能回来，大家便尤其感到缺少了他那种能使气氛活跃起来的影响。午后下起了雨，大家原来计划散步到干草村那头一片公有土地上，去看看那里最近扎起的吉普赛营帐，现在只好推迟了。有几位先生上马厩去了，年轻的先生们跟小姐们在台球室打台球。两位富有的寡妇英格拉姆夫人和林恩夫人坐在一起静静地打纸牌消磨时间。登特太太和埃什顿太太想把布兰奇·英格拉姆吸引到她们的谈话中来，却受到她傲慢而无声的拒绝。她于是随着钢琴弹出的几支伤感的曲调，低声哼了一会儿。然后又从图书室取到一本小说，态度傲慢，姿势懒散地躺在沙发上，打算借助小说的魅力，打发这乏味的分离时光。房间和整个宅子都寂静无声，只有楼上打台球的人们不时传来欢笑声。

黄昏即将来临，时钟提醒大家，该换上礼服去参加晚宴了。阿黛勒一直靠在我身边跪在起居室窗口的座位上，她突然操着法语喊起来：

“看哪，罗契斯特先生回来了！”

我转过身去，英格拉姆小姐离开沙发奔跑过来，其他人也都撇开各自干的事情，抬头望着。这时，已经能听到外面传来一阵车轮碾压在湿漉漉的砾石路面上的声音，以及马蹄溅水的声音了。一辆驿车正驶近这里。

“他怎么会这样回来呢？”英格拉姆小姐说。“他出门的时候骑着美斯洛（那匹黑马）对不对？派洛特也跟在他身旁。他把那两个动物弄到哪儿去了？”

她说这番话的时候，她那高高的个子和宽大的衣裙挤在窗口，我不得不把身体往后仰，几乎连脊梁骨也折断了。她有点过分急切了，刚开始根本没看到我，等到她看见了，就把嘴角一撇，走到另一个窗口去。驿车停下来，车夫拉了门铃，一位身穿旅行装的绅士从马车上走下来。那并不是罗契斯特先生，而是一位个子挺高，样子很时髦的陌生人。

“真气人！”英格拉姆小姐嚷道，“你这只讨厌的猴子！”这话指的是阿黛勒，“谁让你坐在窗口谎报军情的？”她怒气冲冲地朝我瞪了一眼，仿佛这都是我的错。

大厅里传来人们谈话的声音，没过多久，新来的那个人走进屋来。他向英格拉姆夫人鞠了一躬，显然认为她是屋子里年纪最大的人。

“看来我来得不是时候，夫人，”他说道。“我的朋友罗契斯特先生不巧出门去了。不过我是长途跋涉远道而来，另外，我们是亲密的老相识了，所以我想，可以在这里待到他回来。”

他的举止彬彬有礼，他的口音让我听着觉得有点非同寻常，并不能算带有外国口音，然而不是地道的英国口音。他的年纪跟罗契斯特先生大致相当，在三四十岁之间，他的肤色是古铜色的，颜色挺深。除此之外，他倒是个相当英俊的男子，第一眼看上去，尤其是这样。仔细端详一下，发现他的面孔上有一些让人不愉快的地方，或者说，有些东西不能讨人喜欢。他的五官端正，可就是有点太不紧凑，他的眼睛挺大，形状很好看，但是从中流露出的却是空虚和茫然，至少我认为其中流露出他空虚而平庸的生活。

更衣铃把这群人驱散了。晚饭后，我才再次见到这个人。这时，他已经显得相当自在了。可是他的容貌比刚才更加让我不喜欢了。我觉得这张面孔既不好捉摸，又缺乏生气。他的眼睛游移不定，这种游移不定中并没有任何意义，却让他显得十分古怪。我从来没见过这么奇怪的神情。他是个容貌漂亮而并不和蔼可亲的人，可是却让我感到极为厌恶。他那张皮肤光滑的椭圆形面孔上显示不出一点力量；他的鹰钩鼻子跟一张樱桃小嘴搭配起来，显示不出坚毅；又低又平的额头让人看不出思想；漠然的褐色眼睛里看不到威力。

我从平时坐的那个隐蔽角落里，观察着他。壁炉架的枝形蜡烛台上烛光齐放，明亮的光线把他照得十分清楚。他坐在炉火前的一张扶手椅上，而且还不断地向壁炉凑过去，仿佛十分怕冷似的，我把他与罗契斯特先生做了个比较。用不失敬意的说法，我看他们之间的差别大得就像漂亮的雄鹅与凶猛的鹰隼，温顺的绵羊与皮毛蓬乱，目光锐利的看羊狗。

他谈起罗契斯特先生，说他们是老朋友。他们之间的友谊一定十分古怪，正好是“刚柔相济”这一谚语的典型例子。

有两三位绅士坐在离他挺近的地方，我从屋子这边有时能听到他们的几句谈话。起初，我听不懂他们说的是什么，因为路易莎·埃什顿和玛丽·英格拉姆坐得离我比他们更靠近我，她们的谈话把那边断断续续传来的只言片语搅得一塌糊涂。这两个姑娘都在谈论这个新来的人，把他叫作“美男子。”路易莎说他是个“可爱的人，”还说她“爱慕他。”玛丽说，他“漂亮的小嘴和好看的鼻子”是她心目中迷人的类型。

“他的额头让他显得多温和啊！”路易莎大声说道，“那么光滑，一点儿让人讨厌的褶皱也没有，那么平静的眼睛和微笑！”

后来，亨利·林恩先生把她们叫到屋子另一头，去商量推迟上干草村的长途散步问题。于是我觉得大为宽慰。

现在我可以集中注意炉火边的那群人了，我很快就弄明白，新来的这位是梅森先生，接着，我又得知，他刚刚抵达英国。他是从一个热带国家来的，无疑，这就是他的脸晒了那么黑的原因，所以他坐得离壁炉那么近，而且在屋里还身穿大衣。不久，从他嘴里说出的牙买加、金斯敦、西班牙城镇等字眼，说明他住在西印度群岛。过了一会儿，我不无惊讶地发现，他跟罗契斯特先生第一次见面并相识，就是在那个地方。他说，他的朋友不喜欢那里的炎热、飓风和雨季。我知道罗契斯特先生曾经是个旅行家，费尔法克斯太太就这么说过。但是，我以为他只是在欧洲大陆上漫游过而已，在这以前，我从来也没听到有人说起过他到过更远的地方。

我正在思考这些东西的时候，发生了一件出乎人们预料的小事，我的沉思被打断了。有人把门子打开的时候，梅森先生冷得浑身瑟瑟发抖，要求往壁炉里添煤，壁炉中煤块仍然是红的，只是不再冒出火焰了。一个男仆将煤送进屋里来，出去的时候，在埃什顿先生的椅子旁边停住脚步，压低声音对他说了点什么，我只听见“老婆子”……“真烦人”几个字。

“告诉她，要是不走开，就用枷锁把她禁闭起来，”这位地方长官回答道。

“慢着！”登特上校阻止说，“别赶她走，埃什顿，我们或许可以利用一下这个人，最好先跟女士们商量商量。”接着，他大声说道：“女士们，你们刚才不是说，要上干草村去看那些吉普赛人吗？这个山姆说，在用人的休息室里，来了一个邦奇斯妈妈[①]，一定要见见‘有身份的人’，要为他们算命。你们是不是愿意见她？”

“上校，”英格拉姆夫人喊道，“你肯定不至于鼓励这么一个下流的骗子吧？赶紧把她打发走！”

“可我就是没法子劝她走开，我的好夫人，”仆人说，“其他用人也都没法子。费尔法克斯太太正在那儿，想把她打发走，她却在壁炉旁边的一把椅子上坐下来说，要是不让她上这儿来，她就不走啦。”

“她想要什么？”埃什顿太太问道。

“太太，他说：‘要给这儿的上等人算命。’她赌咒说，她一定要算，而且肯定会有人找她算。”

“她长的什么样儿？”埃什顿家两位小姐异口同声地问道。

“是个丑得吓人的老家伙，小姐，皮肤黑得像炭。”

“哎呀，那她可是个货真价实的巫婆啦！”弗雷德里克·林恩喊道，“咱们快把她叫进来吧。”

“说得太对了，”他兄弟接着说道，“白白放过这么个取乐的大好机会，可实在太可惜了。”

“我的宝贝儿子们，你们这是要干吗？”林恩夫人惊呼起来。

“我可不能支持这种无聊的做法，”寡妇英格拉姆说。

“真是的，妈妈，你怎么不能，你会支持的，”布兰奇的傲慢声音响了起来。她刚才一直一声不响地坐在钢琴旁的琴凳上，显然是在仔细看各种乐谱，这时转过身来，参加谈话。“我倒挺想听听她给我算命。山姆，去把那个丑老太婆叫进来。”

“我亲爱的布兰奇！想想……”

“我想过了——你能考虑到该让我想的事情，我都想过了。可我一定要按自己的意思来——快去，山姆！”

“对呀——对呀——对！”年轻人全都喊起来，既有年轻的绅士，也有年轻姑娘。“让她进来，这个游戏太妙了！”

那个男仆还是迟疑着不肯离开。“她看上去那么粗鲁，”他说道。

“快去啊！”英格拉姆小姐突然喊了起来，那个男仆这才走出去。

大家立刻变得激动起来，人们又是打趣，又是逗乐，热烈气氛如同火

---

① 传说中，伊丽莎白时代，伦敦一位著名的啤酒店老板娘。据说，她以善讲故事著称，人们便认为许多诙趣传说是她所编。

一样蔓延开来。这时，山姆回来了。

“她现在不愿意来，”他说，“照她自己的话说，她的使命不是在庸俗的人群面前露面。她要我把她带进一间屋子里，想听她算命的人必须一个一个走进去找她。”

“这下你明白了吧，我高贵的布兰奇，”英格拉姆夫人说，“她这是步步进逼呀。听话，我的天使，我的好姑娘……”

“当然要把她带进图书室，”这位天使姑娘打断她，“我也不能当着这么多粗俗的人听她的预言。我要单独跟她交谈。图书室有火没有？”

“有的，小姐……可是，她看上去完全是个吉普赛穷鬼。”

“别胡扯，笨蛋！照我的吩咐做。”

山姆再次出去了。神秘、活跃、期待升到了又一个高潮。

“她现在已经准备好了，”仆人再次进来的时候说，“她想知道，谁第一个去。”

“我看，在女士们去以前，最好由我先去探一探路，”登特上校说。“告诉她，山姆，就说一位先生要来。”

山姆去了又回来。

“先生，她说，她不为绅士们算命。他们用不着费心去她那儿，”他强忍着笑说道，“她也不接待太太们，只接待没有出嫁的年轻小姐。”

“上帝呀，她还挺有品位的！”亨利·林恩嚷道。

英格拉姆小姐庄严地站起身来说：“我第一个去。”她的口气仿佛一个打算身先士卒冲向关口的敢死队长。

“噢，我最亲爱的！站住。你考虑考虑吧！”她母亲喊道。但是她默默从她身边走过去，态度十分庄严，走出登特上校为她打开的门。我们听到她走进了图书室。

接着是一段相对沉默的时间，英格拉姆夫人认为这个局面很适合她自己绞动手指[①]，便绞动起手来。玛丽小姐对大家说，她自己可不敢去冒这种险。埃米和路易莎·埃什顿压低声音吃吃笑着，看上去也有点害怕。

时间过得非常慢。过了十五分钟，图书室的门才再次打开。英格拉姆小姐从拱门走出来，回到我们这儿。

大家都注意着她，看她会不会笑，是不是把这当作一个笑话。人们又好奇又急切地望着她，可她却用冷淡的眼神拒绝了大家。她看上去既不激

① 表示伤心、苦恼、无可奈何的动作。

动，也不快活，不自然地走到她的座位那儿，默默地坐下。

“怎么样，布兰奇？”英格拉姆爵士问道。

“她说什么了，姐姐？”玛丽问。

“你认为怎么样？你觉得怎么样？她是个货真价实的算命人吗？”埃什顿家两位小姐问道。

“哎呀，哎呀，我的好人们，”英格拉姆小姐回答说，“别逼我。你们这些人可真是太好奇，太容易轻信了。你们把这事弄得似乎挺严重。包括我的好妈妈在内，你们好像以为我们这所房子里来了个真正的女巫，她似乎跟恶魔串通一气。可我看到的不过是个平常的吉普赛流浪者，她用普通的方式看手相，跟我说的也是他们那一行的老生常谈。我一时的好奇已经得到满足，我看，明天早上，埃什顿先生可以照他刚才威胁的那样，给这个丑陋的老太婆戴上脚镣手铐。”

英格拉姆小姐拿起一本书，往椅背上一靠，就此拒绝再跟人们说话。我观察了她将近半个小时，可她在这么长的时间里，连一页也没有翻过去。她的脸色变得越来越阴沉，神情变得越来越沮丧，越来越显出愠怒和失望。显然，她没有听到任何于她有利的预言。从她长时间的忧郁和沉默来判断，我认为，尽管她口头上说对那个老太婆的预言并不在意，可是心里对她说的东西却十分在乎。

与此同时，玛丽·英格拉姆、埃米·埃什顿、路易莎·埃什顿都说她们不敢去，可是都十分想去。于是，通过山姆这个中间使者往返斡旋，进行了一场持久谈判。我想，山姆这么来来回回不停地奔波之后，他的小腿肚子一定跑疼了。经过一系列艰难曲折，最后，终于迫使这个严厉的女巫同意她们三个一起去。

她们的活动可不像英格拉姆小姐平静。我们听到图书室那边传来歇斯底里的咯咯笑声，以及一阵阵短促的尖叫声。过了大约二十分钟，她们猛地把门子撞开，冲进屋里，仿佛她们已经神经错乱了似的。

“我敢肯定她懂妖法！”她们异口同声地喊道。“她竟然能告诉我们这种事！我们的事她知道得一清二楚！”她们上气不接下气地倒在绅士们急忙为她们搬来的座位上。

人们逼着她们做出进一步的解释，她们便说，她说了她们幼年时说的话和做的事，还描绘出她们自己家的闺房里有些什么书籍和装饰品，还说出她们的亲戚送过她们什么样的纪念品。她们都保证说，她准能看透她们的心思，因为她凑到每个姑娘的耳朵跟前，说出她们在世界上最热爱的人是谁，并且说出她们各自最希望得到的是什么。

听到这里，绅士们便插嘴，热切地请求她们把最后两点内容讲清楚。可她们的脸涨得通红，又是惊叫，又是颤抖，又是傻笑，就是不回答他们。与此同时，太太们连忙拿出嗅瓶给她们闻，给她们打着扇子扇凉，还一再为了她们没有接受她们的警告表示担心。年长的绅士们放声大笑，年轻的绅士们围着她们团团转，伺候着这些激动不已的漂亮的姑娘。

我的眼睛和耳朵完全被这场混乱吸引住了。突然，我听到胳膊肘旁边有人咳嗽了一下。我转过身去，看见那人是山姆。

“对不起小姐，那个吉普赛人说，屋子里还有一个未婚的小姐没有上她那儿去。她声称，不见到每一位小姐，她就不走。我想，那一定指的是你，没有别人了。请问，我该怎么回话？”

“喔，我去就是了，”我回答道。能得到这样一个让我好好满足好奇心的机会，我心里很高兴。趁大家没注意，我从屋子里溜了出去，这时，那帮人都围在三个刚刚回来，浑身颤抖的姑娘身边，乱成一团。我悄悄把门子随手关上。

山姆说：“小姐，假如你需要，我就在门外的大厅里等你，要是她吓唬你的话，你只要叫一声，我就会进去的。”

“不用，山姆，回厨房吧，我一点儿也不害怕。”我真的不怕，可是我特别好奇，非常激动。

第四章

我走进图书室时，屋里十分安静。那个女巫——假如她真是个女巫——在壁炉旁的一张安乐椅上坐得相当舒适。她身披一件红斗篷，头戴一顶黑帽子，或者不如说，那是一顶吉普赛人戴的宽边帽，还用一根宽布带系在下巴上。放在桌子上的一支蜡烛已经熄灭，她正弯着身子凑近火，似乎在借着火光看一本黑乎乎的小册子，看样子像一本祈祷书，一边看还一边读出声，就像许多老太太那样。我进去的时候，她并没有马上停下来，看起来，她是想读完一段。

我站在炉前的地毯上，暖和一下手，在起居室坐的地方离炉火太远，手冷得厉害。我觉得像往常一样镇静，这个吉普赛人的外貌也没什么特别，不至于让人感到不安。这时，她合上书，慢慢抬起头来看我。她的帽子边缘把脸的一部分遮住了，不过，我还是看得出来，这是一张奇怪的面孔，面孔整个是棕黑色的，一条白色的带子横过脸颊和下巴，把半个脸遮住了，或者不如说是把上下颚都给遮住了。她的眼睛跟我的眼睛相遇，便鲁莽地盯住我不放。

“啊，你要算命，是吧？”她说，那声音和她的眼神一样果断，像她的容貌一样粗鲁。

“我并不在乎，大妈。你要是高兴就算吧，可我要警告你，我不信。”

“这话跟你的鲁莽性格一个样。我料到你会这么说。你跨过门槛的时候，我就从你的步伐里听出来了。”

“是吗？你的耳朵倒挺灵。”

“当然，而且我的眼睛敏锐，脑子快。”

“干你这一行，看来这都派得上用场。”

“的确是这样，尤其是跟你这样的主顾打交道，更得灵敏些才行。你怎么不发抖？”

“我不冷。”

“你的脸怎么不变白？”

“我没病。”

“你怎么不求我算命？”

“我不糊涂。”

这个干瘪老太太发出一阵大笑，然后掏出一个黑色的烟斗，点上火，抽起烟来。她用那种镇静剂过了一会儿瘾，然后把俯下的身子挺直一些，从嘴里取出烟斗，一边目不转睛地盯着炉火，一边从容不迫地说：

“你冷，你病，你糊涂。”

“拿出证明来，”我说道。

“我只消说几句话就能证明。你冷，因为你孤独，你不跟人接触，没法将自己内心的火焰激发出来。你病，因为你与人能体验到的最崇高、甜蜜、美好的感情无缘。你糊涂，因为你尽管痛苦，却拒绝那种感情，也不朝那种等着你的感情迈出一步。”

她再次把那个短短的黑色烟斗塞进嘴里，起劲地抽起烟来。

“这种话对任何一个独身在大户人家做事的人都适用。”

“这话我的确可以对任何人说，不过，是不是能对所有的人都说对呢？”

“对处在我这种情形下的人是对的。”

“对。正是这样，在你这种情形下是对的。但是，你给我另外找一个完全相同的出来看看。”

“给你找几千个都容易。”

“你几乎连一个都给我找不着。你应该知道，你的地位十分特殊，你距离幸福很近。不错，你一伸手就能摘到它。一切都已经具备了，只消动动手，把它们结合起来就行了。机遇把它们稍稍分开了一点儿，只要让它们合在一起，幸福即可得到。”

“我听不懂隐语。我天生就不会猜谜。”

“要想让我说得更清楚，把手伸给我看看。”

“我看，我得在手上放上一枚银币吧？”

“当然。”

我给了她一个先令。她从衣袋里掏出一只旧袜子，把钱放进去，系好口子后装回衣袋。她要我把手掌伸给她看。我伸出手去。她把脸凑在我的手掌上，仔细研究着，却碰也不碰我的手。

“手太细了，”她说。“这样的手上我可什么也看不出来。几乎连纹路也分辨不出来。再说啦，手掌上有什么？命运又没写在上面。”

“我相信你这话，”我说道。

她继续说道：“命运是写在脸上的。写在额头上，写在眼睛周围，写在眼睛里面，写在嘴巴周围的纹路上。跪下，抬起脑袋。”

“啊！你这就比较现实了，”我服从了她。“我可能有点相信你了。”

我在离她半码远的地上跪下来。她拨动了一下炉火，那块给动了一下的火炭发出一道亮光，照在我的脸上。然而，由于她坐着，这道光反而使她的脸处在更加黑暗的阴影中了。

“我不知道，你今晚来找我，怀的是什么样的心情，”她端详了我一阵说道，“我也不知道，你在那边的屋子里坐在一群时髦的人们中间，心里是怎么想的。那些人像神灯里的幻影一般，在你面前晃来晃去，你跟他们却没有任何感情上的交流，仿佛他们真的不过是些人形的影子，而不是由真实的物质构成的。”

“我常常感到疲惫，有时觉得困倦，但是很少觉得悲伤。”

“那么，你一定有什么秘密的希望支持着你，这个秘密能悄悄向你预言未来，让你觉得高兴。”

“我可不是这样的。我最大的希望是，用我的薪金积攒到足够的钱，租一所房子，在那儿建立一所学校。”

“在这么一点可怜营养上，不够寄托自己的精神。我知道你的习惯，你总是坐在那个窗口的座位上……”

“你是从仆人那里听来的。”

“啊！你还自以为精明。就算我是从他们那儿听来的。告诉你吧，我在他们中间有个熟人——普尔太太……”

我一听到这个名字，立刻就站起身子来。

“你认识她？”我自忖道，“这么说，这事里面的确有些妖巫之术！”

“别惊慌，”这个怪物接着说道，“普尔太太是个可靠的人，嘴巴紧，脾气平稳，任何人都可以信赖她。话说回来，我刚才说过，你坐在那个窗口的座位上。你除了未来的那个学校之外，难道就什么也不想吗？你对现在坐在你对面沙发上和椅子上的那些人难道一点儿兴趣也没有吗？你难道连一张面孔也不端详吗？你至少带着好奇，注意着其中一个人的举动吧？”

“我喜欢注意所有的面孔和所有的人。”

“你从来不从其中挑选一个仔细注意吗——或许挑选两个？”

“我的确常常这么做的。当一对情人的手势或表情看起来能透露出什么故事的时候，我就会注意。望着他们，我觉得挺有趣。”

“你最喜欢听什么故事？”

“噢，我没有多少选择！总是同样的故事——求爱，结局可能是一成不变的灾难——结婚。”

“你喜欢那个单调的主题吗？”

“说实在的，我对这不关心，不关我什么事。”

“不关你什么事？看到一位小姐坐在一位绅士面前，对他微笑，这位小姐生来高贵而富有，生机盎然，活泼风流，妩媚动人；那位绅士却是你……”

“我怎么？”

“你认识的——也许你对他还有好感。”

“我不认识这儿的绅士们。我跟他们没有搭过半句话。至于说我对他们是不是有好感，我认为，他们中间有几位是庄重的，值得尊敬的，有几位是中年人，另外几位是年轻人，衣着浮华，长相好看，举止活泼。可是，他们当然都有自己的自由，愿意跟谁微笑就跟谁微笑，用不着我的感情参与考虑这事对我有什么重要性。”

“这儿的绅士们你一个也不认识？你没跟他们中间的任何一个交谈过半句话？那么，对这家的主人，你也能这么说吗？”

“他不在家。”

“深奥的回答！巧妙的遁词！他今天早上去了米尔考特，今晚或者明天就能回来。就因为这么个情况，你能把他从熟人名单中排除出去吗？你能否认他的存在吗？”

“不能，可是我几乎看不出罗契斯特先生跟你谈的主题有什么关系。”

“我说的是女士们在绅士们面前微笑的主题。最近有那么多微笑灌进罗契斯特先生的眼睛里，把那双眼睛弄得像两只溢出来的杯子啦。你从来没看到这个吗？”

“罗契斯特先生有权享受与宾客一起作乐。”

“他的权利当然没有问题。但是，你难道没有发觉，在这里发生的所有男女婚恋故事中，罗契斯特先生有幸获得的是最生动持久的一个？”

“听话的人热心，说话的人舌头就快。”我这话听上去不像是在对吉普赛人说，倒像是我自言自语。她的谈话蹊跷，声音古怪，举止诡谲，把我裹在一种梦幻之中了。她在嘴里说出一句又一句出乎人意料的话，最后把我包藏在一张神秘的网中。我感到奇怪，是哪一个隐身的精灵，一连几个星期坐在我的心灵旁边，望着它的活动，记录下它的每一次搏动。

“听话的人热心！”她重复道，“不错，罗契斯特先生一小时一小时地坐着，耳朵朝一对喋喋不休的漂亮嘴唇歪过去。罗契斯特先生听得那么热心，而且对这种享受满心感激。这些你注意到了吧？”

“感激？我记不得察觉到什么感激。”

“察觉！这么说，你分析过的。那么，你发现不是感激是什么？”

我什么也没说。

“你看到的是爱，对不对？你还想象到了未来，看到他们结婚，看到他的新娘生活幸福，对吧？”

“哼！才不是这样呢。你的巫术有时也不灵。”

“见鬼，那你到底看到什么啦？”

“看到什么不关你的事，我是来询问的，不是来坦白。罗契斯特先生要结婚的事情大家都知道了吗？”

“是啊，跟漂亮的英格拉姆小姐。”

“最近吗？”

“这是个很显然的结论。而且，他们无疑是幸福的一对。你似乎对此感到怀疑，你这种大胆实在该受到惩罚。他肯定爱这样一位漂亮、高贵、机智、多才多艺的小姐。也许她也爱他，就算不爱他，至少也爱他的钱包。我知道她认为罗契斯特先生的产业是最让人倾心的。不过，大约一个小时前，我告诉她一些事情，结果她的面孔变得特别严肃，嘴角撇得比平常低了半英寸——愿上帝原谅我。我真想劝劝她那个脸色黝黑的求婚者，让他留神，假如再来一位求婚者，身边带着一张更长的收租单，或者上面的租金数目更大，他就完蛋了。”

“大妈，我不是替罗契斯特先生算命来的，我来是为自己算命。可你还一点儿也没给我算呢。”

“你的命还有些疑点。我细看过你的脸，上面的一个个特征互相矛盾。我看出，命运给了你一些幸福。这一点我来这里之前就已经知道了。它小心为你保留着幸福。我看见命运这么做了，这就要靠你伸出手去，把幸福拿过来；不过，你是否会这么做，却是我正在研究的问题。过来，再跪到地毯上。”

“别让我跪得太久，炉火烤得我难受。”

我跪下来。她没有朝我俯下身来，只是靠在椅背上盯住我看。她开口喃喃地说：

“火焰在她眼睛里闪烁，像露珠一样闪闪发亮，目光温柔，充满感情，听了我的絮叨，这对眼睛发出微笑，可见容易感动，晶莹的眼球上闪过一种又一种表情，可是微笑一停，就露出悲伤的表情，眼皮不知不觉变得倦怠而沉重，这正说明了孤独引起的悒郁。两只眼睛转开了，不愿让人再细看，那一瞥似乎在嘲笑我，否认我发现的是事实。否认自己的敏感和懊丧。这种自尊和沉默只能更加证明我的看法。眼睛长得不错。

“再看看嘴巴。它在偶然感到高兴的时候会发出笑声，它喜欢把脑子里的想法倾吐出来，不过，我敢说，它很少讲出心中的感受。它好动而灵活，从来不打算在永久的沉默和孤寂中闭紧。这张嘴巴本来应该讲得更多微笑得更多，对交谈者更加富有人情味。这个器官长得也还算好。

“我看最不利于幸福的就是这个额头，这个额头似乎坦白地说：‘如果自尊心和环境需要的话，我可以独自生活。我可不出卖灵魂来换取幸福。我生来就具有一座内在的宝藏，它能让我活着，哪怕得不到任何外在的乐趣，或者这种乐趣只有用我付不起的代价才能换取。’这个前额声称：‘理智骑稳，抓紧缰绳，决不能听任感情变成一匹脱缰的野马，堕入荒谷。热情可以像异教徒那样狂放肆虐，因为它本来就是个异教徒。欲望可以想象种种得不到的东西。但是在每一场争端中，判断还是要掌握裁夺权，在每一个决议中，它都要投票表决。暴风、地震、大火都会过去，但是我要听从那解释良心命令的孱弱声音。’

“说得好，前额，你的话会受到人们尊重。我已经做出了我的计划，我认为这是个正确的计划，在这些计划中，我兼顾了良心的主张，理智的忠告。我知道，只要在幸福的杯中察觉到一点耻辱的渣滓或者一丝悔恨的苦味，青春年华会很快消逝，盛开的鲜花会很快凋零。我不要做出牺牲，不希望感到悲哀，不要求分离——这并不是我的爱好。我要的是培养，而不是损坏，希望赢得感激，不希望挤出血和泪——我的收获必须伴随着微笑，亲密和甘美，只有这样才行。我想我是在一种美妙的痴迷状态中呓语，真希望将这种状态持续永远。但是我不敢这样。迄今为止，我完全控制住了自己。我已经按照自己发誓要做的方式去扮演了。要是继续演下去。对我的力量可就是个严峻的考验了。起来吧，爱小姐，离开我。‘戏已经演完了。’[①]”

我这是在什么地方？我是醒着，还是睡着？我是在做梦吗？我现在是

① 引自莎士比亚历史剧《亨利四世）第二幕第四场。

不是还在做梦？这个老太婆的声音变了，她的口音、手势看上去那么熟悉，就像我自己在镜子里照出的影子一样熟悉，就像我自己的声音一样熟悉。我站起身，但是并不想就此走开。我看着她，拨动了一下炉火，再次看看，但是，她把帽子和帽带拉得更低些，再次挥手，要我走开。火光照亮了她伸出的手。我这时清醒了，保持着警觉，想从中有所发现。我立刻就注意到了她的手。它根本不像一个老人的手那么干枯，而更像我的手。那只手又细又软，手指光滑，指弯匀称，小指上戴着一枚宽宽的戒指，上面的宝石闪闪发光。我弯下身子，盯着看那枚戒指，结果看到的是我足足见过一百次的那颗宝石。我再次朝那张脸望去，它不但不再躲避我，反而把帽带拉开，脱掉帽子，露出脑袋。

“那么，简，你认识我吗？”那熟悉的声音问道。

“只要把红斗篷脱掉，先生，我就能……”

“可是带子打了个死结——帮帮我。”

“扯断它，先生。”

“瞧——‘去吧，你这借来的衣裳！’[①]”罗契斯特先生现出了原形。

“啊，先生，这是个多奇怪的主意呀！”

“但是演得挺成功，对不对？你觉得不是这样吗？”

“你在那些小姐面前一定演得不错。”

“在你面前演得不行？”

“你没有在我面前扮演吉普赛算命人的角色。”

“那我扮的是什么角色？我自己？”

“不。你演的是个无法理解的角色。总之，我相信你一直企图套我的话，要不就是想引诱我上当。你一直在胡说，想引我也说傻话。这可不能说是公平的，先生。”

“你能原谅我吗，简？”

“我得从头到尾考虑一遍，才能回答你。要是仔细考虑过后，发现我没有什么荒唐举止，我就会尽量原谅你。但是这样做是不对的。”

“喔！你一直是正确的，非常小心，非常有理智。”

我回想了一下，觉得总体来说，的确是这样，心里还觉得比较宽慰。实际上，我一走进来，就保持着警觉，我疑心过她是化装的。我知道吉普赛算命人说话的腔调并不像这个老太太。另外，我也听出她作假的嗓音，

---

① 引自莎士比亚的悲剧《李尔王》第三幕第四场。

和她急于掩盖自己面容的心情。但是，我在打量她的时候，心里考虑的却是那个谜中谜：格雷斯·普尔。我没想到可能是罗契斯特先生。

“好啦，”他说，“你在默默地考虑什么？你这种庄严的微笑表示的是什么？”

“表示奇怪和庆幸，先生。我想，你可以允许我离开了吧。”

“不。待一会儿。告诉我，那边起居室里，人们在做什么？”

“我想，准是在讨论吉普赛人的事。”

“坐下，坐下！让我听听他们是怎么说我的。”

“我最好还是不要久留，先生。时间都快到十一点了。对了，罗契斯特先生，你知道吗，有个陌生人自从早上你刚走就来了。”

“一个陌生人！不知道。那能是谁呢？我没想到什么人会来。他走了吗？”

“没走。他说，他认识你已经有很长时间啦，还说他要等你回来。”

“真是个魔鬼！他说了自己的名字没有？”

“他名叫梅森，是从西印度群岛来的，先生。我想是从牙买加的一个西班牙城镇来的。”

罗契斯特先生站在离我挺近的地方。他握着我的手，似乎打算要把我引到一张椅子上去。我说完这话，他紧紧抓住了我的手腕，嘴唇上的微笑凝住了，显然，一阵痉挛让他透不过气来。

“梅森！……西印度群岛！”他说道。声音机械单调，仿佛是一部机器发出的单个音节。“梅森！……西印度群岛！”他再次重复道。他把这几个音节一连说了三遍，声音越来越大，脸色变得比炉灰都白。他自己也不知道自己是在做些什么。

“你觉得不舒服吗，先生？”我问道。

“简，我受到一个打击……我受到一个打击，简！”

他的身体晃动起来。

“啊！靠着我，先生。”

“简，你以前也让我扶过你的肩膀，现在再让我扶一扶吧。”

“好的，先生，好的。还有我的胳膊。”

他坐下来，也让我坐在他身边。他用双手攥住我的手，摩挲着。他的两眼盯着我，表情极为忧郁不安。

“我的小朋友！”他说道，“我真希望在一个孤零零的小岛上，只跟你在一起，远远离开烦恼、危险和可怕的回忆。”

“我能帮助你吗，先生？我愿意献出自己的生命来，为你效劳。”

“简，假如需要的仅仅是帮助，我会向你求援的。我可以向你保证这个。”

“感谢你，先生。告诉我该怎么做吧，至少我可以尽力而为。”

“简，到餐厅去为我拿一杯酒来。他们在那儿吃晚餐，看看梅森是不是在那儿，回来告诉我。”

我去了。正如罗契斯特先生所说，那帮人正在那儿吃晚饭。可是他们不是坐在餐桌旁吃饭，饭菜都摆在橱柜上，大家选好自己喜欢的食品，手里拿着杯盘站着，随意围成一圈一圈。每个人似乎都兴高采烈，到处是欢快的笑声和谈话声。梅森先生站在靠近炉火的地方，正在跟登特上校和登特太太交谈，看上去像其他人一样快活。我斟了一杯酒。我注意到，英格拉姆小姐盯着看我的举动，也许她觉得我有点太放肆了。然后，我回到图书室。

罗契斯特先生极其苍白的脸色消失了，恢复了坚定和严峻的神色。他从我手中接过酒杯。

“祝你健康，乐于助人的精灵！”他说完把杯中物一饮而尽，将杯子递给我。“他们在做什么，简？”

“说笑，先生。”

“他们没有像是听到什么奇怪的事情那样，显得挺严肃，挺神秘吗？”

“一点也没有。他们都在作乐，玩得很开心。”

“梅森怎么样？”

“他也在笑。”

“要是这帮人联合起来，走进这屋子来，朝我吐唾沫，你会怎么办？”

“要是我有能力，就把他们从屋子里撵出去。”

他的脸上露出一丝微笑。“但是，假如我朝他们走去，他们用冷冰冰的目光看着我，带着讥讽的神色交头接耳，然后，散开，一个个离开我，你会怎么样？你也会像他们一样离开我吗？”

“我想不会的，先生。我觉得跟你待在一起更愉快。”

“是为了安慰我吗？”

“对，尽我所能安慰你。”

“要是他们禁止你跟我亲近怎么办？”

“我想不会有这样一种禁令，不过，即使有，我也不会在乎的。”

“这么说，为了我，你愿意挺身面对责难？”

“为了任何一位值得我亲近的朋友，我都肯定会这么做的。”

“现在，回到那个屋子里去，悄悄走到梅森跟前，凑近他的耳朵小声告诉他说，罗契斯特先生回来了，希望见他。把他领到这儿来。然后，你就可以走了。”

“好的，先生。”

我执行了他的命令。我从人们中间穿过去的时候，大伙儿都盯着我。我找到梅森先生，把口信告诉他，带着他走出屋子，领他走进图书室。然后我就上楼去。

夜已经很深的时候，我上床已经有一阵了，才听到客人们回到他们的房间里。我从嘈杂的人声中分辨出罗契斯特先生的声音，听到他说：“这边来，梅森，这是你的房间。”

他的声音挺欢快，愉快的声调让我放了心。我很快就入睡了。

第五章

我像往常一样，忘记拉上窗帘，也没有把窗户上的百叶窗扇合上。结果，在这个晴朗的夜空中，一轮又圆又明亮的月亮升了上来，来到正对着我这扇窗户的那部分天空，透过没有遮挡的窗玻璃俯视着我。皎洁的光芒把我唤醒了。我在沉寂的夜晚醒过来，睁大眼睛望着月亮那洁白晶莹的脸庞。它真美，可就是太肃穆了。我半欠起身子，探出胳膊，把窗帘拉上。

我的老天哪！这是一阵什么样的叫声啊！

夜晚的宁静和安息被一阵狂野、刺耳、尖厉的声音撕破了，这声音划过了整个桑菲尔德。

我的脉搏停止了。我的心脏不跳了。我伸出去的手僵住了。叫声消失后，没有再次响起。不论是什么发出这么可怕的嘶叫声，的确都没有能力很快重复一遍。哪怕安第斯山上翼展最大的秃鹫，也不可能从笼罩着它巢穴的阴霾中，一连这么叫上两声。发出这么可怕声音的东西，必须好好休息一番，才能重复嘶叫。

这叫声是从三楼上传来的。因为声音是从头顶上传过来的。对，就在我这间屋子的天花板上面——此刻我听到一阵扭打的声音，从声音上判断，是一场你死我活的搏斗。一个几乎窒息的声音嘶哑地喊道：

“救命！救命！救命！”它重复了三遍。

“难道谁也不来帮帮我吗？”那个声音再次喊道。脚的踢踏踩蹬声乱作一片的时候，我还能听见透过木质天花板和灰泥传来的声音：

“罗契斯特！罗契斯特！看在上帝分上，来呀！”

一扇屋门打开了，有人沿着过道跑过去，或者说是冲了过去。楼上多了一个人的脚发出的踢踏声。接着传来一个什么东西轰然倒下的声音，然后，又安静下来。

我浑身抖得厉害，可还是穿上衣服走出房间。已经睡着的人们全都被吓醒了，每一个房间里都响起了叫声、害怕的低语声，一扇接一扇屋门打开了，一个又一个脑袋探出来观望外面到底发生了什么事故。接着，过道里挤满了人，绅士们像女士们一样，也从床上爬了起来，嘴里喊着问："喂！怎么回事？""有人伤着了吗？""发生什么事啦？""快点上灯！""失火了吗？""有强盗吗？""我们该往哪边跑？"人们从四面八方乱哄哄地提问。要不是因为有月光，他们周围会是一团漆黑。人们跑来跑去，挤作一团，有人在哭泣，有的人绊倒在地上，混乱得简直没法说。

"见鬼！罗契斯特上哪儿去了？"登特上校喊道。"我到他床上去摸，他不在那儿。"

"在这儿，在这儿！"他大声回答道。"镇静，大家都镇静。我来了。"

罗契斯特先生手里端着一支蜡烛，从走廊尽头的一扇门里走出来。他刚刚从三楼上走下来。一位女士径直朝他跑过去，抓住他的胳膊。那是英格拉姆小姐。

"到底发生什么可怕的事情了？"她问道。"说出来！让我们马上了解最坏的事情真相！"

"但是，别把我拉倒在地，也别把我掐死，"他回答道，因为这时候，埃什顿家两位小姐也抓着他不放，两个身穿白色睡衣的寡妇像两张鼓满了风的船帆，也朝他冲去。

"什么事也没有！什么事也没有！"他叫道。"不过是在排演莎士比亚的《无事生非》罢了。女士们，快离开我，否则我就要遇上危险了。"

他看上去的确挺危险的。他的黑眼睛迸出火花。他竭力使自己镇静下来，补充说：

"一个用人做了个噩梦，如此而已。她是那种容易激动，有点神经质的类型。她准是在梦中看见鬼怪之类的东西，吓得犯病了。现在，我必须请大家回到自己屋子里，等大家都安静下来后，我才能回去照料她。先生们，行行好，为女士们做个榜样。英格拉姆小姐，我能肯定，你不至于屈服于这种无聊的恐惧吧。埃米，路易莎，像一对鸽子那样，回到自己的窝里去吧。夫人们，"他转向两位寡妇说，"你们要是继续在这寒冷的走廊里待着，肯定会着凉的。"

他就这么又是哄骗，又是命令，终于把大家都从走廊撵回各自的卧室。我用不着听命令，就像来的时候一样静悄悄地回自己的卧室去。

不过，我并不是回去上床睡觉，而是仔细地穿好了衣服。在那阵嘶喊后传来的其他声音，也许只有我一个人听到，因为那声音正好是从我的屋子上面传来的。我能肯定，那些声音可不是来自一个用人做噩梦。罗契斯特先生编造出的解释只是为了稳住客人们而已。我穿好衣服，准备应付紧急情况。我久久坐在窗前，俯视窗外月光下银白色的宁静夜景，等待着我也不知道会发生的什么事情。我觉得，在那阵奇怪的喊叫、扭打和呼喊之后，肯定会发生什么事情。

什么也没发生，寂静恢复了。这种低声谈话和活动都渐渐平息下来。大约一小时后，桑菲尔德又静谧得像沙漠一样了。看来，睡眠和夜色又重新恢复了自己的统治。这时候，月亮在西沉，即将消失。我不喜欢在寒冷和黑暗中待坐着。我想，虽然穿好了衣服，可我还是得在床上躺下。我离开窗口，穿过地毯悄悄走过去。我刚弯下身子，打算脱鞋子，就听见有人谨慎地轻轻敲了敲门。

“叫我吗？”我问道。

“你起来了吗？”那是我期待着的声音，我主人的声音。

“起来了，先生。”

“衣服穿好了吗？”

“是的。”

“那就出来吧。要轻。”

我服从了。罗契斯特先生拿着蜡烛站在走廊里。

“我需要你，”他说。“这边走，别着急，不要弄出声响来。”

我的拖鞋很薄，我可以在地席上走得像猫儿一样轻。他悄悄顺着走廊走过去，登上楼梯，在那道低矮而不祥的三楼走廊里停住脚步。我跟在他身后，这时也在他身旁停下来。

“你的屋子里有海绵吗？”他低声问道。

“有，先生。”

“你有盐——你有嗅盐吗？”

“有。”

“回去把这两样都拿来。”

我返回屋子，在洗脸架上摸索着寻找海绵，从抽屉里找那种盐。然后我重新登上三楼。他还在那儿等待着，手中拿着一把钥匙。走到一扇又小又黑的门子跟前，他把钥匙插进锁眼，停顿了一下，再次对我讲话。

“你看见血不会恶心吧？”

“我想我不会的，可我以前从来没试过。”

我回答他的话时，感到一阵毛骨悚然，不过并不感到浑身发冷，头也不晕。

“把手伸给我，”他说，“我可不能冒着让你晕倒的危险。”

我让他握住我的手指，他评论道：“又暖和，又镇定。”他扭动了门锁上的钥匙。

我面前展现出一个屋子。我记得以前看到过这个屋子，那是费尔法克斯太太带我参观这座房子的那一天，当时，屋子一边挂了帏幔，可是这天晚上，帏幔给拉到一边，后面显然有一扇门。当时，这扇门给遮住了，看不见。这扇门现在开着，里面的烛光泻到这里来。接着，我听到了里面传来号叫和扒抓的声响，跟狗打架的声音差不多。罗契斯特先生放下蜡烛，对我说：“等一等。”然后就走进里面那间屋子。他一进去，迎面就传来一阵大笑的声音，开始很响亮，最后，以格雷斯·普尔那种阴阳怪气的“哈，哈”声告终。她在那儿！他没有说话，做了一些安排。不过，我听到一个低低的声音在跟他说话。他走出来，随手把门关上。

“到这儿来，简！”他说道。我绕到一张大床的另一侧，床和完全拉上的床幔将屋子的挺大一部分都遮住了。床头摆着一张安乐椅，椅子上坐着一个男人，衣服穿得很整齐，只是没穿外套。他坐着一动不动，脑袋仰起来靠在椅背上。他闭着眼睛。罗契斯特先生把蜡烛举起来照着他，我这才从他苍白而无生气的脸上认出，他就是那个陌生人梅森。我还看到，他的衬衫一侧和一条袖子几乎完全让血浸透了。

“举着蜡烛，”罗契斯特先生说。我接过蜡烛，他去洗脸架那儿端来一盆水，对我说：“端着这个。”我照办了。他拿起海绵，在水里浸湿，把那张死人一样的面孔沾湿。他向我要了嗅盐瓶，放在那人的鼻孔跟前。不一会儿，梅森先生睁开了眼睛，呻吟着。罗契斯特先生解开这个伤员的衬衫，他的胳膊和肩膀都扎着绷带。他用海绵把流个不停的血吸干。

“我马上就要死了吗？”梅森先生喃喃地问道。

“胡扯！不会的，不过擦伤了一点儿而已。别这么没骨气，男子汉，振作起来！我现在就去给你找个外科大夫，我自己去，希望天亮的时候就能让你离开这里。简……”他接着说。

“先生？”

“我不得不把你留在这里陪着这位先生，大概得一个小时，也许得两个小时吧。他的血要是再流出来，你就照我刚才的样子给他吸干。如果他要晕倒，就把那杯水喂到他嘴边，把嗅盐放到他鼻子跟前让他闻。别找任何借口跟他交谈——理查德，要是你跟她说话，就有生命危险。张开嘴就会激动，那种危险后果我可不负责任。”

这个可怜的人又呻吟起来。他看上去仿佛动也不敢动。他不是怕死，就是害怕别的什么东西，只吓得浑身几乎瘫痪了。罗契斯特先生把已经鲜血淋漓的海绵递给我，我就照他的样子干起来。他望了我一两秒钟，然后说：“记住！不许说话。”说完，他就离开了这间屋子。听到钥匙在锁眼里咔嗒响了一声，他的脚步声越来越小，最后消失，我体验到一种奇怪的感觉。

现在我是在三楼上，被人锁在一间神秘的小房间里，夜色包围着我，我的眼前、我的手下是一张苍白的面孔和一片血淋淋的景象，一个女凶手跟我只有一门之隔。是啊——这事可真可怕——别的我还能受得了，可是一想到格雷斯·普尔会猛地撞开门子，朝我扑过来，我就吓得浑身发抖。

然而，我必须坚守岗位。我必须守望着这张死人般的面孔；看着这两片颜色发青的嘴唇，它们受到禁止讲话的命令，一动也不动；还得看着这双眼睛，它们时而闭上，时而睁开，时而扫视一下屋子，时而朝我看一眼，这是一双被恐惧惊呆了的眼睛。我必须一再把手伸进那盆血水中，擦去他胳膊上淅淅沥沥流下的血。我必须在那没有剪过烛花的暗淡烛光下做这些事，我周围越来越浓的阴影投在古老的绣花帏幔上，阴影投在那张巨大的旧床周围的床幔上，变成黑黢黢一片，阴影在对面那座大柜子的门上面怪异地抖动着，大柜子的正面有十二块嵌板，每块上面画着一个圣徒的严峻头像，在他们上面，竖着一个十字架，上面钉着垂死的基督。

随着黑影和亮光交替晃动，时而看到蓄着胡子的医生路加低下头，时而看到圣约翰的长头发在飘动，有时，又看到嵌板上浮现出犹大那魔鬼般的脸，他似乎活了过来，仿佛这个最大的叛徒要在这个形体上得到再现。

我在这个环境中，不但必须观望，而且还得倾听，仔细听着那边巢穴中的野兽或者恶魔的动静。不过，自从罗契斯特先生去过以后，它似乎被一个咒语镇住了。整整一个晚上，我只听到间隔很长的三个声音，一个是嘎吱嘎吱的脚步声，一个是再次响起的短暂号叫声，还有一个深沉的呻吟声。

接着，我自己的想法让我感到困扰。这是一种什么性质的罪行呢？它如此具体地存在于这座与世隔绝的楼房里面，房子的主人既不能把它驱逐出去，又不能将它制服。这又是个什么谜呢，时而以火的形式出现，时而又以血的形式出现。那又是个什么生命啊，伪装在一个普通女人的面孔和外表下面，有时发出魔鬼的嘲笑声，有时又发出一种可怕的嘶鸣，活像一只寻找尸肉的鹰隼发出的叫声。

我俯身照料的这个人——这个平庸安静的陌生人——怎么会落入这么一张恐怖之网呢？复仇女神为什么要对他下手呢？是什么让他在这个本该待在床上的不合时宜的时刻，到房子的这个地方来呢？我曾听见罗契斯特先生把他安排在下面那层的一个房间里，是什么把他引到这么个地方来？遭到这样的暴行和毒手，他此刻怎么如此驯服？罗契斯特先生要他掩盖事实，他怎么就这样忍气吞声呢？罗契斯特先生为什么一定要掩盖事实不可？他的客人遭到了毒手，他自己上次也险些遭到暗算，他把这两次未遂罪行都秘密掩盖起来，让它们在忘却中销声匿迹！最后，我看出，梅森先生对罗契斯特的话言听计从。罗契斯特先生的坚强意志完全能左右他的软弱无能。听了他们之间区区几句话，我就确信是这样的。显然，在他们以前的交往中，一个被动的性格已经习惯于服从另一个主动精神的影响了。既然如此，罗契斯特先生听到梅森先生到来的消息，为什么会感到那么惊慌？这个人并不抗拒，他只用了几句话，就把他安抚得像个孩子一样听话，可是罗契斯特先生听到他的名字，怎么就像一棵橡树遭到雷击一样，惊得目瞪口呆？

啊！我忘不掉他当时对我说“简，我受到一个打击……我受到一个打击，简！”的时候，他脸上的表情和他苍白的脸色。我忘不了他搭在我肩膀上的胳膊发出的是怎样的颤抖。能让费尔法克斯·罗契斯特顽强的精神屈服，让他壮健的身体发抖的，绝不是什么琐细小事。

“他什么时候才回来啊？他什么时候才回来啊？”我的内心呼唤起来。漫漫长夜似乎没有尽头，我的病人流血，呻吟，精神萎靡，不断地晕眩，可是白昼却迟迟不来，也没有人来援助。我一再将杯子凑到梅森惨白的嘴唇边，一再请他闻那提神的嗅盐，可我的努力似乎没有效果。不知是身体还是心灵方面的痛苦，或者是因为大量失血，也可能是三者加在一起的作用，总之，他迅速变得精疲力竭了。他呻吟的那么厉害，看上去那么衰弱，那么狂暴绝望，我害怕他就这么死去，可我还不能跟他说话！

蜡烛终于燃尽，熄灭了。烛光熄掉后，我看见窗帘边上有一道灰蒙蒙的光线，黎明终于来临了。不久，我听到派洛特在下面远远的狗窝里吠叫的声音。希望又来临了。这并不是没有根据的。五分钟之后，钥匙咔嗒一声，门锁打开了，这些都告诉我，我的守护结束了。我总共不过守护了两个小时，可是好像比几个星期都长。

罗契斯特先生走进来，他身后跟着请来的外科医生。

“听我说，卡特，要特别注意，”他对跟来的那人说，“我只给你半个小时，在这个时间限制内处理伤口，用绷带包扎，把病人移到楼下。”

“可是他经得起移动吗，先生？”

“这没有疑问，不是什么严重问题。他有点紧张，要让他振作起来。来，干吧。”

罗契斯特先生把厚厚的帘子拉开，把百叶窗扇推开，尽量让白昼的光线射进来。我这才为黎明早已来临感到惊讶并且感到欣喜，东方已经开始出现一道道玫瑰色的曙光。他转身朝梅森先生走过去，外科医生已经开始为梅森处置。

“我的好伙计，你怎么样？”他问道。

“我恐怕，她要了我的命，”回答十分微弱。

“绝对不会！鼓起勇气来！两个星期以后，你就恢复得一点儿毛病也没有了。你不过失了点血，如此而已。卡特，告诉他没有危险，好让他放心。”

“我可以凭良心保证这一点，”卡特说。他现在已经把旧绷带解了下来，“要是我能早点来这儿，他就不会失掉这么多血了。——这是怎么回事？肩膀上的肉不但像是割开的，而且还撕过？这伤不是刀子捅的，是用牙齿咬的？”

“她咬我，”他喃喃地说。“罗契斯特先生把刀子从她手中夺走以后，她像只母老虎一样扑到我身上又撕又咬。”

“你不该让步，你该立刻还手才对，”罗契斯特先生说。

“可是当时那种情况，我该怎么办？”梅森反驳说，“啊，太可怕了！”他哆嗦着补充说，“我没料到会是那样，刚开始她看上去那么平静。”

“我警告过你，”他的朋友回答道，“我对你说过，走近她的时候要特别当心。再说，你本来该等到明天，由我陪着去，可你偏要今晚独自去，这简直是犯傻。”

“我以为我能做点有益的事情呢。”

“你以为！你以为！不错，听你说话让我觉得不耐烦，看哪，你已经吃了苦头，不听我的话，免不了受罪。我也不多说了。卡特，快点！快点！太阳都要升起来了，我必须把他送走。”

“马上就好，先生。肩膀刚包扎好。我必须看看胳膊上那个伤口。我看，这儿也让她咬过。”

“她吸我的血，还说要吸干我的心，”梅森说。

我看见罗契斯特先生在颤抖。一种明显而怪诞的憎恶、恐怖、痛恨表情，把他的面部扭曲得变了形，可是他仅仅说道：

"好了，别说话了，理查德，别理会她那种莫名其妙的话，也不要重复它了。"

"我要是能把它忘掉就好了，"他回答说。

"你一离开这个国家，就会忘掉的。等你回到了西班牙城，你就当她已经死了，而且给埋掉了。要不就最好别想她。"

"要想忘掉这个夜晚是不可能的。"

"这并不是什么不可能的事，振作起来，男子汉。两个小时以前，你以为自己像条打上来的鲱鱼一样死了。现在你却活得好好的，还能说话。现在卡特已经给你包扎好了，要不就是快要包扎好了。我马上就能把你穿戴打扮得十分体面。简，"他回来以后第一次朝我转过身子来。"拿着这把钥匙，到我的房间去，直接走进我的更衣室，拉开衣柜最上面的一个抽屉，拿一件干净衬衫和一条领巾，拿到这儿来。动作要快。"

我去了。找着他说的那个柜子，拿到那两样东西，返回来。

"听我说，"他说，"我给他安排装束的时候，你到床的那边去，可是别离开房间，可能还需要你。"

我听从他的指示退到一边。

"简，你下去的时候，有没有人走动？"罗契斯特先生不久就向我问道。

"没有，先生。十分平静。"

"迪克，我们要把你小心地送走。这样对你好，对那边那个可怜的家伙也好。长期以来，我避免暴露，现在我也不愿意让这事暴露出来。来，卡特，帮他穿上背心。你的毛皮斗篷放在哪儿了？在这么冷的气候里，没有斗篷你连一里地都走不了。在你的屋子里？简，跑下去，到梅森先生的屋子里——就是我旁边那一间——去把那儿的一件斗篷取来。"

我再次跑下楼去，拿着那件毛皮里子，毛皮镶边的大斗篷返回来。

"现在，我再给你一个差使，"我这位不知疲倦的主人说道。"你必须再次上我的房间里去。谢天谢地，简，你脚上穿的是丝绒鞋！在这种紧要关头，叫笨手笨脚的人跑来跑去可不行。你得打开我的梳妆台中间那只抽屉，把里面的一个小药瓶和一个小玻璃杯拿来——快去！"

我快步去了又回来，把要的东西拿来。

"很好！医生，恕我冒昧自己来用药了。我自己负责。这兴奋剂是我在罗马从一个意大利江湖郎中那儿买来的。卡特，你一定会唾弃那种家伙。

这药不能滥用，但是偶然能起挺重要的作用。简，来点水。”

他把小玻璃杯递过来，我从洗脸架上拿来水瓶，倒了半杯。

“行了。现在往那个小玻璃瓶口抹上点水。”

我照他说的做了。他从里面一种紫红色的液体中量出十二滴，把杯子递给梅森。

“喝下去，理查德，它能让你增强勇气，维持一两个小时。”

“可是，它有害吗？有副作用吗？”

“喝！喝！喝！”

梅森服从了，很明显，反抗是没有用处的。这时，他已经穿好了衣服。他仍然显得很苍白，不过已不再是血迹斑斑了。他喝下那种液体后，罗契斯特让他坐了三分钟，然后扶着他的胳膊说：

“我能肯定，你现在可以站起来了。试一试吧。”

病人站起来。

“卡特，搀着他的另一条胳膊。拿出勇气来，理查德，朝前迈一步——好啊。”

“我的确觉得好多了，”梅森先生说。

“我相信你会觉得好得多。简，在我们前面走，到后楼梯去，拉开侧面走廊的门闩，叫驿车的车夫做好准备，告诉他我们马上就来。你能在院子里看到他，要不就在外面。我吩咐过他，不要在铺了石板的路面上赶他那辆辚辚作响的马车。另外，简，要是看到附近有人，就到楼梯底下咳嗽一声。”

这时候已经五点半了，太阳就要升起来。但是我发现厨房里仍然是一片黑暗，寂静无声。侧面走廊的门闩插着，我尽量轻轻地把门闩拉开。院门大开，门口停着一辆驿车，马儿都已套好，车夫坐在自己的驾车座位上。我朝他走过去，告诉他说，先生们马上就要下来。他点了点头，然后，我扭转身，仔细观望着，倾听着。一切都笼罩在清晨的寂静之中。仆人们的卧室窗户上还拉着窗帘，小鸟已经开始在开满了白花的果树中间啁啾。果树的枝条低垂在院子一侧的围墙上，像一个个花环。关在马厩里的拉车马不时跺一跺脚，除此之外，周围是一片寂静。

那几位先生们这时出现了。梅森由罗契斯特先生和那位外科医生扶着，走得还算稳当。他们把他扶上马车，卡特跟着上了车。

“好好照料他，”罗契斯特先生对卡特说。“让他在你家一直住到完全复原。我过一两天骑马过去看望。理查德，你觉得怎么样？”

“新鲜空气让我觉得爽快多了，费尔法克斯。”

“让他那边的车窗开着，卡特。现在没有风。再见，迪克。”

“费尔法克斯……”

“嗯，想说什么？”

“好好照料她，好好对待她，尽量温和些，让她……”他停了下来，哭了。

“我会尽力而为的。过去是这样，将来也一样，”他回答道，然后随手把车门关上。马车走了。

“愿上帝让这一切结束吧！”罗契斯特先生一边接着说，一边把沉重的院门关好闩上。完事后，他步履缓慢，神情恍惚地朝果园的一扇门子走去。我猜想，他已经不再需要我了，就准备回到房子里去。可是，他又叫我：“简！”他已经把那园门打开，站在那儿等着我。

“到这儿来待上一会儿，这儿有新鲜空气，”他说，“那个房子简直是座地牢。你不觉得吗？”

“我觉得它是座漂亮的宅子，先生。”

“你缺乏经验的眼睛让表面的华丽蒙住了，”他说道，“你的眼睛上蒙蔽了一层魅力的雾霭，看不出金光闪闪的只是灰泥，大理石不过是肮脏的石板，锃亮的木器无非是些朽木片和烂树皮。可是这里，”他指着我们走进的这个枝叶繁茂的园子，“一切都是真实的，甜蜜的，纯洁的。”

他沿着一条小径信步走去，那条小径一侧种着黄杨、苹果树、梨树、樱桃树，另一侧长满各种常见的花草，种着许多砧木，其中有美洲石竹、报春花、三色堇，其中夹杂着青蒿、蔷薇，以及各种香草。这是四月份的晴雨交替之间又一个晴朗的早晨，这些花草显得十分鲜艳可爱。太阳刚刚在霞光中现出自己的面孔，光芒照耀在枝叶缠绕、露珠晶莹的果树上，阳光洒在树下的平静小道上。

“简，你想要朵花儿吗？”

他摘了一朵初开的玫瑰花，把它递给我。那是玫瑰丛中绽开的第一朵。

“谢谢你，先生。”

“你喜欢这日出吗，简？喜欢天空和太阳升起就会消散的薄云吗？喜欢这宁静怡人的气氛吗？”

“喜欢，我非常喜欢。”

“简，你度过了一个奇怪的夜晚。”

“是的，先生。”

“你的脸色显得苍白。我把你单独留下来照看梅森的时候，你害怕吗？”

“我害怕的是有个人可能从里面那扇门里冲出来。”

“但是我已经把那扇门锁上了。钥匙在我口袋里。要是我把羊羔——我心爱的羊羔——留在离狼那么近的地方，而且不加防范，那我就是个粗心的牧羊人。你当时是安全的。”

“先生，格雷斯·普尔还要继续住在这儿吗？”

“啊，是的！别为她伤你的脑筋了，把这事忘掉吧。”

“可是我觉得，只要她在这儿，你的生命就不安全。”

“别担心，我会照料我自己的。”

“你昨夜担心的危险已经过去了吗，先生？”

“梅森离开英国以前，我还不敢确定，即使他离开了，我也说不准。对我来说，简，活着就是站在火山口上，它随便哪一天都可能裂开，喷出火来。”

“但是梅森先生似乎很容易听人摆布的。你的影响显然能左右他的行动。他决不会对抗你，也不会故意伤害你。”

“当然不会！梅森不会跟我对抗的。就是伤害了我，他自己也意识不到。不过，他可能在无意中说出一句不小心的话，即使不能夺取我的生命，也会把我的幸福彻底葬送掉。”

“告诉他小心些就是了，先生。告诉他你害怕的是什么，让他明白该怎么避免这些危险。”

他带有讽刺意味地笑了一声，匆匆抓住我的手，然后迅速放开。

“小笨蛋，我要是能那么做，那还有什么危险？只消片刻工夫就做好了。自从我认识梅森以来，我只要对他说‘做那件事，’那件事立刻就做好了。可是在这件事情上，我不能向他下命令。我不能说‘注意别伤害我，理查德’，因为我不能让他知道，他可能伤害我。现在，你看起来迷惑了，可我还要让你更加迷惑。你是我的小朋友，不是吗？”

“我喜欢为你效劳，先生，并且愿意服从你做一切正当的事情。”

“的确如此，我目睹了你做的一切。当你为我帮忙，让我得到高兴的时候——当你做那些被你叫作‘一切正当的事情，为我工作，与我一起工作时，我从你的步态、神色、眼睛和面部表情上看到了真正的满意。因为，假如我逼着你干你认为不正当的事情，你就不会跑得那么轻松，你的动作也不会那么敏捷灵巧。眼神也不会那么活泼，表情也不会那么生气勃勃。我的小朋友会将苍白的面孔转向我，平静地对我说：‘不，先生，那是不可能的。我不能这么做，因为这是错误的。’而且还会变得像一颗恒星那样不可动摇。是啊，你也具有支配我的力量，而且能伤害我。但是我不敢向你暴露我什么地方容易受伤，否则即使你是如此忠实而友好，你也可能马上把我刺穿的。”

“先生，要是你对梅森先生的恐惧并没有超过对我的担忧，那么你是安全的。”

“上帝保佑，但愿果真如此！简，这儿有个凉亭，坐下吧。”

凉亭是个砌成的拱形结构，里面爬满了藤萝，里面摆着一张用带皮树枝做的凳子。罗契斯特先生在上面坐下来，不过，他空出个地方让我坐。我没坐，站在他对面。

“坐吧，”他说道，“这凳子挺长，足够两个人坐的。靠着我坐下来，你不会觉得不好意思吧？这难道不对吗，简？”

我觉得，拒绝是不明智的，便在他身旁坐下来。

“听我说，我的小朋友，现在太阳正在喝着花草上的露水，这个老花园里的花儿正在醒来，舒展开它们的花瓣，鸟儿正在从那片荆棘地为它们的幼雏衔来早餐，早早起床的蜜蜂正忙着做这天的头班工作，而我呢，要给你讲一件事情，你必须把这事假设成自己的事，不过，首先，你得看着我，告诉我说，你觉得很舒适，并不担心我要你留在这里是不对的，也不害怕自己待在这里可能是错误的。”

“不是这样的，先生。我很满意。”

“好吧，简，让你的想象帮助你吧，假设你不是个很有教养，很懂规矩的姑娘，而是个从小放纵任性的野小子；再想象你是在一个遥远的陌生国度，在那儿犯了个大错，不管它属于什么性质，或者出于什么样的动机。但是，这个错误的后果却要伴随你一生，而且要玷污你的整个生活。要注意，我说的不是一桩罪行，我并不是指流血或犯罪行为，那种罪会让犯罪者受到法律制裁的。我说的是一个错误。你渐渐觉得，自己所做的事所造成的后果，是完全无法忍受的，你便采取措施来获得解脱，采取的是非同寻常的措施，但既不违法，也不犯罪。然而，你仍旧感到痛苦，因为在你的生活圈子内，希望将你抛弃了。你的太阳即使在中午，也像日食时一样暗淡，你觉得在太阳落下之前无法摆脱这种暗淡。内心的苦痛和卑贱的联想便是你回忆中的唯一营养。你四处流浪，在远离故乡的远方寻求安宁，在寻欢作乐中得到幸福——我指的是那种没有感情，只有肉欲的寻欢作乐——这种行为让你智力迟钝，感情枯萎。你自暴自弃放荡多年后，心神疲惫不堪，可是回到家中却遇到一个新朋友。至于是怎样遇到的，在哪儿遇到的，并没有什么关系。你在这个陌生人的身上发现了许多光彩照人的优秀品质，这些品质是你二十年来所渴望遇到，却从来没有遇到过。它们是那样的新鲜、健康、丝毫没有受到玷污和腐败。这样的友谊能使人恢复生机，你感到美好的日子重新回到了你的身边，你产生了美好的愿望，萌发出纯洁的感情，你渴望重新开始生活，希望在你的余生中过得有价值，使它能够配得上一个不朽的灵魂。为了达到这个目的，你是否有理由逾越世俗的障碍？因为那是个既不被你的良心认可，也不为你的理智所赞同的障碍。"

他停下来，等待我的回答。可我该说什么呢？啊，但愿善良的神明能启示我一个明智而满意的回答！但是这个愿望纯属徒然！西风在我周围的藤萝间低语，然而却没有温和的小精灵借助它的声音来传递话语。鸟儿在树梢间歌唱，可是，它们的歌声尽管婉转，却无法让人听懂。

罗契斯特先生再次提出问题。

"这个曾经四处流浪、犯过大错的人，如今心中充满忏悔之意，要寻求安宁。为了让这个温柔、文雅、和蔼的陌生人永远与他生活在一起，好得到他自己心灵的宁静和生活的再生，他敢于向世俗的舆论挑战。这样做对不对呢？"

"先生，"我回答道，"一个流浪者追求安宁，或者一个犯过大错的人悔过自新，绝对不应该依赖别人。不论男人还是女人，都会死去。哲学家的智慧也会出纰漏，基督徒的慈悲也不可能始终如一。要是你认识的什么人遭受过痛苦，或者犯过错误，那就让他到比他的同类更高的境界中去寻求力量，得到补救；寻求安慰，以图治疗吧。"

"但是途径呢——途径！做这种事情上帝要指定途径的。我说上面那番话并不是打比方，我自己就是个观念世俗，行为浪荡，思想不稳定的人。我相信自己已经找到了治疗我的途径，那是……"

他停下来。周围的鸟儿继续歌唱，树叶继续沙沙作响。我几乎感到奇怪，它们怎么就不停下歌唱和低语，来倾听贯穿在这暂时静谧中的启示。不过，要是那样的话，它们就得等待很长时间——那阵沉默持续得那么久。最后，我抬起头，望着那个说话迟疑的人，他也正热切地看着我。

"小朋友，"他说。他的声音完全变了，面容也变了，原来的温柔和严肃消失得无影无踪，声音变得粗暴，充满了讥讽。"你注意到我对英格拉姆小姐的爱恋了吧。你不认为，要是我跟她结婚，她会让我的生活彻底变个样子吗？”

他突然站起来，走到小径的另一头，走回来的时候，嘴里哼着一支曲子。

“简，简，”他在我面前停下脚步说道，“你熬夜熬得脸都苍白了，你不会为我打扰了你的休息骂我吧？”

“骂你？不会，先生”

“来，握握手表示没说假话。多冷的手指！昨夜在那扇神秘的门前，我接触到它的时候，手指可比现在暖和。简，你什么时候再跟我守望？”

“不论什么时候，只要用得着我，先生。”

“比方说，我结婚的前夜？我相信，到时候我准睡不着觉。你能答应坐着陪我吗？我可以跟你谈我喜欢的人，因为现在你已经见过她，而且认识她了。”

“是的，先生。”

“她是个少见的美人，不是吗，简？”

“是的，先生。”

“简，她身材颀长，真是个颀长身材的姑娘，个子高大，肤色棕黄，健康而漂亮，头发黑得像迦太基的女人们一样。哎呀！登特和林恩在马厩里呢！你沿着灌木丛，走小门进去吧。”

我走一条路，他走另一条。我听见他在院子里欢快地招呼道：

“今天早上梅森比大家起得都早，日出前他就走了。我四点钟就起来为他送行。”

第六章

预感是些奇怪的东西！心灵感应和征兆也是这样。这三者结合就构成一个谜，至于解谜的钥匙，人类至今还没有发现。我一生从来不嘲笑预感，因为我自己就有过奇怪的预感。我相信，心灵感应也是存在的，譬如，相隔很远，久不相见，完全生疏的亲属们，尽管身体疏远，然而，追根溯源，心灵却知道本是同根所生。它的作用超出了凡人的理解范围。至于征兆，就我们所知，也许是大自然与人之间的心灵感应吧。

当我还是个只有六岁的小姑娘时，一天晚上，我听到贝西·利文对玛莎·阿博特说，她梦见一个小孩子，还说，梦见小孩子，就肯定预兆着自己或者亲戚遇上麻烦了。这个说法本来可能早就被我遗忘了，但是，后来发生的事情却让它永远铭记在了我的心中，第二天，贝西被人叫回家去，给自己临终的小妹妹送终。

最近，我常常回想起这个说法和这件事情。因为在过去一个星期中，我几乎没有哪天晚上睡觉的时候，不梦见一个婴儿。有时候我抱着哄他，想让他安静下来，有时候我让他坐在我腿上，上下颠，有时候，我看着他在草坪上玩雏菊，要不就是看着他把手放在流动的水中玩耍。某一天夜里，孩子哭得要死，另一天夜里，他又乐得发疯；有时，他紧紧偎依在我身旁，有时，他又跑开，远远离开我。不过，不论他是什么长相，什么脾气，一连七个夜晚，只要我一进入梦乡，他准来迎接我。

我可不喜欢这同一个概念一再重复，讨厌这同一个形象的滑稽再现。每到临近睡觉时间，随着出现幻象的时刻逼近，我就变得紧张起来。在一个月明之夜，我正在与那个孩子的幻象做伴，忽而一阵哭叫声把我惊醒了。第二天下午有人来叫我下楼去，说是在费尔法克斯太太屋里，有人找我。我走到那里，发现一个男人在等我。他外表看上去像绅士的仆人，身着重孝，托在手里的帽子上缠着黑纱。

“我看，你也许不大记得我了，小姐，”我进去的时候，他站起身来说。“我姓利文。八九年前你住在盖茨海德的时候，我住在那儿，给里德太太当马车夫。现在我还住在那儿。”

“啊！是罗伯特！你好！我清清楚楚记得你。你以前有时候让我骑乔治亚娜的那匹栗色小马。贝西好吗？你跟贝西结了婚吧？”

“是的小姐，我媳妇身子骨很结实，谢谢你。她两个月前又给我生了个娃娃，我们现在有三个了，母子都挺结实的。”

“罗伯特，府上的人都好吗？”

“实在可惜，我没给你带来好消息，小姐。眼下他们都很糟，遭了大难。”

“我希望没有什么去世吧，”我朝他的黑色衣饰扫了一眼，说。他也朝缠在帽子上的黑纱望了一眼，回答说：

“约翰先生在他伦敦的住处去世了，昨天都满一星期了。”

“约翰先生？”

“可不是嘛。”

“他母亲可怎么受得了这个啊？”

“你知道的，爱小姐，这可不是一般的不幸，他一向生活放荡，最后这三年，他实在太荒唐了。他的死让人吃惊。”

“我听贝西说过，他干得不好。”

“他还能干好！糟得都不能再糟了。他在最坏的男女中间厮混，把身体和产业都给毁了，欠了债，进了牢房。她妈妈两次把他弄出来，可他一出来就又去找那帮老伙伴，恢复了坏习惯。他的脑子不聪明，跟他住在一块儿的那帮流氓骗了他，用的手段可是我从来没听说过的。大约三个星期以前，他来盖茨海德，要太太把全部家产都给他。太太不给，她的财产早就让他挥霍了大半。后来，他就走了。接下来的消息就是他死了。他是怎么死的，只有上帝知道！他们说，他是自杀的。”

我默不作声。这个突如其来的消息可真是太可怕了。罗伯特·利文接着说：

“太太身体不好已经有挺长时间了。她块头挺大，其实不结实。因为损失了许多钱，加上害怕贫困，结果她的身体完全垮掉了。约翰先生去世的消息来得那么突然，她一听就得了中风。她三天没说过话，到了上了礼拜二，她看上去好多了，似乎想说点什么，就不断地朝我媳妇比画，嘴里嘟囔个没完。可是直到昨天上午，贝西才听懂她说的是你的名字，最后，她听出这样的话：‘找简——带简·爱来。我要跟她说话。’贝西不能肯定她的脑子是不是正常，也不知道她这话是什么意思，于是就把这话告诉里德小姐和乔治亚娜小姐，劝她们派人找你。起初，两个小姐不理会，可她们的母亲变得烦躁不安，嘴里一再说：‘简，简，’她们这才同意。我昨天离开盖茨海德。小姐，要是你能准备好，我明天一早就带你回去。”

“好，罗伯特，我会准备好的，我看，我应该去。”

“我也是这么想的，小姐。贝西说，她能肯定你不会拒绝。不过，我想，你得先请假才能走吧？”

“是啊，我这就去请假，”我带他走进用人的餐厅，把他托付给约翰夫妇俩照料，我就去找罗契斯特先生。

他不在楼下的任何一个房间里，不在庭院里，也不在马厩里。我问费尔法克斯太太是不是见到过他，她说见过。她相信他是在跟英格拉姆小姐打台球。我急忙走向台球室，里面传来一片台球的碰撞声和嗡嗡的人声，只见罗契斯特先生、英格拉姆小姐、两位埃什顿小姐和她们的崇拜者都在里面忙着打球。要上前打扰这么一群兴致勃勃的人，可是需要一些勇气的。然而我的使命不允许我耽搁，于是我便径直朝我的主人走过去。他正站在英格拉姆小姐旁边。我走近的时候，她扭过头来，傲慢地望着我，那眼神似乎在问：“这个鬼鬼祟祟溜进来的家伙想干吗？”我压低声音叫道：“罗契斯特先生，”她听见后做了个手势，仿佛想把我赶走。我直到现在还能记得起她当时的样子，她的外表非常优雅，穿着十分动目，她身上穿一件天蓝色绉纱晨袍，头上用一条湛蓝色的长纱巾缠住长发。她打球正在兴头上，虽然受到打扰感到恼火，可是，一张骄傲的面孔上，生动的表情并没有丝毫减弱。

“那个人是要找你吗？”她问罗契斯特，罗契斯特先生便转过身，看“那个人”指的是谁。他扮了个古怪的鬼脸，那是他的一种奇怪而暧昧的表示。他扔下球棒，跟我走出来。

“什么事，简？”他把教室门闭住，身子靠在上面。

“我要请一两个星期的假，希望你能批准。”

“做什么？要上哪儿去？”

“去看一个生病的太太。她派人来找我。”

“什么生病的太太？她住在哪儿？”

“住在 × 郡的盖茨海德。”

“× 郡？那可有一百里路呢！她是个什么人，叫人走这么远去看她？”

“先生，她姓里德，里德太太。”

“盖茨海德的里德？盖茨海德是有过一个里德，那是个地方长官。”

“先生，她就是他的寡妇。”

“你跟她是什么关系？怎么认识她的？”

“里德先生是我舅舅，我母亲的哥哥。”

“真没想到，他是你舅舅！你以前怎么不跟我说，你总是说你没有亲戚。”

“的确没有一个愿意认我的亲戚，先生。里德先生去世了，他妻子把我撵出了家门。”

“为什么？”

“因为我穷，是个累赘，她讨厌我。”

“可是里德有孩子吧？你一定有表兄妹吧？昨天，乔治，林恩还谈起过盖茨海德的里德。他说，那个里德是城里最地道的无赖。英格拉姆也谈起过那儿的一个乔治亚娜·里德，说是在前一两个社交聚会中，她在伦敦大受崇拜。”

“先生，约翰·里德也死了。他把自己给毁了，也把他的家庭毁了大半，据人们猜测，他是自杀身亡的。他妈妈听了这消息受惊不小，中了风。”

“你去对她有什么用处呢？毫无意义，简！我可绝对不会跑上一百里路去看个垂死的老太太，说不定不等你到那儿，她就已经死了。另外，你说过，把你撵出家门的可是她啊。”

“是的，先生。可那是很久以前的事情了。她那时的情况完全不同。现在我要是不顾她的愿望，就会觉得良心不安的。”

"你要在那儿待多久？”

“尽可能短些，先生。”

“向我保证只待一个星期……”

“我最好别许下诺言，否则不免食言。”

“你无论如何要回来，你不至于听了她的什么借口，就跟她住在一起吧？”

“噢，不会！事情办好，我一定回来。”

“谁跟你一起去？你不是独自走一百里路吧？”

“不是的。她派马车夫来了。”

“人可靠吗？”

“可靠，先生。他在那家干活已经有十年了。”

罗契斯特先生考虑了一下。“你打算什么时候走？”

“明天一早，先生。”

“好吧，你得带点钱。旅行不带钱可不行。我看你没有多少了，我还没付过你薪水呢。你到底有多少钱？简？”

我掏出钱包，钱包挺瘪。“五先令，先生。”他把钱包拿去，把里面的钱倒在手掌上，望着那钱哧哧地笑起来，仿佛看到钱那么少有什么可笑似的。他立刻把皮夹子掏出来，“给你，”他说着递给我一张钞票，是一张五十镑的，可他只欠我十五镑。我告诉他说，我没钱找。

“我不要你找，你知道的。收下你的薪水吧。”

我拒绝接受超过我该得到的部分。他先是有点不高兴，接着，仿佛想起什么似的，说：

“好吧，好吧！最好不要现在全部给你。要是你有了五十镑，说不定会走上三个月呢。给你十镑，够用吗？”

“够了。先生，可你现在还欠我五镑。”

“那就回来再拿。你在我这儿还存着四十镑。”

“罗契斯特先生，趁这个机会，我想跟你谈一件正事。”

“一件正事？我倒挺想听听。”

“你事实上已经通知了我，你不久便要结婚，对吗？”

“对。那又怎么样？”

“那样的话，先生，阿黛勒就应当上学校去。我相信，你会意识到有必要这么做。”

“让她给我的新娘腾开道，免得她从她身上重重踩过去。这个建议无疑是有点道理的。正如你说的，阿黛勒必须上学，而你，当然必须直接——见鬼！”

“我也不希望这样，先生。但是我必须在别处另谋一个职位。”

“在适当的时候！”他带着浓重的鼻音说道，说完还扮了个难看的鬼脸。他盯着我望了几分钟。

“我猜想，你会求里德老太太，或者求两位里德小姐帮你找个职位吧？”

“不，先生。我跟我的亲戚们，关系可没有好到能请他们帮我什么忙的地步——我要登个广告。”

“你简直要登上埃及的金字塔了！”他咆哮道。“你登广告会冒风险的！要是我只给了你一镑而不是十镑就好了。拿九镑给我，简。我要用的。”

“我也要用啊，先生，”我反驳道，一边把手和钱包都藏到身后，“我无论如何不能没有钱的。”

“小吝啬鬼！”他说道，“跟你要点钱都不肯给！给我五镑，简。”

“五先令也不给，先生。五便士也不给。”

“那就让我看一看你的钱好了。”

“不，先生。不相信你。”

“简！”

“先生？”

“向我保证一件事。”

“我只能向你保证我能做到的事情。”

“别做广告。把找职位的事交给我吧。我到时候会替你找个工作的。”

“我高兴许诺，先生。不过，作为回报，你也要保证，在你的新娘进门之前，让我和阿黛勒都平安地离开这里。”

“很好！很好！这一点我能发誓。那么你明天要走？”

“是的，先生，一早就走。”

“晚饭后，你到起居室来吗？”

“不，先生。我得为旅行做点准备。”

“这么说，你要跟我暂时告别了？”

“我想是的，先生。”

“人们一般是怎么举行告别仪式的，简？教教我。我不会做这种事。”

“人们会说声‘再会’；要不就用他们喜欢的其他形式。”

“那就说吧。”

“再会，罗契斯特先生，暂时告别。”

“我该怎么说？”

“要是你喜欢，先生，也这么说好了。”

“再会，爱小姐，暂时告别。这就完了？”

“是啊。”

“照我看，这种方式可显得有点干巴巴的，不友好。除了这个仪式，我还想要点别的。比如说，握握手，不——那也不够，不能让人满意。这么说，你除了说再会，就不打算再做点别的了，简？”

“这就足够了，先生。一句真心话可以包含很多意思，胜似说许多话。”

“很可能是这样的。但是只说一句‘再会’可太空洞冷淡了。”

我自忖道：“他打算靠着那扇门站多久啊？我得收拾行李了。”晚饭铃响了，他连忙跑开，一个字也没再多说。那天我没有再见到他，第二天他还没有起床，我就出发了。

五月一日下午五点钟左右，我到了盖茨海德的门房前面。到宅子去之前我先走进门房。门房里非常干净整洁，装饰窗上挂着白色的小窗帘，地板上没有污迹，炉栅和炉具擦得锃亮，明亮的炉火烧得正旺。贝西坐在壁炉前，正给初生的婴儿喂奶，小罗伯特和他妹妹在屋子一角平静地玩耍。

“上帝祝福你！我知道你会来的！”我进门的时候，利文太太欢呼起来。

“是啊，贝西，”我跟她吻过之后说道。“我希望没有来迟吧。里德太太怎么样？我想她还活着吧？”

“是的，她活着。比前两天神志清醒些，也安定些了。大夫说，她还能维持上一两个星期，可是不能恢复健康了。”

“她最近提到过我吗？”

“她今天早上还说起过你，希望你能来。不过，她现在睡着了，我十分钟前上楼的时候，她正睡着呢。她一般整个下午都要昏睡，晚上六七点钟醒来。小姐，你在这儿休息上一个钟头，然后我陪你上去，好吗？”

这时罗伯特走进屋来，贝西把已经睡着的孩子放进摇篮里，走上前去迎接他。随后，她一定要我宽衣脱帽，喝点茶，因为她说。我的脸色苍白，样子显得很疲倦。我欣然接受了她的好意招待，顺从地任她为我脱下旅行装，就像小时候让她给我脱衣服一样。

我望着她来回奔忙——取出茶盘，摆上她最好的瓷器，切面包黄油，烘烤糕饼，不时朝儿子罗伯特或女儿简身上打一下，或者推一把，就像以前对我的动作一样——看了这一切，往事一下子涌上我的心头。贝西仍然保持着她那轻盈的步态、漂亮的容貌，也还是原来那副急躁的脾气。

茶点准备好了，我便打算起身朝桌子走去，可是她要我坐着别动，用的仍然是从前那种命令口吻。她说，她要为我端到炉火跟前来。她在我面前摆了一张小圆桌，上面摆好我的杯子和一碟面包片。完全像是从前偷偷拿来好吃的东西，摆在婴儿室的椅子上让我享用一样。我也像过去那样对她微笑致谢，服从了她。

她问我在桑菲尔德过得是不是愉快，女主人是个怎样的人，我告诉她说，那儿只有个男主人，她就问，他是不是个体面的好人，我是不是喜欢他。我告诉她说，他是个挺丑的人，不过完全是一副绅士风度，还说他待我很好，我觉得满意。然后，我就向她描绘了最近住在桑菲尔德的那帮欢乐的人们。贝西兴致勃勃地听着各种细节，那正是她特别喜欢听的。

这么谈着，一个小时马上就过去了。贝西给我戴上帽子，穿戴起来，陪着我离开门房，朝那宅子走去。将近九年以前，我就是由她陪着走这条路离开这所房子，而现在又沿着同一条路走向这房子。那是一月份一个黑黢黢、雾蒙蒙的寒冷早晨，我离开这所有敌意的房子时，心里满怀绝望和痛苦，有一种被放逐和抛弃的感觉，然后去那个从未探索过的目的地去寻求那寒冷的栖身之所。这所同样富有敌意的房子再次出现在我的面前，我的前途仍然值得怀疑，我的心仍然在疼痛，我仍然觉得自己是这个地球上的探索者。然而，我对自己和自己的力量有了更坚定的信心，对于压迫也不再心生畏惧。冤屈在我心灵造成的伤口已经愈合，怨恨的火焰也已熄灭。

“你得先去早餐室，”贝西说。她走在我前面穿过大厅，“两位小姐都在那儿。”

我走进那间屋子。里面的每一件家具都是原来的样子，跟我第一次见到布罗克赫斯特先生那天早上时的摆设完全一样。他的脚踩过的地毯仍然铺在壁炉前。我朝书架扫视了一眼，还能从中分辨出那两本比伊克的《英国鸟类史》，它们仍旧摆在第三层上的老地方，我认出了摆在那上面一层的《格利佛游记》和《一千零一夜》。无生命的东西都没有发生变化，然而有生命的东西却变得面目全非了。

两位年轻小姐出现在我的面前，一个长得很高，几乎有英格拉姆小姐那么高，而且非常瘦，面色发黄，神态严肃。她的样子有点像个禁欲主义者，她身上穿的衣服更让人加深了这种印象：她穿着下摆样式单调的黑呢子长衣服，戴着浆过的亚麻布领子，头发从两鬓梳向脑后，脖子上还戴着修女用的念珠和一个十字架。我相信，这肯定就是伊莱扎，不过从她拉长的面孔和没有血色的容貌上，丝毫也找不到从前的影子。

另一位当然是乔治亚娜了，不过不是我记忆中的那个乔治亚娜——她已经不再是那个身材苗条漂亮得像仙女一般的十一岁姑娘了。出现在我面前的这一位是个体态丰满，相当胖的少女，漂亮得像蜡人似的。她的五官漂亮而端正，蓝色的眼睛脉脉含情，金黄色的头发梳成发卷，衣服虽然是黑色却飘逸合身。那衣服看上去与她姐姐的截然不同。她姐姐看上去像个清教徒，可是她就显得十分时髦。

两个姐妹各继承了母亲的一个特征——而且仅仅有一个：孱弱苍白的大女儿继承了母亲烟水晶般的黄褐色眼睛；鲜花般娇妍的小女儿继承了母亲的下颚和下巴——也许比她母亲稍显得温和些，但是仍然让容貌增加了一种无法描绘的严厉。要不是这样的话，那容貌可算得上如花似玉，娇艳非凡了。

我走上前去，两位小姐都起身表示欢迎，而且两人都称呼我“爱小姐。”

伊莱扎的招呼短促而突然，脸上不带笑容，说完就重新坐下，眼睛盯着炉火，仿佛已经把我忘记了。乔治亚娜除了说“你好”之外，还拖长声调，加了几句寒暄，并且问候我旅途上的情况，一边说还一边用眼角从头到脚打量我。她的目光时而掠过我那件淡褐色的美利奴呢大衣的褶裥，时而落在我那顶土里土气的帽子饰边上。年轻小姐们有一种奇怪的方式，她们不必讲出口，就能让你知道她们认为你是个怪物。用不着粗鲁的行动和话语，某种傲慢的神情，冷淡的态度，冷漠的语调，就足以表达出她们在这方面的感情。

然而，不论是明嘲还是暗讽，此时都不再具有以前那种力量了。我坐在两位表姐中间，尽管我受到其中一位的怠慢，受到另一位半带讥讽的殷勤，可我却惊讶地发现，我保持了平静，显得泰然自若。伊莱扎并没有让我产生难堪的感觉，乔治亚娜也没能让我生气。当时的情况是，我有其他事情需要考虑。在过去几个月中，我心里被唤起的感情，比她们这种不敬所能引起的感情要强烈得多，我心中剧烈的痛苦和深沉的欢乐远不是她们所能施加给我的。所以，她们的神气不论好坏都引不起我的注意。

“里德太太好吗？”我立刻问道。然后镇静地看着乔治亚娜。她仿佛听到一句放肆的话，感到出乎意料，认为有必要对这种直呼名字的称呼表示愤怒才对。

“里德太太？啊！你是说妈妈吧。她身体很不好。我说不准你今晚是不是能见她。”

我说：“假如你能上楼去告诉她说，我来了，我将十分感激。”

乔治亚娜听了这话，惊得险些跳起来，把蓝色的眼睛睁得越来越大。

“我知道她特别希望见到我，”我补充说，“除非有绝对必要的原因，否则我要去听听她的愿望，而不愿再多耽搁。”

“妈妈不愿意有人晚上打扰她，”伊莱扎说。我马上站起身来，没有等人关照就平静地脱掉帽子和手套，说要出去到厨房找贝西，请她问问里德太太今晚是否愿意见我。我出去找到贝西，打发她去替我询问，我开始着手采取进一步行动。在这以前，我一向习惯于在傲慢面前退缩。要是这事发生在一年前，我受到这样的接待，准会下决心第二天早上就离开盖茨海德，可是现在，我立刻就看出，那是个愚蠢的计划。我已经赶了一百里路，来这里看舅妈，我必须在这儿住下来，等她有所好转——或者等她去世。至于她的女儿们的傲慢或者愚昧，我只能撇在一边不予理会。这事必须由我自己拿主意。所以，我就找到管家，要她带我去一个房间，告诉她说我或许要在这里住上一两个星期，让她叫人把我的箱子搬进屋子去，我自己跟着去。在楼梯转弯的平地上我见到了贝西。

“太太醒着呢，”她说道。“我告诉她说你来了。来，咱们看看她是不是还认得你。”

我用不着别人带，也能走进那个熟悉的房间。以前，我常常被叫到那里受罚，或者挨骂。我匆匆抢到贝西前面，轻轻打开门，桌子上亮着的一盏灯上罩着灯罩，这时天色已经渐渐晚了。屋里还是像以前那样，摆着有四根柱子的大床，周围挂着琥珀色的帏幔。梳妆台、扶手椅、脚凳也还在老地方，我以前曾经在这只脚凳旁边被罚跪过上百次，并且请求宽恕我并没有犯过的错误。我朝屋子的一角望去，心里还认为能看到以前害怕过的鞭子那纤细的形状；过去它常常躲在那里，像个小鬼一样等着要扑出来，抽打我颤抖的手掌和畏缩的脖子。我走近大床，撩开帏幔，朝堆得挺高的枕头俯下身去。

里德太太的那张面孔我记得清清楚楚，我急切地在她的脸上寻找过去那熟悉的形象。时间平息了我复仇的渴望，压制了我愤怒和厌恶的冲动，这对我来说是件愉快的事情。我是在憎恨和痛苦的心情中离开这个女人的，现在回来，却只有对她的垂死病痛感到同情，心中强烈渴望忘却并原谅她过去对我的一切伤害，渴望能与她讲和，亲切地握握手。

那张熟悉的面孔就在这儿，像以前一样严酷无情，还有她那双任何东西都不能软化的独特眼睛。她那两道专横暴虐的眉毛微微竖了起来。这张面孔以前曾经有多少次朝我投来恐吓与仇恨啊！如今，我望着它严厉的轮廓，童年时代的恐惧和悲伤回忆又骤然涌上心头。然而，我还是弯下腰吻了她一下。她朝我看了看。

“这是简·爱吗？”她问道。

“是的，里德舅妈。你好吗，亲爱的舅妈？”

我曾经发誓再也不叫她舅妈，可我现在认为违背这个誓言并不是个罪过。我紧紧握住她搁在被子外面的手，假如她在此刻能握一握我的手，我一定会体验到真正的喜悦。但是，冷漠的天性并不能很快变得柔和起来，根深蒂固的反感也不可能顿时便消除。里德太太把手抽走，把脸扭开不看我，寒暄说：晚上挺暖和。她再次这样冷冰冰地对待我，我马上就感到，她对我的看法——她对我的感情——并没有改变，不可能改变。我从她石头般冷酷的眼睛里看出，温柔不能使她感动，泪水不能让她溶解，她到死也不会改变对我的看法，因为，相信我是好的，对她只能是一种屈辱，而不能让她感到真正的喜悦。

我感到痛苦，继而变成了愤怒，最后我下决心要征服她——不管她的性格和意志如何，我要做她的主人。我的眼泪像童年时那样涌了出来。我命令它们忍住。我把一张椅子搬到床跟前，坐下来向枕头俯过身去。

“你派人叫我，”我说道，“我来了，而且我想住下，看看你的病情。”

“喔，可不是吗！你见到我的女儿们了吗？”

“见到了。”

“好吧，你可以告诉她们说，我希望你住下来，我要把心里的几件事好好跟你谈一谈。今晚时间不早了，要我把这些事情想起来也很吃力。但是我有几件事情想说的……让我想想……”

她游移的眼神和不同的语调，说明原本健壮的身体受到过怎样的摧残。她不安地辗转着，把被子拉过来裹住身子，我的胳膊肘正好支在被子一角上，把它压住了，她马上变得恼怒起来。

“坐直了！”她说，“别抓住被子惹我生气——你是简·爱吗？”

“我是简·爱。”

“那个孩子给我添的麻烦，多得让人无法相信。把这么一个累赘丢给我，每日每时都惹我生气。她性格古怪，脾气暴躁，无时无刻不在鬼鬼祟祟盯着偷看别人的行动！我要说，她有一次对我说话的时候，像是发了疯，简直变成个恶魔了。没有哪个孩子像她那样说过话，也没见过哪个孩子有过她那种表情。我很高兴把她撵出了这个家。他们在劳渥德怎么对待她的？那儿流行过伤寒，许多孩子死了，可她却没死。我对自己说，她已经死了——我真希望她已经死了。”

“真是个奇怪的愿望啊，里德太太。你为什么要这么恨她呢？”

“我从前就一直讨厌她母亲，因为她是我丈夫唯一的妹妹，而且他特别喜欢她。她下嫁了个穷人，家里跟她断绝关系，可他却反对家里的这个做法。她的死讯传来的时候，他哭得像个傻瓜一样，虽然我恳求他，宁可出钱让她在奶妈家长大，可他硬要派人去把她的娃娃领来抚养。那孩子让我看第一眼心里就满是憎恨——那是个又瘦又小的东西，病恹恹的，啼哭个不停。她能在摇篮里整夜地哭，不是像其他孩子那样大声哭个痛快，而是连续呜咽，哀号。里德可怜她，像对待自家孩子一样看护她，实际上，他自己的孩子在这么大的时候，他也没这么看护过。他想要我的孩子跟这个穷叫花子友好相处，我那些宝贝们都受不了，表示不喜欢她。他就因此跟他们发脾气。在他最后一次生病期间，还不断地叫人把她抱到床边，临终前一小时，还强迫我发誓继续养这个东西。我倒宁愿养一个从孤儿院抱来的穷小子。可是他那个人太软弱了，天生的软骨头。约翰可不像他父亲，这让我很高兴。约翰像我，像我的兄弟们，完全是个吉布森家的人。啊，我真希望他别写信要钱，别折磨我！我再也没有钱给他。我们变得越来越穷了。我必须把一半用人打发走，还得把房子的一部分关起来不用，或者租给别人。我绝对不想这么做，可是我们怎么生活下去呢？我们收入的三分之二都用来付抵押利息。约翰没命地赌博，而且总是输钱——可怜的孩子！约翰让一群骗子缠上，变得消沉堕落了。他的脸色让人看了害怕——我见了他都替他难为情。”

她越说越激动。“我想，我现在最好离开她吧，”我对站在床另一侧的贝西说。

“也许的确是离开的好，小姐。她到了晚上经常这么唠叨。到了上午，她比较清醒些。”

我站起身来。“站住！”里德太太喊道。“我还有一件事要说。他还威胁我——总是威胁我，不是说要自杀，就是说要杀我。我有时候梦见他在入殓，喉咙上有一道很大的伤口，要不就是他的脸青一块紫一块，肿胀得厉害。我来到一个奇怪的关口，遇上很多麻烦。该怎么办呢？怎么弄到钱呢？”

贝西竭力劝她服一剂镇静药，费了好大的事才终于让她喝下去。不久，里德太太变得越来越镇静，开始昏睡了。于是，我便离开了。

在接下来的十多天里，我一直没有再次跟她交谈。她一直处于昏迷或者昏睡状态。医生禁止做任何能刺激她产生痛苦的事情。在此期间，我尽量跟伊莱扎和乔治亚娜和睦相处。开始的时候，她们十分冷淡。伊莱扎一坐就是半天，在那里缝纫、看书或者写字，几乎不跟我说一句话，也不对她妹妹说话。乔治亚娜能对她的金丝雀一连说上几个钟头的废话，却根本不理睬我。但是，我打定主意，不能显得不知道该干些什么，该怎么消遣。我带来了绘画的用具，这些东西让我有事可干，又让我有了消遣。

我常常拿着一盒画笔和几张纸，离开她们，坐在靠近窗子的地方，专心画一些想象出的小画儿，上面画的是在我想象的万花筒中，某一瞬间的景象。其中有两块岩石之间的海面景色、初升的月亮、横穿过月亮表面的一条船、一丛芦苇或菖蒲、一个水中仙女头戴荷花升上水面、一个精灵坐在山楂花环下的篱雀窝中。

一天早上，我不由想画一张面孔，要画个什么样的面孔呢？我既不在意，也不想有所意识。我取了一支软质炭笔，把笔尖磨粗，就开始画。没用多久，纸上就出现了一个宽阔显著的额头，和一个脸下部方方的轮廓。这种外形让我看了觉得高兴。我的手指十分活跃地在上面增加上五官。在那个额头下面，得画上两道显著的横眉。在它们下面，当然该画上一个长得很好的鼻子，鼻梁挺直，鼻孔大张。再往下是一张看上去相当灵活的嘴，那嘴长得并不小。接下来是一个坚毅的下巴，中间有一道明显的凹痕。当然啦，还得画上两鬓浓密的黑色颊须，还有额头上方鬈曲的乌黑头发。现在，该画眼睛了。我把它们留到最后才画，因为眼睛最需要仔细描绘。我把它们画得挺大，把形状画得很好看。睫毛画得又长又浓，瞳仁画得又大又亮。“好！可就是不十分像，”我端详了一下效果，这么想道。“眼睛需要更有力，更有神。”然后，我把浓度加深，好让高光部分显得更亮。恰到好处的一两笔润饰之后，画像就成功了。这样，我那朋友的一张面孔就在我的眼前了。两位小姐即使背对着我，又有什么关系呢？我望着这幅肖像，对着它微笑，我看得出了神，觉得十分满意。

“这幅肖像上画的是个你认识的人吗？”伊莱扎问道。我没有注意到她已经走到我身边来了。我便说，不过是我想象中的一幅画像而已，说完就把它塞到其他纸张下面。我说的当然是谎话。其实，那是罗契斯特先生的一幅肖像，而且画得相当逼真。可是除了对我是有意义的之外，那幅画对她或者对任何其他人来说，又算得了什么呢？乔治亚娜也走上前来看画。其他画儿让她看了觉得高兴，可她却把那幅肖像叫作“一个丑男人。”她们俩对我的绘画技能似乎都感到惊讶。我提出为她们画像，她们便轮流坐下来让我画一幅写生。接着，乔治亚娜把她的画册拿出来展览。我答应为她画一幅水彩画，增加她的收藏。她一听，立刻就变得和气了，提议到庭院里去散散步。我们一起散步还不到两个钟头，就兴致勃勃地谈起了知心话。她讲起了两个社交季节之前，她在伦敦度过的那个光辉灿烂的冬天，描述了她在那儿引起的爱慕和受到的注意。我甚至还听到她的暗示：她赢得了有爵位的男人的欢心。及至下午和晚上，她的这些暗示范围更加扩大了。她说出了各种温情的交谈，再现了各种动情的场面。总而言之，她那天简直是为我即兴创作了一部时髦生活的小说。这种交谈每天都重复一遍，她的话题也一成不变——她自己，她的恋爱和悲哀。奇怪的是，她一句也没提起她母亲的疾病，没谈到她哥哥的死，也没说起家庭面临的悲惨前景。她的心灵似乎整个被往日的回忆占据了，还充满了对未来风流生活的渴望。每天，她在母亲的病房里只待五分钟左右，并不愿多待。

伊莱扎仍然很少讲话。她显然没时间讲话。她看上去很忙，我从来没见过比她更忙碌的人了。不过，要想说清楚她在做些什么，实在很不容易。或者可以说，要想弄清楚她辛勤的结果是十分困难的。她有个闹钟，每天早早就把她吵醒。我不知道她在早饭前忙些什么，可是吃完早饭后，她把时间均匀地分成几等份，每一小时都安排了任务。她每日三次仔细读一本小册子，我看了看，发现是本《日常祈祷书》。我有一次问她，这本书为什么让她觉得有吸引力，她说是上面的“礼拜规程。”她每天要花上三小时用金线缝一块紫红色方布子的边，那块布子大得能跟地毯相比。我问她这东西打算派什么用场，她告诉我说，要把它铺在新建在盖茨海德旁一座教堂的祭坛上。她每天花两个钟头写日记。花两小时独自在菜园里干活，花一小时整理账目。她似乎不需要同伴，不需要谈话。我相信她这样过得自得其乐。这种例行事务已经足够让她觉得满意了。最能让她觉得烦恼的事情，大概就是不得不打乱这种时钟般的规律。

一天晚上，她比平时更想谈话，就对我说，约翰的行为以及家庭面临的毁灭，是她感到极度痛苦的原因。可是她说，她已经定下心来了，并且做出了决定。她早已将自己的财产留心保护好。她平静地说，她母亲的疾病根本不可能复原，也不可能长久地拖下去。等她一死，她就要执行一项酝酿已久的计划：幽居独处，与世隔绝，永远不让她严格的时间安排受到任何打扰。我问她，乔治亚娜是不是要跟她做伴。

她回答说，当然不。乔治亚娜与她毫无共同之处。她们从来就没有共同之处。她无论如何不愿要她做伴，为她受累。乔治亚娜该走自己的路，而她是伊莱扎，也要走自己的路。

乔治亚娜不向我吐露心事的时候，就躺倒在沙发上消磨时光，嘴里抱怨家里太沉闷，一再希望她的吉布森姨妈发来请帖，请她进城去。“要是能到外面躲上一两个月多好啊，”她说道，“等这一切都结束了再回来。”我没有问她这“一切都结束”指的是什么，但是我猜想，她指的是预料之中母亲的死亡，以及随之而来的阴郁葬礼仪式。伊莱扎一般不去注意妹妹的懒散和抱怨，仿佛面前根本就没有这么一个嘴里唠唠叨叨，身子懒洋洋躺在沙发上的人。不过，有一天，正当她把账本收起来，打开那块布，准备刺绣的时候，突然开口责备她：

“乔治亚娜，要是有比你更没用更荒唐的动物，肯定不该在这个地球上生存。你原来就不该出生，因为你根本不利用你的生命。你只想把自己的孱弱系在别人的强大上，却不像一个有理智的人那样，为自己生活，过独立的生活。要是找不到一个人愿意为你这样一个肥胖、懦弱、喜爱虚荣、毫无用处的东西而受累，你就又嚷又闹，说你受到了亏待，说没人关心你，说你感到不幸。你还需要一种不断变化、富有刺激的环境，假如不是这样，你就会抱怨说，世界是个地牢。你要人崇拜，要有人追求，要受到奉承——你必须要有音乐，要跳舞，要有社交活动——不然的话，你就变得憔悴颓丧，你就不想活了。难道你就没有头脑，不能自己设计一种方式，好不依靠任何别人的努力和意志，只靠自己的努力和意志来生活吗？比如说，你可以把一天分成几个部分，每个部分都要完成一项任务，不要让一刻钟、十分钟，或者五分钟闲着没事做。要把所有的时间都计划进去。按计划做每件事的时候，要有条有理，严格按照正常的方式去做。这样，没等你发觉一天已经开始的时候，这天已经过完了。你就用不着为了某个人帮你打发掉一段无聊的光阴而感谢人家，也用不着乞求人跟你做伴，找人谈话，寻求同情，用不着疲于忍耐了。总之，这样的话，你就会像一个独立的人那样过上自己本来应该有的生活。这是我给你的第一个劝告，也是最后一个。接受它吧，这样，在发生任何事情时，你就用不着求助于我或者其他人了。要是不接受，就继续像以前那样生活，心里存着渴望，嘴上唉声叹气，整天无所事事。你只好忍受由于自己愚蠢而产生的后果了，不论这后果如何糟糕，怎样无法忍受，你也得忍受。听着，我要直截了当地告诉你，虽然我不会重复现在的话，可我一定会按照自己的话去做的。妈妈去世后，我再也不会跟你打交道了。等到母亲的棺材送进盖茨海德教堂的墓穴里以后，你我从此分手，要像从来不曾认识一样。你可别以为我们碰巧由一母所生，我就可能满足你哪怕最微不足道的要求，我要告诉你——哪怕整个人类都消灭了，只剩下我们俩生活在这个地球上，我也把你撇在这个旧世界上，自己去新世界生活。”

她闭上了嘴。

“你完全犯不着费这么大麻烦长篇大论，”乔治亚娜回答道。“大家谁不知道你是个最自私、最没良心的家伙。我本人还知道，你对我心怀刻骨仇恨，我以前就领教过你的手段。你在埃德温·维尔勋爵的事情上对我施了奸计，你不能容忍我的地位比你高，不能容忍我有贵族头衔，不能容忍我在你不敢露面的社交圈子里受到接待，所以你就扮演了个间谍和告密者的角色，永远毁了我的前程，”乔治亚娜说完掏出手帕，接着足足擤了一小时的鼻子。伊莱扎表情冷漠，无动于衷，坐在那里勤奋地干着活儿。

有些人不重视真挚宽容的感情，我面前这两个人的性格就因为缺少这种感情，一个刻薄得让人无法忍受，另一个乏味得让人瞧不起。没有判断的感情如同淡而无味的白水，但是，没有感情的调和，判断也像苦涩粗粝的食物，让人无法下咽。

这是个风雨交加的下午，乔治亚娜在沙发上看小说看得睡着了，伊莱扎到新建的教堂去做圣徒节礼拜——在履行宗教仪式方面，她也是严格的。只要她认为是自己虔敬义务所需，不管天气好坏，都不能阻止她。她每个星期日都要去教堂三次，其他日子只要有祈祷仪式，她准去。

我想，我最好还是上楼去看看那个垂死的女人到了什么程度了。她躺在那儿几乎没人理睬，仆人们只是时而照料她一下，请来的护士没人管理，随时都能溜出房间。贝西虽然忠心耿耿，可是她也有自己的一家人要照料，只能偶尔到这房子里来看看。正如我所预料的那样，病房里没人看护。护士不在那儿，病人一动不动地躺着，显然在昏睡。她那颜色死灰的脸深陷在枕头里，壁炉中的火都快要熄灭了。我往火里添了燃料，整理好床单，盯着她看了一会儿，可她这时却不能盯着我看。然后，我把眼睛移开望着窗户。

雨滴重重打在窗玻璃上，风狂暴地刮着。“那儿躺着一个人，”我想道，“她马上就不再受到世间种种烦恼的影响了。现在正在竭力摆脱那个躯壳的精神，等到最后终于得到解脱的时候，会飞到什么地方去呢？”

我思考着这个重大的谜，不由想起了海伦·布恩斯，想起了她临终时说的话，想起了她的信仰，想起了她那灵魂脱离躯壳便一律平等的说法。我继续在思想中倾听着牢记在心的她那声调，继续回忆着她那苍白而超越尘世的容貌、她那憔悴的面容和庄严的眼神。我背后床上发出一个微弱的咕哝声：“是谁？”

我知道里德太太已经有好几天没说过话了，她苏醒过来了吗？我朝她走去。

“是我，里德舅妈。”

“谁是——我？”她问道。“你是谁？”她望着我，眼神中带着惊恐，但是并不狂暴。“我不认识你。贝西在哪儿？”

“她在门房，舅妈。”

“舅妈！”她重复着我的话，“是谁在叫我舅妈？你不是吉布森家的人。可我认得你，认得这张脸，这眼睛和额头我看着很眼熟。你就像——哎呀，你就像简·爱一样！”

我什么也没说。我害怕承认自己的身份，会让她休克过去。

“但是，”她说道，“我又怕搞错。我的思想会欺骗我。我希望见到简·爱。她不在的时候，我会想象出她的样子来。可是，八年了，她一定大变样儿了。”这时，我才温和地告诉她说，我就是她想象和希望见到的那个人。我看到她听懂了我的话，而且看出她这时的神志相当健全，我便向她解释说，贝西怎样打发她丈夫去把我从桑菲尔德接到这里来。

“我病得很重，这我知道，”没过多久，她说道。“几分钟前，我想翻个身，可我发现手脚全都不听使唤了。我死之前应该让自己安下心来。健康的时候很少考虑到的事情，在这种时候就像个包袱一样压在心头。护士在这儿吗？是不是屋子里除了你没有别人？”

我向她保证说，屋子里只有我们两个人。

“好吧。我现在感到后悔，我做了两次对不起你的事情。一件是我向丈夫保证过要像养自己的孩子一样把你抚养大，可我没有遵守誓言；另一件……”她停下来。“也许这并不是什么重要的事情，”她喃喃自语道，“再说，我可能会好起来，照这么在她面前低声下气，可真痛苦。”

她做出努力，想改变一下姿势，可是失败了。她的脸色变了，内心中似乎经历着一种什么感受，或许是最后那阵痛苦前的先兆。

“噢，我必须把这事做完。永恒已经在我的面前了。我最好告诉她。到我的梳妆盒那儿去，把它打开，把里面你能看到的一封信取出来。”

我照她的指点办了。“读读这信，”她说。

信很短，内容是这样的：

夫人：

请惠告舍侄女简·爱之通讯处，并告知其近况如何。我计划尽快去信，邀她来马德拉舍间居住。承蒙上天赐福，我苦心经营后，获得相当财富。由于我未婚，无嗣，希望趁我健在，收她为养女，死后将全部财产遗赠给她。

专请大安

约翰·爱于马德拉

写信的日期是三年之前。

“我怎么从来没听说过这事？”我问道。

“因为我恨你，恨死了，恨透了，绝对不愿意帮你得到好运气。我忘不了你是怎么对待我的，简——你有一次对我发火，宣称在世界上最讨厌我，说一想到我，你就觉得恶心，说我对你冷酷得让你无法忍受，你那种声调让我永远忘不了，你那种声音和神情根本就不像个孩子。我也忘不了你是怎么跳过来，把脑子里的毒汁都倒在我身上。我感到害怕，好像一头挨过我打的动物，抬起头来，用人的眼睛瞪住我，用人的声音咒骂我。给我拿点水来！噢，快点！”

“亲爱的里德太太，”我一边把她要的水递给她，一边说道，“别想这种事了。把这事彻底忘掉吧。原谅我的气话，我那时还是个孩子，从那天以后，时间已经过去了八九年了。”

她没听我说的话。不过，等她喝过水，喘了喘气以后，开口这么说道：

“我告诉你，我忘不了这事，所以我就报复你。把你过继给你叔叔，过上优裕舒适的生活，那可是我受不了的事。我给他写了封回信，我说，很遗憾让他感到失望，简·爱死了，是在劳渥德得了伤寒病死的。现在，随你怎么高兴，按自己的意思去办吧。写封信否定我的话，揭露我的谎言，爱什么时候写，就什么时候写。我看，你生来就是要折磨我的，我到临终了还想起这种事，让我不得安宁，要不是为了对付你，我才不会动心，干出那种事来呢。”

“舅妈，假如你能接受劝告，不再去想这事，而且怀着仁慈和原谅的心情对待我……”

“你的脾气很坏，”她说，“你的脾气到今天我都觉得无法理解。为什么八九年中不管人们怎么对待你，你都能忍耐，都能保持沉默，可是在第十年却突然爆发起来，我永远也不懂。”

“我的脾气不像你想的那么坏。我容易激动，却不爱报复。小时候，有许多次，要是你给我机会的话，我很愿意爱你的。而且现在我真心诚意渴望与你和好。吻我吧，舅妈。”

我把脸颊凑到她的嘴唇跟前，可她不愿接触我。她说我俯身压着她了，她再次要水喝。我把她扶起来让她靠在我臂弯里喝水，把她放下的时候，我握她冰凉潮湿的手，可她那纤细的手指一碰到我的手，就立刻缩回去，她的眼睛躲避开我的凝视。

“那么，随你爱我还是恨我，”最后我说道，“你已经得到了我完全的、慷慨的宽恕，现在可以乞求上帝的宽恕了，安心吧。”

这个遭受到痛苦的可怜女人！现在要想做出努力来改变成见，已经太晚太晚了。她活着的时候一辈子都恨我，临终的时候，她也只能恨我。

这时护士进来了，身后跟着贝西。我继续逗留了半个小时，希望看到一点和好的迹象，可是她并没有这种表示。她很快又陷入昏迷状态，再也没有清醒过来。就在那天夜里十二点钟，她去世了。她闭上眼睛的时候，我没在场，她的女儿们也都没在场。第二天早上，人们来告诉我们说，一切都结束了。那时候，她已经在入殓。伊莱扎和我过去看她。乔治亚娜突然号啕大哭，说是不敢去。萨拉·里德曾经非常健壮活跃的身体，这时直挺挺，一动不动躺在那里。那双无情的眼睛已经覆盖在冰冷的眼皮底下了。她的额头和强硬的容貌，仍然保留着那颗冷酷心灵的痕迹。在我看来，那具尸体是个奇怪而严肃的物体。我眼睛直勾勾地盯着它，心里怀着忧伤和痛苦。它不能激起一点儿温柔、美好的回忆，也不能让人产生同情、希望或克制的感情。只能引起一种为她的悲哀而不是为我的损失而感到的剧烈痛苦，引起一种对死亡的恐惧感，却让人流不出眼泪。

伊莱扎镇静地俯视着她的母亲，沉默片刻后，她说道：

“像她这样的体质，本来该活个高寿的。她的生命让烦恼缩短了。”说完这话，她的嘴抽搐了一下，抽搐过后，她转身离开了房间，我也离开了。我们俩都没掉一滴泪。

第七章

罗契斯特先生仅仅给了我一个星期的假，可是我离开盖茨海德的时候，时间已经过去了一个月。我本来希望在葬礼之后马上就动身，可是乔治亚娜恳求我住下来，等到她有机会启程到伦敦的时候再走。后来，她终于收到她舅舅吉布森先生的邀请，到伦敦去了。他是来主持他姐姐的葬礼并处理家庭事务的。乔治亚娜说，她害怕单独跟伊莱扎待在一起，因为伊莱扎在她感到沮丧的时候不会给她同情，在她害怕的时候不会给她安慰，就是收拾东西准备旅行的时候也不会帮她一把。于是我就住下来，尽量忍受她懦弱的哀号和自私的悲叹，尽力帮助她做针线，帮她打行李。我忙碌的时候，她却游手好闲，无所事事，我自忖道："要是你我命中注定非住在一起不可的话，表姐，我们可得换个不同的地位重新开始。我可不甘心做驯服克制的一方。我会将应该由你做的一份分配给你去做，还要强迫你去完成，你要不干，我也不会替你完成。我还要逼你把那种内容真假参半，拖长声调发出的抱怨藏在你自己的心里。我之所以愿意这么耐心，这么顺从，只是因为我们的相处非常短暂，而且还是在这样一个特别悲哀的时候。"

我终于把乔治亚娜送走了。接着，又轮到伊莱扎请求我跟她一起再住上一个星期。她说，她的计划要求她付出全部时间和全部精力，她即将动身到一个未知的地方去。她整天都待在自己的屋子里，从里面闩上门，装箱子，腾空抽屉，焚烧字纸，不与任何人交谈。她希望我帮着照管房子，接待客人，并且答复吊唁信。

一天早上，她告诉我说，我可以按自己的意思行动了。她还补充说："对于你宝贵的帮助和周到的应酬，我十分感激。同你这样的人生活在一起，可跟乔治亚娜大不一样。你能承担自己生活中的责任，而且并不麻烦别人。"她接着说道："明天，我就要启程到大陆去了。我要定居在里尔附近的一个供人修道的地方，你也可以把那地方叫作修女院。我到了那个地方能获得安静，没有人烦扰。我要利用一段时间，研究罗马天主教的教义，仔细研究那个系统的机制，要是我发现它果然像我隐约猜测到的那样，是一个最能保证体面和秩序的系统，我就要接受罗马天主教，也许还要戴上面纱，做个修女。”

听了她的决心，我既没有表示惊讶，也没有试图劝阻她。“这个职业对你太合适了，”我心想，“但愿它对你有许多好处。”

我们分手时，她对我说：“再见，简·爱表妹，祝你好运。你还有些见解。”

我也回答道：“你也不是没有见解，伊莱扎表姐。但是我认为，一年后，你的见解就会活活关在法国的一个修女院里了。不过，那不是我的事，只要它对你合适，我也就不想干涉了。”

“你说得对，”她说。说完我们就各奔前程。因为以后我再也没有机会提到她和她妹妹了，我想我该在这里交代一下她们后来的故事，乔治亚娜攀附了一位上流社会的男子，那人虽然富有却已经衰老。伊莱扎真的当了修女，她在那里度过自己的修女见习期，如今已经当上了修女院长，她的财产也就捐赠给了那个修女院。

人们不论离开家的时间长还是短，我不知道他们回到家的时候，有怎样的心情。我以前从来没有体验过这样的感觉。与之相近的感觉是长途步行之后，回到盖茨海德，因为显得又冷又压抑，总要挨上一顿骂；后来还有从教堂回到劳渥德时的感觉，心里渴望吃到一顿好饭，好好烤烤火，结果两样都得不到。在那两种情形下，回到家都不是很愉快，不是让人十分向往的。没有一种吸引力把我拉向特定的地方。至于回到桑菲尔德的感受，还有待于体验。

那趟旅行可真够烦人——非常烦人。一天只走五十里，在旅馆投宿一宵，第二天再走五十里。在第一天的十二小时里，我脑子里想的是里德太太临终的情景，我回想起她变了形的苍白面孔，耳朵里又响起她那种变得怪诞的声调。我想起出殡那天的情景，眼前看到的是棺材、灵车、一队身穿黑衣的佃户和仆人——没有多少亲戚——看到敞开的墓穴、寂静的教堂，还有庄严的仪式。后来我又想到伊莱扎和乔治亚娜，眼前仿佛看到她们俩，一个是舞厅里引人注目的中心，另一个却住在修女院那囚室般的小屋里。我仔细想着，分析着她们两个人以及她们两种性格的特点。傍晚时分，马车到了一个大城镇，这些思绪便消散了。夜晚把思绪转到另外一个方向去了。我躺在过路旅客住的床上，撇开回忆，憧憬着未来。

我就要回到桑菲尔德了，可是我在那儿又能住多久呢？不会长久，这一点我能肯定。从费尔法克斯太太写给我的信中得知，我不在那儿的时候，那里的聚会已经散了。三个星期以前，罗契斯特先生上伦敦去了，不过，当时人们认为他再过两个星期会回到桑菲尔德。费尔法克斯太太猜想，他去那儿是为婚事做准备的，因为他说起过要买一辆马车。她说，他打算娶英格拉姆小姐，她仍然感到奇怪。但是从大家都在谈论的话里，从她自己亲眼看到的情况，她已经不再怀疑，这事不久就会进行。“假如你对这事表示怀疑，那可真是太过分多疑了，”我心中这么评论道。“对此，我可一点儿都不怀疑。”

接下来的问题是：“我该到哪儿去？”我那天晚上整夜都梦见英格拉姆小姐，清晨在一个清晰的梦中，我看到她把我关在桑菲尔德的大门外，指给我另一条路。罗契斯特先生将双臂抱在胸前观望着，似乎在对着她和我冷笑。

我并没有将返回的确切日期通知费尔法克斯太太，因为我不想要人或者要他们派马车到米尔考特去接我。我打算独自静悄悄步行走完这段路。这是六月份的一个傍晚，大约六点钟。我把箱子托付给乔治客栈里的管马人，便平静地溜出那个客栈，走上了通往桑菲尔德的那条老路。这条路大部分穿过田野，此时已经没什么人走了。

这并不是个霞光灿烂的夏日傍晚，不过天气挺好，温度适宜。沿途有翻晒干草的人们在干活儿。天空虽然远不是无云，却能预示出第二天仍然是个好天气。天上显露出的蓝色，十分清澈柔和；高空的云层相当稀薄，西边看上去是暖色调的，没有积雨云让人感到寒意。那里发出的仿佛是火的光芒，似乎有个圣坛在大理石般的云雾后面燃烧，金红色的霞光从云层缝隙中透射出来。

随着前面的路越来越短，我感到高兴，有一次竟然高兴得停下脚步，扪心自问，到底是为什么感到高兴，并且提醒自己要有理性，我毕竟不是回家去，不是回到一个永久居住的地方去，也不是要回到一个亲密的朋友翘首盼望我回去的地方。“费尔法克斯太太看到你，肯定会微笑着静静向你表示欢迎，”我说道，“小阿黛勒也会一边拍着手，一边朝你蹦蹦跳跳跑过来，迎接你。可是你自己也明白，你心里想的分明是另外一个人，而不是她们。可是他想的并不是你。”

可是，没有什么时候比青春时期更加任性，也没有什么像缺乏经验那样盲目。这两样东西都断定，能够再次看到罗契斯特先生，就是一种足够愉快的特权了。他看不看我又有什么关系。我心里还催促道：“快！快！趁你现在还有可能，去跟他待在一起，再过几天，最多再过几个星期，你就要与他永远分手了！”我心里立刻产生一种痛苦，可我却不愿承认它，也不愿体会它，我把它撇到脑后，继续快步前进。

桑菲尔德的牧场上也是在翻晒干草，或者说，我到达这里的时候，雇工们刚刚下工，正扛着草耙回家去。我只要再穿过两块田地，就能横过大路，到达大门口了。树篱上开的玫瑰花真多啊！但是我却没有时间采摘。我急于回到宅子里去。一棵高大的野蔷薇，把绿叶茂密、繁花点缀的枝条伸展出去，横过小径。我走过它旁边，来到了窄窄的石砌台阶前面。我看见了——罗契斯特先生正坐在那儿，手里拿着一本书和一支铅笔。他正在写字。

他并不是个鬼，可是我的每一根神经都躁动起来，一时竟无法控制自己。这是怎么回事？我没料到看见他会颤抖得这么厉害，也没想到在他面前会激动得说不出话，动弹不得。等我一恢复行动能力，我就要回去。我可不能变成个彻头彻尾的大傻瓜。我还知道有另一条路能通向宅子。但是，就算我知道二十条路也没用，因为他看见我了。

“啊！”他喊了起来，把书和铅笔收起来说：“你回来啦！快过来，请你过来。”

我想我是过来了，可我不知道是用什么方式过来的，我几乎没有意识到自己的动作，一心只想保持平静，还想控制住面部的肌肉。可是我感到面部的肌肉在蛮横无理地反抗我的意志，想要表现出我极力掩盖的感情。幸亏我戴着面纱，正好放了下来，这还让我能正常行动而不失体面。

“这难道是简·爱吗？你是从米尔考特来的，而且还是步行来的？是啊，这又是你的一个花招，不派人来要车，独身一人穿过大街小巷走来，像个幻影似的趁着暮色偷偷来到家里。真见鬼，你这一个月了干了些什么？”

“跟我舅妈在一起，先生。她去世了。”

“真是个简·爱式的回答！愿善良的天使们保佑我吧！她是从另一个世界来的——从死人的住所来的，而且是在暮色苍茫中单独遇到我，就这么跟我直说的！要是我有胆量的话，我可要摸摸你了，看看你是真人，还是幻影，你这个小鬼！我倒宁可到沼泽地里去抓那些蓝幽幽的鬼火。简直像逃学！逃学！”他停顿了一下，又补充说：“离开我整整一个月。我敢打赌，准把我给忘了！”

我早知道与我的主人重逢一定是愉快的。虽然担心他很快就不再是我的主人了，而且我也知道，在他的心目中我算不了什么，这些都使重逢时的愉快失去光彩。但是，照我看来，罗契斯特先生从来就有一种能让人感到快乐的强大力量，只要尝尝他撒给我这种迷途小鸟的一点碎屑，对我来说就像享受盛宴一样了。他最后说的话是个安慰，似乎暗示说，我是不是会忘记他，好像还有点重要呢。他还把桑菲尔德说成是我的家。它要真是我家多好啊！

他没有离开台阶，我也不大愿意他要我走过去。过了一会儿，我问他是不是去过伦敦。

“不错，去过。我猜，你准是靠了一双神眼看见的吧。”

“费尔法克斯太太在写给我的信中告诉我的。”

“她告诉你我去那儿做什么了吗？”

“告诉了，先生！人人都知道你去做什么。”

“你一定要看看新马车，简，然后告诉我说，罗契斯特太太坐那车是不是特别合适。你要告诉我，她靠在车上那些紫色的软垫上，看起来是不是像波狄西亚女王①。简，我但愿在容貌上能更加配得上她。你既然是个仙女，就请你告诉我，能不能给我一道符咒，或者一剂媚药，要不就是类似的东西，好让我变成个美男子？”

“先生，这可是魔术力所不能及的。”我心里接着想道：“充满爱意的眼睛就是符咒。在这种眼睛看来，你已经足够英俊的，或者可以说，你的坚毅有一种超过美的力量。”

罗契斯特先生有时候能看出我并没有讲出来的思想，那种敏锐的眼光，我始终无法理解。此刻，他对我的口头回答便不多加注意，而是用他那种独特的方式对我微微一笑，只有在特殊场合，他才会这么微笑。他似乎认为这种微笑十分珍贵，不该为了平常目的随意滥用。那可真是感情的阳光，他现在就将这阳光洒在我身上。

“过去吧，简，”他闪开身子，让出台阶让我过去。“回家去，让你那双小脚在朋友的家里休息下来吧，它们漫游得都疲惫了。”

我这时只有默默地服从他，没有必要再跟他交谈下去。我一句话也没有再说，从台阶上走过去，打算平静地离开他。可是我心头突然产生一阵强烈的冲动。这种力量不顾我的控制，让我转过身来，让我开口说道：

“谢谢你的美意，罗契斯特先生。我能回到你的身边来，心里特别高

---

① 古代不列颠南部布莱顿人的女王，曾率众抗击罗马入侵，失败后自杀。

兴。你在哪儿，哪儿就是我的家——是我唯一的家。”

我匆匆走开，脚步十分敏捷，他就是想追我，也很难追上。小阿黛勒一见我，乐得几乎要发疯了，费尔法克斯太太用她通常那种平静的友谊方式迎接了我。利厄对我微笑，索菲也高兴地用法语对我说“晚上好。”这些都让我觉得十分愉快。没有什么比受到同类的热爱更让人觉得舒适幸福了。

那天晚上，我下定决心，坚决不看浮现在眼前的未来，也不听耳畔响起的声音，那声音警告我说，离别已经临近，悲哀正在到来。用过茶点，费尔法克斯太太拿着她的编织物，我便在她旁边一张矮凳上坐下来，阿黛勒就靠在我身旁跪在地毯上。一种相互间的爱像一道祥和的金色光环，把我们罩在一起。我心中默默做了个祷告，希望我们不要过早分离，也不要离得太远。我们正这样坐着的时候，罗契斯特先生不声不响地走进来了。看到我们这么亲密的场面，他好像觉得十分愉快，他说，看来老太太看到自己的养女又回来了，一定觉得放心啦；他又补充说，他知道，阿黛勒现在可以画她这位英国妈妈的画像了。我这时心里贸然产生一线希望：即使在他结婚以后，他也会让我们在他的保护下，在某个地方团聚在一起，并不把我们从他的阳光照耀下驱逐出去。

我回到桑菲尔德之后的两个星期里，一切都过于平静，让人心生疑惑。谁也没提起主人的婚事，我也没看到人们为这事做任何准备。我几乎每天都要问费尔法克斯太太，是不是已经做出了什么决定，可她总是说没有。有一次，她真的向罗契斯特先生询问，问他打算什么时候把新娘接回家来，他只是做了个鬼脸，对她开了个玩笑，算是回答。

有一件事让我感到特别惊奇。他并没有到处旅行，也不去英格拉姆家的庄园拜访。可英格拉姆家的庄园其实离这儿仅仅二十里路程，就在另一个郡的边上。这么点距离对于一个热恋者算得了什么呢？像罗契斯特先生这样熟练而不知疲倦的骑士，那不过是一个早上的路程而已。我心里开始暗暗怀着一种不该有的希望：这门亲事告吹了，谣传是错误的；不是一方改变了主意，就是双方都改变了想法。我常常望着主人的脸察言观色，看上面显出的是悲伤呢，还是凶狠。可是我发现，他这时的心情比以往任何时候都好，脸上没有愁云，连一丝不愉快的感觉都没有。有时候，我和我的学生跟他在一起。要是我偶尔感到心情不佳，或者心绪恶劣，他甚至能让我变得欢乐起来。他以前从来没有这么频繁地把我召到他身边去过。我跟他在一起时，他也从没有对我这么好过——啊！我也从来没有像现在这样爱过他。

第八章

这是一个仲夏日，英格兰沉浸在明媚的好天气中。天空蓝得那么纯净，阳光如此灿烂。在我们这个波涛包围着的土地上，像现在这样，一连好多天都这么晴朗，实在难得。人们不由得以为，意大利的天气仿佛变成了一群欢快的候鸟，在它们的旅行途中，落脚在英格兰。干草早已收回来，桑菲尔德周围的田地上又是一片青翠；道路让太阳晒成白茫茫的，树木长得十分茂盛，变成一片墨绿；树篱和树林枝繁叶茂，青翠浓密，与其间草地上的明亮阳光形成鲜明对比。

施洗约翰节前夕，阿黛勒在干草路上采野草莓，玩了半天。累得太阳一落山就上床睡觉了。我看着她睡着后，就离开她到花园里去。

这是一天二十四小时中最美好的一个时刻。白昼的烈焰业已耗尽，露水降落在喘息的平原和烤焦的山顶上，四周一片清凉。在太阳默默无闻落下去的地方，一片庄严的紫色晚霞升腾而起，在一个小山峰上迸发出炉火般的光芒，鲜艳得像红宝石一样，在高出那一点和远处的半个天穹中，色调越来越柔和。东方天际自有湛蓝而悦目的美，其中还点缀着一颗色调温和像宝石一样的星星。不久，这一片天空就要为拥有月亮而自豪了。不过，此时月亮还在地平线的下面。

我在铺了路面的步道上散着步，只闻到一股淡而亲切的雪茄烟香味从一扇窗户中飘出来。我看见图书室的窗帘拉开一道手掌宽的缝隙，知道有人可能从那后面窥视我，于是便从那儿走开，到果园里去。整个院子里没有哪个地方比那里更加隐蔽，更像伊甸园了。这里树木茂密，鲜花盛开，果园一侧有一堵高墙隔开院子，另一侧有一条山毛榉夹道的林荫路遮挡住草坪。园子尽头有一道歪倒的篱笆隔开孤寂的田野。一条蜿蜒的小路通向篱笆，两侧排列着月桂树，路的尽头有一棵巨大的七叶树，树下摆放着一圈座位。在这里漫步，用不着担心受到什么人的窥视。在这个时刻，暮色渐浓，甜蜜的露水在降落，周围沉浸在一片寂静之中，我仿佛觉得可以在这样的树荫下永远徘徊下去。初升的月亮给开阔的地上送来了光明，我的脚步不由穿过园中高地的花丛和果树之间，走向那明亮的地方。正在这时，我的脚步停了下来，不是受到声音的喝止或光亮的警告，而是再一次闻到一股气味。

各种花儿早已把它们的芬芳奉献给这夜晚，香蔷薇、青蒿、石竹、玫瑰的香味飘散在空中。然而，这种新的气味并不是来自树丛，也不是花香。我对这种气味非常熟悉——那是罗契斯特先生的雪茄烟味。我回头朝周围张望着，仔细倾听。眼睛看到的只有果实正在成熟的果树，耳朵听到的是半里之外的树林里夜莺的歌唱。看不到有人在走动，也听不到脚步声。可是那股烟味却越来越浓。我得逃走。我朝通往灌木丛的一扇小门走去，只见罗契斯特先生正好走进那道门。我闪身躲进常青藤遮盖的隐蔽处，他不会待得太久，很快就会从来路走回去的。只要我坐着不动，他就不会看到我。

然而他并不急于离去，他像我一样喜爱这暮色，也像我一样喜欢这迷人的古老花园。他信步朝前走去，时而抬起醋栗树枝，看看上面大得像梅子一样的累累果实，时而从树篱上摘下一颗成熟的樱桃，时而朝花簇弯下身去，不是闻闻花的香味，就是欣赏花瓣上的露珠。一只大飞蛾嗡嗡地哼着，从我身旁飞过去，停在罗契斯特先生脚边的一棵花草上，他看见那蛾，弯下腰仔细端详。

“现在他是背朝着我，”我想道，“而且他还看得那么专心。要是我放轻脚步走，也许可以溜走而不让他发现。”

我踏在小径边上的草丛上走，免得沙砾发出声音。他就站在离我要经过的地方一两码远的花坛之间，显然在那儿仔细盯着看那只蛾。“没问题，我可以走过去，”我想道。月亮还升得不高，他的影子长长的投在地面上。就在我横过他的影子时，他头也不回，悄声说：

“简，来看看这个东西。”

我吓了一跳。我根本没有弄出什么声音来，他也没长着后眼，难道是他的影子有感觉不成？可是我还是朝他走过去。

“看它的翅膀，”他说，“它让我想起一种在西印度群岛上见到的昆虫。在英国不会常常看到这么大、这么鲜艳的夜游神。瞧啊！它飞走了。”

蛾子飞走了。我也胆怯地朝后面退却。但是罗契斯特先生却跟在我身后。我们走到那扇小门跟前的时候，他说：

“转身回来吧。外面有这么可爱的夜色，待在屋里太可惜了。日落后紧接着升起一轮明月，在这样的时候肯定没人想上床睡觉。”

我有这样一种缺点：虽然有时候我能对答如流，在另外一些时候，却怎么也找不到个借口，真是可悲。而且这种失误总是发生在关键时刻，尤其是发生在我需要一个理由充足、脱口而出的借口，让我摆脱困境的时候。我不想在这么一个时刻，跟罗契斯特先生单独在幽暗的果园里散步，可我又找不出个借口离开他。我拖着脚步跟在他身后，脑子里忙着思索一种脱身之策。可是他看上去那么稳重严肃，我反而为自己的慌乱感到害羞了。要是在这件事上有什么罪过，或者可能有什么罪过的话，看来只能是我的罪过了。他的心灵没有意识到这种事，而且十分平静。

“简，”我们走上排着月桂树的小径，缓缓朝坍塌的篱笆和七叶树的方向信步走去时，他说道。“到了夏天，桑菲尔德是个可爱的地方，对不对？”

“对的，先生。”

“在某种程度上，你一定已经依恋上这座房子了吧？你善于欣赏大自然的美，而且你很富于依附性。”

“我的确依恋这房子。”

“另外，尽管我并不明白其中原因，可我看得出，你对那个笨孩子阿黛勒相当体贴，甚至对那个头脑简单的费尔法克斯太太也十分关心。”

“是的，先生。她们两个我都爱，只是方式不同。”

“要离开她们会感到难受吗？”

“会的。”

“可惜！”他说着叹了口气，停了一会儿。“在尘世间，事情往往就是这样，”他不久便接着讲下去。“刚刚在一个愉快的地方休息下来，就有一个声音在呼唤你，要你接着往前走，因为休息的时间已经结束了。”

“我必须往前走了吗，先生？”我问道。“我必须离开桑菲尔德了吗？”

“我相信你得离开，简。我很抱歉，简妮特，但是我相信你必须离开。”

这对我不啻是一个打击，然而我没有让它打垮。

“好的，先生，命令一下，我就开拔。”

“命令现在已经下了——我必须今晚就下这个命令。”

“这么说，你要结婚了，先生？”

“的确如此，一点儿也不错。你凭着平时那种敏锐，一下子就猜中了。”

“很快吗？”

“很快，我的——我是说，爱小姐。你还记得最初我告诉你，或者你听到谣传说，我有意将自己这根老单身汉的脖子伸进那个神圣的套索中去，进入那种神圣的婚姻状态——简而言之，就是把英格拉姆小姐搂进我的怀抱。她可够我抱个满怀的。不过那是题外话。有我那漂亮的宝贝布兰奇，这样的事情我可不会嫌太多。啊，我刚才就说过了，听我说，简！你这不是回过头去寻找另外一只飞蛾吧。那不过是一只瓢虫，孩子，正在从家里飞出去。我想提醒你，是你最初向我提出说，如果我跟英格拉姆小姐结婚，你和阿黛勒最好马上离开。你当时的口气中带着谨慎，富有远见，并且带着谦卑口吻，十分符合你这种向主人负责的从属者身份。这个建议中包含着对我爱人性格的诽谤，我可以撇开不顾，简妮特，等你走远了，我可以逐渐把它忘掉，只记住其中明智的部分，我已经将这种明智的东西变成了我的行动准则。阿黛勒必须上学，而你呢，爱小姐，必须找到一个新的职位。”

“好的，先生，我马上就登广告。在此期间，我想……”我本来打算说：“我想我可以在这里住到找到另外一个工作再走。”可是我停了下来，觉得不能冒险说出这么一个长的句子了，因为我的声音已经不听我指挥了。

“大约再过一个月，我就要当新郎了，”罗契斯特先生继续说，“在这之前，我将亲自留心为你找个工作，找个住的地方。”

“谢谢你，先生，我很抱歉让你……”

“噢——用不着道歉！我认为一个下人像你这样完成了自己的职责，就有权利要求雇主给予一些并不费事的帮助，我从我未来的岳母那里听说过一个地方，我认为挺适合你。那是爱尔兰康诺特省的苦果庄园，工作是教狄奥尼修斯·奥高尔太太的五个女儿。我想，你会喜欢爱尔兰的，人们都说，那儿的人都是热心肠。”

“那儿离这里很远啊，先生。”

“没关系的，像你这样有见识的姑娘是不会在乎旅行。也不会在乎距离遥远的吧。”

“旅行倒没什么，可是距离太远了，而且还有海隔开……”

“隔开什么，简？”

“隔开英格兰，隔开桑菲尔德，还……”

“什么？”

“还有你，先生。”

最后这句话，我几乎是不由自主地说出来的，而且我的眼泪也没有经过思想的批准就夺眶而出。不过，我没有哭出声来让人听见，我努力抑制住抽泣。一想到奥高尔太太和苦果庄园，就叫我感到战栗，让我觉得心寒；想到波涛和泡沫会把我和我身旁的主人隔开，我觉得更加心寒；最让我觉得心寒的是想到了横在我和我所钟情的人之间那更宽的海洋——财富和地位。

“太远了，”我再次说道。

“的确相当远，等你到了爱尔兰康诺特省的苦果庄园，我就再也见不到你了，简。这一点是绝对无疑的。我从来不去爱尔兰，也不大喜欢那个国家。我们是好朋友，是不是，简？”

“是的，先生。”

“朋友们在离别前夕，一般要聚在一起分享最后一段时光。来吧，趁那边的星星正在逐渐开始闪烁，我们心平气和地聊上半个来钟头，谈论一下这次旅行的安排，再谈谈我们的离别。这儿是一棵七叶树，在它的老根旁边摆着一张凳子。来吧，今晚我们平静地在这儿坐坐，以后，咱们俩命中注定再也不能并肩坐在这里了。”他请我坐下，他自己也坐下来。

“到爱尔兰要走很长的路，简妮特，我很抱歉打发我的小朋友去做这么令人疲倦的旅行。可是，有什么办法呢？我不能做出更好的安排了。你觉得你跟我比较亲近吗，简？”

这次，我不敢贸然回答。我的心激动得实在太厉害了。

“因为，”他说，“我有时对你有一种奇怪的感觉，尤其是在你像现在这样，靠我很近的时候，我觉得左边肋骨下面似乎有根弦，另一头紧紧拴在你那个娇小身体的同样位置上，无法解开。要是在我们俩中间横上一道波涛汹涌的海峡和两百多里的陆地，我恐怕这根联系的绳索最终会绷断的吧。我有一种想起来心里就直发紧的念头，到那个时候，我的内心就会流血。至于你呢，你准会把我忘掉吧？”

“我决不会的，先生。你知道……”我说不下去了。

“简，你听见那只夜莺在树林里的歌唱了吗？——听啊！”

我听着听着，再也忍不住了，不得不屈服于感情，猛烈地抽泣起来。剧烈的痛苦折磨得我从头到脚都在哆嗦。当我能开始讲话的时候，嘴里也只是说出个强烈的愿望，说我但愿根本就不曾出世。也但愿自己没有来过桑菲尔德。

“就因为要离开它，你觉得很难过？”

我心中的爱情和悲伤变得越来越强烈，就要主宰我的一切，它要生存、要崛起、要征服、最后还要占领统治地位——现在还要开口讲话。

“离开桑菲尔德让我感到痛苦。我爱桑菲尔德——我爱它，因为我在这里过着充实而愉快的生活，至少在短暂的时间里享受了这样的生活。我在这里没有受到践踏，没有受到恐吓，没有为低劣的思维所埋没，没有被排斥在各种智慧的、有活力的、高尚的交往之外。我在这里面对面与自己尊敬和喜爱的人交谈，与一个有独创性、思想活跃、心怀宽广的人交谈。我认识了你，罗契斯特先生，想到我必须与你生离死别，我就被恐怖所震悚，为痛苦所撕裂。在我看来，我离去的必然性就像人非死不可一样可怕。”

“你怎么知道有必然性？”他突然问道。

“怎么知道？先生，是你安排在我面前的啊。”

“以什么形式？”

“以英格拉姆小姐的形式，就是那个高贵而美丽的女人——你的新娘。”

“我哪有什么新娘！我根本就没有新娘啊！”

“可你会有的。”

“是啊——我会有！——我会有的！”他咬紧牙齿说道。

“那我就非走不可——这是你亲口说的。”

“不，你要留下！我发誓——我会遵守这个誓言的。”

“我告诉你，我非走不可！”我被惹火了反驳说，“你以为我会作为一个对你无足轻重的人留下来吗？你当我是一架没有感情的机器？可以容忍人家从我嘴里抢走一口面包，把我渴望的一点水从杯中泼掉吗？你以为我境遇贫寒，地位低微、容貌平常、个子矮小，就没有灵魂，没有感情吗？你想错了！我的灵魂像你的一样高尚，感情像你的一样丰富。假如上帝赋予我一些美和财富，我就能让你离开我时同样感到难舍难分。我现在并不是通过世俗和惯例的方式跟你讲话，甚至不是通过凡胎肉体，而是我的精神在同你的精神交谈，就像两个都经过了坟墓拜倒在上帝脚下的灵魂一样平等。因为我们本来就是平等的！”

“因为我们本来就是平等的！”罗契斯特先生重复了一遍。“是的，”他说着把我搂进他的怀抱，把嘴唇朝我的嘴唇贴过来。“是这样的，简！”

“是这样的，先生，”我接着说道。“可是不能这样做。因为你是个结了婚的人，或者说跟结了婚的人一样，是跟一个比你低下的人结了婚，你跟那个人的心并不相通，我不相信你真的爱那个人，因为我看见过，也听见过你嘲笑她。我会蔑视这样的结合，因而我比你高尚———放开我！”

“上哪儿去，简？爱尔兰？”

“对，去爱尔兰。我已经讲出了心里话，现在去哪儿都无所谓了。”

“简，平静些，别这么挣扎，你这样简直像个绝望得宁愿撕碎羽毛也要逃命的野鸟。”

“我可不是鸟儿，也没有罗网捕捉我，我是个有独立意志的自由人，现在我就要运用这种意志，离开你。”

我又一挣就脱出身来，直挺挺站在他面前。

“你的命运可以由自己的意志来决定，”他说，“我向你伸出手，献上我的心，愿意与你分享我的一切财富。”

“你这是在耍一个滑稽的把戏，只能引得我发笑。”

“我请求你一辈子都在我身边度过，做我的第二个自我，做我在人世间最好的伴侣。”

“你已经为自己的这种命运做出了选择，必须遵守才行。”

“简，安静一会儿吧。你太激动了。我也要镇静下来。”

一阵风顺着月桂树夹道的小径吹来，在七叶树的枝叶间发出飒飒声，然后消失在无限的远方，变得无声无息了。这时仔细倾听，只能听到夜莺的歌唱。我再次开始哭泣。罗契斯特先生平静地坐着，态度温和严肃地望着我。过了一会儿，他才开口说话：

“到我身边来，简，让我们把话解释清楚，彼此增加些了解。”

“我再也不会到你身边去了，我现在已经被拉开，不能再回去。”

“但是，简，我是把你当作我的妻子而叫你过来的。我只想与你结婚。”

我没有作声。我认为他这是在取笑我。

“来吧，简——过来。”

“你的新娘横在我们中间。”

他站起来，一个跨步走到我跟前。

“我的新娘就在这里，”他说着再次把我拉向他，“因为与我志同道合，地位平等的人就在这里。简，你愿意嫁给我吗？”

我还是没有回答，继续挣扎着想摆脱他，因为我仍然不相信他。

“你怀疑我吗，简？”

“绝对怀疑。”

“你不信任我？”

“一点儿也不信任。”

“难道在你的眼睛里，我是个骗子？”他热切地问。“小怀疑论者，你准会相信我的。我爱英格拉姆小姐吗？不爱。这你是知道的。英格拉姆小姐爱我吗？不爱。我煞费苦心证实过了。我制造了个谣言，让谣言吹到她耳朵里，说是我的财产还不到人们估计数目的三分之一。那以后，我就到她面前去看结果如何。结果，她和她母亲都变得十分冷淡。我不愿，也不能与英格拉姆小姐结婚。你这个怪异的——几乎不是人间的东西！我爱你就像爱自己一样。尽管你没有财产、地位，个头矮小，长相平常，可我还是要请求你嫁给我做妻子。”

“什么？我！”我禁不住惊呼起来。看到他那么认真，尤其是用那种鲁莽的态度表达出来，我开始相信他的真诚，“假如你算得上我的朋友，那么，在世界上除了你以外，我一个朋友也没有，而且，除了你给我的钱之外，我一个先令也没有。难道你要娶我这么个人？”

“就是你，简。我必须占有你——让你完全成为我自己的。你愿意成为我的吗？说愿意，快说！”

“罗契斯特先生，把脸转过来朝着月光，让我看看你。”

“为什么？”

“因为我想看看你的面容，转身！”

“那就看吧，你会发现它不比一张揉皱的字纸更容易看懂。快点看吧，要快，因为我觉得难受。”

他的表情激动，脸色绯红，五官的表情激越。眼睛里闪烁出奇异的光芒。

“啊，简，你在折磨我！”他嚷道。“虽然你的目光忠诚宽厚，可是它在折磨我。”

“我怎么能折磨你呢？如果你是真诚的，如果你的求婚是真心话，我对你的感情只有感激和忠诚，而不可能是折磨。”

“感激！”他再次嚷道。接着又疯狂地补充说：“简，快答应我。快说，爱德华——要叫我的名字爱德华——我愿意嫁给你。”

“你当真吗？——你真的爱我？你的确是真心诚意希望我做你的妻子吗？”

“是的，要是需要发个誓才能让你觉得满意，我就发誓。”

“那么，先生，我愿意跟你结婚。”

“要叫我爱德华，我娇小的妻子！”

“亲爱的爱德华！”

“快到我这儿来——投入我的怀抱里来吧，”他说。他把脸颊紧贴在我的脸颊上，用他那种深沉的声音说：“让我感到幸福吧，我也会让你感到幸福。”

“上帝宽恕我！”没过多久，他接着说道，“不要有人来干涉我。我得到她了，我要拥有她。”

“没有人来干涉，先生。我没有亲戚，不会干涉我们。”

“没有——那就太好了，”他说。假如我不是像现在这样爱他，我会认为他那种狂喜时的声调和表情是野蛮的。但是，我这时从离别的噩梦中醒来，回到了团聚的天堂，坐在他的身旁，我一心想到的只有源源而来，任我畅饮的幸福。他一遍又一遍地问道："你幸福吗，简？"我也一遍又一遍地回答："幸福。"随后，他低声说道："这是能受到宽恕的，这是能受到宽恕的。难道不是因为我发现她无亲无友吗？难道我不该保护她，安慰她，让她感到喜悦吗？难道我的心中没有爱情，难道我下了决心却没有恒心吗？那可要在上帝的法庭上受到惩罚的。我知道我的缔造者同意我这样做。至于尘世间的裁判，我可不想去顾忌。我蔑视人的看法。"

这个夜晚到底是怎么啦？月亮还没有落下，我们就已经陷入一片阴影中，虽然我们站得很近，可我几乎看不见我主人的面孔。七叶树为什么如此翻腾、呻吟，仿佛感到无比痛苦？狂风从月桂树旁的小径上刮过来，从我们头顶上扫过去。

"我们得进去了，"罗契斯特先生说。"变天了。要不然，我可以跟你一直坐到天明，简。"

我想道："我也能陪你坐到天明。"也许我该说出来才对，但是，我的两眼正在注视的那片云彩突然迸发出一道强烈的电光，接着响起了一阵噼啪的爆裂声和轰鸣声，我只顾得上把强光刺疼的眼睛藏进罗契斯特先生的肩膀里。大雨倾泻下来。他拉着我顺小径穿过庭院，朝房子跑去。我们跨过门槛时，都淋得精湿。罗契斯特先生在门厅里给我脱下披巾，把我散开的头发上的水抖掉。这时候，费尔法克斯太太从她的屋子里出来了。起初我没有看见她，罗契斯特先生也没有看见她。房子里点着灯，时钟敲了十二下。

"快去把湿衣服脱掉，"他说，"先别走，我亲爱的！晚安，晚安。"

他一再吻我。当我离开他的怀抱时，看见那位寡妇站在一边，望着我们，只见她脸色苍白，严肃而且吃惊。我只是对她笑了笑，就跑上楼去。"以后再向她解释吧，"我想道。不过，我走到自己的卧室门口时，想到她会因为看到的事情产生暂时的误解，我心头不禁感到一阵强烈的痛楚。然而，欢乐立刻就淹没了其他各种感觉。在两个小时的风雨中，尽管风在猛烈地呼啸，雷声又近又响亮，闪电不停地迸发出刺眼的光芒，大雨像瀑布般倾泻下来，可我并不感到害怕，也没觉得太畏惧。在此期间，罗契斯特先生到我门前来过三次，问我是不是安全，是不是平静。这对我就是安慰，这比什么都能让我感到力量。

早晨，我还没起床，小阿黛勒就跑来告诉我说，果园尽头那棵巨大的七叶树在夜里遭雷击了，半棵树给雷劈掉了。

第九章

我起床穿衣的时候，回忆起昨天发生的事情，疑心那不过是一场梦。我要再次看到罗契斯特先生，听到他再次说出爱恋的话语和誓言，可是在这之前，我不能断定那是不是真的。

梳理头发的时候，我望着镜子里的面孔，发觉自己的长相不再是平淡无奇的了，其中蕴含着希望，脸色显得生机勃勃，眼睛似乎看到了源泉般取之不尽的收获，眸子中闪烁着波光连连。我以前常常不愿意望着主人，因为我怕他看到我的相貌会不愉快的。但是，我现在可以自信地抬起头望他，而不用担心会在他的爱情上泼冷水。我从抽屉里取出一件浅色夏装，穿在身上，那衣服虽然朴素但是却很干净，看上去没有哪件衣服比这件更适合我穿了，因为我从来没有在这样幸福的心情中穿过衣服。

我欢快地跑着下楼，进了大厅，看到一夜暴风雨迎来的是个六月份般的明媚早晨，感到一阵芬芳的轻风从敞开的玻璃门吹进来。我并不感到十分惊讶，大自然一定也在为我的幸福感到高兴。一个要饭的女人带着她的小儿子顺着小路走来，两个人脸色苍白，衣衫褴褛。我立刻朝他们跑过去，把钱包里所有的钱都掏出来给了他们——大约有三四个先令。不管怎么样，他们应当分享我的喜悦才对。白嘴鸦在呱呱欢呼，其他的鸣禽在欢快地歌唱，但是什么也没有我的心更欢乐，更加充满了音乐。

费尔法克斯太太面带忧郁朝窗户外面张望，让我吃了一惊。她严肃地问："爱小姐，你来吃早饭吗？"吃饭的时候，她又平静又冷淡。可是我不能把真相告诉她。我要等我的主人向她做出解释，所以，她只好等待了。我尽量吃了点早饭，然后就匆忙奔上楼去。我看见阿黛勒正在离开教室。

"你上哪儿去？该上课了。"

"罗契斯特先生要我到婴儿室去。"

“他在哪儿？”

“在那儿，”她指着刚才离开的那个屋子说。我走进屋子，见他正站在那儿。

“快来对我说早安，”他说。我高高兴兴走上前去。现在我接受到的不再是一句冷冰冰的祝愿，甚至也不再是握一握手，而是拥抱和接吻。受到他这样的强烈的爱抚似乎是非常自然，十分正常的。

“简，你满脸笑容，这么漂亮，看上去真像盛开的花朵，”他说。“今天早上你看上去真的很漂亮。这难道是我原来那个脸色苍白的小精灵吗？这难道是原来我那颗芥菜籽吗？这个姑娘满脸容光焕发，微笑时露出深深的酒窝，嘴唇像玫瑰一样鲜艳，栗色的头发像缎子一般光滑，栗色的眼睛熠熠生辉。她是原来那个姑娘吗？”读者，我的眼睛是绿色的，可是你必须原谅他这个错误，我想，他准是认为这双眼睛也染上了新的颜色呢。

“先生，你眼前的正是简·爱。”

“很快就要变成简·罗契斯特了，”他补充说，“四个星期以后，你听到了吗，简妮特？一天也不会多。”

我听到了。可我还不能充分理解这话的含义。它让我感到晕眩。听了他这么宣布的消息，我产生了奇怪的感觉——那是一种强烈得无法用快乐形容的感觉，是一种让人感到刺激和震动的感觉，我几乎错把它当成恐惧了。

“简，你刚才脸颊绯红，怎么现在也突然变得苍白了？这是为什么？”

“因为你给了我一个新名字——简·罗契斯特，听上去那么陌生。”

“是的，罗契斯特太太，”他说，“年轻的罗契斯特太太——费尔法克斯·罗契斯特的年轻新娘。”

“这绝对不可能，先生。听起来不可能。人类在这个世界上不可能享受到完美的幸福。我不可能天生与我的同类有不同的命运。想象一下吧，这样的命运会落到我的头上来——不，那是童话，是白日做梦。”

“这个我能让它实现，也要让它成为现实。今天我就要开始动手。今天早上，我已经给伦敦的银行家写了封信，要他把桑菲尔德家族女眷用的传家珠宝首饰给我送来。我希望再过一两天就把它们哗啦一声倒在你的裙兜里。我要把你当作一个贵族的女儿，把一切特权和一切关怀都给你。”

“噢，先生！别想什么首饰！我听见这个字眼就觉得不舒服。简·爱戴上首饰会显得不自然，看上去会很怪的。我可不要。”

“可我要亲自把钻石项链戴在你的脖子上，把额圈套上你的额头——那一定很合适，简，因为大自然已经在这个额头上印上了贵族的标记。我还要在这两只漂亮的手腕上戴上手镯，在这些仙女们才会有的手指上戴满戒指。”

“不，不，先生！想点别的话题，谈些别的事情，换个调子。跟我说话的时候，别把我当成个美女一样。我是你雇的家庭女教师，相貌长得平常，养成的习惯就像个贵格会教友。”

“在我的眼睛里，你是个美人，正好合我的心意。娇小而飘逸。”

“你的意思是说，弱小而微不足道吧。先生，你这不是在做梦，就是在嘲讽。看在上帝分上，别挖苦人啦。”

“我还要让整个世界都承认你是个美人，”他继续说道。我却对他说话的腔调觉得越来越不安了，因为我觉得，他这不是想欺骗自己，就是想欺骗我。“我要让我的简穿上绫罗绸缎，让她的头发上插上玫瑰，我要用无价的珍贵面纱蒙在我最心爱的人儿头上。”

“到了那个时候，你可就认不出我来了。先生。我就不再是你的简·爱，而是一只身着丑角服装的猿猴，是一只松雅鸟，身上插着借来的羽毛。我不愿穿上宫廷贵妇人的裙袍，就像我也同样不喜欢看到你身穿上舞台的戏装一样。先生，我没有说过你漂亮，可我非常爱你，爱得太深了，所以不愿奉承你。可你也别奉承我。”

然而，他并没有注意我的反对，继续讲了下去。“今天我就要带着你乘车到米尔考特去挑选几件衣服。我对你说过，我们要在四个星期后结婚。婚礼要在下边那个教堂里平静地举行。仪式之后我立刻就带你到城里去住。在那儿小住几天后，我就带我的宝贝到接近太阳的地方去，到法国的葡萄园或者意大利的平原上去。她在那里能看到古代和现代的记载中一切著名的东西。她还要体验到都市的乐趣。她要学会将自己与别人作公正的比较，从而得到自信心。”

“我还要旅行吗？——跟你一起去旅行，先生？”

“你要住在巴黎、罗马和那不勒斯，住在佛罗伦萨、威尼斯和维也纳。凡是我漫游过的地方，都要让你去；凡是我的马蹄踏过的地方，你这个精灵的脚也要踩在上面。十年以来，我发疯般奔跑着穿过欧洲，陪伴我的是厌恶、憎恨和愤怒。现在，我的创伤已经治愈，心灵得到净化，我要由一位天使陪伴着去故地重游。”

他说出这些话的时候，我不断地出声笑着。我说：“我可不是个天使，只有等我死了，才能变成个天使。可现在我就是我自己，罗契斯特先生，你不能指望，也不能要求从我这儿发现天堂里才能找到的东西。因为你不会得到的。同样，我从你那里也得不到这种东西的。所以我根本就不怀这种指望。”

“你期望从我这里得到什么？”

“短时间内，你也许会保持现在这个样子——只能保持很短一段时间。这以后，你会变得冷漠，变得反复无常，然后，你就会变得严厉，我就不得不想方设法讨你喜欢。可是等到你对我已经完全习惯了，你也许会再次喜欢我——我说的是喜欢，而不是爱。我猜，你的爱情六个月之内，或者在更短的时间里就会化作肥皂泡。我从男人写的书里读到过，这也许就是丈夫的热情所能维持的最长时间了。然而，话说回来，作为一个朋友和伴侣，我希望永远不要变成让我的主人讨厌的人。”

“说什么讨厌！还说什么再次喜欢你！我想我会越来越喜欢你，我还会让你承认，我不仅仅是喜欢你，而是爱你——爱得真心，热烈，持久。”

“你不会反复无常吧。先生？”

“对于那些只会用容貌取悦我的女人们，我一旦发现她们既没有灵魂，又没有良心，我一旦看到她们平庸、浅薄、低能、粗俗和暴躁的本质时，我在她们的眼睛里就会变成个恶魔。可是在明亮的眼睛、雄辩的舌头以及火一般燃烧的灵魂和宁折不弯的性格面前，与柔和而稳定，驯服而坚强的人在一起，我永远是温柔而忠实的。”

“你遇到过这样的性格吗，先生？你爱过这样的性格吗？”

“我现在爱的便是这样的性格。”

“假如我真的在某些方面达到了你的苛刻标准，那么，在这以前呢？”

“简，我从来没有遇到过与你相似的人。你让我喜悦，你主宰了我。你看上去十分顺从，我喜欢你给人的柔顺感，我把这缕柔软的丝线绕在手指上时，它引起我一阵快感，通过胳膊，直达心田。我受到了影响，被征服了，这种感觉里有一种我无法表达的甜蜜，在我被征服的过程中，我感到了一种我无法超越无法战胜的巫术。你笑什么啊，简？你脸上那种令人费解的诡谲神色是什么意思？”

“先生，我脑子里正在想的是——你可别见怪，我只是不由自主有了这么个想法——我想的是海格立斯[①]和参孙[②]还有那些让他们着迷的美女……”

“你这个小精灵，居然这么想……”

---

① 希腊神话中的大力士，曾身穿女人衣服为女王纺线。

② 《圣经》上记载的大力士，因受女人诱骗，被敌人征服。

"嘘，先生！你现在这话可讲得不高明，就像古代那两位先生做的不聪明一样。不管怎么样，要是他们已经结了婚，就肯定会用作为丈夫的严肃来弥补作为求婚者的谦恭。我恐怕你也会这样。一年以后，假如我向你提出个让你不舒服、不高兴的要求，你会怎么说……"

"你现在就要向我提出要求，简妮特——起码先提个要求，我希望听到要求……"

"说真的，我是要提出请求，先生。我的请求已经准备好了。"

"讲出来！你带着那样的表情对我微笑，我不等你说出来就会发誓答应你的请求。不过，这样做我就会成为一个傻瓜。"

"根本不会，先生。我只要求一点：别叫人送什么珍宝来。别给我戴玫瑰花，要是那样做，你简直是在朝自己那方朴素的手帕上镶金边。"

"我这是在'给纯金镀金'，这我自己也知道。那么好吧，我就同意你的请求——暂时同意。我会撤回给银行家的命令的。可你并没有要求什么，你只是请求取消一个礼物罢了。再提一个请求。"

"那好吧，先生，请你满足一下我的好奇心吧。我对一件事特别好奇。"

他看上去似乎不安起来。"那是什么？是什么？"他急忙问道。"好奇会引出危险的请求。幸亏我没有发誓满足每一个请求……"

"但是，满足这一个请求并不会发生危险啊，先生。"

"那就说出来，简。但是我希望你想得到我的一半不动产，而不是打听一个秘密。"

"啊，亚哈随鲁王①！我要你的一半财产有什么用处？你把我当成个放高利贷的犹太人了？你以为我想在田地上大大投上一笔吗？不，我宁可要你跟我完全推心置腹。既然你让我进入你的心田，该不会对我有所隐瞒吧？"

"简，凡是我值得一听的心里话，都欢迎你听。可是，看在上帝分上，别要求得到那些没用的负担！别渴望得到毒药——别变成个死死缠住我的夏娃！"

"为什么不呢，先生！你刚才不是还说过，你多么希望受到征服，还说你要是让人逼着做什么事情会感到多么愉快。难道你不觉得，我最好利用一下这个自白，开始先哄骗和请求，必要时不惜生气哭闹，只是为了试一

① 《圣经》上记载的六世纪波斯富有国王，娶犹太女王以斯帖为后，为了满足她的请求，答应"甚至一半地产"都可以给她。

试我的力量而已？”

“我看你不见得会做这种试验。肆意侵犯，任意放纵，一切可就完了。”

“是吗，先生？你这么快就改变主意了？你现在看上去多么严厉啊！你的眉毛拧在一起，变得比我的手指都粗了；你的额头也起了皱；就像我在一首让人看了感到吃惊的诗歌里读到的那样：‘浓云翻滚雷霆起。’我想，这就是你结婚以后的神色吧？”

“假如你本人结婚以后便是这样一种神色，我这个基督徒就会立即放弃结婚的念头，不娶一个十足的妖精或者火龙。不过，小东西，你的要求是什么？讲出来吧！”

“唉，你现在就已经这么不礼貌了，不过，我喜欢鲁莽远远胜过奉承。我自己也宁愿当个小东西，而不愿做个天使。我想问的只是这么一点：你为什么费尽心机要让我相信，你想跟英格拉姆小姐结婚？”

“就这么个要求？谢天谢地，还算不是太糟！”这时，他才舒展开浓黑的眉毛，低头望着我微微一笑，抚摸着我的头发，仿佛刚刚避免了一场危险，心里感到宽慰似的。“我想我可以坦白地说，”他接着说下去，“虽然我会惹你生气，简——我看出，你生气的时候，简直能变成个火神。昨天晚上，你在寒冷的月光下与命运进行抗争，声称你跟我的地位本来是平等的，那时候你简直是在喷火。顺便提一下，简妮特，提出求婚的是你。”

“当然是我。但是，先生，请你回到刚才的话题上来，谈谈英格拉姆小姐的事情。”

“好吧，我装作向英格拉姆小姐求婚，为的是让你像我迷恋你一样，狂热地爱上我。我知道要想达到这个目的，嫉妒是我能找到的最好同盟者。”

“真是太妙了！可是这么一来你自己就变得渺小了——不比我的小手指大多少。那样做真是奇耻大辱，简直是桩丑闻。先生，你难道根本就不把英格拉姆小姐的感情放在心上吗？”

“她的感情只集中在一点上：骄傲，那种感情需要的是屈辱。你嫉妒吗？简？”

“你别管，罗契斯特先生。你了解这一点决不会有什么意思。老老实实接着回答我的问题吧。你以为英格拉姆小姐不会因为你虚情假意的调情而感到痛苦吗？难道她不会产生被遗弃的感觉吗？”

“不可能！我跟你说过，不是我遗弃她，正相反，她遗弃了我。她听到我破产的消息后，热情立刻就降了温，也可以说，是熄灭了。”

“你的狡猾真让人惊讶，罗契斯特先生。我恐怕你在某些问题上的原则。实在是怪癖极了。”

“我的原则从来没有受过训练，简。由于缺乏照料，所以可能长歪了。”

“我再认真问一遍。我是不是可以享受你答应给我的莫大幸福，而不必担心有什么人忍受我本人刚才感到过的痛苦？”

“你可以享受，我的小姑娘。这个世界上没有另外的人能对我怀有像你那样的纯洁爱情——简，因为我把一剂舒适的药膏涂在了我的心灵上，那是对你爱情的信任。”

我转过头去，亲吻着搭在我肩膀上的那只手。我非常爱他，爱得无法用语言表达，我也不知道该怎么表达才好。

“再提点别的要求吧，”他马上说道。“能收到要求，能表示同意，是我的乐趣。”

我再一次准备好了我的请求。“把你的打算告诉费尔法克斯太太好吗，先生。昨天晚上，她看见我跟你一起待在门厅里，大吃了一惊。我再次见到她之前，向她做些解释吧。让这样一位好人误解，我觉得痛苦。”

“上你的屋子里去，戴上帽子，”他回答道。“我要你今天早上陪我到米尔考特去，趁你做准备的时候，我去跟这位太太解释个清楚。简妮特，她是不是认为，你为爱情而献身并不值得？”

“我相信她以为我忘记了自己的地位了，也忘记了你的地位，先生。”

“地位！地位！你的地位在我心上，在那些瞧不起你的人们的脖子上。好了，去吧。”

我很快就穿戴好了。我听到罗契斯特先生从费尔法克斯太太的屋子走出来的时候，就匆匆跑下楼去。这位太太正在阅读早上要读的经文，这是她一天的日课。《圣经》就摆在她面前，上面搁着她的眼镜。罗契斯特先生向她宣布的事情把她正在从事的活动打断了，现在似乎忘记了该继续阅读。她的眼睛盯在对面空荡荡的墙壁上，表情显出一个平静的心灵受到异乎寻常消息的打扰，感到吃惊。看到我后，她清醒过来，努力想微笑一下，向我表示祝贺。可是她的微笑中止了，话也没说完就中断了。她戴上眼镜，合起《圣经》，把她的椅子从桌子边推开，放回原处。

“我感到太吃惊了，”她开始说，“我几乎不知道该对你说些什么，爱小姐。我现在肯定不是在做梦，对不对？有时候，我独自坐在这里，昏昏欲睡，想象着根本没有发生过的事情。我这么打瞌睡的时候，不止一次看到我那十五年前就去世了的丈夫，又走进屋子，坐在我的身边。我甚至还听到他像以前那样叫我的名字艾丽斯。你告诉我，罗契斯特先生是不是真的要求你跟他结婚？别笑我。不过，我真的以为他五分钟以前走进来说，一个月以后，你就是他的妻子了。”

“他跟我说过同样的话，”我回答道。

“真的！你相信他吗？你答应了吗？”

“是的。我答应了。”

她望着我，满脸狐疑神色。

“我绝对没想到过这事。他是个骄傲的人，罗契斯特家的人全都骄傲，至少，他父亲是个爱钱的人。人们也都说他是个谨慎的人。他真要娶你吗？”

“他是这么跟我说的。”

她把我从头到脚打量了一遍，我从她的眼神里看得出，她在我身上找不到什么可爱的地方来解开她心中的谜。

“真让我无法理解！”她接着说，“不过，无疑这是真的，既然你是这么说的。以后会怎么样，我说不准，我真的不知道。在这种情况下，最好是地位和财产相当。再说，你们的年龄相差二十岁。他几乎能做你的父亲了。”

“不对，费尔法克斯太太！”我让她的话惹火了，喊了起来。“他根本不像我的父亲！任何人看见我们在一起，都不会有这样的想法。罗契斯特先生看上去像二十五岁的年轻人，实际上他也就是个年轻人。”

“他要娶你真的是出于爱情吗？”她问道。

她的冷淡和怀疑伤了我的心，我的泪水都涌出来了。

“我很抱歉惹你伤心，”这位寡妇接着说，“可是你这么年轻，对男人又这么不了解，我是希望你能保持警惕。俗语说得好：闪光的并不全是金子。在这种情况下，我害怕将来会出现你我都始料不及的事情。”

“为什么？难道我是个怪物吗？”我问道。“难道罗契斯特先生就不可能真诚地爱我吗？”

“不。你根本没问题。而且近来比以前更好了。也许罗契斯特先生真的爱你。我注意到，你是他所喜欢的人。有好几次，看到他明显对你表示喜欢，我真有点替你感到不安，很希望你能警惕一些。可是，我并不喜欢提醒你，就连可能犯错误的可能性也不愿意提醒。我知道，我这样的想法会让你吃惊，也许还会惹你生气。你是个十分谨慎的人，特别谦逊，深明事理，所以，我心里希望能信赖你，愿你能保护自己。昨天晚上，我简直说不出我有多么痛苦。我在宅子里到处找你，哪儿也找不着你，也找不着主人，直到十二点钟的时候，才看到你跟着他走进来。”

“好啦，现在别说这个啦，”我不耐烦地打断她。“一切都是正当的，这就够啦。”

“我希望最后这一切都是正当的，”她说。“但是相信我，你多加留意总不为过。要尽力与罗契斯特先生保持距离。不要相信你自己，也不要相信他。处于他那种地位的绅士一般不会娶他们的家庭女教师为妻的。”

要不是阿黛勒这时跑了进来，我可真的会发起火来。

“带我去，我也要去米尔考特！”她嚷道。“罗契斯特先生不让我去，可是马车上有那么大的空间。替我求求他让我也一齐去吧，小姐。”

“好的，阿黛勒，”我急忙带着她离开了，心里很高兴能离开这个神色阴郁，对我喋喋不休告诫个不停的女人。马车准备好了。他们把马车赶到房子正面来，我的主人在步道上踱着步子，大狗派洛特跟在他身后走来走去。

“阿黛勒可以跟我们去的，对不对，先生？”

“我告诉她说不行，我不要带小孩！我只要你去。”

“请你让她也跟着一起去吧，这样更好些。”

“不行，她去了准会碍事。”

他的神色和语音都十分果断。想起费尔法克斯太太的警告让我寒心，她的怀疑让我觉得扫兴。一种不现实与不确定的感觉扰乱了我的希望。我原来那种以为征服了他的感觉失去了一半。我心里开始打算不再争辩，准备机械地服从他，可是他扶着我上马车的时候，朝我的面孔望了一眼。

“怎么啦？”他问道，“面孔上的阳光都消失了。你真的希望带这小女孩一起去吗？这么说，要是把她留在这里，会让你觉得不高兴？”

“我真的十分希望她能去，先生。”

“那就去拿你的帽子，然后赶快跑回来！”他对阿黛勒喊道。

她以尽可能快的速度服从了。

“好在仅仅打扰我们一个上午没什么关系，”他说，“我不久就要你——你的思想、谈话、陪伴——全都终生归我所有了。”

阿黛勒一让抱上马车，就为了我替她求情开始亲吻我。她马上就给安顿到他那一边座位的角落里了。于是她转过头来朝我坐着的地方张望。坐在他那么严厉的人旁边实在太受拘束了。照他现在这种心情，她连小声发表什么意见也不敢。也不敢向他打听情况。

“让她上我这儿来吧。”我请求道，“她也许会让你不舒服的，先生。我这边的空间挺大。”

他把她抱给我，那样子仿佛她是个叭儿狗似的。“我要送她上学校去，”他说，不过，这时他脸上绽开了微笑。

阿黛勒听见了，就问道，是不是要她进学校，不能跟小姐在一起了？

“是的，”他回答说，“绝对不能再跟小姐在一起了。因为我要带小姐到月亮上去，我们要在那儿白皑皑的火山之间的山谷里，找到个山洞，小姐要跟我住在那儿，只跟我一个人住在那儿。”

“她没有吃的东西啊，你会把她饿死的，”阿黛勒评论道。

“我会在早上和晚上给她采集吗哪[1]的，那儿多的是，所以月亮才是白色的，阿黛勒。”

“可她得取暖啊，她怎么才能生火呢？”

“月亮的山上能冒出火来，她冷的时候，我就会把她抱到一个山顶上，让她躺在火山口旁边。”

“啊，她在那儿多不好，实在不舒服。再说她的衣服，衣服穿破了上哪儿买新衣服呢？”

罗契斯特先生假装让她难倒了。“哼！”他说，“那你说该怎么办，阿黛勒？开动你的脑筋想想办法吧。你认为，用白色或者粉红色的云彩做衣裳怎么样？而且还能剪一片彩虹做一条漂亮的围巾。”

“她现在这样子要好得多呢，”阿黛勒想了一会儿，做出结论。“再说，她只跟你住在月亮上会觉得孤独的。假如我是小姐的话，我绝对不会答应跟你去那儿。”

“可她已经答应了，她还发过誓。”

“但是你不能带她上那儿去的，到月亮上没路可走。周围全是空气，你和她都不会飞。”

“阿黛勒，看那片田地，”这时，我们已经驶出了桑菲尔德的大门。正顺着通往米尔考特的平坦道路平稳地行驶着。路上的尘土让刚下过的雷阵雨压住了，路边低矮的树篱和高大的树木都闪烁出一片青翠，让雨冲洗得十分清新。

“阿黛勒，两个星期前的一天傍晚，我在那片田野上散步，就是你在果园帮我翻晒干草的那个傍晚。因为我耙草的时候累了，就在台阶上坐下来休息。我掏出一支笔和一个小本子，开始记下很久以前我遇到的不幸，也写下了我对幸福未来的希望。虽然阳光正在从树叶中间消失，可是我写得很快。这时候，有一个东西从小径上走来，停在离我两码远的地方。我望着它。它是个很小的东西，头上还戴着面纱。我朝它招招手，要它走近些，

---

① 《圣经》上说，古代以色列人经过旷野时获得的神赐食物。

它很快就朝我走来，站在我的膝盖旁边。我没有跟它说话，它也没有对我说，可是我从它的眼神里看懂了它的意思，它也从我的眼睛里看懂了我的意思。我们没有说话的交谈说的是这样的内容：

“它说，它是个仙女，是从精灵国来的，它的使命就是使我幸福。我必须跟它离开凡人世界，到一个孤独的地方去，比方说，到月亮上去。它说着朝已经升上干草山岗的月牙扬了扬头，告诉我说，我们可以住在雪石膏山洞里和银山谷中。我说我喜欢去，可是我也像你一样提醒它说，我没有翅膀，不能飞。

“‘啊，’那个仙女回答说，‘那没关系的！这儿有个护身符，它能让你克服一切困难，’它说完就拿出个漂亮的金戒指来。‘来吧，’她说，‘把这个戒指戴在我左手的第四根手指上，我就是你的了，你也就是我的，我们就能离开地球，到那儿去创造我们自己的天堂。’她朝月亮努了努嘴。这个戒指就在我的裤子口袋里，表面上看起来像个金镑，可是我们打算马上就把它变成一个戒指。”

“可是小姐跟它有什么关系呢？我可不管什么仙女。你说你要带着去月亮的是小姐……”

“小姐就是个仙女，”他故意压低声音神秘地说。我就告诉她别听他的笑话。她就充分表现出自己是个真正的法国式的怀疑主义者，把罗契斯特先生说成是个“彻头彻尾的撒谎者，”还说，她根本就不相信他的“神怪故事，”还说，根本就没有仙女，就算有，也不会出现在他面前，更不会给他戒指，或者提出跟他一起住在月亮上。

在米尔考特停留的那一个钟头，对我来说简直是一种折磨。罗契斯特先生逼着我去了一家丝绸服装店，还命令我挑选做六件服装的料子。我讨厌做这种事，就请求晚些时候再办这事。可是不行，现在就得办好。经过我一再低声请求，才总算把六件减少成为两件，可他坚持要由他替我选。我急切地望着他的眼睛在色彩艳丽的布料上扫来扫去。他选定了一种极为富丽堂皇的紫色绸子和华丽无比的粉红色缎子。我又连忙压低声音连连对他说，他还不如赶紧为我买上一件金子做的衣服和银子做的帽子呢，我肯定不会冒险穿他选的这种衣服。可是他顽固得简直像块石头，我费了无穷的周折，才说服他改选一种素静的黑缎子和一种珠灰色的绸子。“暂时就这么办吧，”他说。可他还是要“看到我穿得像个花坛一样光艳照人才行。”

我很高兴终于催他离开了绸缎店，而且很快离开了首饰店。他给我买的东西越多，我心里就越感到不安和耻辱，脸颊因而变得更加发烫。我们重新登上马车，我像发烧似的瘫坐下来，靠在车座上时，突然想起，在一连串阴郁和欢乐的事情匆匆到来的时候，我把我的叔叔约翰·爱写给里德太太的信完全忘掉了，他在信中提到，要收我为养女，让我做他的继承人。“要是我有哪怕很小的一笔财产，”我想道，“那是多大的安慰啊。我绝对受不了让罗契斯特先生出钱把我打扮得像个布娃娃一样，或者变成又一个达那厄[①]，每天让黄金雨落在我的身上。我一回家就要写一封信，寄到马德拉去，告诉我的叔叔约翰说，我就要结婚了，还要告诉他说我要跟什么人结婚。只要我想到将来有一天，我能让罗契斯特先生的财产有所增加，我现在由他供养，也会觉得好受一点。”这个想法让我感到了安慰，那天我就这么做了。我又敢壮起胆子跟我那主人兼情人的眼睛相遇了。他那双眼睛不顾我设法避开他的脸和他的凝视，固执地搜索着我的眼睛。他微笑起来。我觉得，他的微笑就像一个行善的苏丹王，用黄金和宝石将一个奴隶变成个富翁后，脸上露出的那种笑容。他的手一直在摸索着找我的手，我抓住他那只手，紧紧握一握，我把它推开时，发现我热情的一握把他的手都捏红了。

“你不必做出这种神情，”我说，“要是你老摆出这个样子，我就永远穿劳渥德时穿的旧衣服。结婚的时候，我就穿这件淡紫色的格子布衣服，你可以用这块珠灰色绸子为自己做一件晨衣，用这块黑色的缎子做许多背心。”

他咯咯笑着摩擦了一下手。“啊，望着她的容貌，听着她的声音，便是富有！”他大声说道。“她聪明吗？她古怪吗？就是有人愿意拿土耳其皇帝的所有嫔妃、瞪羚一样的黑眼睛、妖艳的女人身体或者任何其他东西，跟我换这个矮小的英格兰姑娘，我都不会答应！”

他用东方作的比喻又把我刺痛了。“可我根本代替不了后宫的嫔妃，”我说，“所以，别把我跟她们相提并论。假如你对那种事情有嗜好的话，还是赶快启程到伊斯坦布尔的市场上去，把你不知道该怎么花的钱用在大量购买奴隶上。”

“那么，当我在讨价还价准备购买成吨的肉体，以及各种各样的黑眼睛的时候，你准备做什么呢，简妮特？”

“我就收拾好出去传教，向那些受奴役的人们宣传自由思想——也要向囚禁在你的后宫里那些女眷们宣传。我要闯进你的后宫，煽动造反。而你

① 希腊神话中，阿克里修斯听预言者说，他的外孙会将他杀死，便将女儿达那厄囚禁在高塔中。天神宙斯得知后，化作黄金雨落到塔中与她交合，生子帕修斯。

呢，先生，就算你是个三尾帕夏[①]，也会很快变成我们的阶下囚，戴上脚镣手铐。除非你愿意在一个最富有自由精神的宪章上签字，否则就不打开你的脚镣手铐。”

“我就恳求你开恩，简。”

“假如你恳求的时候带着这种眼神，我可不开恩，罗契斯特先生。从你的眼神上我可以断定，不论你同意什么宪章，只要把你释放掉，你马上就会违反它的条款。”

“为什么，简，你究竟要什么呢？恐怕你除了要我在教堂的圣坛前举行婚礼之外，还要我跟你秘密举行一个婚礼。我看出，你还会要求一些特别的条件的——那会是些什么条件呢？”

“我只要求保持心情舒畅，先生，而不是为大量的恩惠所压垮。你还记得你说的关于塞莉纳·瓦朗的话吗？——你说过你给她钻石、开司米料子等等。我可不愿做你在英国的塞莉纳·瓦朗。我要继续做阿黛勒的家庭女教师，靠这工作挣得我的食宿和每年三十英镑。我要用这笔钱添置自己的衣服，你什么也用不着给我，除了……”

“除了什么？”

“除了你的尊重，如果我对你也报以尊重的话，我们就两清了。”

“在天性冷静，喜欢顶撞，以及纯洁的自尊心方面，没人能与你相比，”他说道。我们现在驶近了桑菲尔德。“能请你今天与我一起吃饭吗？”我们驶进大门的时候他问道。

“不，谢谢你，先生。”

“假如我可以问的话，请问，你为什么说‘不，谢谢你’？”

“我从来没有跟你一起吃过饭，先生。我现在也看不出有什么理由该跟你在一起吃饭。等到……”

“等到什么？你喜欢说半句话。”

“等到我别无选择的时候。”

“难道你以为我是个食人魔鬼或者是个食尸鬼，所以你害怕和我在一起吃饭？”

“在这个问题上，我可没有那么想，我只是想照现在这样继续过一个月。”

“你应该立刻放弃那种奴隶般的家庭教师工作。”

“说实话，先生，请你原谅，我不放弃。我要像往常那样继续工作。而

---

① 土耳其官衔，以马尾饰旌旗，表示品位。

且我也要像往常习惯的那样，整天不见你。要是你想见到我，可以在晚上派人来叫我，那时我会来的。但是其他时间不行。”

“在这种情况下，我想抽上支烟，或者吸一撮鼻烟，就像阿黛勒常说的那样：‘让我镇定一下。’不幸的是，我身边既没带雪茄烟盒，也没带鼻烟壶。听我说——我要压低声音——现在是在你的掌握之中，小暴君，不过马上就轮到我来掌握了。一旦我完全把你掌握在手中，为了占有并保持住你，打个比方吧，我就会用一根链条把你拴住，”他说着摸了摸表链。“是的，美丽的小仙女，我要把你藏在我的怀抱里，免得把我的宝贝弄丢。”

他一边说一边扶我下车，随后又抱出阿黛勒。我便抽身走进屋里，上楼去了。

晚上，他当然叫我到他那儿去。我想好了一件事要他做，因为我决心不把时间全都消耗在闲聊上。我想起他有一副好嗓子，也知道他喜欢唱歌——歌唱得好的人都喜欢唱的。我自己不是歌唱家，而且照他挑剔的评判，也实在算不上什么音乐家，可是我喜欢听唱得很好的歌。浪漫的黄昏时刻刚刚开始将缀满星星的深蓝色旌旗垂在窗户上，我便站起身来，打开钢琴盖，请他看在老天分上，为我唱一首歌。他说我是个任性的女巫，还说改日再唱，但是，我坚持说没有哪个时候比现在更好了。

他问我是不是喜欢他的嗓音。

“非常喜欢，”我不喜欢纵容他那敏感的虚荣心，不过这次是个例外。出于策略，我甚至还奉承他，激发他的虚荣心。

“那么，简，你要为我伴奏。”

“好的，先生。我试试。”

我真的只是试了试，因为他不久便把我从琴凳上推开，把我称作“小笨人儿。”我被他毫无礼貌地推到一旁，其实这正是我希望的。他这时占据了我的位置，开始自弹自唱，他既会弹琴，又会唱歌。我连忙走到窗户的凹处，坐在那里，望着窗外寂静的树木和朦胧的草坪，听着他用圆润的嗓音唱出优美的曲调。他唱的歌词是这样的：

从未有过如此真诚的爱情，
深深触及炽热如火的心灵，
奔腾加速流过每根血管，
如潮似涌飞速流过全身。

她每天光临带给我希望，
她离我而去留给我悲伤，
她遇到阻碍不能前来，
我的每根血管都会凝结。

我梦想着无法名状的幸福，
爱的播种也得到爱的收获，
为了这个目标我努力奋斗，
心情急切中行动不免盲目。

我们之间有无尽的路程，
如同天地漠漠无迹可寻，
又像碧波翻滚浪涛起伏，
波涛间潜伏着危险纵横。

我们仿佛处在林莽荒原，
盗贼出没的路蜿蜒其间，
隔开我们心灵的暴徒是：
愤怒与忧伤，公理和强权。

危险何所惧哪怕阻碍重重，
我敢向凶险预兆发起进攻，
不论有多少恐吓骚扰警告，
我勇敢无畏奋勇向前猛冲。

如同梦中一样迅疾神速，
我飞行如光向彩虹迎去，
我眼前升起绚烂的景象，
那是雨露和光华的结晶。

苦难的云层虽朦胧而暗淡，
庄严的光芒却温柔而欢乐，
尽管浓重阴森的灾难将至，

此时我再也不会忧心忡忡。

我已经冲过所有艰难险阻，
在这甜蜜时刻我并不担忧，
哪怕艰难险阻要再次扑来，
对我大声宣战，肆虐报复。

肆虐的憎恨要将我打垮，
公理的讲坛禁止我上前，
强权的面容堆积起盛怒，
发誓永远与我不共戴天。

我的爱人向我伸出小手，
她的心中对我充满挚爱，
发誓让婚姻的神圣纽带，
将我们紧紧缠在一起。

她已将爱吻印上我的嘴唇，
发誓与我白头偕老共生死，
我得到了无法名状的幸福，
爱的播种终得到爱的收获。

唱完，他站起身朝我走来，我看见他的面孔整个激动得熠熠生辉，一双锐利的眼睛闪烁着光芒，脸上充满了温柔的热情。我迟疑片刻，然后才重新振作起来。我可不要充满柔情的场面和大胆的表示，然而，我现在却面临二者都有的危险境地。我必须准备好防御用的武器——我把舌头磨得更加锋利。等他接近我的时候，我用刺耳的声音问道："你现在打算跟谁结婚？"

"我亲爱的简提出这样的问题真是太奇怪了。"

"是吗？我可觉得这是个非常自然而且必要的问题呢。你的歌词中说，他要让自己未来的妻子与他一同去死。他提出这么一个异教徒般的说法，到底是什么意思？我可没有打算与他一起死，他可得明白这一点。"

"噢，他所渴望的，他所祈求的，只是你可以与他共同生活在一起！死不属于你这样的人。"

“其实也是为我准备的。等我的大限一到，我也像他一样有权死去。但是我要等到那个时刻到来，而不是用殉夫的方式去死。”

“你会原谅他那种自私的想法，用和好的亲吻表示对他的宽恕吗？”

“不，我倒宁可得到他的原谅。”

这时，我听见他把我称作“铁石心肠的小东西。”他还补充说：“要是换了其他女人，听到这样赞美她的诗句，准会感动得暖彻骨髓的。”

我便对他断言说，我天生铁石心肠——非常狠心，他会常常发现我就是这么个样子。我还说，我决定在接下来的四个星期里，趁着这时还来得及取消婚约，让他充分看看我性格中各种粗暴的方面，要让他明白他订的是一门什么亲事。

“你愿意平静下来，有理性地跟我讲话吗？”

“要是你喜欢的话，我就平静下来。至于说话要有理性嘛，那我可以自吹自擂说，现在我就是这样说话的。”

他恼火了，气得直吐唾沫。我心想：“很好，你烦恼也好，发火也好，随你的便。但是我保证，这是对付你的最佳方法了。我对你的爱深得无法用语言来表达，但是我不愿意让自己变成感情的奴隶。我要用这根巧辩的利针，阻止你靠近这深渊。借助它的刺痛，可以使你我保持对我们都有益处的距离。”

我的进攻由弱变强，惹得他十分恼火，于是在他气得退到屋子另一头去的时候，我站起身来，像往常那样自然地恭恭敬敬道了声“祝你晚安，先生，”然后就从侧门走出去。

我开始使用的这种做法，后来贯彻在整个试探时期，用得十分成功。他的确有点愠怒，脾气变得恶劣，但是总的来说，我看出他还是十分高兴的。我发现，绵羊般的温顺和斑鸠一样的敏感，虽然能让他满足专制的愿望，却不能让他的判断感到喜悦，不能满足他的理智，甚至也不能迎合他的趣味。

有其他人在场的时候，我仍然像以前那样，表现得恭敬而文雅，不做没有得到要求的事情。只是在晚上单独与他在一起谈话的时候，我才会这样百般折磨他。可他仍然在钟一敲七点的时候，就准时召我下去。不过，我到他面前的时候，他的嘴上不再挂着“我的爱，”“亲爱的，”这类字眼。用来形容我的最佳字眼成了“惹人恼火的木偶，”“恶毒的小精灵，”“捣蛋鬼，”“丑妖精，”等等。而且他对我的爱抚也变成了扮鬼脸，握手换成了在胳膊上拧上一把，在脸颊上的亲吻改成用力扯一扯耳朵。这样挺好。我现在需要的不是温柔爱抚，而是像这样激烈的宠爱。我也看出，费尔法克斯太太对我表示赞成，她为我感到的担心消失了。于是我做出肯定的判断，认为我这样做很好。在此期间，罗契斯特先生硬说，我把他折磨得只剩皮包着骨头了。还威胁说，要在即将到来的那个时刻，为了我现在采取过的行动，狠狠报复我。对于他的恐吓，我感到暗自好笑。我自忖道："我现在可以合情合理地约束住你，而且我丝毫也不怀疑，以后也照样可以这样做。要是一个办法失去了效用，我就会再想出一个来的。"

然而，我执行的任务毕竟不是很容易的。我常常希望讨他喜欢，而不是惹他恼火。我未来的丈夫已经变成了我的整个世界，而且还不仅仅是整个世界，他还是我对天堂的希望。他挡在我与各种宗教思想之间，犹如日食挡住了太阳的光线不能照到人的身上一样。在那些日子里，我只能看到上帝创造的人，而看不到上帝，我把上帝创造出的人当成我崇拜的偶像了。

第十章

在谈情说爱中，一个月就要浪费完，剩下的时间只能以小时来论计了。结婚的日子不会推迟，为这个日子的到来所做的一切准备都已就绪。至少我自己没什么事可做了。我的几只箱子已经收拾妥当，锁起来，捆上绳子，在我的小屋子里沿着墙排放好。明天这个时候，它们早已装上了去伦敦的火车，如果上帝允许的话，我也会在车上，或者不如说，不是我，而是简·罗契斯特，那是一个我还不认识的人。剩下的工作就是把地址卡片钉上去，四张小小的方卡片就放在我的抽屉里，每张卡片上面有罗契斯特先生亲自写上的地址："伦敦，某旅馆，罗契斯特太太"。我可不能动手钉，也不能让别人钉这些卡片。罗契斯特太太！这个人并不存在，明天早上八点钟以后的某个时刻，她才会诞生。我要等到确认她活生生来到这个世界上以后，才能把所有这些财产交给她。在那边我的梳妆台对面的壁橱里，据说有她的几件衣服，放在我在劳渥德时穿过的黑色呢子衣服和草帽的位置上，这已经足够了。那套珍珠色的结婚礼服，和皮箱中泻出来的飘逸面纱，看上去并不属于我。我关上壁橱的门子，藏起里面幻影般奇怪的衣服。现在已经晚上九点钟，这衣服准会在阴影中发出鬼魂般的微光。"我要把你这个白色的梦独自关在里面，"我说道，"我的头脑发热，要到外面去吹吹风。我听见外面有风声。"

使我感到发热的不仅仅是因为我一直匆匆作准备，也不只是因为我心中急切期待着明天就要开始的、变化巨大的新生活，无疑，这两种因素都发生了一些作用，形成了激动不安的心情，使我在这么晚的时候还到越来越黑的庭院中去。不过，还有另一个原因对我的心灵产生比上面两个因素更大的影响。

我的心中有一个奇怪而急切的想法。发生了一件我无法理解的事情。

除了我以外没有人知道这件事，也没有人看见。那是昨天晚上发生的。罗契斯特先生那天晚上不在家，他到现在还没回来，因为他有事到三十里外去办事务，他在那里拥有一片小的地产，上面有两三个农场。那里的事务需要他在离开英国之前，亲自去处理好。我现在急于等他回来，好把心头的包袱放下来。我要找他解开我心头疑惑不解的谜。等着他回来吧，读者，等我把心中的秘密讲给他听的时候，你也能同时听到了。

我找到果园，让风推搡着走到那儿的隐蔽处。南风一整天都在猛烈地刮，可是却没有下一滴雨。夜晚已经来临，风不但没有减弱，反而刮得更加猛烈，咆哮得更厉害了。树木都给刮得朝一边倾侧，根本没有机会扭过去，一个小时都不能朝反方向摆一次。风力持续不减，将树木繁茂的枝头吹向北方，天上的云彩从一端飞向另一端，大团大团的云在天空中飞渡，在这个七月的日子里，连一点蓝色的天空都看不见。

我让风推着奔跑，心里不无狂喜，因为我可以将心中的烦恼抛向耳边呼啸的暴风中。顺着月桂树夹道的小径跑下去，迎面看到了那棵雷劈后的七叶树。它还黑乎乎地竖立在那儿，树干从中间劈成两半，阴森森地张着口子。劈开的两半并没有完全脱离，因为坚实的基础和强壮的树根使树的底部没有分开，不过其生命所共有的东西已经受到摧残，树液已经不能再流动，每一侧的大树枝都已经死了，今年冬天的暴风雨肯定会把它的一侧或者两侧都刮到地上。但是现在，虽然它已经是棵死树，但是还算完整，可以被称作一棵树。

“你们紧紧待在一起，做得对，”我说道，仿佛这个劈得像怪物般的枝干都是活的，能听懂我的话似的。“我认为，虽然你们表面上烧得又黑又焦，可是你们一定从那紧紧相连的根上产生出一线生命的感觉。你们永远不会再有绿叶，永远不会再看到鸟儿在你们的枝头筑巢和歌唱，对你们来说，欢乐和爱情的时期已经过去，可是你们并不孤独。你们在逐渐腐烂的过程中有自己的同伴在身边。”我抬起头望着它们的时候，月亮出现在它们之间的天空中，月亮的脸庞一半让云彩遮住了，另一半的颜色红得像血一样。它似乎向我投来疑惑的一瞥，然后便让云团覆盖起来了。在桑菲尔德周围，风停了片刻，但是从远处的树林和流水上空，传来的是狂暴而凄惨的哀号，听了让人觉得悲惨，我再次拔脚跑开。

我漫无目标地在果园各处游荡，把散落在树根周围草地上的苹果捡起来。还把成熟的和没有成熟的果子分开。我把它们带到宅子里去，放在贮藏室里。然后我到图书室去，看那里的火是不是已经生好。虽然是在夏天，可我知道，在这么个阴郁的天气里，罗契斯特先生回来的时候，还是喜欢看到欢快的炉火的。不错，火生着已经有一些时候，而且烧得很旺。我把他的扶手椅搬到壁炉一侧，还把带有轮子的桌子推到椅子旁边。我把窗帘放下来，取来蜡烛备用。我安排完这些事情以后，简直不能安安稳稳地坐下来，也不能待在房子里，我觉得比刚才更加不安了。屋子里的一只小钟和门厅里那只古老的大钟同时打了十点。

“都这么晚了！”我说道。“我得到大门那儿去看看。月亮有时能露出脸来，我借着月光能看得挺远。他也许正在回来的路上，去迎接他可以省去心头几分钟的担心。”

风在大门上方的大树梢上咆哮着。但是我极目望去，路的左右两边都没有动静，冷冷清清，只有月亮从云隙里露出脸庞来的时候，路上才有云彩的影子在移动。除此之外，道路只是一条呆板的长线，上面没有任何移动的迹象。

我久久地望着，一滴幼稚的眼泪使我的视线变得模糊了——那是一滴失望和焦急的眼泪。我感到害羞，连忙把眼泪抹去。我继续在外面流连。这时月亮已经躲进了自己的闺阁，还把厚厚的云雾帷幕拉上。夜晚变得十分黑暗。疾雨乘着暴风落了下来。

“但愿他能回来！但愿他能回来！”我喊了起来，一种预感让我觉得十分忧郁。我本来以为他会在茶点时间回来的，可现在天都黑了。是什么把他拦住了？难道发生了什么意外吗？昨天晚上的事件再次出现在我的脑子里。我把它解释成了一次灾难的预兆。我恐怕我的希望太过于光明，其实无法实现。我最近享受到那么多幸福，我猜想，我的好运气已经超越了顶点，现在准是要走下坡路了。

“反正我不能回到宅子里去，”我想道，“天气这么恶劣，我不能独自坐在炉火旁边，而他却在外面受折磨。我宁愿让四肢受累，也不想要心灵受苦。我要走上前去迎接他。”

我出发了。走得很快，但是并没有走多远——大约只有四分之一哩——就听到一阵马蹄声。一个人骑在马背上，狂奔而来，一条狗在他身旁奔跑。走开吧，心中那不祥的预感！这正是他。他就在我面前，骑在美斯洛的背上，身旁还跟着派洛特。他也看见我了，因为就在这时，月亮在天空中开辟出一片蓝色的领域，在这片水汪汪的空间穿行，发出明亮的光芒。他脱下帽子，举起手来挥动着。这时我就跑上前去。

“瞧啊！”他一边大声说，一边从马背上弯下身子，向我伸出手。“没有我不行吧，这不是很明显吗？把双手伸过来，踩着我的靴子尖，上来！”

我服从了他。喜悦使我变得敏捷。我腾身跳到鞍桥上，靠在他前面。他用尽情的一吻欢迎我。我尽量把他那种自鸣得意的表示吞咽下去。他在狂喜中克制了一下，问道：“简妮特，发生了什么事，你怎么这么晚了还来接我？出了什么事吗？”

“没有。只是我以为你再也不回来了呢。我实在受不了在屋子里等待，尤其是在这样风雨交加的天气。”

“的确是风雨交加！不错，你浑身湿得像条美人鱼，把我的披风拉过来裹住身子，不过，我觉得你是在发烧。简，你的脸颊和手都烧得厉害。我得再问一遍，出了什么事吗？”

“现在没事了。我既不害怕，也不觉得难受了。”

“这么说，你有过这两种感受？”

“有点儿。不过等一会儿我再把这事告诉你吧，先生。我知道，对于我的痛苦，你也许只会付之一笑。”

“过了明天我就敢痛痛快快笑你。可是在这之前我可不敢。我的战利品还没有真正到手。你这是怎么啦？仅仅在上个月，你还滑得像条鳗鱼，而且浑身带刺仿佛蔷薇一样。我哪儿都不敢动一动，生怕会刺伤了手指头。可是现在，我却仿佛抱着一只迷途的羔羊。你这是从羊栏里跑出来寻找自己的牧羊人，对不对，简妮特？”

“我需要你，但是你不要夸口。桑菲尔德到了，现在放我下去吧。”

他把我从马背上放到铺着路面的步道上。约翰走上前来把马牵走。他跟在我身后走进门厅，他要我赶紧去换上干衣服，然后到图书室去见他。我朝楼梯走去的时候，他叫住我，要我保证不耽搁太久。我并没有花费很长时间，五分钟之后，我就回到他的身旁。见他正在吃饭。

“坐下来陪我吃饭吧，简。如果上帝愿意的话，你要有很长一段时间不在桑菲尔德吃晚饭了。”

我在他身边坐下来，可是我告诉他说，我吃不下。

“是因为马上要去旅行，心里不安吗，简？想到要上伦敦去，你就没有胃口了吗？”

“今天晚上，我还拿不准未来会发生什么事情，先生。而且我几乎不知道自己的脑袋里想些什么。生活中的一切似乎都不是真实的。”

“只有我是真实的，我可是实际存在的——来摸摸我。”

“先生，在一切其他幻影之中，你是最虚幻不过的了。你不过只是个梦。”

他把手伸给我，笑着说："这是个梦吗？"他把手捂在我的眼睛上。他手上的肌肉就像胳膊上的一样浑圆有力。

"不错，我接触到了它，可这还是个梦，"我把他举在我脸前面的手放下去，"先生，你的晚饭吃完了吗？"

"吃完了，简。"

我打了铃，要人把盘子拿走。我们又单独在一起的时候，我拨了拨火，然后坐在我主人的膝盖旁边。

"快要到午夜了，"我说道。

"是的，不过，别忘了，简，你答应过我，在结婚的前夜要陪我守夜的。"

"我没忘，而且我要遵守诺言的。至少要守上一两个钟头。我还不想上床睡觉呢。"

"一切都准备好了吗？"

"准备好了，先生。"

"我也准备好了，"他说，"我已经把一切都安排妥当，明天。我们从教堂回来后，半小时之内就离开桑菲尔德去旅行。"

"好的，先生。"

"简，你说'好的'这句话的时候，脸上的微笑多么古怪啊！你的两颊上闪烁出多么明亮的颜色！你的眼睛为什么闪烁得那么奇怪？"

"我想我的确是这样的。"

"相信！到底怎么啦？快告诉我你感觉怎么样。"

"我说不出来，先生。没有恰当的词语能让我讲出自己的感觉。我但愿现在这个时刻永远不要结束，谁知道下一个时刻的命运会怎么样呢？"

"这简直是多疑症，简。你太激动了。要不就是过度劳累。"

"先生，你觉得平静而且觉得幸福吗？"

"平静？不。但是我打心底里觉得幸福。"

我抬起头望着他，从他脸上观察这种幸福的迹象。只见他脸色发红，充满了热情。

"相信我吧，简，"他说道，"把压在你心头的负担卸下来，讲给我听听吧。你害怕什么？难道你能证明我不会做个好丈夫？"

"我从来没有想到过这个。"

"那么，就要进入的新生活让你感到害怕吗？你害怕去过新的生活吗？"

"不。"

"你让我感到迷惑了，简。你大胆流露出的伤感声调和表情，让我觉得困惑，也让我觉得痛苦。我要得到解释。”

“那好吧，先生。我讲给你听。你是昨天晚上离开家的吧？”

“是的。这个我自己知道。刚才你暗示过，我不在家的时候发生了某些事情。也许并没有什么重要性，可是简而言之，却让你感到不安了。讲给我听听吧。也许是费尔法克斯太太对你说了什么？还是你从旁听到仆人们说什么了？那些话刺伤了你的自尊心啦？”

“不是的，先生。”这时钟敲十二点。我等那只小钟那银铃般的声音，和大钟粗哑的震荡都结束后，才继续讲下去。

“昨天，我整天都很忙碌，而且在不停的忙碌中感到十分幸福。我并没有像你猜想的那样，对新生活感到害怕，或者有过诸如此类的想法。我觉得，能希望与你生活在一起是非常愉快的。因为我爱你。——不，先生，现在别抚摸我——让我说下去，别打扰我。昨天，我完全信赖上帝，心里相信事情会进行得对你我都十分顺利。如果你还记得，昨天是个好天气，平静的空气和祥和的天空不容我对你的旅途安全和舒适担忧。茶点之后，我在步道上散了会儿步，心里想着你。在我的想象中，你跟我离得那么近，我几乎没有想到你不在我的身边。我想象着展现在我前面的生活，那是你的生活，先生，它比我自己的生活更加广阔，更加活跃。犹如大海的深处要比注入大海的小河浅滩更加广阔活跃一样。我感到奇怪，为什么说教的人们把世界说成个凄凉的荒野，在我的眼睛里，它像盛开的玫瑰一样鲜艳。日落时，气温变低，天空中飘来许多云彩，我走进屋里。索菲叫我上楼去看我的结婚礼服，他们刚刚为我送来。在礼服下面，我发现了你送的礼物，那是你从伦敦订的，我认为你浪费得像个王子。我想，大概是因为我拒绝接受珠宝，你决心骗我接受同样贵重的东西。我打开盒子的时候笑了。考虑着如何嘲笑你的贵族趣味，以及你怎样试图用贵妇人的服饰装扮你这个本是平民的新娘。我原打算用没有绣花的本色丝方巾盖在我这出身卑微的脑袋上。而且我心里想，对于一个没有给丈夫带来财产，没有美貌和姻亲的女人来说，这已经足够了。我已经能看到你会现出什么样的表情来，也仿佛听到了你激烈的共和主义者的回答，还能听到你高傲的否认，说你那方面没有必要娶一个富有而有地位的女人来增加你的财富，或者提高你的地位。”

“你真的看到了我的心，你这个女巫！”罗契斯特先生插进来说。“可是在这面纱上，除了绣的花以外，你还发现了什么？难道你发现了毒药或者匕首啦？所以现在才显得这么愁眉苦脸？”

“没有，没有，先生。在这件精致和华丽的东西上，我除了费尔法克斯·罗契斯特的骄傲之外，什么其他东西也没有发现，而他的骄傲并不使我害怕，我已经看惯了那个魔鬼。但是，先生，天渐渐黑下来的时候，外面刮起了风，昨天晚上，那风不像今天这样狂暴凶猛，而是一种凄惨呜咽的声音，比现在阴森可怕得多。要是你在家多好啊。我来到这间屋子里，看到椅子空着，壁炉没有生火，心里感到凄凉。我上床以后，久久不能入睡，一种焦急不安的心情折磨着我。风越刮越猛，我觉得似乎盖住了那种低沉的悲哀呜咽声。起初，我分辨不出那种悲哀的呜咽声是从外面传进来的，还是从房子里发出的，可是只要风声暂时停歇下来，那声音就再次响起来。最后，我认为那准是远处的一条狗在叫。它终于不再叫了，让我觉得挺高兴。睡着的时候，我还是在梦中继续看到狂风怒吼的沉沉夜色。我在梦中也继续希望能跟你在一起，奇怪而又遗憾地感到有一个什么障碍，把我们阻隔开来。在我第一次醒来之前，我从头到尾都梦见在一条陌生而弯曲的道路上走着，周围是一片漆黑，雨抽打着我，我抱着一个小孩，那是个很小的娃娃，又小又虚弱，不会走路，在我的怀抱中瑟瑟发抖，冲着我的耳朵号啕大哭。我当时以为，先生，你就在我前面的大路上，离我很远，我竭尽全力要赶上你，而且还一再大声叫你的名字，乞求你停下来，可是我怎么也走不动，我的话不等说出来就消失掉了。而你呢，我觉得，每时每刻都在向更远的地方走去。”

“简，我现在已经在你的面前，难道你还为那个梦感到压抑吗？你这个神经紧张的小东西！忘掉那些想象中的痛苦吧，只想象现实中的幸福！你说过你爱我的，简妮特。对，我不会忘掉这个，你也不能否认。那些话并没有不等说出来就消失掉。我已经听你用温和的声音清清楚楚讲了出来。其中的想法恐怕太严肃了，但是却像音乐一样动听——‘我觉得，能希望与你生活在一起是非常愉快的，爱德华。因为我爱你。’——你爱我吗，简？再说一遍。”

“我爱你，先生。——我用整个心灵爱着你。”

“唉，”他沉默了几分钟后说，“这可真奇怪。可是那句话却刺进了我的心里，让我感到痛苦。为什么？我认为那是因为你说得那么诚恳，那么虔诚，还因为你抬起头望着我的时候，你的目光中饱含着那么极端的信赖、真诚和忠实。你的这种感情太崇高了，真让我觉得坐在自己身旁的就是个神灵。简，显出一点邪恶的样子来吧。你知道该怎样显得邪恶。做出你那种狂野、羞怯、让人恼火的微笑来，对我说你恨我——嘲笑我，激怒我，随你怎么办都行，可就是别打动我。我宁愿让人惹得发怒，也不想让人刺激得感到悲哀。

“等我把故事讲完，我会逗你发火，激怒你，让你感到心满意足。但是先听我讲下去。”

“简，我以为你已经都讲完了呢。我还以为我已经在你的梦中找到了你忧郁的根源！”

我摇了摇头。

“怎么？还有吗？可是我不相信还能有什么重要的事情。我预先警告你，我不相信。说下去吧。”

他神情不安，态度中有些急躁和担忧，让我看了心中不免吃惊，可我还是继续讲了下去。

“我还做了另外一个梦，先生。在梦中，桑菲尔德变成了一堆凄凉的废墟，成了蝙蝠和猫头鹰的栖身之处。我觉得，整个宅子建筑堂皇的正面部分，变得荡然无存，只剩下一堵像贝壳一样薄的墙，看上去又高又脆弱。我在一个月光明亮的夜晚，在房子内部长满荒草的地方漫步，这儿，我在一个大理石壁炉上绊了一下，那儿，我在一块倒在地上的屋檐板上又绊了一下。我裹着披巾，还抱着那个陌生的小娃娃。我的胳膊越来越疲劳，他的身体变得越来越重，可我就是找不到一个地方把他放下，我只能抱着他。我听到大路上远远的地方有马奔跑的声音，我肯定那是你，而且我还知道你要动身去一个遥远的国度，要在那里待很多年。我冒着危险，发疯似的爬上这堵墙，急于从墙顶上看你一眼，我脚下的石头开始滚动，我抓住的藤萝枝条松脱下来，那个孩子吓得紧紧抱住我的脖子，几乎把我掐死，最后我终于爬到顶上。我看见你像一个斑点，在一条白色的路上，跑得越来越远，越来越小。风那么大，我根本站不住，就在狭窄的边缘上坐下来。我把坐在我膝盖上的那个孩子哄得安静下来。这时，只见你在大路上拐了个弯，我俯身向前想看上你最后一眼，可是墙坍塌了。我不由一个晃动，孩子从我腿上滚落下去，我失去平衡，跌下去，醒了。”

“简，都讲完了吧。”

“前言都讲完了，先生。故事还在后面。我醒来的时候，一道亮光照得我眼花缭乱。我以为天已经亮了。可是我错了。那只是一道烛光。我以为是索菲进来了。梳妆台上放着一支蜡烛。我临睡前，把结婚礼服和面纱挂在壁橱里，可是现在壁橱门子是开着的，还听到有人弄出衣裙的瑟瑟声响。我问：‘索菲，你在那儿干什么？’没人回答。但是一个人的身影从壁橱里走了出来。它拿起蜡烛，高高举起来，看着从旅行箱里落下来的衣服。‘索菲！索菲！’我再次喊道，可它还是一声不响。我这时已经在床上坐了起来，俯身向前。我先是感到一阵惊讶，接着觉得困惑，最后我血管里的血都要凝住了。罗契斯特先生，那不是索菲，不是利厄，不是费尔法克斯太太，都不是，不是的。我能肯定。我现在还能肯定——而且那也不是那个奇怪的女人，格雷斯·普尔。”

“我看准是她们中间的一个，”我的主人这时插进来说。

“不是的，先生，我庄严地向你保证，绝对不是。站在我对面的那个身体是我在桑菲尔德从来没见到过的。那个身高和那个轮廓对我来说都是陌生的。”

“形容一下吧，简。”

“看上去，那是个女人，又高又大，浓密的黑色长发披在背上。我不知道她穿的是什么衣裳，我只知道那是长长的白衣服。可是究竟是长袍，是被单，还是裹尸布，我就不得而知了。”

“你看见她的脸了吗？”

“开始没有，可是不久她就拿出我的面纱，把它举起来，长时间地盯着它看，然后把面纱披到她自己的脑袋上，转过身去对着镜子照。这时，我从坐落在暗处的镜子里清清楚楚看见了她的五官。”

“她长得什么样？”

“在我看来非常吓人，像鬼一样。啊，先生。我从来没见过那样的面孔！那是一张没有血色的脸，长相野蛮凶残。我真希望能忘掉那双血红的眼睛骨碌碌转动的模样，也真希望能忘掉那张又青又肿的脸蛋。”

“鬼一般都是苍白的，简。”

“可这一张脸却是紫色的。嘴唇又肿又黑，额头上有着深深的皱纹，布满血丝的眼睛上面竖着两道宽宽的黑眉毛。我可以告诉你，她让我联想起了什么吗？”

“说吧。”

“我想起了丑恶的德国魔鬼——就是那种吸血鬼。”

“啊！——她做了些什么呢？”

“先生，她把我的面纱从她那颗吓人的脑袋上扯下来，撕成两半，扔在地上，用脚践踏。”

“后来呢？”

“她拉开窗帘朝外面望望，也许她看到了外面黎明就要来临，因为她拿着蜡烛朝门口走去。到了我的床前，那个人形停下脚步，火一样的眼睛瞪着我。她把蜡烛猛地伸到我面前，让我看着她把蜡吹灭。我感到她那阴森可怕的脸在我的脸上面反射出微微的光。我失去了知觉。这是我有生以来，第二次失去知觉，而且也是第二次吓得昏了过去。”

“你醒过来的时候，谁在你身旁？”

“没有人，先生。那时天已经大亮。我起了床，把头和脸浸在水里，大大喝了口水，觉得虽然很虚弱，却没有生病。我决定不把这事告诉任何人，只讲给你听。告诉我，先生。那个女人是谁？”

“是你脑子受到过分刺激想象出的东西。肯定是这样的。我一定得小心对待你，我的宝贝，你的神经脆弱，可不能受惊吓。”

“先生，你要信赖我，我的神经毫无问题。那件事是真实的，它确实发生了。”

“那么你在这以前做的梦也是真的了？桑菲尔德难道真的成了一堆废墟？你我之间难道真的有了什么不可逾越的障碍？难道我没有掉一滴眼泪，没有与你吻别，没有说一句话就离开了你？”

“现在还没有。”

“难道我正打算这么做吗？你这是怎么啦，这个日子已经到来，它要将我们永远不可分离地联系在一起，等我们结合起来之后，这种恐怖的景象就不会再重复出现在你的脑子里了。我可以保证这一点。”

“你把它说成是脑子里出现的恐怖景象，先生！我倒真希望能相信是这样的。我现在比以前更加这样希望，既然连你也不能向我解释这个可怕景象。”

“既然连我都不能解释，那它一定不是真实的。”

“但是先生，我今天早上起床的时候也是这么对自己说的，可是我在白昼明亮的光线下朝周围熟悉的东西看了一圈，想给自己鼓起勇气，想自我安慰一下的时候，我却在那儿的地毯上看到了一件东西，它证明了我的假设完全是错误的——它就是那块撕成两半的面纱！”

我感到罗契斯特先生吓得震动了一下，浑身颤抖起来。他急忙搂住我说：“谢天谢地！要是昨天夜里真的有什么邪恶的东西来到你身边，那它也只是弄坏了那块面纱而已。想想可能发生什么事情啊！”

他呼吸急促起来，使劲搂住我，弄得我几乎透不过气来了。沉默了几分钟后，他换了愉快的声音继续说下去：

“好吧，简妮特，我把一切都向你解释清楚。这事一半是梦，一半是真实的。我毫不怀疑，的确有一个女人到你的房间去过，那个女人肯定是格雷斯·普尔。你自己也把她叫作一个怪人，你的确有理由这么叫她。她对我干了些什么？又对梅森干了些什么？在半睡半醒状态中，你看到她走进你的房间，并且看到她的举动。但是，由于你当时正在发烧，差不多处在昏迷状态，你便产生一种印象，认为她的模样像魔鬼一样可怕，与她平时的样子完全不同。你觉得她有着蓬乱的头发、又肿又黑的面孔，甚至还夸大了她的身材。可这些全都是想象，是噩梦产生的结果。恶狠狠地撕破面纱是真实的，这倒很像她干出来的事情。我明白，你会问我，我为什么要把这样一个女人留在家里。等我们结婚以后过一段时间我会告诉你的。不过现在先不说。你满意了吗，简妮特？你能接受我对这个谜的解释吗？”

我思考了一下，事实上，我觉得这是唯一可能的解释。我并不满意，但是为了让他高兴，我努力显得相当满意，而且我也的确感到了宽慰。于是，我就对他满意地微笑了一下，算作回答。现在早已过了一点钟，我动身离开他。

“索菲不是和阿黛勒一起睡在婴儿室吗？”他见我点燃一支蜡烛，便这么问道。

“是的，先生。”

“阿黛勒的小床足够大，你可以跟她一起睡的。你今天晚上得去那儿跟她一起睡，简。你讲述的那件事无疑会让你神经紧张，我宁可要你不单独睡，答应我，到婴儿室去睡，好吗？”

“我很高兴去那儿睡，先生。”

“要从里面把门闩紧。上楼的时候，把索菲叫醒，找个借口说，请她明天准时叫醒你，因为你一定要在八点钟以前穿好衣服，吃完早饭。现在不要再担心了。把烦恼从心里赶出去吧，简妮特。你没听见风已经减弱，变成了柔和的飒飒声？而且雨点也已经不再打在玻璃窗上了。瞧这儿，”他撩起窗帘，“多么美好的夜晚啊！”

夜色的确是美好的。半个天空已经晴开，风来自西面，将云彩拢作一排排银色的队伍，向东方驱逐过去。月亮已经射出静谧的光华来。

“那么，”罗契斯特先生说。他用疑问的目光凝视着我的眼睛，“我的简妮特现在觉得怎么样？”

“夜色十分平静，先生。我的心里也很平静。”

“今天晚上，你不会再次梦见分离和悲伤，而是要梦见愉快的爱情和幸福的结合。”

他这个预言只实现了一半。我的确没有梦见悲伤，但是也没有梦见喜悦，因为我根本就没有睡着。我把小阿黛勒抱在怀抱里，看着这个沉睡的孩子——那么平静，那么恬静，那么纯真——等待着即将到来的这一天，我的全部活力都处在清醒状态，处于活动状态。太阳一升上来，我便起床了。我记得在我离开阿黛勒的时候，她的小手紧紧把我抱住，我还记得我将她抱紧在我脖子上的小手松开时亲吻过她。我心头掠过一阵奇怪的感情，哭出声来。我怕哭泣声会打断她仍然安静的酣睡，便离开了她。她仿佛是我过去生活的标志。我现在要打扮好去见他，而他代表着我的未来，那对我还是个未知数，那么让人恐惧，又让人崇拜。

第十一章

七点钟的时候，索菲来给我梳妆打扮。她为我梳妆花的时间太长了，结果罗契斯特先生都等急了，打发人上楼来催问我为什么不下去。她这时还在用一根别针往我的头上固定面纱，当然，还是用了我那块素色的面纱。我等她一停下手，连忙从她的手下钻出去，逃走了。

“站住！”她用法语喊道。“照照镜子，看看你自己啊，你连一眼也没看呢。”

听了这话，我在门口转过身子来，从镜子里看到一个身穿结婚礼服，头戴面纱的身影，与我平时的模样那么不同，我简直觉得这是一个陌生人的影子。“简！”一个声音喊道，我匆匆奔下楼去。罗契斯特先生在楼梯下面接我。

“磨磨蹭蹭！”他说，“我的脑子急得都要着火了，你却耽搁个没完。”

他把我带进餐厅，把我上上下下仔细打量了一遍，说我漂亮得像一朵百合花，不但是他生活中的骄傲，也是他的目光所期望看到的形象。然后，他告诉我说，他只能给我十分钟时间吃早饭。他打了铃。一个新雇来的男用人应铃而来。

“约翰准备好马车没有？”

“准备好了，先生。”

“行李都搬下去了吗？”

“他们正在往下搬，先生。”

“你去教堂看看牧师伍德先生和书记到了没有。快点回来告诉我。”

读者一定知道，教堂就在大门对面，所以那用人立刻就回来了。

“伍德先生在法衣室里，先生。他正在穿法衣呢。”

“马车呢？”

“正在往车上套马。”

“我们到教堂去用不着乘车，可是我们回来的时候一定要准备好。所有的箱子和行李都要装上车捆好，车夫要坐在车座上。”

“是，先生。”

“简，你准备好了吗？”

我站起身。没有男女傧相，也没有列队等待的亲戚。除了罗契斯特先生和我之外，什么人也没有。我们走过的时候，费尔法克斯太太正站在门厅里，我很想上去跟她说上两句话，但是我的手却被铁钳一样的手紧紧抓着，我被拖着飞快走过，我的脚步几乎都跟不上了。我朝罗契斯特先生的面孔望了一眼，从他的神气中体会出，无论如何也不能耽搁一秒钟。我从来没见过哪个新郎有过他这样的神气，那样专心于一个目标，如此严厉固执。我也从来没有见过哪个人的双眉像他那样刚毅，没见过哪个人的眼睛流露出那样闪烁的炯炯光芒。

我没注意天气是好是坏，沿着车道走过去的时候，我既没有看天，也没有看地。我的心和我的眼睛都融合到罗契斯特先生的身上了。我们一路走去的时候，他的两眼仿佛一直凶狠地盯着一个无形的东西，朝那个东西冲去，我真希望能看到那个东西。我也希望能感觉到他似乎在竭力抗拒的那种思想。

到了教堂墓地门口，他停了下来。他发现我已经喘得上气不接下气。“我的爱情是不是太残酷了？”他问道，“稍等一会儿，靠着我歇一歇吧，简。”

时至今日，我还能回忆起当时的情景。灰色的古老教堂耸立在我的面前，气氛肃穆。一只白嘴鸦绕着教堂的尖顶盘旋，它背后的天空让朝霞映红了。我还能记起一些其他事情，其中有青草覆盖的坟墓。我也没有忘记，有两个陌生人在低矮的坟丘间漫步，读着爬满青苔的碑文。我注意到了他们，因为他们一看到我们，就转到教堂后面去了。我能肯定，他们是要从侧门走进教堂，观看我们的仪式。罗契斯特先生并没有看到他们。他正热切地盯着看我的脸。我敢说，我的脸上一时变得没有血色了，因为我感到我的额头冒出了冷汗，我的脸颊和嘴唇觉得发冷。不一会儿，我就恢复过来。他这才扶着我慢慢沿着小路朝门廊走去。

我们走进这座肃穆而简朴的殿堂，那牧师身穿白色法衣，由他的书记陪着等在简陋的祭台旁边。一切都是静止的，只有两个影子在远处的一个角落里移动着。我的猜测不错，陌生人在我们之前溜了进来，他们现在就站在罗契斯特家族的墓地那儿，背对着我们，隔着栅栏观看那些因为年代久远而布满污迹的古老大理石坟墓。那儿有一个跪着的大理石天使雕像保护着戴默·德·罗契斯特和他妻子伊丽莎白的遗骸。戴默是内战时期在马斯顿沼地被杀死的。

我们来到圣餐台栏杆前面。我听见后面有小心翼翼的脚步声，就回头看了一眼，其中一个陌生人显然是个绅士，那人正在朝圣坛走来。婚礼的仪式开始了。婚姻的含义解释了一遍后，牧师走上前一步，微微俯身向罗契斯特先生，继续说道：

“我要求你们两人，而且也告诫你们——如同你们在最后的审判日必须讲出心中的秘密一样——如果你们中有一个人知道有任何障碍，使你们不能合法结为夫妇，现在就必须坦白说出来。你们要相信，凡是没有经过上帝的圣言允许而结合的，都不是由上帝结合，那样的婚姻也不合法。”

他按照习俗停顿了一下。这样的停顿何时曾被人打断过？也许一百年也没有人打断过一回。那位牧师的目光都没有离开自己手中的书本，稍稍静默了一会儿，便继续讲下去。他的手朝罗契斯特先生伸了过来，开口问道：“你愿意娶这个女人做你的妻子吗？”突然，旁边一个清晰的声音说道：

“婚礼不能继续下去。我宣布存在着障碍。”

牧师抬起头来望着讲话的人，呆呆地站着，哑口无言。那位书记也是这个样子。罗契斯特先生微微动了一下，仿佛他脚下发生了地震。他站稳脚跟，既没有回头，也没有转动眼睛，说道：“继续。”

他低声用深沉的语调说出那两个字后，接着是一片沉寂。不一会儿，伍德先生说：

“听了刚才那句话，不做一点调查，查清它的真伪，我不能继续下去。”

“仪式不能进行了，”我们身后的那个声音补充说。“我能证明我的话是真的。这桩婚姻存在着不可逾越的障碍。”

罗契斯特先生听见了他的话，可是并不去理会它。他直挺挺地站着，态度十分顽固，身子一动也不动，只是握住了我的手。他的手那么烫，那么有力！这时候，他那苍白、坚毅、宽阔的额头多么像大理石！他那闪烁着光芒、静止而警惕的眼睛里隐藏着怎样的狂暴啊！

伍德先生仿佛不知所措了。“这种障碍属于什么性质呢？”他问道，“也许是可以逾越的吧。请解释清楚。”

“不可能，”那人回答道。“我说它是不可逾越的，而且我是经过深思熟虑才这么说的。”

那个讲话的人走上前来，倚着栏杆继续讲下去，每个字都说得清清楚楚。他态度镇静、沉着，可是声音并不很响亮。

“障碍只是来自以前的婚姻。罗契斯特先生现在有一位活着的妻子。”

听到这句低声讲出的话，我的神经猛烈地震动起来。以前，我听到雷声都没有这么震动过，我的血液感觉到了隐藏在这些话中的微妙而狂暴的力量，以前就是在接触到严霜和烈火的时候，都没有过这样的感觉，可是我还是保持了镇定，没有昏厥的危险。我望了望罗契斯特先生，我逼着他也望着我。他的面孔整个变成一块没有颜色的石头，他的眼睛像两块迸发出火星的燧石。他什么也没有否认。看上去，他要向一切发起挑战。他既不说话，也不微笑，仿佛不承认我是个人，只是用一条胳膊搂住我的腰，把我紧紧拉到他身边。

“你是什么人？”他问那个闯入者。

“我名叫布里格斯，是伦敦某大街的律师。”

“难道你打算强加给我一个妻子吗？”

“我要提醒你尊夫人的存在，先生。假如你自己不承认，法律可是要承认的。”

“那就请你讲讲她的情况——她的名字、她的父母、她的住处。”

“当然。”布里格斯不慌不忙地从衣袋里掏出一张纸，用带着浓重鼻音的官腔念道：

“我谨证明在公元某年（十五年前）十月二十日，英格兰某郡某地方的芬丁庄园和桑菲尔德的爱德华·费尔法克斯·罗契斯特，与我的姐姐，商人乔纳斯·梅森与妻子安托瓦尼塔所生的女儿，伯莎·安托瓦尼塔·梅森在牙买加西班牙城某教堂结婚。结婚记录现存该教堂。现呈上一份抄件。理查德·梅森签名。”

“即使这是一份真的文件，它只能证明我已经结过婚，可是并不能证明其中称作我妻子的那个女人还活着。”

“她三个月前还活着，”这位律师说道。

“你怎么知道？”

“我的证人能证明这个事实。先生，他的证词你恐怕很难反驳。”

“叫他出来，要不你就见鬼去。”

“我这就叫他出来——他就在这儿。梅森先生，请走到前面来。”

罗契斯特先生一听到这个名字，就把牙齿咬紧了，而且浑身还痉挛般地颤抖起来。我就站在他的身边，感觉到一阵愤怒和绝望产生的痉挛传遍了他的全身。第二位陌生人在这之前一直躲在后面，这时走上前来，一张苍白的面孔露出在律师的肩膀后面——不错，是梅森本人。罗契斯特先生转身死死盯住他。他的眼睛如我常常说起的，是黑色的，现在却在朦胧之中闪烁出褐色的，不，是血红色的光芒。他的脸色涨红了，橄榄色的脸颊和没有颜色的额头，仿佛从心头升起并蔓延开来的怒火中得到了一种光亮。他动了一下，举起他强壮的胳膊——他简直要动手打梅森了，准会把他打倒在教堂的地板上，用无情的殴打让他吓得断了气。但是梅森畏缩着躲开了，还虚弱地喊了声："我的天哪！"罗契斯特先生的表情变得冷酷而轻蔑——他的怒火像得了枯萎病一样，萎缩了回去，他仅仅问了声："你有什么要说的？"

梅森苍白的嘴唇里吐出个听不清楚的声音。

"你要是连话都说不清楚，就赶紧见鬼去吧。我再问你一遍，你有什么要说的？"

"先生……先生……"那位牧师打断他说，"别忘了你是在一个神圣的地方。"然后他对梅森温和地提问道："你是否知道，这位先生的妻子是不是还活着？"

"鼓起勇气，"律师鼓励他说，"讲出来。"

"她现在就住在桑菲尔德的宅子里；"梅森用稍微清楚一点的声音说道，"我今年四月还在那儿看到过她。我是她的弟弟。"

"在桑菲尔德！"牧师惊叹道，"不可能！我是这个地区的老住户了，先生，可我从来没听说过桑菲尔德有个罗契斯特太太。"

我看见罗契斯特先生的嘴唇一撇，脸上浮现出微笑。他说道：

"对——上帝作证！我向来小心谨慎，不让人们听说这事，也不让人们了解她有这样的名分，"他沉默了。独自思忖了十分钟，下定了决心，宣布出来：

"够了——就像子弹出膛一样，干脆把这一切都讲出来得了。伍德，合上你的书，脱掉你那身法衣。约翰·格林，"他对那位书记说，"走出这座教堂吧，今天不举行婚礼了。"那个人顺从了。

罗契斯特先生的态度大胆而不顾一切，他接着讲下去："重婚是个丑恶的字眼！然而，我却决意做个重婚者。命运的策略比我的高明，或者说，天意阻止了我，大概主要是后者。此刻，我并不比魔鬼好多少，这位牧师会对我说，我毫无疑问应当受到上帝最严酷的审判，甚至要在永不熄灭的烈火下受煎熬，要受永远不死的蛆虫咬噬。先生们，我的计划破产了！这位律师和他的当事人说的是实话。我结过婚，而且跟我结婚的那个女人还活着！伍德，你说你从来没听说过那边的宅子里有个罗契斯特太太，但是我敢说，你多次听到过人们的闲话，说是那里看守着一个神秘的疯女人。有人恐怕还悄悄对你说过，她是我母亲的私生女儿。有人还说那是我遗弃的情妇。我现在告诉你，她就是十五年前跟我结婚的妻子——伯莎·梅森。她弟弟就是面前这位态度果敢的先生。他现在正用颤抖的四肢和苍白的脸蛋向你们表明，男子汉的心能有多么坚强。振作起来吧，迪克！绝对用不着怕我！我宁愿打一个女人，也不想打你。伯莎·梅森是个疯子，而且她出生在一个疯子的家庭——三代都是白痴和疯子。她母亲是个克里奥耳人，不但是个疯子，还是个酒鬼。这是我跟她女儿结婚以后才知道的，因为在这以前，他们对家族的这个秘密绝口不提。伯莎像个孝顺孩子一样，全盘继承了母亲的这两点。我有了一个可爱的伴侣，她纯洁，聪明，而且谦恭。你们可以想象，我有多么幸福。我享受了可贵的时刻！啊！我的经历像天堂般美好，你们无法想象！不过，我不想再对你们作什么解释。布里格斯，伍德，梅森，我邀请你们都到我的宅子里，去拜访普尔太太的病人，那是我的妻子！你们会看到，我上了人家的圈套，娶到的是个什么货色，然后就会明白我是不是有权毁约，去寻求至少是人性的同情。这位姑娘，”他望着我继续说下去，“对这桩让人作呕的秘密，知道的不比你更多，伍德。她认为我们的婚姻完全是公正合法的，绝对没想到会让人诱骗，跟一个有妇之夫缔结虚伪的婚姻，也不知道要嫁给一个可怜的不幸者，这人已经跟一个恶劣、疯狂、野兽般的女人结合在一起了！来吧，大家都跟我来吧！”

他紧紧握着我的手，离开了教堂。三位先生跟在我们身后。到了宅子的正门口，我们看到了马车。

“约翰，把车赶到车房里去，”罗契斯特先生冷冷地说，“今天用不着车了。”

我们走进宅子的时候，费尔法克斯太太、阿黛勒、索菲、利厄都拥上前来向我们道喜。

“赶紧走开——都给我走开！”这位主人大声喝道。“去他们的道喜吧！谁用得着道喜！我不要！晚了十五年了！”

他从她们身边掠过，依然紧紧握着我的手，奔上楼梯，招手示意那三位先生跟着他。他们都跟了上来。我们登上第一个楼梯，穿过走廊，登上三楼。罗契斯特先生用钥匙打开了那扇低矮黝黑的门，让我们走进那间屋子，里面挂着帏幔、摆着大床，还有那只装饰着图案的柜子。

“你认识这个地方，梅森，”我们的向导说，“她就是在这儿咬了你，还用匕首刺你。”

他撩起挂在墙边的帏幔，露出了第二道门。他将这扇门也打开。这是一间没有窗户的屋子，壁炉里生着火，炉子周围用又高又结实的围栏围着。天花板上用链条挂着一盏灯。格雷斯·普尔俯身在火上，看来正在用平底锅做什么吃的东西。在屋子的另一端，有一个身影在昏暗中来回奔跑着。那是什么，是个人还是个野兽，最初什么也看不清楚。那个东西似乎在用四肢爬动，又是抓，又是吼叫，活像一头奇怪的野兽，但是身上却穿着衣裳。脑袋上浓密的黑色头发中夹杂着白发，蓬乱得像鬃毛一样，拖下来盖在头上、脸上。

“早安，普尔太太！”罗契斯特先生说道。“你好吗？你照看的人今天怎么样？”

“我们都还可以，先生，谢谢你，”格雷斯边回答边把沸腾着的饭菜端起来放到炉边的铁架上去。“她有点爱咬人，可还不算凶猛。”

一阵狂暴的嘶喊似乎拆穿了她这句虚假的好话。那头身穿衣服的鬣狗爬起来，用后脚高高站起来。

“啊，先生，她看见你了！”格雷斯喊道，“你最好别待在这儿。”

“只待一会儿，格雷斯。你一定要允许我在这儿待上一会儿。”

“那就当心点，先生！老天爷，可要当心哪！”

那疯子吼叫起来。她把浓密的鬈发分向两边，露出脸，恶狠狠地瞪着她的客人。我清清楚楚地认出了那张紫色的脸和那肿胀的五官。普尔太太走上前来。

“别挡住我，”罗契斯特先生把她拨到一边说，“我看她现在手里没拿着刀子吧？而且我也提防着呢。”

“谁也说不准她到底有些什么，先生。她那么狡猾，人简直估计不出她有多少的诡计。”

“我们最好还是离开她吧，”梅森悄悄说。

“见鬼去吧！”他姐夫咒骂他说。

“当心！”格雷斯喊起来。三位先生连忙同时往后退。罗契斯特先生把我推到他背后。这时，只见那疯子蹦起来，恶狠狠地卡住他的脖子，用牙咬他的脸。他们搏斗起来。她是个高大的女人，身材几乎跟她丈夫一样，而且很胖，在搏斗中显出了男人的力气。尽管他的体格像运动员一样，有好几次，她险些把他掐死。他本来可以朝她身上薄弱的地方打几拳，让她安静下来，但是他不愿打，只是跟她搏斗而已。最后，他抓住了她的胳膊，格雷斯·普尔递给他一根绳子，他把她的胳膊反绑起来，他顺手又拿了根绳子，把她绑在了一把椅子上。在这个过程中，她没命地号叫，死命挣扎着。然后罗契斯特先生朝旁观者转过身来。他望着他们，脸上带着辛辣而凄凉的微笑。

“那就是我的妻子，”他说。“那就是我所体验到的结婚拥抱；那也就是我在闲暇时能得到的安慰和亲热！而这一位是我所希望得到的，”他把手搭在我的肩膀上，“这位年轻的姑娘，站在地狱的入口处，态度庄严，神情安静地望着魔鬼的蹦跳。在经历了那一阵猛烈的震动后，我现在想得到她。伍德和布里格斯，你们看看这区别有多大啊！对比一下这一对清澈的眼睛与那一双血红的眼球，对比一下这张面孔与那一副面具，对比一下这个身材和那个大块头，然后再对我做出评判。传播福音的牧师和维护法律的律师，要记住，你们怎样裁判别人，最终也要受到怎样的裁判[①]！现在你们走吧，我必须把我的猎物关起来。”

我们都退了出来。罗契斯特先生在我们走后，又在里面逗留了一会儿，向格雷斯·普尔做了些指示。我们下楼的时候，那位律师对我开了口。

“小姐，”他说，“这事不是你的错。梅森先生回到马德拉时，把这个消息告诉你叔叔，他听了会感到高兴的——假如他能活着听到这个消息的话。”

“我的叔叔！他怎么样？你认识他吗？”

“梅森先生认识他。他在丰沙尔[②]的时候，爱先生是他多年的老客户了。梅森先生在回牙买加的途中，在马德拉养病。你叔叔接到你的那封信，得知你准备和罗契斯特先生结婚。当时，梅森先生正好跟他在一起。爱先生说起这个消息，因为他知道我这位当事人认识一个姓罗契斯特的先生。你可以想象出，梅森先生听了又吃惊又沮丧，把事实真相揭了出来。我很抱歉告诉你，你的叔叔现在病危在床，考虑到他得的是痨病，而且已经到了晚期，他已经不可能再起床了。这样，他就不能亲自赶到英国来，把你从你罗网中拯救出来。他恳求梅森先生立即采取步骤，阻止这桩欺诈的婚姻。是他把梅森先生托付给我，要我帮忙的。我办得尽可能快，谢天谢地我没有让事态发展得不可收拾。毫无疑问，我想，你一定也感到庆幸吧。我确实相信，你叔叔在你感到马德拉以前就会去世，要不然的话，我会劝你跟梅森先生一起回去的。不过，事已至此，我看你还是留在英国的好。等你听到了从爱先生那儿来的消息，或者听说他的消息后，再决定怎样行动。你是不是还有什么事要我们留在这儿？”他问梅森先生。

---

① 引自《圣经》《马太福音》第 7 章，第 1—2 节。

② 马德拉群岛的首府。

“不，没有——我们走吧，”他急切地回答道。他们也不向罗契斯特先生告辞，就穿过门厅，出了正门，走了。那位牧师留下来与他教区的这个骄傲的居民交谈几句，或者是给他几句劝告，要不就是责备他几句。尽了自己的这个责任后，他也离去了。

我站在自己房间半开着的门口，听见他离去后，我回到自己的房间。宅子里清静了下来，我把自己关在屋子里，闩上门，免得有人闯进来。我没有哭，也没有悲哀叹息，我还很镇定，不会那么做。我先是机械地脱掉结婚礼服，换上我昨天以为是最后一次穿的那件呢衣服。然后我坐了下来，觉得又虚弱又疲劳。我把胳膊搭在桌子上，把头埋进臂弯里。这时，我开始思考，可是在这之前，我只是在听，在看，在活动。被人拉着拖着跑来跑去，看着发生一件又一件事情；揭露出一个又一个秘密。现在我开始思考。

这天早晨是那种静谧，除了跟那个疯女人打斗的短短一幕之外，一直相当安静。发生在教堂里的事情并不吵闹，没有爆发出怒火，没有大声争吵，没有争执，没有挑衅，没有挑战，没有流眼泪，没有人抽泣，只说了很少几句话，平静地对这桩婚姻表示反对；罗契斯特先生简短地提出几个严厉的问题；得到了对方的回答和解释，还得到了证据。我的主人坦率地承认了事实，然后大家一起去看了活生生的证据，来人走了，一切便告结束。

我像往常一样待在我自己的屋子里——只有我自己，而且没有发生明显的变化。我没有遇到任何袭击，没有受到损伤，也没有遭到残害。然而，昨天的那个简·爱在那里？她的生活在哪里？她的前途又在哪里？

简·爱曾经是个热心而满怀希望的女人，她差点儿做了新娘，可是现在却再次变成个冷漠而孤独的姑娘了。她的生活是单调的。她的前途是暗淡的。在这个仲夏季节，我感到的是圣诞节时期的严寒，仿佛六月里刮起了十二月的暴风雪，成熟的苹果上覆盖了光亮的冰层；积雪糟践了怒放的玫瑰；饲草地和农田上盖了一层白茫茫的死色；昨夜还开满红花的小径，今天已经盖上没有人踩踏的白雪，无法辨认出哪里是路；树林半天之前还像热带丛林一般郁郁葱葱，芳香扑鼻，此刻却白茫茫一片，仿佛冬天挪威的松林一般荒芜。我的希望全都破灭了。一种不可思议的命运打击了我，仿佛我是埃及的一个头生子①。我审视了自己心中的种种希望。昨天它们还

① 《圣经·旧约》《出埃及记》第12章第29节：“后来，到了午夜，上帝将埃及所有第一胎所生者全部杀死。从高坐在王位上的法老，到土牢中犯人，以及一切牲畜，只要是头胎所生，一律杀掉。”

像花朵一样开放，发出熠熠光彩，可是现在却倒在那里，变成僵硬、冰冷、死灰色的尸体，再也不可能复活了。我朝我的爱情望去，那感情属于我的主人，是他创造的，可现在它却在我的心底颤抖，就像一个在冷冰冰的摇篮里遭受折磨的孩子，受到疾病和痛苦的煎熬。它不再能寻求罗契斯特先生的怀抱，不能从他温暖的胸脯上得到温暖。啊，这爱情再也不能转向他了，因为忠诚已经被摧残，信心已经被毁灭。对我来说，罗契斯特先生已经不再是以前的那个人；因为他已经不再是我过去心目中的那个人。我不愿将这一切归咎于他，也不愿说他诱骗了我，可是在我的观念中，他已经不再是真实得纯洁无瑕的人。我必须离开他。这一点我心中十分清楚。但是我还没有想明白，什么时候走，怎么走，到哪儿去。我也毫不怀疑，他自己也会催我离开桑菲尔德。看来，他对我不可能有真正的感情，他受到的挫折只是对我的一时心血来潮。他现在不会再要我了。我现在甚至害怕从他面前的路上经过。他看到我，心里一定会感到可恶。噢，我怎么就有眼无珠啊！我的行为怎么就这么软弱无力呢！

我捂住脸，闭上眼。似乎觉得自己在黑暗中旋转，我的思绪像一股暗黑混乱的浊流涌上心头。我已经自暴自弃，仿佛懒散地躺在一条干河床上，听到远处山洪暴发，感到洪水滚滚而来，却不打算做任何努力，我缺乏爬起身来的意志，也没有逃跑的力量。我昏沉沉地躺着，渴望死去。我的心中还有一个想法在搏动——我想起了上帝。这使我开始喃喃祈祷。那些话在我暗淡无光的心灵里徘徊着，仿佛应当把它们低声讲出来，却没有力量这么做。

“别远远离开我，因为苦难就在眼前，却没有人来帮助我[①]。”

苦难的确就在眼前。因为我没有请求上帝将它消除掉，因为我没有双手合十，没有下跪，也没有念出祈祷的词语，结果苦难来了——那滚滚洪流以势不可当的凶猛朝我倾泻过来。我对生活的整个意识变得凄惨不堪，我的爱情失去了，我的希望破灭了，我的信仰已经僵死。所有这一切像一团阴沉沉的东西，死死地压在我的意识中。那个痛苦的时刻是无法用语言来描写的。正是：“水涌进我的灵魂，我陷入深深的泥潭。我沉入深深的水里，洪水将我淹没了[②]。”

---

① 引自《圣经》《诗篇》第 22 章第 11 节。

② 引自《圣经》《诗篇》第 69 章第 1 节和第 2 节。

第三部

第一章

到了下午某个时候，我抬起头来朝周围望望。西沉的太阳已经在墙上投下金光灿烂的光辉。我问自己："我该怎么办？"

我的理智立刻做出回答："马上离开桑菲尔德。"这个回答快得让我觉得害怕，我连忙捂住耳朵。我说，我现在可受不了这样的字眼。"我不能做爱德华·罗契斯特的新娘，这只不过是我的痛苦中很小的一部分，"我断言，"从最美好的梦境中醒来，发现那一切不过是空虚和徒劳的，这样的恐怖我还能够忍受，这样的形势我也能够控制；但是要我果断地立刻离开他，从此再也不见到他，却是我无法忍受的。我办不到。"

但是这时候，我内心中的一个声音却断言说，我能够办到，并且预言说，我会这么做的。我与自己的决心进行着搏斗。我希望自己成为一个弱者，这样就用不着走另一条路，我已经看出，在那条路上我会遇到更大的苦难。然而，我的良心却仿佛变成个暴君，扼住了激情的喉咙，用讥讽的口吻对她说，她现在只不过刚刚把自己美丽的脚踏进泥淖里，他还发誓说，他要用自己的铁腕把她按进去，按到尚未探测过深度的痛苦的深渊中去。

"那么，让别人把我弄走吧！"我喊叫起来。"谁能来帮帮我啊！"

"不行。你得自己走。谁也不会来帮助你的。你要挖出自己的右眼珠，剁下自己的右手，让自己的心感到剧痛，你自己就是牧师，这一切该由你自己来处置。"

我兀地站起身来，孤独中，这个无情的判官不时出现，用他可怕的声音打破这寂静，让我感到极度的恐惧。我站直身子的时候，脑袋觉得晕眩，这才意识到，由于受了刺激，而且一直没有吃过东西，我生病了。这一天我不但没吃过饭，就连水也没喝过。因为我没有吃早饭。想起我一直长时间把自己关在这个屋子里，连个给我送信、问候或者请我下楼去的人都没有，我心里不由感到一阵剧痛。连小阿黛勒也没来敲门，就连费尔法克斯太太也不来找我。这可正如寓言说的那样："一旦为命运遗弃，朋友也会变成路人。"我喃喃念出这句话，拉开门闩，走出门。一个障碍物绊了我一下，我的脑袋晕眩，视线朦胧，四肢软弱，无法控制住自己，倒了下去。不过，我没有倒在地上。一条胳膊伸出来托住了我。我抬头望了望——托住我的是罗契斯特先生。我的房间门口摆了一张椅子，他就坐在里面。

"你终于出来了，"他说，"我等了你多时啦，而且还在听你的动静，可我什么也没听见。连一声抽泣也没听到。要是这死一样的沉寂再持续五分钟，我就非得像个撬门入室的盗贼，把门砸开不可。这么说，你是想躲开我吧？把自己独自关在屋里伤心？我倒宁肯听你走出来狠狠骂我一通。你是个充满热情的人。我预料你会大闹一场的。我心里也有了准备，等待着你的滔滔热泪，不过，我要你把热泪流到我的胸膛上来，而不是流到毫无知觉的地板上去。然而我弄错了，你根本就没有哭过！你的脸色苍白，眼睛无神，但是没有眼泪的踪影。我猜想，一定是你的心在泣血。

"简啊！你难道一句责难的话都不说吗？不说一句刻薄的话，不说一句辛辣的话吗？不说点能伤我的心，刺痛我热情的话吗？你静悄悄坐在我扶你坐下来的地方，用一副疲惫而消沉的神情看着我。

"简，我从来没有打算这样伤害你。要是一个男人只有一头像他女儿一样亲爱的小母羊做伴，他给这只小羊吃他的面包，喝他杯子里的水，让羊儿躺在他的怀抱中，结果他却在屠宰场上把它误杀了。那么他感到的后悔也不会超过我现在的悔恨。你会原谅我吗？"

读者！我立刻就原谅了他。他的眼睛里流露出那么深刻的悔恨，声调中饱含着真挚的同情，举止中充满男子汉的气概，另外，在他的整个表情和神态中传达出坚定不移的爱情。我彻底原谅了他。然而不是用语言表达出来，也不是在外表上，而是在心底里原谅了他。

"你把我当成个无赖了吧，简？"没过多久他问道，语气中带着渴望。我猜想，他对我的沉默和驯顺感到十分惊奇。其实，那并不是出于软弱，而是受到意志的支持。

"是的，先生。"

"那么，你就直率地告诉我，尖锐地揭露我——别放过我。"

"我不能。我病了，疲乏得厉害。我想喝点水。"他声音颤抖着长叹了一声，把我抱起来，一直抱到楼下。起初，我不知道他把我抱进了哪个房间，我的眼睛蒙眬，一切看来都那么模糊。过了一会儿，我感到了温暖，炉火又让我复苏了。尽管这时是夏天，但是在我的房间里，我已经冷得像冰一样了。他把酒杯凑到我唇边，我喝了一点，便感到恢复过来。然后，我吃了些他给我的东西，很快我就恢复了正常。我是在图书室里，坐在他的椅子上。他就坐在我身旁。“要是我现在能够不受太大的痛苦就死去，那该多好啊，”我想道，“要是那样的话，我就用不着做出努力，把我的心硬从罗契斯特先生这儿拉开。看起来，我必须离开他。可我不愿离开他——我不能离开他啊。”

“你现在觉得怎么样，简？”

“好多了，先生。我很快就好了。”

“再喝点酒吧，简。”

我服从了。然后他把酒杯放在桌子上，站在我面前，全神贯注地望着我。突然，他转身走开，发出一声含糊的喊叫，声音里充满激情。他匆匆踱到房间另一头，又返回来，俯下身子，像是要亲吻我。可我记起，这时候，爱抚是不能允许的。我把脸转开，把他推开。

“怎么！——这是怎么啦？”他连忙问道。“啊，我知道了！你不愿跟伯莎·梅森的丈夫接吻，对吧？你认为我的怀抱里已经有了别人，我已经情有所归了？”

“不管怎么说，我是既没有权利，也没有可能了，先生。”

“为什么，简？让我来替你作答，免得你费心说话吧。你会这样说：因为我已经有了一个妻子。我说的对不对？”

“对。”

“要是你这么想的话，你的评价可实在太奇怪了。你一定把我看成一个诡计多端的浪荡公子，当成一个卑鄙下流的流氓，假装对你怀有无私的爱情，为的是引诱你落入故意布下的罗网，让你失去名誉和自尊。你对这有什么好说？我看得出，你什么也说不出来。首先，你还虚弱，呼吸还很吃力；其次，你还不习惯于责骂我，侮辱我；最后，泪水的闸门已经打开，要是你说得太多，泪水就会涌出来。你并没有大闹一场的欲望，不想责骂我，教训我，你现在想的是该怎么行动，你认为说话是没有用处的。我了解你，我防备着呢。”

“先生，我并不想采取什么行动对付你，”我说。我说话时声音不稳定，我心里连忙警告自己把话打住。

“这话不该由你说，而应该由我来说。你是在策划毁掉我。你这话等于说出，我已经是个结过婚的人，既然我已经结婚，你就要躲避我。刚才你就拒绝跟我接吻。你打算变成一个跟我完全形同陌路的人，仅仅作为阿黛勒的家庭教师住在这个宅子里。假如我对你说一句友好的话，如果一个亲密的感情使你再次接近我，你就会说：‘那个人几乎让我做了他的情妇，我必须对他冷淡得像冰和石头一样。’于是，你就会变得像冰块和石头一样。”

我清了清嗓子，让声音稳定下来，回答道：“先生，我周围的一切都改变了。我自己也必须改变才行。这一点毫无疑问。为了避免感情的波动，为了避免永远跟回忆中的往事和联想进行斗争，只有一条路可走——阿黛勒必须请个新的家庭教师，先生。”

“喔，阿黛勒要去上学——这个我已经做出了决定。而且我也不想让你在桑菲尔德这可怕的联想和记忆中受折磨，这是个该受诅咒的地方，这是一顶亚干①的帐篷。这是一座无法通融的墓穴，它硬要将虽生犹死的恐怖展现在这朗朗的天穹之下，这是一座石头砌成的狭窄的地狱，其中那个真正的魔鬼比我们想象中的一群魔鬼更加恶毒。简，你我都不在这儿住了。这是我的过错——我明知道桑菲尔德是个闹鬼的地方，还把你带到这个地方来。甚至在我见到你之前，我已经吩咐人们把这里该诅咒的一切都瞒着你。原因仅仅是害怕，一个家庭教师要是知道，她跟什么人一起住在这宅子里的话，就不愿意待在这里教阿黛勒了。要想把这个疯子移到别处又不可能。虽然我还有一所古老的宅子——芬丁庄园，那房子比这一座更加偏僻，也更加隐蔽。我本来可以将她十分安全地移到那个地方去。可是那房子坐落在森林中心，那个地点对健康没有好处，我的良心不容我做出这样的安排。要是我把她弄到那个地方去的话，也许那些潮湿的墙壁用不了多久就会让我摆脱这个包袱。恶棍各有自己恶毒的地方，我尽管很坏，却并不想间接杀人，就连自己最恨的人，我也不愿这么处置。

“不让你知道，你与一个疯女人为邻，有点像是用斗篷遮住一个孩子，把他放在一棵血封喉毒树旁边，那个魔鬼的周围整个被毒害了，以前也一直是这样的。可是，现在我要把桑菲尔德封闭起来，把它的正门钉住，在下面的窗户上钉上木板，我要发给普尔太太每年两百镑的薪水，让她住在这里陪着我那个所谓的妻子——你准会这样称呼那个可怕的丑女人。为了钱，格雷斯会做很多事情的。她可以让她的儿子——格里姆斯比疯人院的

---

① 《圣经·旧约》《以赛亚书》第7章中说，亚干取了应当毁灭的东西，触怒了上帝，上帝发作，要对付以色列人。以赛亚叫人到亚干的帐篷里，把他和他取的东西带到上帝面前。后来，以色列人用乱石将亚干打死。

管家——来陪她。在我那位妻子犯病的时候，帮帮她。我那妻子犯病的时候，在女巫的妖精驱使下，会在夜里把人在床上烧死，用匕首把人刺死，会用牙齿啃下骨头上的肉，或者干出诸如此类的事情来。”

“先生，”我打断他，“你对那位不幸的夫人太狠心了。你说起她的时候口气中满是憎恨，怀着复仇的厌恶心理。这可够残忍的，她发疯是身不由己。”

“简，我的小亲亲，我要这么叫你，因为你就是我的小亲亲。你根本不懂这事的本质，而且你又错怪我了。我并不是因为她发了疯才恨她。要是你发了疯，你认为我会恨你吗？”

“我当然认为你会的，先生。”

“那你就错了，你根本就不理解我，一点儿都不了解我心中怀着怎样的爱情。我觉得你身体上每一部分都像我自己的一样亲。假如你的身体有了病痛，它仍然是亲的。你的心灵是我的宝库，哪怕它变得支离破碎，也仍然是我的宝库。假如你真的发了疯，约束你的将是我的胳膊，而不是限制疯子自由用的紧身衣。让你紧紧地抓住，哪怕是在你愤怒的时候，我都会感到一种魅力。假如你像今天早上朝我扑来的那个女人一样扑向我，那我准会以拥抱迎接你，至少我对你的亲密程度，会像我约束她的程度一样。我不会像躲开她那样带着憎恶躲开你；在你安静的时刻，我会陪伴着你，而不会雇用什么看守或者看护；就算你连个微笑也不给我，我对你的温存也将永远不会消失；即使你的眼睛再也认不出我来，我也会凝视你的眼睛，永远不会感到厌倦。——我为什么要顺着这样的思路讲下去呢？我刚才说过，要让你从桑菲尔德搬出去。你知道的，动身的准备已经做好，可以马上离开。明天你就动身。我只要你在这个屋顶下再忍受一夜，简。然后呢，就永远告别这儿的痛苦和恐怖！我有一个地方可去，那是个安全的庇护所，在那里，没有令人憎恨的回忆，没有不受欢迎的人随意闯入。甚至可以离开虚伪和诽谤。”

“那就带上阿黛勒，先生，”我打断他说。“她可以跟你做个伴。”

“你这是什么意思啊，简？我跟你说过，我要将阿黛勒送进学校，我为什么要找个孩子做伴呢？而她并不是我自己的孩子。她不过是个法国舞蹈演员的私生子。你为什么拿出她来妨碍我？我说，你为什么要阿黛勒跟我做伴？”

“你现在说的是去隐居，先生。隐居可是既孤独又孤闷的。对你来说太孤闷了。”

“孤独！孤闷！”他重复这几个字的时候，满脸的恼火，“我看我非得做个解释不可了。我不懂，你脸上的表情里有什么谜。我是要你陪我去共度孤独时光的啊。你明白吗？”

我摇了摇头。他变得那么激动，我尽管只是默默无声地做出了不同意的表示，但这也是需要勇气的。在这之前，他一直快速在屋子里踱着步，现在突然停下脚步，仿佛在那个地方扎下了根。他长时间盯着我看，目光十分严厉。我把眼睛避开他，盯着炉火，竭力做出一副镇定自若的样子，并且保持着这种姿势。

“简的性格出了故障，”他终于开口说，说话的口气比我从他的神态中预料的要平静些。“这一绞丝线迄今为止一直十分平滑。但是我从来就知道，在某个地方总会有一个疙瘩或者缠结的。现在就遇上了。这下可遇上无穷无尽的麻烦和苦恼了！老天在上！我多想有参孙的力量，把这一团乱丝像拉绳子一样扯断啊！”

他再次开始踱步，不过很快就停了下来，这次就停在我的面前。

“简！你能听得进我的话吗？”他俯下身子，把嘴唇凑近我的耳朵，“你要是听不进去，我可就要动用武力了，”他的声音嘶哑，神情狂野，就像一个人要挣脱难以忍受的束缚，不惜采取狂暴行动一样。我看出，片刻之后，只要他再有一次疯狂的冲动，我就会束手无策。我只有趁现在短短的一刻，限制住他，并且控制住他。假如我做出一点拒绝、逃避或者害怕的表示，我的命运和他的命运就会从此注定。但是我并不害怕，一点儿也不害怕。我感到了自己拥有一种内在的力量，那是一种影响力的意识，它支持着我。这个紧要关头是危险的，但是也不无迷人的魅力，也许就像印第安人驾着独木舟在激流上驰骋一样感到激动吧。我抓住他紧握起来的手，掰开他的手指，安慰他说：

“坐下吧，你愿意跟我谈多久，我就跟你谈多久，你有多少话，我就听你说多少，不管是不是有道理。”

他坐了下来。但是并没有马上找到机会说话。我在这以前一直忍住眼泪，为了忍住泪水，我做出了很大的努力，因为我知道他不愿意看到我哭。可是我现在觉得让泪水自由自在涌出来更好些。要是泪水能让他感到恼火，那就更好了。于是我不再忍耐，痛痛快快哭了出来。

不久，我听到他真诚地恳求我安静下来。我说，看到他这样发火，我无法安静下来。

“可我并没有发火啊，简。我这只是因为爱你爱得太深了。你刚才把小脸绷得紧紧的，露出那种坚决态度和冷冰冰的神色，可真让我受不了。好啦，别哭了，擦擦眼睛吧。”

他那变得温和的声音说明他已经让我征服了。所以，我也就镇静了下来。他做了个准备动作，要把脑袋靠到我肩膀上来，可是我不许他这么做。接着他又要把我拉近他，我也不允许。

“简！简！”他说。他的语调是那么悲哀，叫我听了每根神经都受到强烈的刺激。“这么说，你并不爱我？你难道只看重做我妻子的那种名分吗？现在你看到我没有资格做你的丈夫，就躲避我，不让我接触你，好像我是一只癞蛤蟆或者猿猴。”

这些话伤了我的心。可是，我又能说什么呢？也许我什么也不该说，什么也不该做。但是，我心里感到的是深深的后悔，这种感情煎熬着我，我禁不住想在我受到伤害的心灵里敷上些止痛的药剂。

“我的确十分爱你，”我开口说，“而且比以前更爱。但是我不能把这种感情表示出来，也不能纵容这种感情。这是我最后一次这么表白了。”

“最后一次，简！什么？既然你还爱我，你以为可以跟我生活在一起，每天见到我，却总是露出这么一副冷冰冰的表情吗？”

“不，先生。我肯定做不到。所以，我看只有一条途径来解决这个问题。但是，我要是说出来的话，你一定会发火的。”

“唔，你说吧！要是我大发雷霆，你不是有哭的本领吗？”

“罗契斯特先生，我必须离开你。”

“走多久，简？走开几分钟，去梳梳头——你的头发的确有点散乱。要不就是去洗洗脸——你的脸看上去似乎在发烫。我说得对不对？”

“我必须离开阿黛勒，离开桑菲尔德。我必须离开你，从此一辈子再也不见你。我必须在陌生的地方，跟一些陌生的人们为伴，开始自己的新生活。”

“当然，我刚才也是这么对你说的。但是你那种要离开我的疯狂说法，我可不能理睬。你的意思其实是说，你要成为我的一部分。至于说新生活嘛，那是没问题的。你要成为我的妻子。我并没有结过婚。你会做罗契斯特太太的，在名义上和实际上都是罗契斯特太太。只要我们俩都活着，我就会只守住你一个人。你要住到我在法国南部的一幢房子里。那是在地中海岸边的一幢外表雪白的别墅。你在那里会受到保护，会过上纯洁幸福的生活。在那里，你绝对用不着担心我会引诱你走上歧途，因为我不会把你叫作情妇。你为什么摇头？你得通情达理啊，简，要不然，我真的要再次发狂了。”

他的声音和手都在发抖，他的两只大鼻孔张得更大，他的眼睛在冒火。

然而，我还是敢于说出：

“先生，你的妻子还活着。这是你本人今天早上刚刚承认过的事实。假如我按你的意愿与你生活在一起，那我只能是你的情妇。除此之外，再怎么说都是诡辩，是虚伪的假话。”

“简，我并不是个脾气温和的人。你难道把这一点忘记了？我不能长时间忍耐，我也不是个冷静而不会发火的人。对我和对你自己都发发慈悲吧。用你的手摸摸我的脉搏，感觉一下它的跳动——等一等！”

他把手腕露出来，让我摸，他嘴唇上和脸颊上的血色都消失了，变成苍白的颜色。我感到痛苦不堪。我对他表示拒绝实在够残忍的，这让他无法忍受，把他激怒了。然而，要做出让步又根本不可能。于是我像一切人面临绝境时那样，本能地向高于人类的神明求助。我不由自主地脱口而出：“上帝助我！”

“我真是个傻瓜！”罗契斯特先生突然喊道。“我一再告诉她说，我没有结婚，却没有向她解释这事的原因。我忘记她并不知道那个女人的性格，也不知道我跟那个女人是在什么该死的情形下结合的。啊，我能肯定，要是简了解到我所知道的这一切，她准会同意我的意见。简妮特，把你的手放在我手上，好让我在看到你的同时也能触摸到你，这样我就能证明你是在我的身旁，我要用简短的几句话，把这事的前因后果讲给你听。你能听我说吗？”

“能，先生。要是你愿意，讲几个钟头都行。”

“我只要求你听几分钟。简，你是不是知道，或者听说过，我并不是这家的长子？是不是听说过，我以前有过一个哥哥？”

“我记得费尔法克斯太太曾经告诉过我这事。”

“你是不是也听说过，我父亲是个爱财如命的人？”

“我听出过这样的意思。”

“好吧，简。既然他是那样一个人，也就难怪他一心要保持原有产业的完整。他不能容忍把产业分成两份，让我享有其中一份。他决定把产业全部遗赠给我的哥哥罗兰。然而，他同样不能容忍自己两个儿子中，有一个变成穷人。因此，他就必须给我娶个有钱人家的闺女。不久，他替我相中一个伴侣。西印度群岛一个兼做商人的种植园主梅森先生是他的老相识。他经过一些调查，证实了这人的财产十分殷实。他得知梅森先生有一子一女，而且还知道，梅森先生打算给自己女儿三万英镑财产。这就足够了。我一离开大学的校门，就被送到了牙买加，去娶一个已经为我定好的新娘。

我的父亲根本没有对我提到她的钱，只是对我说，梅森小姐是西班牙城百里挑一的美人。这话倒不假。我发现她的确是个美丽的女人，跟布兰奇·英格拉姆属于同一种类型。个子高大，皮肤黝黑，一表人才。她家人都希望得到我，因为家世好。她本人也有同样的愿望。他们安排我在舞会上见到她，她当时穿着华丽。我几乎没有单独跟她见过面，也很少跟她单独交谈。她用语言奉承、挑逗我，还故意卖弄自己的魅力和技艺，想取悦于我。在她交往的那个圈子里，所有的男人似乎都崇拜她，也嫉妒我。我受到迷惑和刺激，我的感官兴奋起来，当时我既无知，又不成熟，根本没有经验，便自以为爱上她了。年轻人在社交场合上的疯狂竞争、好色、鲁莽和盲目，会让他什么傻事也干得出来。她的亲戚们鼓励我，她的追求者们刺激我，她自己引诱我。结果，我几乎还没弄明白这到底是怎么回事，就已经跟她结了婚。噢，一想到这个行动，我的自尊心就荡然无存了！我在内心中对自己充满了轻蔑，感到痛苦。我并没有真正爱过她，没有尊敬过她，甚至没有真正了解她。我说不上她的天性中是不是有一点美德，从她的心灵或举止中，我看不到谦逊，看不到仁慈，没有体会到坦率，也没有感到文雅。可我却跟她结了婚。我真是个愚蠢、卑劣、瞎了眼的大傻瓜！要不是因为做了这么多孽，我或许会——唉，我最好还是记起，这是在跟什么人讲话吧。

“我从来没有见过我那位新娘的母亲，我以为她已经去世了。度过蜜月以后我这才知道我想错了。她活着，只不过发了疯，关在一个疯人院里。而且，她家还有一个小弟弟，完全是个白痴。你见到过的那一个，也许有一天也会发疯。我厌恶她所有的亲属，可是我却不恨他，因为在他孱弱的心灵里，却有一些爱心。他一贯关心自己可怜的姐姐。而且他对我曾经有过狗一般忠实的依恋之情。我父亲和我哥哥对这一切内幕都了如指掌，可他们只想着那三万英镑的财产，而且勾结起来害我。

“这都是些令人厌恶的发现。但是，假如不是因为隐瞒的真相欺骗了我，我也不会把这作为谴责我妻子的理由。尽管我发现她的本性跟我的截然不同，她的低级趣味让我顿生反感，她的心灵平庸、卑鄙、狭窄，心灵的境界根本不可能有所提高，心胸也根本不可能拓宽。我渐渐发现，我已经不可能跟她舒适地过一夜，也不可能在白天跟她平静地度过一小时，在我们之间不可能有和气的谈话，因为不论我开始谈什么，她都会立刻把话题转到粗俗、陈腐、邪恶、愚蠢的方面去。后来，我看出，我再也不会有一个平静安定的家，没有哪个仆人能受得了她不断蛮横无理的发作和乖戾的脾气，她向用人们发出的命令全都十分荒谬、自相矛盾、极为苛刻。我在发现这种情况时继续保持忍耐，我不责备，尽量少提劝告，压制住心中深深的厌恶，竭力将自己的后悔和憎恨暗暗吞进肚里。

“简，我不想用那些让人讨厌的琐事烦扰你。几句实在的话就足以把我要说的表达出来了。我跟楼上那个女人在一起生活了四年，还没有到这段时间的结尾，我已经让她折磨得够呛了。她的性格以吓人的速度发展着，逐渐定型。她的邪恶迅速膨胀，强烈得只有残暴才能控制得住，可我并不想用残暴手段。她的智力像个侏儒，而她的怪癖又多么像个巨人啊！那些怪癖带给我的是多么可怕的灾难啊！伯莎·梅森——这个声名狼藉的女人所生的女儿——使我经历了所有可怕的、让人丢脸的痛苦。一个娶了淫荡女人为妻的男人一定会感到同样的痛苦。

“在此期间，我的哥哥去世了，在那四年结束的时候，我父亲也去世了。我那时十分富有了。然而也贫穷到了顶点。我与一个性格粗野至极，下流粗俗无比的女人结合在了一起，法律和社会把她称作我的一部分。我没法用任何合法的手续摆脱它，因为现在医生已经发现我的这位妻子患了精神病。她过分放纵自己，使她疯狂的种子过早地发芽成长起来。简，你不喜欢我的叙述。你看上去好像要生病了。剩余部分我改日再讲，好吗？”

“不，先生，现在把它讲完吧。我同情你——真心诚意地同情你。”

“简，其他人对我的同情和怜悯是对我的侮辱，是一种讨厌的礼物，我完全可以把它扔回到送礼的人嘴巴里。因为那是一种无情而又自私的心灵所感到的怜悯，那是一种听到不幸的事所感到的幸灾乐祸，其中夹杂着对遭受痛苦的人表示漠不关心的轻蔑。但是，你的同情却不是这样的，简。从你整个面孔的表现，从你眼睛里流露出来的神色，从你起伏的胸脯和颤抖的手，我能体会出你心里的同情不是那种感情。我亲爱的，你的同情是饱经苦难的爱情之母。它的痛苦是神圣的热情在临产时产生的阵痛。我接受你的同情，简。让它的女儿自由地降临吧。我的双臂正等待着接受她呢。”

“先生，接着讲下去吧。你发现她发了疯，你怎么办呢？”

“简，我抵达了绝望的边缘。只有残留下的一点自尊心将我与那深渊隔离开来。在世人的眼睛里，毫无疑问，我是蒙上了肮脏的耻辱。可我决心在自己的心目中使之保持清白，永远不受她那些罪孽的沾染，而且要隔绝与她精神污点的联系。然而，社会仍然将我与她联系在一起；我还是每天能看到她，听到她的声音，她呼出的气息与我的气息混在一起。而且我记得，我曾经是她的丈夫。不论是过去，还是现在，一想起这个，我就感到一种无法说出来的厌恶。再说，我知道，只要她活着，我就不可能与另外一个更好的女子结婚。虽然她比我大五岁（她的家人和我父亲就在她的具体年龄上也对我撒谎），可是她看样子会活得跟我一样久。她身体结实的程度能弥补她脑子的虚弱。因此，我在二十六岁的时候，已经感到毫无希望了。

“一天晚上我被她的喊叫惊醒了——在医生们宣布说她已经发了疯以后，她当然就让关了起来——那是炙热的西印度之夜。那儿的气候条件下，飓风来临之前常常有那种情况。我躺在床上睡不着觉，便起身打开窗户。空气简直像硫黄蒸汽一样令人窒息，我在哪里也找不到个让人感到神清气爽的景物。蚊子嗡嗡叫着飞进来，在屋子里阴沉沉地四处飞来飞去。远处的海水发出的轰鸣声，低沉单调得像是在地震。海水上空，乌云渐渐聚集起来。月亮正在波涛间下沉，又大又红，像一颗发射出去的炮弹。那月亮朝暴风雨下剧烈战栗的世界投下血红的最后一瞥，然后沉了下去。我深深受到这种景象和气氛的感染，耳朵里听到的是那个疯子的厉声咒骂，她在咒骂中，不时把我的名字掺搀杂在那种魔鬼般的叫嚣声中，音调像恶魔一样令人憎恨，语言污秽得让人难以入耳。就连公开的娼妓们用的词汇也不比她的更下流，虽然我与她隔开两间屋子，可是我每个字都能听见。西印度群岛的房子里隔墙都很薄，只能稍稍减弱一些她狼嗥般的嘶喊声。

“‘这种生活，’我当时说，‘简直是在地狱里！这种空气，这种声音，全都跟地狱那个无底的深渊里没有两样。假如可能的话，我是有权利摆脱这种生活的。总有一天，这种世俗状态，会像让我的灵魂饱受重负的肉体一样离我而去。我并不害怕那些狂热的宗教信徒们说的那种永远遭受燃烧的煎熬。未来的任何状况都不会比目前的这种状况更糟。让我离开，回到上帝那儿去吧！’

“说着，我在一个箱子跟前跪了下来，把箱子打开，从里面取出两把装好了子弹的手枪。我打算饮弹自杀。可是这个念头在我的脑子里仅仅闪了一下，因为我并没有真正发疯，使我愿意并且企图自杀的那种剧烈而单纯的绝望，片刻之后就消失了。

“从欧洲刮来一场清新的风，跨过海洋，从洞开的窗户吹进屋子，暴风雨突然降临，大雨滂沱，雷电交加，空气逐渐变得纯净了。于是我暗暗做出个决定。第二天黎明，当热带的早霞在中午燃烧起来，当我在湿漉漉的花园里散步，走过继续滴着水的橘子树下，经过湿透了的石榴树和菠萝树间的时候，我在脑子里仔细推理琢磨着。简，现在听着。因为在那个时候，是真正的智慧之神对我表示安慰，向我指出了正确的道路。

“从欧洲来的那场甜美的风仍然在树叶间低语，大西洋正在光辉的自由中轰鸣。我的心长期以来被烤炙得已经干枯了，听到这个旋律便开始膨胀，热血开始沸腾。我渴望得到新生，我的灵魂向往着清新。我看到，希望在复活，感到再生是可能的。我透过花园尽头的一个攀花拱门朝大海望去，大海的颜色比天空还蓝。旧世界就在海的那一边，光明的前途就展现在我的面前。

“‘去吧，’我的希望在对我说，‘重新回到欧洲去居住。那里的人们不知道你有这样一个被玷污的名声，也不了解你肩上背着这样一个肮脏的累赘。你可以把这个疯子带回到英格兰去，找人给她适当的照顾，对她小心提防，把她禁闭在桑菲尔德的宅子里。然后，你愿意上哪儿去旅行都可以，愿意跟什么人进行新的结合都行。那个女人给你带来这么长时间的痛苦，这样玷污了你的名声，如此蹂躏了你的名誉，如此摧残了你的青春，她不是你的妻子，你也不是她的丈夫。只要你注意让她得到她那种情况所需要的照料，你便做到了上帝和人性所要求你做的一切了。让她的身份，以及她和你的关系都在忘却中埋葬掉吧。你绝对不要把这事告诉任何活着的人。把她安置在安全舒适的地方，把她的沦落作为秘密保守起来，离开她吧。’

“我完全按照这个想法行事。我的父亲和哥哥并没有把我的婚事告诉他们的熟人，因为我在写信将我的婚事告诉他们的第一封信中，就附加了迫切的要求，希望他们保守秘密。当时我已经开始感到，这门婚事的后果将是极为令人厌恶的。根据这家人的性格和身体状态，我看到展现在我面前的是一种可怕的未来。不久，我父亲为我挑选的妻子行为可怕，他也羞于承认她是自己的儿媳了。他非但极为不愿意宣布这种关系，而且也像我自己一样急于隐瞒它。

“我把她带到了英格兰。带着这样一头怪物，我的那次旅行十分可怕。我很高兴终于把她弄到桑菲尔德来了。而且也很高兴最后把她稳稳当当地安顿在了三楼的那间屋子里。十年来，她把那间秘密的内室变成个野兽窝，妖怪洞。我在找人照料她的事情上费了些周折，因为我必须找一个忠实可靠的人，因为她在疯狂中不可避免地会泄露我的秘密。再说，她也有神志清醒的日子，有时候是一连几个星期。每逢这种时候，她就对我进行谩骂。最后，我从格里姆斯比疯人院雇来了格雷斯·普尔。她和外科医生卡特——就是梅森被刺伤的那天晚上，为他包扎伤口的大夫——只有这两个人得到我的允许，可以知道这个秘密。费尔法克斯太太也许猜到了什么事情，但是她对事情的真相不可能知道得很确切。总的来说，格雷斯是一个好看守，不过，有时候由于她自己无法改正的过错——这种过错对于从事这种工作的人来说，其实也是无法避免的——她的警惕性不止一次放松下来。那个疯子既狡猾又恶毒，从来不会放过看守一时的疏忽。有一次她藏起一把刀子，刺伤了自己的弟弟；有两次她偷了小房间的钥匙，趁黑夜从那儿溜出来，第一次，她企图把我活活烧死在床上，第二次，她对你进行了那场可怕的访问。感谢上天保佑，她仅仅把怒火发泄在了你的结婚礼服上，也许那礼服让她回想起她自己结婚的日子。但那时发生的事情，我甚至连想也想不起来了。一想到今天早上向我扑来扼住我喉咙的那个东西，竟然把她乌黑中带着血红的鬼脸，俯在我的宝贝鸽子的酣巢上，我浑身的血就凝固了起来……"

"先生，"他一停下来，我就问，"你把她安置在这儿以后，你干了些什么呢？你上哪儿去了？"

"我干了些什么，简？我把自己变成了一星鬼火。我上哪儿去了？我像个从沼泽地钻出来的鬼魂，到处游荡。我到了欧洲大陆，漫无目标地跑遍了各个角落。我坚定不移的愿望，是找到一个可以让我爱上的女人，她应当具有善良的品行，聪明的头脑，要与我留在桑菲尔德的那个泼妇截然不同……"

"可是你不能结婚啊，先生。"

"我已经认定，而且也确信，我可以结婚，而且应该结婚。我的本意并不是欺骗，不是像我欺骗你那样。我是要把自己的故事讲清楚，公开提出我的求婚，因为我认为，我有权自由地爱别的女人，也可以被别人爱，这是完全合情合理的。尽管我为祸害所累，我总会找到一个女人，这个女人愿意，而且能够理解我的情况，并且接受我，对这一点我从来没有怀疑过。"

"是吗，先生？"

"当你喜欢质询的时候，简，你总是让我发笑。你把眼睛大睁开，仿佛自己是一只急切的鸟儿，不时做出一些不安的动作，好像你觉得言语的回答还不够快，还需要让人家从你的行动上看出你的心思似的。但是，在我继续讲下去以前，请你告诉我，你这'是吗，先生？'是什么意思？你总喜欢把这话挂在嘴边上，引得我没完没了地说下去，可我还不明白这到底是为什么。"

"我的意思是问，后来怎么样了？你后来是怎么做的？结果如何？"

"对极了，的确有这样的意思。那么你想知道些什么呢？"

"你是不是找到了什么你喜欢的人；你向她求婚了吗？她是怎么说的？"

“我可以告诉你，我是不是找到了我喜欢的人，向她求婚了没有。可是，至于她是怎么说的，还有待于记载到命运的书本上。在漫长的十年中，我到处游历，先住在一个国家的首都，然后又迁往另一个国家的首都。有时候在圣彼得堡，不过常常是住在巴黎，偶尔也到罗马、那不勒斯和佛罗伦萨小住。我很有钱，又有名门望族的名誉作担保，便可以选择自己愿意结交的任何人，任何社交圈子都不会对我关上门。我在英国女士们、法国的女伯爵、德国女士、意大利女伯爵中间寻找自己的意中人。结果并没有找到。有时候，我刹那间瞥见一个眼色，听到一个声音，看到一个身体，让我以为我的梦想就要实现了。然而我很快便摆脱了那种骗人的幻觉。你不要认为我要找的是个在心智和人品上都十全十美的人。我只渴望找到一个适合我的人，找到一个与那个克里奥尔女人完全相反的人。结果我的渴望是徒然一场空。在她们那么多人当中，我没有找到一个我愿意求婚的人。即使我没有从我那种不相称的结合中得到危险的警告、恐怖的威吓、厌恶的情感，即使我是自由的，我也不愿意向她们中的任何人求婚。失望使我感到不安。我开始试着过放荡的生活——不过，从来没有试过淫荡的生活。淫荡可是我过去和现在都一直痛恨的。那是我那个印第安妻子的特征。我对她和对淫荡都深恶痛绝，就连我在寻欢作乐时，我也对自己严加约束。凡是近似淫乱的享乐活动，都让我觉得是在向她和她的罪孽靠近，因而我都绝对避免。

“然而，我也不能过孤独的生活，便尝试着找个情妇陪我。我的第一个选择就是塞莉纳·瓦朗——这又是个让人一回忆起来就蔑视自己的步骤。你已经知道她是怎样一个人，以及我跟她的关系最后结局如何。在她之后，我还有两个情妇，一个是意大利人佳辛达，另一个是德国人克拉拉。两个人都是大家心目中的美人。但是，几个星期后，她们的美对我又算得了什么呢？佳辛达不讲道德，而且蛮横无理。三个月后，我就对她感到厌倦了。克拉拉诚实安静，可是人很笨，没有脑子，感觉迟钝。一点儿也不合我的胃口。我很高兴赠送给她一笔足够的款子，让她从事一个好的职业，我就这样体面地摆脱了她。简，我从你的脸上看得出，你的脑子里现在对我并不是形成一个有利的看法。你认为我是个没有感情，放荡不羁的流氓，对不对？”

“我的确不像以前那么喜欢你了，先生。你难道丝毫没觉得以那种方式生活是不对的吗？先跟一个情妇在一起生活，然后又换上一个情妇。你说这事的口吻好像那不过是件理所当然的事情。”

“我以前采取的真的是这种态度，可我现在并不喜欢了。那是一种卑劣的生活方式，我再也不想回到那种生活中去。花钱养一个情妇是一种仅次于购买奴隶的恶劣行径。这两种人的人格往往比较低下，地位一般都是低下的，跟她们亲密地生活在一起也会使人堕落。我现在很不愿意回忆我跟塞莉纳·瓦朗、佳辛达和克拉拉在一起度过的日子。”

我听出，他这说的都是真心话。我从这些话里得出了明确的推论：假如我忘掉了自己的身份，忘掉了自己受到的教育，用任何借口、任何辩解，或者受到任何诱惑，去步那几位可怜姑娘的后尘，那么，他将来总有一天也会用同样的感情回忆起我，也会用同样的亵渎语言来描述我。我并没有把我的这个看法讲出来。感觉到就足够了。我把它铭刻在自己心里，到了关键时刻，我会要它支持我的。

“简，现在你怎么不说‘是吗，先生？’我还没讲完呢。你的神情怎么这样严肃。我明白了，你还是对我表示不赞成。我回到刚才的话题上吧。今年一月，我摆脱了跟所有情妇的关系，在空虚和孤独中到处漫游，结果，带着粗暴的脾气和痛苦的心情回到英格兰来。失望侵蚀了我的灵魂，我对所有的人，尤其是对所有的女人都怀有敌意，因为我开始认为，一个聪明、忠实、深情的女人只是一个梦，由于事务的召唤，我回到了英格兰。

“在一个严寒的冬日傍晚，我骑着马已经能看得见桑菲尔德了——令人厌恶的地方！到了那儿，我不会得到安宁，也不会得到任何乐趣。我看到一个娇小安静的身影独自坐在干草小径的一段台阶上。我从旁跑过的时候，丝毫没有注意那个人，仿佛那跟对面的一截柳树桩没有什么两样。对于她将给我的生活带来什么，我毫无预感。我心里也丝毫没有得到预兆，说我生活的主宰——我的守护神——正身穿粗陋的衣服等在那里。我并不了解她，甚至在美斯洛出了事故，她走到我身边来，态度庄重地提出帮助我的时候，我也不知她是谁。那是个身材纤细，孩子般的小人儿！仿佛一只朱顶雀跳到我的脚边，提议要用它那孱弱的翅膀背负起我来似的。我当时十分粗暴，可那个东西就是不走开。她站在我身边时的态度既奇怪又顽强，她看着我，对我说话的时候，神情中传达出的是权威。我当时必须得到帮助，而且只能由那只手来帮我，于是她给了我帮助。

“我的手一搭在那个纤弱的肩膀上，我全身便焕发出一种新鲜、清新的活力，产生一种崭新的感觉。我得知这个精灵要回到我这里来，知道她就住在下面我那个宅子里，我感到十分高兴，否则，要是我眼睁睁看着她从我的胳膊下走开，看着她消失在朦胧的树篱后面，我怎么会不感到遗憾呢？简，那天晚上我听到你走进房门，也许你并没有意识到我在想你，在等候你。第二天，你跟阿黛勒在走廊里玩耍的时候，我藏在暗处，默默观察了你半个小时。我记得那是个下雪天，你不能上户外去。我当时在自己屋子里，我的房门开着。我既能听得见你的声音，也能看见你的模样。有一阵子，阿黛勒吸引了你的注意，可我看出，你的心思在另外一个地方。不过，当时你对她非常耐心，我的简。你跟她交谈，逗着她玩，最后她离开了你，你便立刻陷入深深的沉思。你开始在走廊里慢慢散步，有时，你经过窗户的时候，便望着窗外纷纷降落的雪花，听着外面呜咽的风声，接下去，你又继续散步，继续想心事。我认为，你脑子里的那些白日的梦幻并不暗淡，你眼睛里偶尔会露出令人愉快的光芒，你的脸上有时微微露出些兴奋的表情，那表情中并没有痛苦的沉思，没有易怒的迹象，没有多疑的阴影。你的神情中流露出的是青春甜蜜的遐想，它的精神愉快地扇动着翅膀跟随着希望，飞上理想的天堂。后来，费尔法克斯太太在门厅里说话的声音把你从梦幻中惊醒过来。你当时仿佛在嘲笑自己，脸上带着的微笑多么奇怪啊，简妮特！你的微笑中有很多含义，它非常尖刻，似乎在嘲笑你自己思考的问题让你那么出神。它又好像在说：‘我的这些幻想都不错，可是我可不能忘记，它们绝对是不真实的。我的脑子里有一片色彩瑰丽的天空，和一个鲜花盛开、青草茵茵的伊甸园。但是在实际生活中，我完全明白，在我的脚下有一条坎坷不平的路，我的周围变得越来越黑暗，暴风雨即将来临了。’后来，你跑下楼去，请费尔法克斯太太给你安排点事情来做。我想，她请你算一算一周的家月账目吧。你走开后，我看不到你了，心里不免对你感到有点恼火。

“我不耐烦地等待着夜晚的到来。因为到了那个时候，我就能把你召到我身边来了。我猜想，你的性格对我来说是非同寻常的，是我以前所根本没有接触过的。我渴望更深地探索它，更加了解它。你带着一种既有些羞怯，又有主见的神态走进屋子里来。你的穿着十分古怪，就跟现在差不多。我要你开口讲话，没过多久，我就发现你的身上充满了奇怪的对比。你的衣着和举止受到各种规矩的约束，你的神情往往十分胆怯，完全属于那种天性文静，却根本不善于社交活动的人，这种人心里特别害怕做错事，害怕把别人责备的目光吸引到自己身上来。然而，当别人对你说话时，你却把敏锐、大胆、明亮的眼睛望着说话的人，端详他的脸，你的每一瞥都充满了洞察力和威力。你受到一连串问题追问的时候，你的回答脱口而出，对答如流。你似乎很快就习惯跟我在一起了。我相信，你觉得你和你这位态度严厉、脾气恶劣的主人之间产生了共鸣，简。因为我惊讶地发现，你的态度那么快就变得愉快而闲适了。尽管我大声咆哮，可你对我的坏脾气并没有表示出惊奇、害怕、烦恼，或者感到不高兴。你看着我，有时候脸上带着微笑，我无法形容那种微笑，它是那么单纯、明智，而且又是那么大方。我立刻就对我看到的这一切感到满意，而且为这一切所激励，希望更多地观察它。但是，有很长一段时间，我疏远了你，很少把你召到我身边来。我是个有理智的享乐主义者，希望将这次结交朋友的新奇而令人激动的喜悦延长一些。另外，我也时常担心，假如我任意玩弄这朵花，它就会凋谢，那种新鲜迷人的魅力就会丧失。我当时并不知道，这不是一朵一开就败的花儿，而是一朵用宝石雕刻而成，无法摧毁，光彩照人的花儿。我还计划看看，假如我避开你，你是不是会来找我——可你并不找。你总是在教室里，平静得就像你自己的书桌和画架一样。如果我偶然遇到你，你只是稍稍表示一下敬意，恭恭敬敬打个招呼，然后很快就从我身边走过去了。在那些日子里，你通常的表情是若有所思的样子。并不沮丧，因为你没病，也不显出轻快，因为你对前途没有多少希望，也没有什么实在的乐趣。我想知道，你对我有什么看法——或者说，你是不是对我有过什么看法。为了弄清楚这一点，我重新开始注意你。你谈话的时候，你的眼神里流露出愉快，举止中显出亲切的样子。我看出你喜欢与人交往；让你产生忧伤情绪的是你的单调生活，是那间平静的教室。于是，我允许自己对你表示和蔼，我自己从这样的态度中享受到了愉快。和蔼不久便激起了感情。你的面部表情渐渐变得温和，你跟我说话时的声调也变得柔和了。我喜欢听到你的嘴唇用带着感激和欢快的声调说出我的名字。在那个时候，我很喜欢偶然遇到你时心里感到的那种欢乐。在你的举止中有一种莫名其妙的迟疑，你看我的时候，眼睛里露出一种淡淡的困惑神色，那是一种游移不定的怀疑。你弄不明白我为什么会反复无常，不知道那是我摆出做主人的架子呢，还是作为一个朋友装出的和蔼。我这时已经深深地爱上了你，不可能有摆主人架子的念头。当我真诚地伸出手来的时候，你那年轻而充满渴望的脸上流露出那么迷人的表情，其中有青春，有光明，也有幸福。我常常需要费好大的劲才能控制住自己，免得立刻把你拉进我的怀抱中。”

“别提那些日子了，先生，”我打断他的话，一边悄悄眨巴眼睛，把眼眶里的泪珠弄出去。他的这一席话，对我来说简直是折磨，因为我对自己该立刻就做的事情已经打定了主意。这一切回忆，他这些感情的表露，只能让我觉得更加难以按自己的打算去做。

“不说了，简，”他回答说，“既然现在如此有保障，未来又是如此的光明，还有什么必要总是不停地谈起过去呢？”

他这个糊涂的断言，让我听了打心底都颤抖起来。

“你对这一切已经明白了，对不对？”他继续说道，“我的青年时期和中年时期有一半是在难以形容的痛苦中度过的，另一半又抛掷在无聊和寂寞中。在那一切之后，我才第一次找到了真正爱的人。我找到了你。你真正同情我，是比我自己更好的自我。我的好天使，一种强烈的依恋之情将你我紧紧联系在了一起。我认为你心地善良、有天赋，而且生性可爱。我心里对你产生了炽热而庄严的热情，要把你拉进我的生活中心，拉到我生活的源泉里来，让我的生命围绕在你周围，让我们点燃纯洁、强有力的火焰，把你我熔为一体。

“正因为我感到，并了解到这些，所以我决定与你结婚。要是有人说我已经有了妻子，那只能是个空洞的笑话。你现在已经知道了，我没有妻子，只有一个可怕的恶魔。我承认不该欺骗你，那是我的错。可是我害怕你性格中那种固执。我害怕以前向你灌输的那些偏见。我想先安全地得到你，而不是先冒险把真情告诉你。这是个胆小鬼的手段。我最初就应当像现在这样，信赖你心灵的高尚和宽大，把我痛苦的生活坦白地告诉你，向你描述我怎样如饥似渴地追求比较高尚、比较有价值的生活，不是向你表明我的决心——这个词太软弱了——而是向你表明我不可抗拒的诚挚爱情，而且也要得到诚挚的爱情。然后，我应当请求你接受我的忠贞誓言，并且也向我发誓。简，现在向我发誓吧。”

他停顿了一下。

“你怎么不说话，简？”

我面临着严峻的考验。一只炽热的铁掌正好抓住我的要害。多么可怕的时刻啊。其中充满了搏斗，弥漫着黑暗，也有光明的燃烧！从来没有哪个人比我更希望得到爱，我所崇拜的这个人又是这样深深地爱着我。然而，我又不得不拒绝他的爱。一个让人悲痛的字眼包含着我无法忍受的责任——“离开他！”

“简，你明白我向你要求的是什么吗？我只要求你这样的誓言：‘我是你的，罗契斯特先生。’”

“罗契斯特先生，我不是你的。”

又是一阵长长的沉默。

“简！”他再次开始说话，语气中的悲伤和温柔把我压垮了。他还不时用不祥的恐惧威胁我，真能把我变成冷冰冰的石块。他的这声音是正在起身的狮子发出的吼声："简，你的意思是说，在这个世界上，你要独自走一条路，要我去走另一条吗？"

"是的。"

"简，"他俯下身来拥抱着我，"你现在还是这个意思吗？"

"是的。"

"那么现在呢？"他轻轻地吻着我的额头和脸颊。

"是的……"我连忙从他的怀抱里挣脱出来。

"啊，简，这是痛苦的，这是邪恶的。只有爱我才不能算是邪恶。"

"服从你才是邪恶的。"

一种狂暴的神情扫过他的面孔，使他的眉毛竖了起来。他站起身，不过仍然克制着自己。我把手搭在一只椅子的靠背上，支持住身子。我全身战栗，心里害怕，但是我下定了决心。

"等一等，简。想一想你走了以后，我的生活会是多么可怕。你会把幸福统统从我身边带走。那时候，还会有什么留下来呢？我只有楼上那个疯子做我的妻子。那样的话，你还不如把我当成那边教堂墓地里的一具死尸。我该做些什么呢，简？上哪儿找伴侣，上哪儿找希望呢？"

"学着我的样子，信赖上帝，信任自己。相信天国。希望我们将来在那里相会吧。"

"这么说你不让步？"

"不让。"

"那么你是要宣判我活着受罪，死后也要受诅咒了？"他提高了嗓门。

"我劝你活着要清白，我希望你死后能安息。"

"这么说，你是要把纯洁的爱情和清白的生活从我这儿一并夺走了？你要把我推回到追求肉欲，以罪恶为职业的老路上去吗？"

"罗契斯特先生，我自己不想得到这样的命运，也不打算将这种命运强加给你。我们生来就是为了受苦，为了拼命奋斗的。你跟我也是一样。照这样去做吧。你会在我忘记你之前就把我忘掉的。"

"你这番话把我说成个撒谎的骗子了。你玷污了我的名誉。我声明，我是不会变心的。可你却当着我的面，说我很快就会变心。你的行为说明你的想法是多么不正常，你的判断完全不合情理。把一个同类逼到绝望的境地，难道比违反法律更好吗？法律只不过是人为规定的，你违反的这些条款并不伤害任何人，因为你既没有亲戚，又没有熟人，跟我生活在一起，用不着担心会冒犯他们啊。”

这话倒是对的。听了他这一席话，我自己的良心和理性也起而与我作对，将我的决定宣判为犯罪。它们的声音几乎像感情一样响亮，这时，感情正在疯狂地呼唤着。“啊，顺从吧！”感情的声音这么说。“想想他受的苦难，想想他面临的危险，看看把他独自留下他会怎么样，回忆一下他的鲁莽天性，考虑一下绝望会让他变得如何不顾一切吧。去安慰他，拯救他，爱他吧。告诉你说你爱他，对他说你是他的。这个世界上还有谁更关心你呢？你的行为会让什么人受到伤害呢？”

然而那个回答仍然毫不屈服——“我会关心我自己的。我越是孤独，越是没有朋友，越是得不到别人的支持，我就越尊重自己。我要遵守上帝颁布、世人承认的法律。我要坚持我在神志清醒的时候所接受的原则。可我现在头脑并不清醒。法律和原则不是为没有诱惑的情形制定的。它们正试用于现在这种情况。此时，身体和灵魂一齐反抗苛刻的法律。但是，虽然它们是严格的，却不能违反。假如为了自己方便，就随意违反它们，那这些法律还有什么价值呢？我从来就认为，它们是有价值的。假如我现在认为不是这样，那是因为我心智不正常，而且是相当不正常了。我的血管中有火在燃烧，我心脏的脉搏快得让我数不过来。已经成形的观点和早已下定的决心，是我此刻应当坚持的一切，我要坚守这些原则。”

我打定了主意。罗契斯特先生从我的表情上看出了我的主意。他的愤怒被激发到了不能再高的顶点，无论会发生什么事情，他都要彻底发泄一下。他横过房间走来，抓住我的胳膊，搂住我的腰，似乎要用他那冒火的眼睛把我吞噬掉。在身体上，我这时毫无力量，好像麦秆受到炉火的炙烤和烧灼一样；但是在精神上，我却仍然控制着自己的灵魂，并且能保证它最终不会发生危险。幸而眼睛能表达心灵的意思，虽然有时候是不自觉地流露出来的，但是表达的内容还是忠实的。我抬起头望着他的眼睛，我看着他那凶狠的面孔，不由叹息了一声。我让他抓得浑身疼痛，我用力挣扎，力气几乎都用尽了。

“从来没有，”他咬牙切齿地说，“从来没有什么东西像她一样既纤弱，又不屈不挠。在我的手里，她不过是一根芦苇！”他于是抓住我使劲摇动着。“我只要用两根手指就能把她掰弯。可是就算我把她掰弯，把她拔起来，又有什么用处呢？看看这双眼睛，看看其中流露出来的坚决、狂暴和坦率的神情，对我表示蔑视。其中不但充满勇气，而且还坚信自己会取胜。我就是拿着笼子到处跑，也捕捉不到这头充满野性而美丽的动物！我就是拼命撕打，愤怒中把这脆弱的笼子砸个稀烂，我的暴行也只会让我的俘虏逃之夭夭。我可以征服这房子，但是，在我还没来得及以这座尘世屋宇的主人自诩时，它的居民已经飘然飞走了。然而我要的是你，要的是你的心灵，包括你的意志、活力、美德和纯洁，而不只是你那易碎的躯壳。如果你愿意，你可以轻柔地飞到我身边来，依偎在我的怀抱中。要是违背你的意志，硬要抓住你，你就会像一阵芬芳的气味一样，在我还没来得及把你吸进来，就消失得无影无踪。啊！来吧，简，来吧！”

他说着松开手，把我放开，仅仅用眼睛望着我。这眼神比刚才那疯狂的搂抱更加难以抗拒。然而，到了这种时候，只有白痴才会屈服。我大胆面对了他的愤怒，并且把它挫败了。现在我必须躲避他的悲哀。我朝屋门走去。

“你要走了吗，简？”

“我要走了，先生。”

“你要离开我吗？”

“是的。”

“你不再回来了吗？你不愿安慰我，不愿拯救我了吗？难道你丝毫也不在乎我的爱情，我撕心裂肺的悲伤，我疯狂的祈求吗？”

他那声音中的悲哀深沉得难以形容，我要坚决地再次说出“我要走了”，该是多么困难啊。

“简！”

“罗契斯特先生。”

“那就走吧，我同意。但是要记住，你把我留在这里遭受痛苦。上楼到你自己的屋子里去，把我所说的话仔细考虑一遍，简，想想我受的苦难，再想想我吧。”

他转过身去，脸朝下扑倒在沙发上。“啊，简！我的希望，我的爱，我的生命！”他嘴里痛苦地嚷着说。接着传来的是一阵深沉而强烈的啜泣。

我已经走到门口了。但是，读者，我又走了回去——我的态度像走开的时候一样坚定。我在他身旁跪下来，把他的面孔扭过来，让他看着我。我吻了吻他的脸颊，用手抚平他的头发。

“上帝保佑你，我亲爱的主人！”我说道。“愿上帝使你免受伤害，免于过失，指导你，安慰你，为你过去对我的仁慈好好报答你。”

“小简妮特的爱才是对我的最好报答，”他答道。“没有她的爱，我的心就会破碎。可是简会把她的爱给我的，会的，她是那么高尚，那么慷慨。”

他的脸上涌出了血色，眼睛重新闪烁出火光。他跳起来站直身子，伸出双臂。可是我躲开他的拥抱，迅速离开了这个房间。

“再会了！”我离开他的时候心底这样呼喊着。心中的绝望又在我心中补充说：“永别了！”

※ ※ ※

那一夜，我根本没有想到要睡觉。但是我一躺在床上，却立刻就沉沉入睡了。我的思绪又回到了童年时代，梦中，我又躺在盖茨海德的那间红屋子里。夜色一片漆黑，我心里有着各种光怪陆离的恐惧。很久以前把我吓得昏死过去的那道光线，在这次梦中重新闪现出来，那光影似乎在墙壁上游移飘飞，颤动着爬上去，停在模模糊糊的天花板中央。我抬起头来观望，只见天花板变成了云团，又高又朦胧。那道光影仿佛月亮即将从云雾中钻出来时一样扑朔迷离。我望着它露出面孔，心里怀着一种特别莫名其妙的期待，仿佛我的命运就写在它圆圆的脸盘上。它从云层中一跃而出，月亮可从来没有过这样的速度。只见它将一只手伸出黑黢黢的云层，把它们拨开，露出在碧空中的不是一轮圆月，而是一个洁白的人体，它将光华的额头俯向大地，目不转睛地盯住我。它开口跟我的精神进行交流，那声音遥远得无法测量距离，可是又近得像是在跟我说悄悄话：

“我的女儿，逃避诱惑吧！”

“我的母亲，我会的。”

我从恍惚的梦境中醒来的时候，也这么回答说。时间还是夜里，可是七月的夜晚十分短暂。午夜过后不久，天就要破晓了。“我要完成的任务，动手越早越好，”我想道。我起床用不着穿衣服，因为我是和衣睡在床上的，仅仅脱掉了鞋。我知道在抽屉的什么地方能找到我的几件衬衣、一个挂在项链上的小盒、一只戒指。在寻找这些东西的时候，我碰到了罗契斯特先生几天前逼着我接受的一串珍珠项链。我把它留下，那不是我的。它属于那个已经消逝在虚无缥渺之中的新娘。我把其他东西打成一个包裹，把装有二十先令的钱袋装在衣袋里，这就是我的全部财产了。我系好草帽的带子，把披巾用别针别好，拿上包裹和暂时还不打算穿在脚上的便鞋，溜出我的屋子。

“再会，仁慈的费尔法克斯太太！”我从她的屋门溜过去的时候，嘴里悄悄低声说道。“再会，我亲爱的阿黛勒！”我朝婴儿室投去一瞥，嘴里喃喃地说道。可是我就连进去抱一抱她的想法也不敢有。我必须瞒过那只灵敏锐利的耳朵。它也许这时正仔细倾听呢。

我本来打算从罗契斯特先生的屋子门前经过，并不停下脚步。可是到了他门前，我的心脏一时停止了跳动，我的脚步也被迫停了下来。屋里的人并没有入睡，而是在烦躁不安地踱着步子，从屋子一头走到另一头。我听见他一遍又一遍地叹息着。假如我做出选择的话，这屋子里就有我的天堂——不过是暂时的天堂——我需要做的仅仅是走进去，说上一声：

“罗契斯特先生，我要一辈子爱你，跟你生活在一起，一直到老死，”那阵狂喜会像泉水一样从我的嘴里涌出来。这个我想到了。

我那好心的主人现在无法入睡，正在不耐烦地等待着白昼的到来。到了早上，他会打发人去叫我的。而我已经走了。他会派人寻找我。那是徒劳。他会觉得自己被遗弃了，会认为自己的爱受到了拒绝，他会感到痛苦，可能还会绝望。这个我也想到了。我的手朝门把手伸了过去，但是又缩了回来，继续悄悄往前走。

我转身朝楼下走去的时候，心里十分悲伤。我知道该做些什么，便机械地做下去。我在厨房摸到侧门的钥匙，还找了一瓶油和一根羽毛，朝钥匙和门锁上了油。我拿了些水和面包，因为我可能要步行走很远的路。近来，我的体力急剧减弱，我可不能让它垮掉。这一切我都是无声无息地办好的。我打开门，走出去，又把门关上。庭院里已经能看到微露的晨曦。巨大的院门关着，而且还上着锁。一扇门上有个小门，那小门只是插着闩。我拉开小门走出去，然后把小门也关上。我走出了桑菲尔德。

在一里地之外，田地的另一头，有一条路通往与米尔考特相反的方向。我从来没有走过这条路，但是却常常注意到它，心里琢磨过它到底通往哪里。现在，我就走上了这条路。我没有时间思考，也不能朝身后再扫视上一眼，甚至也不敢往前看。现在不容我考虑过去，也不容考虑未来。过去就像一页文字，其中充满了天国般的甜蜜和极度的悲伤，只要读上一行就能让我勇气顿消，浑身垮下来。未来又是一页令人恐怖的空白，活像大洪水横扫过世界后的景象。

我绕开田野、树篱和小径，走啊走，一直走到日出以后。我相信那是个明媚的夏日早晨，我发现我离开宅子便穿在脚上的鞋子，不久就让露水打湿了。但是我既不欣赏那初升的太阳，也无心观看怡人的天空，更不注意正在苏醒的大自然。被押上断头台的人，不会注意沿途美丽的景色，不会注意路边可爱的花儿，只会想到断头砧和利斧，想着骨肉分离，想着最后张开大口的墓穴。而我呢，心里想的是凄惨的出逃和无家可归的流浪，啊，我还想着在身后留下的一切，想到这个，我感到十分痛苦，可我就是禁不住要想。我现在想到他——正在他自己的屋子里——他望着日出，心里希望我会很快到他的身边去，对他说我要与他生活在一起，说我是他的。我渴望属于他，也热切地渴望回去。现在还不算太晚。要是现在回去，他也用不着因为失去心爱的人而感到痛苦。我能肯定，到这时候，我出逃的事情还没有让人发现。我可以回去安慰他，成为他引以为自豪的人，把他从痛苦中拯救出来，也许可以把他从毁灭中拯救出来。啊，一想到他可能自暴自弃，我就感到极端的痛苦，我觉得那比我自己自暴自弃更加糟糕。它就像一根射进我胸中的箭头，要想拔出来的时候，它的倒刺撕裂着我的心。当我想起往事的时候，那箭头便向更深的地方刺去，使我感到难过。鸟儿开始在矮树和灌木间歌唱。那些鸟儿对自己的伴侣是忠实的。鸟儿于是成了爱情的象征。可我呢？我的心感到痛苦，我在拼命努力坚持原则，可我对自己感到憎恶。我从自我赞赏中得不到安慰，就是从自尊心的满足中也得不到安慰。我伤害了我的主人，给他留下了创伤，然后离开了他。我自己都觉得自己可恨。然而，我不能回头，也不能往回走一步。一定是上帝在带领我继续前进。至于我自己的意志，或者我自己的良心，已经被剧烈的悲痛践踏掉，扼杀掉了。我一边独自跋涉，一边放声大哭。我就像个神经错乱的人那样，走得越来越快。来自内心的虚弱逐渐扩展到四肢，使我变得软弱无力，我倒在了地上。我在地上躺了几分钟，把脸颊靠在湿漉漉的草地上。我感到一种恐惧——或者不如说是一种希望——我觉得要死在这个地方了。不过，我很快就爬了起来，先是手膝并用向前爬，接着又站起来，像以前一样急切而坚决地朝大路上走去。

上了大路以后，我不得不坐在树篱下歇息。这时我听到车轮的辚辚声，接着便看到一辆马车跑来。我站起身，举起手。马车停下来。我问那车要上哪儿去。车夫说了个很远的地方，我能肯定，罗契斯特先生在那里没有亲戚关系。我问他带我上那儿需要多少车钱。他说三十先令。我告诉他说我身上只有二十先令。他说，那就只好凑合啦，二十就二十。他还允许我坐在车子里面，因为轿子里没人坐。我进去了，给关在里面，马车便继续前进。

好心的读者，但愿你永远别体会我当时的感觉！但愿你的眼睛永远也不要像我这样，止不住滚烫泪水的汹涌。但愿你永远也用不着像我当时那样向上帝祈祷，说出的话语那么绝望，那么痛苦。因为你绝对不会像我这样，担心自己的行为会导致你全心热爱的人变成个邪恶之徒。

第二章

两天过去了。那是一个夏日的夜晚。那马车夫把我留在一个名字叫作惠特克劳斯的地方。因为我付的车钱不够，而且我一个先令也没有了，他不能再让我继续乘车。这时，马车已经驶出去，离我有一里远，剩下我独自一人。我这才发现，我忘记把我那个小包裹从马车的行李袋中取出来了。我当时把它放在里面，为的是保证安全，可是现在它却留在里面。确确实实留在了马车上。我自己已经一文不名了。

惠特克劳斯不是个小镇，甚至连个小村子也算不上。它只不过是个立在十字路口，刷成白色的石柱子。我想这是为了让人在远处能看得见，或者在黑暗中也能看得清楚。石柱顶部伸出四块指路牌，从上面的字看来，距离这儿最近的一个城镇在十里之外，其中最远的一个在二十多里以外。从这些我熟知的地名上，我知道自己是在哪个郡下的车。这是北方中部的一个郡，一眼望去，沼泽草深，丛山嶙峋。我身后和左右两边是大片的沼泽地，我脚下是无尽的大山之间的一片谷地。这儿一定人烟稀少，我在路上朝远处望去，连一个行路的人也看不到。一条条道路通向东南西北，宽阔的路面反射出白色的光，因为没人行走，显得冷冷清清。每条道路都穿过沼泽地，又深又杂乱的石楠都长到路边上来了。尽管如此，路经此地的人也可能从这儿走过，而我可不想让人看见我在这儿。要是我在这个路标柱子旁徘徊，显然会让人看作迷失了道路或者认为我是在漫无目标地游逛，不免怀疑我的所作所为。可能有人会查问我。我做出的回答除了能引起怀疑之外，不可能有别的结果。现在，我与人类社会已经断绝了一切联系。什么也不能把我召回到我的同类那里去，魅力或者希望对我都不再发生作用。看见我的路人，没有一个会对我产生仁慈的念头，也没有人会对我心怀良好的愿望。除了大自然这个万物之母外，我没有任何亲戚，我要到她的怀抱中去寻求安息。

我径直走进荒草地里。我看见土褐色的沼泽地中有一道深陷下去的裂缝，就沿着它走了下去。我在那没膝的深色草丛中艰难地朝前走去，随着那裂缝的弯曲，在一个隐蔽的角落里发现一块让苔藓染得黑黢黢的花岗石。我靠在它下面坐下来。周围是包围着沼泽地的堤岸，我的脑袋隐蔽在了这块石头的后面。石头上面便是天空。

即使是在这儿，我也过了一些时候才平静下来。我隐约感到一种恐惧，害怕附近有野兽，也怕猎人或偷猎者会发现我。如果刮来一阵风，我就会抬起头来，害怕那是一头朝我冲来的野牛。要是有一只鸟儿发出叫声，我会把它想象成一个人。然而，我发现自己的恐惧毫无根据。黄昏过后，夜幕降临，笼罩一切的寂静使我又安下心来，我这才恢复了信心。在这之前，我还没来得及思考，我只是在听，在看，在担心。现在我又有了思考能力。

我应该做什么？我该到哪儿去呢？这些问题实在让人感到难受，因为我这时什么也没法做，哪儿也去不了。在我抵达有人类居住的地方之前，必须依靠自己疲劳颤抖的双腿一步步走完漫长的道路，而且在我到达一个住处时，还得向人恳求发慈悲，才可能得到个住宿的地方。为了让人听我的故事，为了使我的某个需要得到满足，我必须先强求别人对我产生勉强的同情，而且肯定会惹起人们对我的厌恶！

我接触了一下石楠，石楠是干的，在夏日的炎热中有些温热。我望了望天空，天空的颜色很纯净。一颗颗仁慈的星星在这道裂隙的上空闪烁着。开始降露水了，露水带着祥和的温柔。没有听到微风的低语声。我觉得，大自然似乎对我亲切而慷慨，尽管我无家可归，可她仍然爱着我。我从人那里只能得到怀疑、抛弃和侮辱，因而便对她怀着依恋之情。至少在今天晚上，我要做她的客人了——我本来就是她的孩子。我的母亲向我提供住宿的时候，既不会索取钱财，也不会收取代价。我还有一口面包，中午经过一个小镇的时候，我用身上最后的一个便士零钱买到一个面包卷，现在只剩这么一口了。在石楠丛中，我看到一簇簇成熟的越橘，像黑玉珠子一样闪闪发亮，我摘了一把，就着面包吃。我的肚子本来饿得厉害，现在，像隐居山林的人一样吃了这样一餐，虽然没有吃饱，但是至少缓和了饥肠的压迫。我做了晚祷，然后就选个地方准备睡觉。

这块岩石旁边的石楠很茂密，我躺下后，身子整个被石楠掩盖起来。身子两边的石楠都高高挺立，只有很窄的一道缝隙能让夜风刮进来。我把披巾双折起来，盖在身上当被子，一个稍稍隆起的地方长满了青苔，那就是我的枕头。我这样露宿野外并不觉得冷，至少在刚开始的时候不冷。

我的休息本来可以十分安乐，只是心中的悲伤把它破坏了。心在哀诉自己裂开的伤口，内心的泣血，还有绷断的心弦。我的心也在为罗契斯特先生和他的命运而战栗。它怀着痛苦的怜悯为他叹息；它无休无止地渴望得到他。尽管它像一只折断翅膀的鸟儿一样无能为力，然而，它还在继续抖动残翅，作徒然的尝试，去寻找他。

思想上的折磨让我精疲力竭，我起身跪在地上。夜已经降临，星辰已经布满天空。这是个平安宁静的夜晚，宁静得不容人想到恐惧。我们知道，上帝是无处不在的。但是，当我们面对着他的杰作，望着他的鸿篇巨制时，我们才更加感到他的存在。正是在无云的夜晚，他所创造的一个个世界在沿着各自的轨道转动的时候，我们都最能清楚地看到上帝的无限、他的全能，以及他的无处不在。我跪起来是要为罗契斯特先生祈祷。我抬起模糊的泪眼望着那宏伟的银河。想起它是由什么组成的——数不清的星系，组成了一道淡淡的光影——我感到了上帝的伟大，体会到了上帝的力量。我肯定他有力量拯救他所创造的东西。我越来越深信，地球和它所珍视的每一个灵魂，都不会毁灭的。我把祈祷变成了感恩。生命的源泉也就是灵魂的救星。罗契斯特先生是安全的。他是上帝创造的，上帝会保护他的。我再次依偎在土丘的怀抱中，不一会儿就在睡眠中忘记了悲哀。

但是，第二天，需求赤裸裸地来到我的面前。在小鸟早已飞离自己的鸟巢后；在蜜蜂早已趁露水未干，在一天中最美好的黎明时光飞出去采蜜以后；在早晨的阳光投下的长长影子已经缩短以后。当太阳已经将自己的光华洒向大地和天空时，我才爬起身来，朝四下里看了看。

这是个多么完美的白昼啊，既炎热又宁静。这个蔓延开来的沼泽地简直是一片黄金的沙漠！到处洒满了明媚的阳光。我真希望能生活在这里，生活在这阳光下。我看见一条蜥蜴从那块岩石上跑过，还看见一只蜜蜂在甜甜的越橘中忙碌着。我多么想变成一只蜜蜂或者一条蜥蜴，好在这里找到合适的食物和永久的藏身地。可我是个人，有人的需求，我不能在无法满足这些需求的地方久留。我站起身，回过头来看了看我离开的那张床铺。我对未来已经不抱丝毫希望，我的愿望只有一点：我的创造者那天夜里认为最好趁我熟睡的时候，把我的灵魂从我的肉体上取走；我这个由死亡解放了的疲惫躯体，从此用不着再跟命运斗争，现在可以平静地腐化，与这片荒野中的泥土融为一体。然而，生命还留在我的躯体之中，各种需求、痛苦和责任也都一点没有减少。负担还得继续扛在肩上，痛苦还得继续忍受，责任也得完成。

我出发了。又一次到了惠特克劳斯路口了，我沿着一条背着太阳光的地方走去，因为太阳这时又热又高。我已经没有意志力来根据其他情况决定我的选择。我走了很长时间，觉得已经快要精疲力竭，现在屈服于要把我压垮的疲劳，也问心无愧了。我也许不该逼着自己这么紧张行动，于是我坐在就近的一块石头上，丝毫也不抗拒，屈服于充塞我心灵和肢体的麻木——这时，我听到了一阵钟声，一阵教堂的钟声。

我朝那个声音传来的方向转过身去，在那富于浪漫色彩的小山之间，我看到一个村庄和教堂的一个尖顶。我在一个钟头之前就已经不再注意山的色彩变化了。我右边的山谷里遍布着牧场、麦田和树林，一条反射着阳光的小溪蜿蜒流过深浅不同的绿色田地，穿过麦子已经成熟的田地，流经茂密的树林，横过洒满阳光的浅绿色牧场。一阵隆隆的车轮声把我的注意力召回到面前的路上，我看到一辆满装的大货车吃力地向前面那个山坡上爬去。再朝前望去有两头母牛和一个赶牛的人。人类就在我的身旁生活劳作。我必须努力往前走，像别人一样生活和奋力劳作。

大约下午两点钟的时候，我走进那个村子。在一条街的尽头有个小店铺，橱窗里放着几块面包。我多么渴望得到一块面包啊。有了那一点食物，也许我就可以恢复一点精力；没有它，就很难继续走下去。一到了我的同类中间，我立刻就希望恢复体力和活力。我觉得，饿得昏倒在一个村里的路上是件丢脸的事情。我身上难道就没有一件可以换取一只面包卷的东西吗？我思索了一下。我的脖子上现在正围着一条小的丝方巾，我还戴着手套。我根本不知道人们在极端困难的情况下是怎么应付的。我不知道，人们是不是愿意接受我这两样东西。也许他们不接受，可我必须试一试。

我走进那店铺，里面有一个女人。她一见来了一个衣着体面的人，心里断定是位小姐，便彬彬有礼地走上前来。她怎么能为我服务呢？我突然觉得难为情了。我的舌头不愿把预先准备好的话说出来。我不敢向她提出用戴得半旧的手套或者皱巴巴的方巾换取食物。另外，我觉得这想法很荒唐。我仅仅请求她让我坐下来歇一会儿，因为我累了。她原以为来的是位顾客，现在显然觉得很失望，冷淡地表示同意。她朝一个座位指了指。我跌坐在上面。我难受得直想哭，但是觉得这样流露感情是没有道理的，我竭力忍住。不久，我问她："村里有女装裁缝，或者做针线活儿的女人没有？"

"有的，有两三位。这么多人干这行足够了。"

我想了一下。到这时候，我已经给逼得上了正题，已经面对面跟饥饿遭遇上了。我陷入绝境了，没有朋友，身无分文。我必须做点什么事情，可是做什么呢？我必须在一个地方谋个职位，可是上哪儿去呢？

“你知道什么地方要找用人吗？”

“我不知道。”

“这地方的人们主要靠做什么生意？大多数人在搞什么？”

“有的是庄稼人，许多人在奥利弗先生的针厂工作，许多在铸造厂干活。”

“奥利弗先生雇用女工吗？”

“不雇。那是男人们的活计。”

“那么女人干什么活儿呢？”

“我说不上，”她回答道。“有的人干这，有的人干那。穷人总得尽自家的力气维持下去才成。”

她似乎对我的问话感到了厌烦。是啊，我有什么理由追问她呢？几个邻居走了进来，显然需要坐我的这把椅子。我便起身离开了。

我沿着街道走去，一边走一边看着两旁一幢幢的房子，可是我没找到任何能走进去的借口，也没有看到什么能引诱我进去的东西。我在村子周围徘徊，有时候离开村子远一点，有时候再次返回来。这么走了一个多钟头。我精疲力竭，而且现在正饿得发慌，我转身走到旁边的一条小径上去，坐在一道树篱下面。没过几分钟，我再次站起身，不过，这次是要寻找，寻找一种办法，或者至少是寻找一个能向我提供消息的人。在小径的尽头，有一座漂亮的小房子，房子前面还有一个收拾得极为整洁的花园，园中的花儿五彩缤纷。我在那儿停下脚步。我该找出什么借口走近那白色的大门？又有什么说法碰那个亮晶晶的门环？那座房子里的人怎样才会有兴趣帮我？可我还是走上前去，敲了门。一个态度温和，穿着整洁的年轻女人开了门。我用精神绝望、身体就要垮下去的人所能发出的低微颤抖的声音问，这儿是不是需要用人。

“不用，”她说，“我们不雇用人。”

“你能告诉我，我在哪儿能找到个工作吗，随便什么工作都成？”我继续问道。“我是个外地人，在这儿没有熟人。我想找个工作，什么工作都行。”

但是，她并没有义务为我考虑，也没有责任替我找个工作。此外，在她看来，我的性格、地位以及我的说法一定奇怪极了。她摇了摇头说，很遗憾，她无法向我提供更多的情况。说完，那扇门轻轻地关上了，显得很有礼貌。可是我却给关在了外面。如果她让门多开一会儿，我准会向她讨一块面包吃。因为我现在已经沦落到卑躬屈膝的地步了。

我不能再回到那个吝啬的村子里去，那儿让我受不了。另外，在那里也看不到什么能得到援助的希望。我看见不远的地方有一座树林，它的浓荫十分诱人，看来能让我在里面藏身，我真想到那儿去。可是我身体这么难受，这么衰弱，饥饿又这样狠狠地撕咬着我，我便本能地在可能得到食物的地方徘徊着。饥饿这只兀鹰用尖爪利喙撕扯我的肌体时，想追求寂静和休息全都是不可能的。

我走近一座座房子，又离开它们，回到原来的地方，然后又走过去。我心里总是想，我没有权利请求帮助，没有权利让人家对我的命运感兴趣。这种想法一再逼着我走开那些房子。在我像一条饿得要死的丧家犬一样四处乱走的时候，下午渐渐逝去。在穿过一片田地的时候，我看见前面的教堂尖顶。我急忙朝它走去，在教堂墓地附近，花园的中央，有一所虽然很小却造得很好的房子，我立刻就肯定那是牧师的房子。我记起，外地人到了个无亲无友的地方想找个工作的话，有时候就请求牧师帮助介绍。牧师有责任帮助那些愿意靠劳动生活的人，至少可以向他们提出一些劝告。我好像还有点类似权利的理由来这里寻求劝告。我再次鼓起勇气，聚拢剩余的一点儿虚弱的力量，继续艰难地往前走。我走到那所房子前，敲了敲门。一位老女人开了门。我问她这是不是牧师的宅子。

“是的。”

“牧师在家吗？”

“不在。”

“他很快就会回来吗？”

“不会，他出门去了。”

“离这儿远吗？”

“不太远，有三里路吧。他父亲突然去世，有人把他叫走了。他这时候正在沼泽村呢，很可能要在那儿住上两个星期。”

“这家有女主人吗？”

“没有。除了我没有别人，我是他的管家。”读者，我不能要她救济我，但是我现在都快要倒下去了。我现在还不能乞讨，只好走开。

我再次摘下我的丝方巾，又一次想到了那家小店铺橱窗里的那几块面包。啊，我只要一片面包皮！只要一口来缓和一下饥饿的剧痛！我本能地再次朝村子里走去。我找到那家店铺，走了进去。虽然这次除了那个女人，还有其他几个人在场，可我还是大胆提出了请求：“请你收下这块方巾，给我一个面包卷吧。”

她望着我，目光里露出明显的怀疑神色：“不，我从来不这么做生意。”

我几乎绝望了，我只要求给我半块。她又一次拒绝了。“我怎么知道你这方巾是从哪儿弄来的？”

“那我用手套换，行吗？”

“不行。我要手套有什么用？”

读者啊，详细谈起这些细节是不愉快的。有人说，回顾过去的痛苦经历是一件乐事，可是，时至今日，我仍然不愿意去回顾我提到的那些经历。道德上的堕落，与肉体上的痛苦混合起来，构成一种悲惨的回忆，我不愿详细讲述这样的事情。对于那些拒绝我的人，我并不责怪，我认为那是意料之中的事，而且无可奈何。一个普通的乞丐尚且受到怀疑，一个穿着体面的乞丐当然更不可避免也会受到怀疑。当然，我乞求得到的是工作。然而，谁有义务向我提供职业呢？那些仅仅见了我第一面，对我的人品并不了解的人当然不会向我提供。至于那个女人不愿拿面包换我的方巾，既然她认为提出这个请求的人是个不可靠的人，或者这种交换不合算，那她当然是对的。现在让我长话短说吧。我对这个话题感到厌烦了。

天黑前不久，我经过一家农舍，农夫在坐在敞开的门前吃晚饭，吃的东西是面包和干酪。我停下脚步，请求道：

“你能给我一片面包吗？我饿得厉害。”他朝我惊奇地望了一眼。但是却二话没说，从自己的面包上切下厚厚的一块，递给我。我猜想，他认为我并不是个乞丐，而是把我当成一个古怪的小姐，想要尝尝他的黑面包。我一走到看不见他那房子的地方，就坐下来吃面包。

我不能希望在房子里过夜，就上刚才提到的那个树林里去找个地方睡觉。我这一夜过得可真惨啊，我没有休息好。地面是湿的，空气冷飕飕的。而且还有人一再闯到林子里，从我旁边走过，我不得不一再更换地方，根本没有安全和平静的感觉。快到天亮的时候，下起雨来。第二天，下了一整天的雨。读者啊，请你别要求我详细叙述这天的情景。我像前一天一样寻找工作，也像那天一样遭到拒绝，而且也像那天一样挨了饿。不过我的嘴唇也沾到过食物。那是我从一间农舍旁走过的时候，看见一个小女孩正要把一点粥倒进猪食槽。“你把它给我好吗？”我问道。

她朝我瞪了一眼。“妈妈！”她叫起来。“有个女人跟我要粥。”

“闺女，”里面有个声音说，“她要是个讨饭的，就给她吧。猪不太想吃粥。”

那女孩把凝成块的粥倒在我手上，我就狼吞虎咽地吃掉了。

雨蒙蒙的暮色渐渐变浓的时候，我在一条冷冷清清的马跑的小路上停下了脚步。我在这条路上已经走了一个多小时。

“可我一点儿力气也没有了，”我自言自语说。“我觉得再也走不动了。难道今晚我还得在露天过夜吗？雨下得这么大，难道我得把脑袋枕在又冷又湿的地面上吗？可是我恐怕没有别的办法。什么人会让我在家里过夜呢？但是，现在的情景实在太可怕了，肚子饿得要命，身上觉得寒冷，头脑昏沉沉的，心里只有凄凉和绝望的感觉。不过，我很可能等不到天亮就会死去。我干吗不能心甘情愿地接受死亡呢？我干吗要苟延残喘，维持这个毫无意义的生命呢？因为我知道，罗契斯特先生还活着。另外，我的天性不能顺从地接受饥寒而死的命运。啊，上帝！再多帮助我一会儿吧！帮助我，指引我吧！”

我迟钝的眼睛扫视着周围朦胧迷茫的景物，看出我已经远远离开那个村子了。那村子早已消失在远方，就连村子周围的耕地也不见了。我走过几个交叉路口和小路，再一次来到那片广阔的沼泽地。这时，在我和黑黢黢的小山丘之间，只有不多的几块田地了。这几块地好像并没有开垦过，看上去像长满石楠的荒地一样荒芜，一样贫瘠。

“噢，我宁愿死在这儿，也不愿死在街道或者一条经常有人走的路上，”我这么想道。“要是这里有大乌鸦，我死后让它们把我的肉从骨头上叼下去吃掉，也比装进济贫院的棺材里，埋在穷人的坟墓里好得多。”

于是我转身朝小山丘走去。现在，我只要找到个低洼地，能让我躺下来就行了。这样即使没有安全感，至少也让我感到隐蔽。但是，整个这片荒野的表面看起来都是平的，除了色彩有些不同之外，没有什么其他的变化。在沼地上长满灯芯草和苔藓的地方是绿色的，干旱的土地上只有石楠能生长，呈现一片黑乎乎的颜色。虽然天色已经越来越暗，可我仍然能看出这些变化，当然，那其实是些明暗的变化而已，因为各种东西的颜色已经随着日光的消逝而消退了。

正当我的目光扫视那个阴暗的土丘，滑过沼泽地的边缘，投向极为荒凉的远方时，远处沼泽和山脊之间一个朦胧的地方突然闪出一个光亮。“那是一团鬼火，”我心里马上这么想道。我认为它很快就会消失掉的。可是，那个火光继续燃烧着，烧得相当稳定，既不后退，也不前进。“那么，难道这是刚刚燃起的篝火吗？”我自忖道。我观望着，看它是不是会扩展开来。但是那火既没有扩大，也没有缩小。“也许那是房子里的一支蜡烛，”我这么猜测着。“不过，假如是这样的话，我可绝对走不到那儿去的。它离我太远了。但是，即使它距离我不过一码远，那又有什么用处呢？我敲门以后，最终也只能让关在门外而已。”

我瘫倒在刚才站着的地上，把脸贴在地面上。我一动不动地爬了一阵儿。晚风吹过小山丘，也从我身上吹过，发出哀怨的声音，消失在远方。雨下得很猛，再次把我淋了个精湿。假如我已经变得像冰霜一样僵硬，死神让我变成令人愉快的麻木不仁，那雨点尽管继续猛烈地打下去，我也不会感觉到它们了。可是我这些还有生命的肌肤现在却给冻得瑟瑟发抖。没过多久，我就爬起身来。

那个亮光还在那里，透过雨丝变得昏暗，但是仍然发出稳定的亮光。我再次试着走路，拖着精疲力竭的双脚慢慢朝那亮光走去。我从侧面攀过小山丘，穿过广阔的沼泽地，朝那个亮光走去。这片沼泽地在冬天是根本无法通过的，即使现在是盛夏时节，从上面走过的时候也泥水四溅，地滑难行。我摔倒过两次，但是每次都爬了起来，振作起精神来。这个亮光是我的希望，虽然是个十分渺茫的希望，但我必须到那儿去。

穿过沼泽地后，我看见荒野里有一条白色的小路。我朝那小路走过去。那条小路，或者说是条小径，正好通向那个亮光。现在，那个亮光在一个仿佛是山冈上的树丛之间闪着光。我在黑暗中根据光亮透过的树干形状和叶子形状，大致能看出，那是杉树。我走近时，我的那颗星星消失了。一个障碍挡在了我和它之间。我伸出手，摸到面前黑乎乎的东西，感觉出那是一堵粗糙石块砌成的矮墙。矮墙上面有栅栏一样的东西，里面是高而有刺的树篱。我继续摸索着前进。又有一样白的东西在我面前闪光，那是一扇院门，是一扇挺小的院门，我的手一碰到它，它就在铰链上转动起来。门的两侧各有黑黢黢的一丛灌木，那是冬青或者紫杉。

我走进门，穿过灌木丛，就看见一所房子黑乎乎的轮廓，那房子低矮、狭长。但是，那个指引过我的亮光却并不在里面闪亮。到处漆黑一片。难道里面的人都睡觉了吗？我恐怕的确是这么回事。我从房子的一角绕过去，想找到房门，结果再次看到了那个友好的亮光。只见它从离地不足一英尺高的一扇很小的菱形格子窗里泻出来。有窗户的这面墙上，爬满了攀援植物，密密麻麻的叶子包围着窗户，使它显得更小了。窗户本来狭窄，还挡满了东西，完全用不着挂窗帘或者百叶窗。我俯身拨开遮住窗户的一丛叶子，看见了里面的一切。我清清楚楚看到屋子里有干干净净的灰浆地面，里面放着一个胡桃木餐具柜，柜子里整整齐齐排放着白铁盘子，将泥炭火的红光和火焰都反射了出来。我还看见一只钟、一张白松木桌子、几把椅子。曾经为我指引过道路的那支蜡烛正在桌子上燃烧着。一个老女人正在烛光下编织袜子。

她看上去有点粗笨，但是也像她周围的所有东西那样，干净得一尘不染。

我只是粗略地看了一下这些东西，没注意到什么特别的地方。比较吸引人的是在壁炉旁的两个女人。她们静静地坐在炉火照耀下的那一片玫瑰色的宁静和温暖之中。两位高雅的年轻女子，无论从哪方面看都是小姐，一位坐在低矮的摇椅中，另一位坐在一只更矮的凳子上。两位小姐都身着重丧服，黑色的衣裙衬托出她们白皙的脖子和脸蛋。一条个头挺大的老猎狗把硕大的脑袋搭在一位姑娘的膝盖上，另一位姑娘的腿上趴着一只猫。

这个简陋的厨房真是个奇怪的地方，居然有这样的人住在里面！她们是什么人哪？她们不可能是桌子旁边那位老妇人的女儿，因为她看上去很粗笨，像个乡下人，而她们却显得既文雅，又有教养。我从来没见过她们，可是我盯着她们看的时候，仿佛觉得我对她们的每一个面部特征都很熟悉。我不能说她们漂亮，因为她们的脸色过于苍白，态度过于严肃了。因为她们俩都在低着头看书，所以看上去像是在沉思，几乎到了严肃的地步。她们俩中间的一个架子上放着另外一支蜡烛和两本挺大的书。她们常常查阅这两本书，仿佛在将这两本书与她们手中拿着的书作比较，就像人们在从事翻译工作的时候，常常查字典一样。这个场面寂静无声，好像所有的人都是影子，好像生着火的这个房间本是一幅画。周围这么寂静。我都听得见煤灰从炉栅间落下去的声音，听得见挂在黑暗角落里的钟嘀嗒作响。我甚至以为，我能分辨得出那位老女人编织时，两根编织针碰在一起的咔嗒声。后来，一个声音终于打破这奇怪的沉默时，我当然能听得见。

“听着，戴安娜，”一位专心学习的姑娘说，“弗朗兹和老丹尼尔晚上住在一起，弗朗兹做了个噩梦惊醒过来，对丹尼尔讲起那个梦——你听！”她低声读着，可是她读的东西我一个字也听不懂。因为她用的是一种我根本不懂的语言——既不是法语，也不是拉丁语。我也不知道那是不是希腊语或者德语。

“这一段真有力，”她读完后说，“我十分喜欢。”另外那位姑娘刚才抬起头来听她姊妹朗读，听完后，眼睛盯在炉火上重复了其中一行。后来我了解了这种语言和这本书，所以我把这一行引用在下面，虽然我刚听到的时候，它们就像打击乐器敲出的声音一样，毫无意义：

“‘接着一个人走上前来，外貌就像布满星斗的夜空。[①]’写得好！写得好！”她嚷道，她那乌黑深邃的目光闪闪发亮，“你会感到，一个仙女活灵活

---

① 原文为德语。系选自席勒的诗《强盗》，经作者略加修改。

现地走出来，站到你的面前了。这一行比一百页华而不实的文章都更有价值。‘我以怒火的天平度量思想，用愤慨的砝码权衡行动[①]。’我喜欢这个。”

两人再次沉默下来。

“真有哪个国家这么说话吗？”那位老妇人问道，她抬起眼睛从她编织的东西上朝这边望过来。

“是的，汉娜，是一个比英格兰大得多的国家。那儿的人都是这么说话。”

“哎呀，要是那样的话，我可真弄不懂，他们互相怎么听得懂对方的话。我猜，要是你们去了那地方，能听得懂他们的话吧？”

“他们的话我们也许能听懂一点儿，不过不可能全部听懂。我们并没有你想象的那么聪明，汉娜。我们不会讲德语，要是不查词典，我们连看都看不懂呢。”

“那对你们有什么用处呢？”

“我们打算将来教这种语言，至少像人们常说的那样，教些初级的东西。到时候，我们的收入就能比现在多一些了。”

“很可能。不过今晚就到这儿吧，你们学的时间已经够长的了。”

“我想也是。至少我累了。玛丽，你累吗？”

“很累。没有老师教，只靠一本词典拼命学一种外语，实在是一种辛苦的工作。”

“是啊，尤其是学习德语，这种语言虽然十分出色，却实在难懂。我真不知道圣约翰什么时候才回来。”

“都到了这个时候了，他肯定快要回来了。正好十点，”她从腰间掏出小金表看了看说，“雨下得这么大。汉娜，你到客厅去看看火好吗？”

那个妇人站起身，打开门，我看见门子通向一个昏暗的走廊。不一会儿，我就听见她在里面一间屋子里拨火。她很快就回来了。

“啊，孩子们！”她说，“到那间屋子里，我觉得难受，那张空椅子搁在屋子的一个角落，屋子显得真是凄凉啊。”

她撩起围裙擦了擦眼睛，两个姑娘刚才一直显得十分庄重，现在脸上却露出了悲伤。

“不过，他到了个更好的地方了，”汉娜继续说道，“我们不该希望他再回到这儿来。再说，谁也不可能死得比他更加平静了。”

“你说他根本没有提起我们？”一个小姐问道。

---

① 原文为德语。系选自席勒的诗《强盗》，经作者略加修改。

"他没有时间，孩子。你们的父亲，他走得太快了。他像前一天一样觉得不舒服，圣约翰先生问他，想不想派人把你们俩接来，他听了还笑他呢。第二天，他就开始觉得有点头重脚轻，就上床去睡觉，从此再也没醒过来。唉，那是两个星期前的事情了。你们的哥哥到他卧室去看他的时候，发现他已经差不多僵硬了。啊，孩子们！他是老一辈人里的最后一个啦——因为你们和圣约翰先生跟已经去世的那些人不属于同一个类型。虽然你们的母亲跟你们很相像，而且也读过跟你们一样多的书。她简直跟你长得一模一样，玛丽。戴安娜就比较像你们的父亲。"

我觉得她们俩长得十分相似。我说不上那个老用人——现在我已经断定她是个用人——从哪儿看出她们俩有不同的地方。两个姑娘都有着白皙的皮肤、苗条的身材，两人都有着非凡的相貌，面孔上流露出智慧。当然，一位的头发比另外一位的颜色深一些，而且发型也跟另外一位有所不同。玛丽的淡褐色头发从中间分开，编成光滑的辫子；戴安娜那一头颜色稍深一些的浓密头发却梳成鬈发，连脖子也盖住了。这时钟敲十点了。

"我想你们肯定想要吃晚饭了吧，"汉娜说，"圣约翰先生一进门也要吃了。"

她动手做晚饭。两位小姐站起来，似乎要到客厅里去。在这个时间之前，我一直仔细盯着看她们，她们的外貌和谈吐引起了我强烈的兴趣，使我几乎把自己的悲惨处境都给忘记了。可是现在，我又想起了自己的问题。与她们对比之下，我显得更加孤独，更加绝望了。看起来，要想感动这所房子的主人，使她们对我表示关心；使她们相信我的悲哀和需求是真实的；使她们让我在这里获得休息，是多么不可能的事情啊。我摸到门，迟疑地敲了敲。我觉得刚才那些欲望只不过是妄想而已。汉娜开了门。

"你有什么事？"她问道。她的声音十分诧异。一边借着手中的蜡烛光亮上下打量着我。

"我可以同你的女主人说话吗？"我问道。

"你最好告诉我，你要对她们说些什么。你是打哪儿来的？"

"我是个外地人。"

"都这个时候了，你到这儿来做什么？"

"我想在你们的外屋，或者随便什么地方住一夜，还要点面包吃。"

我最害怕的感情就是怀疑，可是汉娜的脸上现在露出的正是怀疑。"我可以给你一片面包，"她停顿了一下说，"但是我们不能留一个四处漂泊的人在家里住宿。不可能！"

“请你让我跟你的女主人谈一谈吧。”

“不。我不让。她们能帮你做些什么呢？你不该这么晚了还在外面游荡。这看上去很不好。”

“但是，假如你把我赶出去，我该上哪儿去呢？我该做什么呢？”

“哼，我敢保证，你知道该上哪儿去，也知道该干些什么。只要你别干坏事就行了。给你，这是一个便士。现在，走吧！”

“一个便士又不能吃，我已经没有力气再往前走了。别关门吧。噢，看在上帝分上，别关门啊！”

“我必须关。雨已经打进来了……”

“向年轻的小姐们通报一声。让我见见她们……”

“老实对你说，我不会通报。你不是个好人，否则就不会这么吵闹了。快走开！”

“我要是走开，会死的。”

“你不会死。我怕你是要耍什么鬼花招吧，所以才深更半夜跑到人家的房子跟前来。要是有强盗之类的人跟着你，你可以告诉他们，房子里除了我们这几个女人之外，还有一位先生、几条狗和几支枪，”说道这儿，这位虽然十分忠实，却丝毫也不灵活的用人砰的一声把门关上，还从里面上了闩。

这已经到了我忍受的极点了。一阵极度的剧痛撕扯着我的心，那是真正绝望的痛苦。我确实已经精疲力竭，再也走不动一步，瘫倒在了门前湿漉漉的台阶上。在极度的痛苦中，我把双手绞在一起，我呻吟，我哭泣。啊，这死亡的幽灵！我的最后时刻居然是在这样的恐怖中到来了。唉，我死得这样孤独，而且还是让我的同类驱赶出来！不仅失去了希望之锚，而且连我本来的坚韧不拔这个立足点也失去了——至少是暂时失去了。可是，我不久便竭力去恢复这样的立足点。

“我只有一死了，”我自言自语说，“我相信上帝。我要默默地等候他的旨意。”

我不仅在脑子里想着这些话，而且还把它们说出了口。我把所有的不幸都赶回到心里，努力强迫它们留在心底。我保持着沉默，静止不动。

“人都有一死，”旁边的一个声音说道。“可并不是所有的人都注定要早早死于苦难。你或许是因为贫困，想在这儿死去吧。”

“是谁在说话？是什么在说话？”听到这个声音，我害怕了。现在不论发生什么事，我都没有希望得到援助了。旁边有一个模糊的形状，可那是个什么形状呢？漆黑的夜色和我越来越衰退的视力使我看不清楚。刚走来的那个人长时间地大声敲门。

“是你吗，圣约翰先生？”汉娜大声问道。

“是的——是的，快开门。”

“哎呀，你一定又湿又冷吧，这么糟糕的天气！你的妹妹们都在为你担心呢，我相信，附近还有坏人。刚才就有一个讨饭的女人——我敢肯定她还没有走开——瞧，她就躺在那儿！起来！真不害臊！嗨，快走开！”

“住口吧，汉娜！我要跟这个女人说句话。你把她赶出来是尽了自己的职责，现在我要尽我的职责，把她接进屋子里去。刚才你们俩说话的时候，我就在旁边听着。我想这是个独特的情况。我必须问个明白。姑娘，站起来吧。在我前面走，进屋去吧。”

我艰难地照办了。转眼间就站在那间清洁明亮的厨房里，靠在壁炉边上。我浑身哆嗦，难受得要命，意识到自己现在是一副特别可怕的样子，在暴风雨中踉踉跄跄跑到这里，看上去一定疯狂极了。两位小姐、她们的哥哥圣约翰先生，还有那个老用人，全都盯着看我。

“圣约翰，这是谁啊？”我听见一位姑娘问道。

“我也不知道。我在门口发现的，”他这么回答。

“她看上去脸色那么苍白，”汉娜说。

“白得像石灰，又像死人，”有个声音这么回答道。“她会倒下的，让她坐下。”

我的头真的感到一阵晕眩，倒了下去。可是一把椅子把我接住了。我的神志还清楚，不过这时候我已经说不出话来了。

“也许让她喝点水，她能恢复过来。汉娜，去取点水来。她消瘦得只剩下一把骨头了。多瘦啊，脸色多苍白啊！”

“简直像个幽灵！”

“她是病了呢，还是仅仅饿成这个样子的？”

“我想，是饿的。汉娜，那是牛奶吗？给我端过来，再拿一片面包来。”

一位小姐朝我俯下身来，她长长的鬈发挡在我和壁炉之间，我认出这是戴安娜。她掰下一点面包，在牛奶中蘸了一下，然后放到我的嘴里。她的脸紧挨在我的脸旁边，我从她脸上看出了怜悯，从她急促的呼吸中感到了同情。她说的话相当简单，但是其中却充满了安慰：“吃一点吧。”

“对，吃一点，”玛丽也温和地说。玛丽为我脱去湿透了的帽子，扶起我的头。我尝了尝她们给我的东西，起初我软弱无力，后来就急切地吃起来。

“一开始别吃得太多——要限制她，”那位哥哥说。“她已经吃够了。”

说着他把牛奶和盛面包的盘子拿走了。

“再给她一点吧，圣约翰。你看看她目光里露出的贪馋模样。”

“现在不能再吃了，妹妹。她现在能不能说话？试试问她叫什么名字。”

我觉得我可以说话了，便回答说：“我的名字叫简·埃利奥特。”我特别不想让人发现我的身份，便决定用一个化名。

“你住在哪里？你的亲友在哪儿啊？”

我沉默了。

“我们可以派人去找一个你认识的人吗？”

我摇了摇头。

“你能讲一讲自己的事情吗？”

我一跨进这家的门槛，跟这儿的主人一见面，就不再觉得自己是个无家可归、到处流浪、受到遗弃的人了。我觉得已经敢于抛弃行乞者的身份，恢复我自然的态度和品行了。我重新开始认识自己。当圣约翰先生要求我讲自己的事情时，我还虚弱得不能讲。我稍微停顿了一会儿，然后说：

“先生，我今晚无法对你们详谈。”

“那么，”他问道，“你希望我为你做些什么呢？”

“没什么，”我回答道。我的力气只够让我做出简短的回答。戴安娜接上了我的话头。

“你的意思是说，”她问道，“我们已经向你提供了你所要求的帮助了？那么我们可以把你送出去，让你到沼泽地上去度过这个雨夜了？”

我朝她望了一眼。我认为，她的容貌特别出众，看上去显得充满了力量，又显得非常善良。我突然鼓起了勇气，一边用微笑来回答她那同情的凝视，一边说：“我信赖你。即使我是一条迷了路的丧家犬，我知道你今晚也不会把我从火炉边赶走的。说真的，我一点不害怕。请你随便安排我，不过，请原谅我不能多说话，我的气不足，一开口就感到一阵阵痉挛。”他们三个都看着我，三个人都沉默着。

“汉娜，”圣约翰先生最后说，“现在先让她坐在这儿别动，也别向她提问，十分钟以后，把剩下的牛奶和面包给她吃。玛丽，戴安娜，咱们到客厅里去商量一下这事。”

他们走了。不一会儿，一位小姐回来了。我没看出是哪一位。在那个温暖的火炉边，我觉得愉快，开始陷入舒适的昏迷状态。她小声吩咐了汉娜几句。没过多久，我在那用人的搀扶下，艰难地上了楼，我的湿淋淋的衣服被脱了，很快就躺在一张温暖干燥的床上。在无法表达的精疲力竭之后，我体会到一阵感激的喜悦。我感谢上帝以后，睡着了。

第三章

接下来的大约三天三夜在我的记忆中非常模糊。我能回忆起在那期间的一些感觉，但是不能综合起来形成思想，也没有从事任何活动。我知道自己是在一间小屋里，躺在一张狭窄的床上。我似乎变成了植物，长在这张床上了。我躺在床上一动也不动。活像一块石头。要想把我从这张床上拖走，简直无异于将我置于死地。我不去注意时间的消逝，不去注意时间从早到午，从午到晚的变化。只要有人出入这间小屋，我便睁开眼睛观看，我还能说出他们是谁，在说话的人靠近我的时候，我也能听懂他们说了些什么。可是我无法做出回答，因为我既不能张开嘴巴，也不能活动四肢。最常来看我的是那个女用人汉娜。她一来，我就觉得受到打扰。我感到，她希望我离开这里；我知道，她既不理解我，也不理解我的处境；我看出，她对我有偏见。戴安娜和玛丽每天要来这里一两遍。她们会在我的床前这么低声说话：

“我们能收留她真好。”

“是啊，假如她整夜都给关在外面的话，第二天早上人们准会发现一具死尸。我真想知道她受过什么样的罪。”

“我猜想，那准是非常奇怪的苦难吧——可怜的流浪者，这么消瘦，这么苍白！”

“从她的谈吐来判断，我想，她并不是个没有受过教育的人，她的语音纯正，她脱下来的衣服虽然溅上了泥污，湿得一塌糊涂，但是并没有磨破，而且材料质地优良。”

“她的脸长得挺特别，虽然瘦削憔悴，可我倒挺喜欢她。我想象得出，在她身体健康，充满生机的时候，她的相貌一定很漂亮。”

在她们的谈话中，对殷勤招待我感到后悔的话语，或者对我表示怀疑、表示嫌弃的说法，我从没听到过一个字。我的心得到了安慰。

圣约翰先生只来过一回。他看着我，说我的嗜睡症是我长期过度疲劳产生的效果。他断言，没有必要去请医生，说是顺其自然是最好的办法。他说，我的每一根神经都有点过于紧张，整个神经系统必须彻底昏睡一段时间。他认为我没有病。他猜想，我的身体一旦开始恢复，很快就能复原。这些看法是他用几句话，平静地低声说出来的。停顿了一下，他用那种不习惯于长篇大论的声调补充说："她的长相有点奇特。不过肯定不是个庸俗或者堕落的人。"

"当然不是，"戴安娜附和道。"说真话，圣约翰，我真心喜欢这个可怜的小人儿呢。但愿我们能永远帮助她。"

"那是不太可能的事情，"他回答道。"你会发现，她是个年轻体面的小姐，跟她的朋友发生了一点误会，离开他们的时候也许有点不太明智。如果她不太固执，或许我们能让她回到他们身边去。不过，我从她脸上看出了一种力量，我因而怀疑她是不是会听我们的话。"他站着端详了我几分钟，然后补充说："她看上去并不漂亮，但是看得出十分聪明。"

"她病得厉害，圣约翰。"

"不管生病还是健康，她的长相永远是平常的。美的优雅与和谐在这些五官上一点儿也没有。"

到了第三天，我觉得好些了；到了第四天，我能讲话了，能活动一下，能在床上坐起来转转身子了。汉娜为我端来一些稀粥和烤面包片，我猜想，准是到了吃午饭的时候了。我吃得津津有味，食物很好——吃起来已经没有发烧时感觉到的那股味道了，在这之前不论我吃的是什么，都让那种味道给毁了。她离开我以后，我觉得比先前有了些力气，精神也比较好了。没过多久，活动的愿望开始激励着我。我想起床，可是我该穿什么呢？我只有那身满是泥渍的湿衣服。我就是穿着那身衣服躺在地上，倒在沼泽里的。我不好意思穿着这样的衣服出现在我的恩人们面前。可是我用不着受到这样的屈辱。

床边的一把椅子上，放着我自己所有的东西，不但清洁，而且是干的。我的黑绸外衣挂在墙上。泥渍已经除去，打湿后弄成的皱纹也整理平了，现在看上去十分体面。我的鞋袜也都收拾得干干净净，可以穿起来到人们面前去了。屋里有洗脸的用具，也有梳子和刷子，可以用来梳光我的头发。我经过一个疲乏的过程，而且在此过程中，每五分钟就休息一次，最后，终于穿好了衣服。我的衣服穿在身上变得相当宽大，因为我瘦了许多。但是我用披巾遮住了这个缺陷。这样，我再次变得又干净，又体面，浑身上下没有一点污渍，没有我讨厌的那种紊乱了，因为那些东西让我觉得把自己的身份都降低了。我扶着栏杆慢慢走下石楼梯，来到一个狭窄低矮的走廊，很快便走进了厨房。

厨房里飘溢着新面包的芳香，炉火慷慨地散发着温暖。汉娜正在烤面包。大家都知道，没有受过教育的心灵如同没有耕作和施肥的荒地，成见在那里最难消除，它们在那儿生长，牢固得就像石头中间长出的野草一样。汉娜最初的确是又冷淡又生硬，不过后来变得稍稍和气了一点。这时，她看见我收拾得干干净净，穿戴得整整齐齐走进厨房门，她的脸上甚至露出了笑容。

"怎么，你起来了？"她问道。"那么你觉得好些了？要是你愿意的话，到炉边来，坐在我的椅子上吧。"

她朝那把摇椅指了指，我在上面坐了下来。她在四处忙碌着，每隔一阵就用眼角瞟我一眼。她一边从烤炉里取出几只面包，一边直截了当地问我：

"你到这儿来之前，讨过饭吗？"

我一时心中火起。但是我知道绝对不该发火，而且我确实向她乞讨过。虽然我的语气中并非没有明显的强硬态度，但我的回答十分平静。

"你把我当成个叫花子，可你错了。我不是个讨饭的。这就像你自己和你的小姐们也不是乞丐一样。"

她停顿了一下，说："我不懂这是怎么回事。我猜，你大概没有房子，没有铜子儿吧？"

"没有房子，没有铜子儿——我想你指的是钱吧——这样的人不一定都是乞丐啊。"

"你读过书吗？"她立刻接着问道。

"读过，读过很多书。"

"可你没上过寄宿学校吧？"

"我在寄宿学校上过八年。"

她瞪圆了眼睛。"那你怎么连自己都不能养活呢？"

"我一直是自己养活自己，而且我相信，我将来也会自己养活自己的。你拿这些醋栗做什么？"我看见她提出一篮醋栗，便问道。

"做饼子。"

"我来拣。"

“不。我什么也不要你做。”

“可我必须得做点事情才行。拿来吧。”

她同意了，而且还为我拿来一条干净毛巾，让我铺在裙子上。“要不然的话，”她说，“你会把衣服弄脏的。”

“你没有做过用人的活儿吧，我从你的手上看得出来，”她评论道。“你是个裁缝吗？”

“不是，你猜错了。别管我以前是个干什么的。别再费心琢磨我的事了。告诉我，这所房子叫什么名字？”

“有人管它叫沼泽山庄，有人叫它沼地宅屋。”

“住在这儿的先生名字是圣约翰先生？”

“不。他不住这儿。他只是在这儿小住几天。他自己的家在莫尔顿，那是他的教区。”

“就是几里地的那个村子？”

“对。”

“他是做什么的？”

“他是个教区牧师。”

我想起了我在那儿要见牧师的时候，那位老管家的回答了。“那么这是他父亲的家了？”

“对。老里弗斯先生住在这里。在他之前，他的父亲、祖父、曾祖父都在这里住。”

“这么说，那位先生的名字叫圣约翰·里弗斯先生？”

“对，圣约翰像是他受洗时起的名字。”

“他的妹妹一个叫戴安娜·里弗斯，一个叫玛丽·里弗斯，对吗？”

“对。”

“他们的父亲去世了？”

“去世已经有三个星期，是中风死的。”

“他们没有母亲吗？”

“女主人好几年前就去世了。”

“你在这家住了很久了吗？”

“三十年了。他们三个都是我带大的。”

“这证明你一定是个忠实可靠的仆人。虽然你不礼貌地把我叫成骗子，可我还是要这么夸奖你。”

她再次惊奇地瞪着我。“我相信，”她说，“我完全看错你了。可是外面的骗子那么多。你可得原谅我。”

“再说，”我有点严肃地说，“你想把我赶出门。可是，那么个风雨交加的夜晚，就是一条狗也不该关在外面的。”

“这个嘛，的确够狠心的，但是不这样又能怎么办呢？我为孩子们考虑的比为自己想的还多。可怜的孩子们！除了我没有别人照料他们了。我总要显得严厉些才成啊。”

我板起面孔沉默了几分钟。

“你可不要把我想的太坏，”她接着说道。

“可我的确把你想得挺坏，”我说，“听我告诉你这是为什么。你不愿意让我住宿，把我看成骗子，都算不了什么。糟糕的是，你看我没有铜子儿，没有房子，就责备我。世界上有一些最好的人，像我一样一无所有。假如你是个基督徒，就不该把贫穷看成一种罪过。”

“我再也不会这样了，”她说。“圣约翰先生也是这么告诉我的。我懂，我错了。我现在对你的看法跟以前不同了。你看起来真的是个体面的小人儿。”

“行了。我现在原谅你了。握握手吧。”

她用沾着面粉、长满老茧的手握住我的手，脸上露出更加真诚的微笑，一张粗糙的脸变得富有神采了。从这一时刻开始，我们成了好朋友。

汉娜显然很喜欢谈话。我拣醋栗，她和面准备做饼的时候，继续给我讲各种各样的琐事。有的是关于她已故的男女主人，有的是关于“孩子们”的。

她说，老里弗斯先生是个非常朴实的人。然而他却是一位地道的绅士，出身于最古老的世家。沼泽山庄自从盖好后，一直是里弗斯家的。她断定：“这房子有二百来年的历史了——虽然看上去不过是一所简陋的小宅子，根本不能与下面莫尔顿谷地上奥利弗先生家的华丽宅子相比。不过，她还记得，比尔·奥利弗的父亲曾经是个制造缝衣针的工匠；而里弗斯家早在亨利时代就是体面的乡绅了，任何人只要上莫尔顿教堂的法衣室去看一看那儿的登记簿，就知道了。”不过，她也承认：“老主人跟别人一个样。没什么特别的地方。他喜欢打猎，喜欢得要命。也爱干种庄稼这类的事情。”可是，女主人就不同了。她看过许多书，非常努力用功。“孩子们”都像她。附近这一带没人像他们这样爱读书，以前也没有过。他们三个人都喜欢读书，几乎从会说话的时候就喜欢读书了。他们从来就“有自己的性格。”圣约翰先生成人后立刻进了学院，当上了牧师。两个姑娘一离开学校，就去找职位，当家庭教师，因为她们对她说过，她们的父亲几年前由于信托的人破了产，损失了很多钱。他没钱了，不能给她们财产，因此只好自己去挣钱。长期以来，她们很少在家里居住。现在，因为父亲去世，才回来住几个星期。不过，她们真的很喜欢沼泽山庄和莫尔顿，十分喜欢周围所有这些沼泽地和山丘。她们到过伦敦，还去过许多其他大城镇。可她们总是说，哪儿也不如家里好。她们俩互相之间特别和气，从来没有吵过，更不闹翻。她从来没见过哪家人这么和睦友好的。

我完成自己拣醋栗的任务后，就问，那两位小姐和她们的哥哥在哪儿。

“到莫尔顿去散步了。不过他们半小时后就要回来吃茶点。”

他们果然在汉娜为他们规定的时间内返回了。他们从厨房门进来。圣约翰先生见了我，仅仅鞠了一躬，便从我身边走过去。那两位小姐停下脚步，玛丽跟我简短交谈了几句，和蔼平静地表示说，她看到我能下楼来，感到高兴，戴安娜握住我的手，对我摇了摇头。

“你该等到我同意了再下来，”她说。“你的脸色看上去仍然十分苍白，而且这么消瘦！可怜的姑娘！可怜的姑娘！”

戴安娜的声音，在我听来，就像和平鸽的咕咕声一样悦耳。她那双眼睛喜欢凝视我，我看了觉得很高兴。在我的眼睛里，她的面孔似乎充满了魅力。玛丽的容貌显得同样聪明——她的五官也同样漂亮。可是她的表情比较含蓄，她的态度虽然和气，但是却跟我比较疏远。而戴安娜的神情和话语中都带着一种权威性。显然，她是个富有意志的姑娘。我天性喜欢屈服于她那样的权威，而且喜欢在我的良心和自尊心允许的前提下，服从一个强有力的意志。

“你在这儿做什么啊？”她接着问道。“这可不是你该来的地方。玛丽和我有时也到厨房来坐，因为我们在家里喜欢自由自在，甚至喜欢放肆——但是，你是个客人，必须到客厅里去。”

“我在这儿觉得很好。”

“才不好呢——汉娜四下忙乱，会把你身上弄得净是面粉的。”

“再说，炉火对你来说也太热了，”玛丽插嘴说。

“对啊，”她姐姐添加道。“来吧，你要听话才行。”她握住我的手，把我拉了起来，领我到里面去。

“坐在这儿，”她把我安顿在沙发里，说道，“我们去换换衣服，把茶点准备好。这是我们在这个沼泽地的小屋里要行使的另一个特权——在我们高兴的时候，或者在汉娜烤面包、酿酒、洗衣服或者熨衣服的时候，我们就自己做饭。”

她把门关上，让我跟圣约翰先生单独待在一起。他这时就坐在我的对面，手中拿着一张报纸，或者是一本书。起初，我仔细观察了一下这个客厅，然后才把目光集中在屋里的那个人身上。

客厅是个挺小的房间，里面陈设简单，但是安排得既干净又整齐，看上去相当舒适。老式的椅子表面光洁发亮，胡桃木的桌子象一面镜子。几幅旧时代男人和女人的奇怪而古老的肖像点缀在污迹斑驳的墙壁上。一个有玻璃门的餐具柜里放着书和一套古老的瓷器。屋子里没有浮华的装饰，除了两个针线盒和一个用黄檀木制作的女式书桌外，屋子里没有一件时新的家具。包括地毯和窗帘在内的每一样东西，看上去既陈旧，又保持得很好。

圣约翰先生坐在那里一动也不动，活像墙上那些发黑的画像。他的眼睛盯着面前的书，嘴唇紧紧闭着。他这副模样很容易让人仔细观察一下，就是一尊雕像也不如他这样子让人端详起来更方便。他还年轻，年纪大约在二十八岁到三十岁之间——个子高挑，身材瘦削，面部特征引人注目，像希腊式的脸一样，轮廓完美。有一个十分挺直的古典式鼻子，一张雅典式的嘴和下巴。很少有一张英国人的脸像他那样更接近古典式的模型。他的五官这么端正和谐，看到我的相貌不雅，很可能会感到吃惊的。他的眼睛很大，颜色湛蓝，睫毛的颜色是褐色的。他的额头白洁得如同象牙一般，上面披散着几绺金发。

读者啊，这是一幅柔和的写生，不是吗？然而，这幅写生描写的那个人并不让人觉得有什么温柔，并不驯顺，并不敏感，也不恬静。尽管他现在坐着一动也不动，但是我从他的鼻孔、嘴巴、额头上感觉到一种说不出来的东西，我不知道那表示的是不安、严厉还是渴望。他妹妹们返回来之前，他没有对我说一个字，也没有朝我望一眼。戴安娜走进走出，忙着准备茶点，给我带来一块在烤炉顶上烘的小蛋糕。

“快吃吧，”她说。“你一定饿了。汉娜说你从早饭到现在除了稀粥之外，什么也没吃过呢。”

我没有拒绝，因为我的食欲被刺激了起来，现在变得十分强烈。里弗斯先生这时候合上书本，走近桌子，他一边坐下来，一边用那双漂亮的眼睛直勾勾地盯住我。这时，他的目光中有一种缺乏礼貌的直率，一种探询而又果断的坚定。这显示出，在这之前他并不是因为腼腆，而不朝我这个陌生人看，他是故意那么做的。

“你饿得厉害了，”他说。

“是的，先生。”以简洁回答简短，用直截了当回答直率——这就是我的方式，我从来就是这样。

"在过去三天中，你发低烧不能多吃东西。起初为了满足食欲吃得过多是危险的。现在你可以吃了，不过也不能没有节制。"

"我相信先生，我不会让你为我花太多的伙食费，"我这个回答很笨拙，也很粗鲁。

"是不会，"他冷漠地说。"等你把你朋友的住址告诉我们，我们可以给他们写信，你便可以回家去了。"

"我可以坦白地告诉你，这可是我无能为力的。因为我根本就没有家，也没有朋友。"

这三个人都看着我，但是并没有带着不信任的眼神。我感到他们的眼神里并没有怀疑，而是充满了好奇。我这里指的主要是那两位年轻的小姐。圣约翰先生的眼睛虽然十分明净，但是却让人很难看出他的想法。他使用眼睛似乎仅仅作为探索别人思想的工具，而不用来表达自己的思想。它们既锐利又含蓄，很容易让人感到窘迫，而不容易让人受到激励。

"你的意思是说，"他问道，"你跟任何人都没有关系？"

"是的。我跟任何人都没有联系，也没有权利住进英格兰的任何一所房子里去。"

"在你这个年龄上，这可是个最奇特不过的处境！"

这时候，我看见他将目光集中在我的双手上，我的手正交叉着搭在我面前的桌子上。我不知道他在那儿找什么。可他的话立刻就向我解释清楚了。

"你从来没结过婚？你是个姑娘吧？"

戴安娜笑起来，说："圣约翰，你这是怎么啦，她顶多不过十七八岁。"

"我已经快到十九岁了。但是我的确没有结婚。"

我觉得脸上火辣辣的。因为一提到结婚，就勾起我痛苦和不安的回忆。他们都看出了我的激动情绪和尴尬模样。戴安娜和玛丽把目光转向别处，不看我涨红的脸，让我感到一点宽慰。可是她们那位冷漠而严厉的哥哥却继续盯着看我，直到他激起的不安逼得我不仅脸红，而且流出了眼泪。

"你来这儿以前住在哪儿啊？"他问道。

"你这人太喜欢刨根问底了，圣约翰，"玛丽压低声音喃喃地说。但是他却俯身靠在桌子旁，再次用咄咄逼人的目光强迫我回答。

"我住过的地方，以及跟我住在一起的人，都是我的秘密，"我简洁地回答道。

"我认为，如果你愿意，有权不告诉圣约翰或者任何其他询问你的人，"戴安娜说。

“不过，如果我对你，对你的历史一无所知，我就不能帮助你，”他说。“可你却需要得到我的帮助，对不对？”

“我需要帮助，我也寻求帮助。我仅仅希望有个真正的慈善家给我个我能干得了的工作，让我用他给的报酬养活我自己，只要得到最起码的生活必需品就行。”

“我不知道我是不是个真正的慈善家。不过，你有这样正当的目的，我愿意尽我最大的努力来帮助你。那么，请你先告诉我，你善于做什么工作，你能干些什么？”

我已经把茶喝下去了，喝了这饮料，精神大为振奋，犹如一个巨人喝过酒一样。我的神经变得松弛，产生出新的音调来。使我能从容地与这位目光敏锐的年轻审判者交谈。

“里弗斯先生，”我将面孔转向他，用他盯着我看的那种目光看着他，态度坦率，丝毫也没有腼腆，“你和你的两位妹妹给了我很大的帮助，那是伟大的人们才能向自己的同类提供的帮助。你们用高尚的款待，把我从死亡中拯救出来。你们给予我的这种恩惠使你们有权要求我做任何事情来报答，而且也有权要求我讲出自己心中的秘密。在不牺牲我自己心灵的安宁、不牺牲我自己和有关人士在道德和身体方面安全的前提下，我愿意尽量将你们收留的这个人的历史告诉你们。

“我是一个孤儿，是一个牧师的女儿。我的父母在我懂事之前就去世了。我寄养在别人家长大，在一个慈善机构受到教育。我还可以告诉你们，我度过六年学生生活、两年教师生涯的那所学校名字——某郡劳渥德孤儿院。你大概听说过吧，里弗斯先生？罗伯特·布罗克赫斯特牧师是那儿的司库。”

“我听说过布罗克赫斯特先生，而且我还去看过那所学校。”

“我离开劳渥德学校去当一名家庭教师已经将近一年了。我得到的是个挺好的职位，我很快活。然而，我到这儿来的四天之前，我却不得不离开那个地方。我不能解释，也不应当解释离开那里的理由。解释也没有用，那很危险，听起来也难以置信。我没有受到责怪，我也像你们三位一样，丝毫没有罪过。我感到痛苦，而且在相当长的时间里会一直感到痛苦，因为我原以为我在那家发现的是天堂般的乐园，结果却是一场奇怪而悲惨的灾难，我不得不离开了那里。在做离开计划的时候，我只注意到两点：速度和保密。为了保证这两点，我只得把所有东西都留下，只带了一个小包裹，这个小包裹也在马车把我送到惠特克劳斯的时候，由于匆忙和心绪烦乱，忘了从马车上拿下来了。所以，我到达这个地方的时候，身上一无所有。我在露天睡了两夜，漂泊了两天，没走进过一个人家的门槛。但是在这段时间中，我吃到过两次食物。正当我受到饥饿、衰弱和绝望的袭击，几乎到了奄奄一息的时候，里弗斯先生，你救了我，没有让我饿死在你的门口，还把我收留在你的家里。在那以后，你的两位妹妹为我做的一切，我都知道。因为在我昏睡期间，我并不是完全没有意识。对于她们自发、真诚、亲切的怜悯，我所欠的情分像我对你符合福音精神的慈善所欠的情分一样多。”

“别让她再说下去了，圣约翰，”戴安娜在我停顿的时候这么说。“她这样子可不能激动。到沙发这儿来，坐下吧，埃利奥特小姐。”

听到那个化名，我不由自主地吃了一惊。我已经忘记我给自己起的新名字了。什么也逃不过里弗斯先生的眼睛，他马上就注意到了我的变化。

“你说你的名字叫简·埃利奥特？”他问道。

“我是这么说过。我认为这个名字目前用起来比较方便。但是它并不是我的真名，我听到它也觉得陌生。”

“你不愿意说出你的真实名字？”

“不愿。最主要的原因是怕人发现我是谁。我会避免说出任何可能让人发现我身份的话。”

“你做得对，这我能肯定，”戴安娜说。“好了，哥哥，现在你该让她安静一会儿了。”

但是圣约翰保持片刻平静之后，又开始像之前一样，用冷静、敏锐的口吻盘问起来。

“你不喜欢长期依赖我们的好意——我看得出，你希望尽快不再受到我妹妹们的怜悯，也不再受到我慈善的帮助。我能体会到你划分开来的这个区别，对此我并没有感到不满，因为它是正确的。你希望独立生活，不依赖我们，对不对？”

“对。这一点我已经说过。指点我怎么去工作，怎么去找工作吧，这就是我现在所要求的一切。然后让我走，哪怕是到最简陋的茅屋里去住——不过，在这之前，请让我继续住在这里，我怕再次尝到无家可归的恐怖滋味。”

“你当然要住在这儿，”戴安娜把她白皙的手搁在我的头上，说道。“你一定要住在这里，”玛丽也重复说，她的语调显示出并不常常外露的真诚，这语调从她嘴里说出，显得更加自然。

“你看，我的妹妹们喜欢把你收留在家里，”圣约翰说，“就像冬天的时候，她们喜欢在家里养活一只被寒风刮进窗户里，几乎冻僵的小鸟一样。我倒更倾向于让你自己养活自己。我会努力这么做。可是你看，我的天地并不宽。我不过是个乡下穷教区的牧师，我的帮助只能是最微不足道的。如果你不屑于干琐碎的事情过日子，那就去找别人，得到比我更有力的帮助吧。”

“她已经说过，她愿意做她力所能及的任何一种正当工作，”戴安娜替我回答道，“你知道，圣约翰，她找不到别的人帮助：只好被迫忍受像你这样顽固的人。”

“如果找不到更好的工作，我愿意当裁缝，我愿意做个普通的女工，我愿意当用人，也愿意带孩子，”我回答道。

“好，”圣约翰相当冷淡地说，“假如你有这样的精神，我就答应在我方便的时候，用合适的方法帮助你。”

他又接着看他在吃茶点以前专心看的那本书。我很快就退了出来，因为在我目前的体力允许的范围下，我已经说得够多，坐的时间也够长的了。

第四章

我跟住在沼泽山庄的人越来越熟悉，也越来越喜欢他们了。没过几天，我的健康就基本恢复，不但能整天坐着，而且有时候还能出去散散步。我可以参加戴安娜和玛丽的各种活动，只要她们喜欢，我就能跟她们交谈，在她们允许的情况下，我随时随地都能帮助她们。在这种交往过程中，有一种令人振奋的乐趣，这种乐趣是我以前从来没有体会过的。那是一种在趣味、感情、原则等各方面都一致的乐趣。

她们爱读的书我也爱读；她们欣赏的，我也能从中得到乐趣；她们所赞同的，我也尊重。她们热爱自己与世隔绝的家：这所古老的灰色小宅子，屋顶低矮，墙壁破败，上面有格子窗户：古老的枞树排成的林荫道，大树在强劲山风的常年吹拂下，长得倾向一边；花园在紫杉树和冬青树的枝叶覆盖下显得十分幽暗，只有生命力十分强的花木才能在里面开花。我也从这一切中间发现了强烈而永久的魅力。她们依恋房子后面和周围的暗紫色沼泽，喜爱大门外面那条鹅卵石路蜿蜒其中的山谷，那条路穿过羊齿草丛生的路堤，横过几片牧草地，那是荒原边上最荒芜不过的几片牧草地了，在这种牧草地上只有些脏兮兮的灰羊，羊羔个个脸色如苔藓一样。她们对这景色心中满是眷恋之情。我可以理解这种感情，而且也能从中感到真诚，得到力量。我从这孤寂中体会到了神圣，我的目光欣赏着这些山丘起伏的轮廓，沉浸在各种天然色彩涂染过的山崖和山谷的美景中，这些色彩来自苔藓、石楠花、布满鲜花的片片草地，其中既有欧洲蕨的鲜艳，也有花岗石的柔和。这些微妙的东西让我体会到的喜悦，像她们体会到的一样纯洁，一样甜蜜。这里的狂飙与微风，恶劣天气与平静的日子，日出时刻与日落时分，月明之夜与阴云密布的晚上，凡此种种对她们具有强烈的吸引力，让她们着迷，同样也把我迷住了。

在户内，我们也同样趣味相投。她们两个都比我更加多才多艺，读的书也比我多。我便急切地在她们寻求知识的道路上紧紧追随着。我如饥似渴地读着她们借给我的书。到了晚上，跟她们讨论我白天看过的书便是一件乐事。我们思想吻合，意趣相投，总之，一切都一致。

假如说我们三个人中有一个领头的，那就是戴安娜。在身体方面，她远比我强。她长得漂亮，充满活力。我对她旺盛的精力总是感到十分惊讶，简直让我觉得无法理解。傍晚到来的时候，我能与她们交谈一会儿，但是，在一阵活跃和畅快的冲动之后，我便喜欢坐在戴安娜脚边的凳子上，把脑袋靠在她的膝头上，听着她和玛丽的交谈，她们能在我刚刚触及的题目上，进行深刻的探讨。戴安娜主动提出要教我学德语。我也喜欢跟她学。我看出她喜欢当教师，也适合做教师的工作；而我也喜欢当学生，心里觉得自己适合做学生。我们的性情完全相合，结果彼此产生了感情，那是一种极为强烈的感情。她们发现我能作画，于是她们马上把自己的画笔和颜料盒拿给我使用。我在这一点上的技艺比她们高，使她们感到惊讶，受到她们喜爱。玛丽会整整坐上一个钟头看我作画。后来，她要学画，便成了我的学生，这个学生相当聪明，十分顺从，也肯下功夫。我们从相互学习的过程中，彼此都得到了乐趣，几天过得像几个小时一样快，几个星期仿佛只有几天。

我与圣约翰先生的妹妹们如此自然而迅速地结下的亲密关系，并没有扩展到他身上。我们保持距离的一个原因，是他很少在家里住。他的大部分时间似乎都用在访问他那个教区里分散居住的病人和穷人上了。

似乎没有什么天气能阻止这位牧师远足旅行。不论天晴还是下雨，早上他的学习时间一过，他便拿起帽子，去履行自己的使命了，身后还跟着他父亲的老猎狗卡洛。我无从知道他自己是怎样看待这种使命的。有时候，天气不佳，他的妹妹们就会劝阻他。每逢这种时候，他脸上的庄严就会多于欢乐，还会露出一种奇怪的微笑，说：

“如果一阵风和几滴雨就能阻止我干那些轻而易举的工作，假如我这么懒惰，还怎么实行我的计划，怎么为将来做准备呢？”

戴安娜和玛丽一听到这个说法，总是叹息一声，还会沉思几分钟，表情中露出的显然是悲哀。

除了他常常不在家之外，另一个阻止我与他产生友谊的障碍是他的性格，他似乎总是沉默寡言，心不在焉，而且还喜欢沉思。他热心牧师工作，生活和习惯都无可指摘。然而，从表面上看来，他并不喜爱精神的平静和内心的满足，而这些正是每一个真诚的基督徒和慈善家应该得到的。晚上，他常常坐在窗前的桌子旁，面对着桌上的纸张，既不阅读，也不书写，而是用手托住下巴，出神地思索着。我无从猜测他想的是什么，但是，他眼睛频频眨动，又睁得那么大，我看得出，他的思想激动不安。

另外我觉得，这大自然在他妹妹们眼睛里是个宝库，可在他看来却并不如此。我只有一次听到他表达对起伏山丘美景的强烈感受，还说起他这个家里黑黢黢的屋顶和古老的墙壁由衷的喜爱。然而，他说那番话的时候，语调中阴郁却多于欢乐。他似乎从来没有到沼泽地上让人心旷神怡的寂静中去漫游过，从来没有去那里寻求或品尝过它们能给予的宁静中所包含的无尽乐趣。

由于他不喜欢说话，所以，我过了很长时间后，才有机会了解他的内心。我在他自己服务的莫尔顿教堂听他布道的时候，才对他的才能有了个初步的认识。可惜我不能如愿描述那次布道，因为那超出了我的能力范围。我甚至无法忠实地讲出我听了以后，内心的反应。

讲道开始的时候是平静的。布道的语气和声调，其实自始至终都很平静。然而，他那清晰的语句中不久便流露出一种热情，那种热情能让听众真切地感觉到，却受到严格的抑制，那热情促使他用热烈的语言讲下去。这语言经过了压缩、提炼，受到控制，最后变成了力量。布道者的力量使人的心灵在颤抖，头脑在震悚，然而，并没有受到感动。讲道过程从头至尾有一种奇怪的悲哀情绪，却没有让人感到安慰的温和气氛，他还常常用严厉的语气提到加尔文的教义——上帝的选择，被上帝所遗弃，命中注定之类——每当听到这些东西，就让人觉得仿佛是受到审判，要遭殃似的。听完他的讲演，我并没有觉得舒服平静些，也没有从他的讲话中受到更多的启发，我体会到的是一种无法表达的忧伤。我不知道别人有什么看法，可我觉得，那雄辩的词语是从一种深渊里发出来的。在那个深渊里，有令人失望的污浊沉渣，有得不到满足的冲动，也有让人恼火的冲动。我能肯定，圣约翰·里弗斯先生尽管生活单纯，为人忠心耿耿，布道时虔诚热情，可他并不能理解上帝所赐予的那种宁静，自己也没有得到那种宁静，而我也没有找到那种宁静。我心中对我失去的偶像怀着隐隐的痛楚和惋惜，这种感情我最近一直避免提到，但是它却主宰着我，而且还无情地折磨着我。

在这个过程中，一个月过去了。戴安娜和玛丽很快就要离开沼泽山庄，回到完全不同的生活以及生活环境中去。等待着她们的是英格兰南方时髦的大城市，她们在那里当家庭教师，各自在一个人家里任职。那些人家富有而傲慢的家人们把她们当作卑微的下人，他们既不知道，也不去了解她们天生具有的优点，他们欣赏她们的才艺无非像是欣赏厨子的手艺或者侍女的趣味一样。圣约翰先生还没有跟我谈起答应给我找的职位。可是我急于马上得到个职位，不论什么职位都行。一天早上，我跟他单独在客厅里待了几分钟，我壮起胆子走到窗前那个隐秘的地方，那儿摆着他的书桌、椅子，和另外一张桌子，围起来像个神圣的书房。我打算对他讲话，可我还拿不准该怎么说才好，因为在任何时候，要想打破他那层沉默的坚冰，都是十分困难的。可是他却先开了口，省去了我的麻烦。

“你有事要问我吗？”我走近他的时候，他抬起头来问道。

“是的。我想知道，你是不是听说过什么我可以申请的工作？”

“三个星期之前，我找到，或者说是想出了一个可以干的工作，可是看你在这儿既忙碌又快活，我的两个妹妹都十分喜欢你，她们跟你在一起觉得十分愉快。可是她们不久以后就要离开沼泽山庄，你也就不得不离开这里了。我觉得在那个即将到来的时间之前，破坏你们的和谐气氛是不恰当的。”

“她们再有三天就要走了，对吧？”

“对。她们走后，我要回到莫尔顿，到那个牧师的宅子里去住，汉娜要跟我一起去，这所老宅子要封起来。”

我等了几分钟，以为他会继续刚才开始的那个话题呢，结果他的思路似乎完全改变了，他的表情显示出，他已经不再考虑我和我提出的事。我只得提醒他回到我特别想知道下文的话题上。

“你想到的是个什么职业呢，里弗斯先生？耽搁了这么久，我希望不至于增加得到这份工作的难度吧。”

“啊，不会的。因为这件差事只决定于你和我——由我给予，由你接受。”

他又停下来，似乎有点不愿意谈下去。我变得不耐烦了。身体不安地蠕动了几下，眼睛盯在他脸上，急切和逼迫的目光像讲话一样表达出了我的感情，而且省去了说话的麻烦。

“你不必急着听，”他说，“我坦白地告诉你吧，我这里没有什么合适的或者有利可图的事可做。在我解释之前，请你回想一下我原先说得清清楚楚的那个声明，我就是帮助你，也只能像个瞎子帮瘸子一样。我很穷。我发现，等我把父亲欠的债还清之后，我剩下的全部财产就是这个行将坍塌的破农舍，外加屋后那排枯萎的杉树、前面那片沼泽地，以及上面生长的紫杉和冬青。我的出身卑微。虽然里弗斯是个古老的姓氏，但是在仅有的三个传人中，倒有两个是替别人当下人糊口的。另一个认为自己与故乡格格不入，活着的时候要离开家乡，死了也不要回到那里。而且他还不得不认为，自己受到了命运的恩惠。他只盼望着那一天的到来，届时那只割断世俗联系的十字架将落到他的肩上，那位教会的卫士虽然自己也很卑微，但是他会说："起来吧，跟着我！"

圣约翰说这些话的声调，仿佛是在讲道，他的声音平静、低沉、脸颊并不发红，眼睛闪闪发光。他继续说道：

"由于我自己出身卑微，家境贫寒，我能向你提供的，也只能是个地位低下，收入微薄的工作。它甚至能让你觉得是降低了身份，因为我看得出，你属于世人称作文雅的那种人。你的趣味倾向于理想，你所交往的至少是受过教育的人们。可我认为，只要能改善我们自身，任何职位都不能称作降低身份。照我的看法，一个辛勤为基督教服务的人被指定耕耘的土地越贫瘠，收成越少，报酬越少，他得到的荣誉却越高。在这种情况下，他的命运与先驱的命运便紧紧联系起来了。福音最早的先驱是那些使徒们，他们的首领便是救世主耶稣。"

他又一次停顿下来。我催促他说："讲下去啊。"

他看了我一会儿，然后才继续讲下去。他那样子好像在从容不迫地观察我的面孔，仿佛我的五官和纹路是书页上的文字，能够读出其中内容似的。他对我仔细观察的结果，在他下面讲的话里体现了出来。

"我相信，你会接受我提供给你的这个职位，"他说。"先工作一个时期再看。不过不是永久的职位，正如我自己也不会永久留在乡村牧师这个职位上一样，我这个职位范围狭窄，死水一潭，默默无闻，使人思想也变得越来越狭窄。你的天性中也有与我类似的躁动成分。当然它属于另外一种类型。"

"请解释一下，"他再次停下来的时候，我催促他。

"好吧。听完后你会觉得，我的建议是多么可怜，多么卑微，多么让人感到受约束。我不会在莫尔顿住太久了。现在我父亲已经去世，许多事情我可以自己做主。也许我在十二个月里就要离开这个地方。不过，只要我在这儿住，我就要设法使它得到改善。两年前我来的时候，莫尔顿没有学校，穷人的孩子没有希望在知识方面取得进步。我已经为男孩子们办了一所学校，现在，我打算再为女孩子们办一所。为了这个目的，我已经租了一所房子，另外还有一所有两个小屋的房子与它相连，可供女教师住。她的薪金是一年三十镑。承蒙一位奥利弗小姐的好意，她的房间已经布置好了，虽然非常简陋，但是已经足够用了。奥利弗小姐是我的教区里唯一的富人，她的父亲奥利弗先生，是山谷里那家制针厂和铸铁厂的老板。这位小姐还为一个从济贫院找来的孤女付学费和购买衣服的费用，条件是这个孤女要帮女教师干些家里和学校里的杂活，因为教师忙于教书，没有时间亲自来料理这些事。你愿意当这个教师吗？”

他有点急匆匆地提出这个问题。似乎觉得这个建议多半会遭到愤怒的，或者至少是轻蔑的拒绝，因为他尽管对我的思想和感情有所猜测，但是并不是十分了解，并不知道他为我安排的这种命运，我会怎样看待。这个建议的确是卑微的，但是至少有了一个住处，而我正需要一个栖身之处；这份工作也的确是辛苦的，不过，比起在有钱人家里当家庭教师来，它能给人带来独立；我害怕到陌生人那里去当仆役，这种恐惧狰狞得像铁一样，直插我的心灵。这工作并不卑贱，并非毫无价值，并不会让人在精神上感到屈辱。于是我做出了决定。

“谢谢你的建议，里弗斯先生。我真心诚意地接受这个工作。”

“可是，你明白我的意思了吗？”他问道，“那可是一所乡村学校，你的学生只是些穷苦的女孩，她们是些村民的孩子，充其量不过是些农民的女儿。你要教她们的技巧是编织、缝纫、阅读、写字、计算之类。你的才学和技艺还有什么用处呢？你的心灵、感情、趣味在这里大半都派不上用场的。”

“那就留到以后用得着的时候再用吧。它们会保存下来的。”

“那么你明白自己要做的工作了？”

“是的。”

这时候，他微笑了。那不是个伤心的苦笑，而是个特别高兴、极其满意的微笑。

“你什么时候开始履行你的职务？”

“明天就搬到我的房子里去，如果你愿意的话，下个星期开学。”

“很好。就这么办。”

他站起身，走到屋子另一头，停下脚步再次望着我。他摇了摇头。

“你有什么不赞成的吗，里弗斯先生？”我问道。

“你不会在莫尔顿久住的，不会，不会！”

“为什么？你这么说有什么理由吗？”

“我是从你的眼睛里看出来的。你的眼光不能说明你会在生活中保持平稳前进。”

“我并没有野心。”

听到野心这个字眼，他吃了一惊。“野心，”他重复道，“没有。你怎么会想到野心呢？谁有野心？我知道我有野心，可你是怎么发现的？”

“我说的是我自己。”

“好吧，假如你没有野心，那么你有……”他停顿了一下。

“有什么？”

“我想说，你有洋溢的热情。可是你也许会误解我的意思，也许会觉得不高兴。我的意思是说，你具有强烈的仁爱和同情心。我肯定你不可能长久满足于在孤独中打发你的空闲时间，而且也不会喜欢工作时间全部用在毫无刺激的单调劳动上。我本人就不满足于这样，”他用强调的语气补充说，“不满足于生活在这里，埋没在沼泽地上，封闭在群山中。这违反了上帝赐予我的天性，使上帝赋予我的才能变得毫无用处。你现在听到我的话是如何自相矛盾了。我劝别人要满足于卑微的命运，我以服务于上帝为理由，甚至说那些以砍柴和挑水维生的人做的也是正当职业，然而，我本人是个为上帝服务的牧师，却险些在狂乱中发了疯。唉，人的脾气必须设法与原则统一起来才行。”

他离开了客厅。在这短短的一个小时中，我对他的了解超过以前的整整一个月。不过，他还是让我迷惑不解。

戴安娜和玛丽在离开家的日子越来越接近的时候，变得更加伤感，更加沉默寡言了。她们俩都尽量装作与往常没有什么两样，可是她们不得不与之斗争的悲哀却是无法完全克服的，也没有办法隐藏起来。戴安娜说，这次离别跟她们以前的哪一次离别也不相同。对于跟圣约翰离别来说，这一次也许要一别数载，或许还会是永别。

“为了他早已下定决心要做的事情，他什么都能牺牲，”她说，“不过，天生的爱心和感情更加有力。圣约翰看上去十分平静，简，可是他的内心隐藏着一种狂热。你会以为他是温和的，可是在某些事情上，他像死神一样无情。最糟糕的是，我的良心几乎不允许我抛弃他庄严的决定。当然，我也绝对不能为这个决定而责备他，因为这个决定是正当的，符合基督精神的。不过，它却使我感到心碎，”说到这里，她漂亮的眼睛里涌出了眼泪。玛丽把腰弯得低低的，俯身做自己手中的活儿。

“我们现在没有父亲了，不久连家和哥哥也要失去，”她喃喃低语说。

正在这个时刻，发生了一件小小的意外，这件事似乎是由命运安排的，为的是证明“祸不单行”这个说法，还要给她们的悲痛雪上加霜。圣约翰边读一封信，边从窗户前经过。然后，他走了进来。

“我们的约翰舅舅死了，”他说。

他的两个妹妹都愣住了，不是受惊，也不是害怕。这个消息在她们看来，只是个重大新闻，而并不能引起她们的悲伤。

“死了？”戴安娜重复道。

“是的。”

她的目光盯在她哥哥脸上搜索着。“那又怎么样呢？”她低声问道。

“那怎么样，戴安娜，”他回答的时候脸色像大理石一样纹丝不动。“那怎么样？没有什么怎么样，你读读看吧。”

他把信扔到她的膝头上。她匆匆读了一遍，把它递给玛丽。玛丽默不作声地读了一遍，把信还给哥哥。三个人面面相觑，微笑起来。那是一种凄凉而忧伤的苦笑。

“谢天谢地，好在我们还能活下去，”戴安娜终于说。

“反正这不会使我们变得更糟，”玛丽说。

“不过，这却让我们对过去本来可能出现的情景有了更深刻的印象，”里弗斯先生说，“而且还将那种情景与现在的境况作了鲜明的对比。”

他把信折好，锁在书桌里，再次走出去。

有好一阵，谁也不说话。后来戴安娜转向我，对我开了口。

“简，你也许对我们的行为感到奇怪，也奇怪我们这里面有什么谜，”她说，“你也会认为我们的心太残忍，听到像舅舅这么亲近的人去世，都没有感到更加悲恸。可是我们从来没有见过他，也不知道他是做什么的。那人是我母亲的哥哥，很久以前，我父亲跟他吵了一架。我父亲正是听了他的劝告才把大部分财产拿去做投机生意的，结果破了产。他们互相责备，在愤怒中分了手，从此再也没有和好。我舅舅后来做的生意比较兴旺，他似乎有了两万镑财产。他没有妻子儿女，也没有结过婚，除了我们和另外一个人之外，没有什么其他近亲。而另外那个人与他的亲戚关系也不见得比我们更近。我父亲一直认为，他最终会把财产留给我们，用这种方法来弥补他的过错。可是这封信却说，他把每一个便士都给了那一个亲戚，只拿出三十畿尼分给圣约翰、戴安娜和玛丽三兄妹，用来买三个戒指，好戴在手上纪念这个死者。当然，他有权按自己的心愿办事，然而，这样的消息难免让人心里一时觉得不舒服。玛丽和我只要各自有一千英镑，就会觉得十分富有。可是那样一笔款子对圣约翰就十分有用，因为他本来可以用那钱做许多好事的。”

作了这样的解释后，这个话题便搁到了一边，里弗斯先生和他的妹妹们再也没有提起过。第二天，我离开沼泽山庄到莫尔顿去。又过了一天，戴安娜和玛丽出发到遥远的地方去。一个星期以后，里弗斯先生和汉娜回到他那牧师的宅子。这样，这个古老的农舍便封了起来，没人住了。

第五章

我终于有了个家。那是一所小屋，屋子的墙壁粉刷得雪白，地板是灰浆抹成的，里面有四把刷了油漆的椅子、一张桌子、一只钟和一个餐具柜，柜子里有两三只盘子和碟子、一套荷兰式彩釉茶具。楼上是一间像厨房一样大小的卧室，有一张用松木做床架的卧榻，还有一个放衣服的柜子。那柜子很小，但是对我来说已经绰绰有余了，因为我没有什么衣服。不过，在我好心而慷慨的朋友帮助下，我日常必要的衣服数量已经有所增加。

一天傍晚，我给了那个为我当女仆的小孤女一个橘子，把她打发走，独自坐在火炉边。就在这天早上，这所乡村学校开学了。我有二十个学生，其中只有三个人认识几个字，连一个会写会算的也没有。有几位姑娘会编织，少数几个会做点缝纫活儿。她们说话都带着浓重的本地口音。目前，我和她们要想听懂彼此的话都有困难。有些姑娘不但无知，而且不懂礼貌，态度粗鲁，难以管教。可其余的还算听话，希望学到东西，性情比较讨人喜欢。我不能忘记，这些衣着粗糙的小农民其实与那些高贵的名门之后同是血肉之躯，她们的心田里也同出身最好的孩子一样，发育着天生的美德、优雅、聪明和仁慈的感情嫩芽。我的责任就是培育这些嫩芽。在履行这个职责时，我肯定会得到一点乐趣的。我并没有期待从展现在我面前的生活中获得很多乐趣，然而，只要我能好好调整一下我的心境，尽量运用我的力量去工作，我无疑会从这个职位上获得足够的东西，让我能一天天适应下来。

今天上午和下午，我在那边简陋的教室里度过的几个小时中，我感到快活吗？我觉得安定吗？我得到了满足吗？我不能欺骗自己，我必须回答说——不。我感到的是凄凉。我感到——不错，我感到我是个白痴——我感到降低了身份。我怀疑自己采取的这个步骤，使自己在社会地位中不是上升了，而是下降了。我周围所见所闻都是无知、贫穷、粗俗。这使我灰心丧气，让我感到自己无能为力。不过，我还是不要为这种感情过于痛恨自己，过分蔑视自己吧。我知道这是一种错误的感情。能分辨出这一点，就是一个巨大的进步。我要努力克服这种错误的感情。我相信，明天我就能在一定程度上克服它们。几个星期之后，也许它们会完全被消灭。再过几个月，看到我的学生取得进步，有所转变，我的嫌恶可能会为愉快的满足感所代替。

与此同时，我要向自己提一个问题：哪一个更好些？——向诱惑低头，听凭感情的支配，不做使人痛苦的努力，不进行斗争，落入温柔的罗网，在覆盖着鲜花的罗网中入睡，醒来时却在南方温和的天气中，躺在一间令人愉快的别墅里，周围满是各种奢侈品。这样好吗？本来这时候我可能已经住在了法国，成了罗契斯特先生的情妇，一半时间沉迷在他的爱情之中。他的确会爱我，在一段时间里会非常爱我。他也的确爱过我，再也不会有人这样爱我了。我将永远也不会再受到那样的尊敬了，那是给予高雅而富于青春魅力的美人的，因为再也不会有哪个人认为我具有这些魅力了。他喜欢我，为我而感到自豪，这也是除了他外任何其他男人都不会有的感情。——可是我这是想到哪儿去了？我这是要说些什么呀？总之一句话，我这是一种什么感情啊？我要问：一方面，是在法国马赛一个傻瓜的天堂里当奴隶，此一时，虚假的幸福让人兴奋得发狂，彼一时，悔恨和耻辱的眼泪让人窒息；另一方面，在有益身心健康的英格兰中部一个微风习习的山谷中，在一名乡村学校里，当一名人格自由、心地正直的女教师。这两样到底哪样更好些？

不错。我现在觉得，我遵守了原则和法律，蔑视并消除了感情一时的狂热冲动，我做得对。是上帝指引我做出了正确的选择。我感谢上帝的指引！

在这个日暮时分，我将自己的思路厘清到这一点上之后，便站起身来，走到门口，望着收获季节中这一天的日落。从我的小屋和学校到村里去有半里远，我远眺屋外的宁静田野。鸟儿正在唱着它们一天中最后的旋律：

"空气温和，露水醇香。"

我望着这一切，心里以为自己感到的是幸福，可是，不久我却发现自己在哭泣，不禁大吃一惊——这是为什么？是因为把我从对我主人依恋中强行拉走的命运；因为我再也见不到他，因为他绝望中的悲痛欲绝和狂怒——这些都是我出走的结果啊。也许，他的悲痛和狂怒会使他远远离开正道，让他再也没有希望回到正确的人生道路上来。想到这里，我把脸转过去，不再看那黄昏时的美丽天空和莫尔顿的荒凉山谷，我说这里是荒凉的，因为一眼望去，山谷的这一部分除了绿树掩隐的教堂和牧师的宅子，除了相当远的地方，那位富有的奥利弗先生和他女儿居住的那所房子的屋顶，再也看不到什么别的建筑物。我捂住眼睛，脑袋靠在石砌的门框上。可是不久，把我的小花园和外面的牧草地隔开的那扇小门旁边，有一个细小的声音使我抬起头来。那是一条狗，我一眼就认出，是里弗斯先生的那条老猎狗卡洛。它正在用鼻子拱门，圣约翰双臂交叉着靠在小门上，他皱着眉头，用严肃得几乎成了不高兴的目光盯住我。我请他进来。

“不，我不能停留。我只是给你带来了我妹妹们给你的一个小包裹。我想里面有画盒、画笔和纸。”

我伸出手去接。这可是件受欢迎的礼物。我想，在我走近他的时候，他仔细端详着我的面孔，我脸上的泪痕无疑十分明显。

“你觉得第一天的工作比你料想的艰难吗？”他问道。

“啊，不！正相反，我认为我会跟我的学生们相处很好的。”

“也许你的条件——这所房子、你的家具让你感到失望了吧？这些的确太简陋了。不过……”

我连忙打断他说：“我的小房子既干净，又能遮风避雨，我的家具也已经足够日常使用，很方便的。我看到的这一切都使我十分感激，而绝不是使我感到沮丧。我绝不是一个因为缺少地毯、沙发和银制餐具，就感到懊恼的傻瓜。我不是个追求物质享受的人。再说，五个星期之前，我什么也没有——那时，我是个无家可归的人，是一个乞丐，一个流浪者。现在，我有了熟人，有了个家，有了工作。我心里在为上帝的仁慈、朋友们的慷慨，以及命运对我的恩惠感到惊讶。我绝不抱怨。”

“那你感到孤独吗？你身后的那所小房子又黑暗，又空洞。”

“我还没时间来欣赏它带给我的宁静呢，更没有时间感到不耐烦，或者感到孤独。”

“很好。我希望你心里像你说的这样感到满意。无论如何，你自己的良知会告诉你，现在就像罗得的妻子[①]那样回头张望，还为时过早。我当然不知道在我见到你之前，你离开的是什么。但是，我劝你坚定地抵制往后

---

① 《圣经·旧约》《创世记》第 29 章 26 节：上帝要毁灭所多玛城，派天使通知罗得携家属逃出城去，罗得的妻子跟在后面逃走的时候，回头朝城里望了一眼，立刻就变成一根盐柱。

看的每一种诱惑，要稳定从事现在的职业，至少要做上几个月。”

“我也是这样打算的，”我这样回答道。

圣约翰接着说下去：“要控制自己脾气的倾向，并且扭转天性，的确是十分困难的。但是，根据我的经验，我知道那能够办得到。上帝给了我们一点权力，让我们创造自己的命运。当我们的精力需要得到一种食物，却得不到的时候，当我们的意志竭力要走上一条道路，却发现不该走的时候，我们完全用不着在食物不足中饿死，也不必在绝望中止步不前。我们要去寻找另外一种精神上的食粮，它的味道会跟那种渴望尝到的禁食同样浓烈，也许会更加清醇；我们也不妨冒险开出一条新路，它跟命运之神堵在我们面前的那条路相比，也许稍稍崎岖一些，但是也仍然是坦途，一样宽阔。

“一年以前，我自己就感到过极端的痛苦，因为我以为自己当牧师是个错误。这个职务带给我的职责千篇一律，让我厌烦得要命。我热切地渴望着更加活跃的世俗生活，渴望文学生涯中令人激动的劳动——渴望过上艺术家、文学家、演说家的生活。总之，我渴望过除了牧师之外的任何一种生活。我这件牧师的法衣下，跳动着一颗热衷于荣誉的政治家和军人的心，跳动着一颗爱好名望、追求权力的心。我考虑着，认为我的生活太悲惨了，必须彻底改变，否则我非死不可。在黑暗中挣扎了一个时期之后，光明突然出现，我的心中感到了安慰。我原来认为狭隘的生活，突然扩展为一片无边无际的平原——我的能力听到上帝在召唤，便鼓足全部力量，展开翅膀，飞到超出视野的地方。上帝给了我一个使命，为了把这个使命带到遥远的地方，为了圆满完成这个使命，军人的力量、政客的勇气、演说家的雄辩等所有最好的条件全都用得上。因为这一切全都集中在一个好传教士的身上。

“我决定当一名传教士。从那时候起，我的精神状态就改变了。锁住我每一种能力的桎梏纷纷瓦解，我不再感到束缚，只有折磨人的痛苦仍然留在我的心底，等待着时间去医治。我父亲当然反对这个决定，可是他去世后，就不再有什么合法的障碍阻拦我了。我把一些事务安排了一下，给莫尔顿找到一个来接替我的牧师；冲破了或者说是割断了几样感情上的纠葛——这是与人类的弱点所做的最后感情较量，我知道我会克服这个弱点，因为我已经发过誓，要克服它。在这之后，我要离开这里，到欧洲去，或者到东方去。”

他说这番话的时候，用的是他那种独特的声音，其中虽有抑制，却十分强硬。说完，他没有看我，两眼望着西沉的太阳。我也正望着夕阳。我跟他都是背朝着从小院门到田野的那条小路。我们没有听见杂草丛生的小道上传来的脚步声。我们的耳朵此时听到的唯一声音，便是山谷里传来的溪水潺潺催眠声。所以，听到一个银铃般悦耳的快活嗓音在身后高声叫起来的时候，我们自然大吃一惊。

“晚上好，里弗斯先生。晚上好，老卡洛。先生，你的狗见了朋友比你先认出来。我还在田地那一头的时候，它已经竖起耳朵，摇着尾巴了。可你到现在还拿背对着我呢。”

这话倒是真的。虽然里弗斯先生听到那银铃般悦耳的声音，立刻大吃一惊，仿佛他的头顶上响了个炸雷似的，但是听完那句话后，他仍然保持着原来的姿势，照旧把胳膊靠在门上，脸朝着西面。最后，他才慎重地把脸扭过去。我觉得，他的身旁仿佛浮现出一个幻象。离他三英尺的地方，出现了一个身穿洁白衣裙的身影，那是个充满青春活力的优美身影，身段丰满，线条优美。她正弯着腰抚摸猎狗卡洛，抬起头以后把遮在脸上的长面纱甩到身后，他面前展现的是一张完美无瑕的漂亮面孔。“完美无瑕的漂亮面孔”，是一种过分的说法，可我并不打算收回，也不准备修改。因为英格兰的气候能够塑造出来的最美的五官，为英格兰湿润的季风和多雾的天气所孕育、保养，如玫瑰，如百合一般的纯净肤色，都体现在她的身上了。她绝对不缺少魅力，也根本看不出有什么缺点。这个年轻姑娘的容貌长得端正而秀美，一双大眼又黑又圆，像我们在美人画像中看到的一样；包围着眼睛的长睫毛给眼睛增添了那么多妩媚与温柔；描过的眉毛轮廓那么鲜明；洁白光滑的额头，为她的活泼和秀美更增添了安详；她的脸颊椭圆，娇嫩而光滑；嘴唇也很娇嫩。颜色红红的，丰满可爱；整齐的牙齿闪闪发亮，毫无瑕疵；她的下巴小巧玲珑，脸上有两个酒窝；她的头发浓密，不失为一种漂亮的装饰——总之，凡是美所需要的一切东西，她都具备。我看着这个美人，心中十分诧异，我觉得我的整个心灵都在崇拜她。大自然创造她的时候准是怀着特别的偏爱，不像对其他人那样用继母般的吝啬，而是带着贵妇人般的慷慨，把一切都赐给了这个宠儿。

圣约翰·里弗斯对这个人间的天使会怎么看呢？我看到他将面孔转向她的时候，心中自然提了这么一个问题。自然，我也要从他的面孔上找到答案。可他的眼睛已经离开个这个仙女，把目光投向长在院门旁边的一丛普通的雏菊。

“夜色很美。可是你独自一人出来，未免太晚了，”他一脚踏碎那丛雏菊已经闭上的花朵，这么说道。

“喔，我今天下午刚从城里回来，”她说了个二十里外的大城镇的名字，

“爸爸告诉我说，你的新学校已经开学，新的女教师已经来了；所以，吃过茶点我就戴上帽子，跑过来看看。这就是她吧？”她指着我问道。

“是的，”圣约翰回答道。

“你觉得你会喜欢上莫尔顿吗？”她问我。她的语调和态度都流露出直率、纯真和质朴，虽然显得有点幼稚，但是很讨人喜欢。

“我希望我会喜欢它。很多东西会使我喜欢上这里的。”

“你的学生是不是如你原来预料的那么专心听讲？”

“相当专心。”

“你喜欢你的房子吗？”

“非常喜欢。”

“我布置得还好吗？”

“确实很好。”

“我让艾丽斯·伍德来伺候你，这人选得还可以吗？”

“的确选得很好。她勤于学习，又很灵活。”我想，这准是那位富有的女继承人，奥利弗小姐。看来，她在财产方面也像她天生的长相方面一样，也得到了优惠！我真不知道，在她出生的时候，天上的星宿怎么全都凑在一起，把光芒照耀在她的身上了！

“有时候，我会过来帮你教书的，”她补充说，“时常来看看你，对我来说也是换个环境。我喜欢不时换个环境。里弗斯先生，我在城里的时候，真够快活的。昨天晚上，或者说是今天凌晨，我跳舞一直跳到两点钟。一个军团在骚乱以后就一直驻扎在那里。那些军官是世界上最讨人喜欢的人。我们年轻的磨刀人和剪刀商跟他们一比，全都黯然失色了。”

我看到，圣约翰的下嘴唇向前凸出，上嘴唇弯曲了一会儿。这位开心的姑娘告诉他这个消息的时候，他的嘴看来的确闭得很紧，他那张面孔的下半部分方方正正，显得特别严厉。他还把凝视的目光从地上的雏菊，移到她的脸上。那是一种没有笑意的目光，对她仔细端详，意味深长。她再次对他笑笑。开心的笑与她这张青春勃发的玫瑰色面孔十分和谐，也很适合她的笑靥和她明亮的眼睛。

他默不作声，严肃地站在那里。她又一次弯下腰去抚摸猎狗卡洛。“亲爱的卡洛爱我，”她说，“它对朋友可不严厉，也不冷淡。假如它会说话，一定不会默不作声的。”

她带着天生的优雅，当着狗儿那年轻而庄严的主人，弯下腰去拍那狗的脑袋时，我看出狗的主人脸上泛起一片红晕。我看出他的眼睛里突然闪烁出火一般亮晶晶的光芒，那火光带着无法抗拒的激情，把他脸上的严肃融化殆尽。他的脸色发红，眼睛闪亮，顿时让他显示出的男性美几乎可以与她的女性美相提并论。他的胸脯起伏了一下，仿佛那颗硕大的心脏厌倦了专制的管束，不顾意志的反对，扩展了一下，而且为了获得自由而有力地跳动了一下。但是，在我看来，他管住了自己的心，就像一个果断的骑手驾驭住一匹用后腿直立起来的骏马一样。对于向他发起的那种温和的进攻，他既不用语言反驳，也不用行动做出反应。

“爸爸说，你现在根本不去看我们了，”奥利弗小姐抬起头来继续说道。“你在山谷别墅都成了个陌生人了。今天晚上他独自在家，身体又不大好。你愿意陪我一起去看看他吗？”

“这个时候去打扰奥利弗先生，不合适，”圣约翰回答道。

“这个时候不合适！可我要说，正合适。爸爸这个时候正需要有人做伴。工厂下班了，他什么事也没有。里弗斯先生，走吧。你为什么要这么拘谨，为什么会这么忧郁呢？”她见他并不回答，便用自己的话填补了这个沉默的空白。

“我都忘了，”她叫了起来，摇了摇留着美丽鬈发的头，仿佛自己使自己大吃了一惊似的。“我真粗心，太欠考虑了！请你一定要原谅我。我忘了，你有充分的理由不与我闲聊。戴安娜和玛丽刚刚离开你，你的沼泽山庄也封了起来，你感到孤独。我真的十分同情你。走，去看看我父亲吧。”

“今晚不去，罗莎蒙德小姐。今晚不去。”

圣约翰说话的时候活像一部自动机器。只有他自己知道，要说出这些话，需要做出怎样的努力。

“好吧，既然你这么固执，我就要离开你了。因为我不敢久留，就要降露水了。晚安！”

她伸出手。他只是碰了碰那只手。“晚安！”他重复了一遍，声音低沉，干巴巴的，就像个回声似的。她转过身去，但是没过多久又转了回来。

“你的身体好吗？”她问道。她这个问题提得很合适，因为他的面色苍白得像她的裙子一样。

“很好，”他说着向她鞠了一躬，然后便离开了院门口。于是，他们俩各自东西，她像个仙女一样，脚步轻快地走过田野，还两次回过头来看他；而他迈开坚定的步伐走着，根本没有回过头来望一眼。

看到别人的痛苦和牺牲，我不再仅仅考虑自己的痛苦和牺牲了。戴安娜·里弗斯把他哥哥说得“像死神一样无情”，她这话并不是夸张。

第六章

我竭尽自己的能力，忠实而积极地在那个乡村学校努力工作。起初，那对我可真是个艰苦的工作。我使出浑身的本领，过了一段时间，终于了解了我的学生以及她们的性格。她们完全没有受过教育，各种能力都十分迟钝，我觉得她们笨得毫无希望获得知识。最初，我觉得她们全都一样笨，不久，我便发现我错了。她们像受过教育的人一样，也是有差别的。当我们相互了解之后，这种差别就变得更加明显了。她们对我，对我的语言、规矩、习惯感到的惊异很快便消失了。我也发现，这些满脸傻样，笨嘴笨舌的乡下孩子中，有几个逐渐受到了启蒙，变成了思维敏捷的姑娘。许多孩子显得彬彬有礼，亲切可爱。我在她们中间发现，有几个姑娘不但能力很强，而且本来就十分懂礼貌，天生富有自尊心。这些不但让我对她们产生了好感，而且还让我赞叹不已。这些孩子很快便乐于做好自己的功课，乐于保持自己的个人清洁，能够按时学习，养成了平静而守纪律的习惯。有些孩子的进步简直可以说是惊人的，这使我感到由衷的喜悦和骄傲。另外，我自己已经喜欢上几个最好的女孩子了，她们也都喜欢我。在我的学生中有几位是农民的女儿，她们差不多是些成熟的少妇，已经能读会写，也会缝纫。我就教她们语法、地理、历史基础知识，和比较精细的针线活。我在她们中间发现了一些孩子好学上进，精神可贵。我在她们家里与她们一起度过许多愉快的傍晚时光，她们作农民的父母对我关怀备至。接受他们朴实无华的好意，以体贴关心来报答他们，实在是一种乐事。我的体贴关心是对他们的感情表示的谨慎尊重，他们也许并不是从来就习惯于这种体贴关心。然而，他们却喜欢，而且能从中得到益处，因为它一方面使他们自己感到自己的身份因此提高了；另一方面也促使他们努力做到礼貌，这样才能无愧于受到的礼遇。

我感到自己已经成了这个地方受人喜爱的人物了。我只要到外面去走走，就会听到来自四面八方的人们热情地跟我打招呼，看到人们对我友好地微笑。虽然这只是劳动人民的关怀，但是在大家的关怀之中生活，的确像是“坐在阳光下，平静而甜美，”①在大家关怀的阳光下，内心中的恬静在发芽，开花。在我生活中的这个阶段，我的心中更多地感到的是出于感激的兴奋，而很少有沮丧和消沉。然而，我要把一切都告诉你，读者。在这种平静而有成果的生活中，在与我的学生在一起度过有益的一天，接着又在独自绘画和阅读中度过一个晚上之后，到了夜里，我常常会闯进一种奇怪的梦境，这些梦境中满是各种奇异的色彩，充满了让人不安、令人激动的东西，既有美好的理想，也有可怕的风暴。在非同寻常的梦境中，贯穿着令人不安的冒险，以及浪漫的机遇。我总是能一再见到罗契斯特先生，而且是在某种令人激动的关键时刻。然后，我就会感到被搂进他的怀抱中，听到他的声音，与他的目光相遇，接触到他的手和脸颊，心里爱着他，也得到他的爱，希望永远生活在他的身旁。每逢这时，我的这些感觉就复活了，又像最初那样，充满力量和热情。接着我便会醒来，这才想起我是在哪儿，我的处境怎样。然后，我就会在这张没有帐子的床上坐起身来，浑身颤抖，哆嗦成一团。在这种漆黑死寂的夜色中，我会在绝望中惊厥，会发出热情的呼喊。可是一到第二天早上九点钟，我以镇定的神态准时打开校门，准备履行一天的例行职责。

罗莎蒙德·奥利弗遵守了来拜访我的诺言。她一般是在早上出来骑马的时候顺道来学校访问的。她一般是骑着一匹小马，踏着碎步跑到院门口，身后还跟着一个骑在马上，身穿制服的仆人。她披着紫色骑马衣，长长的鬈发飘落在肩上，不时拂动着她的脸颊，在这漂亮的长鬈发上面，优雅地戴着一顶黑色天鹅绒的女战士帽。很难想象出比她的外貌和装束更优雅的东西了。她就这样走进这所简陋的房子，从一排排睁圆眼睛看得发呆的乡村孩子们中间穿过。她一般是在里弗斯先生为孩子们上每日教义课的时候来。我恐怕，这位女客人的锐利眼光会刺穿这位年轻牧师的心。甚至在他还没有看到她的时候，一种类似本能的东西已经在警告他说，她要来了。但他并不朝门子那边看，假如她出现在门口，他的脸颊便会发红，他那像大理石一般坚定冷漠的面孔虽然尽量显得没有变化，可还是会发生一些无

① 引自爱尔兰诗人托马斯·穆尔（1779—1852）富有东方色彩的叙事诗《拉拉·鲁克》中第三天的经历。

法形容的变化。他的五官在静止之中显露出了抑制住的热情，比活动的肌肉和闪烁的眼光能表现出的热情更加强烈。

当然，她知道自己的魅力。他也并没有向她隐瞒这一点，因为他不可能隐瞒的。尽管他信奉基督教的禁欲主义，可是，当她走到他身边，跟他交谈，还带着欢乐而激励的神态亲热地跟他微笑时，他的手都会发抖，他的眼睛会迸出火花。他似乎不是用嘴唇，而是用那忧郁、坚决的神情在说："我爱你，我也知道你喜欢我。我保持沉默并不是认为我追求你没有成功的希望。假如我向你献上自己的心，我相信你会接受的。可是那颗心已经奉献在了圣坛上，周围的火已经点燃，不久之后，那只不过是个焚烧成灰烬的牺牲品罢了。"

她呢，就会像个大失所望的孩子，撅起嘴，喜气洋洋的面孔渐渐笼罩在一片愁云之中。她会匆匆把手从他手中抽出去，赌气似地扭过身去，不再仰望他那殉道者一样的面容。她用这样的方式离开他的时候，他无疑会不顾一切，把世界上的全部东西都放弃，去追随她、叫住她，把她留住；可是他却不愿放弃一个进入天堂的机会；也不愿为了得到她的爱情而放弃一个进入永恒天堂的希望。他也不能为热情而将自己所有的才能和特征都牺牲掉，他不能牺牲自己漫游者、进取者、诗人和牧师的身份。他也不愿意用传教士的荒凉战场换取山谷别墅中客厅里的安宁。尽管他沉默寡言，可我有一次向他大胆提问，了解到他的许多事情。

奥利弗小姐经常光临我的小屋。我已经完全了解了她的性格。她这个人既不神秘，也不做作。她喜欢卖俏，却并不薄情，对人苛求，却并不下流自私。她自幼受到娇惯，但是并没有完全惯坏。她是个急性子，但是脾气挺好；为自己的模样感到得意，但是并不扭捏作态，当然，她也不可能不为自己的模样感到得意，因为每朝镜子里瞅一眼，都会看到一个娇媚红颜的形象。她很慷慨，却并不为富有骄傲；她人很伶俐，同时也足够聪明。她快乐，她活泼，她不爱开动脑筋。总而言之，即使从我这个与她性别相同的冷静观察者看来，她也算得上十分迷人的，然而，她不能引起人们很大的兴趣，也不能给人留下很深的印象。她的心与圣约翰的两个妹妹是完全不同的，不过我还是很喜欢她，就像喜欢我的学生阿黛勒一样喜欢她。当然也有一点不同，我们喜爱自己照顾、自己教授的孩子，比我们喜爱一个同样迷人的成年人要更加亲切。

她跟我亲热起来。她说我跟里弗斯先生很相像，当然啦，她也坦白说，虽然我是个惹人喜爱，模样端正的小人儿，可是我的长相还不及他的十分之一。他简直是个天使。不过，她说我跟他一样，既善良，又聪明，态度镇定，性格坚强。她断言说，我这样的人做乡村教师，是不正常的，她还说，要是我以前的经历让人知道的话，一定可以写成一本有趣的传奇故事。

一天晚上，她如往常那样，像个轻率好动，却并不惹人生气的孩子，在我那间小厨房的餐具柜和桌子抽屉中乱翻。起初，她发现了两本法文书、一本席勒的作品、一本德语语法和词典，后来，又找到了我的绘画用具和几张速写，其中一张上面画的是个美丽的小女孩，漂亮得就像个天使，那是我一个学生的头像，几张莫尔顿山谷和周围沼泽地的风景画。她先是惊讶得发愣，既而又兴奋得发傻。

“这些画是你画的吗？真是太漂亮了。你懂法语和德语？你真是个奇迹！你画得比城里第一流学校里我那些老师们画得都好。愿意给我画一张速写，让我爸爸看看吗？”

“很愿意，”我回答道，一想到我能为如此漂亮，如此完美的模特儿画写生，我便感到一阵艺术家的欢乐。当时她穿着深蓝色绸衣服，胳膊和脖子裸露着，身上唯一的装饰便是她那一头带着天然卷曲的栗色蓬松头发，头发像波浪一样泻在肩膀上，豪放而自然。我取了一张精细的画纸，仔细勾画出轮廓。我希望享受一下为她作彩色画的乐趣，便告诉她说，今天太晚了，她得改日再来。

结果，由于她在她父亲面前说了我的情况，第二天傍晚，奥利弗先生亲自陪着她来了。奥利弗先生是个身材高大、五官粗大、头发灰白的中年人。他那个漂亮的女儿站在他身旁，看上去就像在一座灰色塔楼旁边开放的一朵鲜花。从他的外表可以看出，他是个沉默寡言的人，也许还有点傲慢，不过，他对我十分和气。我为罗莎蒙德画的写生他看了极为高兴。他说，我应该把它画成一张完美的画。他还执意邀请我第二天晚上到山谷别墅去做客。

于是我去了。我发现，那是一所漂亮的大宅子，处处都显示出房主人的财富。我在那儿做客的时候，罗莎蒙德从始至终充满了欢乐。她父亲和蔼可亲，用过茶点后，开始跟我交谈。他用有力的话语对我在莫尔顿学校做的工作表示赞扬，还说，根据他看到和听到的，他唯一的担心，就是怕我干这份工作是大材小用，不久便会离开，去干更合适的工作。

“是啊！”罗莎蒙德嚷道，“她聪明极了，足可以到高贵人家去当家庭教师呢，爸爸。”

我心想，我宁愿待在这里，也绝对不愿到任何高贵人家去。奥利弗先生用十分尊敬的口吻谈起了里弗斯先生和里弗斯一家。他说，里弗斯是这个地区十分古老的姓氏，这个家族的祖先很富有，有一度，整个莫尔顿都属于他们，即使到了现在，他都认为，这家人的成员只要愿意，就能与最好的人家结亲。他认为，这么优秀、这么有才华的青年，到外面去当传教士，实在是太可惜了，那简直像是把宝贵的生命随手抛弃一样可惜。这么看来，这位父亲不会阻拦罗莎蒙德与圣约翰的结合。奥利弗先生显然认为，这位年轻牧师的良好出身、古老的姓氏以及神圣的职业，足够弥补财产的不足。

※　※　※

十一月五日是个假日。我的小仆人帮我打扫好房间后，得到了一便士的酬劳，心满意足地走了。我周围的一切都干净得一尘不染，到处擦得闪闪发亮。地板洗刷过了，炉栅擦得锃亮，椅子擦得干干净净。我把自己浑身上下也收拾得十分整洁，现在，这个下午可以由我自己随意支配了。

我花了一个小时翻译几页德语。然后，我拿起调色板和画笔，开始做自己得心应手、比较轻松愉快的事——我要完成罗莎蒙德·奥利弗的那幅小画像。她的头已经画好，只有背景还需要着色，衣服也需要增加些影子来衬托，丰满的嘴唇还需要添上一抹胭脂，头发上还需要补上一两个发卷，睫毛的影子还要加深一点儿。我正在全神贯注地描绘着画儿的这些精致的细部，突然圣约翰·里弗斯急匆匆敲了几下门，就推开并没有合上的门子，走了进来。

“我来是想看看你是怎么度假日的，”他说。“我希望，你不是在想心事吧？没想？很好。你在作画的时候就不会觉得寂寞了。我还是有点不能信任你自己，可你到现在为止一直经受得不错。我给你带来了一本书，让你晚上读着消遣，”他把一本新出版的书放在桌子上，那是一首长诗。那时可是近代文学的黄金时代，幸运的读者常常能读到货真价实的作品，这便是其中之一。啊，可惜我们这个时代的读者没有那样的有利条件。不过，请读者别伤心！我也不会就此打住故事，去指责或者抱怨。我知道诗歌仍然是有生命力的，天才也不会消失。这两者哪个也不会受到金钱的控制，既不会受到金钱的绑架，也不会遭到它的杀戮；总有一天，诗歌和天才的诗人会再次宣布自己的存在、自己的自由，以及自己的力量。强有力的天使，高枕在天国中！看到卑鄙的灵魂取得胜利，目睹弱者为自己的毁灭而哭泣的时候，它们在微笑。难道诗歌被摧毁了吗？难道天才们被放逐了吗？没有！难道他们是平庸的吗？不。不要让嫉妒促使你产生这个想法。他们还存在着，而且还占有统治地位，还有拯救力量。假如没有他们普遍的神圣影响，我们简直会生活在地狱里——那是我们自己的卑鄙所造就的地狱。

我急切地浏览起那本书来，因为那是一本《玛米昂》[①]。这时，圣约翰弯下身子来仔细看我的画。他吃了一惊，高高的身子猛地再次挺直了。我抬起头来看他，他连忙躲开我的眼睛。我很了解他想法，也能清清楚楚地猜出他的心思。我这时候觉得自己比他镇定，也比他冷静，于是暂时比他占上风。我打算尽自己的可能，对他做点有益的事情。

"尽管他既坚定又有很强的自制能力，"我想道，"但是他把自己逼得太苦了些。他把每一种感情和痛苦都锁在自己的心里，什么也不表达，什么也不坦白讲出来。我能肯定，跟他稍微谈谈他认为不该娶的这位漂亮的罗莎蒙德，也许对他不无益处。我要让他开口。"

于是我先开口说："请坐，里弗斯先生。"可他的回答一如既往：他不能停留。我心里说："好吧，既然你情愿站着，那你就站着好了。可你现在还不能走。至少，孤独对你和对我都一样糟。我要看看你心头秘密的源头在哪儿。我要在你那大理石一样坚定的胸脯上钻一个小孔，我可以让一滴同情的止痛剂流进去。"

"这幅肖像画得还像吗？"我直率地问道。

"像？像谁？我没仔细看。"

"你仔细看过了，里弗斯先生。"

听了我这样突然而奇怪的粗鲁问话，他几乎惊讶得要跳起来。他惊异地看着我。我自忖道："啊，这算不了什么，我可不会让你那点儿固执吓退，我还得好好跟你周旋一番呢。"

我接着说："你已经仔仔细细、清清楚楚地看过了。不过，要是你愿意再看看，我并不反对。"我站起身，把那幅画放在他手里。

"画得真好，"他说，"色彩非常柔和，非常鲜明，描绘非常优雅准确。"

"不错，不错，这些我自己都知道。但是像不像呢？你说像谁？"

他稍微控制了一下自己的犹豫，回答说："我猜，是奥利弗小姐。"

"当然是她。先生，因为你猜得这么精确，作为奖励，我要照这幅画为你仔细画一幅完全一样的复制品。不过你得答应接受这件礼物。我不希望

---

① 英国诗人司各特（1771—1832）所写的长诗。

在一件你认为毫无价值的礼物上白白浪费时间和精力。”

他继续盯着那幅肖像观察，看的时间越长，就越紧紧抓着不放，而且看起来也越想得到它。“的确像！”他喃喃地说，“眼睛处理得好，颜色、光线、表情都十分完美。它还在笑呢！”

“假如你拥有这样一幅画，会感到安慰呢，还是感到痛苦？告诉我。等你到了马达加斯加，或者好望角，或者印度，看到这样一个纪念品，你感到的是一种安慰，还是一看到它就勾起让你伤心痛苦的回忆？”

这时，他偷偷抬起眼睛，迟疑地看了我一眼，目光中带着困惑。然后又低下头去看那幅肖像。

“我当然想得到这样一幅肖像。至于这样是不是明智，是不是聪明，那就是另一回事了。”

因为我已经确信罗莎蒙德真的喜欢他，而她的父亲也不会反对这样一门亲事，我的精神境界又不像圣约翰那么高，于是，我便很想促成他们的结合。在我看来，如果他成了奥利弗先生巨大财富的所有者，他可以用这笔财富做许多好事，跟他到热带地区去，让自己的天才在那里枯萎，让自己的精力在那里衰退获得同样的功德。于是我开始设法说服他。

“在我看来，更聪明、更明智的是赶快把这张画里的那个人娶回来。”

这时候，他坐了下来。他把那幅肖像放在他面前的桌子上，用双手托着额头，痴情地观赏着它。我看得出，他对于我的大胆问话既不感到恼火，也不感到吃惊。我甚至感觉到，我跟他谈论这么一个他可能认为不该谈论的话题，而且是这样坦率地谈论，可他却渐渐觉得是一种新的乐趣，是一种意外的宽慰。与说话滔滔不绝的人相比，沉默寡言的人在谈论自己的伤感和悲哀的时候，往往更加真正需要坦率。外表极为严肃的禁欲主义者，其实也是人，有人怀着大胆和善意闯进他们灵魂中沉默的海洋，往往是给予他们最好的恩惠。

“她喜欢你，这我能肯定，”我站在他椅子后面说，“他父亲也尊敬你。另外，她是个可爱的姑娘，有点儿不喜欢思考，但是你们两个有你为你自己，也为她思考，就足够了。你应该跟她结婚。”

“她真的喜欢我吗？”他问道。

“当然啦，她喜欢你超过任何别的人。她总是谈起你，除此之外，再没有什么让她喜欢的其他话题了。”

“听到这话真让人高兴，”他说，“很高兴。那就再谈上一刻钟吧，”他说着真的把表掏出来放在桌子上，看着时间。

“要是你打算用什么武器来反击，或者准备铸一条新的锁链，把自己的心锁起来，”我说道，“再谈又有什么用处呢？”

“别想象出那么可怕的东西来。假设我软化了，开始让步，就像我现在这样。我的心底像新开了一眼喷泉，涌出凡人的爱情，那甜蜜的洪水淹没了整个心田。我曾经在那里苦心经营，付出克己的辛勤，撒下善意的种子。而现在，甘美的琼浆玉液在那里泛滥，刚刚出土的嫩芽全部被淹没，带有美味的毒汁害了它们。现在，我仿佛已经看到自己躺在山谷别墅客厅的软榻上，龟缩在我的新娘罗莎蒙德·奥利弗的脚下，她正在用那种悦耳的声音跟我说话，还用你画得那么逼真的眼睛俯视着我，用这张珊瑚般的嘴唇朝我微笑着——我是她的。这眼前的生活，以及转瞬即逝的世界对我来说，已经足够了。嘘！别说话——我的心里充满了喜悦，我的感官都着迷了——让这段定好的时间在寂静中过去吧。”

我迁就了他。那只表在嘀嗒嘀嗒地走着。他的呼吸声低沉而急促。我站在一旁，一声也不吭。在这寂静中，一刻钟很快就过去了。他收好表，放下那幅画像，站起身，走到壁炉旁。

“好了，”他说，“那一小段时间我花在痴想上了。我把自己的脑袋靠在诱惑的胸脯上，而且我自愿把脖子伸进她用鲜花装饰的轭下。我尝了她的杯中美酒。她的胸脯在燃烧，鲜花中藏着毒蛇，杯中的美酒是苦味的。她的诺言空洞无物，她的建议并不真实。我看出这一切，也知道是这样的。”

我惊异地盯着他。

“我居然这么疯狂地爱着罗莎蒙德·奥利弗，”他继续说道，“真是太奇怪了——而且我是带着初恋的全部激情，热恋的对象又是那么漂亮，那么优雅迷人——然而，与此同时，我也冷静地意识到，她不会成为我的好妻子，她不是我的合适伴侣。结婚后用不了一年，我就会发现这一点。在十二个月的狂喜之后，随之降临的是终生的遗憾。这一点我也知道。”

“这可真奇怪了！”我禁不住嚷起来。

“虽然我的某些感觉对她的魅力极为敏感，”他继续说道，“然而，另外一些感觉，却对她的缺点保持着深刻的印象。这些缺点主要是：她不赞成我的追求，也不会在我从事的事业上与我合作。难道罗莎蒙德会成为一个能吃苦耐劳、勤于劳作的女使徒吗？难道罗莎蒙德能当一个传教士的妻子吗？不行！”

“可你并不一定要做个传教士啊。你完全可以放弃那个计划的。”

“放弃！什么？放弃我的天职？放弃我伟大的工作？放弃我为了在天堂

营造大厦，而在尘世奠定的基础？我要属于那个队伍，他们把所有的愿望都合并成一个荣耀的志向——改善他们的同类，要把知识传播到无知的王国，要用和平代替战争，用自由代替束缚，用宗教代替迷信，用对天堂的渴望代替对地狱的恐惧，难道我能放弃成为这个队伍的成员吗？这些比我血管里流动的血液还宝贵。这些是我盼望的，是我生活的目的，难道我能把这一切都放弃掉吗？”

在一阵长长的停顿之后，我开口说道：“那么奥利弗小姐呢？难道她的失望和悲哀对你根本算不了什么吗？”

“奥利弗小姐的周围从来就被求婚者和奉承者包围着。不到一个月以后，我的形象就会从她的心中抹去。她会忘记我，也许会跟一个比我更能给她带来幸福的人结婚。”

“你的话虽然说得很冷漠，但是这个矛盾也让你吃了苦。你消瘦了。”

“不是这样的。如果说我稍稍瘦了点儿，那是由于对尚未确定的前途、对一再推迟的旅行感到担心而导致的。就在今天早上，我还得到一个消息，说是我早已等待的那个接班人，三个月之内还不能准备好来接替我。三个月说不定最后会拖到六个月。”

“只要奥利弗小姐走进教室，你就浑身颤抖，脸色发红。”

他的脸上再一次闪过诧异的表情。他没想到一个女人竟然敢这样跟一个男人说话。可我觉得这样说话很舒服。与那些态度坚强、行为谨慎、心灵高尚的人交流时，不论他们是些男人还是女人，我会突破他们习惯于沉默的外围工事，跨越他们推心置腹的门槛，最后在他们的心底占据一个位置，不达到这个目的，我是绝对不会罢休的。

“你真是太独特了，”他说，“而且一点儿也不害怕。你不但目光锐利，而且精神非常勇敢。但是，请允许我向你说清楚，你有点误解了我的感情，把我的感情想得太深刻，太强烈。你给予我的同情超出了我应得的范围。我在奥利弗小姐面前脸色发红。还有点发抖的时候，我并不可怜我自己。我蔑视这种软弱。我知道，那是可耻的，那不过是肉体的一阵狂热而已。我要声明，那绝不是灵魂的痉挛。我的灵魂像磐石一样纹丝不动，因为它牢牢扎根于汹涌澎湃的大海深处。你要认识我，就要认识到我的本来面目，我是个态度冷漠而性格坚定的人。”

我微微一笑，表示不相信。

“你已经靠突然袭击，让我说出了心里话，”他继续说，“现在就让我把心里话全都讲给你听吧。要是剥去基督教用来遮盖人类缺点的长袍，显出我的本来面目，我其实本是个冷酷无情、野心勃勃的人。在所有的感情中，只有自然的爱才是我永久的力量。我的向导不是感情，而是理智。我的野心大得无边无际。我希望往上爬，希望比别人做更多的事，这些欲望是无法满足的。我非常尊重忍耐、坚毅、勤劳、天赋等品质，因为只有通过这些途径，人们才能达到各种伟大的目的，才能升到崇高显赫的地位上。我带着很大的兴趣，观察了你从事的工作，这是因为我认为你是工作勤劳、思维条理、精力充沛的典型女子，而不是因为我同情你过去的经历，以及你现在仍然忍受着的痛苦。”

“你要把自己描绘成个异端哲学家了，”我说道。

“不，我跟自然神论哲学家之间的区别在于：我有信仰，我信仰福音。你的说法选错了。我不是异端的，而是基督教的哲学家，而且是耶稣这一派的追随者。作为他的门徒，我接受他纯洁的、仁慈的、宽厚的教义。我拥护他的教义，并且发誓要把这些教义传播开来。我在青年时期便被宗教争取过去，宗教培养了我的原始品质，要我将心中固有的自然的爱这个娇小胚芽，培育成浓荫遍地的大树——慈善。宗教把我像野草根一样杂乱生长的正直，培育成神圣的正当观念——正义。宗教把我想要赢得权力和名望的野心，变成为了拓宽主的王国、为十字旗取得胜利而奋斗的志向。所以说，宗教为我做了许多许多，它使原始的材料经过转化，使之能得到最好的利用；它修剪并训练了我的天性。但是它并不消灭天性。在凡人变成不朽的精神之前，天性是不会消灭的。”

说完这些，他拿起帽子，那帽子刚才放在桌子上我的调色板旁边。他再次朝那幅肖像看了一眼。

“她的确是可爱的，”他喃喃地说。“她被称作尘世间的玫瑰，的确是名副其实。”

“你不要我为你画同样的一幅吗？”

他用拉丁语问道：“为什么目的？”接着他又说道：“不要。”

作画的时候，我习惯于用一张薄纸垫在画纸上，把手支在上面，为的是避免把画纸弄脏。他这时把这张纸拉过来盖在画上。我无从明白他突然在这张纸上看到了什么，可是他的目光突然被什么东西吸引住了。他一把夺过那张纸，仔细看了看纸的边缘部分，然后看了我一眼。那眼神中有无法描绘的怪异，其中的含义我完全无法理解。那眼神似乎要把我的身体、脸庞、衣服的每一点都注意到，并且要把它们记住似的，那目光扫过我的时候，锐利迅速得就像闪电一样。他张开嘴，好像要说点什么，但是他把就要说出口的不知什么话挡住了。

“怎么回事？”我问道。

“什么事也没有，”他这么回答道。说完，他把那张纸放回原处，我看见他动作熟练地从那张纸的边缘上撕下窄窄的一条。他把那个纸条悄悄藏进手套里面，匆匆朝我点了点头，说了声再见，便消失了。

“哎呀！”我嚷了起来，用当地人的一种说法自言自语道：“这个实在莫名其妙啦！”

我也仔细端详起那张纸来。可是，除了我试画笔的时候在上面涂的几片脏兮兮的色斑之外，我什么也看不出来。我把这件蹊跷事又思考了一两分钟，可是找不到答案。我肯定那没什么重要的，便不再去想它，不久便把这事忘得一干二净。

第七章

圣约翰离开的时候，天开始下雪。暴风雪飞旋着持续了一整夜。第二天，一场凛冽的寒风又刮来几场迷茫大雪。到了黄昏时刻，山谷里的积雪厚得几乎无法通行了。我关上百叶窗，将一张草垫子挡在门子上，免得风把雪从门子下面刮进来。我把火拨旺，在炉边坐了一个多小时，听着暴风雪沉闷的呼啸声。后来，我点燃一支蜡烛，取下那本《玛米昂》，开始阅读。

夕阳照耀在诺汉城堡的峭壁，
美丽的特威德河宽阔而深邃，
还有那孤寂的契维奥特山脉，
城堡的高塔林立包围着主楼，
城堡外面的高墙环绕在四周，
全都沉浸在金色的余晖之中。

我在这诗歌的韵律中，很快便忘记了暴风雪。

我听见一个声音，便以为是风在撼动门扇。可那是圣约翰·里弗斯。他拉开门闩，从严寒的狂风和阴冷的黑暗中走进来，站在我面前。裹在他高高的身躯上的白雪，活像一派冰川。我吓了一大跳，因为我没料到在这么个大雪封山的夜晚，还会有客人来。

“有什么坏消息吗？”我问，“出了什么事？”

“没有。你怎么这么容易受到惊吓？”他一边回答，一边将外衣脱掉，把它挂在门背后，然后不慌不忙地把进来时弄乱的草席推回到门上。他跺跺脚，把鞋子上的雪抖下来。

“我把你干净的地板弄脏了，”他说，“可这一次你得原谅我。”说完，他走近炉火，“说真的，能走到这儿来可真不容易啊，”他把手放在火焰上暖一暖，说道。“我的半个身子都陷进一堆雪里了，幸亏雪还挺软的。”

“可你干吗要来呢？”我禁不住问道。

“向客人提这么个问题，可真够不客气的。可是既然你提出这么个问题，我只好回答了。我只是想跟你稍微聊一聊。我对我那些不会说话的书本和空荡荡的房间感到厌倦了。再说，自从昨天以来，我心里一直有一种激动情绪，就像一个人听了一半故事，急于听到后一半一样。”

他坐下来。我想起他昨天的奇怪举止，心里开始害怕他的神经出了毛病。假如他真的发了疯，那他这种疯病可是非常冷静而镇定的。他那相貌俊俏的脸庞从来没有比现在更像大理石雕像。他把被雪沾湿了的头发从前额移开，让炉火完全照耀着他苍白的额头和脸颊上。我看到他由于过度操劳和忧郁，脸颊上已经有了明显的凹陷，我不禁感到悲哀。我等待着，想听他说出些能让我理解的话来。可是他的手这时却支住下巴，一个手指放在嘴唇上。他正在思考。我发现他的手看上去和他的脸一样瘦。我心里涌起一阵也许并不必要的怜悯。

我激动地说：“要是戴安娜和玛丽能跟你住在一起就好了。你孤零零独自生活实在不行。你又不懂得照顾自己的身体。”

“才不是呢，”他说，“必要的时候，我还是能照顾自己的。我现在身体挺好。你看我哪儿不好？”

这些话是用一种满不在乎，而且心不在焉的漠然态度说出来的，这表明，在他看来，我的关心完全是多余的。我沉默了。

他的手指还在嘴唇上抹动着。他的眼睛还在出神地凝视着闪亮的炉栅。我觉得必须说点什么，就问他是不是感到身后的门那儿有一股冷风吹进来。

“没有，没有！”他的回答十分简短，情绪有点烦躁。

我想道：“好吧，既然你不想交谈，你就保持沉默好了。我可不管你，要继续看我的书了。”

于是我剪短了蜡烛芯，接着阅读《玛米昂》。不久，他动了一下。我的眼睛立刻让他的动作吸引住了。他掏出一个摩洛哥皮夹子，从里面取出一封信，默默看了看，又把信折起来，放回去，重新沉思起来。眼前有这么一个费解的东西，要想安下心来继续阅读，简直是不可能的。而且我也不愿在这样的不耐烦心情中沉默下去。他要是愿意的话，只好随他阻止我，可我非说话不可。

“你最近收到戴安娜和玛丽的信了吗？”

“只有一星期以前给你看的那封，后来就再也没收到。”

“你自己的安排也没做什么变化吧？不会比你原来预料的时间更早离开英格兰吧？”

“我恐怕不会。那种机会太好了，不会落到我头上来。”

到现在，这段谈话一直不顺利。于是我转变了话题。我想到可以谈谈我的学生。

“玛丽·加勒特的母亲好多了，今天早上，玛丽回到学校上课来了。下个星期，我要有四个新生，是从铸造厂地区来的。要不是下了这么大的雪，他们本来今天就会来。”

“是吗？”

“奥利弗先生负担两个人的费用。”

“是吗？”

“他打算在圣诞节的时候宴请全校一次。”

“这我知道。”

“是你的建议吗？”

“不是。”

“那是谁的呢？”

“我想，是他女儿的主意。”

“的确像是她。她的性情那么和善。”

“是啊。”

再次沉默。

钟敲了八下，把他惊醒了。他把跷起的那条腿放下来，坐直身子，把脸朝我转过来。

“把你的书暂时搁一搁，到火这儿来，”他说。

我觉得惊奇，感到说不出来的惊奇，便顺从了。

“半个小时以前，”他接着说，“我说过，我急于听听后半个故事。后来我考虑了一下，觉得这事儿还是由我来叙述，你来听比较好。在开始以前，我想最好说明一下，这个故事在你听来可能比较陈旧，但是，一些陈旧的细节是由一张新的嘴巴叙述的，往往能在一定程度上恢复它的新鲜。至于其他方面，不论陈旧还是新奇，反正并不长。

“二十年前，一个贫苦的牧师，爱上了一个富人的女儿。我们权且不管他们叫什么名字。那姑娘也爱上了这牧师，而且不顾所有朋友的劝告，跟他结了婚。她的朋友从此再也不理睬她。过了不到两年，这一对鲁莽的夫妇不幸双双去世，合葬在一块墓板之下。我看到过他们的坟墓，它现在已经成了人行道的一部分，那是在一个工业过度发展的城市中，那片大墓地就在一个让煤烟熏得黑乎乎的教堂周围。刚才说到的那一对夫妇留下一个女儿，她刚刚出生，就被‘慈善’收养到自己的怀抱中，那种‘慈善’冷酷得能与今天几乎把我冻僵的风雪相媲美。慈善把这个没有亲友的孩子送到她母亲一个有钱的亲戚家，由一个舅母抚养。她的舅母——我现在要提到名字了——她舅母是盖茨海德的里德太太。你吓了一跳，你听到一个声音吗？也许只是隔壁教堂里椽子上有老鼠在跑。在我把它改装成教堂以前，那里曾经是个谷仓。谷仓当时是老鼠常去的地方了。我接着往下讲吧。里德太太把这个孤儿养了十年，至于这孤儿在她那儿过得好不好，我不知道，因为我从来没听说过，可是满十年的时候，她把她送到一个你熟悉的地方——不是别处，正是劳渥德学校。你在那个地方也住过很久。看来，她在那个地方的表现还不错，像你一样，先是做学生，后来当了教师。说真的，我觉得她的身世和你的有一些相同的地方。她离开那儿后，当了家庭教师。瞧，在这一点上，你们的命运又完全一样。她教一个由罗契斯特先生收养的孩子。”

“里弗斯先生！”我嚷着打断了他的话。

“我猜得出你的心情，”他说，“不过请你先克制一下。我就要讲完了，请听我讲完吧。关于罗契斯特先生的人品，我一无所知，我只知道一个事实，那就是他宣布说要体面地与那位家庭女教师结婚，结果，在教堂的圣坛前，她发现，他有一个活着的妻子，尽管那是个疯子。他后来怎样行动，怎样向她求婚，那就纯粹是人们的猜测了。可是东窗事发后，人们自然要关心那个姑娘的命运，可是却发现她已经走了，至于她是什么时候走的，到哪儿去了，又是怎么走的，谁也说不上来。她离开桑菲尔德的时间是在夜里。人们把附近乡下远远近近都找遍了，可是对她行踪的每一次寻找均以失败而告终，根本没有得到她的任何消息。然而，找到她已经成了一件十分急迫的事情。所有的报纸上都登出了广告。我自己就收到了一位律师布里格斯先生写来的信，将我刚才说的这些详细情况告诉我。这真是个奇怪的故事，不是吗？”

“告诉我一点，”我说，“既然你知道得这么详细，你肯定能告诉我，那位罗契斯特先生怎么样了，他在做什么，他还好吗？”

“罗契斯特先生的情况，我一点儿也不知道。那封信里并没有提到他，只提到我刚才说到的那桩不合法的欺诈婚姻企图。你还不如问一问那位家庭女教师叫什么名字，问问人们急于找到她，是为了什么性质的原因。”

“这么说，没有人去过桑菲尔德？也没有人看到过罗契斯特先生？”

“我想没有。”

“但是，人们给他写过信吗？”

“当然写过。”

“他怎么说？谁拿着他写的回信？”

“布里格斯先生提到过，说是给他写回信的不是罗契斯特本人，而是一位太太，签名是‘艾丽斯·费尔法克斯’。”

我觉得浑身发冷，情绪沮丧。我当时最害怕的事情也许真的成了事实，他很可能已经离开英国，在绝望中不顾一切地跑到大陆上，到以前常去的地方去寻欢作乐。他在那儿找到了什么鸦片来麻痹他的精神，找到了什么目标来发泄他兽性般的热情？我不敢回答这个问题。啊，我可怜的主人！他几乎做了我的丈夫，我那时常常称他为“我亲爱的爱德华。”啊，我的主人啊！

“他准是个坏人，”里弗斯先生评论道。

“你不了解他，别对他横加指责，”我有点生气地说。

“好吧，”他平静地回答道，“我的脑子里其实没有想他，是在考虑其他事情。我要把故事讲完。既然你不想问那个家庭女教师叫什么名字，那我就自己讲出来。等一等——名字在这儿——看到一些重要的东西都白纸黑字记载得清清楚楚，真让人觉得满意。”

他不慌不忙把那个皮夹子掏出来，打开，里里外外找了一遍，最后从里面的一个兜层里抽出一张匆匆撕下的破纸条，从那纸条的质地和上面斑驳的颜色上，我认出那就是他从我遮画用的纸上撕下来的纸边。他站起身来，把那纸条递到我眼睛前面，我看到自己亲手用黑墨水写下的“简·爱”两个字。无疑，这是我心不在焉的时候偶然写在上面的。

“布里格斯写给我的信中提到的名字是简·爱，”他说，“几个广告上都提到要找一个简·爱。可我只认识一个叫简·埃利奥特的姑娘。我承认曾经猜疑过你，可是直到昨天下午才证实猜得不错。你承认这个名字，取消化名，可以吗？”

“可以，可以，但是布里格斯先生在哪儿？也许关于罗契斯特先生的情况他知道得比你多些。”

“布里格斯在伦敦，我看关于罗契斯特先生他不会了解多少。他关心的并不是罗契斯特先生。你只顾追问琐细的事情，把主要的问题都忘掉了。

你还没问问布里格斯先生为什么要找你呢——没问问他找你做什么。”

“那好吧，他要做什么？”

“只是想告诉你说，你的叔父爱先生已经在马德拉去世了。他把全部财产都留给了你，你现在富有了——不过如此而已——并没有别的事情。”

“我？富有了？”

“不错，是你。你富有了——成了个财产继承人。”

一阵沉默。

“当然，你必须证明你的身份，”圣约翰不久又说道，“这个手续并不困难，以后，你立刻就有那笔财富的所有权了。你的财产都投资在英格兰公债上了，布里格斯那儿有遗嘱和必要的文件。”

这可是翻出的又一张新牌！读者啊，突然之间由赤贫变成暴富是件好事，的确是件非常好的事，但并不是马上就能为人理解，并因而得到享受。另外，生活中还有比这更加令人激动，更加让人欣喜若狂的事情。而这一件事情是可靠的，是一个活生生的事实，其中并没有假想的因素。与它有联系的一切都完全可靠，非常现实，它的外在形式也是如此。当人们听到自己得到一笔财富的时候，并不会又蹦又跳，高声欢呼，而只会考虑由此而来的责任，只会冷静地思考一些事物。在确实感到满意的基础上，会产生严肃的责任感。于是，我们会克制住自己的喜悦，皱起眉头考虑我们的幸福。

“遗产”“遗赠”之类字眼，毕竟总是与“死亡”“葬礼”这种字眼联系在一起的。我仅仅听说过的叔叔是我唯一的亲戚，可他现在死了。自从我知道他是我的叔叔，就一直希望有朝一日能见到他。然而现在我却永远见不到他了。这笔钱是给我一个人的。不是给我和一个欢乐的大家庭，而是给我这么一个孤零零的人。这无疑是个巨大的恩惠，而且能够因此而成为经济上独立的人实在是件光彩的事——是啊，我都能感觉到这一点了——这个想法在我心中膨胀起来。

“你总算舒展开眉头了，”里弗斯先生说，“我以为美杜莎[①]看了你，你要变成一块石头呢。也许你现在想问问，你有多少财产吧？”

“那么我有多少财产？”

“喔，数目不大！当然不值得一提——只有两万英镑。他们是这么说的，可那算什么呢？”

① 希腊神话中的蛇发女妖，人被她看一眼，立刻就会变成石头。

“两万英镑！”

这又是一件让人吃惊的事——我原来估计只有大约四五千镑。这个消息确实叫我一时兴奋得连气也喘不过来了。我从来没听见圣约翰先生出声地笑过，可这时，他却放声大笑。

“哎呀，”他说，“就算是你杀了个人，我来告诉你说，你的罪行已经败露了，大概你也不会比现在更加吃惊。”

“这可是个大数目，你认为其中没有错误吗？”

“一点儿也没错。”

“也许你看错了一位数吧——大概是 2000 吧。”

“那不是个阿拉伯数字，是大写——贰万英镑。”

我又一次觉得，仿佛自己是个只有普通胃口的人，却在一个摆满食物的桌子前坐下来，桌上的饭菜足够一百人享用，却要我独自消受。里弗斯先生这时站起身，披上斗篷。

“今晚要不是天气这么糟，”他说，“我就会把汉娜打发到这里来陪你。把你独自撇在这里实在太惨了。可是汉娜那个可怜的女人，却不能像我一样，在积雪中走路，她的腿没我的长，所以，我只得把你可怜兮兮独自留在这里。晚安。”

就在他的手拉住门闩的时候，我的脑子里突然闪过一个念头。

“等一等！”我喊道。

“怎么？”

“我不明白，布里格斯先生为什么会给你写信问起我，也不明白他是怎么跟你相识的，他怎么认为，你住在这么个偏僻的地方，会有能力帮他找到我？”

“喔！因为我是个牧师，”他说，“人们遇到各种古怪的事情，就常常向牧师请教。”说完，他拉响了门闩。

“不，我对这个回答不满意！”我喊道。在他那个仓促而没有提供解释的回答中，隐藏着一种东西，它不但没有满足我的好奇心，反而更加刺激了我。

“这事非常奇怪，”我补充说，“我必须知道得更多一点儿。”

“改天吧。”

“不，就今天晚上！——今天晚上！”我趁他从门口转过身来的时候，就闪身站在他与门子之间，挡住他的去路。他看上去十分尴尬。

“你不把事情全部告诉我，就绝对不让你走！”我说道。

“我可不想现在就说。”

“你应该说，你必须说！”

“我倒想请戴安娜或者玛丽来告诉你。”

这种反对的说法，把我的迫切心情激发到不能再忍受的高度了。我必须知道究竟，并且不能耽搁。我也是这么对他说的。

“可我要告诉你，我是个态度强硬的男人，”他说，“难以被人说服。”

“可我是个态度强硬的女人，不能忍受耽搁拖延。”

“再说，”他接着说道，“我还是个冷酷的人，什么热情也影响不了我。”

“可我却是火热的，火就能让冷酷的冰融化。那儿的火就把你斗篷上的雪融化掉了，现在流淌在我的地板上，把地板糟蹋得像众人走来走去的人行道。既然你刚才表示过，希望我原谅你弄脏我厨房地板——这是一种深重的罪孽，那就把我想要知道的告诉我，将功赎罪吧。”

“那好吧，”他说，“我让步就是了。如果不是向你的热诚让步，也是向你的坚持态度让步。因为连续不断的水滴，也能把石头滴穿。再说啦，你总有一天会知道，现在知道和以后知道是一样的。你的名字不是简·爱吗？”

“当然是，刚才我已经肯定答复过了。”

“也许你并没有意识到，我跟你有一个字一样。我受洗的时候，取的名字是约翰·爱·里弗斯。”

“没注意过，真的！我现在想起来了，在你几次借给我的书上，你名字的缩写当中有一个字母E，可我从来没问过你这个字母代表着什么。可这又有什么关系呢？当然……”

我打住话头。我不敢让自己产生这么个想法，更不希望把它表达出来，可是这个想法突然在我脑子里产生出来，变得具体化了。各种情况交织在一起，很快就变得有条有理了，那根链条原来是一堆乱糟糟的链环，可现在却给拉直了，每一环都完美无缺，环环相扣。圣约翰还没有再说出一个字，我已经本能地猜到是怎么回事了。但是，我不能指望读者也都有这样积极的直觉，所以我必须将他的解释重复如下：

“我母亲家姓爱。她有两个兄弟；一个是牧师，跟盖茨海德的简·里德小姐结了婚；另一个是约翰·爱先生，他生前在马德拉群岛的丰沙尔经商，布里格斯先生是爱先生的律师。今年八月，布里格斯先生写信通知我们说，我们的舅舅去世了，还说他已经把他的财产，留给他那位牧师哥哥的孤女了。他没有给我们留任何东西，那是因为他跟我父亲经过一次争吵，以后再也没有和解。几个星期之前，这位律师又写信给我，说是那位女继承人失踪了，问我们是不是知道关于她的事情。一个无意中签在纸条上的名字，让我发现了她。其余的你全都知道了。”他说完又要走。可我靠在门上不让路。

“让我说句话，”我说，“让我稍稍喘口气，想一想。”我停顿了一下。他就站在我面前，手里拿着帽子，看上去相当镇静。

我开口说道：“你母亲是我父亲的姐姐。”

“是的。”

“那就是我的姑妈？”

他躬了一下身子。

“我的约翰叔叔是你的约翰舅舅？你，戴安娜和玛丽是他姐姐的孩子，而我是他哥哥的孩子？”

“无可否认。”

“那么，你们三个是我的表哥和表姐，我们一半的血统同出一源？”

“不错，我们是表兄妹。”

我上下打量着他。看来我找到一个哥哥，两个姐姐。这是个我真正热爱，并且引以为自豪的哥哥。两个姐姐的品质在她们与我并不相识的时候，已经赢得了我由衷的爱戴和崇敬。我当时怀着绝望而感兴趣的心情，跪在湿漉漉的泥地上，通过沼泽山庄厨房的低矮窗户，凝视着里面的两个姑娘，结果，她们竟是我的亲戚。那个发现我几乎死在他家门前的年轻严肃的绅士，竟然是我的近亲。对一个孤苦伶仃的人来说，这可实在是个了不起的发现啊！这才是真正的财富——是心灵的财富！——是一个宝藏，里面蕴藏着纯洁、亲切的爱。这是一件幸事，它如此生动，这么富有光彩，令人激动不已。这个发现与诸如沉重的黄金那样有价值的礼物完全不同，那种礼物极其昂贵，而且受到欢迎，但是它的重量却能使人的态度变得严肃。这个突然降临的喜悦让我乐得拍起手来，我的脉搏飞快地跳着，我的血管都在颤动。

“噢，我多高兴啊，我多高兴啊！”我叫喊起来。

圣约翰微笑道：“我难道没说过吗，你只顾问些细枝末节，却忘了问重要的东西。我告诉你说，你有一笔财产的时候，你的神色很严肃。现在为了一件不重要的事，你却变得这么激动。”

“你这话是什么意思？它对你来说也许不重要，你有两个妹妹，不在乎多一个表妹；可我什么亲戚也没有，而现在，在我的生活中突然有了三位已经成年的亲戚。——要是你不愿算在里面，那就是两个——我要再说一遍，我太高兴了！”

我在屋子里匆匆踱着步子，后来几乎透不过气来，便停住脚步，脑子里浮现出的念头快得让我无法接受，无法理解，无法作出安排。心里想着马上就会发生的事情，可能发生的事情，以及应该怎样安排这些事。我望着没有任何装饰的墙壁，心里觉得那就是天空，上面布满了初升的星星，每一颗星都带给我一个目的，也带给我一种欢乐。那些拯救过我生命的人，迄今为止我仅仅是从心里对他们怀着爱意，现在我能给他们一些物质上的报答了。他们的脖子上套着劳苦的轭，我可以让他们得到自由，他们分散在不同的地方，而我可以让他们团聚，我的独立、富裕也可以让他们分享。我们不是四个人吗？两万英镑平均分成四份，每份就是五千镑，足够花的了。这样才公平合理，共同幸福才有保障。现在，这笔财富不再让我感到沉重，它不仅仅是钱财的赠送，而是一笔包含着生活、希望、欢乐的遗产。

我不知道，我心里想着这些念头的时候，我的面部表情怎么样。不过我发现里弗斯先生在我身后摆了一把椅子，温和地示意我在上面坐下来。他还劝我要冷静。他这是在暗示说，我举止慌乱，行为失常。我不顾这种暗示，甩开他的手，继续踱步。

“明天给戴安娜和玛丽写信，”我说，“告诉她们立刻回家来。戴安娜说过，她们要是每人有一千英镑，就会觉得非常富有了，所以，要是有五千英镑的话，她们就能过得挺好。”

“告诉我，我上哪儿能为你倒一杯水，”圣约翰说道，“你真的需要努力安定一下你的情绪才对。”

“胡说！你得到这个馈赠会有什么变化吗？它是不是能让你留在英国，是不是能让你跟奥利弗小姐结婚，然后像个普通的世俗之人一样安定下来？”

“说得离谱了。你的脑袋混乱了。这个消息我告诉得你太突然，让你兴奋得控制不住自己了。”

“里弗斯先生！你这话真烦人，我很有理性，是你误解了我，要不就是你假装误解了我的意思。”

“要是你能解释得更加充分些，也许我能理解得更加清楚。”

“解释！还有什么需要解释的？你不会理解不了，我们现在谈论的这两万英镑，在叔叔的四个晚辈之间平分，难道不是一人五千？我现在要做的，就是写信告诉你的妹妹们，把她们得到的财产通知她们。”

“你是说，你得到的财产吧。”

“我已经把我对于这件事的观点摆出来了。我不可能改变。我不是个无情自私的人，不会不讲道理，也不会忘恩负义。再说，我已经打定了主意，要有一个家，要有几个亲戚。我喜欢沼泽山庄，我要到沼泽山庄去住。我喜欢戴安娜和玛丽，我要终生与她们生活在一起。五千镑对我有用处，拥有这笔钱，我感到高兴。但是，让我独自得到两万镑，我会感到那是一种压力，我会感到痛苦的。另外，虽然我得到两万镑是合法的，但是在道义上却并不公正。我要把对于我来说完全是多余的部分赠给你们。不要反对吧，也不要再讨论这个问题了。我们要彼此一致，现在就把这事定下来。”

“你这是凭着一时的冲动。这样的事情应当认真考虑几天，这样，你说的话才会让大家觉得是有效的。”

“噢！假如你怀疑的是我的诚意，那我就放心了。你看出这件事是公正的吧？”

“我的确看出有一点公正。但是并不合常规。再说，这笔财产完全是你的权利，它是我舅舅靠自己的努力得来的，他有权决定把钱留给他愿意给的人。另外，你保留这笔财产是正义的。你把它看作你自己的，完全问心无愧。”

“在我看来，”我说，“这完全是个良心问题，也是个感情问题。我必须按照自己的感觉来办事。我很难得有机会这么做。你就是跟我辩论，你就是反对我、烦扰我整整一年，我也不会放弃这种美妙的乐趣。我已经看见这个乐趣了，它既能让我报答对我的深情厚谊，又能让我得到终生的朋友。”

“你现在是这么想的，”圣约翰说，“那是因为你不知道拥有财富，并且享受财富是怎么回事，你不会知道两万英镑会使你变得多么重要，会让你在社会上占有什么样的地位。会让你得到怎样的前途，你不可能……”

“可是，”我打断他说，“你却根本不能想象，我多么渴望得到兄弟姊妹间的爱。我从来没有家，也没有兄弟姊妹。我现在必须要，也会得到的。你不会讨厌我，不要我，对不对？”

“简，你不必牺牲自己正当的权利，我也愿意做你的哥哥——我的妹妹们也愿意做你的姐姐。”

“是啊，我的哥哥在几千里之外，我的姐姐们在陌生人的家里当奴仆！而我却是富有的。我的钱袋里塞满既不是我挣来的，也不是我应该得到的金钱，可你们却一个子儿也没有！多么了不起的平等和博爱！多么亲密的团聚！多么亲热的兄妹之情！”

“可是，简，你所渴望的家庭联系和天伦之乐，并不局限于你考虑的这些，还有其他形式呢。你可以结婚。”

“又是胡扯！结婚！我不想结婚，而且永远也不结婚。”

“这话未免说得太绝。这种冒险的断言，就证明你处在过度兴奋之中。”

“这话说得一点儿也不绝。我知道我自己的感情，我连结婚这个念头都不愿去想。谁也不会因为爱我而娶我。我也不愿让人为了金钱投机来娶我。我不要陌生人，不要跟我毫无共同之处，不能引起我共鸣的外人。我要我自己的亲戚，我要与我相互充分了解的人。我要听你再说一遍，你愿意做我的哥哥，你说了这话，我就感到满意，感到快活了。快说啊，希望你能真心真意地这么说。”

“我想，我能说。我从来就爱我的两个妹妹。我也知道，我对她们的感怀建筑在什么基础上。那基础就是对她们品德的尊重，对她们才华的敬佩。你也是有原则有才智的。你的趣味和习惯同戴安娜和玛丽的相仿。与你在一起，我感到愉快。跟你交谈，我也一直感到是有益处的。我感到，我在自己的心里为你留一个位置，把你当作自己的第三个妹妹，这事既自然，又容易。”

“谢谢你。听到这个，我今晚就感到满足了。现在你最好还是走吧。要是你继续待着不走，也许又要用对我的不信任，惹我生气了。”

“学校怎么办呢，爱小姐？我想，这下得关门了吧？”

“不。我要继续担任这个职务，等你找到新的人选再说。”

他微笑了一下表示赞同。我们握了握手，然后他就告辞了。

后来我付出过怎样的辛苦，用了什么样的说法，才按照我的心愿处理这笔遗产，我就不必详细叙述了。我的任务非常艰巨。可是，由于我非常坚决，我的表兄和表姐们看出我的的确确打定了主意，要把财产平分，再加上他们自己也觉得我这种打算是公正的，而且一定也本能地意识到，假如他们自己处在我的地位上，也只能这样做。最后，他们终于做出了让步，同意请人仲裁这件事。选定的仲裁人是奥利弗先生和一个能干的律师。两人都赞成我的意见。我达到了我的目的。转让书立好后，圣约翰、戴安娜、玛丽和我，各人都有了自己的一份财产。

第八章

一切事情都办妥的时候，已经快到圣诞节了。这个重大节日的时间即将来临，我给莫尔顿学校的孩子们放了假。散学回家的时候，我对每一个孩子都有所馈赠。好运气不但让人心胸感到开阔，而且使人出手大方。将自己大量获得的东西分一些给别人，只不过是让异乎寻常的激动心情找到一个表达的机会。我长期以来就体会到受学生喜欢的愉快，我们离别的时候，这种感觉更加得到了证实，她们直截了当地表达了对我的热爱，表达的方式十分强烈。我发现自己在她们的心里占据了一个地位，便感到深深的满意。我向她们保证说，以后每一个星期我都会去看她们，还要在她们的学校给她们上一小时课。

我看着全班六十位学生一个个从我面前走出门，然后锁上教室。里弗斯先生朝我走过来的时候，我手里正拿着钥匙，跟班里五六个学生特别交换几句告别辞。她们实在是英国农民阶层中能找到的最有见识的姑娘，她们举止体面，态度谦逊，十分可敬。这个评价听上去好像有些夸张，但是在整个欧洲，英国的农民阶层毕竟是最有教养、最有礼貌、最有自尊心的。在后来的日子里，我看到过法国和德国的农妇，她们中间最优秀的，与我这些莫尔顿学校的姑娘比起来，也显得无知、粗俗而愚蠢。

她们离开以后，里弗斯先生问道:“你认为自己努力工作这么一段时间，得到报偿了吗？你是不是觉得，在自己精力旺盛的时候，在自己的一生中做出一些真正有益的事，能给别人带来快乐？”

“这是毫无疑问的。”

“你不过辛勤工作了几个月而已。如果将一生都献给改善我们同类的事业上，这样的生命不是过得很充实吗？”

“是的，”我回答道，“可是我不能永远这样持续工作。我不但想要培养别人的才能，也要享受一下自己的才能。现在，我必须享受我自己的才能了。别再把我的身心再召回学校去，我已经离开它了，要尽情度一个假。”

他看上去神情严肃。“你现在是怎么了？你突然说出的这个渴望到底是什么？你打算做什么？”

“打算活跃一番，尽我的能力来活跃。首先，我得请求你给汉娜自由，另找个人来伺候你。”

“你要她帮忙吗？”

“是的，要她跟我一起到沼泽山庄去。一个星期之内，戴安娜和玛丽就要回家来了。我要在她们回来之前把一切都安排妥当。”

“我明白了。我还以为你打算远走高飞，到别的地方去度假呢。这样比较好。汉娜跟你去就是了。”

“那就告诉她准备好明天走。学校的钥匙给你。明天早上，我把我那屋子的钥匙也给你。”

他把钥匙接过去，说道：“看来你很高兴把钥匙交出来。我不太理解你的轻松心情，因为我不知道你打算做什么工作来取代你放弃的这个工作。你的生活中现在有了什么新的目的，确立了什么意图，抱着什么雄心？”

“我的第一个目标是在沼泽山庄从卧室到地窖，收拾下去，你懂这个说法的意义吗？然后，我要用蜂蜡、油和无数块布子擦上来，让一切都重新闪闪发亮。我的第三个目标是用数学一样的精确性，把每一把椅子、每一张桌子、每一张床、每一块地毯全都安排妥当。然后，我要在每一间屋子里升起火来，把火烧旺，要用很多煤和泥炭，多得会让你濒临破产。最后，在你的两个妹妹抵达的前两天，我要和汉娜一起打鸡蛋、拣葡萄干、磨香料、制作圣诞节蛋糕、剁肉准备做肉馅饼，还要举行一些其他的烹调仪式，用这个说法，不过是想把一个并不合适的概念，传达给像你这样的外行。总之，我的意图是要在下个星期四以前，让一切都处于尽善尽美的状态，迎接戴安娜和玛丽回家来。我的雄心不过是在她们抵达的时候，用最理想的方式欢迎她们。”

圣约翰微微一笑。他还是感到不满意。

“眼前这样做是不错，”他说道，“但是，说正经话，我相信，在你最初的欢乐过去之后，你会看得比家庭的亲热和欢乐更高一些的。”

“可这是世界上最大的乐趣啊！”我连忙说。

“听我说，简。这个尘世并不是个供人享乐的地方。你别把它搞成那个样子。它也不是个让人休息的地方，你不要从此变得懒惰下来。”

“我的目的正相反，我要的是忙碌。”

“简，目前我可以原谅你。我给你两个月时间，让你充分享受自己新得到的地位，让你在新发现的亲戚之中，痛痛快快享受喜悦的感觉。可是，在这以后，我希望你会开始将自己的目光投向远方，超越沼泽山庄，超越莫尔顿，不要局限于姊妹的团聚，以及文明富裕的生活中自私的安逸以及肉体的舒适。我希望你的精力将以自己的力量再次让你感到不安。”

我惊讶地望着他，说：“圣约翰，我觉得你这么说简直是不安好心。我打算像个女王一样感到心满意足，可你却要把我搞得烦躁不安！你这是想要达到什么目的？”

“我的目的是要你充分利用上帝赋予你的才能。他肯定终究会要你说出，你是怎样利用这种才能的。简，我预先告诉你，我要带着焦急的心情，严密观察你。你要防止过分热衷于庸俗的家庭欢乐。不要过分依恋骨肉亲情，要把你的毅力和热忱留给一种更加合适的事业。千万别把它们浪费在平庸而短暂的事物上。你听到我的话了吗，简？”

“听见了，就像你是在说希腊语一样，我根本不懂。我想，我有充分的理由追求快乐，而且我也会得到快乐的。再见！”

我在沼泽山庄过得的确十分快活，我拼命地干活。汉娜也跟我一个样。她见我在乱成一团糟的屋子里来回奔忙，看得都出了神。我打扫，我洗刷，我收拾东西，我烹调，心里的快活就别提了。一两天之后，在我们自己造成的这种混乱中渐渐显出了秩序。这真是件令人愉快的事。我事先进城跑了一趟，买了些新家具。我的表哥表姐们全权委托我，要我按照自己的心愿重新修改、布置屋子。为此还专门划出一笔款子。我让客厅和卧室基本保持了原样，因为我想，戴安娜和玛丽看到这些旧的桌椅和床会感到亲切，比见了最新式的家具还会喜悦。不过，我心里计划好，为了让她们回家后产生一种欢乐情趣，还是需要有一点儿新奇的东西。我布置了新的深色漂亮地毯、帏幔、精选的古董铜器和瓷器装饰品、新的布罩子、梳妆台上的镜子和梳妆盒等等。有了这些东西，就可以产生欢乐的情趣。这些东西看上去很新鲜，但是并不刺眼。我在一间备用的客厅和卧室里，用老红木家具和紫红色帏幔完全重新布置了一遍。在走廊里挂上了油画，在楼梯上铺了地毯。等这一切都结束后，我认为，沼泽山庄的内部称得上是朴实、漂亮、舒适的完美典范了。不过，在这个季节里，它的外部却是一派冬天的凄凉，也如沙漠一般荒芜。

星期四这个重大的日子终于来临了。预料她们在天黑的时候到达，黄昏之前，楼上楼下的炉子里都生起了火。厨房里非常整洁。汉娜和我都穿戴好，一切都准备就绪了。

最先到达的是圣约翰。我曾经请求他在一切都安排好之前，千万别来。实际上，他一想到房子里又脏又乱的情景，就吓得不敢来。他在厨房里看到我，我正在炉子上烤一种茶点时吃的蛋糕。他一边朝炉子走过来，一边问道："你干女仆的活儿，是不是终于尽兴了。"我请他随我检阅我的劳动成果，算是对他的回答。我费了好大的劲，才让他答应在房子里走一圈。他只是隔着我打开的门朝里面张望一下，说是我在这么短的时间里，让房子有了如此大的变化，准是费了很多周折，遇到过很多麻烦。可是，他对这所住宅改进后的面貌，却没说一个表示高兴的字。

这种沉默让我感到扫兴。我猜想，也许这种改变扰乱了他心中对往事的联想，那才是他所珍视的。我就问他是不是由于这样的原因。我提问的声调无疑显得十分沮丧。

"根本不是。正相反，"他评论说，"你小心谨慎地保存了各种能引起往事回忆的东西。我其实是在担心，你在这种事情上花费的心思，比它的本身价值还要高。比方说吧，你在设计这一间屋子的布置上，花了多少时间？——顺便问一句，你能不能告诉我，有一本书放在哪里了？"

我指着书架，让他找到了那本书。他把书取下来，就缩到窗户凹进去的那个他平常喜欢的地方，看起书来。

读者，我可不喜欢他这个样子。圣约翰是个好人，但是我开始觉得，他关于自己的说法是实话：他是个冷酷的人。生活中的人情味和乐趣对他来说，并没有吸引力。恬静的生活乐趣对他来说，也没有任何魅力。严格地说，他是为了一种愿望而活着，当然，他的愿望是追求善良和伟大的东西，可是他永远也不会安定下来，也不赞成自己周围的人或事得到安定。望着他那一动不动、像大理石般苍白的高额头，望着他那凝神看书时的俊俏面孔，我突然间意识到，他很难做一个好丈夫。做他的妻子会是非常难受的。我仿佛受到启示一样，也突然理解了他对奥利弗小姐的爱是什么性质。我同意他的说法了，那只是一种感官的爱。我理解了他为这种爱对他产生的狂热影响而蔑视自己的原因，理解了他希望扼杀并摧毁这种爱的原因，理解了他为什么不相信这种爱能使他或她永远幸福。我明白了，大自然正是用造就他的材料，塑造了基督教和异教的英雄们，塑造了立法家、政治家、征服者。可是在家里温暖的壁炉边，这种人却往往只是一根冷冰冰阴森森的柱子，像是摆错了地方，十分讨人厌。

“这个客厅不是他的天地，”我自忖道，“对他更合适的天地在喜马拉雅山，在卡弗尔灌木丛林，甚至是在几内亚海岸瘟疫成灾的沼泽地带。他完全可以躲避家庭生活的安静。他不能适应这种环境，在这种环境中，他的能力会受到限制，既不能发展，也不能显示出优点。只有在需要斗争的危险场所，在那些需要勇气，需要精力，需要坚毅的地方，他才会开口说话，才会采取行动，并占据领袖地位，成为显赫人物。在家庭的炉火边，一个快活的孩子都比他更有魅力。我现在明白了，他选择传教士的事业对他正合适。”

“她们来了！她们来了！”汉娜一边喊，一边推开客厅的门。与此同时，老狗卡洛欢乐地汪汪直叫。我朝外面跑去，但是这时天已经黑下来，只能听到辚辚车轮声。汉娜马上把提灯点亮。车子停在院门前面，马车夫打开了门。两个熟悉的身影先后下了车。我立刻奔上前去，把脸凑到她们的帽子下面，先是接触到玛丽柔和的脸颊，然后接触到戴安娜飘逸的鬈发。她们欢笑着吻我，接着又吻汉娜，还拍了拍欢喜得几乎发了狂的卡洛，急切地问，大家是不是一切都好，得到肯定回答后，才匆匆走进屋子里。

她们从惠特克劳斯一路颠簸而来，全身都麻木了。夜晚严寒的空气又几乎把她们冻僵。可是一到了熊熊炉火前，她们漂亮的脸庞立刻就笑逐颜开。马车夫和汉娜把箱子搬进来的时候，她们问起圣约翰在哪儿。到了这时候，他才从客厅里出来。她们俩一起过去搂住他的脖子。他静静地吻了她们，低声说了几句欢迎的话，站在那里听她们问候了几句。然后他说，等一会儿都到客厅里来吧。说完自己先抽身离去，到客厅里去了。

我已经为她们点好了蜡烛，让她们上楼去，可是戴安娜先要嘱咐几句招待马车夫的话。嘱咐过后，两人便跟我上楼。她们看见屋子焕然一新，有了新的装饰、新的帏幔、新的地毯、新的色彩鲜艳的瓷花瓶，两人十分喜欢。她们俩在表达自己的满意心情时，毫不吝惜词语。我很高兴，我的安排恰好符合她们的希望，我所做的事在她们这次回家的欢乐中增添了一种魅力。

那一晚过得真快活啊。我的两个表姐满心喜悦，滔滔不绝地述说，不停地评论着。她们的畅谈弥补了圣约翰的沉默。他看见妹妹们，打心底感到高兴。但是他与她们洋溢的热情、与她们溢于言表的欢乐心情，并没有同感。这一天发生的事情——也就是说戴安娜和玛丽的归来——使他感到高兴，可是，这件事产生的快活喧闹，以及喋喋不休的往来应答，却使他感到厌烦。我看出，他希望明天早点到来，因为第二天会比较安静。就在这一夜的欢乐快要达到高潮的时候，大约在吃过茶点后一小时左右，外面传来一阵敲门声。汉娜进来说："一个穷孩子来得真不是时候，他来请里弗斯先生去看看他母亲，她快要断气了。"

"她住在哪儿，汉娜？"

"在惠特克劳斯山丘的顶上，差不多有四里地呢，一路上又都是些泥淖和沼泽地。"

"告诉他我这就来。"

"我说先生，你最好别去。天黑以后，这一段路最难走，在泥塘上根本就没有路。再说，今晚又这么冷——风从来没这么大过。先生，你最好还是捎个口信去，说你明天一早就去。"

可是他已经到了走廊里，开始穿自己的斗篷。他没说一句抱怨的话，也根本没有低声说任何不满的话，就出发了。他走的时候才九点，回来时已经是半夜。虽然他又饿又累又冻，可是看上去却比出发的时候还快活。他尽了自己的一份责任，做了一次努力，从中感到自己的力量和自制能力，对自己感到更加满意了。

我恐怕接下来的整整一个星期对他的耐心是一种折磨。这是圣诞节的一个星期。我们不做什么事情，而是在一种欢快的家庭娱乐中度过。沼地的空气、家庭的自由气氛、富裕生活的前景，这一切像延年益寿的长生药似的，对戴安娜和玛丽的精神起了振奋作用。她们从早上乐到中午，又从中午兴奋到晚上。她们能不停地谈话，而且她们的交谈中充满智慧、分析精辟、见解独到，对我有很大的触动。我宁愿听她们谈话，与她们交谈，也不愿做任何其他事情。圣约翰没有指责我们的轻松愉快，可是他避开了我们。他不常在家，他的教区很大，人口又很分散，他每天都有事，要到各个区里去拜访贫苦和生病的人。

一天早上，在吃早饭的时候，戴安娜沉思了片刻，然后问他："你的计划还没有改变？"

"没有改变，也不能改变，"他这么回答道。于是他告诉我们说，他已经决定明年动身离开英国。

"那罗莎蒙德·奥利弗怎么办呢？"玛丽问道。这话仿佛是不由自主脱口说出来的，因为话一出口，她立刻就做了个手势，仿佛想把这话收回去似的。圣约翰手里正拿着一本书——他有吃饭的时候阅读的孤僻习惯——这时他把书合上，抬起头来。

"罗莎蒙德·奥利弗，"他说，"就要嫁给格兰比先生了。他在城里有上流的亲戚，本人又是最受人尊敬的人。他是弗雷德里克·格兰比爵士的第三代继承人。我是昨天从她父亲那里得到这个消息的。”

他的两个妹妹相互望了一眼，又朝我看看。我们三个人又都朝他看看。可他镇定得像一泓静水。

“这门亲事一定谈得很仓促，”戴安娜说，“他们相互认识的时间不可能很长。”

“不过两个月而已，他们是十月在城里一次舞会上相遇的。但是，像这样一门没有任何障碍的亲事，就没有必要耽搁，因为从各个方面看，它都是称心如意的。弗雷德里克爵士把城里的一处府第给了他们，等那儿的房子一整修完毕，可以让他们住了，他们就结婚。”

在这次谈话之后，我第一次单独跟圣约翰在一起，就忍不住问他，是不是为这事感到难过。但是他似乎完全不需要同情，结果我不但不敢再表示同情，而且一回忆起我所做的冒险，就感到有点害羞。另外，我已经不习惯跟他谈话了。他的保守像冰一样凝结起来，连我的坦率都给冻在里面了。他没有遵守把我当成他妹妹对待的诺言。他常常在对待我们的时候流露出些许不同，让人感到寒心。这种不同点根本无助于发展诚挚的感情。总之，虽然我现在被他认作亲戚，还跟他住在同一所房子里，可是我却感到，我跟他之间的距离，远比我是个乡村女教师的时候远得多。我一想起他曾经对我谈了多少知心话，就不能理解他此时为什么对我这么冷淡。

正因为如此，他突然从桌子上抬起头来，说出下面这番话的时候，才让我大吃一惊。

“你瞧，简，仗打完了，获胜了。”

一听见他用这样的口吻对我说话，我吓了一大跳，没有马上答话。迟疑片刻之后，我回答道：

“你敢肯定，你的处境不像那些以特别大的代价才取得胜利的征服者吗？再有一次这样的征战难道不会把你毁掉吗？”

“我看不会。就算我的处境真是这样，也没多大的关系，因为再也不会召我去为赢得这样一场胜利而奋斗了。这场冲突的结局是决定性的。感谢上帝！我的道路现在已经明朗了，”说完，他又继续埋头阅读文件，继续保持沉默了。

戴安娜、玛丽和我之间的欢乐渐趋平静的时候，我们又恢复了往常的习惯和正规的学习。圣约翰在家的时间也比以前多些。他跟我们坐在同一间屋里，有时候，一坐就是好几个小时。玛丽绘画，戴安娜学习自己已经开始的百科知识课程，我为此觉得十分惊异，也因此对她更加尊敬。我自己在吃力地学习德语。圣约翰在研究他自己的一门神秘学问，那是一门东方的语言，他认为学会那种语言，对他的计划是非常必要的。

他坐在自己那个角落做这种研究的时候，显得十分专心，相当安静。可他的一双蓝眼睛却习惯于离开书本上那些怪诞的语法，转到我们这边来，盯着我们这些与他一起学习的同学，目光锐利，像是在进行密切的观察。要是被发现了，他就连忙把眼睛扭回去。然而，没过多久，又像搜索似的回到我们桌子这边来。我感到纳闷，不知道那是什么意思。有一件事也让我感到纳闷：我每星期到莫尔顿学校去一次，这不过是件小事而已，可是每逢这种时候，他就会表现出满意的神色。更让我感到迷惑不解的是：遇上天气不好，下雪、下雨或者刮风，他的妹妹们劝我不要去了，他就准会不顾她们的担心，鼓励我不管天气怎样，也要去完成自己的工作。

“简可不是个弱者，你们不会把她娇惯坏的，”他会这么说，“她像我们一样，也能经得起山风、阵雨，或者几片雪花。她的体质既健康，又能适应环境，比许多身体强健的人更加适应天气的变化。”

等我回来的时候，往往累得厉害，而且也在恶劣天气中饱吃苦头，可我从来不敢说几句埋怨的话，因为我看得出，唠叨几句会让他不高兴。无论在什么场合，坚韧不拔便能使他高兴，反之，他就会感到特别烦恼。

不过，一天下午我却请了假待在家里，因为我感冒了。他的两个妹妹替我去莫尔顿上课。我坐着阅读席勒的作品。他在那里辨认那种难懂的东方书卷。我做完翻译，要做练习的时候，抬起头朝他那儿扫视了一眼，这才发现我一直处在他蓝眼睛的观察之下。我不知道他这么仔仔细细、反反复复地打量我，已经有多长时间了。那双眼睛那么锐利，然而又那么冷漠，我当时突然起了一阵迷信的念头，觉得自己是与一个神秘的东西一起坐在屋子里的。

“简，你在那儿做什么？”

“学德语。”

“我要你放弃德语，改学印度斯坦语。”

“你这话不是当真吧？”

“当然是真的，我一定要你这样做，我会告诉你这是为什么。”

他便解释说，印度斯坦语就是他现在学习的语言，他学了后面的，往往会忘掉前面学过的东西。要是有一个学生跟着他学，他就能一遍又一遍重复基本的内容，最后牢牢记在心上了。他说，他考虑了很久，拿不定主意，是该选择我还是选择他的妹妹们。现在他选定了我，因为我是三个人中间能坐着工作最久的。他问我是不是能帮他这个忙，还说，我也许用不着做出很大的牺牲，因为他三个月后就要出发。

圣约翰不是个很容易拒绝的人。你觉得，人们给他留下的印象，不论痛苦还是欢乐，都非常深刻，而且永远不可磨灭。我答应了他。戴安娜和玛丽回来的时候，戴安娜发现，她的学生现在转学到她哥哥名下做学生了。她笑起来。她和玛丽都认为，圣约翰不可能说服她们答应这么做。他平静地回答道：

"这个我知道。"

我发现他是个非常耐心，非常有自制力，然而又是个要求严格的老师。他期望我学到很多东西。当我满足他的期望时，他就以他自己的独特方式，充分表示赞赏。他渐渐对我产生了一种影响，这种影响逐渐剥夺了我的思想自由。他的赞扬和关注，比他的冷漠更能束缚人。他在我身边的时候，我不再能像以前那样自由自在地谈笑，因为一种纠缠人在心中的本能随时在提醒我说，他不喜欢这样。我充分意识到，只有严肃的态度和认真的工作精神，才能被认可。在他面前，要想有任何其他心情，从事任何其他工作，都是枉然。我陷入一种令人感到浑身寒彻的魔力之中了。他说"去那儿"，我就去那儿；他说"上这儿来，"我便过来；他说"做这件事，"我就做这事。可我不喜欢做奴隶。有很多次，我倒希望他能继续对我冷漠。

一天晚上，到了该上床睡觉的时间，他的两个妹妹和我都站在他面前，向他道晚安。他按照自己的习惯亲吻了她们俩，也照样按习惯把手伸给我。戴安娜突然心血来潮，开了个玩笑。她这个人可不会屈服于他的意志，不会接受他的束缚，因为她自己的意志也和他的一样坚强，只是方式不同而已。

她嚷道："圣约翰！你不是常常把简叫成你的三妹，可是你却不把她当三妹对待。你应该同样亲吻她才对。"

她把我推到他面前。我觉得戴安娜很让人恼火，一时不知如何是好，感到很尴尬。我心中这么想的时候，只见圣约翰弯下腰，低下头，他那张典型的希腊面孔降低到与我的面孔同样的高度上。他先是用敏锐的眼睛询问了一下我的眼睛，然后便吻了我。本来没有大理石吻或者冰吻这样的词汇，否则，我就会说，我这位牧师表哥此时的动作就属于这一类。不过，也许有实验性的吻吧，那他的吻也可以属于实验性的亲吻。吻过之后，他望着我，看有什么结果，结果当然不令人吃惊，我肯定自己的脸颊并没有涨红；也许我的脸变得有点儿苍白，因为我觉得这一吻仿佛是为我的桎梏上了锁。从那以后，他从来都没有省略过这种仪式，我接受这仪式的时候，态度严肃而沉默，似乎让他感到了一种魔力。

从我这一方面，我每天都希望更加讨他喜欢，可是这样做的时候，每天都更加觉得，我必须牺牲我的多半天性，扭转我的兴趣倾向，强迫自己从事并不爱好的研究。他想把我训练得达到永远也达不到的高度，为了竭力达到他一再加码的标准，我时时刻刻都在饱受折磨。可是他的标准无法达到，正如我这不端正的五官，不可能塑造成他那端正的古典形状，我的绿眼睛也不可能得到他那种海蓝色的严肃光泽一样。

然而，这时候束缚住我的还不仅仅是他对我的支配。最近，我很容易显出悲伤神态，我心中感到焦虑不安，仿佛一头恶魔就坐在我的心里，坐在我幸福的源泉上，从那儿把我的幸福吸得精光。

读者，也许你以为，在环境和命运的这些变迁中，我已经把罗契斯特先生忘掉了。不，我一刻也没有忘记他。我仍然想念着他，因为对他的想念毕竟不像水汽那样，能够让阳光轻易驱散的，也不像画在沙地上的人像，能够让一阵大风刮得无影无踪。它就像一个镌刻在大理石上的名字，注定要像那大理石一样持久的。我随时都渴望知道他的近况，在莫尔顿的时候，我每天晚上一回到我的小屋，脑子里就想着这事。现在住在沼泽山庄，每天夜里一回到我的卧室中，我也会默默沉思着，想起这事。

为了遗嘱的事跟布里格斯先生通信时，我向他询问过，是不是了解罗契斯特先生目前的住址和他的健康状况，但是，正如圣约翰判断的那样，他对罗契斯特先生的情况一无所知。后来，我给费尔法克斯太太写信，向她打听消息。我认为这样我肯定能得到一个答复。然而，让我吃惊的是，两个星期过去了，并没有回信，后来两个月也过去了，一天天的邮件中都没有我的信。我开始受到强烈的焦虑折磨。

我又写了封信。因为我的第一封信可能丢失的。新的努力又给我带来新的希望，这希望像前一次那样闪耀了几个星期，也像那次一样变得越来越暗淡。我没有收到一句话，连一个字也没有收到。在这徒然的等待中，半年过去了，我的希望终于破灭。我真正感到了忧伤。

我的周围春光明媚，可我并不欣赏。夏天来临，戴安娜想方设法让我欢快起来。她说我的样子像是生了病，要陪我到海边去消遣。圣约翰反对她的这个建议。他说我需要的不是娱乐。而是工作。我目前的生活太漫无目标，我需要的是树立一个目标。我想，也许正是为了弥补我这方面的不足，才把印度斯坦语的学习时间拉得更长，而且还更加迫切地要求我把这种语言学好。我呢，像个傻瓜一样，从来没想到该反抗他——我不能反抗他。

一天，我开始学习的时候，情绪比平时更加低落，这个低潮是由一次强烈的失望导致的。汉娜早上告诉我说，有一封给我的信，我下楼去取信的时候，心里几乎能肯定，我渴望已久的消息终于到来了。可是我发现的只是布里格斯先生写来的有关事务方面的一张并不要紧的便条。这个痛苦的挫折让我伤心得流下了眼泪。此刻，我面对一片难以辨认的文字，还有一个印度作家的丰富比喻，我的眼睛里又一次充满了泪水。

圣约翰把我叫到他身边去朗读，在这样做的时候，我的声音失去了控制，那些字句被我的啜泣声掩盖住了。客厅里只有他和我两人。戴安娜在起居室练习音乐，玛丽在园子里搞园艺。这是五月一个十分晴朗的日子，阳光灿烂，微风和煦。我的学习同伴对我的这种情绪并没有表示惊讶，也没有问我是什么缘故，他只是说：

“我们等几分钟吧，简。等你平静一点儿再接着做。”

我设法抑制这种感情的发作。他却保持着镇定，耐心地坐着，俯身靠在书桌旁，就像个医生用科学的眼光观察病人，看着这个病人经历一个意料之中，完全可以理解的危险那样。我把啜泣压下去，擦擦眼睛，喃喃地推说，这天早上身体不舒服。我重新开始做练习，总算做完了。圣约翰把我和他的书都收起来，锁上书桌，然后说道：

“简，现在去散散步吧，跟我一起去。”

“我去叫戴安娜和玛丽。”

“不。今天早上，我只要一个同伴。这个同伴只能是你。去穿戴好，从厨房门出去。朝沼泽谷地尽头的那条路上走，我马上就来。”

我不知道还有什么别的道路可供选择，在与那些性格严酷，独断专行的人打交道时，我从来不知道有什么其他道路可走，只是一味地绝对服从，一直到矛盾突然爆发，变为坚决反抗为止，有时还是带着火山般的猛烈爆发的。目前的情况既没有要我反抗的理由，我目前的心境也不想反抗。于是我认真服从了圣约翰的命令。十分钟后，我就在那条荒芜的小径上，与他并肩而行了。

微风从西面刮来，吹过小山丘，带着石楠和灯芯草的香味，从身旁刮过。蔚蓝的天空中没有一丝云彩，山溪沿着深谷向前流去。春天的几场透雨使小溪水涨，阳光和蓝天映照下，清澈的溪水染上粼粼金光和蓝宝石般的色泽。流水一路奔腾下去。我们往前走去，离开小径踏上柔软的草地，那草细得像苔藓，绿得像翡翠。草地上还雅致地点缀着一朵小白花，黄色的花儿像星星一样到处闪烁着。我们这时已经走在一座座小山丘包围着的幽谷中间，这里已经接近幽谷的尽头，小路已经蜿蜒到了群山的中心了。

“我们在这儿休息一下吧，”我们走近一片岩石群的时候，他说道。这片岩石群仿佛在守卫一个山口。在山口的另一边，山溪形成一个瀑布，奔腾喧嚣而下。再往远处，山上没有草地和花朵，只剩下石楠做衣服，岩石做装饰了。在那里，荒芜变成了蛮荒，娇艳换成了严峻。那里的环境守护着孤独的残余希望，也守护着寂静的最后藏身之处。

我坐了下来。圣约翰站在我附近。他抬起头看看出口，低下头望望山谷，目光顺着溪水扫视过去，然后回过头来投向让山溪反射出蔚蓝色的天空。他脱下帽子，任微风吹拂自己的头发和额头。他似乎在跟他常来的这个地方做灵魂的交流，仿佛在用他的眼睛跟什么告别。

“我会在梦中再次见到它的，”他说。“在一个较晚的时间，等我躺在恒河边上，昏睡在比这条河水颜色暗淡得多的河边，我会在梦中再次见到它的。”

奇怪的爱酝酿出奇怪的话！那是一个严肃的爱国者对祖国的激情！他坐下来，有半个小时，我们什么话也没说。他没对我说，我也没对他说。这之后，他再次开始说话。

“简，六个星期之后，我就要走了。我已经在‘东印度人号’上订了个床位，那条船六月二十号启航。”

“上帝会保佑你的。你是在从事他的事业，”我回答道。

“是的，”他说，“那里有我的荣耀和喜悦。我是在为一个绝对正确的主人当奴仆，我不是受到人的指导，像我一样的芸芸众生制定的有错误的法律并不控制着我。我的国王，我的立法人，我的首领是尽善尽美的上帝。我周围的人竟然都不急于在这样的旗帜下，参加这一事业，这可真让我觉得奇怪。”

“并不是人人都有像你一样的力量。弱者想与强者一起前进，那不是愚蠢吗？”

“我并不是向弱者说话，心里也不想着弱者。我只对配得上做这种工作，而且有能力完成这个工作的人说这话。”

“那种人很少，而且很难找到。”

“你说得对，可是一旦找到了，就应当激励他们，敦促他们做这种努力。要让他们认识自己的天赋，让他们知道上帝为什么要把这种天赋给予他们。要让他们知道上帝赋予他们的使命，以及他在上帝那里应该有的位置。”

“要是他们真的有资格做这样的工作，难道他们自己的心不会先告诉他们吗？”

我觉得仿佛一种可怕的魔影正在我的周围和我的上空形成、膨胀。我颤抖起来，担心他说出致命的话来，把这个魔影宣布出来，使它成为真实的存在。

“你的心是怎么说的？”圣约翰问道。

“我的心不会说话——我的心不会说话，”我被击中了要害，连忙回答道。

“那么，我就必须代表你的心说话了，”他那无情的声音继续说，“简，跟我到印度去吧。做我的伴侣和同事，我们一起去吧。”

山谷的天空打起转来，山也像波浪一样起伏着！仿佛我听到的是上帝的召唤，仿佛幻象中的一个使者，就像马其顿的使者那样对我宣布说：“来，帮助我们吧！”然而我并不是个使徒，我也看不见先驱，我不能接受他的召唤。[①]

“噢，圣约翰！”我嚷道，“发发慈悲吧。”

我所呼吁的那个人，在执行他认为是他的责任的时候，可是既不知道什么是慈悲，也不懂得何为同情。他继续说道：

“上帝和大自然要让你做传教士的妻子。他们赐予你的，不是外貌上的天赋，而是精神上的天赋。你被创造出来是为了工作，而不是为了爱情。你将成为一个传教士的妻子，也必须做一个传教士的妻子。你将是我的，我有权要求你——不是为了我的欢乐，而是为我主服务。”

“这对我不合适。我没有这种才能，”我说道。

他早已料到我开始会这么反对的，所以听了一点儿也不恼火。他的身子靠在背后的岩石上，板起面孔，双臂抱在胸前。我看得出，他已经做好了准备，打算对付我长期顽固的反对，为此，他已经积攒了很大的耐心可以让他坚持到底。不过，他下定了最终必胜的决心。

“简，”他说道，“谦卑是基督教美德的基础。你说这工作对你不合适，说得对。这工作对谁合适呢？曾经受到召唤的人，有谁认为自己真的配接受这样的工作呢？就说我吧，我不过是一粒灰尘而已。要跟圣保罗比起来，我承认自己的罪过极大。然而我并不能任这种自卑感使我气馁。我知道我

① 《圣经·新约》《使徒行传》第16章第9—10节：到了夜间，保罗看到幻象，见一个马其顿人，站着求他说，请你到马其顿来帮助我们。保罗看到这些幻象，随即打算到马其顿去，以为上帝召往那里传播福音。保罗是基督的使徒。

的主，他不仅强大，而且公正。当他选中一件工具来执行一项伟大的工作时，他就会从他无限的库存中拿出一些东西，来弥补所选工具之不足。像我一样考虑问题吧，简——像我一样相信吧。我要你依靠在时代的岩石[①]上，它能承担起你人类软弱的重量，这一点你千万不要怀疑。”

“我不理解传教士的生活。我从没研究过传教士的工作。”

“我尽管卑微，可是在这方面，我却能给你所需要的帮助。我可以为你安排好每日每时应当作的工作。我要时时刻刻待在你身边，不断地帮助你。开始的时候，我可以这样做。不久，你就会和我一样坚强，一样合适，不再需要我的帮助了，因为我知道你有能力这样做的。”

“可是我的能力——我从事这项工作的能力在哪儿呢？我感觉不到啊。你谈起这些的时候，没有什么东西在我心里说话，我的心里没有任何反应。我并不感到什么光亮在照耀，没有感到我的生命在变快，没有感到什么声音在劝说我，或者鼓动我。哦，但愿我能让你看到，目前我的心灵就像个昏暗无光的地牢，其中锁着瑟缩作一团的恐惧——害怕被你说服，去做我无法完成的工作！”

“我为你准备好了一个回答——听着。自从我们第一次见面以来，我一直在观察你。我把你作为我的研究对象，已经有十个月了。在这段时间中，我给了你各种考验，我看到了什么，得出了什么样的结论呢？你在乡村学校时，我发现你可以把与自己性情和习惯不合的工作干得很好，既郑重其事，又不折不扣。我看得出，你把那件工作做得很好，既管住了人，又能赢得人心。在你突然得到一笔横财，变得富有的时候，你心里十分平静。从这平静中，我看到了一个毫无底马[②]那种罪过的心灵。钱财对你并没有过分的力量。你坚决地，而且是自愿地把自己的财产分成四份，自己只留了一份，把其余三份给了别人。目的只是为了得到并不实际存在的正义。从你这种自愿中，我看到一个以牺牲自己的热情和激动为乐的灵魂。你驯顺地服从我的意愿，撇开自己感兴趣的东西，改学另一种，只是因为我对它感兴趣，而且从那以后一直坚持下来，不知疲倦地刻苦学习，用毫不松懈的精力和毫不动摇的坚毅态度面对了它的困难。从你的驯顺、刻苦、坚毅和你的精力中，我明白，你具有我所寻求的各种品质。不要再不相信自

① 指基督。

② 《圣经·新约》《提摩太后书》第 4 章第 10 节：底马留恋尘世，离开了基督耶稣的使徒圣保罗。

己，简，你温顺、勤奋、无私、忠实、坚贞、勇敢、文雅，而且非常勇敢。我可以毫无保留地相信你。作为印度学校里的女管理员，作为印度妇女中一个向人提供帮助的人，你对我的帮助将是非常宝贵的。”

我的紧箍咒越箍越紧。说服工作在缓慢而稳步进行着。尽管我闭着眼睛，他最后这几句话还是照样打进我的脑子里来了。我的工作原来看上去是那样模糊而不成形，经他一说，却变得精练起来，在他能塑造的手中变得有了具体的形状。他等待着我的回答。我要求他给我一刻钟时间考虑一下，然后才敢开口回答。

“非常乐意，”他回答道。他站起身，沿着山路再走得远一点。在荒地上一个隆起的小土丘上躺下来，一动不动地躺着。

“他要我做的事情我都做得了。我不得不看到这一点，也承认这一点。”我自忖道，“只要不夺取我的生命，我什么都能做的。但是我觉得，我的生命在印度那种毒烈的阳光下，不可能延续很久。那又怎么样呢？等我死的时候，他会平静地把我交还给创造出我的上帝。我眼前的情况非常明白。离开英国，是离开了一个虽然心爱，却十分空虚的地方，因为罗契斯特先生已经不在这儿了。其实，即使他在这儿，我又能怎么样呢？又可能怎么样呢？我现在应该没有他而独自生活。我一天天捱着日子，仿佛在等待一个不可能出现的奇迹，好让我们再次团聚。这可是再荒谬、再软弱不过的想法了。当然啦，正如圣约翰曾经说过的那样，我必须在生活中再找一样能引起我的兴趣的东西，来取代失去的那一个。他现在向我提议的这个工作，难道不是上帝所能安排和人所能选定的最光荣的工作吗？在上帝的关心和考虑下，这个结果不是最能填补失去感情和希望后留下的空白吗？我相信，我必须说‘同意，’可我却在颤抖。啊！要是我跟圣约翰一起走，那就是把自己抛弃了一半。要是我去印度，那就意味着会早早结束生命。那么，从英国到印度，从印度到坟墓之间的裂缝，该如何填满呢？啊，我对这个很清楚！这也是我十分明白的。为了满足圣约翰，我可以努力干活，我能使他得到满足的。为了达到这个目的，累到肌肉酸痛，使他的期望从核心到外围都得到满足。如果我真的跟他去，如果我真的要去做他竭力主张的那种牺牲，我会彻底使他满足的。我会把我的心，把我的五脏六腑，以及整个身体都作为牺牲，奉献到祭台上。他永远都不会爱我，可他却会对我表示赞扬。我会让他看看他还没看到过的精力，他从没想象过的智谋。的确，我可以像他一样努力工作，也像他一样毫无怨言。

“这么说，要同意他的要求是可能的。但是有一样却是不能同意的，那是个可怕的要求——那就是做他的妻子，他要是做了我的丈夫，对我的关心不会比溪水中那块浪花飞溅的丑陋巨石更多。他对我的赞扬无非像一个士兵赞扬自己的一件好武器一样。不跟他结婚，就不会有这样的悲伤；但是，我能允许他实现自己的打算，完成他冷淡的计划，履行结婚仪式吗？我能明知道他完全心不在焉，却接受他的结婚戒指，忍受爱的一切形式吗？我知道他会严格遵守那些形式。但是，如果我明明知道他对我的各种亲热表示，都是按照原则做出的表示，我能够容忍得了吗？不，这样一种殉道是可怕的。我永远也不愿承受。我可以作为他的妹妹陪他去，而不是作为他的妻子。我就要对他这么说。”

我朝那个小土丘望了一眼，他一动不动躺在那里，像一根横木，可是他的脸却朝着我，他的眼睛警觉而锐利，熠熠生辉。他跳起身，朝我走来。

“假如我可以自由去印度的话，我愿意去。”

“你的话需要加以解释，”他说道，“这话不清楚。”

“你可以做我的义兄，我做你的义妹。让我们一直保持这样的关系。你我最好不要结婚。”

他摇了摇头。“在这种情况下，义兄妹是不行的。如果你是我的亲妹妹，我可以带你去，并不需要妻子。但是既然并不是这样，我们的结合就必须以婚姻的形式确定下来，否则就不能结合。采取其他方式会有一些障碍的。你难道没有看出这一点来吗，简？考虑一下吧，你的坚强理智会正确引导你的。”

我确实考虑了一下，然而，我的理智既然只是目前这样的水平，所以也只能引导我认识到：夫妇应该相爱，而我们却并不相爱。因此我的理智只能得出这样的结论：我们不该结婚。于是我就照直说了：“圣约翰，我把你看作我的哥哥，你把我看作妹妹。我们就保持这样的关系吧。”

“我们不能保持这样的关系——我们不能，”他用粗暴而严厉的口吻坚决地说。“这不行的。你可是说过愿意随我去印度的，记住——这话你可是说过的。”

“是有条件的。”

“行了——行了。其中主要的一点是：陪我离开英国，在我未来的工作中与我合作。这一点你并不反对。这等于是你已经把手扶在犁把上，你不可能再把手缩回去了。你应当将注意力集中在一个目标上，那就是怎样才能把你从事的工作做得更好。你要简化自己复杂的兴趣、感情、思想、愿望、目的，把所有的考虑全都融合在一个目标中，那就是有效地，而且有力地完成伟大的主交给你的使命。要这样做，你就必须要有一个合伙工作的人。不是哥哥，因为那种关系太疏远。而是要有一个丈夫。我也不需要一个妹妹，因为有人随时会把我的妹妹从我身边带走。我要的是妻子，是我生活中唯一能有效地对她施加影响的伴侣，而且我能完全把她留在身边，直到死亡为止。”

他说话的时候，我一直在颤抖。我觉得他的影响一直渗透到我的骨髓里，他的约束一直达到我的四肢。

“上别的地方去找，别找我，圣约翰。去找一个对你合适的人。”

“你是说，找一个适合我的目的——适合我职业的人，对吧？我要再跟你说一遍，我并非以微不足道的凡人身份，并非带着人的自私感，要求你与我结婚。我是作为传教士，才希望结婚的。”

“那我就把我的精力给这个传教士—因为这才是他需要的全部——而不是把我自己的身体给他，因为我的身体不过是果核外面的果皮果壳罢了。他要这些东西没用处。我就自己留着吧。”

“你不能留，也不该留。你以为上帝会对半个祭品感到满意吗？你自己会接受一个残缺不全的赠品吗？我拥护的是上帝的事业，我是站在他的旗帜下向你发出召唤的。我不能代表上帝接受一种残缺的忠诚，它必须是完整的。”

“啊！我愿意把我的心献给上帝，”我说，“可是你并不需要我的心。”

读者，我并不想发誓说，我说那句话的语气和附带的感情中，没有一点压抑着的讥讽。以前，我心里一直怕圣约翰。因为我还不了解他。他让我敬畏，因为他让我怀疑。他身上有几分属于圣徒，有几分属于凡人，在这以前我一直无法确定，可是在这次交谈中，我对他的性格却有了认识，他是当着我的面展示自己的性格的。我看到了他的错误，理解了这些错误。我坐在石楠丛生的堤岸上，望着面前这个漂亮的形体。我明白了。我是坐在一个和我一样会犯错误的凡人脚边。面纱从他无情和专制的本来面目上落了下去。一看到他的这些特性，我就觉得他并不十全十美，我便有了勇气。我是跟一个与我平等的人在一起，他是一个我可以与之争论的人，一个在我认为适当的时候可以起而反抗的人。

我说完最后那一句话后，他沉默了。不久，我冒险抬起头望着他的面孔。他瞪视着我，目光中表示出严厉和惊讶，也表示出锐利的询问。那眼光似乎在说：“她在讽刺我！她这究竟是什么意思？”

“你不要忘记，我们现在讨论的可是一件严肃的事情，”不久，他开口说道。“讨论这种事的时候，如果我们态度轻率，就不能不说是一种罪过。我相信，简，当你说你愿意把自己的心献给上帝的时候，你是真心诚意的。我要的正是这个。你一旦把你的心从凡人那里移开，交给你的创造者，那么，促使创造者的精神王国在尘世间成为现实，就将是你主要的宗旨和重大的乐趣，你就会随时准备去做能达到那个目的所需的任何事情。你会看到，我们结婚以后身心两方面的结合将会给你我的努力以怎样的促进。只有这样的结合，才能使人的命运和计划永远一致起来。你只要摆脱一切任性的念头，摆脱感情上一切微不足道的困难和脆弱，摆脱一切纯属个人的诸如程度、种类、力量、温存之类的顾虑，那么，你就会立即同意这种结合。”

“我会吗？”我简短地问道。我看着他的五官，它们显得匀称而漂亮，然而，它们却严肃得出奇，显得十分可怕；我看看他的额头，那额头威严却并不开朗；我看看他的眼睛，只见那双眼睛十分明亮、深邃、敏锐，却一点儿也不温柔；我望着他高高的个头，那身材仪表堂堂。我心里想象着自己做他的妻子会是什么情景。啊！这可绝对不行！假如当他的副牧师，做他的同伴是完全可以的，要是以那样的身份，我愿意跟他一起漂洋过海，以那样的职务，和他一起在东方的烈日下工作，在亚洲的沙漠中辛勤劳动。我会崇拜他的勇气、虔诚和旺盛的精力，并且与他竞赛。我会默默地对他表示尊敬，平静地微笑着对待他根深蒂固的志向。我会区分开基督徒和并不信奉基督教的人，深深地敬重基督徒们，也慷慨地原谅那些普通人。毫无疑问，我即使仅仅以这样的身份与他合作，也会常常感到痛苦，我的身体会受到严格的束缚，可是我的心灵却仍然是自由的。我的自我仍然没有受到摧残。在孤独的时候，我仍然可以有未受奴役的思想。我的心灵里还有一些仅仅属于自己的隐蔽处所，那是些他不能涉足的地方，我的感情可以在那个隐蔽的地方茁壮成长，不会受到他的严厉摧残，也不会遭到他武士般沉重的步伐践踏。然而，假如我是他的妻子，就得一直厮守在他身旁，总是受到限制，总是受到阻拦——我天性的火焰就要一直受到压制，迫使它在心里燃烧，却永远不能发出一声叫喊，尽管这被监禁的火要将五脏六腑一个个都焚烧成灰，也只能默默忍受——可这是无法忍受的。

“圣约翰！”想到这里，我喊了起来。

“怎么样？”他冷冰冰地问道。

“我再说一遍，我可以作为你的同事跟你一起去，但是不能做你的妻子。我不能与你结婚，不能成为你的一部分。”

“可你必须成为我的一部分，”他坚定地回答道，“否则，整个交易就无效。要是你不嫁给我，我这个还不到三十岁的男人，怎么可能带着一个十九岁的姑娘去印度？有时候，我们要单独在一起，有时候，我们要在野蛮人的部落里，我们怎么能永远在一起而并不结婚？”

“这很好办，”我简短地说，“你完全可以把我当成你的亲妹妹，或者当成像你一样的一个男人和牧师。”

“可大家知道你并不是我的妹妹。我不能向人家介绍说你是我的妹妹。要那样做，只会引起人们对我们的猜疑。至于其他问题，虽然你有一个男人的刚强意志，可你却有一颗女人的心，——这可不行。”

“这行，”我带着几分鄙薄口吻说，“完全没问题。我有一颗女人的心，但与你并没有关系，我对你只有同伴那始终如一的恒心。要是你喜欢的话，我还有战友间的坦率、忠实和友爱。或者还有一个新教士对圣师的尊敬和服从。除此之外，再没有别的东西了——请你别害怕。”

“可那才是我需要的，”他自言自语说，“那正是我需要的。有障碍挡在路上，必须把那障碍除掉。简，你嫁给我，不会后悔的。这一点非常肯定。我们必须结婚。我再重复一遍。没有其他途径。结婚以后，毫无疑问会产生足够的爱情，甚至连你自己都会认为我们的结合是正确的。”

“我蔑视你的爱情观，”我禁不住说道，我站起身，背靠在岩石上，站在他面前。“我藐视你奉献的这种不真实的感情。圣约翰，你把这种感情奉献出来的时候，我蔑视你。”

他的眼睛盯着看我。那张样子很好看的嘴巴紧紧闭了起来。我不知道他这是给激怒了呢，还是感到惊讶，或者是其他原因。我实在说不上。因为他能彻底控制他自己的表情。

“我没想到会听到你说出这样的话，”他说道，“我认为，我并没有做出什么该让你感到蔑视的事情。”

他的温和语调把我打动了，他的崇高风度和坦然态度使我感到敬畏。

“原谅我的这些话，圣约翰。不过，是你自己的过错引得我说出这么冒失的话。你提出了一个我们两人在天性上格格不入的话题，这是我们永远不该讨论的话题。爱情这个名称本身就是你我之间争夺的金苹果[1]——如

---

① 希腊神话中，众女神为了能证明自己是最漂亮的，纷纷争夺金苹果，故而引起特洛伊战争。后来用金苹果比喻能引起争端的祸根。

果需要现实的话，我们该怎么办？我们会有什么样的感觉？亲爱的表哥，放弃你的结婚计划，忘掉它吧。”

“不，”他说，“这个计划已经酝酿多时了，只有它才能帮助我达到我的伟大目的。不过，眼下我不再劝你了。明天，我要动身到剑桥去，我要跟那里的许多朋友辞行。我要离开两个星期，请你利用这段时间考虑我的建议，别忘记：如果你拒绝，你拒绝的不是我，而是上帝。上帝通过我这个途径，向你展示了一个崇高的事业，你只有做我的妻子，才能进入这个宽广的事业。假如你拒绝做我的妻子，你就是把自己局限于自私的安逸和无聊的隐匿那条小胡同中了。要是那样的话，你就要被列入那些拒绝接受教义的人之中，比不信教的人更糟糕！”

他说完便转过身去，说：

“看看河流，看看山！[①]”

然而这一次，他的感情完全锁在了心底，不屑于让我了解。回家的路上，我走在他身旁，从他那铁一般的沉默中，我清清楚楚辨别出了他对我的全部感情：失望。那个严肃的专制性格在盼望服从的地方，却遭到了反抗。那是一种经过冷静的判断后做出的顽固对抗，它在别人身上看到了不能引起它共鸣的感情和观点。总之，作为一个人，他希望劝我服从。只是由于他是个虔诚的基督徒，他才有这样的耐心忍受我的执拗，允许我用这么长的时间来考虑和忏悔。

那天晚上，他亲吻过他的两个妹妹后，大概认为应该连跟我握手这个仪式也忘掉才对。他默默离开了房间。我对他虽然没有爱，却不乏深厚的友谊。他这样明显地藐视我，让我感到很伤心，我的泪水都涌到眼睛里来了。

“我看得出来，你跟圣约翰在沼泽地上散步的时候吵过嘴，简，”戴安娜说，“去追上他，他现在正在走廊里徘徊，准是在等你——他会跟你和好的。”

在这种情况下，我没有多少自尊心。我总是宁可快乐而不要自尊。我追上了他，他就站在楼梯脚下。

“晚安，圣约翰，”我说。

“晚安，简，”他的回答十分平静。

---

① 引自苏格兰抒情诗人斯考特（1525?—1585?）的《最后的游吟诗人》第 5 章第 26 节。

“我们握握手吧，”我补充道。

他在我的手指上十分冷淡、非常不经意地接触了一下。那天发生的事情让他觉得非常不愉快。真诚也不能换取他的热情，眼泪也不能使他感动。从他那里得不到快活的和解，既看不到令人欢快的微笑，也听不到宽宏大量的言语。然而，他那颗基督徒的心还是温和的，我问他是不是能原谅我，他回答说，他并没有长时间记住烦恼的习惯。他也没有什么要原谅，因为他本来并没有生气。

说完，他离开了我。但我倒宁愿他一拳把我打倒在地。

第九章

他说第二天要到剑桥去，可他没去。他把动身的日子推迟了整整一星期。在这一星期中，他让我感到，一个生性善良却要求苛刻的人、一个办事认真却不留情面的人，在受到冒犯的时候，能够怎样做出自己的报复。虽然他没做出一个公开的敌对行动，没说一句责备的话，可他却时时让我感受到，我已经给排除到他喜欢的人之外了。

圣约翰并没有怀着异教徒的复仇心理，他也不会伤着我的一根头发，即使完全有可能，他也不会这么做的。以他的天性和他遵循原则，他都不至于从卑鄙的复仇中获得喜悦。我说过我藐视他的爱情，他已经原谅了我，但是他忘不了那几句话。只要他和我都活着，他永远也不会忘掉。他朝我转过脸来，我就能从他的神情上看出这一点。那些话就像是清清楚楚写在我们两人之间一样。不论我在说什么，我的声音里仿佛总有那几句话的回声。他给我的每一句回答里，也总有那几句回答的共鸣。

他并不避免与我交谈。他甚至每天早上都像往常那样把我叫到他书桌旁。但是我担心，他心中属于普通人的部分有一种乐趣，他并没让他心里属于基督徒的部分知道并分享这种乐趣。在他展示自己所具有的技巧时，一方面在表面上完全与往常一样行动和说话；另一方面却能巧妙地从每一件事和每一句话中抽去一种神韵，这种神韵以前曾经赋予他的言谈举止以严肃和魅力。在我的心目中，他实际上已经不再是个由肉体组成的人，而是一尊大理石雕像；他的眼睛是冰冷晶莹的蓝宝石；他的舌头是说话的工具；仅此而已。

这一切都是对我的折磨，是缓慢而微妙的折磨。这种折磨中燃烧着一种缓缓的怒火，跳动着一丝忧伤之苦，使我烦恼，把我整个压垮了。我感觉到，假如我做了他的妻子，这个像没见过阳光的深潭水一般的好人，不久就会把我整死，而且他用不着从我的血管里抽取一滴血，也不会让他水晶一般的良心沾上最细微的犯罪污点。在我向他做出和解表示的时候，尤其能感觉到这一点。我的悔恨不会得到悔恨的回报。他本人并没有体会到疏远的痛苦，也没有产生寻求和解的渴望。我的眼泪大滴大滴滚落到低头阅读的书上，在书页打出水疱，但是这对他并没有产生任何效果，仿佛他的心真是由铁石构成的。与此同时，他对他妹妹们却比往常更加亲热，好像害怕，仅仅用冷淡的方式，还不足以使我相信我已经完全受到了排挤，他还运用了对比的力量。我肯定他这么做不是出于恶意，而是本着原则。

他离开家前的那天傍晚，我偶然看到他在夕阳中独自在花园里散步。我看着他，想起这个人尽管现在与我疏远了，但是毕竟曾经救过我的命，而且我们还是近亲，于是我就产生一阵冲动，想再作一次尝试，希望与他重修旧好。我出了门，朝他走去。他俯身靠在院门上。我立即直截了当地对他说：

“圣约翰，我不愉快，因为你还在对我生气。我们仍然做朋友吧。”

“我希望我们是朋友，”他无动于衷地回答道，眼睛仍然像我刚才出来的时候那样，盯着看冉冉升起的月亮。

“不，圣约翰，我们现在已经不像以前那样友好了。这你知道的。”

“不像以前那么好了吗？不对。从我这方面来说，我希望你一切都好。”

“我相信你，圣约翰。因为我肯定你不可能希望任何人坏。但是，我作为你的亲戚，就希望你对我的感情比你对一个陌路人更加慈悲一些。”

“当然，”他说，“你的希望是合情合理的。可我也远远没有把你当成个陌路人啊。”

他用平静而冷淡的腔调说出这些话，实在让人觉得伤心气馁。我要是由着自己的自尊心和愤怒的驱使，早就会离开他了。可是我心里有一种东西在发挥着作用，比这两种感情更加强烈。我深深敬重我表哥的才能和他遵循的原则。他的友谊对我来说是十分宝贵的，失去他的友谊会让我感到非常难受。我不愿这么轻易放弃恢复友谊的努力。

“难道我们必须以这样的方式分手吗，圣约翰？你就要到印度去了，难道你不愿跟我说点更加亲切的话，就要这样离开我了？”

他这时把脸从月亮转过来，面对着我。

“简，我去印度的时候，会离开你吗？什么？你不去印度？”

“你说过，我不跟你结婚就不能去。”

“你不愿跟我结婚？你还要坚持那个决定？”

读者，你是不是也像我一样，知道冷酷的人们能在他们冰冷的问话中加进怎样的恐怖？知道他们在愤怒的时候多么像冰雪在崩塌？知道他们不高兴的时候多么像冰海破碎？

“是的，圣约翰，我不跟你结婚。我坚持我的决定。”

冰雪开始动摇了，稍稍向前移动了一点儿，但是并没有垮下来。

“我再问一遍，你为什么拒绝？”他问道。

我回答道：“以前，是因为你并不爱我，现在，我的回答是，因为你几乎在恨我。假如我与你结婚，你会杀了我。你现在就正在杀我。”

他的嘴唇和脸颊变白了——白得厉害。

“我会杀了你——我现在就正在杀你？你不该说这样的话，这些话太狂暴了，太不真实，不像女人说的。这话暴露出不幸的心理状态，应该受到严厉的谴责，这话是不可饶恕的。然而，原谅同类是人类的职责，哪怕要原谅七十七次①。”

这下可完了。我真心诚意希望消除以前对他冒犯的影响，却在那个粘着的表面上打下一个更深的痕迹，我简直是把它烙在上面了。

“现在，你可真的要恨我了，”我说道，“要想跟你和解是不可能的，我看出来了，我成了你永久的敌人。”

这段话对他造成了新的伤害？而且伤害得更加严重，因为说的都是事实。他那毫无血色的嘴唇抖动了一下，出现了暂时的痉挛。我了解我所煽起的那种愤怒。我心里十分难受。

“你完全误解了我的话，”我一下子抓住他的手，说道：“我并不想让你伤心，也不想让你感到痛苦——真的，我不想。”

他极其惨然地一笑，然后十分坚决地把手抽回去。停顿了很久以后，他问道：“现在想想你的诺言，我看你根本就不愿意去印度吧？”

“不。我愿意去，我愿意作为你的助手跟你去，”我回答道。

接下来是长久的沉默。我无法判断，在这段时间中，他心里人性和神恩之间有着怎样的搏斗。我只是看到他眼睛里闪烁出奇异的光芒，脸上掠过奇怪的阴影。最后他终于开口说话了。

“以前，我已经向你证明过，一个像你这样的年轻未婚女人，提出陪

---

① 引自《圣经·新约》《马太福音》第18章第21—22节：彼得问耶稣：“主啊，我该原谅我兄弟对我犯下的多少次罪过？难道要原谅七次吗？”耶稣说：“我的回答不是七次，而是七十七次。”

我这种年纪的单身男人出国，是荒谬的。我以为我向你证明时用的措辞，会防止你再提起这个计划。而你却再次提起了。我很遗憾。我为你感到遗憾。”

我打断了他的话。任何有明显责备意义的话，立刻就能激起我的勇气，让我勃然而起。“圣约翰，要通情达理。你几乎是在说胡话了。你假装出对我的话大吃一惊的样子，可你并不真的吃惊，你的脑子那么敏锐，不至于迟钝或者自负到这种地步，不至于误解我的意思吧。我再说一遍，如果你愿意的话，我当你的副牧师。可是我永远都不做你的妻子。”

他的脸色再一次变得刷白。不过，像以前一样，他完全控制住了自己的怒火。他的回答语气平静，一字一顿：

“一个女的副牧师，而不是我的妻子，那对我绝对不合适。那么，看来你不能与我一起去了？但是既然你真心诚意提出来，那我就在城里的时候，去跟一个已婚传教士说说，他的妻子需要助手。你自己有财产，可以让你不必依靠教会救济。这样你就可以不必因为食言，也不必因为答应加入一个团体，最后却离开它而蒙上羞耻。”

读者知道，我从来没有许下什么正式的诺言，也没有答应加入什么组织。在这种场合，说这样的话未免太严厉了，也太武断了。我回答道：

“在这件事情上，根本没有什么羞耻，根本没有什么食言，也没有离开什么组织。我根本没有任何义务到印度去。尤其没有义务陪陌生人去。要是跟着你，我可以冒险做许多事，那是因为我崇拜你，信任你，而且对你怀着一个妹妹的爱。不过，我深深相信，不论跟谁去，我在那种气候下都活不久的。”

“啊！你这是在为你自己担心，”他撅起嘴说。

“当然了。上帝给了我生命，并不是要我把它抛弃掉。我开始认为，按照你希望的那样做，等于自杀。再说，假如我要离开英国，我要确认一下，是不是我留在英国，就不可能像离开英国一样发挥作用。”

“你这是什么意思？”

“想解释也没用，我心中有一个痛苦的疑团，它压在我的心中已经有很长时间了。在设法消除这个疑团之前，我哪儿也不会去。”

“我知道你的心向着哪儿，我也知道你依恋着什么。你感兴趣的事情是不合法的、不神圣的。你早就该把它消除掉了。现在你应当一提起这事就感到害臊才对。你在想那个罗契斯特先生吧？”

他说得对。我默认了。

“你要去找那个罗契斯特先生吗？”

“我必须打听清楚，他到底怎么样了。”

“好吧，”他说道，“我只有在祷告中想起你了。真心诚意地为你祈求上帝，别让你变成一堕落的人。我以为我看出你是上帝挑出的合适人选。但是，上帝与人的看法显然不同，要按上帝的意旨办。”

他打开院门，走出去，沿着山谷信步走去。很快就消失在黑暗中。

我回到客厅，发现戴安娜正站在窗前，似乎正在出神地沉思。戴安娜的个头比我高得多，她把手搭在我肩膀上，弯下身子，细细察看我的脸。

“简，”她说道，“你最近总是心情激动，脸色苍白。我肯定，准是发生了什么事情。告诉我。圣约翰和你在做什么。我从窗口看了你们半个钟头了。你得原谅我当这么个密探，可是很久以来，我总是为我几乎不知道的事情犯猜疑。圣约翰是个奇怪的人……”

她停顿了一下，我什么也没说。过了一会儿，她又接着说下去：

“我能肯定，我那个哥哥对你有一种奇怪的看法。他早就对你特别注意，特别关心了。他对任何其他人都没有这样注意过。为了什么目的呢？我希望他是爱你的——是不是呢，简？”

我把她冰凉的手搁到我发烫的额头上，说道：“不，戴安娜，一点儿也不爱。”

“那他怎么总是用眼睛盯住你？他还这么经常要你跟他单独待在一起，还让你总是待在他身边？玛丽和我都断定，他希望你能嫁给他。”

“他的确是这样希望的——他向我提出过，要我做他的妻子。”

戴安娜乐得拍起巴掌来。“我们也正是这么想，这么希望的！你会跟他结婚的，简，是不是？那样的话，他就可以住在英国不走了。”

“完全不是这么回事，戴安娜。他向我求婚，为的是在印度受苦的时候有个同伴。”

“什么！他要你去印度？”

“是的。”

“疯了！”她嚷起来。“你要是去了那儿，连三个月也活不下来。你决不能去！你没有同意——对不对，简？”

“我拒绝嫁给他……”

“因此他就不高兴了？”她猜测道。

“很不高兴。我恐怕他永远也不会原谅我了。不过，我提出作为妹妹陪他去。”

“那样做可是太愚蠢了，简。想想你将要从事的工作吧，这种工作会给你无休无止的疲劳。哪怕身强力壮的人都会累死。而你身体又是那么弱。你知道圣约翰这个人，你跟他在一起，他会逼迫你做不可能做到的事，在天最热的时候，也不能休息，而且不幸的是，我已经注意到，不管他要求什么，你都逼着自己按他的要求做。我实在觉得吃惊，你居然有勇气拒绝他的求婚。你不爱他吗，简？”

“不像爱丈夫那样爱他。”

“不过，他长得十分漂亮。”

“可我呢，你看，戴安娜，却相貌平平。我们绝对不相称。”

“相貌平平！你？这是哪儿的话！你太善良了，也太漂亮了，可不能到加尔各答，让那儿的毒烈阳光活活烤死，”于是她再一次诚恳地劝我打消陪他哥哥到那儿去的念头。

“我的确非打消这个念头不可，”我说，“因为我刚才提出要为他当副牧师的时候，他对我这种不合礼仪的念头表示吃惊。他似乎认为，我提出跟他去而不愿跟他结婚是品行不良。仿佛我自从开始到现在，并没有希望他做我的哥哥，也没有这样看待他似的。”

“你凭什么说他不爱你呢，简？”

“你要是亲自听听他怎么说，就知道了。他一遍又一遍地解释说，他希望结婚，不是为了自己，而是为了他的职务。他对我说，上帝造了我不是为了爱情，而是为了受苦。毫无疑问，这是对的。可是，照我的看法，既然上帝造了我不是为了让我得到爱情，那也就不是为了结婚。终生跟一个人生活在一起，可他却把你当成一件有用的工具，这不是很奇怪吗，戴安娜？”

“简直不可忍受——根本不正常——绝对不可能！”

“另外，”我继续说道，“虽然我现在对他只有妹妹对兄长的爱，不过，如果被迫做了他的妻子，我可以想象，有可能对他产生一种不可避免的爱，那将是奇怪而痛苦的一种感情。因为他那么有才能，而且在他的神情、举止和言谈之间，常常有一种英勇威严的气概。我会感到一种说不出的痛苦，因为他不会要我爱他。假如我表示出这种感情，他就会明白地向我表示说，那是一种多余的东西，他会说他不需要这种感情，而且它对我也不合适。我知道，他会这么做的。”

“不过，圣约翰是个善良的人，”戴安娜说。

“他是个善良而伟大的人。可是，他在追求自己博大的目标时，无情地忘掉了渺小人物的感情和要求了。所以，微不足道的人最好还是避开他。

否则，他前进的时候，会把他们践踏致死的。他来了！我要走了，戴安娜，”一看见他走进花园，我就匆匆跑上楼去。

可是，到了吃晚饭的时候，我不得不再次与他见面。他显得跟往常一样镇静。我以为他不一定会跟我说话了，我还肯定他已经放弃了跟我结婚的计划。可是接下来发生的事情说明我在这两点上都估计错误。他用跟他平常完全一样的态度同我说话，或者可以说是以最近常用的过分客气的态度跟我说话。毫无疑问，他已经求助于圣灵，把我在他心里引起的怒火压了下去，现在，他相信自己已经再一次原谅了我。

晚祷前的诵经，他选择了《启示录》第二十一章。听着《圣经》的词句从他嘴里读出来，从来都是件愉快的事情，可是他的一副好嗓子从来没有像这时一样圆润、甜美；他的举止也从来没有像这时一样既高贵又朴实，给人留下深刻的印象；今天晚上，他的嗓音有了更加庄严的调子，他的举止包含着更加让人战栗的意义。他坐在家人中间，五月份明亮的月光泻进屋里来，使桌子上的烛光变得几乎没有必要了。他坐在那儿，埋头看着那本巨大的《圣经》，根据上面的文字，描述着新天地的景象。他告诉大家说，上帝要与人一同生活，要擦去人们各种眼泪，还许诺说，不会再有死亡，也不会再有悲哀，不会再有痛苦，也不再会有痛苦，因为以前的事情都过去了。

接下来的词句从他嘴里说出来，让我感到浑身战栗。尤其是当我从他那微小得几乎觉察不到的声音变化中，感觉到他一边说，一边把眼光移到我身上来。

“得胜的，必承受这些为业；我要做他的上帝，他要做我的儿子。”这些话念得又慢又清晰。“唯有胆怯的、不信的……要被抛在燃烧着硫黄的湖中，这是第二次死亡。①”

我这才知道圣约翰为我什么样的命运感到担忧。

在他诵读那一章最后几节的时候，他平静地表达出了一种抑制着的胜利情绪。诵读者以为，自己的名字已经给写在了羔羊生命册上，他还渴望着那个时刻的到来，好让他进人地上的君王将自己的荣耀带去的那个城市。那个城市不用日月照亮，因为上帝的荣耀在照耀着它，还有那些羔羊也能为它照明②。

---

① 引自《圣经·新约》《启示录》第 21 章第 7—8 节。

② 引自《圣经·新约》《启示录》第 21 章第 22—23 节。

在接下来的祈祷词里，他把全部精力都集中起来了，全部严肃的热诚都激发了出来。他极其认真地虔诚祈祷，决心要做个征服者。他为心灵软弱的人祈求力量，为脱离“羊群”的迷路人祈求引导，为受到尘世或肉体引诱离开正路的人祈求悬崖勒马。他一再强烈要求，将烙铁从火上抢出来[①]。他的真诚态度比任何时候都更加庄严。开始的时候，我听着祈祷词，对他那种真诚态度感到奇怪；接着，当他的真诚态度继续保持下去，而且变得更加强烈的时候，我被他感动了。最后，我终于对他感到了敬畏。他对自己目标的伟大和美好有那么真切的感觉，别人听了他的祈求，也禁不住会产生同感。

祷告过后，我们跟他告别。他第二天就要动身了。戴安娜和玛丽吻过他，离开了房间——我觉得，她们是听从了他的一个暗示才走开的。我向他伸出手去，祝他旅途愉快。

“谢谢你，简。我说过，两星期后我要从剑桥回来。所以，这段时间还可以留给你考虑。如果我依从了人的自尊心，我就不会再跟你说起结婚的事，可是我服从了我的责任，我的眼睛一直坚定地看着我的首要目的——为了上帝的荣耀，一切都在所不辞。我的主长期受苦，我也将长期受苦。我不能听任你成为遭天谴的人堕入地狱。忏悔吧，下决心吧，趁现在还来得及。记住，我们受到吩咐，要在白天工作；我们受到警告，夜晚到来的时候没有任何人会干活。要记住现世生活中，那个生活中拥有各种好东西的财主的命运[②]。上帝给了你力量，让你选择不可能被夺走的更好的东西！”

他说出最后一句话的时候，把手放在我的头上。他的声音真挚而温和，他的眼神中没有流露出情人对视时的感情，那是牧师召回迷途羔羊的态度，说得更确切一点，是保护神看着自己所负责保护的灵魂时的那种感情。一切有才干的人，不论他们有感情还是没有感情，不论他们是狂热的人，还是胸怀大志的人，也不论他们是不是暴君，只要她们真诚，他们都有杰出的时刻。在这种时刻，他们能征服，能统治。我感到了对圣约翰的尊敬——那么强烈的尊敬，它的动力立刻就把我推上我长久以来一直规避的那一点上了。我被引开来，不再与他争斗，我产生了一个愿望，要顺着他意志的洪流，冲进他生活的深渊，把我的意志淹没在这个深渊之中。这

① 引自《圣经·旧约》《阿摩斯书》第 4 章第 11 节：主说：“我已经把你们中的一些人消灭掉了……要是你们不皈依我，我就要像将烙铁插入火中一样把你们消灭掉。”

② 引自《圣经·新约》《路加福音》第 16 章第 19—31 节。说一个财主十分富有，生活奢侈，衣着华丽，天天宴乐，死后却在阴间的火焰里受苦。

时候我遭到了他的进攻，程度像以前一样猛烈，只是方式有所改变而已。在这两种情况下，如果我屈服的话我都是傻瓜。假如我在第一次做出让步，那是我原则上的错误；这一次如果让步，那将是我判断上的错误。现在，我是通过时间这个静静的渠道，回顾当时那个关键时刻时，才这样想的，然而，在当时我却没有意识到自己傻。

我在我这位圣师的触摸下，一动也不动地站着。我的拒绝被忘却了，我的恐惧被征服了，我的搏斗瘫痪了。我和圣约翰结婚本来是不可能的事，现在却变得可能了。一切都彻底得到了改变。宗教在召唤——天使在招手——上帝在命令——生命像一幅画卷正在卷起——死亡的大门敞开了，显示出门里面的永生。看来，为了在那边得到安全和幸福，在这边的一切都可以在刹那间牺牲。在我的眼睛里，这个昏暗的房间里充满了幻象。

“你现在可以决定吗？”这位传教士问道。他的问话是用温和的语调说出来的。他同样温和地把我拉向他。啊，那样的温和！它比暴力要强多少倍啊！我有能力抵抗圣约翰的愤怒，可是在他的仁慈之下，我却软弱得像根芦苇。然而，我一直十分清楚，即使我此刻屈服，将来有一天还是会像我忏悔前那样起而反抗的。他的天性并不能在一个小时的庄严祈祷后就得到改变，只是变得崇高一点儿而已。

“假如我能肯定，我就能决定，”我回答道，“我只要能相信上帝的意旨是要让我跟你结婚，我就可以在此时此地宣誓与你结合——将来会发生什么都在所不辞。”

“上帝听到我的祈祷了！”圣约翰喊了起来。他把手更紧地按在我头上，仿佛是在认领我似的。他用胳膊搂住我，几乎像是他真的爱我一样。可是我知道，仅仅是几乎而已。我曾经感觉过被人爱是怎么回事。可是现在，我像他一样，也把爱撇在一边，只考虑到责任。我与内心看到的模糊景象搏斗着，我仿佛看到翻卷着的云雾。我心里怀着真诚和深深的渴望，希望做正当的事，只做正当的事。“把路指给我吧，指给我吧！”我恳求上帝。我从来没有这样激动过。至于接下来的事情是不是由于激动而产生的，那就只有请读者自己来判断了。

整个房子都寂静无声。我相信，除了我和圣约翰，其他人都已安息了。仅有的一支蜡烛行将熄灭，屋子里充满了月光。我的心急速而剧烈地跳动着。我都能听到它的跳动了。一种无法表达的感觉突然使我的心整个战栗起来，那感觉立刻传到了我的头和四肢。这种感觉不像电击，但是却像电击一样锐利，一样异乎寻常，一样惊人。它对我的感官发生了作用，仿佛在这以前，感官最大限度的活动也不过是昏睡而已，现在，感官的功能才受到召唤，才被唤醒。感官带着期待一跃而起，眼睛和耳朵在等待，肌肉却在瑟瑟发抖。

“你听到什么了？你看到了什么？”圣约翰问道。我什么也没看见，但是我听见从某个地方传来一个声音，那个声音喊着：

“简！简！简！”只有这个声音。

“啊，上帝！这是什么声音？”我喘吁吁地问道。

我本来该问：“这个声音在哪儿？”因为它似乎不是来自这间屋子——不是在花园里。它不是来自空气中——不是来自地下——也不是来自上方。我的确听到它了——但是它在哪儿呢？它是从哪儿传来的？也许永远也不可能搞清楚！而且，那是个人的声音——是一个熟悉的、亲爱的、我记忆深刻的声音：那是爱德华·费尔法克斯·罗契斯特的声音。那声音中充满了痛苦和悲哀，是声嘶力竭地、凄惨地、急迫地发出来的。

“我来了！”我喊道。“等等我！噢，我就来！”我奔到门口，朝走廊里望去。那里一片漆黑。我跑到花园里，那儿空无一人。

“你在哪儿？”我喊道。

沼泽对面的群山传来微弱的回答——“你在哪儿？”我听着。风在枞树间低声叹息着，外面只有沼泽地的荒凉和午夜的寂静。

鬼影般黑黢黢的东西在院门旁边的紫杉树旁升起的时候，我说道：“去你的吧，迷信！这不是你的诡计，也不是你的巫术，而是大自然的作用。大自然被唤醒了。它并没有制造奇迹，而是尽了它的职责。”

圣约翰一直跟在我身旁，想要拦住我，可是我从他身旁挣脱出来。这次该轮到我占上风，我的力量正在起作用，正在发挥威力。我要他别提问，也别说话。我要他离开我，我必须独自待着。他立即服从了。只要有力量正常地下达命令，服从是没有问题的。我上楼回到自己的卧室，把自己锁在屋里跪下来，以我自己的方式祈祷，这方式虽然与圣约翰不同，但是也有它自己的效果。我似乎来到一个强大的神灵面前，我的灵魂在感激中跳出来，俯伏在他的脚下。我站起身，心中充满感恩的心情。我感到心明眼亮，下了决心，丝毫也不感到惧怕——我渴望着天明。

第十章

天亮了。我在黎明时分就起了床，忙碌了一两个小时，把屋子里、抽屉里和柜子里的东西按照短期外出的样子，收拾了一番。与此同时，我听到圣约翰从他自己的屋子里走出来。他在我的屋子门外停住脚步，我真怕他敲门，可他没敲。不过，门子底下塞进来一张纸条。我捡起来，见上面写着这样的话：

> 昨天晚上，你离开我的时候太突然。假如你能多留一会儿，本来可以把手放在基督的十字架上，触摸到天使的冠冕。两星期后我回来时，我要知道你明确的决定。在此期间，你要留神并且祈祷，不要受到诱惑。我坚信，你的灵魂是愿意的，然而肉体却很虚弱。我将时刻为你祈祷。
>
> 你的圣约翰

“我的灵魂，”我在心里回答，“愿意做正当的事情。我希望，只要弄明白上帝的意旨，我的肉体足够强壮，能让我完成上帝给我的使命。无论如何，它足够坚强，能够让我在怀疑的云雾中探询、摸索到一个出口，最后找到像晴天一样肯定的答案。”

那天是六月一日，然而早晨阴云密布，还有点冷飕飕的。雨滴急促地打在我的窗户上。我听见前门开了，圣约翰走了出去。我从窗口望去，只见他正在穿过花园。他走上穿过沼泽地的路，朝惠特克劳斯的方向走去。他要在那里乘马车。

“几个小时后，我也要步你的后尘，走那条路了，表哥，”我想道。“我也要到惠特克劳斯去乘车。在我永远离开英国之前，我在这里也有需要去拜访和问候的人。”

早饭之前还有两个小时。我放轻脚步，在屋子里踱来踱去，消磨着这段时间，心里思考着前一天出现的那件怪事。正是它让我打定了主意，要采取现在的这个计划。我回想起内心中的感觉，因为我还能回想起它，能回想起那种无法用语言表达的怪诞。我回想起当时听到的那个声音，然后我再次提出那个问题：它是从哪儿来的？也像上次一样，无法找到这个问题的答案。看来那个声音来自我的内心，而不是来自外部世界。我问自己：那难道只是一个神经质的幻觉吗？我无法想象，也无法相信。那更像是一个启示。发生那种奇异的感情震动时，就像震撼着关押保罗和西拉的监狱的那场地震一样强烈[①]。它打开了灵魂的牢门。又打开了灵魂的枷锁，把灵魂从昏睡中唤醒。灵魂跳出来，浑身哆嗦着，呆呆地倾听着。然后，一连三次呼喊着，震动了我受惊的耳朵，刺进我颤抖的心，传遍我整个灵魂。我的灵魂既不害怕，又不颤抖，却感到了强烈的狂喜，仿佛这是它未受肉体的影响，单独作出努力而取得了成功。

“用不了多少天，”沉思结束时，我说道，“我就能得知他的消息了，昨晚似乎是他的声音在呼唤我。写信没有用处，那我就自己去看个究竟吧。”

吃早饭的时候，我向戴安娜和玛丽宣布说，我要出一趟门，至少要走四天。

“你独自去吗，简？”她们问道。

“是的。是去看一个朋友，或者去打听这个朋友的消息。我为他担心已经有很长时间了。”

她们本来可以对我说，她们以为我除了她们之外，没有别的朋友呢。我肯定她们心里都是这么想的。事实上，我也常常这么对她们说。可是她们天性十分敏感，所以没有加以评论。戴安娜只问了我一句，身体是不是适宜旅行。她说我看上去脸色十分苍白。我说，只是心里焦虑，身体没什么病。我希望不久就可以放下心来。

做进一步安排十分容易，没有人询问，也没有人猜测，因而我没有受到任何打扰。我已经向她们解释过，现在还不能把我的计划全部告诉她们，她们也就好心而明智地同意了我的要求，让我保持沉默，给了我自由行动的权利。要是换了我，我也会同样给她们这样的权利的。

---

① 引自《圣经·新约》《使徒行传》第16章第24—26节：保罗和西拉被关在监狱里，半夜，他们祷告唱诗赞美上帝。忽然起了大地震，监牢地基也被摇动，牢门顿时大开。

我在下午三点离开沼泽山庄。四点过后，我已经站在惠特克劳斯的那个路标下面，等着乘一辆马车，让它把我送到遥远的桑菲尔德去。荒凉的山丘间只有这唯一的道路，四下十分寂静，远远地我就听到一辆马车的辚辚车轮声。来得恰好是一年前那个夏日傍晚，我在孤独、绝望中走下来的那辆车，当时我是多么漫无目标啊！看到我招手，车就停下来了。我上了车，不过这次我用不着把全部财产作为车费了。我又一次走上了去桑菲尔德的路，心里的感觉就像一只要飞回家去的信鸽。

这趟旅程花费了三十六个小时。我星期二下午从惠特克劳斯出发，星期四清晨，马车在路边一家客栈门前停下来，给马饮水。客栈周围景色如画——绿色的树篱、大片的农田、牧草覆盖的山丘，这一切对我来说，就像一张过去十分熟悉的面孔一样。这里柔和青翠的色彩，与北方中部那种严峻的莫尔顿沼泽比起来，有多大的差别啊！我熟悉这种独特的景色，我确信，这里距离我目的地不远了。

“桑菲尔德离这里有多远？”我问客栈的马夫。

“整整两里地，就在田地那头。”

我心里想：“我的旅行结束了。”我下了车，把一只箱子交给马夫，让他保管着，等我来取。我付了车费，让车夫感到十分满意。我正准备走的时候，越来越亮的天色照亮了客栈的招牌。我看到了金色的字写的“罗契斯特纹章”几个字。我的心猛烈地跳动起来。我已经到了我主人的土地上了。可是我的心再一次沉下来。因为我这时的想法是：

“你应该知道，你的主人也许在英吉利海峡的另一边。再说，即使他在桑菲尔德，你匆匆奔他而去，可是那儿有什么人陪伴他呢？他的疯子老婆。你跟他没有任何关系。你不敢同他说话，也不敢跟他见面。你浪费了自己的精力，你还是别再往前走的好，”我心里自己这样告诫道。“向客栈的人打听一下消息吧，他们能把你要寻求的一切都告诉你的。他们立刻就能消除你的疑团。到那个男人跟前去，问问罗契斯特先生是不是在家。”

这是个切实可行的想法，可我不能强迫自己去执行。我担心会得到一个让我失望得无法忍受的回答。延长疑虑也就延长了希望。我或许还可以看到在希望的星光照耀下的桑菲尔德。前面就是那个台阶，那片田野。那天早晨，我从桑菲尔德逃出来，身后仿佛有复仇的怒火在追逐，在鞭策着我。当时，我慌不择路，又聋又瞎，走的就是那片田野。我还没想好该走哪条路，就已经走进田野中间来了。我走得多快啊！有时候，我简直是在跑着前进。我多么渴望早早看到我熟悉的那片树林！我心情急切，想要马上见到我熟悉的每一棵树、每一片牧草地和每一座山丘。

那片树林终于出现在我的面前。白嘴鸦拥挤在一起，看上去黑压压一片。一声响亮的鸦噪声划破了清晨的静谧。一阵奇怪的喜悦激励着我。我加快了脚步。我又穿过一片田地，顺着一条蜿蜒小径走去。看见院墙了——还有后面的那些屋子。可是宅子本身和鸦巢还没现出来。

"我看到宅子的第一眼，应当是它的正面，"我打定了主意，"从那儿看的话，那些威武的雉堞一下子就可以映入眼帘，我还可以看到我主人的窗户。也许他会站在窗户前面呢，因为他起床很早。也许他此时正在果园里散步，或者是在宅子正面的步道上散步。假如我能在那儿看到他，该有多好啊！只要看到他短短的一瞬间就行！要是那样的话，我难道能肯定不会像现在这样，发疯似的朝他奔过去吗？我说不上——我不能肯定。要是我朝他奔过去，会发生什么事情呢？愿上帝保佑他吧！那么会发生什么事情呢？我再次尝试一下他那能赋予我生命的眼光，又会伤害谁呢？我这是在说梦话呢，说不定他这会儿正在比利牛斯山上，或者是在南方平静的海边看日出。"

我沿着果园的矮墙走着——转过墙拐角，那儿有个院门，通往牧草地。门两旁有两根石制门柱。我躲在一根柱子后面张望，可以悄悄看到整个宅子的正面。我小心翼翼地探出头去，想看看是不是有那个卧室窗户上的百叶窗拉起来了，想看看那些雉堞、那些窗户、那宅子长长的正面。从我这个隐蔽的地方，我全能看得见。

在我观察的时候，在我头顶上方飞翔的乌鸦们也许在注视着我。我真想知道它们会怎么想。它们也许会以为我开始的时候非常小心胆怯，后来渐渐变得非常大胆，非常鲁莽；先是窥视了一下，然后就长时间地瞪着看，后来就离开我的藏身处，信步走到草地上，突然在宅子正面停下脚步，毫无顾忌地长时间凝视着它。乌鸦们也许会评论说："瞧她开始的时候装得多么羞怯，现在又多么鲁莽，多么愚蠢！"

读者啊，听我比喻一下这种情景吧。

一个男人发现他热爱的姑娘正熟睡在河岸的苔藓上。他想端详一下她的面孔而不去惊醒她。于是他悄悄从草地上走过去，小心不发出一点声音，然后停住脚步。他以为她动了一下，就连忙缩回来，无论如何也不想让她看见。一切都是静悄悄的，他又往前走去，俯身看着她。她的脸上盖着一块轻柔的面纱。他把面纱掀开，把头凑得更近些。他这时希望看到的是一幅美丽的画面——是一个温柔、娇艳、可爱的睡美人。他的眼睛最初看得多么仓促啊！但是他的眼睛却凝住了，他惊得跳起来！他双臂突然抱起片刻之前还不敢用手指碰一下的那个身体，猛烈地摇起来！他就这样紧紧抱着、号啕着、凝视着。他不再担心会把她吵醒。他原来以为他的情人甜蜜地睡着了，结果却发现，她已经僵死了。

我呢，怀着羞怯的喜悦朝一座宏伟的宅子望去；结果看到的却是一堆焦黑的废墟。

现在的确没有必要到躲在门柱后面，也用不着窥视卧室的窗户，不必担心窗户里面有人在走动！没有必要倾听开门的声音，也不用幻想步道上和卵石路上的脚步声！草坪和院子任人践踏，已经荒芜了，正门大张着嘴，空空如也。房子正面如同我有一次在梦中见到的那样，只有一堵薄得像层贝壳似的墙，看上去又高，又脆弱。墙上是一个个没有玻璃的窗洞，没有房顶。雉堞和烟囱都没有了——全都坍塌进去了。

房子周围是死一般的寂静，是凄凉的荒野。难怪把信寄给这儿的人，不会收到回信，这就像把信寄到教堂墓地的坟窖里一样。石块上可怕的焦黑色说明了房子在什么样的灾难中坍塌的。它遭到了火灾。可是这火是怎样烧起来的？这场灾祸是怎么回事呢？除了灰浆、大理石、木结构的损失之外，还有什么其他损失吗？是不是除了财产的损失之外。生命也遭了难？假如是的话，那可能是谁的生命呢？多么可怕的问题啊。这儿没有人能回答——就连无声的迹象、喑哑的标志也没有。

我在残垣断壁间漫步，穿过遭受浩劫的宅子内部，得到了一些证据，知道这场灾难并非发生在最近。我认为，冬天的雪曾经飘进那扇洞开的拱门，冬天的冷雨也曾经扫进那些空空的窗棂。因为在湿漉漉的一堆堆废墟中，春天已经孕育出植物，在滚落的石块和椽木间到处爬出了蔓草。啊，此刻，那遭难的不幸主人在哪儿呢？在哪个国土上？在什么的保护之下？我的眼睛不由自主地滑到门外那座教堂的塔楼上。我问自己："难道他已经跟戴默·德·罗契斯特一起躺进那狭窄的大理石住所了？"

我一定要得到这个问题的答案。除了客栈之外，没有其他地方可以得到回答。于是我立即赶回那个客栈去。客栈老板亲自把我的早餐送到客厅来。我请他关上门，并且请他坐下，说是我有一些问题要问他。可是等他照我说的做了之后，我又不知道该怎么提问了，我对他可能给我的回答感到恐惧。不过，我刚刚离开的那种荒凉景象，已经让我对于听一个不幸的故事，有了相当程度的思想准备。这个客栈老板是个模样十分可敬的中年人。

“你一定知道桑菲尔德吧？”我终于说出了口。

“是的，小姐。我曾经在那儿住过的。”

“是吗？”我想，并不是跟我同时期住在那里，我并不认识你。

“我是已故的罗契斯特先生的管家，”他补充说。

已故的！我似乎受到重重的一击，可我迄今为止一直在躲避这一击。

“已故的！”我喘不上气来了，“他死了吗？”

“我说的是现在这位罗契斯特先生的父亲，”他解释道。

我这才恢复了呼吸。我的血液也重新流动起来。听到这些话，我完全放了心，爱德华先生——我的罗契斯特先生总算还活着，不管他在哪儿，愿上帝保佑他。毕竟他还是“现在的这位”。这是多么令人高兴的话啊！我好像已经可以比较平静地听他讲起发生过的那一切——不论发生过什么事情。既然他不在坟墓里，就是听到他在安蒂波迪斯群岛[①]，我想，我也能忍受。

“罗契斯特先生现在还住在桑菲尔德吗？”我这是明知故问，但是我想推迟直接提问他的下落。

“噢，小姐，不在了！那儿现在没人住。我想你没来过本地吧，要不然的话，你就会知道去年秋天那里发生的事情了。桑菲尔德已经彻底成了个废墟，就在秋收时节，它被烧毁了——真是个可怕的灾难啊！大量宝贵的财产都给烧毁了，在大火中，几乎连一件家具都没有抢出来。火是在夜深人静的时候燃烧起来的。米尔考特来的救火车还没来得及赶到现场，房子已经成了一团大火。那景象真是可怕。我是亲眼看到的。”

“在夜深人静的时候！”我喃喃地说道。是啊，在桑菲尔德，那从来就是个致命的时刻。我问道：“知道火是怎么烧起来的吗？”

“人们只是猜猜而已，小姐。人们只是猜想。可我倒觉得那是千真万确的事情，根本用不着怀疑。你是不是听人说过，”他把椅子往桌子这边稍微挪近一点儿，压低声音接着说：“那儿的宅子里，养着一个……一个……一个疯女人？”

“我隐隐约约听说过这事。”

“小姐，那个女人给严密地监禁着。有好些年，大家根本就不知道有这么个人。没人看见过她。人们只是听到一些谣传，说是有这么个女人住在桑菲尔德，至于她是谁，是干什么的，却很难猜测。据说，爱德华先生把

---

① 新西兰南端邻近南极洲一群岛。

她从国外带到家里来，有人认为她是他以前的情妇。可是，一年以前，却发生了一件奇怪的事情，那是一件非常奇怪的事情。”

我害怕听到自己的故事，于是便尽力让他回到刚才的正题上来。

“那个女人怎么样了？”

“小姐，那个女人原来是罗契斯特先生的妻子！人们发现这个问题的方式十分奇怪。宅子里当时有一位小姐，是那儿的家庭女教师，罗契斯特先生爱上了……”

“那么，那场火灾呢？”我提醒他道。

“我就要说到了，小姐。爱德华先生爱上了她。那儿的用人们说，他们从来没见过哪个人像他爱得那么深。他不断地追求她。用人们常常注意着他——用人们总是这么做的，这你知道的，小姐——他把她看得比什么都重要，不过除了他之外，其他人并不认为她长得十分漂亮。她的个子很小，人们说，小得几乎像个孩子。我自己从来没见过她，但是我听女用人利厄说起过她。利厄很喜欢她。罗契斯特先生大概有四十岁了，可那个家庭教师仅仅二十岁。你瞧。他那样年纪的先生，爱上个小姑娘，一般来说总是着了魔。总之，他要跟她结婚。”

“你以后再给我讲这段故事吧，”我说道，“我现在有个特殊的理由，想要听听关于大火的整个过程。人们是不是怀疑，那个疯子——就是罗契斯特太太，与失火有关？”

“你猜对了，小姐。那是确定无疑的。是她放的火，不是别人。有一个女人看管着她，那个女人名字叫作普尔太太。要说干她那一行，她可是个行家里手，而且十分可靠。只是她有个毛病——做她那种工作的护士和看守，大多数都有这种毛病——她偷偷藏了一瓶杜松子酒，时常喝上那么一口。这本来是可以原谅的。因为她干那种活儿，日子不好过。但是那也的确够危险的，因为普尔太太喝了酒睡熟以后，这个疯女人就会变得十分狡猾，简直像个巫婆一样可怕。她把钥匙从普尔太太口袋里掏出来，溜出房间，在宅子里到处乱窜，脑子里想出什么点子，就会闯什么祸。他们说，她有一次几乎把她丈夫烧死在床上，可这事我说不准。不过，那天晚上，她先把自己隔壁那间屋子里的帐子点着火，然后就到下面一层，走到家庭教师住过的那间屋子里，她恨那个教师，就好像她什么都知道似的。她把那儿的床点着火。幸亏没人睡在床上。那个女教师两个月以前就逃走了。罗契斯特先生到处找她，好像她是他在世界上最宝贵的东西似的，可是一直没有得到她的消息。他的脾气变得特别恶劣——由于失望，变得近乎疯狂了。他那个人本来也不和气，但是，在失掉她以后，变得相当危险。他要独自待着，把女管家费尔法克斯太太打发到住在远方的一个她的朋友家去住。不过，他为她办得很好，给她定了一笔终生年金。这笔钱她受之无愧——她是个非常善良的女人。受她保护的阿黛勒小姐后来送进了学校。他不再跟上流绅士们来往，把自己关在宅子里，活像个隐士。”

“怎么？他没离开英国吗？”

“离开英国？天哪，当然没有！他就连房门都不愿跨出一步。只有到了夜里，他才会像个鬼魂一样在院子里和果园里到处走动，仿佛丢了魂似的。照我说啊，他可真是丢了魂。因为在遇到那个小个子家庭女教师之前，小姐，人们从来没见过比他更勇敢、更大胆、更敏锐的绅士了。他并不像有些绅士那样，他不喜欢喝酒，不打牌，也不喜欢赛马。他那个人长得不怎么帅，可他有一种独特的勇气和意志，那是一种不亚于任何人的气质。你知道吗，我从小就认识他。说心里话，我真希望那个家庭女教师——爱小姐——到桑菲尔德来以前，就淹死在海里。”

“这么说，起火的时候，罗契斯特先生就在家里？”

“是的。他的确在家。火已经在房子里到处烧起来的时候。他爬到顶楼上去，把用人们都从床上叫起来，扶他们下了楼——然后又爬上去，要把他那个疯老婆从小房间里救出来。这时候。人们大声告诉他说，她在房顶上。她真的站在那儿，还在雉堞中间挥舞着胳膊，大叫大嚷，声音大得一里地以外都能听得见。我当时亲眼看见她，还听见她叫嚷。她是个大个头的女人，头发又长又黑。火光下，我们都能看见她的头发在飘动。我亲眼看见——还有几个人也看见——罗契斯特先生从一个天窗爬上房顶。我们听见他叫了一声‘伯莎！’只见他朝她跑过去。然后，小姐，她大叫了一声跳了下来，立刻就掉在步道上，摔得血肉模糊。”

“死了吗？”

“死了吗？当然啦，就跟溅满了她的脑浆和血液的石头一样一动不动了。”

“我的老天哪！”

“的确惊人，小姐。实在吓人哪！”

他打了个寒战。

“后来呢？”我敦促他讲下去。

“唉，小姐，后来房子被夷为平地，现在只剩下一堆废墟了。”

“还有其他生命损失没有？”

“没有。也许有了反而倒好。”

“你这是什么意思？”

“可怜的爱德华先生！”他大声嚷起来。“我没想到会有这样的事！有人说，他隐瞒了第一次婚姻，老婆还活着，就想娶第二个女人，这是他应得的报应。可是我却可怜他。”

“你说过，他还活着？”我大声说道。

“不错，不错，他还活着。不过很多人都认为他还不如死了的好。”

“为什么？怎么回事？”我的血液又变凉了。“他在哪儿？”我问，“他在英国吗？”

“当然，当然，他是在英国。照我看，他离不开英国了。他现在可是固定在这儿了。”

这可太让人痛苦了。这个人似乎打定主意要继续卖关子。

“他的眼睛全瞎了，”他终于说出了真相。“是啊——完全瞎了——爱德华先生完全瞎了。”

我原来担心的是更糟的结果，我害怕他变疯。我鼓起勇气问他，当时是什么造成这个灾难的。

“那都怪他自己的勇气，从另一方面说，也怪他的好心，小姐。他要在别人全都离开房子以后才离开。罗契斯特太太从雉堞上跳楼以后，他终于从大楼梯上爬了下来，可是就在他下楼的时候，只听得轰隆一声，整个楼梯倒塌了。人们从废墟里把他拖出来，他还活着，可是伤得厉害。一根房梁落下来，还算保护了他一下，可是他的一只眼睛给打了出来，一只手压烂了，外科医生卡特不得不把那只手马上截掉。另外一只眼睛发了炎，也失明了。他现在真是毫无办法——又瞎，又残废。”

“他在哪儿？他现在住在哪儿？”

“在芬丁庄园，那是个农场上的宅子，在三十里以外，是个荒凉的地方。”

“谁跟他住在一起？”

“老约翰夫妇。他不要别人跟他住在一起。人们说，他的身体完全垮了。”

“你有什么车子吗？”

“我们有一辆轻便马车，小姐，是一辆十分漂亮的轻便马车。”

“请你立刻把车备好。要是你的车夫能在今天天黑前把我送到芬丁庄园，我就付给你和他比平常多一倍的车钱。”

第十一章

芬丁庄园的宅子是个相当古老的楼宇。房子中等大小，建筑外表没有什么虚饰，位置是在一座树林里。我以前也曾经听说过这所住宅，罗契斯特先生就常常谈起它，说是有时候还上那儿去。他父亲买下这个产业，是为了打猎的时候来住。他本想把房子租出去，可是找不到房客，因为这里的地点不合适，对身体健康不利。于是，芬丁庄园就一直空着，也没有陈设家具，仅仅布置了两三个房间，供打猎季节时老爷上那儿暂住。

天黑之前，我来到这所宅子。天空布满阴郁的云彩，刮着寒冷的大风，还下着冷得刺骨的绵绵细雨。我已经如我许诺的那样，付了双倍的车钱，把马车打发走了。最后的一里路，我要步行。即使到了离那宅子很近的地方，还是一点儿也看不见它。宅子周围的黑森林茂密苍翠，给人以阴森森的感觉。花岗石门柱和上面的铁门，让我明白该从哪儿走进去。我走进门后，立刻就发现自己处在密林里的朦胧暮色之中了。面前是一条长满杂草的小径，小径两旁挺立着多节的古树，枝条交叉，覆盖在小径上方。我沿着这条路走去，心里以为很快就能到达宅子前面。可是那小径蜿蜒曲折，越伸越远，看不到一点儿住宅或庭院的迹象。

我以为走错了方向，迷失了道路。我周围是幽暗的密林和沉沉暮色。我朝四下张望一番，想寻找另一条道路。却没有别的道路，只有交织在一起的枝丫，柱子似的树干，夏日的繁茂枝叶。没有任何其他路好走。

我继续往前走去。最后，这条路终于变得开阔起来，树林也稀了一点儿。不一会儿，我就看到一个栏杆，然后看见了房子。在这朦胧的光线中，房子破败，墙壁潮湿，颜色暗绿，几乎跟树木区别不开。走过一道只上了门闩却没有上锁的门，我就走进一块四周围着的场地中间。周围的树木围成个半圆形，没有花坛，也没有花，只有宽阔的卵石路绕过一小块草地，周围是浓密的森林。房子正面露出两个尖角阁，窄窄的窗户有格子，前门也是窄窄的，只有一级台阶。总的来说，正如“罗契斯特纹章”客栈老板说的那样，是个非常荒凉的地方。静得就像周日的教堂，周围只有雨滴打在树叶上的沙沙声。

“这儿有生命吗？”我自忖道。

有的。这儿的确有某种生命。因为我听到了一点儿动静——那扇窄窄的正门正要打开，一个身影就要从这所房子里显现出来。

门慢慢打开了。一个人走了出来，踏进这暮色之中，站在那个台阶上。这是个没有戴帽子的男人。他把手伸向前面，似乎想感觉一下是不是在下雨。尽管天色很暗，可我还是认出了他——他不是别人，正是我的主人爱德华·费尔法克斯·罗契斯特。

我停住脚步，几乎也止住了呼吸，呆呆地站在那里望着他——仔细观察着他，却没有被看见。唉！他看不见我啊。这是一次突然的会面，本来该有的狂喜却被痛苦彻底抑制住了。我毫不困难地约束住了自己的声音，没有叫起来，我也很容易就控制住了脚步，没有急于扑上前去。

他的身体和以前一样，有着健壮结实的轮廓，他的体态还是一样的挺直。他的头发还是乌黑的。他的五官没有改变，也没有凹陷。任何忧伤都不可能在短短的一年间削弱他运动员般的力量，也不能摧毁他那勃勃生气。但是，在他的脸上，我看出了一种变化，那是一种绝望的沉思——让我联想起一只失去自由、受到虐待的野生动物或鸟儿。在他忧伤之际，走近他是危险的。笼中鹰的金色瞳孔被残酷地戳瞎后，可能会显得像那个失明的参孙一样可怕。

读者，你以为他眼睛失明可能残暴，我就会怕他吗？要是你这么看，那可就是对我太不了解了。在我的悲哀中混合着一种微弱的希望，希望我很快就能在那岩石般的额头上印下一吻，再亲吻额头下庄严地紧紧闭起来的眼睛。可是现在还不行。现在我还不想跟他打招呼。

他走下那一级台阶，缓慢地探索着往草地上走去。此时，他那种豪迈的步伐到哪儿去了？接着，他停住脚步，仿佛不知道该转向哪一边。他扬起头，张开眼皮，竭尽全力朝天空望去，也朝周围半圆形的树木望着。他的目光是那么茫然，看得出来，周围的一切对他来说只是漆黑一片。他伸出右手（那只截去手的左臂一直藏在他怀里），他似乎想摸摸周围到底有什么，然而他摸到的也只有寂静中的空虚。因为树木离他站的地方还有几码远呢。他放弃了摸到树干的尝试，把胳膊交叉在一起，在雨中静静地站着。

这时，急促的雨滴打在他没戴帽子的头上。这时，约翰从里面走出来，朝他走过去。

“你扶着我的胳膊好吗，先生？”他说，“就要下大雨了。你进屋里去不是更好吗？”

“别管我，”他这么回答道。

约翰退了回去，可他没看见我。罗契斯特先生这时想要四处走动一下，可是不行，什么也摸不准。他只得摸索着回房子里去，进屋后，把门关上了。

这时，我走上前去，敲了门。约翰的妻子开了门。

“玛丽，”我说道，“你好吗？”

她惊恐极了，好像见了鬼。我让她平静下来。她连忙问我：“这真是你，小姐，这么晚了还到这个冷落的地方来？”我握了握她的手算是回答，然后跟她走进厨房。约翰这时候坐在熊熊炉火边。我用几句话简短地向他们解释说，我已经听说我离开桑菲尔德后发生的一切事情了。还说，我是来看望罗契斯特先生的。我告诉约翰到我下车的那个通行税征收点，把我寄放在那里的箱子取回来。然后，我一边脱下帽子和披巾，一边问玛丽是不是可以让我在庄园上过夜。我得知，这虽然有点困难，却并不是没有可能，我告诉她说，我打算住下来。正在这时候，客厅的铃声响了。

“你进去的时候，”我嘱咐说，“告诉你的主人说，有个人想跟他谈话，可是，不要说出我的名字。”

“我想他不会愿意见你，”她回答道，“他谁也不见的。”

她回来的时候，我就问他是怎么说的。

“你得先通报你的名字和你的来意，”她回答道。接着，她倒了一杯水，把水和几支蜡烛一起放在一个托盘上。

“这就是他打铃要的东西吗？”我问道。

“是的，他虽然瞎了，可是天一黑，就叫人把蜡烛送进去。”

“把托盘给我，我替你端进去。”

我从她手里接过托盘，她把客厅门指给我看。我端着托盘，托盘晃动着，水从玻璃杯里泼了出来。我的心剧烈地跳动着，响亮地撞击着我的肋骨。玛丽给我开了门，等我走进去后，又把门关上。

这个客厅看上去十分阴暗，一小堆没人照料的火炭在炉栅上冒出低低的火苗。屋子的瞎子主人把脑袋靠在壁炉架上，俯身面对着火。他那条老狗派洛特仿佛害怕被踩住似的，蜷缩着躺在一边，没有挡住他的路。我一进去，派洛特就竖起耳朵，接着就汪汪叫了两声，然后呜咽着，跳起身，朝我奔来，几乎把我手里的托盘都撞翻了。我把托盘放在桌子上，然后拍了拍派洛特的脑袋，压低声音说："卧下！"罗契斯特先生直挺挺地转过身来，想看看这阵骚乱是怎么回事，但是，因为他其实什么也看不见，只得把头转回去，叹了口气。

"把水递给我，玛丽，"他说道。

我端着那个只剩下一半水的杯子朝他走去。派洛特跟在我身后。它仍然那么激动。

"这到底是怎么回事？"他问道。

"卧下，派洛特！"我再次说道。他那只握着杯子的手停住了，似乎在倾听。他喝了水，放下杯子。"是你吗，玛丽，是不是你？"

"玛丽在厨房里，"我回答道。

他做了个很快的动作，向我伸出手来，可是看不见我在哪儿，他并没有接触到我。"这是谁？是谁？"他问道，仿佛还用他没有视力的眼睛竭力看着。可是，那是一种既没有效果，又感到痛苦的尝试。"回答我，再说句话啊！"他专横地大声命令道。

"你要不要再来点水，先生？我把杯子里的一半水都给泼出去了，"我说道。

"这是谁？这是什么？这是谁在说话？"

"派洛特认识我，约翰和玛丽知道我在这儿。我是今天晚上到的，"我回答说。

"我的天哪！我的脑子里出现什么幻觉了？是什么甜蜜的疯狂幻觉把我抓住了？"

"这不是幻觉，不是疯狂。先生，你的脑子十分坚强，不会出现幻觉；你的身体十分健康，不会发疯。"

"说这个话的人在哪儿？难道只有个声音吗？啊！我看不见，可我能感觉到，要不就是我的心快要停止，我的脑子就要爆炸了。不管你是谁，不论你是什么，让我摸摸吧，要不然我简直活不下去了！"

他摸索着。我一把抓住他那只到处乱摸的手，紧紧握在我的两只手中。

"这正是她的手指！"他喊道，"她那娇小的手指！如果是真的，那就一定不止这些。"

这只肌肉发达的手挣脱了我的抓握，抓住我的胳膊、肩膀、脖子、腰肢，我的整个身体都被他搂住，紧紧靠在他身上。

“这真是简吗？这是什么？这是她的体型，这是她的身材……”

“而且这还是她的声音，”我添加道。“她这个人全都在你面前了。愿上帝保佑你，先生！我真高兴，又离得你这么近了。”

“简·爱！——简·爱！”他这么喃喃地说道。

“我亲爱的主人，”我回答道，“我是简·爱。我找到你了，我回到你身边来了。”

“这是真的？——实实在在的肉体？是我那活生生的简？”

“你摸到了我，先生，你抓着我，抓得足够紧的。我可不像尸体那么冷，也不像空气那么虚无缥缈，对不对？”

“我那活着的亲宝贝！这的确是她的四肢，这是她的五官。但是，我在遇到那一系列灾难后，不可能有这样的福分。这准是一场梦。我在夜里就做过许多这样的梦，我梦见过像现在这样再把她搂在我的怀里，像现在这样吻她，也觉得她像这样爱我，还相信她再也不会离开我了。”

“我永远也不会离开你了，先生。从今天开始。”

“这个幻影说，永远不离开？可我每次醒来，都发现那是一场空洞的梦，是对我的嘲讽。我还是那么孤独，受到遗弃——我的生活充满黑暗和寂寞，毫无希望——我的灵魂满怀渴望，却得不到甘露——我的感情这样饥饿，却得不到食粮。温存的梦幻啊，你现在依偎在我的怀抱里，可我知道，你也会像你的那些姐妹们一样从我这里飞走的。但是，在你离开之前，吻吻我吧——拥抱我吧，简。”

“好的，先生——好的！”

我把嘴唇压在他那曾经十分明亮而现在却变得没有光泽的眼睛上——我把他额头上的头发拂开，吻了吻他的额头。他似乎突然明白过来，相信这一切都是真的了。

“这是你——这真是简？这么说，你真的回到我身边来了？”

“是的。”

“这么说，你没有死在那条溪流下面的沟壑里？你也不是个在异乡漂泊的流浪者？”

“不是的，先生。我现在是个独立的女人。”

“独立的！那是什么意思，简？”

“我那个在马德拉群岛的叔叔去世了，给我留下五千英镑。”

“这是可信的——这是真的！”他喊起来。“我做梦也没想到过这个。另外，还有她那奇特的声音，既温柔又这样让人激动，还那么惹人生气。

它让我枯萎的心得到了欢乐，把生命的活力又注入我的心了。你说什么，简妮特？你是个独立的女人了？是个富有的女人了？”

“相当富有，先生。要是你不让我跟你生活在一起，我可以在离你的院门很近的地方造一所房子，等你晚上需要找个伴时，可以到我的客厅来坐坐。”

“简，既然你富有了，你现在一定有一些朋友吧。他们会照顾你，也不会让你献身给我这么一个又瞎又残废的人吧？”

“我跟你说过，先生，我不但有钱，而且还是独立的，我的主人就是我自己。”

“你要跟我住在一起吗？”

“当然啦——除非你反对。我要做你的邻居，你的护士，你的管家。我看到你很孤独，我来做你的伴侣吧——给你读书，陪你散步，跟你一起坐着，伺候你，当你的眼睛和手。不要再显得那么伤心了，我亲爱的主人。只要我还活着，就不会让你受到孤独之苦。”

他没有作答，表情看上去很严肃——十分恍惚。他叹了口气，把嘴唇张开仿佛打算说话，可是又把嘴闭上了。我觉得有点儿难堪。也许我过于鲁莽，超出了习俗的范围。也许他也像圣约翰一样，在我的冒失中看出了什么不合适的地方吧。我说出上面那番话，脑子里想的确实是这样一个念头：他希望，而且也会要求我做他的妻子。我预料他会立刻就要求我归他所有，这种预料并不因为没有说出来就不是肯定的。可是他那方面却没有流露出一点这样的暗示，他的脸色变得更加阴郁。我突然想起，也许我完全搞错了，说不定我正在不明智地扮演着傻瓜的角色。我开始慢慢从他怀抱里脱出身来——可是他却把我搂得更紧。

“不——不——简。你千万不要走开。不——我摸到了你，感觉到了你带给我的舒适，感觉到你那甜蜜的安慰。我不能没有这种欢乐。我的心里已经没剩下多少东西了，我必须拥有你。世人也许会嘲笑——也许会说我荒谬，说我自私——可是这没关系。我的心灵要求你，必须得到满足，否则它会拼命向它的躯壳做出报复的。”

“那么，先生，我愿意和你待在一起。我已经说过了。”

“是的——但是说到跟我待在一起，你的理解是一回事，而我的理解又是另一回事。也许你可以打定主意，守在我的椅子跟前，靠在我的手旁边——像一个好心的护士那样伺候我，因为你有一颗充满爱的心，也有慷慨的精神，促使你对你所同情怜悯的人做出牺牲。这毫无疑问会使我感到满意。我想，我现在对你只应该有慈父般的感情。你是不是这样想的？来——告诉我。”

“你要我怎么想，我就会怎么想，先生。要是你认为这样最好，我只做你的护士，也会感到十分满足。”

“但是你不能永远做我的护士，简妮特。你还年轻——你将来必须结婚。”

“我并不关心结婚的事。”

“你应该关心，简妮特；如果我还是跟以前一样，我就要设法让你关心，可是我现在已经成了个瞎眼的木头！”

他再次陷入阴郁之中。可我却变得更加高兴，而且有了勇气，最后几句话让我明白了他感到的困难所在。那是由于他的困难而不是我的困难。于是我摆脱了以前的窘态，又开始活泼地谈话了。

“现在该是有个人把你重新变成人的时候了，”说着我把他那没有修剪的浓密鬈发分开，“因为，照我看，你已经变成一头狮子一样的东西了。无疑，你的完全成了旷野里的尼布甲尼撒的样子[①]。你的头发让我想起老鹰的羽毛，你的指甲是不是长得像鸟爪，我还没注意到。”

“在这只胳膊上，我既没有手也没有指甲，”他说着把那只截掉手的胳膊从怀里抽出来，伸给我看。“只剩下一个残肢——太可怕了。是不是，简？”

“看见它，心里真遗憾。看见你的眼睛，看见你额头上烧伤的疤痕也真遗憾。最糟的是，尽管如此，你还是有被人爱上的危险，有让人珍视的危险。”

“我以为，看到我的手和我这疤痕累累的面孔，你会感到恶心的。”

“你真的这么想吗？别跟我这么说——否则我就要对你的判断说些藐视的话了。现在，我要离开你一会儿，去把炉火烧得更旺一点，把炉边扫干净。火旺的时候，你知道吗？”

“知道的。我的右眼可以看到一点亮光——是一团朦胧的红光。”

“你看得见蜡烛光吗？”

“非常模糊，每个蜡烛光就像一小团发亮的云彩。”

“你能看见我吗？”

“看不见，我的仙女。不过，我能听到你的声音，这我就感激不尽了。”

“你什么时候吃晚饭？”

“我从来不吃晚饭。”

---

① 《圣经·旧约》《但以理书》第4章第33节：巴比伦王尼布甲尼撒被逐离世人，吃草如牛，身披露水，头发长如鹰羽，指甲长如鸟爪。

“但是从今天开始，你要吃晚饭。我饿了。我看你也饿，只是忘记吃了。”

我把玛丽叫来，很快就把屋子收拾成令人愉快的样子了，我还为他做了一顿很好吃的晚饭。我感到兴致勃勃，吃饭的时候轻松愉快地跟他交谈，饭后继续跟他聊了很长时间。跟他在一起，不会感到烦恼，不会受到限制，也用不着抑制欢乐活泼的情绪。跟他在一起我感到自由自在，因为我明白，我合他的心意。我说的话和我做的一切似乎都能给他以安慰，或者能使他精神振奋。能有这样的意识，真是令人高兴啊！它使我整个的天性复活了，并且表现出来；跟他在一起，我才过上了真正的生活，跟我在一起，他也有同样的感觉。虽然他眼睛看不见，但是他的笑容仍然在脸上荡漾，欢乐使他的额头发亮。他的面容变得温柔热情。

吃过晚饭，他开始向我提出很多问题，问我一直在哪儿，做了些什么，怎么找到他的，可是我仅仅简短地回答了他的一些问题。那天时间太晚了，不能详细谈。再说，我也不希望扣动过于让人激动的心弦——在他心里开掘新的感情深井。我此时唯一的目的就是让他高兴。正如我所说的那样，他感到高兴，但仅仅是短时的。只要有片刻的沉默使谈话中断，他就会感到不安，摸摸我，然后叫一声：“简。”

“你真的是个人吗，简？你真的能肯定吗？”

“我打心底相信这是真的，罗契斯特先生。”

“可是，在这么一个黑暗、阴郁的夜晚，你怎么可能这样突然出现在我孤独的炉边呢？我伸出手去，从一个用人手中接过一杯水，可这水却是由你递给我的。我问了一个问题，等待着约翰的妻子回答，结果在我耳边响起的却是你的声音。”

“那是因为我代替玛丽端来了托盘。”

“就在我跟你共同度过的这个时间里也有着迷人的东西。谁能说得清，过去几个月里，我过的是什么样的黑暗、凄惨、绝望的生活啊？我什么也不做，什么指望也没有，白天和黑夜都一样的混沌，所有的感觉不过是炉火熄灭后感到冷，忘记吃东西的时候感到饿，剩下的就是无尽的悲哀。有时候，还产生一阵痴心妄想，渴望再见见我的简。是啊，我再次得到她的渴望，胜过了恢复视力的愿望。简怎么可能跟我在一起，还说她爱我呢？难道她不会像来的时候那样突然从我身旁走掉吗？我真害怕明天就找不到她了。”

我认为，照他目前的心境，与他谈起普通而实际的话题，避开他那混乱想法是最好、也是最能使他安心的。于是我用手指抚摸着他的眉毛，说眉毛烧焦了，我要在上面敷点药，让它们重新长起来，长得像以前一样又粗又黑。

“善良的精灵，不论你用什么方式为我做好事，又有什么用处呢？到了一个关键时刻，你又会抛下我走掉，像个影子一样飘走，到哪儿去，怎么去，我都不知道，而且以后让我再也找不到你了。”

“你衣袋里装着小梳子吗，先生？”

“做什么用，简？”

“把你这些蓬乱的黑鬃毛梳理整齐。我凑到你跟前，才发现你看上去真让人害怕。你说我是个仙女，可是我倒能肯定，你更像个棕仙①。”

“我的样子可怕吗，简？”

“很可怕，先生。你从来就是个可怕的人，这你自己是知道的。”

“哼！不管你在哪儿待过，你那调皮的习惯还没改。”

“可我是跟好人住在一起。他们比你好得多，好一百倍。他们的思想和见解是你所没有的，而且他们比你更文雅、更高尚。”

“见鬼，你一直跟什么人待在一起？”

“你要是这么扭动，头发都会让我拔掉了。到那时，你就会不再怀疑我的实际存在了。”

“你跟谁在一起，简？”

“你今天晚上可打听不出来的，先生。你必须等到明天再问。你知道，我把故事讲到一半，就是一种保证，说明我明天一定会到你的早餐桌前来，把故事讲完，所以你得等到明天。顺便说一下，我得记住，到你的炉边来的时候，不仅要带上一杯水，至少还要带上一只鸡蛋，不必说还有火腿。”

“你这个神仙所生，凡人养育的仙女替身！你让我感到了这十二个月里没有感觉到的东西。假如索尔有你做他的大卫，用不着竖琴也能驱赶魔鬼了②。”

“好了，先生。这下你已经被收拾好了。现在我要离开你了。我旅行了整整三天，累得厉害了。晚安！”

“我只问一句话，简。你这一向住的那所房子里只有女人吗？”

我笑了，赶紧逃走，跑上楼梯的时候，还在笑个不停。“好主意！”我快活地想道，“我有办法让他在接下来挺长时间里，感到烦躁不安，这样，

---

① 传说中，夜间替人做家务活的仙童。

② 《圣经·旧约》《撒母耳记》第16章第14—23节：上帝的灵魂离开索尔后，恶魔从上帝那儿来到索尔身上。索尔听从臣仆的劝告，派人找来牧羊人大卫。每当恶魔降临到索尔身上，大卫就弹起竖琴驱赶魔鬼。

他就可以忘掉自己的忧郁。”

第二天一早，我就听到他起了床，开始走动，从一间屋子，走到另一间屋子。玛丽刚一下楼，我就听见他在提问：“爱小姐还在这儿吗？”接着，他又问道：“你把她安顿在哪一间屋子里了？那个屋子干燥吗？她起床了没有？去问问她要什么，问问她什么时候下来。”

到了我觉得该吃早饭的时候，我就下了楼，轻手轻脚走进屋子，在他还没有发现我的时候，我先看到了他。看到他充沛的精神不得不屈服于不健全的肉体，我感到十分伤心。他一动不动坐在椅子上，但是看上去并不稳定，显然是在等待着什么。他那刚毅的面容上已经印下了惯有的悲伤痕迹，让人联想起一盏已经熄灭，却在等待人来点燃的油灯。唉！现在他自己已经不能主动点燃这盏表情生动的灯了，这件事要依靠别人来做。我本打算表现得欢快活泼，可是见了这个本来坚强的人变得如此虚弱，我不由感到十分心疼。不过，我还是尽量装出轻松愉快的口吻，跟他打了个招呼：

“这是个阳光明媚的早晨，先生，”我说道。“雨住了，不会再下了，雨后阳光和煦，等一会就能去散步了。”

他顿时变得容光焕发，是我唤醒了他脸上的光辉。

“啊，你真的在这儿，我的云雀！到我这儿来。你没有走，没有消失？一个小时之前，我听到你的一个同类在树林中歌唱。但是它的歌声不能打动我，就像初升的太阳对我来说也没有光芒一样。在我看来，世界上所有美好的音乐全都集中在简的舌头上，幸亏这只舌头不是天生沉默的。我能够感到，阳光全都集中在她的身旁。”

听到他这样公开承认自己的依赖性，我不禁热泪盈眶。这就像一只高贵的鹰隼被锁在栖木上，不得不恳求一只麻雀向它喂食。可是我不愿落泪。我挥去那些带咸味的水滴，忙着准备早饭。

这天大部分时间是在外面度过的。我带他走出潮湿荒芜的树林，来到欢快的田野上。我向他描绘了田野多么翠绿可爱，花朵和树篱有多么新鲜，天空有多么蔚蓝明亮。我找到个又隐蔽又舒服的地方，那是一棵树的干树桩。他坐下以后，拉我坐到他腿上。我也没有拒绝，既然他和我都感到相互靠近胜过彼此分离，我为什么要拒绝呢？派洛特趴在我们身边。周围一切都是静悄悄的。他把我搂在怀抱里，突然说道：

“你这个狠心的，残忍的出逃者！噢，简，当时，我发现你从桑菲尔德逃走，到处找不到你，我心里多难受啊！我查看过你的房间，知道你没带钱，也没带能换钱的东西。我给你的一条珍珠项链仍然放在小盒子里没动过。你的箱子还是像准备旅行时那样捆扎起来，上了锁。我当时自言自语地问，我的小宝贝连一个钱也没有，可怎么办呢？她到底是怎么过的呢？我现在想听你说说。”

他这么一催促，我就开始叙述去年的经历。我把那三天的流浪和饥饿说得轻描淡写，因为要把一切都告诉他，就必然引起不必要的痛苦。我所讲的那一点点东西，已经把他的心刺得够深——远比我希望的要深。

他说，我不该一点钱也不带就这么离开他；我本该把我的心意告诉他。我应该信任他；他决不会强迫我做他的情妇。尽管他在绝望中看上去十分粗暴，可事实上，他爱我爱得非常深，对我非常体贴，不可能把自己变成我的暴君。他宁可把他的财产分一半给我，也不愿让我就这么孤身一人到广漠的世界上去乱闯。他说，他不会要求任何回报，连一个吻也不会要的。他肯定说，我受的苦比他受得还要多。

“好了，别管我受过什么苦吧，反正时间很短，”我答道。接着我就开始告诉他，我怎样被收留在沼泽山庄，怎样得到乡村女教师的职位，等等。得到财产和发现亲戚的事情当然也都顺序讲了一遍。圣约翰·里弗斯的名字常常在我讲的故事中出现。我说完以后，那个名字马上就让他提出来了。

“这么说，圣约翰是你的表哥？”

“是的。”

“你常常提起他。你喜欢他吗？”

“他是个很好的人，先生。我没法不喜欢他。”

“一个好人？你的意思是不是说，他是个为人可敬、品行端正的男人？有五十来岁了吧，是不是这样的？”

“圣约翰只有二十九岁，先生。”

“还年轻。他是个身材矮小、反应迟钝、长相平庸的人吧？优点在于没有罪过，而不在于品行出众吧？”

“他活动积极，不知疲倦，是那种生来要干一番伟大、崇高事业的人。”

“他的脑子怎么样？我想，大概比较笨拙吧？虽然他的意思不错，可你听了他的谈话，大概只能耸耸肩膀表示瞧不起，对吧？”

“他很少说话，先生。但是，只要开口，就能切中要害。我认为，他的脑子是第一流的。虽然不容易打动别人，可是却十分坚强。”

“这么说，他是个能干的人？”

“的确十分能干。”

“是个完全有教养的人？”

“圣约翰是个饱学多才的学者。”

“我想，你说过，他的举止不合你的口味吧？是不是一副古板的牧师腔？”

“我根本就没有提到他的举止。他的举止温文儒雅，一副绅士气派。要是那种举止不合我的口味，那我的口味一定很糟。”

“说说他的相貌吧。我忘记你刚才是怎么描绘他的相貌的。准是个相貌粗鲁的教士，脖子上系着能把他勒个半死的白色领巾，脚上穿着厚底高帮皮靴，对不对？”

“圣约翰穿得很好看。他的长相很漂亮，个头高高的，皮肤白皙，一双湛蓝的眼睛，轮廓完全是典型的希腊式。”

他悄悄说了句：“真见鬼！”然后问我：“你喜欢他吗，简？”

“是的，罗契斯特先生，我喜欢他。可是，你已经问过我这个问题了。”

当然啦，我看出了这些问题的意图。他已经让嫉妒抓住，让嫉妒刺痛了。不过，这种刺激是有益处的。它使他摆脱了忧郁毒牙的啃啮。所以，我不想立刻就驯服这条毒蛇。

“也许你不太喜欢坐在我腿上了吧，爱小姐？”他这个问题有点让我出乎意料。

“为什么不呢，罗契斯特先生？”

“你刚才描绘的那幅图画，展现出一个过于强烈的对比。你的话非常漂亮地勾画出一个优雅的阿波罗[①]。他恰好是你想象中的偶像——‘长相很漂亮，个头高高的，皮肤白皙，一双湛蓝的眼睛，轮廓完全是典型的希腊式。’可你的眼睛看到的却是个伏尔甘[②]——皮肤深褐色、肩膀宽阔，一个十足的铁匠，而且还又瞎又残废。”

“我可从来没想到过这个。可是你确实很像火神，先生。”

“好吧——你可以离开我了，小姐。可是在你走以前，”他比刚才更紧地抓住我的手说，“请你回答我的一两个问题，”他停顿了一下。

“什么问题，罗契斯特先生？”

接着，他就开始盘问了。

“圣约翰是在得知你是他的表妹之前，让你做了莫尔顿的乡村女教师的？”

---

① 希腊神话中的太阳神。常以他的名字喻指美男子。

② 罗马神话中的火神和司锻造之神。常以他的名字喻指铁匠。

“是的。”

“你常常见到他吗？他有时也到学校去拜访吗？”

“每天都去。”

“他赞成你的计划吗，简？我知道那些计划是明智的，因为你是个有才能的鬼东西。”

“他赞成的。”

“他在你身上发现了许多他没有料到的东西吗？发现了你有一些非同寻常的技艺吗？”

“这我倒不清楚。”

“你说过，你住在学校附近的一所小屋里。他到那儿去看望过你吗？”

“常常去。”

“晚上也去吗？”

“去过一两回。”

停顿了一会儿。

“在你们知道自己的表兄妹关系后，你同他和他的妹妹们在一起住了多长时间？”

“五个月。”

“里弗斯与他家的女士们待在一起的时间多吗？”

“挺多的。后客厅既是他的书房，也是我们的书房。他坐在窗口，我们坐在桌子旁边。”

“他学习时间长吗？”

“很长。”

“学什么？”

“印度斯坦语。”

“他学的时候，你在做什么？”

“起初，我学习德语。”

“是他教你的吗？”

“他不懂德语。”

“他什么也没教你？”

“教过点印度斯坦语。”

“里弗斯教你学印度斯坦语？”

“是的，先生。”

“也教他的妹妹们？”

“不。”

“只教你？”

“只教我。”

“是你要求学的？”

“不是。”

“是他想要教你？”

“是的。”

第二次停顿。

“他为什么想要这样呢？印度斯坦语对你有什么用处哪？”

“他要我跟他一起到印度去。”

“啊！现在我找到了问题的根源啦。他要你跟他结婚，对吗？”

“他向我求过婚。”

“简直是胡编乱造——不过是想惹我烦恼而已。”

“对不起，可这是千真万确的事实。他不止向我求了一次。而且像你以前一样，也是顽固地坚持自己的主张。”

“爱小姐，我再说一遍，你可以离开我了。你要我把这话重复多少遍啊？我已经告诉你离开，你干吗还要这样固执地赖在我的腿上不走？”

“因为我坐在这儿觉得挺舒服。”

“不，简。你坐在这儿不舒服，因为你的心并不与我的心在一起。你的心在你的那个表兄那儿，在那个圣约翰那儿。噢，在这之前，我还以为我的小宝贝简完全属于我！我还相信，她即使离开了我，却仍然爱着我。这想法曾经是巨大痛苦中的一丝甜蜜。尽管我们分别很久，尽管我为我们的离别淌过热泪，可我绝对没想到，在我为失去她而悲痛的时候，她却在与别人相爱！可是伤心也没有用。简，离开我，去跟里弗斯结婚吧。”

“那你就把我掀下去吧，把我推开吧，因为我不愿自动离开你。”

“简，我永远喜欢你的声音，你的声音还能使我的希望复活，这声音听起来这么真挚。我一听到它，就感到又回到了一年以前。我忘了你已经建立起一个新的紧密联系。但是我并不是个傻瓜——走吧——”

“我该上哪儿去呢，先生？”

“走你自己的路——与你选择的丈夫待在一块儿。”

“那是个什么人？”

“你自己知道，就是那是圣约翰·里弗斯。”

“他并不是我丈夫，也永远不会做我的丈夫。他不爱我。我也不爱他。

他爱一个名字叫作罗莎蒙德的漂亮小姐。他是以自己的方式爱她，而不是以你那种方式爱。他要我嫁给他，仅仅是认为我更适合一个传教士妻子的角色，可那个漂亮小姐却不适合。他是个善良而了不起的人，但是对人要求十分苛刻，对我像冰山一样冷酷。他跟你不同，先生。我在他身边不愉快，就是靠近他或者跟他待在一起也不会感到高兴。他丝毫不宽容我，对我没有爱心。他看不到我有什么迷人的地方，甚至看不到我还年轻，只是能看到我的心灵上对他有用的一些特点。你说，难道我必须离开你，到他身边去吗？”

我不由自主地哆嗦着，本能地搂紧我那眼睛失明的亲爱主人。他微笑了。

“什么，简！这是真的吗？你跟里弗斯之间的关系真的是这样？”

“绝对是这样，先生。啊，你不必嫉妒！我不过是逗着你玩玩，想让你忘掉自己的悲伤而已。我认为愤怒比忧伤好些。可是，假如你希望我爱你，你只要知道我是多么爱你，就会感到满足，感到骄傲。先生，我的心整个是你的，就是命运把我的身体从你身边赶走，这颗心也属于你，它会永远留在你这里。”

他再次吻我，痛苦的思想又使他的面容阴郁起来。

“我的眼睛给烧坏了！我的身体残废了！”他满心遗憾地喃喃说道。

我抚摸着他，表示着安慰。我知道他在想什么，想代他说出来。但是又不敢。他把脸转过去，过了一会儿，我看见他紧闭的眼皮底下淌出一滴眼泪，顺着他那张富有男子汉气概的面孔流下去。我的心里难受极了。

“我现在比桑菲尔德果园里那棵遭到雷击的老七叶树还不如，”过了一会儿他说道。“那棵枯树残桩有什么权利，要求刚刚发芽的忍冬草用新鲜的嫩叶去覆盖它腐朽的枝干呢？”

“你并不是枯树残桩，先生——也不是遭到雷击的树。你仍然翠绿，依然生气勃勃。植物会在你的根部生长起来，不管你愿意还是不愿意，它们都会长的，因为它们喜欢你的浓荫。它们生长的时候，喜欢靠近你，围绕着你。因为你的力量给了它们如此安全的支持。”

他再次微笑。我给了他安慰。

“你是说朋友们吧，简？”他问。

“是的，是朋友们，”我有点迟疑地说道。因为我心里的意思是超越朋友的关系。但又不知道该用什么其他的字眼。他帮我选了个词。

“啊，简。可我要的是个妻子。”

“是吗，先生？”

“是的。你觉得这是个新闻吗？”

“当然啦，在这之前你可没提过这事啊。”

“这是一则不受欢迎的新闻吗？”

“那要看情况来定了，先生——看你自己的选择了。”

“这个选择要由你为我作出，简。我愿意依从你的决定。”

“那就选择那个最爱你的女人。”

“我至少要选择我最爱的那个女人。简，你愿意跟我结婚吗？”

“愿意，先生。”

“嫁给一个还得由你为他领路的可怜瞎子？”

“是的，先生。”

“嫁给一个比你大二十岁，还得由你伺候的残废？”

“是的，先生。”

“这是真的吗，简？”

“完全是真的，先生。”

“啊！我亲爱的！愿上帝保佑你，报答你！”

“罗契斯特先生，假如说我一生中做过什么好事，假如说我有过什么好的念头，假如说我做过一次真诚的、无可指摘的祈祷，假如说我有过正义的愿望的话，我现在已经得到了充分的报答。对我来说，做你的妻子，就是我在世界上最大的幸福。”

“因为你喜欢做出牺牲。”

“牺牲！我牺牲什么？牺牲了饥饿，得到了食物；牺牲了期待，得到了满足。得到特权用胳膊抱住我所爱的人，用嘴唇亲吻我心爱的人，依靠着我信任的人。这是我做出的牺牲吗？假如这是牺牲，那我当然高兴做出牺牲。”

“还得忍受我残疾的身体，简，免不了还得宽容我的种种缺点。”

“先生，这些对我都算不了什么。我现在更喜欢你了，因为我对你真正有了些用处。以前，你骄傲自负，处于不依靠人的地位，只扮演赏赐者和保护人的角色。”

“在这之前，我向来讨厌受人帮助——讨厌让人拉着手牵来牵去。我觉得以后不会再讨厌了。我不喜欢把自己的手放在用人手里，可是我的手让我的简的小手拉着，那可是件愉快的事情。以前，我宁愿完全孤独待着，也不愿让用人们伺候，可是简的温柔照料却永远是件令人高兴的事。简让我心满意足，可是我能让她感到满意吗？”

“我天性的每一个细胞都觉得满意，先生。”

“既然是这样，我们再也没什么好等的了，我们该马上结婚。”

他望着我，急切地跟我说话。以往的急躁情绪又出现了。

“我们丝毫不能耽搁，必须马上结成夫妇，简。只要拿到证书，我们就结婚。”

“罗契斯特先生，我现在才发现太阳早已西斜，派洛特已经回家吃晚饭去了。让我看看你的表。”

“把它系在你的腰带上吧，简妮特，以后你就留着它。我用不着表。”

“已经快到下午四点了，先生。你不觉得饿吗？”

“我们必须在三天之后结婚，简。现在别去考虑什么漂亮的衣服和珠宝，那些全都一文不值。”

“太阳已经把雨滴全都晒干了，先生。没有一丝风，天气真热哪。”

“你知道吗，简，现在你的小珍珠项链还戴在我的领带下青铜色的脖子上呢。自从我失去我唯一的宝贝那天起，我就一直戴着它，作为对她的纪念。”

“我们该穿过树林回家。这才是最荫凉的路。”

他继续顺着自己的思路往下走，没有注意我在说些什么。

“简！也许你认为我是一个没有宗教信仰的坏蛋吧。可是此刻，我对于主宰大地的仁慈上帝，心里充满了感激。他看事物要比世人看得清楚得多。他判断事物也比世人聪明得多。我以前做错了。我那样做会玷污我那无辜的花朵，把罪孽的肮脏涂上它纯洁的花瓣。上帝就把它从我手中夺走了。我自己生性顽固，不但没有顺从，而且还起而反抗，几乎是在诅咒这种天意。神便根据正义的原则做出了判决，让灾难沉重地落到了我的头上。我被迫穿过死亡的幽谷。上帝的惩罚是有力的。一次惩罚就让我永远变成卑微的人。你知道我一直为自己的力量引以为自豪。可是现在，这力量怎么样了呢？我得把它交给别人引导。软弱得简直像个孩子。最近，简——只是在最近，我才开始认识到自己的命运掌握在上帝的手中。我开始受到良心的谴责，开始忏悔，开始希望与我的创造者和解。有时候，我开始祈祷，虽然是很短的祈祷，但是却很真诚。

“仅仅在几天之前：我还记得那是在四天之前，是上个星期一的晚上，一种奇怪的心情向我袭来，悲哀的心情代替了疯狂；忧伤取代了愠怒。很长时间以来，我一直有一种感觉：既然我在哪儿也找不到你，你一定死了。那天晚上很晚的时候，也许是在十一点和十二点之间吧，在我孤零零地上床睡觉之前，我祈求上帝，如果他认为合适的话，马上把我的生命夺去，把我带进有希望与简重逢的天国去。

“我当时是在自己的卧室里，靠窗户坐着，那扇窗户开着。充满芬芳的晚风吹来，让我感到快慰，虽然我看不见星星，而且仅仅从一片朦胧发亮的影子才感到了月亮的存在。我渴望着你，简妮特！我的灵魂和肉体都渴望得到你！我带着痛苦的心情和谦卑的态度向上帝询问：我经受孤独、苦难和折磨是不是还不够久，是不是还不能让我立刻再尝试一次幸福和安宁？我承认，我是罪有应得——但是我申辩说，我几乎再也忍受不下去了。我心中的全部希望都不由自主地灌注在这几个字上了：‘简！简！简！’”

“你是大声说出这几个字的吗？”

“是的，简。当时如果有人听到我的声音，准会以为我发了疯。我说出这几个字的时候，情绪是那样的疯狂。”

“时间是在星期一夜里快到午夜的时候吗？”

“是的。但是，时间是无关紧要的。接着发生的才是奇怪的事情呢。你会认为我在迷信——我的血液中是有迷信成分的，一向就有。然而，这件事却是真实的——至少我是真的听到了我就要告诉你的话。

“在我喊‘简！简！简！’的时候，一个声音回答了我，‘我来了，等等我。’我说不出这个声音是从哪里发出的，但是我知道这是谁的声音。片刻之后，风儿送来这样的低语：‘你在哪儿？’

“假如我有能力，我一定会把这几句话在我心头展现的画面告诉你。可我却很难把那些东西表达出来。正如你看到的，芬丁庄园深藏在密林里，声音在这儿变得沉闷，不会发出回声。可是‘你在哪儿？’这句话似乎是从群山中发出的，因为我听到一座座小山送来的回声在重复着这句话。那时，我感到更加凉爽，因为清新的大风在吹拂着我的额头。我简直认为，我是在一个荒凉寂静的地方，与简相会。我相信在精神上，我们一定相会过。毫无疑问，那时候你一定在毫无知觉地熟睡。简，也许是你的灵魂离开了躯壳，来安慰我的灵魂。因为那是你的声音——我对此十分肯定，就像我知道自己还活着一样肯定——那是你的声音！”

读者啊，我正是在星期一的夜里——快到午夜的时候——听到那个神秘的召唤，他说的那些，也正是我当时的回答。我倾听着罗契斯特先生的叙述，并没有作答。我觉得这种巧合太伟大，太让人不可思议，我都不敢随便叙述和讨论这事了。如果我把这事告诉他的话，这个故事一定会在听的人心里留下深刻的印象，但是他的心因为受苦而变得太容易阴郁，不需要更阴暗的超自然的阴影。于是我就把它藏起来，留在自己的心底。

“现在你不会觉得奇怪了吧，”我的主人继续说，“昨晚你出乎意料地出现在我面前的时候，我为什么很难相信你不仅仅是个声音和幻象，不只是一个会默默地化为乌有的东西。因为以前那个午夜的声音和回声就消失过。现在，感谢上帝！我知道不是那样了。是的，我感谢上帝！”

他把我从腿上抱下来，站起身，恭恭敬敬摘下帽子，把失明的眼睛垂向地面，在缄默中虔诚地站着。只有最后几句祷告的话让我听到了。

“我感谢我的创造者，他在裁判中也没有忘记慈悲。我谦卑地请求我的救世主给我力量，让我从今以后过一种比以前纯洁的生活！”

接着，他伸出手来让我牵着他走。我握住那只亲爱的手，把它凑到我的嘴唇上亲吻了一会儿。然后才让它搂在我的肩膀上。我的身材比他矮得多，所以我既可以让他支撑，又可以带他走路。我们走进树林，朝着家走去。

第十二章

结　局

读者啊，我跟他结了婚。我们举行了一个十分平静的婚礼。到场的只有他和我、牧师和书记。我们从教堂回到宅子里后，我走进厨房，玛丽正在做饭，约翰在擦拭餐刀。我说：

“玛丽，今天早上我跟罗契斯特先生结婚了。”这位管家和她丈夫都是那种懂礼貌，轻易不动感情的人。任何时候，你告诉他们奇特的消息后，耳朵都不会被他们的尖叫声刺痛，也不会听到他们大声滔滔不绝地表达自己的惊讶，把你的耳朵震得半聋。玛丽倒是的确抬起头来朝我望了一眼，也瞪着我看了一会儿，她正在往炉子里的两只烤鸡上涂油，手中那把勺子在空中停了三分钟，约翰听了这消息，也一时停下手中的擦拭活计，可是，玛丽接着又弯下腰去忙着烤鸡，嘴里只是说了句：

“是吗，小姐？噢，当然是啦！”

过了一会儿，她又接着说：“我看见你跟主人一起走出去，可我不知道你们是上教堂去结婚，”说完，她就继续给烤鸡涂油。我转向约翰，见他咧开嘴巴笑着。

“我跟玛丽就是这么说的，”他说，“我了解爱德华先生，”约翰是个老仆人了，在他主人还是家里最小的孩子时就认识他，所以他常常用教名称呼主人，“我知道爱德华先生会这样做的。我早就知道他不会等很长时间。也许他做得不错。祝你快乐，小姐！”说罢他有礼貌地拉了拉额头上的头发[①]。

---

① 旧时，英格兰乡下人向人致意时的动作。

“谢谢你，约翰。罗契斯特先生要我把这个送给你和玛丽，”我把一张五英镑的钞票放在他手里。没等他说话，就离开了厨房。后来，我从他们的房间门外经过的时候，从旁听见他们这么说道：

“对他来说，她比哪个阔小姐都好，”还说，“虽说她不是很好看，可她不是个傻瓜，而且脾气挺好。在他眼里，她是个很美的美人，这点谁都看得出来。”

我立刻给沼泽山庄和剑桥写信，把我所做的事告诉他们，并且充分解释了我这么做的理由。戴安娜和玛丽毫无保留地赞同了我的这个步骤，戴安娜回信说，她等我的蜜月一过，就要来看我。

我把她的信读给罗契斯特先生听，他说：“她最好别等到那个时候，简，要等的话，那可就太长了。因为我们的蜜月要照耀我们一辈子呢。只有你我都进了坟墓，它才会暗淡下去。”

我不知道圣约翰听到这个消息后做何感想，我把这个消息通知他，可他一直没回我的信。但是，六个月后，他写信给我，信中没有提到罗契斯特先生的名字，也没有提到我的婚姻。他的信写得很平静，尽管很严肃，却还亲切。从那以后，他保持着虽不经常，但还是定期的通信。他希望我幸福，并且相信我不是那种只关心世俗的人，不是那种没有上帝也能活下去的人。

读者，你还没有完全忘记小阿黛勒吧，对不对？我也没有忘记，不久，我请求到她的学校去看看她，我得到了罗契斯特先生的同意。她再次见到我后，她的狂喜真让人感动。她看上去又苍白，又瘦弱。她说她在那儿不快活。我发觉，对她这么小的孩子来说，校规太严格，课程也太沉重了。我便把她带回家来，打算重新做她的家庭教师。可是不久便发现这不合实际。现在我的丈夫需要我的全部时间和精力。所以我找了一所不是太严格的学校。那所学校离家比较近，我可以经常去看她。而且我有时候还可以把她带回家来。我留意不让她缺少能让她感到舒适的东西。她不久便在新住处安定下来，在那儿很快活，学习也有很大的进步。在她成长的过程中，完善的英国教育把她那些法国式的缺点基本上都矫正过来了。等她离开学校的时候，我觉得她变成个讨人喜欢、彬彬有礼的伴侣，脾气温顺，态度和蔼，很有原则。她对我十分感激，对我的家人也很关心，我认为，这是她对我以前尽力给过她那一点点仁慈的报答。

我的故事快要讲完了。再说点关于我婚后生活的话，再望上几眼这个故事中最常出现的几个人的命运，我就讲完了。

现在，我结婚已经有十年了。我知道同我在世界上最爱的人一起生活，并且完全为他而生活是怎么回事。我认为自己极为幸福，幸福到言语无法形容的地步，因为我们俩的生命成了完全不可分割的。没有一个女人比我更加亲近自己的丈夫，我与他骨肉相依。我跟爱德华在一起，从来不感到厌烦，他跟我在一起也从来不感到厌烦，就像我们各人对胸膛中跳动着的心脏并不会感到厌烦一样。因此，我们总是守在一起。在我们看来，守在一起既像孤独时一样自由自在，又像结伴时一样欢乐愉快。我们整天都在谈话。互相交谈只不过是一种比较活跃的、可以听得见的思考。我全部的信任都寄托在他身上，他也将信任全部献给了我。我们的性格恰好完全吻合，因而过得完美和谐。

罗契斯特先生的那只眼睛，在我们婚后的两年中一直看不见，正是由于这种情况，所以我们的关系才这么亲近，我们才这么紧密地结合在一起。我那时便是他的视力，也是他的左手。其实，他就常常把我叫作他的瞳仁。他通过我才能看到大自然，读到书；我不知疲倦地代他观察，并且用语言描绘出田野、树木、城镇、河流、云彩、阳光——还有我们面前的景色和我们周围的天气情况。尽管光线不能让他的眼睛得到图像，可是我却能用声音向他传达。我为他读书的时候从来不会感到疲倦。我带他到他希望去的地方，做他喜欢做的活动也从来不会厌烦。在我为他做的这一切中，虽然有点悲哀，但是却充满了强烈的乐趣——因为他要求我为他做事的时候，并不带有痛苦的羞辱感，也没有让人感到扫兴的屈辱感。他是那样真心地爱着我，所以接受我的服务，从中受益时，并没有感到不情愿。他感觉到我在深深地爱着他，让我为他服务，就是满足我自己最衷心的愿望。

两年后的一天早上，我正在根据他的口授写一封信的时候，他走过来，朝我俯下身子，说：

“简，你的脖子上挂着一条亮晶晶的首饰，对吗？”

我当时带着一根金表链，就回答说：“是的。”

“你穿的衣服是浅蓝色的吗？”

我穿的衣服的确是浅蓝色。于是他告诉我说，最近一个时期，他觉得那只眼睛上蒙着的雾霭变得淡了一些。现在他对这种情况更加肯定了。

他和我一起到伦敦去了一趟。他由一位著名的眼科医生诊治，终于恢复了那只眼睛的视力。他现在看得还不十分清楚，不能多看书，写字，但是已经能够不用别人搀扶自己走路了。在他的眼睛看来，天空不再是茫茫一片，大地也不再是空空如也。当他把自己的第一个儿子抱在怀里时，他已经能够看出那个孩子继承了他自己的黑眼睛。那对眼睛就像他原来的眼睛一样大、一样亮、一样乌黑。此时，他立刻怀着激动的心情再一次承认，上帝已经用仁慈减轻了对他的裁判。

我的爱德华和我过得都很快活。尤其使我们感到快活的是，我们最喜爱的人同样也都快活。戴安娜·里弗斯和玛丽·里弗斯都结了婚。我们一年一回，轮流互访。戴安娜的丈夫是个海军上校，菲茨詹姆斯上校是个英勇的军官，人很善良。玛丽的丈夫沃顿先生是个牧师，是他哥哥大学里的朋友。他的造诣和品行与她十分相称。他们都与自己的妻子相亲相爱。

圣约翰·里弗斯，离开英国到了印度。他走上了他为自己规定的路，而且继续在这条路上走着。没有哪个比他更加不屈不挠的先驱曾经在那样的险恶条件下工作过。他为他的同类工作时，真诚、坚定、忠实、虔诚，充满活力和热情。他为人们排除发展道路上的痛苦，他像个巨人一样把阻塞通道的教义和等级偏见统统砍倒。他也许十分严厉苛刻，他也许还是个野心勃勃的人，但他的严厉属于大心武士①的种类。正是大心武士保护着他护送的香客不受亚玻伦②的袭击。他的苛刻是使徒们具有的那种苛刻，使徒们只有为了上帝的缘故才会说："愿意跟随我的人要克己，举起十字架跟我来吧。"他的野心属于那种崇高的主的精神，他的目标是要在受到拯救、超凡脱俗的人们中间占有第一排的位置，这些人站在上帝的宝座前是因为丝毫没有罪过，他们共享着耶稣最后的伟大胜利，他们都是被召唤、被选中的人，而且都是忠诚的人。

圣约翰没有结婚。他现在再也不会结婚了。他自己一直沉湎于辛勤工作，现在这工作就要结束，他的太阳光辉匆匆接近了沉沦。我从他那儿收到的最后一封信让我流下了世俗的眼泪，但是却让我充满了神圣的欢乐。他正等待着他那肯定会得到的报酬——他那不朽的荣耀。我知道，下一次从他那儿得到的信将由一个陌生人的手来写，通知我说，这个善良、忠实的仆人终于被召去与他的主共享欢乐。我怎么能为这个而哭泣呢？不会有怕死的念头使圣约翰的心情在临终的时刻变得阴暗。他的脑子里没有愁云，他的心灵中没有畏惧，只有可靠的希望和坚定的信念。他自己的话就使这些得到了保证：

"我的主已经预先警告过我。他每天都更加明确地宣布说：'我肯定来得很快！'我呢，每小时都更加急切地回答道：'阿门，来得更快些吧，我主耶稣！'"

---

① 英国作家班扬所著《天路历程》第二部中，克里斯蒂安娜及其同伴的保护神。

② 《天路历程》中基督徒与之作战的"无底坑使者"。